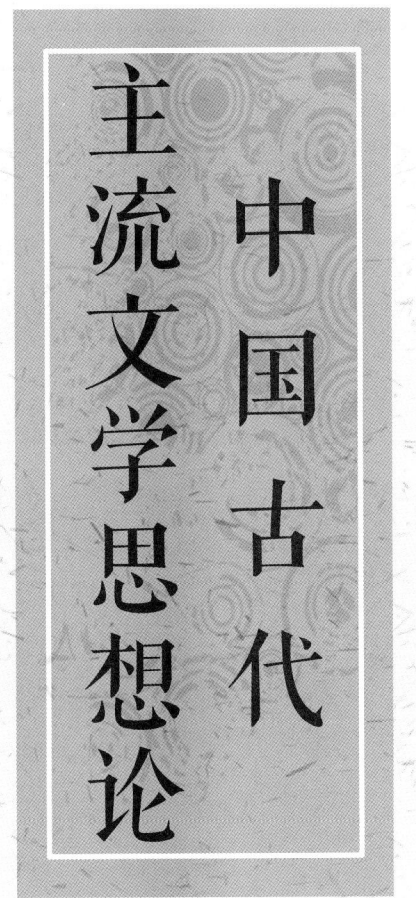

王世朝 著

中国古代主流文学思想论

全国百佳图书出版单位
时代出版传媒股份有限公司
安徽人民出版社

图书在版编目(CIP)数据

中国古代主流文学思想论/王世朝著.—合肥:安徽人民出版社,2016.7
ISBN 978-7-212-09184-2

Ⅰ.①中… Ⅱ.①王… Ⅲ.①中国文学—古代文论—文学思想史 Ⅳ.①I209.2

中国版本图书馆CIP数据核字(2016)第164677号

中国古代主流文学思想论

王世朝 著

出 版 人:朱寒冬	责任编辑:陈 娟
责任印制:董 亮	装帧设计:宋文岚

出版发行:时代出版传媒股份有限公司 http://www.press-mart.com
　　安徽人民出版社 http://www.ahpeople.com
　　合肥市政务文化新区翡翠路1118号出版传媒广场八楼
　　邮编:230071
　　营销部电话:0551-63533258　0551-63533292(传真)
制　　版:合肥市中旭制版有限责任公司
印　　刷:安徽省地质印刷厂

开本:710mm×1010mm　　1/16　　印张:18.5　　字数:414千
版次:2016年8月第1版　　2016年8月第1次印刷

标准书号:ISBN 978-7-212-09184-2　　定价:48.00元

版权所有,侵权必究

目　录

中国主流文学导论

一、主流与非主流的纠葛与纠缠 / 002

二、中心与边缘 / 006

 （一）贵族文学与平民文学 / 006

 （二）精英文学与大众文学 / 007

 （三）御用文学与纯粹文学 / 009

 （四）庙堂文学与江湖文学 / 010

 （五）高雅文学与世俗文学 / 012

三、主流文学的四维向度 / 013

 （一）谁在说——话语权 / 013

 （二）跟谁说——对话权 / 018

 （三）说什么——话题权 / 020

 （四）怎样说——形式权 / 022

四、主流文学的基本精神 / 023

 （一）体态——主流文学的体式本位论 / 023

 （二）意态——主流文学的主题本质论 / 026

 （三）语态——主流文学的语言本味论 / 028

 （四）神态——主流文学的风格本真论 / 031

上编　观念篇

第一章　三不朽——文学不能承受之重

一、"文"与"文学" / 035

二、文人不朽 / 036

三、献诗讽谏与观诗知政 / 037

四、不学诗，无以言 / 038

五、文章救世论 / 039

第二章　思无邪——主流文学的"雅正意识"定位

一、主流文学的基因培育 / 042

　(一)天人合一的自然观念 / 043

　(二)感于哀乐的现实观照 / 045

　(三)悲天悯人的终极关怀 / 046

　(四)忧国忧民的人文关切 / 047

　(五)逍遥适性的自在精神 / 048

二、主流文学的历史情结 / 049

三、主流文学的哲学情怀 / 051

四、主流文学的政治情绪 / 054

第三章　文人与人文——主流文学的民本意识确立

一、文人与人文 / 056

　(一)何谓文人——作者身份的确立 / 056

　(二)何谓人文——普世价值之建立 / 058

二、礼乐文化与民本思想的萌芽 / 061

三、主流话语的民本诉求 / 062

四、主流文学的民生关注 / 064

五、主流文人的忧患意识 / 066

第四章　主流文学的主体定位

一、诗品出于人品 / 068

二、中国文人的精神态势 / 069

第五章　主流文学的文化品格

一、儒家思想的文学干预 / 072

二、道家思想的文学浸透 / 073

三、凝重与空灵——儒道文化的双重建构 / 076

第六章　主流文学的审美理想

一、虚静化——"不着一字"与"尽得风流" / 081

二、寄寓化——"言近"与"旨远" / 083

　(一)"以辞抒意"与"白其志义"——旨归与手段 / 083

　(二)从庄子"书籍糟粕"到陆机"文不逮意"
　　　——语言的苍白与创作的无奈 / 083

　(三)"辞以类行"与"期命辨说"——认识论与方法论 / 084

　(四)"目击道存"与"至言去言"——自然的启示 / 084

　(五)言尽旨远——柳暗花明 / 084

　(六)象的介入——智慧的生成 / 085

　(七)从"言意关系"到"文质关系" / 086

三、脱俗化——"下里巴人"与"阳春白雪" / 088

第七章　主流文学批评的认识论与方法论

一、认识论——诗无达诂 / 091

二、方法论——一言以蔽之 / 093

三、实践论——将阅文情先标六观 / 099

中编　时序篇

第八章　列国时代的文学基因培育

一、趋势与趋士——士人的心态与姿态 / 105

二、谋臣策士与游说文化
　　——寄生于政治缝隙间的文化幽灵 / 107

三、游说造就了语言的华丽——以舌为剑 / 109

四、先秦散文的艺术高度——从小品到政论 / 111

第九章　巨人的文学定性与定位

一、世俗文学的抵制——郑声淫，去郑声 / 115

二、虚拟文学的抵御——子不语怪力乱神 / 117

三、文学创造的消解——述而不作，信而好古 / 119

四、文学审美的挤压——迩之事父，远之事君 / 121

第十章　汉帝国的文学造型

一、"唯美"与"尚用"——汉人的纠结与纠缠 / 125

二、"子学"与"经学"——文人的奴化与蜕变 / 128

三、"经书"与"谶纬"——汉人的务实与崇虚 / 131

四、发愤著书——司马迁的历史发现 / 134

五、从《诗》到《诗经》——汉人对《诗》的包装 / 137

六、推此志也，虽与日月争光可也——汉人对屈原的包装 / 140

七、受命于诗人，拓宇于楚辞——汉大赋 / 141

八、感于哀乐，缘事而发——汉乐府 / 144

九、文温以丽，意悲而远——古诗十九首 / 145

第十一章　魏晋风度——叛逆与超越

一、新美学与新美文 / 148

二、改造文章的祖师 / 149

三、缔造集团的领袖 / 152

四、诗的改造 / 153

第十二章　文学自觉——理性大厦落成

一、从经学转向玄学的纲领性文献
　　——曹丕与《典论·论文》/ 159

二、课虚无以责有，叩寂寞而求音——陆机与《文赋》/ 161

三、体大虑周——刘勰与《文心雕龙》/ 162

四、思深意远——钟嵘与《诗品》/ 165

五、事出于沉思，义归乎翰藻——萧统与《文选》/ 166

第十三章　文学代嬗——主流文学的时光成像

一、演变——文学观念的循环化 / 168

二、蜕变——文学体式的断层化 / 170

三、通变——文学话语的通俗化 / 172

 (一)主流话语的时间策略

  ——"师其意不师其辞"与"语陈意新" / 172

 (二)主流话语的空间策略——"郊庙"与"江湖" / 174

 (三)主流话语的审美策略——"绚烂"与"平淡" / 175

 (四)主流话语的文化策略——"雅"与"俗" / 182

四、嬗变——文学题旨的伦理化 / 183

五、突变——文学境界的宗教化 / 186

六、裂变——文学旨归的哲理化 / 191

七、剧变——文学诠释的西方化 / 194

下编　体式篇

第十四章　形态学范畴上诗的演进

一、中国诗歌的句法演进 / 205

二、中国诗歌的章法演进 / 208

三、中国诗歌的风格演进 / 212

第十五章　文化学意义上诗的流变

一、中国诗歌的思想情感历程 / 225

二、徜徉在山水之间的中国诗歌 / 228

三、徘徊于哲学与历史之间的中国诗歌 / 232

四、流连在儒释道之间的中国诗歌 / 234

第十六章　诗是中国人的宗教

一、诗是唐人的生存方式 / 240

二、诗是唐人的生活方式 / 242

三、诗是唐人的思维方式 / 245

第十七章　化成天下莫尚乎文

一、诗亡而春秋作——文体功能及其文化机制 / 249

二、诸子散文——见解新锐——伴随诸侯寿终而永寝 / 252

三、史传散文——内容坚实——伴随经验失效而淡出 / 258

四、两汉散文——气势恢宏——伴随帝国瓦解而荒废 / 262

五、六朝骈文——语言精致——伴随士族没落而衰败 / 267

六、古文运动——思想整饬——伴随民族征服而终结 / 269

七、明清小品——灵性养护——伴随文学消费而搁浅 / 273

八、桐城散文——血统纯正——伴随西学东渐而风化 / 278

主要参考文献 / 283

后　记 / 288

中国主流文学导论

　　主流文学是主流社会意识形态在文学上的投射。主流文学应该是趣味高尚、品质高贵的文学。在文学的物化形态上，具有严谨、典雅、厚重、纯正等色彩。在题材选择与主题开掘上，应该具备与主流意志相合拍的精神诉求。在中国，儒家的工具主义文论系统，经汉代经学误读式的诠释，最终奠定了中国主流文化始终在政治与学术之间缠绕发展的基本格局。这是中国古代居于主导地位的文论话语。"文章合为时而著，歌诗合为事而作"是文学工具主义的经典口号。因此，"有补时政"也就自然而然地成为工具主义文论的基本宗旨。手段是文化的，目的是政治的——这就是经学语境中文论话语的根本特征。宋儒的文论处处离不开对"道"的阐扬。由宋而至晚清，中国古代儒家的工具主义文论思想内部裂变为两种倾向：一是要求诗文直接服务于现实政治，成为政治教化的工具；一是要求诗文附着超验的精神，成为载道之具。中国文学主流形态的演进轨迹，可以简明地表述为从"史统"走向"政统"再走向"道统"的过程。

一、主流与非主流的纠葛与纠缠

丹纳《艺术哲学》认为,物质文明与精神文明的性质面貌都取决于种族、环境、时代三大因素。从种族的角度来看,中华文化是多民族文化长期交汇的结果,所以其文化呈斑斓之态。从环境来看,由于中国地域辽阔,山河阻隔,环境差异极大,加之由于分封造就的诸侯政治自闭和文化封锁等因素,因此形成多元化的地缘文化和区位文化。正所谓"江左宫商发越,贵于清绮;河朔词义贞刚,重乎气质。气质则理胜其词,清绮则文过其意;理深者便于时用,文华者宜于咏歌,此其南北词人得失之大较也"①。从时代发展来看,中国文学呈现为"一代有一代之文学"的独特风貌,审美趣味及审美心性变易频繁,主流文学和非主流文学缠绕与纠葛十分复杂。

当我们说主流时,一定有非主流作为其参照背景;当我们说非主流的时候,也一定有主流的隐约存在,没有非主流背景的主流是不存在的,没有主流的非主流也是不可想象的。"边缘"与"中心"、"主流"与"非主流",往往是唇齿相依,互为表里。"主流"与"非主流"只是相对概念,比如说,文人文化圈中的"主流文学",在市井文化圈,可能恰恰是"非主流",反之亦然。主流文学是一个历史性的概念,不同的历史时期有不同的主流文学,没有一种主流是永恒的主流。如果以某种"非主流"为研究对象,则重在探寻特定时空中其所以成为"非主流"的历史原因,考察和解释其"边缘化"的历史过程,同时也就潜在地包含了对相应之"主流"所以成为主流,又怎样"中心化"过程的理解。②

不同的服务对象决定了文学创作主体不同的文化心理。当我们把文学看成是教化工具的时候,文学就必须体现当权者的意志,在封建旧时代,就必须体现皇权意志。这一时期,主流文学的创作主体具有媚上的文化心理。当我们把文学看成是消费品的时候,适应社会消费心理,拥有广泛的接受群则是不二之选。这一时期,主流文学的创作主体具有媚下的文化心理。如果视文学为自娱和消遣,文学的创作主体与消费主体统一,这一时期的文学最具有独立性。早期的主流文学处于一个卖方决定市场的时代,文学的受众是消极的、被动的。这个时期的主流文学的主动权掌握在创作主体这一方。官方的意志决定主流的发展方向。但随着社会的发展,这一情形发生了根本性的变化。进入封建社会的后期,随着资本与市场的兴起,市民的文化消费越来越强烈,市场的自主性需要渐渐压过了官方的意志,所以

---

① 魏徵:《隋书·文学传序》,中华书局 1982 年版。
② 参见李昌集:《文学史中的主流、非主流与"文学史"建构——兼论"书写文学史"与"事实文学史"的对应》,《文学遗产》2005 年第 2 期。

文学的商业化时期到来了。主流文学逐渐由卖方市场转向买方市场。这是一个买方决定市场的时代。这一时期的主流文学,决定权不再属于创作的主体,而是属于消费的主体。消费需求决定了主流的方向。唐宋以后,进入买方时代,消费的口味决定了创作的口味,消费者的喜好决定创作者的哀乐。所以文学从奢侈品转化为消费必需品的同时也正是文学从精英转向大众,从贵族转向市民。这个过程,文学品质与文学品格发生了本质性的变异。这种变异不仅仅表现在内涵上,也同时表现在外在的体式选择上。在贵族精英文学中,文学的内涵有强烈的忧患意识、丰富的人文色彩和自觉的担当精神,文种体式上选择了庄重典雅的诗与散文。而后期的平民文学,基于世俗的消费需要,娱乐性大大加强,感性的成分不断增加,在体式选择上则钟情于戏剧与小说。早期主流文学的言说方式有浓厚的卫道士的色彩,是以一种居高临下的口吻进行的——充满专横的态度、霸道的作风和颐指气使的教训。后期的主流文学则相反,是以谄媚的姿态与讨好的口吻进行的。取悦与讨好,奉承与迎合,有明显的商业精神与商业操作在里面。就某一文体来看,这种变异也十分有意味,比如由唐诗向宋词的转变,表面来看似乎只是文体的选择,就其实质,主要是审美精神的深刻变化所致。正所谓"诗庄词媚",诗境开阔,词意绵长。再比如从六朝志人小说向唐传奇的转变,正是小说写真精神与虚幻精神的此消彼长。散文方面也是如此,早期散文的历史写实与形而上的高谈阔论渐渐演变为独抒性灵,皇家气象逐渐淡化,平民作风日渐浓厚。从诗言志转向诗缘情,从礼乐教化转向娱乐消遣,主流文学的精神气质的演变与演进轨迹十分清楚。

  从民间的非主流进入主流,必须具备以下几个条件:首先是理论上的认可,其次是有天赋的作者的创作,再次是有人追随。诗歌从非主流步入主流,经历了如下几个重要环节:首先是春秋战国时期的广泛运用,特别是孔子的推崇;其次是汉儒的文化误读,奠定了诗经的合法的历史地位。汉人对中国诗歌的主流正统地位的奠定还有一个方面来自于对屈原及楚辞的包装,对其"推其志也,虽与日月争光可也"的推崇,奠定了屈原高不可及的文学地位。[①] 接下来是曹操的改造。汉代歌辞作者姓名,通常为无名氏,如《陌上桑》《孤儿行》等,因为当时这一文学形式被认为是"轻文学"。从文人诗歌的历史来看,两汉文人极少创作乐府歌辞。可以说文人诗与乐府诗泾渭分明。而自曹操开始,一改文人故步自封、不写乐府的弊病,全力创作乐府歌辞。在他的引领和影响下,文人们学习民歌,创造乐府诗的风气一时风

[①] 《楚辞》这种"书楚语,作楚声,纪楚事,名楚物"的地方性文艺上升为主流正统的文艺形态,主要得力于屈原的伟大创造力及其汉人对屈原文化精神的高度认可;小说从"残丛小语"步入主流的殿堂,得力于有识之士如桓谭、欧阳修等理论上的认可。

靡起来,如曹丕、曹植、阮瑀、陈琳、王粲等人都开始了文人乐府诗的创作。这也就是吉川幸次郎所说的:"乐府由市民的诗歌形式被采纳为知识分子的诗歌形式,已经是重要的革新。"①由此可见,曹操起到了指引诗歌创作方向和创作道路的重大作用,文人乐府诗从此蓬勃发展起来,并对建安文学的勃然兴起起到巨大的推动作用,由此诗歌才真正步入主流文学的渠道。其后经过谢灵运、陶渊明对诗歌题材的放大以及唐代诗人的接力,诗人们一路高歌,为中国诗歌主流大潮推波助澜。

其他文体也一样,比如小说,从"稗官野史"到"登堂入室",首先有赖于市民阶层的兴起和文化消费的需求,同时也得力于有影响力的作家及理论家的拔擢。"欧阳修在《新唐书·艺文志》中,不仅第一次将《搜神记》之类的志怪作品由史部杂传类移录于子部小说家类,而且第一次将大批唐传奇作品著录于正史艺文志小说家类,并将虚构与否作为区分史传与小说的基本标准,从而开启了具有近代意识的小说观念的先河,对中国小说的发展作出了积极的贡献。"②词也一样,从"诗余"步入主流文学的大雅之堂,柳永的天才创作与李清照的理论拔高,都是不可或缺的重要因素。

当一种文体成为主流文学的时候,其生命周期往往取决于社会的发展速度与变革速度。在上古时期,由于社会发展缓慢,所以主流与非主流的交换与转化速度也相应地显得缓慢,比如诗与散文,由于最早成为主流文种,所以经久不衰,历久弥新。后来的传奇、词、曲、戏剧、话本小说等就相对短暂。从历时性的角度来看,早期文化受传播途径与传播手段的制约,其主流文化形态的影响范围与影响强度往往不及后来的主流形态。比如由于纸的发明,使得洛阳为之纸贵的《三都赋》迅速产生轰动效应。宋代,由于印刷技术的改进,使得小说畅销全国。在汉代,大赋与诗歌相比,更应该堪比主流。汉赋的无与伦比的恢宏气势以及极尽炫耀夸饰的风格体式都很能满足一个新兴帝国的虚荣心理,与这个横跨5个世纪的大帝国的骄横霸道之气相吻合。汉代的文章高手成就出何等辉煌的一纸灿烂,他们将汉语的美发展到极致,瑰丽满目,珠玑盈耳,将汉字的美演绎得十足。人们终于心服口服地认识到——汉语原来可以这样美。汉大赋原本就是为汉代这个伟大的朝代量身定做的,自然也就随汉亡而亡,以近乎殉道的姿态为这个伟大的时代奉献了最后的忠诚。来得快,去得也快,正所谓进锐退速。

主流文学与社会的主流意识形态密切相关,主流意识形态是在文化竞争中形成的,具有高度的融合力、强大的传播力和广泛的认同性的文化形式。李昌集先生

---

① [日]吉川幸次郎著,章培恒等译:《中国诗史》,复旦大学出版社2001年版,第112页。
② 王齐洲:《试论欧阳修的小说观念》,《中国文学观念论稿》,湖北教育出版社2004年版,第450页。

认为主流文学必须具备如下若干要素:其一,具有广域性的生存和传播空间。其二,具有相当长度的存在时间和历史影响。其三,具有相对稳定的创作群体和接受群落。其四,具有广泛采用的文体和相当数量的作品。其五,具有共指性的文化归宿和情感倾向。其六,具有普遍性的美学内涵和艺术方式。此六点,相互依托,合之者为"主流",反之为"非主流"。

文出五经的宗经文学观念可以视作中国主流文学的渊薮,是典型的文化血统论。宗经观念源远流长,从战国时荀子开始到班固《汉书·艺文志》,再到刘勰《文心雕龙》,再到《四库全书》,一脉相传。合乎经典就血统纯正,就是主流,就是正宗。《文心雕龙》称《离骚》为"骚经",将之列为继《诗》之后的"文学"典范,它对屈原的高度评价,反映了"文学观念"上的一个重要变化——"文学"之"语言技巧"意义的提升,符合"经义"与否,并不是"文学"评价的唯一至上标准,文辞的"雅丽"及其体现的不同风格,亦为"文学"的要义之一。① 再者,文人歌诗,《艺文志》所载极少,表明文人歌诗在当时不过是"非主流"。这也正是《文心雕龙》与《艺文志》"文学史话语"最大之不同所在——以"文人文学"为书写文学史的"主流",《文心雕龙》可谓"开山"。与之相应的是:《艺文志》之"六经"标范中的"乐"在《文心雕龙》中被剔除,只"略具乐篇",以示"诗与歌别",而对历代文人的歌诗,显然不太重视,整个评价要比文人诗(也即徒诗)低得多。至于民间歌诗,更仅在篇首以"匹夫庶妇,讴吟土风"云云泛言之,对汉乐府民歌则未予一顾。从此,"民间文学"在文人的"书写文学史"中被"边缘化",成了"非主流文学",文人的"音乐文学"则在文人文学中被"边缘化"。② 显然,在"宏观文学史话语"中,词曲皆"厥品颇卑,作者弗贵",是为"非主流"耳,其间回荡的乃是《文心雕龙》重"诗"轻"乐府"的"主流"与"非主流"观。既曰"厥品颇卑",但偏要执着其"卑",似乎词一旦"诗化"便是"越位","非主流"便只能自守"边缘"。

孔子的"放郑声",可以说是第一次对非主流的俗文化的棒杀,由此奠定了中国文化观念中逆反世俗的价值取向。在批评操纵的实践层面,典型地表现为反娱乐、反消遣,把文学神圣为治国安邦、郁陶人心、规范世风、矫正民俗的工具,旗帜鲜明地反对文学纵情恣肆。在文学的教化作用与娱乐作用的功能上,偏执于前,偏废于后。

---

① 最明显的表征是前所未有地提出了"辞家"称谓,将之与"诗人"相连并举,且显然剔除了扬雄、班固所谓"词人"中的贬义。在这样的文学观念中,《文心雕龙·诠赋》便改写了《艺文志》的"赋文学史",将"竞为侈丽宏衍之词"诸家及东汉的班、张,皆推许为"辞赋之英杰",《艺文志》中"非主流"的"词人之赋",在这里成了"主流"。

② 参见李昌集《文学史中的主流、非主流与"文学史"建构——兼论"书写文学史"与"事实文学史"的对应》,《文学遗产》2005 年第 2 期。

二、中心与边缘

罗素在他的《西方哲学史》中说,不能自圆其说的哲学决不会完全正确,但是自圆其说的哲学满可以全盘错误。最富有结果的各派哲学向来包含着显眼的自相矛盾,但是正为了这个缘故才部分正确。主流与非主流两种文学形态或许正是一种自相矛盾的统一体。在文学批评中,基于某种需要,我们常常会从不同的角度对文学进行这样那样的划分。有属于时间意义的,以昭示时光的流动的美,正所谓"文变染乎世情,兴废系乎时序"。在中国,这一特点尤其鲜明,呈现为"一代有一代之文学"文学断层,历史横截面脉络清晰,纹理分明。有属于空间意义的,以展示地缘的色彩与景观,此所谓"江左宫商发越,贵乎清绮;河朔词义贞刚,重乎气质"。如果就作者与读者的角度来划分,则有所谓的"贵族文学"与"平民文学"、"精英文学"与"大众文学"、"文人文学"与"民间文学"诸种提法。如果从审美风格来划分,则有"雅文学"与"俗文学"的概念。如果从文学的原生功能来看,则有"庙堂文学"与"江湖文学"等名目。其他划分不一而足,比如:言志文学、缘情文学、载道文学、"山林文学"、"黑幕文学",等等。

郭英德说:"自从春秋时期私学兴起,'百家争鸣'以来,中国古代社会的文化便基本呈现为三足鼎立的局面:以皇家贵族为代表的贵族文化、以文人阶层为代表的文人文化和以平民百姓为代表的平民文化。在长期的历史过程中,贵族文化、文人文化和平民文化三者的互动作用共同构成相对平衡的社会文化结构。一般来说,在中国古代社会中,贵族文化总是占据着一个时代的文化的统治地位,并顽强地接续着古典的传统;平民文化则常常是时代文化变迁的活跃的主角,往往鲜明地标示着时代的风貌;而文人文化则处于贵族文化与平民文化的夹缝之中,与这两种文化都有着'剪不断,理还乱'的复杂的因缘联系,既留恋着古典传统,又倾心于时代风貌,在二者之间徘徊踯躅,因而成为一种亦此亦彼又非彼非此的独具风貌的文化。"[1]

(一)贵族文学与平民文学

中国古代的文人学士大多为有闲阶级,当我们检视一部中国文学批评史时,那些非僧即道、非官即仕的身份可以明示我们一分优越与从容,以及寄生于这分优越与从容之上的诗艺的品质,在审美价值取向上显明地体现出精神贵族的趣味,和大

---

[1] 郭英德:《明清传奇戏曲文体研究》,商务印书馆 2004 年版,第 15 页。

众化、平民化、世俗化迥然异趣,呈现为崇尚人格意志、崇尚自然法则、崇尚虚静无为的复合态势。这一批评心态,其寄生条件必赖于优雅闲适的生活环境和宽容恬淡的心境。封建社会迟缓慵懒的生活节律赋予诗论家们太多的闲适与闲逸;宁静幽雅的庄园提供了不虞饥寒的安乐;处身水村山郭的自然怀抱,释放着天真烂漫的诗情酒性;儒、释、道三家思想调节出平和冲淡的心灵情绪,使得他们总能保持坦然与宽舒。当封建等级赋予士大夫的特权随着这个社会的灭亡而被剥夺,当青砖瓦舍的庄园被喧闹的都市所替代,当男人在家庭中的那份潇洒被女权运动所冷落,当生活中的节律由"日出而作,日落而息"转变成对分分秒秒的争抢时,那份优雅的诗意也就到了该唱挽歌的时候了。其贵族化的审美心境、贵族化的审美趣味也都慢慢被扰乱殆尽。

一般来说,贵族文学具备强烈的责任感与使命感,有着浓厚的忧患意识。其话语表达庄重典雅,严肃凝重;关注人的生存处境及人的存在意义;追求永久性、永恒性;具有哲学思辨和历史反思,重视先验与假定。而平民文学则是一种贴近读者期待视野的文学,重视经验,注重当下的切身感受,追求感观满足,情绪诉求强烈;话语表达口语化、世俗化,迎合读者的意趣比较明显。

笔者认为,平民文化与贵族文化的主要区别在于:贵族文化追求优雅、典正、不失风范与气度,追求诗性与诗意,崇尚含蓄,保持一种对生活隔岸观火的审视;平民文化则追求一种贴近生活的叙述,执着于生活的本真,追求感官的补偿与满足。如果说平民文化是一种感性文学,贵族文学则是一种智性文学;平民意识是一种享乐意识,贵族意识则是一种忧患意识。

(二)精英文学与大众文学

可以说,精英文学是由作者的精英人格来保证的,而大众文学则是由大众的文化消费趣味决定的。儒家有所谓立功、立言、立德"三不朽",正是一种理想主义与英雄主义调和出来的贵族情怀。对信仰和文化的提倡,成为贵族精神的重要特征。精英关怀社会,更具有强烈的现实批判精神,他们虽然立足于现实主义的批判,但理想主义却是他们最大的特征。质而言之,精英文化之精英特质是由创作主体的精英人格品质来担保的。此所谓"非其义也,非其道也,禄之以天下,弗顾也;系马千驷,弗视也。非其义也,非其道也,一介不以与人,一介不以取诸人"[1]。因此对文学的审美要求往往就是对人的道德人格要求的延伸。在"士志于道"与"文以载

---

[1] 《孟子·万章上》,王世朝《孟子导读》,广东高等教育出版社2002年版。

道"的双重转化中,实现了人格意志与文学审美追求的统一。这种强烈的社会责任感与使命感一直是后世文人立身为文的道德格律。余英时先生说:"中国古代知识分子所恃的'道'是人间的性格,他们所面临的问题是政治社会秩序的重建。"以"士"之薄弱的身躯来胜任重建秩序的大任不是太力不从心了吗?所以"修身"即唯一可行办法,"为了确切保证士的个体足以挑起重担,走此远路,精神修养于是成为关键性的活动。试想士之所以自任者如此其大,而客观的凭借又如此薄弱,则他们除了精神修养之外,还有什么可靠的保证足以肯定自己对于'道'的信持?所以从孔子开始,'修身'将成为知识分子的一个必要条件"①。余英时认为,修身并非儒家一家,《墨子》《老子》《管子》等都言修身,此乃古代知识分子共有的观念。正是基于这种人格意志的自律,使得中国文人即使身处逆境,也从不自暴自弃,从不甘心沉沦,从不随俗雅化,我们从孔子对颜回的赞赏中不难见出其对人格精神守护得多么彻底,他说:"贤哉,回也!一箪食,一瓢饮,在陋巷,人不堪其忧,回也不改其乐。贤哉,回也!"②孔子之所以称颜回为贤,是因为其虽处身贫寒,但不失操守,不改其志。孔子还说过,"道不行,乘桴浮于海"③,"天下有道则见,无道则隐"④,表现出自己的绝不流俗。庄子在《刻意》中指出逆俗有两种方式,一种是:"刻意尚行,离世异俗,高论怨诽,为亢而已矣。此山谷之士,非世之人,枯槁赴渊者之所好也。"另一种是:"就薮泽,处闲旷,钓鱼闲处,无为而已矣。此江海之士,避世之人,闲暇者之所好也。"前者实乃为反抗世俗而不得其志,不得已而妥协自然,以求不损创自我人格,带有浓郁的悲剧色彩。这大概就是孔子"道不行"之后的无奈选择。而后者之隐归自然乃属天性,是一种逍遥适性、不拘世俗的高韬,显示出一种旷达的优雅。前者颇类于孔子所说的"仁者",后者颇类于其所说的"智者",在《雍也》中他说:"知者乐水,仁者乐山。"知者何以乐水,仁者何以乐山?后世学者对此多有解释,《韩诗外传》对此解释说:"夫水者,缘理而行,不遗小间,似有智者;动而下之,似有礼者;蹈深不疑,似有勇者;障防而清,似知命者;历险致远,卒成不毁,似有德者。天地以成,群物以生,国家以宁,万事以平,品物以正;此智者所以乐于水也。""夫山者,万民之所瞻仰也。草木生焉,万物植焉,飞鸟集焉,走兽休焉,四方益取与焉。出云道风,嵸乎天地之间。天地以成,国家以宁,此仁者所以乐于山也。"荀子在其《宥坐》中说:"孔子观于东流之水,子贡问于孔子曰:'君子之所以见大水必观焉者,是何?'

---

① 余英时:《士与中国文化》,上海人民出版社 1987 年版,第 125 页。
② 《论语·雍也》,朱熹《四书集注》,岳麓书社 1985 年版。
③ 《论语·公冶长》,朱熹《四书集注》,岳麓书社 1985 年版。
④ 《论语·泰伯》,朱熹《四书集注》,岳麓书社 1985 年版。

孔子曰：'夫水，大遍与诸生而无为也，似德；其流也埤下，裾拘必循其理，似义；其洸洸乎不淈尽，似道；若有决行之，其应佚若声响，其赴百仞之谷不惧，似勇；主量必平，似法；盈不求概，似正；淖约微达，似察；以出以入，以就鲜洁，似善化；其万折也必东，似志。是故君子见大水必观焉。'"谭家健先生认为，这种解释近于战国后期道家和法家的成分，未必出于孔子之口，也许是荀子的发挥。[①]

(三) 御用文学与纯粹文学

一般来说，所谓的御用文学是指御用文人为帝王歌功颂德的文字，内容不外乎阿谀奉承，谄媚吹捧，曲意逢迎，或即景应制，添乐助兴之类，抑或统一意志，整饬思想。从孔子"待价而沽"到杜甫的《三大礼赋》，从宋玉的高唐神女到司马相如的子虚乌有，文人应诏而制不绝于史。[②] 文人的"御用心态"是专制政体的衍生物，御用文学是文人的畸形儿，是文学的怪胎。

与御用文学极端功利化对应的当属纯粹文学的唯美至上。钱师宾在论中国纯文学独特价值之觉醒时指出中国纯文学与道家思想的渊源关系："文苑立传，事始东京，至是乃有所谓文人者出现。有文人，斯有文人之文。文人之文之特征，在其无意于施用。其要者，则仅以个人自我作中心，以日常生活为题材，抒写性灵，歌唱情感，不复以世用婴怀。是惟庄周氏所谓无用之用，荀子讥之，谓知有天而不知有人者，庶几近之。循此乃有所谓纯文学，故纯文学作品之产生，考其渊源，实当导始于道家。"余英时先生在援引此论时评价说"此诚不易论"[③]。在20世纪中国文论史中，纯文学是流行很广的术语。据旷新年等学者的考订，1905年王国维在《论哲学家与美术家之天职》一文中较早使用了"纯文学"这一概念。[④]

故我国无纯粹之哲学，其最完备者，唯道德哲学，与政治哲学耳。至于周、秦、两宋间之形而上学，不过欲固道德哲学之根柢，其对形而上学非有固有之兴味也。其于形而上学且然，况乎美学、名学、知识论等冷淡不急之问题哉！更转而观诗歌之方面，则咏史、怀古、感事、赠人之题目弥满充塞于诗界，而抒情叙事之作什佰不

[①] 参见谭家健《先秦散文艺术新探》，齐鲁书社2007年版，第435页。
[②] 孔子曰："沽之哉！沽之哉！吾待贾者也"；唐玄宗天宝十年正月（壬辰、癸巳、甲午）三天，朝廷连续举行祀太清宫、祀太庙、祀南郊三大典礼，杜甫在典礼过后不久，进三篇赋纪颂其事，即所谓"三大礼赋"：《朝献太清宫赋》《朝享太庙赋》《有事于南郊赋》；昔者楚襄王与宋玉游于云梦之台，宋玉有作《高唐赋》和《神女赋》，两篇赋都是写楚王与巫山神女梦中相会的爱情故事；司马相如的《子虚赋》作于其为梁孝王宾客时，其《上林赋》作于武帝召见之际。
[③] 余英时：《士与中国文化》，上海人民出版社1987年版，第343页。
[④] 参见韩毓海主编《20世纪的中国学术与社会》文学卷，山东人民出版社2001年版，第47页、51页。

能得一。其有美术上之价值者,仅其写自然之美一方面耳。甚至戏曲小说之纯文学亦往往以惩劝为旨,其有纯粹美术上之目的者,世非惟不知贵,且加贬焉。①

这里不仅首次使用了纯文学术语,而且第一次界定了该术语的基本含义。所谓纯文学不同于"古代忠君爱国劝善惩恶"的载道文学,而是具有"纯粹美术"之目的或独立之价值的文学;纯文学不是政治、道德宣传教育的手段和工具,它具有独立的审美价值。

历史地看,"纯文学"至少有三种既相关又有所分别的用法:首先是与古代"文学"概念相对的现代独立的文学学科观念。由于中国古代的文学观是杂文学观,文史混杂,文笔兼收。相比之下,近现代的文学观,由于受西方影响,强化了文学的独立价值和科学体系,采取的是"纯文学观"。其次是指与工具论文学观相对立的审美的文学观。周作人1921年首先倡导新文学的美文写作:"外国文学里有一种所谓论文,其中大约可以分作两类。一、批评的,是学术性的。二、记述的,是艺术性的,又称作美文,这里边又可以分出叙事与抒情,但也很多两者夹杂的,新文学的人为什么不去试试呢?"②周作人十分反感道德的文学,而推崇"为文章而文章"和文学无用论。1926年,现代文论又出现了"为诗而诗"的"纯诗"概念。创造社诗人穆木天在写给郭沫若的信中说:"我们要求的是纯粹诗歌(The Pure Poetry),我们要住的是诗的世界,我们要求诗与散文的清楚的分界,我们要求纯粹的诗的Inspiration。"③王独清认为这种纯诗理念可"治中国文坛审美薄弱和创造粗糙的弊病"。再次是与商业文化相对抗的纯文学观。在严肃文学与通俗文学、精英文学与大众文学、先锋前卫文学与流行文学的二元对立中,凸现出"纯文学"的美学和文化立场。④

(四)庙堂文学与江湖文学

庙堂文学和江湖文学,在文体选择上有显著的不同。庙堂文学由于意志的统

---

① 姚淦铭、王燕:《王国维文集》第三卷,中国文史出版社1997年版,第7—8页。
② 周作人:《美文》,张明高等编《周作人散文》第二集,中国广播电视出版社1992年版,第151页。
③ 穆木天:《谭诗》,《创造月刊》第1卷第1期。
④ 2001年第3期《上海文学》刊出李陀的《漫说"纯文学"》,引发了一场关于"纯文学"的讨论。李陀认为,出现于20世纪80年代前期的"纯文学"概念在90年代成为主流的概念。李陀表达了对纯文学技术化、形式主义的不满,指出"纯文学"虽然在抵制商业化对文学的侵蚀方面起到了一定的作用,但却没有对正在进行的巨大社会变革进行干预,导致90年代大多数作家视野狭窄。随后《上海文学》关于纯文学的讨论,呼应了李陀的批评。讨论的基本观点有两个:其一是对"纯文学"匮乏介入精神的批评。其二是消解"纯"与"不纯"的二元对立。

一性要求,言说主体只能是一言堂式的,不能是群言堂式的。所以在文体选择上庙堂文学最终只能选择诗与散文,而没有选择小说与戏剧。诗人与散文家可以抒发一己之情,倡言一己之见,而小说、戏剧则必须通过笔下的众多人物形象来言说,或者说,作者只能"代人立言"。清代曲家徐大椿在《乐府传声·元曲家门》中指出:"若其体,则全与诗词各别,取直而不取曲,取俚而不取文,取显而不取隐。盖此乃述古人之言语,使愚夫愚妇共见共闻,非文人学士自吟自咏之作也。"从认识论上来看,尽管古文论家早已深刻地认识到民间文学的重要性,诸如王充"诗作民间"①,班固论小说起于"街谈巷语"②,王逸论屈原"出见俗人祭祀之礼,歌舞之乐,其辞鄙陋,因作为《九歌》"③,曹植"街谈巷说,必有可采"④,刘勰论五言诗最早见于民间歌谣⑤,刘禹锡论民间歌舞《竹枝》"中黄钟之羽"、"含思宛转,有淇、濮之艳音",且作《竹枝词》九篇。朱熹"凡诗之所谓风者,多出于里巷歌谣之作,所谓男女相与咏歌,各言其情者也"⑥。徐渭论民谣"真天机自动,触物发声,以启其下段欲写之情,默会亦自有妙处"⑦,胡应麟论乐府歌谣"质而不俚,浅而能深,近而能远,天下至文,靡以过之"⑧。但事实上,在漫长的历史发展过程中,后世文人并未循规蹈矩地走民间与口头的路。文人学士常常是沉醉在艺术象牙塔中流连忘返,致力于在闲适、优雅、从容的自设心境下优游涵泳地把玩艺术,在"韵味"、"神韵"、"意境"等自创的艺术情境中品味艺术。由于失去了民间文学的给养,文人的创作时常有穷途末路的时候,这时或求救于古人,或求救于民间,这是中国文人惯常的作风。这一点在宋、明以后表现得尤为突出。文人创作从汉赋开始,一步步走向奢侈靡艳,尤其是在魏晋南北朝时期,曹丕之"诗赋欲丽";陆机之"诗缘情而绮靡,赋体物而浏亮";到葛洪,大力提倡繁富奥博之文,讲究华艳雕饰,他说"古者事事醇素,今则莫不雕饰"⑨,如此一来,终于发展到"俪采百字之偶,争价一句之奇,情必极貌以写物,辞必穷力而追新"⑩。最终导致"汉魏风骨,晋宋莫传","彩丽竞繁,而兴寄都绝","逶迤颓

---

① 王充《论衡·对作》,黄晖《论衡校释》,中华书局2006年版。
② 班固《汉书·艺文志》,刘华清等《汉书全译》,贵州人民出版社1995年版。
③ 王逸:《楚辞章句·九歌序》,《楚辞章句补注楚辞集注》,岳麓书社2013年版。
④ 曹植:《与杨德祖书》,赵幼文《曹植集校注》,人民文学出版社1998年版。
⑤ 刘勰:《文心雕龙·明诗》,赵仲邑《文心雕龙译注》,漓江出版社1982年版。
⑥ 朱熹:《诗集传序》,朱熹《诗集传》,中华书局2011年版。
⑦ 徐渭:《奉师季先生书》,《徐文长文集》,上海古籍出版社1995年版。
⑧ 胡应麟:《诗薮》,上海古籍出版社1979年版。
⑨ 葛洪:《抱朴子·均世》,庞月光《抱朴子外篇全译》,贵州人民出版社1997年版。
⑩ 刘勰:《文心雕龙·明诗》,赵仲邑《文心雕龙译注》,漓江出版社1982年版。

靡,风雅不作"①的萧条与凋敝,引发了唐宋古文运动和新乐府运动的变革与变局。

(五)高雅文学与世俗文学

"雅"与"俗"是古典美学的一对范畴。中国文学的雅化应该是从汉代专业文学创作兴起开始的,汉大赋的作者以及乐府机构的乐师是雅化的推动者,这些专业人员的精心结撰,以雅自重,以区别于民间的歌谣。再一次的大规模的雅化是南朝时期,由于音韵理论的发展,"俪采百句之偶,争价一字之奇"的骈体文流行,以及诗歌的格律化,将一种装饰奢华的审美观念深深刻入人们的心灵,最终促成近体五、七言律诗和绝句的成熟。这是唐代雅文学成熟的重要标志。诗庄词媚,相对于诗而言,词显得脂粉气十足,"长于纤艳之间,然多俚俗,故市井之人悦之"②。但经过文人的雅化之后,"眼界始大,感慨遂深,遂变伶工之词为士大夫之词"③。胡适《词选序》把唐宋词分为三个时期:"东坡以前,是教坊乐工与娼家妓女歌唱的词;东坡到稼轩、后村,是诗人的词;白石以后,直到宋末之初,是词匠的词。"显然,词的雅化过程是清楚的。教坊乐工与娼家妓女歌唱的词自然是俗词,而诗人之词特别是以诗入词显然将诗之"庄"植入词之"媚",完成了词的脱俗化过程。但雅词不限于豪放,婉约中不失典正。所以会说:"词之雅郑,在神不在貌。永叔、少游虽作艳词,终有品格。方之美成,便有淑女与娼伎之别。"④

深沉的感情是雅文学的内在核心,雅文学指向人生的严肃性,具有浓厚的宗教情怀,而俗文学则停留于感官的满足与空虚灵魂的暂时安顿。雅、俗文学在形式技巧上,也存在着更为明显的差异。在语言表达上,雅文学追求突破日常语言的工具性,而凸现语言本身的内在审美魅力。在文本的方式上,雅文学以文学典型、文学意境、文学意象的塑造为核心来组织文本,谋篇布局因此成为雅文学作家关心的焦点之一。雅文学不仅重视一部作品呈现了什么,而且重视其呈现方式,重视它如何呈现才能最有效地创造出成功的文学典型、文学意境和文学意象。俗文学的目的是娱乐和消遣,主于感官,无意于寻求智力上或审美上的愉悦。抒情性的词曲也多于煽情和滥情,叙事性俗文学作品的中心任务则是炮制情节,设置悬念,以期引人入胜,扣人心弦,俗文学作家通过一系列悬念和意外来控制读者的情绪。如果运用某些艺术技巧来使读者保持一定的审美距离,则会降低感官的快感程度。雅、俗文

---

① 陈子昂:《与东方左史虬修竹篇序》,郭绍虞《中国历代文论选》,上海古籍出版社 1979 年版。
② 黄升:《唐宋诸贤绝妙词选》卷五,民国十一年(1922 年)影印本。
③ 王国维:《人间词话》,郭绍虞《中国历代文论选》,上海古籍出版社 1979 年版。
④ 王国维:《人间词话》,郭绍虞《中国历代文论选》,上海古籍出版社 1979 年版。

学在思想深度上也大相径庭。雅文学作家希望自己的作品能够成为"不假良史之辞,不托飞辞之势,而声名自传于后"的传世之作,因此,他们必须澄怀观道,将心灵沉潜到生活本体最深沉最内在的冲动之中,从而突破传统的束缚,颠覆世人的常识感,对主流话语持强烈的批判立场。

三、主流文学的四维向度

(一)谁在说——话语权

要而论之,中国古代的话语权经过三个演进时期,即巫权时期、民权时期和王权时期。巫权时期,以《尚书》《周易》为代表;民权时期,以《诗经》为代表;王权时期,以"四书"为代表。

殷商以前,是一个神性时代,也是一个宗教意识极为浓厚的时代,人的尊严和人的价值没有得到应有的尊重和认识。祭祀鬼神已成为一种制度并指导着国家所有的日常活动。殷商社会崇拜天帝,祭祀祖先,认为人间任何事情都要受到冥冥之中神的支配。殷代卜辞记录的史实充分证明了殷人无论从事任何事情,如祭祀、征伐、田猎、稼穑等,无不采用占卜的形式以决疑惑。《尚书·洪范篇》作为追述殷商官方政治文化方面的原始资料,向我们展示了殷人一切都要通过占卜预决吉凶的事实:

> 汝则有大疑,谋及乃心,谋及卿士,谋及庶人,谋及卜筮。汝则从,龟从,筮从,卿士从,庶民从,是之谓大同。身其康强,子孙其逢。吉。汝则从,龟从,筮从,卿士逆,庶民逆,吉。卿士从,龟从,筮从,汝则逆,庶民逆,吉。庶民从,龟从,筮从,汝则逆,卿士逆,吉。汝则从,龟从,筮逆,卿士逆,庶民逆,作内吉,作外凶。龟筮共违于人,用静吉,用作凶。

从这段引文中,我们可以看到,在国君、卿士、庶人、卜、筮五方面因素中,起至关重要作用的是卜、筮的意见,国君、卿士、庶人的意见只是起一定的参考作用,而卜、筮的结果却具有最终的决定权。因此,《礼记·表记》将殷商这种原始神学观念表述为:"殷人尊神,率民以事神,先鬼而后礼,先罚而后赏。"据此,也有人形象地将殷商文化称为"鬼治主义",而将日后的周文化称作"德治主义"。[①]

[①] 《说文》:"觋,能斋肃事神明也。在男曰觋,在女曰巫。"徐锴注巫觋:"能见鬼神。"巫觋亦人亦神。巫觋的特点被认为是能通鬼神。在现有文献资料中,保留了大量占卜的史实,甲骨文即是一例。甲骨文的内容大部分是殷商王室占卜的记录。《周易》可以作为巫觋时期文化的代表。古人用其来预测未来、决策国家大事、反映当前现象,上测天,下测地,中测人事。

周代较之商代的深刻变化在于对人的认识的一次思想解放,即由对天的绝对服从转变为对人的价值的发现。由"听于神"到"听于民"的转变意义深刻而巨大。① 周人认识到人的价值及其巨大的历史推动力,尊重民意是周代政治的一大策略,这才有了文化史上的采诗之说,也才成全了《诗经》这部伟大的诗歌总集。《国语·晋语六》记载:"古之王者,政德既成,又听于民,于是乎使工诵谏于朝,在列者献诗使勿兜,风听胪言于市,辨祆祥于谣,考百事于朝,问谤誉于路,有邪而正之,尽戒之术也。先王疾是骄也。"周公制礼作乐,使得中国社会从崇尚鬼神的时代解放出来,进入了民本主义时代;周公制礼作乐,造成了孔子所敬仰的"郁郁乎文哉"的礼乐文明,可以说礼乐的起源与中国文明的演进是同步的。因为礼乐文化从一开始就肩负着两大使命:一是以"人道"对抗"神道";二是以"民意"对抗"天意",正所谓"天视自我民视,天听自我民听"。② 这是中国历史上意义深远的一次变革。正如王国维在《殷周制度论》中所言:"在中国古代,政治与文化的变革,莫剧殷周之际。"这一伟大变革的直接效果就是对民情民意的尊重,而了解民情就成了王者的首要职责。在信息不畅的时代,智慧的古人自有其智慧的办法。这就是"观诗知政"、"献诗讽谏"。从此,散落于四野的民间音乐被采诗官们带进王宫,音乐走进政治。具体的操作方法是:采诗与献诗。由采诗官深入民间采集民间音乐,演奏给王公大臣听,从中体味民情民意,进而可了解政治得失,观兴亡之征兆与迹象。上古文献对此多有记载。③ 天子要采诗,自然各诸侯国就要献诗,各国乐师便深入民间搜集民歌。乐师是掌管音乐的官员和专家,他们以唱诗作曲为职业,搜集歌谣是为了丰富他们的唱词和乐调。诸侯之乐献给天子,这些民间歌谣便汇集到朝廷里了。周代公卿列士献诗、陈诗,以颂美或讽谏。公卿列士所献之诗,既有自己的创作,也有采集来的作品。"故天子听政,使公卿至于列士献诗,瞽献曲,史献书,师箴,瞍

---

① 我们可以从两则颇具质感的文献资料来加以解读。一则是出自《国语·周语上》的《召公谏厉王弭谤》:这是春秋时期发生的历史事件,召穆公劝谏周厉王不能壅民之口,要"宣之使言",而周厉王"弗听",用高压政策强禁舆论,结果国人奋起反抗,把周厉王流放到彘地。其主旨就是"民言不可壅",剥夺百姓的话语权无异于玩火自焚。另一则是出自《左传·襄公三十一年》的《子产不毁乡校》:对于乡人聚会议政的乡校,然明主张毁掉,子产不同意,他说:"其所善者,吾将行之,其所恶者,吾将改之,是吾师也。"子产重视听取百姓的议论,还把刑书铸在鼎上公告于世,努力疏通统治者与被统治者之间的关系,颇得百姓的爱戴,从而使郑国强盛起来。
② 《尚书·周书·泰誓中》,王世舜《尚书译注》,四川人民出版社 1982 年版。
③ 《孔丛子·巡狩篇》:"古者天子命史采歌谣,以观民风。"刘歆《与扬雄书》:"诏问三代、周、秦轩车使者,遒人使者,以岁八月巡路,求代语、童谣、歌戏。"班固《汉书·艺文志》:"故古有采诗之官,王者所以观风俗,知得失,自考正也。"《汉书·食货志》:"孟春之月,群居者将散,行人震木铎徇于路以采诗,献之太师,比其音律,以闻于天子。故曰:王者不窥牖户而知天下。"何休《春秋公羊传解诂》:"男女有所怨恨,相从而歌。饥者歌其食,劳者歌其事。男年六十,女年五十无子者,官衣食之,使之民间求诗。乡移于邑,邑移于国,国以闻于天子。"

赋,蒙诵"①。

　　如此一来,便有大量的民歌汇集,自然需要整理。这便有了孔子删诗之说。司马迁《史记·孔子世家》:"古者《诗》三千篇,及至孔子,去其重,取可施于礼义……三百零五篇,孔子皆弦歌之,以求合韶武雅颂之音。"东汉王充《论衡·正说》:"《诗经》旧时亦数千篇,孔子删其重复,正而存三百五篇。"虽然这种说法不断被后世学者质疑,但"皆弦歌之"告诉我们,这些诗歌最突出的是"乐"而不是"词"。我们从《左传》的记载可以明确看到。鲁襄公二十九年(前544年),吴公子季札访问鲁国。鲁国保存先王礼乐及各国的国风甚为完备,所以他到了鲁国,就要求观乐。后来发生的历史证实了他的预言。他从郑风过于细弱,是典型的亡国征兆,预测郑国将来亡国要比别的国家早。后来郑国灭于韩,果然比宋国灭于齐早89年,比鲁国灭于楚早119年。类似的记载在许多文献中出现过。据《唐会要》记载,唐高宗调露元年(679年),皇太子李贤使乐工在东宫新作一首宝庆曲,命工者演奏于太清观。始平县令李嗣真听后,便对道士刘概辅俨说,此乐宫商不和,是君臣相阻之征。角徵失位,是父子不协之兆。杀声既多,哀调又苦。若国家无事,太子将受其咎。翌年八月,太子得罪天后武氏,高宗爱莫能助,竟致废为庶人。据郑綮《开元传信记》记载,唐朝开元末年,凉州进奉新曲,玄宗招待诸王在便殿欣赏。曲终,诸王皆称贺万岁,独有玄宗的大哥宁王李宪默然。玄宗问是何缘故。宪曰:"臣见此曲宫离而少徵,商乱而加暴。夫宫者君也,商者臣也。宫不胜,则君体卑。商有余,则臣事僭。臣恐异日臣下有悖乱之事,陛下有流离之祸,莫不兆于斯曲也。"后来安禄山造反,玄宗出奔四川,方知宁王所料不虚。这种对音乐功能的认识,成了儒家艺术功能论的思想基础,也是儒家礼乐文化功能主义的理论来源。孔子崇尚三代之礼乐,尤其崇尚周礼,所谓"郁郁乎文哉,吾从周"。《礼记》中有:"大道之行也,与三代之英。丘未之逮也,而有志焉。"孔子是从研究周礼入手,找到自己理想社会的基石。在孔子看来,"礼"是社会秩序行为规范的外在形式,只要一切都按照"礼"的形式去做,"道"就能够得以实现。乐是礼的具体体现:什么样的礼,就有什么样规模的乐。所以孔子对"乐"的重视是可以想见的。孔子一直把音乐与礼放在同等重要的地位。孔子本人对音乐也有很高的修养,在《论语》中还有许多与音乐、诗歌有关的评价。② 虽然"乐"与"礼"有着不同的文化内涵,但它们的共同点是:都关系到世间人情伦理。可以说,礼乐思想是

---

① 《国语·周语》,尚学锋、夏德靠译注《国语》,中华书局2009年版。
② 《论语·八佾》:"子曰:人而不仁,如礼何?人而不仁,如乐何?""子谓《韶》,尽美矣,又尽善也;谓《武》,尽美矣,未尽善也。""子与鲁大师乐,曰:'乐其可知也:始作,翕如也;从之,纯如也,皦如也,绎如也,以成。'"《论语·述而》:"子在齐闻《韶》,三月不知肉味。曰:'不图为乐之至于斯也。'"

原始儒家思想相当重要的一个内容。孟子说:"王者之迹熄而《诗》亡,《诗》亡而后《春秋》作。"①从史诗到史书,反映出时代的又一大转折。《诗》是宗周礼乐文化的代表,而《春秋》则是礼乐崩坏时代的史书。孔子说:"天下有道,则礼乐征伐自天子出;天下无道,则礼乐征伐自诸侯出。自诸侯出,盖十世希不失矣;自大夫出,五世希不失矣;陪臣执国命,三世希不失矣。天下有道,则政不在大夫。天下有道,则庶人不议。"(《论语·季氏》)孔子所作《春秋》正是儒家对上古礼乐思想的继承与发扬。

"话语即权力",中国历史上的春秋战国时期,集权再分配,是一种集权代替另一种集权的时期。这种独断随着天子失位,权力下移,天子的王权被诸侯的霸权所替代,礼崩乐坏的一统政治体系被割据一方的诸侯多元政治体系所替代,此前的天子力图维持其单一的、非对话的、独断论的话语权力,此时的诸侯们企图建立一个多元的、对话的、非独断论的话语空间。从春秋到战国,天子式微,"礼乐征伐自诸侯出",后来,诸侯也大权旁落,出现"陪臣执国命"的现象,造成"天子失官,学在四夷"的局面。② 可以说私学的兴起,正是政治集权解体与话语权下移的必然结果。这些没落贵族往往沦落民间,他们的流亡,导致学术扩散到四方,而使学术下移到民间,正是在诸侯与诸侯中的政治缝隙之间诞生了自由知识分子的生存空间。《孟子·滕文公下》:"圣王不作,诸侯放恣,处士横议。"《孟子·公孙丑下》:"有官守者,不得其职则去;有言责者,不得其言则去。"正是这样的政治文化背景,才有可能产生《战国策》齐王与颜斶之间"王贵乎"与"士贵乎"这样戏剧般的对话。③ 列国时代的政治缝隙为知识分子提供了前所未有的论道平台,由此建立起一个相对私人化的话语空间。④ 但随着新的大汉帝国一统政治体系的建立,这一自由论坛又被残忍地拆除了。直到明清之际,随着新兴的商业资本家的财力足以抗衡帝王的政治权力,权力的分配再次被提上了历史的议事日程。新兴的资产阶级要求说话,要求说掷地有声的话。在帝王与商人较量的前沿地带,又一个宽展的话语平台搭建成功了。随着私人空间从公共空间中分离出来,私人化的小说也进入了高雅的文学殿堂。与戏

---

① 《孟子·离娄下》,王世朝《孟子导读》,广东高等教育出版社2002年版。

② 春秋时期,诸子百家创办私学,打破"学在官府"的局面,此后官学与私学一直并存。长达几千年的中华教育发展史,官学与私学成为中国传统教育的两轮,共同推动着中国传统教育事业的前行。钱穆先生认为六艺与诸子的关键区别乃是官学与私学之分。

③ 参见《战国策·齐策四之齐宣王见颜斶》,王守谦等《战国策全译》,贵州人民出版社1992年版。

④ 作为"战国策派"代表人物的林同济先生将中国传统知识分子社会角色的演进分为技术之士,游说之士和宦术之士三个历史阶段。中国春秋战国时期的"士"这一阶层,可以说是中国"知识阶层"比较典型的早期形态。继之,它经历了两汉以来漫长的"士大夫"之"士"历史阶段并在19世纪末开始向"新型知识阶层"转变。详情可参见温儒敏、丁小萍编:《时代之波——战国策派文化论著辑要》。

剧相比,小说更带有明显的资产阶级印记。在代表王权的庙堂与在野的山林之间,由商人与商业缔造出来的繁华的闹市为新文学提供了生存的空间,这就是戏剧与小说。这些曾经备受冷落的文体文种,获得新生,悄然成长。正如美国新历史主义批评主将格林布拉特指出的,戏剧与小说最根本的区别在于:戏剧传播的是一种集体的信念和经验,观众拥挤在同一个公共空间中,使导演和演员感觉到一种可触可摸的公共性;而小说则使读者从公共事务的领域退出,进入一个完全私密化的空间。

　　道德的最高话语权并不握在知识分子的手里,但中国的文人每每以道德的化身自居,悲剧不可避免。天子和文人的战争在中国时有发生。从周厉王的弭谤到秦始皇的"焚书坑儒",从宋代苏轼的"乌台诗案"到明代的"表笺之祸",再到清代戴名世的《南山集》案,中国历史上文字狱的记载不绝于书。见诸史书记载最早的文字狱,是发生在公元前548年(鲁襄公二十五年)齐国权臣崔杼杀史官的事件。是年,身为齐相的崔杼因私怨杀了国君齐庄王光,史官如实记载了这件事,不料招来杀身之祸。《左传》记载道:"太史书曰:'崔杼弑其君。'崔子杀之。其弟嗣书,而死者二人。其弟又书,乃舍之。""焚书坑儒"是对中国历史文化的一场浩劫,是封建君主专制野蛮性的大暴露。秦以后,文字狱伴随着封建君主专制的强化而不绝于史。而到封建社会后期,尤其在明清时期,文字狱之风也愈演愈烈。明朝初年是文字狱发生非常密集的年代,正如顾颉刚所说:"明代三百年,文献犹存,文字狱祸尚有可以考见者乎?曰:有之,然其严酷莫甚于明初。"①清代文字狱,顺治朝首开其端,中经康熙、雍正、乾隆三朝,历时百余年。"在中国两千多年的封建社会里,文字狱屡见不鲜,而清朝的文字狱,次数之频繁、株连之广泛、处罚之残酷,超过以往的朝代。"②据学者统计:从1648年(顺治五年)到1788年(乾隆五十三年)的140年间,顺、康、雍、乾四朝共发生各类文字狱多达82起。③ 除了少数案件事出有因外,绝大多数都是捕风捉影、望文生义,纯属冤假错案。往往每兴一狱,一人获罪,九族株连,斩杀流配,惨不忍睹。诸如庄廷鑨《明史》案、戴名世《南山集》案、查嗣庭试题案、吕留良文选案、谢济世注大学案、胡中藻《坚磨生诗钞》案、徐述夔《一柱楼诗集》案、伪孙嘉淦奏稿案等,都影响较大,牵涉人数众多。正如论者所说:"清初文字之祸,至严极酷。其最著名,如戴名世之《南山集》、庄廷鑨之《明史》,展转罗织,被祸之数百人,妻子聚歼,家产籍没,至今谈者,犹觉惊心骇魄焉。其余因一二字之忌

---

① 顾颉刚:《明代文字狱祸考略》,郑天挺主编《明清史资料》(上),天津人民出版社1981年版,第84页。
② 戴逸:《简明清史》第2册,人民出版社1984年版,第233页。
③ 参见邓之诚:《中华二千年史》卷五中,郑天挺主编《明清史资料》(下),天津人民出版社1981年版,第187—192页。

讳,遽至身亡家破者,多至不可胜记。"①中国历史上的文字狱通常出现在社会发展出现重要转折的时期,尤其在新王朝建立之初,如上文提到的秦初、明初、清初等时期。新王朝的统治者把制造文字狱当成巩固统治的一种手段,以此杀一儆百,打击异己,控制舆论。历代文字狱集中地反映了封建专制的黑暗与野蛮,写下了中国历史上黑暗的一页,对中国的社会文化发展产生了极其严重的消极影响。

(二)跟谁说——对话权

中国主流文学的演进,其轨迹可以简括为:由巫官到史官到游说之士,到御用文人,到孤芳自赏的文人,最后到演艺为生的艺人。巫术文化时期,对话的双方是人与神,虔诚与敬畏之心是巫术文化的品质。史官文化时期,对话双方是今人与后人,所谓"藏于名山,留之后世",追求不朽是其重要品质。御用文化时期,对话的双方是文人与帝王,阿谀奉承的虚伪取代了巫术文化的虔诚与史官文化的实录。纯文学期,对话是自言自语式的,文学是文人的自况和自慰,自然、率真与自由是其文学品格。艺人文化时期,对话双方是文人与文化消费者,双方以市场为交易平台,极尽娱乐是其文化品相。

早期的文学是对话神明的文学,听众是神而不是人,所谓"以其成功告于神明者也",姑且将其称为"媚神的文学",代表性的文体是"诰"和"颂"。接下来的文学是对话王者。这个时期的听众是王侯,文人以三寸不烂之舌取悦王侯,以期获得"王"的首肯,博得个荣华富贵之身,可名之为"媚王的文学",代表性的文体是"散文"与"大赋"。在大众文化时代,文人将自己的作品卖给大众以兑换真金白银,落个实惠,我们姑且将其称为"媚俗的文学",代表性的文体是小说与戏剧。在文人独白的时代里,文人自说自话,自己说自己听,这是说者与听者的统一,我们姑且将其称为"自娱的文学",代表性的文体是"诗"与"小赋"。

至此,可以将话语行为的历史姿态描述如下:

巫觋说给神明听——神职文人的产生——媚神——宗教话语——神秘、庄重、敬畏、诡秘、深奥、神圣、虔诚

文人说给君王听——御用文人的产生——媚圣——政治话语——华丽、婉转、悦耳、动人、蛊惑、机智、趣味、寓言、故事、好听

文人说给大众听——大众文人的产生——媚下——娱乐话语——低俗、质感、白话、传奇、悬念

---

① 涵秋:《娱萱室随笔》,郑天挺主编:《明清史资料》(下),天津人民出版社1981年版,第172页。

文人说给自己听——纯粹文人的产生——媚己——自恋话语——抒情、幽怨、缠绵、忧思、伤感、柔美

在求神问卜的时代,说话的是巫觋,听话的是神明,作为文学的诗三百,其中的一部分也不是写给人看的。故而汉儒诠释《诗》之"颂"说:"以其成功告于神明者也。"楚辞也然,屈原的《天问》显然就是与天的一次对话。这个时期的文人是由神职人员担当的,文学的性质是宗教化的。随着人的觉醒,人对神的依赖转为对神的挣脱,人的自信心越来越强,不再是唯神是瞻,唯神是问了。巫觋与神明的对话逐渐演进为文人与君王的对话,说话者与听话者的角色均发生了变化。孔子是这个转变过程中的代表性人物,他的"不语怪、力、乱、神",以及"不知生,焉知死",明示我们他对神的态度,他对神明的怀疑与不屑。他的周游列国的游说,是他对话诸侯的一次次努力。他的继承者孟子将这种"知其不可为而为之"的倔强发展到极致。孔子周游天下,交接王侯,传播仁学。继之孟子、荀子等,没有选择闭门索居,皆摩顶放踵,震木铎于四方,他们之所以这样做,无外乎是在寻求听众。一个能说,会说,喜欢说而且自以为必须说的人,一定要有能听,会听,喜欢听且听了之后有实际行动的人作听众。如果说一部《论语》主要记载了孔子与弟子之间亲切友好的对话,那么《孟子》则主要记载了孟子与王者之间的交往与交流。孟子深知只有被帝王接受才能被大众接受,也只有获得了权力的认可才得以大行天下。王者的认可,是最终的认可,也是最有效的认可,所以他一生辗转于邹、齐、宋、鲁、滕、魏等国,不厌其烦地在王者的耳边布道。等而下之的一茬茬文人,深知其理,权力的认可才是真正有效的认可。

从韩非子的《说难》到屈原的《离骚》,再到贾谊的《治安策》,一直到司马相如的《大人赋》和扬雄的"辍而不作",可以见出向君王进说的困难。无论是韩非的孤独或者是扬雄的苦恼,无论是屈原的委屈或者是贾谊的幽怨,都是听众出了问题。扬雄的反思是深刻的:"雄以为赋者,将以风之也,必推类而言,极丽靡之辞,闳侈巨衍,竞于使人不能加也,既乃归之于正,然览者已过矣。往时武帝好神仙,相如上《大人赋》,欲以风,帝反缥缥有陵云之志。由是言之,赋劝而不止,明矣。"①所以扬雄极其沮丧地认为作赋乃是"童子雕虫篆刻","壮夫不为也",竟至"辍而不作"。

还有一种情形,就是战国时代,养士已成为上层社会竞相标榜的一种时髦风气。只要是有实力有抱负的国君、权臣,无不以收养门客为荣。从战国初期的赵襄子、魏文侯,到以后的赵惠文王、燕昭王、"战国四公子"、秦相吕不韦、燕太子丹,门

---

① 班固:《汉书·扬雄传》,刘华清等《汉书全译》,贵州人民出版社 1995 年版。

下都收养着数千的门客。由于通过养士的方式可以大量集中人才,既能迅速抬高自己的政治声誉,以号召天下,又能壮大自己的政治力量,以称霸诸侯,所以上层权贵争相礼贤下士,不拘一格地网罗人才,形成了"士无常君,国无定臣"的人才流动和人才竞争的局面。《孔丛子·居卫》篇记载了子思关于春秋、战国两个时代不同的养士之风的观察与思考,他认为,春秋时期,"周制虽毁,上下相持若一体然",所以养士之风不得大倡。战国时代,"天下诸侯方欲力争,竞招英雄,以自辅翼。此乃得士则昌,失士则亡之秋也"。此言深刻地道出了战国养士之风经久不衰的真谛。既被豢养,当然就得一心一意地替主子分忧解难,说主子想听的话。

(三)说什么——话题权

诸子百家文章的一个潜在的听众就是诸侯。要说什么,想说什么,能说什么,这些不取决于说话者,而取决于听话的人。接受美学的创始人姚斯说:"文学史就是文学作品的消费史,即消费主体的历史。"巴尔特曾大胆宣布作者死亡并将读者引入批评领域。可见谁在说不重要,关键是有没有人听以及谁在听。依据接受美学理论,我们重新审视中国古代文学,不难发现,作为最早的文学式样的诗歌,正因为被政治抑或说政权所接受,所以才有了日后的辉煌。与其说是作者的创作决定主流或非主流,毋宁说是读者的口味决定了主流或非主流。由于专制体制权力集中,说话者与听话者之间的关系十分微妙,话题的制控权往往不操控在说话人一方,而是掌控在听话者一方,所以说话者必须揣摩听话者的心意,否则不光白说,还有性命之忧,因此才有了所谓的御用文人这一扭曲的社会角色。专挑好听的说,也因此招致孔子严厉的批评:"巧言令色,鲜矣仁。"主流文学由于是自上而下的,所谓"上以风化下",所以对内容有了质的规定性;非主流文学由于是自下而上的,所谓"下以风刺上",所以对内容也有了质的规定性。韩非子恐怕算是对此体会最深的人,他用一系列的寓言故事阐述了接受者的创造性。

凡说之难:非吾知之有以说之之难也,又非吾辩之能明吾意之难也,又非吾敢横失而能尽之难也。凡说之难:在知所说之心,可以吾说当之。所说出于为名高者也,而说之以厚利,则见下节而遇卑贱,必弃远矣。所说出于厚利者也,而说之以名高,则见无心而远事情,必不收矣。所说阴为厚利而显为名高者也,而说之以名高,则阳收其身而实疏之;说之以厚利,则阴用其言显弃其身矣。此不可不察也。夫事以密成,语以泄败。未必其身泄之也,而语及所匿之事,如此者身危。彼显有所出事,而乃以成他故,说者不徒知所出而已矣。又知其所以为,如此者身危。夫异事而当,知者揣之外而得之,事泄于外,必以为己也,如此者身危。周泽未渥也,而语极知,说行而有功,则德忘;说不行而有败,则见疑,如此者身危。贵人有过端,而说者明言礼义以挑其恶,如此者身危。贵人或得计而欲自以为功,说者与知焉,如此者身危。强以其所不能为,止以其所不能已,如此者身危。故与之论大人,则以为间己矣;与之论细人,则以为卖重。论其所爱,则以为借资;论其所憎,则以为尝己也。径省其说,则以为不智而拙之;米盐博辩,则以为多而交之。略事陈意,则曰怯懦而不尽;虑事广肆,则曰草野而倨侮。此说之难,不可不知也。凡说之务,在知饰所说之所矜而灭其所耻。彼有私急也,必以公义示而强之。其意有下也,然而不能已,说者因为之饰其美而少其不为也。其心有高也,而实不能及,说者为之举其过而见其恶,而多其不行也。有欲矜以智能,则为之举异事之同类者,多为之地,使之资说于我,而佯不知也以资其智。欲内相存之言,则必以美名明之,而微见其合于私利也。欲陈危害之事,则显其毁诽而微见其合于私患也。誉异人与同行者,规异事与同计者。有与同污者,则必以大饰其无伤也;有与同败者,则必以明饰其无失也。彼自多其力,则毋以其难概之也;自勇其断,则无以其谪怒之;自智其计,则毋以其败穷之。大意无所拂悟,辞言无所击摩,然后极骋智辩焉。此道所得,亲近不疑而得尽辞也。伊尹为宰,百里奚为虏,皆所以干其上也。此二人者,皆圣人也;然犹不能无役身以进,如此其污也!今以吾言为宰虏,而可以听用而振世,此非能仕之所耻也。夫旷日离久,而周泽既渥,深计而不疑,引争而不罪,则明割利害以致其功,直指是非以饰其身,以此相持,此说之成也。①

  游说国君是一项高难度的工作,困难既不在于游说者的学识水平高不高,也不在于游说技巧出色不出色,更不在于敢不敢放言陈述。难就难在君心难测,难在了解所要游说的对象的主观好恶,即"知所说之心",然后技术性地投其所好。如果言说者不能做到有的放矢,轻则徒费口舌,说了白说,什么效果都没有,重则招致杀身之祸。为了游说的成功,一要深谙人主心理,二要仰承人主鼻息,断不可撄人主的逆鳞。在此,韩非子把当权者的心理揣摩得细致入微。可见,游说人主,话题权不在游说者一方,而在人主一方。这样的政治权力格局决定了对话双方的话题权力格局。孔子所谓的"巧言令色",本质上就是"专拣好听的说",是专制集权环境下滋生出的"媚上型"言说方式,本质上说是"被言说",既是讨好,也是讨巧,是文人对付专制集权的畸形的机智应对。

---

① 韩非子:《说难》,张觉《韩非子全译》,贵州人民出版社1992年版。

(四)怎样说——形式权

人不能不说话,但不能乱说话。说话要讲究方式方法,讲究策略。这就涉及话语的形式权问题。对此,中国传统诗学有一系列系统的论述。诸如"赋诗言志"、"春秋笔法"、"引类譬喻"、"温柔敦厚"、"主文谲谏"等。言说者的机智,昭示着言说环境的险峻,如履薄冰,如临深渊。他们之所以选择这样的表达方式,不是缘于他们的喜好,而是基于他们的无奈。

"赋诗言志",是根据春秋时期各诸侯国之间,在政治、外交场合中赋《诗》时断章取义的情况而提出的观念。《汉书·艺文志》云:"古者诸侯卿大夫交接邻国,以微言相感,当揖让之时,必称《诗》以谕其志,盖以别贤不肖而观盛衰焉。"又据《左传·僖公二十三年》杜预注:"古者礼会,因古《诗》以见意,故言赋诗断章也。其全称诗篇者,多取首章之义。"[①]据此情况,清劳孝舆《春秋诗话》卷一有概括说明:"盖当时只有诗,无诗人。古人所作,今人可援为己诗;彼人之诗,此人可赓为自作,期于言志而止。人无定诗,诗无定指。"为了自由表达意志,人们称引可以毫不顾及原诗题旨,赋《诗》言志,断章取义。风气所及,影响有好有坏:违背原诗,主观附会,随意批评,以合其"教化"需要,流弊甚深;但对后来"诗无达诂"之说,启迪了艺术思维的模糊理论,空灵而不泥于字面,又促进了诗歌审美艺术的发展。

"春秋笔法"源于孔子编撰《春秋》的手法,简明概括为"微言大义"。左丘明发微探幽,最先对这种笔法作了精当的概括:"《春秋》之称,微而显,志而晦,婉而成章,尽而不污,惩恶而劝善,非贤人谁能修之?"可见微言大义,就是为尊者讳,为隐者讳,为亲者讳,进而惩恶劝善。公羊学者认为,《春秋》是孔子政治精神的彰显,故其字字句句,被认为是"一字之褒荣于华衮,一字之贬严于斧钺"。

"引类譬喻"多见于《楚辞》。王逸在《楚辞章句》中对这一艺术手法有十分精当的阐释:"《离骚》之文,依诗取兴,引类譬喻,故善鸟香草以配忠贞,恶禽臭物以比谗佞,灵修美人以媲于君,宓妃佚女以譬贤臣"。其中的比喻,不仅仅停留在个别事物的类比上,还体现于整个形象体系的构思中,因而又含有整体上的象征意义。

"温柔敦厚",始见于《礼记·经解》篇,托言孔子曰:"入其国,其教可知也。其为人也,温柔敦厚,《诗》教也。""温柔敦厚"与其说是一种审美风格要求,毋宁说是一种言说方式;与其说是艺术原则,毋宁说是思想规范。汉儒的"诗教"说,对于传

[①] 如伯有赋《鹑之贲贲》,赵孟事后评云:"伯有将为戮矣。诗以言志,志诬其上,而公怨之以为宾荣,其能久乎?"此诗见于《诗·鄘风》,是一首讽刺统治者淫乱的诗歌。《毛诗小序》曰:"刺卫宣姜也,卫人以为宣布姜鹑鹊之不若也。"

统诗论产生了很大的影响。清人焦循在《雕菰集·毛诗郑氏笺》中对这一艺术手法的精神实质有十分传神的点评："夫诗,温柔敦厚者也。不质直言之而比兴言之,不言理而言情,不务胜人而务感人。"王士禛更以"一唱三叹"来发挥,认为诗歌的"温柔敦厚",就是含蓄温藉,韵味无穷。其说皆具有一定的合理因素。

"主文谲谏"始见于汉初《诗大序》："上以风化下,下以风刺上,主文而谲谏,言之者无罪,闻之者足以戒,故曰风。"① 可见汉儒之"风刺",又必须合乎"发乎情,止乎礼义"的思想原则,不是金刚怒目式的批判揭露,不能伤害君主的尊严与权威,而是通过委婉含蓄之辞,寄托忠心讽谏之意,以便起到调整关系、维护和睦的作用。从积极方面看,要求含蓄委婉,可以达到言有尽而意无穷的艺术审美境界,某种程度上符合艺术思维规律;但片面追求温柔敦厚、委婉含蓄,一概反对并压抑炽热感情的倾泻,排斥意气奔腾的豪放之作,又会对批评与创作产生不利的作用,所以陈子龙《诗论》直斥之为"小人以文章杀人也"。

四、主流文学的基本精神

(一)体态——主流文学的体式本位论

从文献角度讲,五经是包括文学在内的中国文化之源。作为"群言之祖",五经的意义首先在于其对中国文化之道的承载,其次则在于载道的具体方式。宗经就是宗法经书,写作以经书为标准,效法五经来作文。这是文体血统性要求,是对非贵族血统的世俗文体的抵制与抵抗。② 比如清梁章钜《退庵随笔》就说:"如要典重,则学《书》;要婉丽,则学《诗》;要古质,则学《易》;要谨严,则学《春秋》;要通达,则学《戴记》……略得其意,微会其通,自然不同于世俗之为文矣。"

文出五经之说由来已久。早在先秦时期,宗经的思想就已萌芽,《庄子·天下》:"《诗》以道志,《书》以道事,《礼》以道行,《乐》以道和,《易》以道阴阳,《春秋》以

---

① 郑玄解释说:"风化、风刺,皆谓譬喻不斥言也。主文,主与乐之宫商相应也。谲谏,咏歌依违,不直谏。"后来孔颖达《毛诗正义》也说:"其作诗也,本心主意,使合于宫商相应之文,播之于乐。而依违谲谏,不直言君之过失;故言之者无罪,人君不怒其作主而罪戮之,闻之者足以自戒,人君自知其过而悔之。"这是要求诗人创作可以规讽统治者,但必须通过委婉曲折的方式,而不要过于切直刻露,以维护君主的尊严和权威。它是汉代士人在争取自己话语权利的过程中与官方意识形态相互妥协在诗学领域内的具体体现,是经学时代的产物。

② 《说文》:"经,织从丝也。"段玉裁解释说:"织之从丝谓之经,必先有经而后有纬,是故三纲五常六艺谓之天地之常经。"六经之名最早出现于《礼记·经解》。《庄子·天运》说:"孔子谓老聃曰:丘治《诗》《书》《礼》《乐》《易》《春秋》六经,自以为久矣,孰知其故矣。"刘勰《文心雕龙·宗经》有:"经也者,恒久之至道,不刊之鸿教也。"

道名分。"《荀子·儒效》:"《诗》言是其志也,《书》言是其事也,《礼》言是其行也,《乐》言是其和也,《春秋》言是其微也。"以上这些文献既点明了每个经书的内涵,也说明了圣人与经书的关系。郭绍虞认为明道、征圣、宗经,三位一体,明道是三者的中心,以上是荀子文学思想的基本内容,它奠定了后世明道、征圣、宗经三位一体的文学观。至汉代扬雄《法言·问神》:"书不经,非书也;言不经,非言也。言书不经,多多赘矣。"《法言·吾子》篇:"舍舟航而济乎渎者,末矣,舍《五经》而济乎道者,末矣。弃常珍而嗜乎异馔者,恶睹其识味也?委大圣而好乎诸子者,恶睹其识道也?"又《寡见》篇:"或问:《五经》有辩乎?曰:惟《五经》为辩。说天者莫辩乎《易》,说事者莫辩乎《书》,说体者莫辩乎《礼》,说志者莫辩乎《诗》,说理者莫辩乎《春秋》。舍斯,辩亦小矣。"桓谭《新论》有《正经》篇。王充《论衡·佚文》篇:"文人宜遵五经六艺为文,诸子传书为文。"颜之推《颜氏家训·文章篇》云:"夫文章者,原出五经:诏命策檄,生于《书》者也;序述论议,生于《易》者也;歌咏赋颂,生于《诗》者也;祭祀哀诔,生于《礼》者也;书奏箴铭,生于《春秋》者也。"

宗经是保持文章纯正性的基本方法。但凡偏离经典,必将贻害无穷。

故论说辞序,则《易》统其首;诏策章奏,则《书》发其源;赋颂歌赞,则《诗》立其本;铭诔箴祝,则《礼》总其端;纪、传、铭、檄,则《春秋》为根;并穷高以树表,极远以启疆,所以百家腾跃,终入环内者也。若禀经以制式,酌雅以富言,是即山而铸铜,煮海而为盐也。故文能宗经,体有六义:一则情深而不诡,二则风清而不杂,三则事信而不诞,四则义直而不回,五则体约而不芜,六则文丽而不淫。扬子比雕玉以作器,谓五经之含文也。夫文以行立,行以文传,四教所先,符采相济,励德树声,莫不师圣;而建言修辞,鲜克宗经。是以楚艳汉侈,流弊不还,正末归本,不其懿欤![1]

刘勰在《序志》中曾公开声明:"盖《文心》之作也,本乎道,师乎圣,体乎经,酌乎纬,变乎骚,文之枢纽,亦云极矣。"在关于文之枢纽的5篇文章中,《宗经》又是它们中的核心。对这个问题,清人纪晓岚、近人刘永济先生都在《文心雕龙》的研究中有过很好的说明,而祖保泉教授在《文之枢纽臆说》一文中阐述得尤为透彻。他说:"刘勰抱着宗仰孔圣人的思想来'论文'。那么,被称作'经'的'圣文',很自然成了他立论的准则。'宗经'成了他撰写《文心雕龙》的主导思想。或者说,《宗经篇》所阐明的思想成了他论文的总纲领。"饶宗颐《文心雕龙探原·刘勰文学见解之渊源》:"《宋书·明帝(刘彧)纪》云:'彦和《文心》,力主宗经,与子野持论宗旨相符,不特说明各种文体皆导源于《五经》,且极力于经书中探索"文"之意义,以立其建言之

---

[1] 刘勰:《文心雕龙·宗经》,赵仲邑《文心雕龙译注》,漓江出版社1982年版。

根据。"通观《宗经》,刘勰以原道的逻辑理性统摄载道的价值理性,完成了中国道统向文统包括人文审美传统的理论转换,其理论集大成的贡献是空前的。

宗经思想源远流长,唐代柳宗元《答韦中立论师道书》:"本之《书》以求其质,本之《诗》以求其恒,本之《礼》以求其宜,本之《春秋》以求其断,本之《易》以求其动,此吾所以取道之原也。"清人刘开《书文心雕龙后》:"伐薪必于昆邓,汲水宜从江海,此宗经所由笃也。"方东树说:"六经以外无文字。"黄侃在《文心雕龙札记》里注曰《汉书·儒林传序》:"古之儒者,博学乎《六艺》之文。《六艺》者,王教之典籍,先圣所以明天道,正人伦,致至治之成法也。"

宗经的思想影响深远,后世对于世俗文学以及新兴文学的批评与声讨,也常常是基于宗经观念责其不合经典。比如石介《怪说中》指责西昆体作家杨亿、刘筠时就说:"杨亿……刓镂圣人之经,破碎圣人之言,离析圣人之意,蠹伤圣人之道。"其《与张秀才书》云:"伏羲、神农、黄帝、尧、舜、禹、汤、文、武、周公、孔子,所以为文之道也。由是道则圣人之徒矣;离是道,不杨则墨矣,不佛则老矣,不庄则韩矣。"又其《上蔡副枢书》云:"两仪,文之体也;三纲,文之象也;五常,文之质也;九畴,文之数也;道德,文之本也;礼乐,文之饰也;孝悌,文之美也;功业,文之容也;教化,文之明也;刑政,文之纲也;号令,文之声也。"这又是孙复"道者教之本"的注脚。假使我们说柳开的主张是道学家文论的先声,那么孙复、石介的主张可以说是政治家文论的先声了。孙复《答张洞书》谓:

> 夫文者,道之用也,道者,教之本也……是故《诗》、《书》、《礼》、《乐》、大《易》、《春秋》,皆文也,总而谓之经者也,以其终于孔子之手,尊而异之尔。斯圣人之文也。后人力薄不克以嗣,但当佐佑名教,夹辅圣人而已。或则列圣之微旨,或则名诸子之异端,或则发千古之未寤,或则正一时之所失,或则陈仁政之大经,或则斥功利之末术,或则扬贤人之声烈,或则写下民之愤叹,或则陈天人之去就,或则述国家之安危,必皆临事摭实,有感而作,为论、为议、为书疏、歌、诗、赞、颂、箴、解、铭、说之类,虽其目甚多,同归于道,皆谓之文也。[1]

元人承宋金之后,文体意识进一步加强,对文体正变有相当深入的见解。比如李继本在《邓伯言玉笥诗集序》中说:"大抵诗之体裁各以其类,雅颂有雅颂之制,风骚有风骚之制。汉魏人则汉魏人语,六朝唐人则六朝唐人语。"[2]元末文坛大家杨

---

[1] 孙复:《答张洞书》,郭绍虞《中国历代文论选》第二册,上海古籍出版社1979年版,第296页。
[2] 李继本:《一山文集》卷四,四库全书本。转引自罗立刚《史统—道统—文统——论唐宋时期文学观念的转变》,东方出版中心2005年版,第379页。

维桢也说过:"诗与声又(之)始而邪正本诸情。皇世之辞,无所述问,见于帝世而备于《三百篇》,变于楚《离骚》、汉乐府,再变于琴操五七言,大变于声律,驯至末唐季宋而弊极矣。君子于诗可观世变者类此。"①对此,罗立刚评论说:

  杨维桢持上古之《诗》为"正",后世之作皆"变"的观点,其文学思想可以概括为"正—变—再变"这样一个历程。虽然就诗歌而言,由古律异变,显示出有意用"大变"将这个"变"截成彼此独立的两个系列,为一个更大的"正——变——再变"预留空间,呈立体的螺旋上升的结构。但是,这种以一"正"统多"变"且万变不离其宗的思想,却在其文学思想中预置了一个为一切变化之根源的最终的"正"。这种带有"祖述"意识的正变观,不可避免地会引出复古的文学观念,最起码会为复古预设下一个理论前提。②

  事实上,正是由于这种文体本位思想,才引发了历朝历代一次次的文学复古运动。这也是最具中国特色的中国式文学进化论,即每一次的文学进化首先是舆论上的大张旗鼓的复古。复古的本质是更新,但更新又必须高举复古的大旗方能获得道义上的支持。而文体本位的观念又与宗经思想一脉相承。理解这层关系,就不难理解中国主流文学思想的运动规律。

(二)意态——主流文学的主题本质论

  "诗言志"是我国古代文论家对诗的主旨本质特征的认识。朱自清《诗言志辨》称"诗言志"为中国诗学的"开山的纲领"③,"诗言志"、"诗缘情"、"情者文之经"、"景语即情语"等说法,一直是中国文学的基本命题。司马迁"发愤著书"之说更是将"情"目为文学的原动因。晋陆机《文赋》指出:"诗缘情而绮靡。""言寡情而鲜爱。"刘勰《文心雕龙》中也明确把"情"与"美"联系起来:"物以情观,故辞必巧丽。""文采所以饰言,而辨丽本于情性。""繁采寡情,味之必厌。"沈约《谢灵运传论》分析文学作品时指出"以情纬文","文以情变"。萧绎《立言》区别了"文"、"笔"之后指出:"至如文者,惟须绮纷披,宫徵靡曼,唇吻遒会,情灵摇荡。"晋挚虞《文章流别论》

---

  ① 杨维桢:《郭羲仲诗集序》,见《东维子文集》卷七,四部丛刊本。转引自罗立刚《史统—道统—文统——论唐宋时期文学观念的转变》,东方出版中心2005年版,第381页。
  ② 罗立刚:《史统—道统—文统——论唐宋时期文学观念的转变》,东方出版中心2005年版,第381页。
  ③ "诗言志"作为一个理论术语提出来,最早大约是在《左传·襄公二十七年》记赵文子对叔向所说的"诗以言志",后来"诗言志"的说法就更为普遍。《尚书·尧典》中记舜的话说:"诗言志,歌永言,声依永,律和声。"《庄子·天下篇》说:"诗以道志。"《荀子·儒效》篇云:"《诗》言是其志也。"上述各家所说的"诗言志"含义并不完全一样。

提倡"情之发,因辞以形之",诗"以情志为本"、"以情义为主"。如此等等,可看作六朝诗文领域情感美学的组成部分。

　　隋唐至宋末明初,是思想上趋于复古守旧的时代。"文以明道"、"文以载道"是中国古代关于文学审美价值界定的独特文化形态,寄托了更明显的道德理想,也是古老的"诗言志"观的逻辑升级。明代中叶王学左派对自身的反动和明末清初启蒙主义思潮的突起,造就了声势浩大的唯情主义思潮,李开先《市井艳词序》盛称市井艳词,正在于"以其情尤足感人也"。徐渭指出:"摹情弥真,则动人弥易。"焦竑说:"情不深则无以惊心动魄。"袁宏道说:"大概情至之语,自能感人。"章学诚说:"凡文不足入人,所以入人者,情也。"黄宗羲说:"凡情之至者,其文未有不至者也。"王夫之说:"情之所至,诗无不至;诗之所至,情以之至。"等等。这又是六朝"诗缘情"说的梅开二度。

　　从"神人以和"到"观诗知政",从"诗言志"到"诗缘情",从"文以明道"到"文以载道",中国文学的本质观不断演进变化。我们可以将整个中国主流文学思想史的发展历程简化为三个阶段。即"神人以和"—"诗言志"—"诗缘情"。第一个阶段是文学主体服务于鬼神的阶段,第二个阶段是文学主体服务于帝王的阶段,第三个阶段是文学主体服务于自我的阶段。在第一个阶段,文学主体的角色是"巫师",第二个阶段是"人臣",第三个阶段是"自我"。雅克·夏耶在《音乐的四万年》中提出:"在音乐的起源上有三个角色可以分辨它们是神、国王、和音乐本身。"朱狄先生认为这个观点"揭示了音乐发展史上的三大里程碑:最早的音乐是为神服务的,之后是为国王服务的,最后才是为自己固有的目的服务"[1]。为了进一步说明问题,我们可以援引历史学的观点作为佐证。首先是伏尔泰的"历史哲学"观念,伏尔泰认为人类各民族的历史发展都要经历三个阶段:神祇时代、英雄时代、平民时代。意大利哲学家维柯则融合了循环与进化的观点,他认为:"人类的事物次序是这样:首先是森林,接着是茅屋,再下去就是村庄和城市,最后是学院。人类首先感到必需,接着追求效用,再接下去就是讲究舒适,寻乐,然后在奢侈中变得淫逸,最后发狂,浪费他们的资产。各民族的性质是粗野,接着是严峻,接着是慈祥,再下去是精巧,最后是淫逸。"[2]和维柯一样,历史哲学的真正创立者赫尔德也将人类的历史分为三个阶段,即:诗的时代、散文的时代和哲学时代。他认为,历史中有两个基本因素,一是外部的自然力量所构成的人类生存环境,一是内部的力量即人类的精神或民族的精神特性,而这后者是更为基本的东西,人类社会就是在这两者的相互作用

---

[1] 朱狄:《原始文化研究》,生活·读书·新知三联书店1988年版,第518页。
[2] 伍蠡甫:《西方文论选》(上),上海译文出版社1979年版,第550页。

下演进的。如果我们把上述观点运用到中国文学发展史上来印证,可以非常清晰地梳理出其历史轨迹,也非常清晰地发现其历史阶段。上古文学是充满神性的文学,文学主体与其说是诗人,毋宁说是巫师;中古文学充满庄严肃穆的英雄气韵,文学主体与其说是作者,毋宁说是政客;唐宋以后的文学充满娱乐色彩,注重形而下的质感,文学主体与其说是作家,毋宁说是优伶。从诗人到作者再到作家,从巫师到政客再到优伶,这个角色的变化正是文学演进的路线图。

(三)语态——主流文学的语言本味论

从孔子的"修饰润色"到吕不韦的"一字千金"[①],从"推敲"的典故到"吟安一个字,拈断数茎须"的诗句,从"两句三年得,一吟双泪流"的贾岛,到"为人性僻耽佳句,语不惊人死不休"之杜甫,从"谢朝华于已披,启夕秀于未振"的陆机到"惟陈言之务去"的韩愈,文人对于语言美的追求可谓殚精竭虑。

在古代文学批评中,围绕文学作品语言审美一直争论不休。早期儒家的语言观以德与言的关联为核心,赋予了语言以强烈的伦理道德色彩。孔子评价《诗经》说:"《诗》三百,一言以蔽之,曰:思无邪。"[②]可见"无邪"才是语言优劣的终极标准。为防止有人重犯"率尔"的错误,他就不厌其烦地教导君子"慎于言"[③]"讷于言"[④]。他反对花言巧语,断言"巧言令色,鲜矣仁"[⑤]。学生司马牛"多言而躁"[⑥],孔子告诫他言语要"切",既不能信口开河,更不能"道听而途说"[⑦]。孔子说:"夫人不言,言必有中。"[⑧]"中"即合于道理。这是孔子对语言内容的根本要求。

"辞达而已矣"[⑨]是孔子从形式方面对言辞的具体要求,也是孔子衡量语言优劣的最高标准。子路问孔子:"卫君待子而为政,子将奚先?"子曰:"必也正名乎!"又曰:"名不正,则言不顺,言不顺,则事不成。"[⑩]孔子认为说话要把握时机,"可与

---

① 《论语·宪问》:"为命,裨谌草创之,世叔讨论之,行人子羽修饰之,东里子产润色之。"《史记·吕不韦列传》记载,《吕氏春秋》写成后,相传吕不韦曾布之于咸阳门,有能增损一字者赏千金,时人无能动一字者。
② 《论语·为政》,朱熹《四书集注》,岳麓书社1985年版。
③ 《论语·学而》,朱熹《四书集注》,岳麓书社1985年版。
④ 《论语·八佾》,朱熹《四书集注》,岳麓书社1985年版。
⑤ 《论语·学而》,朱熹《四书集注》,岳麓书社1985年版。
⑥ 《史记·仲尼弟子列传》,吴顺东等《史记全译》,贵州人民出版社1994年版。
⑦ 《论语·阳货》,朱熹《四书集注》,岳麓书社1985年版。
⑧ 《论语·先进》,朱熹《四书集注》,岳麓书社1985年版。
⑨ 《论语·卫灵公》,朱熹《四书集注》,岳麓书社1985年版。
⑩ 《论语·子路》,朱熹《四书集注》,岳麓书社1985年版。

言而不与之言,失人;不可与言而与之言,失言。知者不失人,亦不失言"①。孔子还将不能把握时机而言语视为君子的三种过错,"侍于君子有三愆:言未及之而言,谓之躁;言及之而不言,谓之隐;未见颜色而言,谓之瞽"②,告诫人们要"时然后言"③。

苏轼特别重视"辞达",他在《答王庠书》中说:"孔子曰:'辞达而已矣。'辞至于达,足矣,不可以有加矣。"要求辞要达意、言能尽意。在《答谢民师书》也说:

孔子曰:"言之不文,行而不远。"又曰:"辞达而已矣。"夫言止于达意,即疑若不文,是大不然。求物之妙,如系风捕影,能使是物了然于心者,盖千万人而不一遇也,而况能使了然于口与手者乎?是之谓辞达。辞至于能达,则文不可胜用矣。

苏轼认为作家要对事物了然于心,了然于口与手,意之所至,笔亦随之,把客观事物和人们的微妙心理准确地、恰如其分地用言辞表现出来。刘熙载说:"辞之患,不外过与不及。"

孟子就道德修养与言辞辨别能力的关系提出了"知言养气"说,认为只有具备了"至大至刚"的"浩然之气",才能知言,才能判断"诐辞"、"邪辞"、"淫辞"、"遁辞"等不正确言辞的错误实质。④ 荀子更把"不顺礼义"的"辩说譬喻"称为"奸说",认为在语言的运用中,"言而非仁之中也,则其言不若其默也,其辨不若其呐也。"⑤意即言论不合于仁,不如不说,不如缄默。这些语用学思想对后世儒家诗学反对虚妄之言和华伪之文有积极的引导作用。

同儒家对语言的自信相比,道家对语言的功能充满怀疑。以老庄为代表的道家学说非常强调语言的局限性,代表性观点是"言不尽意"。

桓公读书于堂上,轮扁斫轮于堂下。释椎凿而上,问桓公曰:"敢问,公之所读者何言邪?"公曰:"圣人之言也。"曰:"圣人在乎?"公曰:"已死矣。"曰:"然则君之所读者,古人之糟魄已夫。"桓公曰:"寡人读书,轮人安得议乎!有说则可,无说则死。"轮扁曰:"臣也以臣之事观之。斫轮徐则甘而不固,疾则苦而不入,不徐不疾,得之于手而应于心。口不能言,有数存焉于其间。臣不能以喻臣之子,臣之子亦不

---

① 《论语·卫灵公》,朱熹《四书集注》,岳麓书社1985年版。
② 《论语·季氏》,朱熹《四书集注》,岳麓书社1985年版。
③ 《论语·宪问》,朱熹《四书集注》,岳麓书社1985年版。
④ 《孟子·公孙丑上》:公孙丑问曰:"何谓知言?"孟子曰:"诐辞知其所蔽,淫辞知其所陷,邪辞知其所离,遁辞知其所穷。"注:"偏颇不周曰诐,滥言不止曰淫,不由正道曰邪,敷衍塞责曰遁。"王世朝《孟子导读》,广东高等教育出版社2002年版。
⑤ 《荀子·非相》,蒋南华、杨寒清《荀子全译》,贵州人民出版社2009年版。

能受之于臣,是以行年七十而老斫轮。古之人与其不可传者死矣,然则君之所读者,古人之糟魄已夫。"①

从对主体认识力的怀疑论出发,道家发展出一套语言怀疑论。老子说:"道可道,非常道,名可名,非常名。"②反对"强为之名"和"强为之容"。庄子说得更为明确:"可以言论者,物之粗也;可以意致者,物之精也;言之所不能论,意之所不能致者,不期精粗焉。"③又说:"道恶乎隐而有真伪?言恶乎隐而有是非?道恶乎往而不存?言恶乎存而不可?道隐于小成,言隐于荣华。"④道家从根本上否认了语言与现象世界的对等性和同一性,坚信语言既不能真实反映世界,更不能通过语言去认识世界。这些观点在魏晋时期发展成著名的"言意之辩",对后世的审美意象论、审美境界论、审美韵味论产生了深远的影响。

正是基于对"言不尽意"的语言局限性的自觉认识,激发了一个伟大的艺术灵感,这就是作为艺术中介的"象"的发现,这既是中国文化的大智慧,也开启了中国文学的大境界。《易传·系辞上》说:"子曰'书不尽言,言不尽意',然则圣人之意,其不可见乎?子曰:'圣人立象以尽意,设卦以尽情伪。'"⑤由此实现从认识论到方法论的转化。"意以象尽,象以言着"⑥,是古人对言、意、象三者内在逻辑关系的一般性认识。利用意象符号,"使玄解之宰,寻声律而定墨;独照之匠,窥意象而运斤"⑦。殷璠在《河岳英灵集》中称赞王维的诗"词秀调雅,意新理惬,在泉为珠,着壁成绘,一句一字,皆出常境",他和苏轼所讲"味摩诘之诗,诗中有画,观摩诘之画,画中有诗",以及后来的诗论家常说的"工致入画"、"宛然入画"、"大有画意",都出于一辙。明人胡应麟《诗薮》比较唐代不同历史时期绝句优劣时说:"盛唐绝句,兴象玲珑,句意深婉,无工可见,无迹可寻。中唐遽减风神,晚唐大露筋骨,可并论乎?"王夫之说:"不能作景语,又何能作情语耶?古人绝唱多景语。"何谓"能作景语"?即诗人要"以写景之心理言情,则身心中独喻之微,轻安拈出"⑧。

---

① 《庄子·天道》,陈鼓应《庄子今注今译》,中华书局1983年版。
② 《老子·第一章》,朱谦之《老子校释》,中华书局1984年版。
③ 《庄子·秋水》,陈鼓应《庄子今注今译》,中华书局1983年版。
④ 《庄子·齐物论》,陈鼓应《庄子今注今译》,中华书局1983年版。
⑤ 《易传·系辞上》,高亨《周易大传今注》,齐鲁书社1979年版。
⑥ 王弼:《周易略例》,楼宇烈《王弼集校释》,中华书局1980年版。
⑦ 刘勰:《文心雕龙·神思》,赵仲邑《文心雕龙译注》,漓江出版社1982年版。
⑧ 王夫之:《姜斋诗话》卷下,《清诗话》,上海古籍出版社1978年版。

中国古典诗学十分注重整体诗境的拓展，并将其概括为"赋、比、兴"三义。①无论是"即物起兴"之兴，还是"以彼物比此物"之比，抑或是铺陈之赋，其实质都是形象化的手段。钟嵘对"赋、比、兴"的论述，有了更多的新内容。指出"赋、比、兴""三义"各有特点，各有所长，不能割裂开来对待和运用。他说："若专用比兴，患在意深，意深则词踬。若但用赋体，患在意浮，意浮则文散，嬉成流移，文无止泊，有芜漫之累矣。"因此，他要求兼采三者之长："闳斯三义，酌而用之，干之以风力，润之以丹彩，使味之者无极，闻之者动心，是诗之至也。"②即认为真正的好诗，既不能单用"比兴"以致"意深"，也不能单用"赋"法以致"意浅"，只有兼采三者之长，酌情运用，才能感动人，"使味之者无极"。

质而言之，中国文学因汉语的独特性而具有极大的伸缩性和自由度。字无虚设，语无常境，幽深玄妙，变化万端。司空图《诗品·含蓄》"不着一字，尽得风流"。严羽《沧浪诗话·诗辨》："盛唐诸人惟在兴趣，羚羊挂角，无迹可求。故其妙处，透彻玲珑，不可凑泊，如空中之音，相中之色，水中之月，镜中之象，言有尽而意无穷。"均在指示文学语言的本色与本味。

（四）神态——主流文学的风格本真论

中国古代文学风格论的一个突出特点，是将文学风格与主体生命紧密联系起来。"诗品出于人品"、"文类乎人"、"文如其人"、"诗如其人"等，旨在说明作品风格

---

① "赋、比、兴"记载最早见于《周礼·春官》："大师……教六诗：曰风，曰赋，曰比，曰兴，曰雅，曰颂。"后来，《毛诗序》又将"六诗"称为"六义"，"故诗有六义焉：一曰风，二曰赋，三曰比，四曰兴，五曰雅，六曰颂"。唐代孔颖达《毛诗正义》对此解释说："风、雅、颂者，《诗》篇之异体；赋、比、兴者，《诗》文之异辞耳……赋、比、兴是《诗》之所用，风、雅、颂是《诗》之成形。用彼三事，成此三事，是故同称为义。"挚虞认为："赋者，敷陈之称也；比者，喻类之言也；兴者，有感之辞也。"（《艺文类聚》卷五十六）刘勰认为："比者，附也；兴者，起也。附理者切类以指事，起情者依微以拟议。起情故兴体以立，附理故比例以生。"（《文心雕龙·比兴》）钟嵘对"赋、比、兴"的论述，有了更多的新内容。他说："文已尽而意有余，兴也；因物喻志，比也；直书其事，寓言写物，赋也。"（《诗品序》）李仲蒙认为："叙物以言情谓之赋，情物尽者也；索物以托情谓之比，情附物者也；触物以起情谓之兴，物动情者也。"（胡寅《斐然集·与李叔易书》引）朱熹对"赋、比、兴"的解释是："赋者，敷陈其事而直言之者也；比者，以彼物比此物也；兴者，先言他物以引起所咏之词也。"（《诗集传》）黄彻说："赋者，铺陈其事；比者，引物连类；兴者，因事感发。"（《诗人玉屑》）

② 钟嵘：《诗品序》，郭绍虞《中国历代文论选》，上海古籍出版社2001年版。

与作家本人的人格人品相一致。正如法国作家布封所言——"风格即人"①。

常言道,言为心声。这种认识由来已久,《周易·系辞·下》即有论述:"将叛者其辞惭,中心疑者其辞枝。吉人之辞寡,躁人之辞多,诬善之人其辞游,失其守者其辞屈。"就是说,语言同人的心理、思想、品质、性格密切相关。汉代是古代文学风格理论的萌芽期,扬雄《法言·问神》提出"言,心声也"。王充《论衡·超奇》篇提出:"实诚在胸臆,文墨着竹帛,外内表里,自相副称。"这些论述表明,文学风格与作家的心理及精神气度息息相关,若合符契。到魏晋南北朝,随着文学的自觉和繁荣,文学风格日益为人们所重视。曹丕的《典论·论文》已经自觉且深入触及风格问题。他对建安七子中的三人的艺术风格,作了明确的评论:"徐干时有齐气","应玚和而不壮","刘桢壮而不密"。

刘勰《文心雕龙》则专设《体性》《风骨》等篇,专门论述文学风格,从而使文学风格论进一步系统化。至此,中国古代文学风格论已经完全成熟。② 钟嵘《诗品》则聚焦诗歌并集中讨论诗歌风格。③

唐代以后,文学风格研究由粗略而入精微,日趋缜密。例如,皎然《诗式》就将诗歌风格细分为19种,分别是:高、逸、贞、忠、节、志、气、情、思、德、诚、闲、达、悲、

---

① "风格即人"这一论点出自布封1753年8月25日在法兰西学士院为他当选为院士而举行的入院典礼上的演说《论风格》一文。这样的见解在中国古代文学批评理论中俯拾皆是:元代范德机《木天禁语》云:"储咏曰:性情褊隘者其辞躁,宽裕者其词平,端靖者其词雅,疏旷者其词逸,雄伟者其词壮,蕴藉者其词婉。"清代薛雪《一瓢诗话》云:"畅快人诗必潇洒,敦厚人诗必庄重,倜傥人诗必飘逸,疏爽人诗必流丽,寒涩人诗必枯瘠,丰腴人诗必华赡,拂郁人诗必凄怨,磊落人诗必悲壮,豪迈人诗必不羁,清修人诗必峻洁,谨敕人诗必严整,猥鄙人诗必委靡。此天之所赋,气之所禀,非学之所至也。"明代徐祯卿甚至认为,人的职业身份不同,其作品风格也有不同特点,他在《谈艺录》中说:"诗之词气,虽由政教,然支分条布,略有径庭,良由人士品殊,艺随迁易。故宗工巨匠,词淳气平;豪贤硕侠,辞雄气武;迁臣孽子,辞厉气促;逸民遗老,辞玄气深;贤良文学,辞雅气俊;辅臣弼士,辞尊气严;阉童婢女,辞弱气柔;媚夫幸士,辞靡气荡,荒才娇丽,辞淫气伤。"元代傅若金《诗法正论》云:"诗源于德性,发于才性,心声不同,有如其面。"决定风格的根本因素是作家自身的生命精神,具体来说,主要包括作家的人品、思想、道德、气质、个性、心态情感等,此外,作家的才能、学识、习尚、趣好等也对文学风格深有影响。

② 刘勰论风格的文字就更多,单就他对骚、诗、乐府的不同作品、作家的风格的论述就有朗丽、绮靡、瑰诡、耀艳、清典、清峻、雅、清、丽、清越、雅壮、艳逸等用语。《体性》篇云:"若总其归途,则数穷八体:一曰典雅,二曰远奥,三曰精约,四曰显附,五曰繁缛,六曰壮丽,七曰新奇,八曰轻靡。"刘勰对这八种风格一一作了界定和解释,云:"典雅者,熔式经诰,方轨儒门者也;远奥者,馥采典文,经理玄宗者也;精约者,核字省句,剖析毫厘者也;显附者,辞直义畅,切理厌心者也;繁缛者,博喻酿采,炜烨枝派者也;壮丽者,高论宏裁,卓烁异采者也;新奇者,摈古竞今,危侧趣诡者也;轻靡者,浮文弱植,缥缈附俗者也。"刘勰的风格论属于广义的风格论,所论的风格不仅包括文学作品,而且包括一般应用文章在内。

③ 例如,他认为范云的诗歌风格:"清便宛转,如流风回雪。"评丘迟:"点缀映媚,似落花依草。"他引用汤惠休对谢灵运和颜延之的风格的评论:"谢诗如芙蓉出水,颜如错彩镂金。"评江佑:"漪漪清润。"评江祀:"明靡可怀。"钟嵘把秦汉以来的诗歌分为风、雅、骚三个源头,并根据诗人们的风格特点进行分类,探讨了诗人作品风格源流变化及其师承关系。

怨、意、力、静、远等。① 虽然不尽妥帖,但精研之细,体味之深,犹可称道。

在中国古代文论史上,对风格类型研究深入且影响巨大的,当推晚唐诗人司空图的《二十四诗品》,提出 24 种风格类型:雄浑、冲淡、纤秾、沉着、高古、典雅、洗练、劲健、绮丽、自然、含蓄、豪放、精神、缜密、疏野、清奇、委曲、实境、悲慨、形容、超诣、飘逸、旷达、流动。

唐宋以降,文学风格理论日趋丰富和发展,皎然、严羽、高木秉、叶燮、姚鼐等都有重要的论述,构成了中国古代文学风格论的庞大理论体系。他们对文学风格的分类十分细微:有时代风格,如建安风骨的悲凉慷慨,六朝诗风的浮艳柔靡,盛唐气象的雄浑壮丽,晚唐五代的雕琢病弱等;有作家风格,如陶诗之平淡,李白之飘逸,杜甫之沉郁,苏轼之豪放等;有文体风格,如曹丕之四科八体说,陆机之十体说等;有作品风格,如绮靡、艳丽、典雅、纤秾、冲淡、闲雅、繁缛、遒劲、圆润、质朴、骨力、枯槁、瘦硬、凄婉等;有流派风格,如玄言诗派之淡乎寡味,王孟山水诗派之自然平淡,元白乐府诗派之平易通俗,竟陵诗派之幽寒孤峭,桐城文派之雅洁等。古人所论,无所不及。

---

① 皎然《诗式》:"高:风韵朗畅曰高。逸:体格闲放曰逸。贞:放词正直曰贞。忠:临危不变曰忠。节:持操不改曰节。志:立性不改曰志。气:风情耿介曰气。情:缘境不尽曰情。思:气多含蓄曰思。德:词温而正曰德。诚:检束防闲曰诚。闲:情性疏野曰闲。达:心迹旷诞曰达。悲:伤甚曰悲。怨:词调凄切曰怨。意:立言盘泊曰意。力:体裁劲健曰力。静:非如松风不动,林狖未鸣,乃谓意中之静。远:非如渺渺望水。杳杳看山,乃谓意中之远。"

上编 观念篇

　　文学亦如江河大川，有源有流，支脉纵横；也如参天大树，有主干也有枝叶。研究探讨文学的流变，方法多样，"或因枝以振叶，或沿波以讨源"。主流文学的形成必赖主流文学之观念。在中国历史上，对文学价值的认识与发见与主流文学的关系十分密切。早在春秋时期，对文学的功能就有了透彻深入的见解，可以以孔子对诗三百的评价为代表："小子何莫学夫诗？诗可以兴，可以观，可以群，可以怨。迩之事父，远之事君。多识于鸟、兽、草、木之名。"他在教导儿子伯鱼时说："女为周南、召南矣乎？人而不为周南、召南，其犹正墙面而立也与？"汉儒在诠释《诗经》时也不无夸张地认为："故正得失，动天地，感鬼神，莫近于诗。先王以是经夫妇，成孝敬，厚人伦，美教化，移风俗。"元好问《陶然集诗序》云："诗之极致，可以动天地，感鬼神。"既然将如此神圣的使命托付与诗，既然诗有如此强大的感染力，那就不能不对其形与质有所规定。主流意识的观念决定了主流文学的观念。

第一章

三不朽——文学不能承受之重

一、"文"与"文学"

"文"的本义是指线条与色彩的错杂。① 随着时间的推移,其含义越来越丰富,逐渐由视角上的意义转向文化上的意义。② 再后来,"文"的含义又引申到形而上的范畴,是"道"的显现。"文之为德也大矣,与天地并生者何哉?夫玄黄色杂,方圆体分,日月叠璧,以垂丽天之象;山川焕绮,以铺理地之形。此盖道之文也。"③ 刘永济曾在《十四朝文学论略》里总结过"文"的六种基本含义:"经纬天地之谓文";"文,典法也";"文者,古之遗文";"文德之总名也";"文,华也"、"文,文词也"。"文"是一个由礼制、文教、典籍、文辞等组成的多层次共生系统。而"文学"一词,据罗根泽先生考证,始见于《论语》,先前的书里是没有的。《论语》中言及"文章"共两处。从"文"到"文学"、"文章",罗先生认为:

"文"相较,"文"而缀一"学"字,自偏重内容;"文"而缀一"章"字,则较重形式。所以到汉代便以"文学"括示现在所谓"学术",以"文章"括示现在所谓"文学"。④

"文学"这一概念的内容,两汉之际,本来泛指儒学。三国两晋之际,情况开始有所变化,一方面是继续以"文学"作儒学,另一方面,文学即文章,文章即文学,互

---

① 许慎《说文解字》曰:"文,错画也,象交文。"《周礼·考工记》上说:"青与赤谓之文,赤与白谓之章……五彩备谓之绣。"

② 诸如《国语·鲁语》:"服,心之文也。"《国语·晋语》:"言,身之文也。"《论语》:"郁郁乎文哉,吾从周。"郭绍虞先生认为,先秦时期的"文"的概念,包含着博学与辞章两方面的含义。

③ 刘勰:《文心雕龙·原道》,赵仲邑《文心雕龙译注》,漓江出版社1982年版。

④ 罗根泽:《中国文学批评史》(一),上海古籍出版社1984年版,第48页。

文通用。① 南北朝时期，"文学"和"文章"则更多地被当作同义词看待，如萧子显的《南齐书》，特立《文学传》，而行文中却多称"文章"；《梁书》也是如此，如《刘勰传》所说"昭明太子爱文学，深爱接之"；《简文帝纪》所说的"引纳文学之士，赏接无倦，恒讨论篇籍，继以文章"等。文学与文章作为互文被广泛接受，标志着"文学"的概念从泛指儒学，开始变成了真正意义上的文学，接近于现在所说的"文学"。

"文笔"之说则始于汉代而盛行于南北朝。② 由于当时文学及文学理论批评的发展，人们不断从各种文体的性质上和形式上区别它们之间的差异，于是又将"文笔"一词析之为二，即"文"与"笔"。"文"、"笔"之分，较早见于颜延之的"峻得臣笔，测得臣文"③。刘勰曾对"文"、"笔"之别作过概括："今之常言，有文有笔，以为无韵者笔也，有韵者文也。"《后汉书》的作者范晔也是持此见解的。萧绎的《金楼子·立言》中，对"文"、"笔"的区别有了进一步的认识。他认为屈原、宋玉等的辞赋之类，"谓之文"，其特点是"吟咏风谣，流连哀思"，"绮縠纷披，宫征靡曼，唇吻遒会，情灵摇荡"；而"笔"则实际上是指章奏之类的应用文，所谓"不便为诗如阎纂，善为章奏如伯松，若此之流泛谓之笔"。以这种观点来区分文学和其他应用文在性质上的不同，无疑是更切合文学艺术的特点的。

二、文人不朽

春秋时期，儒家的"三不朽"是文学价值论的典型标志。④ 其外，墨家也有类似见解。⑤ 战国时期，作为游说之士的诸子纷纷"立说"、"立言"、"放论"和"横议"。从孔子的仁学、墨家的兼爱，到老庄的无为、法家的耕战，从杨朱的一毛之见到公孙龙子的坚白之论，圣贤通过言论为自己赢得了不朽。其后，汉人也十分看重文字的神圣意义，司马迁发愤著书，就是为了"藏之于名山，流传于后世"。而再一次重申并拔高立言价值的当属曹丕，他在《典论·论文》中说："盖文章，经国之大业，不朽之盛事，年寿有时而尽，荣乐止乎其身。二者必至之常期，未若文章之无穷。是以

---

① 诸如《魏志·王粲传》："及平原侯植，皆好文学。""弟瑒，子贞，咸以文章显。"
② 刘勰《文心雕龙》就多处使用"文笔"的概念：《风骨》篇有"固文笔之鸣凤也"，《章句》篇有"文笔之同致也"等。
③ 李延寿：《南史·颜延之传》，中华书局1975年版。
④ 《左传·襄公二十四年》和《国语·晋语八》都记载了由"立言"而获得"不朽"的说法。公元前549年，作为使节的穆叔来到晋国，迎接他的范宣子向穆叔请教"死而不朽"之所指，穆叔引用他所听到的话加以回答，即所谓"太上有立德，其次有立功，其次有立言"作为这方面的实例。穆叔提到了鲁国的臧文仲，说他死后他的言论传到了后世。"子学"的兴起，开创了通过"著书立说"追求不朽的传统。
⑤ 《墨子·鲁问》："书之于竹帛，镂之于金石，以为铭于钟鼎，传遗后世子孙。"

古之作者,寄身于翰墨,见意于篇籍,不假良史之辞,不托飞驰之势,而声名自传于后。"评价如此之高,的确是前所未有。① 他在《与王朗书》中说:"生有七尺之形,死唯一棺之土,唯立德扬名,可以不朽,其次莫如著篇籍……故论撰所著《典论》、诗、赋,盖百余篇。"由此可见,曹丕希望凭借文字来实现不朽的强烈意愿。唐初孔颖达在解释立言不朽时说:"老、庄、荀、孟、管、晏、杨、墨、孙、吴之徒制作子书,屈原、宋玉、贾逵、扬雄、马迁、班固以后,撰集史传及制作文章,使后世学习,皆是立言者也。"② 这种基于"不朽"的功利主义文论观,虽然有其局限性,但观客观上刺激了文人投身文字的积极性,也为文学的繁荣注入了活力。比如南朝梁钟嵘《诗品序》就有对当时社会文学盛况的记录:"才能胜衣,甫就小学,必甘心而驰骛焉。于是庸音杂体,人各为容。至使膏腴子弟,耻文不逮,终朝点缀,分夜呻吟。"这样的文字迷恋不能不说是文字的幸运,这样的文学热情也不能不说是文学的幸福。难怪人们会将这样的一个时代名之为文学的自觉时代。

三、献诗讽谏与观诗知政

下臣进谏、天子纳谏是西周时期一项重要的政治制度,而"诗"在这一制度中扮演着十分重要的角色,并进而形成《毛诗》独特的解诗方式。③ 在秦汉时代的史籍中,出现过许多关于"采诗观风"、"献诗讽谏"的记载。在《国语》和《左传》等书中,有明确的关于"献诗讽谏说"和"观诗知政说"的记载。首先看《国语·周语》中的献诗讽谏说:

防民之口,甚于防川。川壅而溃,伤人必多,民亦如之。是故为川者决之使导,为民者宣之使言。故天子听政,使公卿至于列士献诗瞽,献曲,史献书,师箴,瞍赋,矇诵,百工谏,庶人传语,近臣尽规,亲戚补察,瞽史教诲,耆、艾修之,而后王斟酌焉,是以事行而不悖。

另外《左传》襄公十四年记载的师旷与晋平公的对话,《国语》周语中有使工诵谏于朝,在列者献诗的记载,这些都涉及献诗讽谏的内容。观诗知政的说法主要集

---

① 这里所谓"文章",既包括审美性质的辞赋、诗歌等,也泛指实用性、政论性作品,并不等于今日所谓"文学"。曹丕说"经国之大业",是着眼于在封建国家政治、社会生活中具有重要作用的实用性、学术性著述而言的。
② 孔颖达:《春秋左传注疏》襄公二十四年《正义》,杜预注,孔颖达疏,影印武英殿本。
③ 《毛诗序》:"情发于声,声成文谓之音。治世之音安以乐,其政和;乱世之音怨以怒,其政乖;亡国之音哀以思,其民困。故正得失,动天地,感鬼神,莫近于诗。先王以是经夫妇,成孝敬,厚人伦,美教化,移风俗。"

中在《左传》襄公二十九年季札在鲁国观乐时所发表的评论中。其中有以下记载：在乐工演奏《周南》《召南》时，吴公子季札说：美哉！始基之矣，犹未也，然勤而不怨矣。演奏郑风时说：美哉！其细已甚，民弗堪也，是其先亡乎。演奏《小雅》时说：美哉！思而不贰，怨而不言，其周德之衰乎？犹有先王之遗民焉。见舞《大武》者，曰："美哉！周之盛也，其若此乎？"见舞《韶濩》者，曰："圣人之弘也，而犹有惭德。圣人之难也。"见舞《大夏》者，曰："美哉！勤而不德，非禹，其谁能修之？"见舞《韶箾》者，曰："德至矣哉！大矣，如天之无不帱也，如地之无不载也。虽甚盛德，其蔑以加于此矣。观止矣！若有他乐，吾不敢请已。"可以从不同的音乐效果中听出政治的好坏，也即《汉书·艺文志》所谓的"观风俗，知得失，自考正"之义。①

四、不学诗，无以言

中国文化自古就赋予文字以神秘的力量并敬畏不已。《淮南子·本经》有"昔者仓颉作书而天雨粟，鬼夜哭"的记载。仓颉造字的传说，在战国时期已经广泛流传。《韩非子》《淮南子》《说文解字》等书中都认为仓颉创造了文字。② 文字不仅可以令"天雨粟，鬼夜哭"，更可以使人惧怕。文献记载："孔子著春秋，乱臣贼子惧。"文字有着巨大的警示意义和深刻的惩治作用。基于文字的神秘性与神圣性，人们赋予以文字为载体的文学太多的使命，并由此形成中国主流文学价值体系——"文以载道"，"文以明道"，"文以贯道"。道统、史统、政统环环相扣，更给予文学神圣、严肃、庄严的色彩。

子曰："小子何莫学夫《诗》？《诗》可以兴，可以观，可以群，可以怨。迩之事父，远之事君；多识于鸟、兽、草、木之名。"③为什么孔子会告诉孔鲤"不学诗，无以言"④？孔子如此推重对《诗》的学习，那么，《诗》在春秋时代究竟具有怎样的重要性呢？翻开《左传》，当时在上层社会，往往开口"诗曰"，闭口"诗云"，在含蓄高雅的

---

① "献诗"制度由于《国语》《左传》的记录而得到了学者们的肯定，出现于《礼记》《汉书》等史籍中的"采诗观风"之说由于缺少先秦信史的记载，一直是争论和怀疑的对象。但上海博物馆战国楚简《诗论》的整理发现成为"采诗观风"之说的证据。《诗论》第三简云："邦风其纳物也，溥观人俗焉"，明确提到了"邦风纳物"、"溥观人俗"风尚，可以确认，除了献诗讽谏的制度之外，"采诗观风"也是圣王之制的重要内容。

② 《吕氏春秋》记载："奚仲作车，仓颉作书"。《说文解字·叙》里说："黄帝之史仓颉，见鸟兽蹄迒之迹，知分理之可相别异也，初造书契。"《荀子·解蔽》记载："好书者众矣，而仓颉独传者壹也。"可见，当时通过刻画的方式来记事已很普遍。鲁迅先生在《门外文谈》也有类似的观点，他说："仓颉也不是一个，有的在刀柄上刻一点图，有的在门户上画一些画，心心相印，口口相传，文字就多起来了，史官一采集，就可以敷衍记事了。中国文字的来由，恐怕逃不出这例子。"可以认为，初始的汉字是以仓颉为代表的史官创造的。

③ 《论语·阳货》，朱熹《四书集注》，岳麓书社 1985 年版。

④ 《论语·季氏》：子尝独立，鲤趋而过庭。曰："学《诗》乎？"对曰："未也。""不学《诗》，无以言。"

引经据典中显示出说话者的品位。《左传》引《诗经》的有两百多条。《孟子》《荀子》常以《诗经》中的章句作为论据。《毛诗序》继承并发展了诗的功用思想,称为:"正得失,动天地,感鬼神,莫近于诗。先王以是经夫妇,成孝敬,厚人伦,美教化,移风俗。"曹丕《典论·论文》亦云"盖文章,经国之大业,不朽之盛事"①。

《论语·泰伯》有"兴于诗,立于礼,成于乐"之说。何晏《论语集解》引包咸注云:"兴,起也。言修身当先学《诗》。礼者所以立身,乐所以成性。"《大戴礼记·卫将军文子》记载卫将军文子之言曰:"吾闻夫子之施教也,先以《诗》。"《孔丛子·杂训》也说:"夫子之教,必始于《诗》《书》而终于《礼》《乐》。"②

五、文章救世论

在中国人的文化观念里,对语言的崇拜与敬畏由来已久,且根深蒂固,正所谓"一言可以兴邦,一言可以亡国"③。基于此,孔子主张慎言。什么话该说,什么话不该说,由此也可以推导出,什么话能听,什么话不能听。顺着这样的思路就不难理解儒家对于经典的态度和思想。汉初儒生陆贾在高祖前盛赞诗书,并著《新语》凡十二篇,开示高祖以文教德化来治理天下,可以视为文章救世的操作实践。④

汉代的扬雄为文章救世论提供了学理依据。他坚持认为经典的确立是应运而生,是时势使然,是挽狂澜于既倒,拯时运于已颓。他说:"孔子所以定五经者何?

---

① 作为今天案头读物的《诗经》,原本是合乐的,与歌舞一体化的。阮元对作为《诗经》最早一部分内容的"颂"进行诠释时说:"三颂各章皆是舞容,故称为颂,若元以后戏曲,歌者舞者与乐器全动作也。"梁启超坚持认为:"颂是舞乐,也是剧本。"不仅仅《诗经》如此,《楚辞》亦然。王逸《楚辞·九歌序》:"昔楚国南郢之邑,沅湘之间,其俗信鬼而好祀,其祀必作歌乐鼓舞,以乐诸神。"朱自清指出,当时人们"以乐抒意,以歌咏志,以诗言志——以乐和歌进行交流已成为人们的一种生活方式"。到了春秋战国时期,音乐普及,其功能也发生了深刻的变化,不再像《尚书》所说的是为了"神人以和"的单纯取悦神灵,而是旨在和谐人与人、人与社会、人与自然方方面面了。音乐从宗教的功能转向政治教化的职能。

② 由《季氏》篇伯鱼答陈亢之语可知,孔子之教授弟子,的确是遵循先学《诗》,再学礼的顺序依次进行的。这是孔子依据古代学制而对教学内容及其先后顺序的论述。"诗"、"礼"、"乐"三者,《诗》无疑是最适合于启蒙教育的。因此,诵《诗》被孔子明确作为学习礼乐的初阶看待,不仅出于他对古法的继承,也反映了他对教学对象及其规律的深刻理解。

③ 《论语·子路》记载,定公问:"一言而可以兴邦,有诸?"孔子对曰:"言不可以若是其几也。人之言曰:'为君难,为臣不易。'如知为君之难也,不几乎一言而兴邦乎?"曰:"一言而丧邦,有诸?"孔子对曰:"言不可以若是其几也。人之言曰:'予无乐乎为君,唯其言而莫予违也。'如其善而莫之违也,不亦善乎?如不善而莫之违也,不几乎一言而丧邦乎?"

④ 《史记·郦生陆贾列传》:陆生时时前说称诗书。高帝骂之曰:"乃公居马上而得之,安事诗书!"陆生曰:"居马上得之,宁可以马上治之乎?且汤武逆取而以顺守之,文武并用,长久之术也。昔者吴王夫差、智伯极武而亡;秦任刑法不变,卒灭赵氏。乡使秦已并天下,行仁义,法先圣,陛下安得而有之?"高帝不怿而有惭色,乃谓陆生曰:"试为我著秦所以失天下,吾所以得之者何,及古成败之国。"陆生乃粗述存亡之征,凡著十二篇。每奏一篇,高帝未尝不称善,左右呼万岁,号其书曰"新语"。

以为孔子居周之末世,王道陵迟,礼乐废坏,强陵弱,众暴寡,天子不敢诛,方伯不敢伐,闵道德之不行,故周流应聘,冀行其圣德。自卫反鲁,自知不用,故追定五经以行其道。"①这是儒家功用主义文艺思想的典型表述。徐敬修《经学常识·经学之意义》:"自西汉宗经,治法炳然,上符三代,研经之士,风飙云起,于是有'经学'之名。所谓'经学'者,经世之学也。研究之者,则进足以治理国政,退足以修己独善。考究其政治典章,则又有资于读史;而治文学者,则可以审文体之变迁;治地理者,则可以识方舆之沿革;盖'经'为中国文学之祖,古来政治之源,其所该甚广,学者所不可不知也。"②

此观点集中体现在王充的《论衡》中。在《对作》中王充详细说明了自己写作《论衡》的主观动机,他反复强调作《论衡》不是为了"调文饰辞",而是由于"众书并失实,虚妄之言胜真美"。举世之人"赋奸伪之说","读虚妄之书"。所以,他作《论衡》的目的乃是为了"铨轻重之言,立真伪之平"。这是儒家尚用文艺思想的延续,本身并无什么新意,但从思维的逻辑方式上看,王充并不是从文学所具有的客观作用或社会意义的角度来强调其写作《论衡》的意义,而是从文学生成的历史现象所蕴涵的潜在规律中窥见文学的本质属性。也就是说,王充并不是在诸如"写作有什么作用"、"写作有什么意义"、"文学的价值是什么"、"文学有什么社会意义"等问题的层面上申述主张,而是在"为什么写作""什么原因促使作家写作"的层面上申述主张。区别这一点很重要。

贤圣不空生,必有以用其心。上至孔、墨之党,下至荀、孟之徒,教训必作垂文,何也?……是故周道不弊,则民不文薄,民不文薄,《春秋》不作;杨、墨之学不乱传义,则孟子之传不造;韩国不小弱,法度不坏废,则韩非之书不为;高祖不辨得天下,马上之计未转,则陆贾之语不奏;众事不失实,凡论不坏乱,则桓谭之论不起。故夫贤圣之兴文也,起事不空为,因因不妄作。作有益于化,化有补于正。③

如果把王充的"文章救世论"与司马迁"发愤著书说"④作一比较,不难见出其同中之异与异中之同。在这里,王充和司马迁一样,运用的是历史归纳法,但两者的出发点与终结点皆不相同。司马迁着眼于作家自身的遭际兴遇,王充着眼于社会的历史使命;司马迁重主体感受,王充重社会责任;前者激愤,后者冷静;前者主

---

① 扬雄:《法言·问神》,郭绍虞《中国历代文论选》(四卷本),上海古籍出版社 1979 年版。
② 转引自杨乃乔《悖立与整合——东方儒道诗学与西方诗学的本体论、语言论比较》,文化艺术出版社 1998 年版,第 75 页。
③ 王充:《论衡·对作》,袁华忠、方家常《论衡全译》,贵州人民出版社 1993 年版。
④ 参见本书第十章第四节。

情,后者主理;前者重真,后者重善。就其影响而言,司马迁的见解赋予文学更多的激情、浪漫、个性,王充的见解赋予文学更多的理性、现实、共性。

在东汉的思想界,王充属于"异类"。当是时,社会上盛行谶纬之学以及"华而不实,伪而不真"的文风。"好谈论者,增益事实,为美盛之语;用笔墨者,造生空文,为虚妄之传"①。也就是说,"增"与当时的"虚妄"潮流互为表里。对此,王充试图以"事有验证,以效实然"②的经验主义思想来对抗潮流,决心"立真伪之平"③以廓清当时社会的虚妄之风。④"天下事不可增损",这始终是王充最基本的经验主义立场。他说经典"增过其实,皆有事为",也就是说,他所肯定的是"皆有事为",而不是"增过其实"。虽然他从"皆有事为"的角度来表明经典之"增"并不虚妄,但"增"与"实"之间的冲突并没有被化解。一旦进入非经典文本,包括儒书、诸子及世俗传言,"增"与"实"的冲突就变得更明显。"誉人不增其美,则闻者不快其意;毁人不益其恶,则听者不惬于心。"在王充看来,这是"失实离本",因此予以贬抑。

---

① 王充:《论衡·对作》,袁华忠、方家常《论衡全译》,贵州人民出版社1993年版。
② 王充:《论衡·知实》,袁华忠、方家常《论衡全译》,贵州人民出版社1993年版。
③ 王充:《论衡·对作》,袁华忠、方家常《论衡全译》,贵州人民出版社1993年版。
④ 王充《论衡》有"三增九虚"(《语增》《儒增》《艺增》和《书虚》《变虚》《异虚》《感虚》《福虚》《祸虚》《龙虚》《雷虚》《道虚》)一组论文,对虚妄之风进行挞伐。

第 二 章

思无邪——主流文学的"雅正意识"定位

一、主流文学的基因培育

雅斯贝尔斯在《历史的起源与目标》中说:"人类一直靠轴心时代所产生的思考和创造的一切而生存,每一次新的飞跃都回顾这一时期,并被它重新燃起火焰。"

公元前800到公元前200年间所发生的精神过程,标志着人类历史正处于一个"轴心时代",公元前500年是它的高峰期。在此历史阶段,在中国,诞生了孔子、老子、庄子、墨子等各派思想家;在印度,是佛陀时代,所有的哲学派别,包括不可知论、唯物论、诡辩论、虚无主义等,都得到了发展;在伊朗,祆教提出了挑战性的观点,将世界视为善与恶的斗争;巴勒斯坦出现了以利亚、以塞亚等先知;希腊涌现出荷马、赫拉克利特、柏拉图等贤人哲士。所有这一切几乎是同时而相互隔绝地在中国、印度和西方产生。①

"轴心时代"文化发展的世界性同步现象不是偶然的,这得力于铁器在农业生产中的广泛运用所带来的生产力的巨大发展,由此导致社会的急剧转型和观念的快速解体。在中国,诸侯的崛起与冲突,打破了"普天之下莫非王土,率土之滨莫非王臣"的一统天下的政治格局。礼崩乐坏的社会变局引发的思考与对策,构成这个伟大时代深刻的思维向度。列国的政治缝隙为士大夫提供了游刃有余的寄生空间。由此胎育出的百家争鸣的文化盛况是人类思想史上的伟大奇迹!这是一个安全感极度缺失但思想极具活力的时代。儒家的"仁"学思想赋予中国文学一种普世

---

① 卡尔·雅斯贝尔斯:《历史的起源与目标》,华夏出版社1989年版,第12页。

关怀的精神,道家"无为"思想赋予中国文学自由空灵的境界。中国轴心期文化基因包括:天人合一的自然主义、忧国忧民的人本主义、率真任性的自由主义、短小精悍的简约主义,以及乐而不淫、哀而不伤的中正主义,由此胎育了山水文学、政教文学、隐士文学和闲适文学。在文本选择上偏于短小,所以散文与诗歌成了首选的主流体式,这一切都为日后的文学确立了中国身份的 DNA。[①]

(一)天人合一的自然观念

"天人之辩"的突出表现就是"天命观"[②],"天命观"最为盛行的是殷周时期,接着是春秋战国时期的"畏天命"和"知天命",其后阴阳学派的大力游说,将"天命观"演绎到天人感应的神奇地步。西汉董仲舒把"天命观"综合成一种理论化、系统化的学说。[③]

在中国学术传统中,"究天人之际"一直被视为最高的学问与智慧。文学亦然,其发生论可直接简化为"饥者歌其食,劳者歌其事"[④]。两汉乃至六朝,这种古老的诗歌生成论依然居于重要的地位。例如刘勰就说:"心生而言立,言立而文明,自然之道也。"他之所以强调文学生成的自然性,乃是为了赋予其神圣性。因为在当时的言说语境中,世上最神圣的东西必定是本然自在的,天地是最高法则与典范。这一信念,无论儒道,概莫能外。从《荀子·乐论》《礼记·乐记》到《毛诗序》及《文心雕龙·原道》等皆强调诗歌自然生成论。为了突出诗歌文本的价值,主流文学的观念必然依附于"天人合一"之主流哲学思想,"道"就成了哲学的最高法则,"载道"就成了文学的最高原则。人法地,地法天,天法自然;顺理成章,"道法自然"也就自然而然地成了文学的最高审美规则。

[①] 参见王世朝《中国诗歌》,同济大学出版社 2007 年版。
[②] 先秦诸子的"天命观"可以简明概括为:孔子"知命",墨子"非命",孟子"顺命",老子"复命",荀子"制命"。孔子说:"五十而知天命。"孟子说:"莫之为而为者,天也;莫之至而至者,命也。"墨子说:"必使饥者得食,寒者得衣,劳者得息,乱者得治,遂得光誉令问于天下,夫岂可以为命哉,故以其力也。"老子提出"夫物芸芸,各复归其根,归根曰静,是曰复命"。荀子提出"天行有常,不为尧存,不为桀亡","制天命而用之"。荀子认为"大天而思之,孰与物畜而制之? 从天而颂之,孰与制天命而用之? 望时而待之,孰与应时而使之"? 有关天命的思考也是历代文学的话题。《诗经》"下民之孽,匪降自天"。屈原也曾在《天问》中说:"汤谋易旅,何以厚之? 覆舟斟寻,何道取之? 桀伐蒙山,何所得焉? 妺嬉何肆,汤何殛焉? 舜闵在家,父何以鱵? 尧不姚告,二女何亲?"而对"天命观"提出疑问。司马迁也明确表示自己的困惑:"余甚感焉,傥所谓天道,是邪非邪!"王勃《滕王阁序》:"时运不济,命运多舛。冯唐易老,李广难封。屈贾谊于长沙,非无圣主;窜梁鸿于海曲,岂乏明时。所赖君子安贫,达人知命。"
[③] 参见王世朝《乐天知命故不忧——论中国文化中的"命"》,《合肥学院学报》2014 年第 4 期。
[④] 比如《诗经》中就有"君子作歌,维以告哀"(《四月》),"夫也不良,歌以讯之"(《墓门》),"作此好诗,以极反侧"(《何人斯》)等,都是诗的创作者自己讲述作诗的缘由。

"天"既是宇宙万物的最高主宰,也是宇宙秩序的最高原理;既是万物的生命之源,也是万事的价值之源。它所具有的神圣性,自然使人对它产生敬畏感。对于天道,孔子所论不多,他的学生公冶长说:"夫子之言性与天道,不可得而闻也。"① 尽管如此,孔子对"天"怀有深深的敬畏,他说"巍巍乎唯天为大"②,又说:"天何言哉?四时行焉,百物生焉,天何言哉!"③ 对未知领域保持缄默是智者的态度。一个智者的态度就应该是"敬鬼神而远之"。这种对未知或人力所不及的领域所怀有的敬畏而不肆意妄言妄为的态度,正是孔子所表现出的一种最高的人生智慧。人不应该"欺天"④,而是应该"畏天命"⑤,"知天命"⑥,"不知命,无以为君子也"⑦。既然"天道远,人道迩"⑧,那就从近处做起,否则"未能事人,焉能事鬼"?"未知生,焉知死"⑨? 所以,他的"人道"理念是以"天道"为逻辑起点的。

《列子·力命》以寓言的方式,让"力"与"命"直接交锋,正面冲突,各自陈述自己的威力与功劳,确是一篇奇思妙想的美文:

力谓命曰:"若之功奚若我哉?"命曰:"汝奚功于物,而欲比朕?"力曰:"寿夭、穷达、贵贱、贫富,我力之所能也。"命曰:"彭祖之智不出尧舜之上,而寿八百;颜渊之才不出众人之下,而寿四八。仲尼之德不出诸侯之下,而困于陈蔡;殷纣之行不出三仁之上,而居君位。季札无爵于吴,田恒专有齐国。夷齐饿于首阳,季氏富于展禽。若是汝力之所能,奈何寿彼而夭此,穷圣而达逆,贱贤而贵愚,贫善而富恶邪?"力曰:"若如若言,我固无功于物,而物若此邪,此则若之所制邪?"命曰:"既谓之命,奈何有制之者邪? 朕直而推之,曲而任之。自寿自夭,自穷自达,自贵自贱,自富自贫,朕岂能识之哉? 朕岂能识之哉?"

在这场辩论中,处于优势的是"命",败下阵来的是"力",贤德之人与凶顽之徒善无善报,恶无恶报,是是非非都是命,奈何不得。列子的命运观,否定了人的能动性,把一切交予冥冥不可知的天命,命似乎是虚无的,但又好像至高无上,无所不在。

---

① 《论语·公冶长》,朱熹《四书集注》,岳麓书社1985年版。
② 《论语·泰伯》,朱熹《四书集注》,岳麓书社1985年版。
③ 《论语·阳货》,朱熹《四书集注》,岳麓书社1985年版。
④ 《论语·子罕》,朱熹《四书集注》,岳麓书社1985年版。
⑤ 《论语·季氏》,朱熹《四书集注》,岳麓书社1985年版。
⑥ 《论语·为政》,朱熹《四书集注》,岳麓书社1985年版。
⑦ 《论语·尧曰》,朱熹《四书集注》,岳麓书社1985年版。
⑧ 《左传》,王守谦等《左传全译》,贵州人民出版社1990年版。
⑨ 《论语·先进》,朱熹《四书集注》,岳麓书社1985年版。

在天人关系的讨论中,"天人合一"成为中国哲学的基本精神和最高的价值理想,是中国文化中最深刻睿智的见解,从中我们不难感受到古圣先贤宗教般地对宇宙本体和人生目标的深度关切,更能体会到他们对现实人生的高度关怀。这也成为中国主流文学发展过程中的核心内驱力和凝聚力,规范着中国文学的基本精神和内在秩序。

(二)感于哀乐的现实观照

概而论之,中国主流文学观念的演进经历了如下步骤和阶段——

首先是神话的历史化——这是一个庞大复杂的系统工程,其次是对骚体赋和汉大赋的去"虚"去"浮"化,再就是对六朝文学的去脂粉化,最终写实精神成为中国主流文学的基本精神和主体色调。

和其他民族一样,中国文学在其起源时期,也有浪漫的神话传说,瑰丽玄幻,光怪陆离,但不久就被强烈的现实关注所替代,沉湎于日常生活的体验与体悟。上古神话幻想的破灭,造就了后世文学对历史的依恋和依附;汉大赋的豪情衰竭以及想象力的衰减,成就了汉乐府简朴粗粝的风格以及抒情小赋的浅唱低吟。大赋是给别人看的,小赋只能自我玩味。对六朝华丽的抵牾,成就了没完没了的复古,古文及其古文精神成为主流。所有这些,都指向一个方向,那就是现实与真实。自此,写实主义精神就成为中国主流文学的基本精神。

我们从扬雄对屈原和司马相如的温和批评,王充对司马迁实录精神的高度认同,以及李谔、陈子昂对六朝文风的尖锐抨击等一系列过敏性反应中,均不难看出这种文学主导精神的迹象。[①] 一提到六朝文学,就联想到"形式主义"文风的泛滥。刘勰说:"楚艳汉侈,流弊不还",提出应当"正末归本",返回到经典的规范之内。《原道》《征圣》《宗经》均表达了这一思想。陈子昂在著名的《修竹篇序》里表达了他的诗歌革新主张。他用"彩丽竞繁,而兴寄都绝"概括了前代文学的弊病和不足,明

---

① 《隋书·李谔传》载李谔上书朝廷,指出六朝文风轻薄。"江左齐、梁,其弊弥甚,贵贱贤愚,唯务吟咏。遂复遗理存异,寻虚逐微,竞一韵之奇,争一字之巧。连篇累牍,不出月露之形,积案盈箱,唯是风云之状。世俗以此相高,朝廷据兹擢士。禄利之路既开,爱尚之情愈笃。于是闾里童昏,贵游总卯,未窥六甲,先制五言。至如羲皇、舜、禹之典,伊、傅、周、孔之说,不复关心,何尝入耳。以傲诞为清虚,以缘情为勋绩,指儒素为古拙,用词赋为君子。故文笔日繁,其政日乱,良由弃大圣之轨躅,构无用以为用也。损本逐末,流遍华壤,递相师祖,久而愈扇。及大隋受命,圣道聿兴,屏黜轻浮,遏止华伪,自非怀经抱质,志道依仁,不得引预搢绅,厕缨冕。开皇四年,普诏天下,公私之翰,并宜实录。其年九月,泗州刺史司马幼之文表华艳,付所司治罪。自是公卿大臣,咸知正路,莫不钻仰坟集,弃绝华绮,择先王之令典,行大道于兹世。"陈子昂《与东方左史虬修竹篇序》:"文章道弊,五百年矣。汉魏风骨,晋宋莫传,然而文献有可征者。仆尝暇时观齐梁间诗,彩丽竞繁,而兴寄都绝,每以永叹。思古人,常恐逦逶颓靡,风雅不作,以耿耿也。"

确标举"汉魏风骨"与"风雅兴寄",提出了"骨气端翔,音情顿挫,光英朗练"的诗美理想,指出了文学发展的新方向。

台湾学者柯庆明先生认为,中国文学根源于一部以描写日常生活为主的抒情诗集《诗经》,而非如许多西方国家的根源于少数英雄之杀伐战斗作为主题的史诗,是一具有深远意义的事实。因为它确认了温柔敦厚之仁远胜于骄傲刚强之勇。《诗经》展现了人类各样情感的广袤幅度。中国文学从《诗经》时代起即是民众的文学,更重要的是,中国文化基本上是以日常的家居生活为理想的文化。这种以百姓家居为理想,以温柔抒情为主调的文学精神,事实上成为中国文学后来发展的基础。《诗经》就此奠定了中国文学基本上是一个抒情的传统。[1]

(三)悲天悯人的终极关怀

思维的立足点和逻辑起点不同,所得的结论也就不同。先秦诸子的学说千差万别,各具特色,究其原因,正在于此。杨朱是个体代言人,立足自我完善,崇尚人人自律则天下大同。所谓"拔一毛而利天下不为也,悉天下而奉于一身不取也"。墨家是小农意识的代表,崇尚自给自足。法家学说立足诸侯,主于耕战,尚霸道,奉行自强而强人,其学说可谓霸道强权。儒家是天子的代言人,倡仁义,尚王道,其学说可谓之王道政治。道家是天的代言人,崇尚齐万物,等生死,其哲学可谓之天道自然。

无论儒家还是道家,在看待问题思考问题时,都不局限于具体事物本身,其思维的出发点往往是将单个事物纳入整体来考虑,在万事万物的相关性中求证和判断,决不孤立看待问题。儒家往往是以天下为其看待问题的原点,以人类为其审视问题的出发点,此所谓"乐以天下,忧以天下"。他们的尚"仁"、尚"义"、尚"礼"、尚"智"、尚"信"的观念以及他们反对战争、暴力等皆基于此。他们对文艺的看法也本之于此,充满着浓厚的人文情怀和终极关怀。从孔子的"知其不可为而为之"、"造次必于是,颠沛必于是",以及孟子的"无恒产而有恒心"的执着与坚定来看,儒家是真正的理想主义者。而道家比儒家更有过之,他们是真正的浪漫主义者,往往是以天地(宇宙)为其看待问题的原点,以万物为其审视问题的出发点。他们尚"虚"、尚"无"、"齐物"、"顺从"的观念以及他们反对人为、绝学弃智等皆基于此。

儒、道两家学说的思维逻辑起点不同,可以从《吕氏春秋》记载的一则寓言故事看得分明。

---

[1] 参见柯庆明:《中国文学的美感》,河北教育出版社 2001 年版。

荆人有遗弓者,而不肯索,曰:"荆人遗之,荆人得之,又何索焉?"孔子闻之曰:"去其'荆'而可矣。"老聃闻之曰:"去其'人'而可矣。"故老聃则至公矣。

或许正是人类的一己之私与自我膨胀,才是一切悲剧与不幸的开始。基于这样的认识论,道家对文艺的看法也本之于崇尚自然、反对人为。正如金岳霖先生所言:"每一文化区有它底中坚思想,每一中坚思想有它底最崇高的概念,最基本的原动力。""中国思想中最崇高的概念似乎是道。"①然而,由于社会地位、思考方式和学统承继上的不同,诸子之"道"的内容就不能不因之而异,而正是这种相异性,形成了诸子在学派风格上鲜明的个性特征,从而塑造了中国文化多元的价值取向和不同的品格风貌。了解儒道思维方式,也就好理解他们的文学批评思想了。正是由于儒、道两家思维时空极其宽泛,往往将天地、万物、人生融为一体,受其影响,文学的观念不仅仅指向艺术,更指向人生,人生与艺术并重;也不仅仅指向主体自身的抒情言志,更指向对江山社稷、苍生百姓的深情关怀;不仅仅指向形象和审美,更指向抽象的思辨;不仅仅写实,更侧重于写虚;不仅有现实主义,也有浪漫主义;不仅倡导积极的入世,也倡导消极的避世;不仅仅重形,更倾向于重神。

(四)忧国忧民的人文关切

中国文人的一个基本信念就是以天下为己任。自西周时期起,以礼乐文化为主导的社会意识形态,开始摆脱原始宗教性质的巫觋神道文化的枷锁,逐渐走向带有深切人性关怀的人道文化。一种普世的人文关怀,浸透在上至庙堂、下至江湖的社会文化精英的灵魂深处。无论是曾子的"士不可以不弘毅,任重而道远。仁以为己任,不亦重乎?死而后已,不亦远乎"②,抑或孟子的"乐以天下,忧以天下"③,他们抨击时弊,揭露奸佞。从孔子著《春秋》之"乱臣贼子惧"到司马迁著《史记》之"究天人之际,成一家之言",一直延续到宋代张载的宣言式表白:"为天地立心,为生民立命,为往圣继绝学,为万世开太平",无不肩负使命,担纲道义。

主流文人的自觉文化担当,真正体现出社会的良心与良知。正如萨义德所说的,主流文人是敢于"向权势说真话"的人,他决不为了迎合权势而丧失其"良知",他树立起了"士"的尊严。在"道义"和"权势"之间,孟子的选择十分清楚。他说:"士穷不失义,达不离道。穷不失义,故士得己焉;达不离道,故民不失望焉。""古之

---

① 金岳霖:《论道》,商务印书馆1994年版,第16页。
② 《论语·泰伯》,朱熹《四书集注》,岳麓书社1985年版。
③ 《孟子·梁惠王下》,王世朝《孟子导读》,广东高等教育出版社2002年版。

贤王好善而忘势,古之贤士何独不然?乐其道而忘人之势,故王公不致敬尽礼,则不得亟见之。见且犹不得亟,而况得而臣之乎?"[1]中国早期知识分子给我们留下了可贵的精神遗产。无论是屈原"虽九死其犹未悔",抑或岳飞"仰天长啸,壮怀激烈";无论是杜甫的"穷年忧黎元,叹息肠内热""致君尧舜上,再使风俗淳",抑或范仲淹的"先天下之忧而忧,后天下之乐而乐",无不对社稷江山、苍生百姓充满深情。[2]

(五)逍遥适性的自在精神

在对自由的追求者中,文人无疑是最为执着的一类。正像匈牙利诗人裴多菲所说:"生命诚可贵,爱情价更高,若为自由故,二者皆可抛。"自古以来,文人多放荡不羁,逆反世俗。无论是屈原还是李白,无论是庄子还是陶渊明,他们身上都有一种不受拘束、不谙世故的气质,能耐得住寂寞,也能受得了清贫,嬉笑怒骂,斐然成章。

当我们创造性地使用"才子"这个词来称呼文人的时候,便认同他们有出类拔萃的天赋、卓尔不凡的品质、超凡脱俗的气质和狂放不羁的率性。他们天然地带有偏执的反专制的隐逸倾向,把人生的意义与目标转向内心的自律、情绪的抚慰与灵魂的安顿。[3] 这种自觉地将自我政治边缘化的情结可以上溯到许由洗耳,伯夷叔齐采薇,以及老子出关的隐逸传统。从老子到庄子,由"道"衍生出来的理想人格便是逍遥人格——消弭了生死、有无、彼此、是非等一切界限。庄子认为,只有"无所待",才可以真逍遥。以庄子为代表的中国文人,一方面对尘世表示抗议或不满;另一方面,在尘世中建立一个绝对自由的精神庄园,寻找诗意性存在。他们漫游自然山水,梦游玄冥仙境,摆脱世俗的诱惑和束缚,达到自得其乐的自适性自由。当现实和理想发生矛盾时,庄子逍遥的精神就会反复在文人的内心复活。于是就有了魏晋文人的不羁,唐宋文人的狂狷,明清时期的性灵。

儒家无疑是倡导入世的,但也为自由留下足够的空间。孔子说,"天下有道则见,无道则隐","道不行乘桴浮于海"。孟子也说:"达则兼济天下,穷则独善其身。"

---

[1] 《孟子·尽心上》,王世朝《孟子导读》,广东高等教育出版社2002年版。
[2] 参见王世朝主编《天地文心——〈古文观止〉与现代作文设计》,同济大学出版社2010年版。
[3] 《史记》记载,庄子"其言洸洋自恣以适己,故自王公大人不能器之"。庄子曾经拒绝过楚威王的招揽。"楚威王闻庄周贤,使使厚币迎之,许以为相。庄周笑谓楚使者曰:'千金,重利;卿相,尊位也。子独不见郊祭之牺牛乎?养食之数岁,衣以文绣,以入大庙。当是之时,虽欲为孤豚,岂可得乎?子亟去,无污我。我宁游戏污渎之中自快,无为有国者所羁,终身不仕,以快吾志焉。'"这种以政治为污泥浊水,宁可"游戏污渎之中自快,无为有国者所羁"的超然洒脱的精神境界,极为深刻地影响了后世文人。

一旦文人在遭遇挫折,面对社会感到无助和绝望的时候,庄子的逍遥游便为他们作出了一种示范,他们往往会义无反顾地选择淡出,走向内心自足的精神世界。透过陶渊明的"归去来兮!田园将芜胡不归",和李白的"且放白鹿青崖间。须行即骑访名山。安能摧眉折腰事权贵,使我不得开心颜",这种华丽转身在中国历史的大舞台上一次次上演,经久不衰!

二、主流文学的历史情结

文学和历史,缠绕纠葛甚深。学术上既有"文出五经"之说①,又有"六经皆史"之论②,如此则不难推导出"文出于史"的结论。

公正而真实地记录历史是孔子称赞的"良史"。从《春秋》"不隐恶,不虚美",到《史记》"实录",后经唐代史学家刘知几的进一步发展,实录遂成为我国古代最重要的书写原则之一。班固美誉司马迁的《史记》"文直""事核","故谓之实录"。刘知几特别强调写人叙事应该"直书其事","事皆不谬,言必近真"。这样的学术精神潜移默化地渗透进文学观念,实录也就由史家著作的精粹逐渐演化成文学创作的美学原则。③ 白居易曾倡导诗歌创作"直书其事","其事核而实","其言直而切"④;李贽主张"真情""真事";曹雪芹开宗明义宣布他的《红楼梦》是"实录其事",凡此种种,史传的实录写真笔法,经过杜甫、白居易、李贽、曹雪芹等现实主义作家的层层

---

① 在文体起源的问题上,刘勰、颜之推、徐师曾等皆持"文出五经"的起源观,此说可上溯至荀子。

② "六经皆史"说由来已久,自隋代王通,明王守仁、王世贞、胡应麟、李贽,一直到清代顾炎武、袁枚等。比如王通《中说·王道篇》:"圣人述史三焉。其述书也,帝王之制备,故索焉而皆获;其述诗也,兴衰之由显,故究焉而皆得;其述春秋也,邪正之迹明,故考焉而皆当。"王守仁《传习录》卷上:"以事言谓之史,以道言谓之经,事即道,道即事,春秋亦经,五经亦史。"王世贞《艺苑卮言》:"天地间无非史而已。六经,史之言理者也;编年、本纪、志、表、书、世家、列传,史之正文也;叙、记、碑、碣、铭、述,史之变文也;训、诰、命、册、诏、令、教、礼、上书、封事、疏、表、启、笺、弹奏、议、檄、露布、移、驳、谕、尺牍,史之用也;论、辨、说、解、难、议,史之实也;颂、赞、铭、箴、哀、祭,史之华也。"胡应麟《少室山房笔丛》卷二:"夏商以前,经即史也,尚书、春秋是已。至汉而人不任经矣,于是乎作史继之。魏晋其业浸微,而其书浸盛,史遂析而别为经。"李贽《焚书·经史相为表里篇》:"春秋一经,春秋一时之史也;诗经、书经,二帝三王以来之史也;而易经则又示人以经之所自出,史之所从来,为道屡迁,变易非常,不可以一定执也。故谓六经皆史可也。"顾炎武《日知录》卷三:"孟子曰:其文则史,不独春秋也,六经皆然。"直到章学诚通过反思宋学末流与干嘉考据学风,重新提出"六经皆史",在《文史通义》开篇写道:"六经,皆史也。古人不著书,古人未尝离事而言理,六经皆先王之政典也,若夫六经,皆先王得位行道,经纶世宙之迹,而非托于空言。"

③ 参见温儒敏《新文学现实主义流变》,北京大学出版社1988年版,第253—259页。

④ 白居易《新乐府》序曰:"凡九千二百五十二言,断为五十篇。篇无定句,句无定字,系于意,不系于文。首句标其目,卒章显其志,《诗》三百之义也。其辞质而径,欲见之者易谕也。其言直而切,欲闻之者深诫也。其事核而实,使采之者传信也。其体顺而肆,可以播于乐章歌曲也。总而言之,为君、为臣、为民、为物、为事而作,不为文而作也。"

放大,最终汇聚成中国古代文学创作的写实主义。

　　文学历史化的倾向,深刻影响了中国上古神话的命运。过于执着对生活的还原性与逼真性,势必形成中国文化惯于坐实的思维模式。否定想象与浪漫,否定虚构与遐想,进而造就神话历史化,诗歌历史化(如以《毛诗》为代表的汉儒对《诗经》的误读),小说历史化(如索隐派对《红楼梦》的解读)。上古神话的历史化主要有两个途径:一是古代的神话人物被人化而融入古史系统,演变为英雄先祖和圣君帝王,因此导致神话成为历史。二是春秋以后的学者对神话进行了理性化的解释,使得神话失去了本来面目而成为历史的一部分。"中国上古神话所发生的这种与历史混同的趋势,使得那些被改作历史人物的古代神祇的身上,动物因素突然地、奇迹般地消失了,这固然意味着原始神话文明化、人性化、社会化的历史转折点已经来临,但与此同时,他们的神格也就同样突然地消亡了。因此,关于他们的故事,也就不再属于宗教神话,而成为有口皆碑的'古史'了。尽管这种'古史'只是变相的神话,与历史的实况相去甚远。"①

　　古代神话人物被人格化而融入古史系统,导致始祖神与天神合而为一,人格与神格合而为一。所以黄帝、炎帝、尧、舜、禹等既是天神也是人类始祖。② 以孔子为代表的儒家轻视、贬斥神话,并且着意加以改造,对神奇怪诞的传说作出一番看似合理的诠释,使之化为历史。如解释"黄帝三百年"为"生而民得其利百年,死而民畏其神百年,亡而民用其教百年",解释"黄帝四面"为"取合己者四人,使治四方",

---

① 谢选骏:《神话与民族精神》,山东文艺出版社 1987 年版,第 123 页。

② 关于人类始祖神话的历史化,可以援引如下事例说明。《韩非子·外储说左下》记载:"鲁哀公闻于孔子曰:'吾闻夔一足,信乎?'曰:'夔,人也。何故一足? 彼其无他异,而独通于生。'尧曰:'夔一足,使为乐正。'故君子曰:'夔有一,足。非一足也。'"《尚书·尧典》里关于夔的记载是:"于,予击石拊石,百兽率舞。"在这里,孔子把夔的一足解释成夔这样的人,一个就足够了。夔的外貌也成了人形,并且有了职业,变成了尧的一名乐官。《诗经·大雅·生民》记述了周人祖先后稷诞生的奇事:"厥初生民,时维姜嫄。生民如何? 克禋克祀,以弗无子。履帝武敏歆,攸介攸止。载震载夙,载生载育,时维后稷……诞寘之隘巷,羊之腓字之;诞寘之平林,会伐平林;诞寘之寒冰,鸟覆翼之。鸟乃去矣,后稷呱矣,实覃实訏,厥声载路。"这段话是说文王的先祖是后稷,无父而生。其母姜嫄,踩上帝的足迹,有感而孕,生后稷。姜嫄因为践踏巨人的足迹而生子,以为不祥。所以多次抛弃后稷。但是晚些时期的《毛诗》记载:"帝,高辛氏之帝也。武,迹也。敏,疾也。从于帝而见于天,将事齐敏也。"这里把姜嫄说成是天帝的妻子,"履帝武"解释成姜嫄随他的夫君外出祭祀,祈求上帝赐给他们子嗣。关于商人的祖先的传说,也有类似的情形。《鲁传》记载:"汤之先为契,无父而生。契母与姊妹浴于元邱水。有燕衔卵堕之,契母得,故含之,误吞之,即生契。"可见商的祖先契也没有父亲。其母亲吞玄鸟蛋而生。但《毛传》中所载为:"春分,玄鸟降,汤之先祖有娀氏女简狄配高辛氏帝,帝率与之祈于郊禖而生契。"是说玄鸟降只是高辛帝拽简狄祈祷的季节,否认了商之祖先契是无父而生的说法。而后关于商、周的祖先是有父而生还是无父而生的说法产生了多次纷争。关于商和周的祖先说法的演变,有惊人的相似之处。从早期的无父感生之说,演变到后来的有父而生,其实这正是由只知母不知父的母系社会向男权至上的父系社会过渡的证明。这种曲解改编神话,把奇异的神话故事加以改变,使其变得理性化,便是始祖神话历史化的过程。经历了漫长的演化,商、周祖先的神性逐渐蜕变成了有血有肉的人性。

这些都是把神话改造为历史的例子。正是由于神话的历史化,所以中国上古神话故事深刻地烙上了"伦理原则"的文明化的痕迹。① 孔子更加注重实用,注重用事,他的中庸之道也反映到他对鬼神的看法上。他的不语"怪、力、乱、神"以及"敬鬼神也远之",对鬼神采取了怀疑的态度。这就客观上促进了上古神话历史化的进程。中国的历史,源于帝王传说,由此形成的家族观念和以血缘关系为中心的帝王传说,使炎黄神话统一于历史,孔子所著的《诗经》,司马迁所著的《史记》更加坚定了神话历史化的地位和发展。

三、主流文学的哲学情怀

与历史一样,哲学对文学的自觉也存在相当的制约。罗根泽先生在说明孔子文学观念的局限时指出,最大的原因是:孔子是博学的哲学家,不唯是文学批评家,也不是文学作家。这些哲学家的文论,诚如萧统所言"以立意为宗,不以能文为本"②。中国文学,由于深受哲学与历史的双重影响,所以思维方式也存在双重性。

---

① 上古神话有许许多多的始祖神,每个部落分别都有自己的始祖神。直到战国时代,五帝这个词才第一次出现在《荀子·大略》里:"诰誓不及五帝,盟诅不及三王,交质子不及五伯。"《战国策》里也有记载:"虽古五帝,三王,五伯,明君贤主,常欲坐之而致之,其势不能。"直到《五帝德》中记载:"黄帝,少典之子也,曰轩辕……颛顼,黄帝之孙,曰高阳。……帝尧……高辛之子也,曰放勋。……帝舜,蛟牛之孙……曰重华。"这时五帝的名字才得到明确的确立,成了真正的人间帝王。到了汉代,太史令司马迁所著的《史记·五帝本纪》中,吸取了先秦文献中的说法,把黄帝、颛顼、尧、舜等始祖神的出身事迹加以改编,变成了真正真实可信的历史,黄帝变为华夏民族唯一的始祖,五帝神话历史化正式建立。黄帝稍后于炎帝,古书上也写作"皇帝",传说他长有四张脸,东南西北,无论什么地方发生了什么事情他都能看到。当子贡向孔子提及皇帝有四张面孔的神话时,有这样一段记载:子贡问:"古者皇帝四面,信乎?"孔子曰:"皇帝取舍己者为人,使治四方,不计而耦,不约而成,此之谓四面。"在这里拥有四张面孔的奇怪样貌的黄帝变成了分派四人面向四方治理天下的圣君。就这样,神话人物黄帝被人化,写入历史,成了我们人类的祖先。再就是关于皇帝三百年的神话的演变,据《大戴李记·五帝德篇》记载:"宰我问孔子曰:'昔者予闻诸荣伊令:黄帝三百年。请问:黄帝者,人耶? 抑非人耶? 以至于三百年乎?'孔子曰:'生而民得其利百年,死而民畏其神百年,亡而民用其教百年,故曰三百年。'"在这里黄帝三百年被孔子解释成黄帝的威信维持了三百年,而不是活了三百年,黄帝的三百年就这样得到了合理的解释,黄帝也得以成为"正常的人",被作为"正常的人"而载入史册。商周时代的人奉大禹为最古的天神,到了战国时代才出现尧舜等神的事迹,战国之后才得以有了分明的谱系。传说禹的父亲能化作龙,禹的妻子与九尾狐有关,禹的长相也是虎鼻,鸟嘴,他在治水时可以化作熊打通轩辕山。《淮南子》中就有记载:"昔者夏鲧作三仞之城,诸侯叛之,海外有狡心。禹知天下之叛也,乃坏平池,散财务,焚甲兵,施之以德。海外宾服,四夷纳职。禹劳天下而死为社。"在这里禹成了为了造福人类而忙于治水十年三次经过家门都没有回家,为治水劳累而死的英雄先祖了。汉武帝时期的太史公司马迁也认为是大禹建立的夏朝,司马迁所写的《史记》中记载,"夏禹,名曰文命。禹之父曰鲧,鲧之父曰帝颛顼,颛顼之父曰昌意,昌意之父曰黄帝。禹者,黄帝之玄孙而帝颛顼之孙也。声教讫于四海。于是帝锡禹玄圭,以告成功于天下。天下于是太平治。"在这里就充分肯定了大禹的功绩并且极力赞赏。从此,大禹神话的历史化得以完成。由此可见可以改造的神话都被改造了,以人的面貌出现,黄帝再也不是四张脸,夔变成了尧的乐官,羲和成了尧的贤臣,剩下的一些大大小小未经改造的天神,其事迹就只能在《山海经》中得到部分的保存了。

② 萧统:《文选序》,郭绍虞《中国历代文论选》(四卷本),上海古籍出版社1979年版。

一般而言,先秦时期,受哲学思辨的影响,主要倾向演绎;汉以后,由于受史学的影响,渐渐转向归纳。演绎是一种先验性的思维,归纳是一种经验性的思维。演绎带有预言性,归纳带有回顾性。演绎带有假定性,归纳带有务实性。演绎带有虚拟性,归纳带有实证性。演绎由虚到实,归纳由实到虚。比如由《易经》发其端的中国哲学,就其思维而言,就侧重于演绎,其先验性、预言性、假定性、虚拟性都很突出。这种思维方式极其深刻地影响中国文学的理论与实践,"文以载道"正是这种思维方式最直观、最直接的反映。特别是中国的散文创作,从先秦诸子,到唐宋八大家,再到清代的桐城派,中国散文不重叙而重议,不主事而主理,不重目观而重心会,不基于经验而基于先验。很大意义上说,中国散文不是直接植根于生活,而是植根于圣贤的遗训之中。如果说作为智慧之书《老子》是对生活的抽剥,是实验室里研制出的生活模拟图景,是人生的大预言,那么,《庄子》一书则是对此进行还原和验证。一部《庄子》,其洋洋洒洒、汪洋恣肆的文字,基本都是"幻设"的产物,是由若干思想观念演绎出来的人物、景物、事件、寓言,这些色彩缤纷的世界只不过是庄子"即事名理"的方式方法罢了。因为"道不离器"是中国思维的传统特色之一,庄子深谙其理,所以"未尝离事而言理"。同样,在儒家那里,也在运用演绎的方法虚拟自己的理想国,创设人类的未来。为此,他们首先创设了"仁"、"义"、"礼"、"智"、"信"、"温"、"良"、"恭"、"俭"、"让"等概念,然后由此推理出一个大同的理想世界。

与儒道抽象化的演绎型思维不同,墨子的学说则更倾向于经验与实际,更侧重实践与操作。比如,他从生活的经验出发,体会出方法与标准的重要,所以他说:"匠人亦操其矩,将以量度天下之方与不方也,曰:'中吾矩者,谓之方;不中吾矩者,谓之不方'。是以方与不方,皆可得而知之,此其故何?则方法明也。"[1]他将此体会推而广之,认为凡事都得有原则,有规矩。"天下从事者,不可以无法仪;无法仪而其事能成者,无有也。"[2]进而在其《非命》中提出了著名的"三表法",为立言提供了标准:

子墨子言:必立仪。言而毋仪,譬犹运钧之上,而立朝夕者也,是非利害之辨,不可得而明知也。故言必有三表。何谓三表?子墨子言曰:有本之者,有原之者,有用之者。于何本之?上本之于古者圣王之事;于何原之?下原察百姓耳目之实;于何用之?废以为刑政,观其中国家百姓人民之利。此所谓言有三表也。

陆海明在其《中国文学批评方法探源》中对墨子在方法论上的贡献给予了极高

---

[1] 墨子:《墨子·天志中》,周才珠、齐瑞端《墨子全译》,贵州人民出版社2009年版。
[2] 墨子:《墨子·法仪》,周才珠、齐瑞端《墨子全译》,贵州人民出版社2009年版。

的评价,他说:"'三表法'尽管只是一具比较简单的方法系统,可是它依然有着鲜明的理论化的形态。'三表法'是经验方法和理性方法、演绎逻辑方法与归纳逻辑方法兼而有之的一列方法系统。其要义无非是用经验来检验理性,以理性来调理经验。应当指出,在演绎与归纳、经验与思辨之间,墨子的方法天平是向归纳、经验倾斜的。如果说孔子是从先验的'仁'出发演出了一套完整的伦理思想体系,那么墨子则是从大量的经验事实中归纳出了著名的十大主张。如果说孔子的仁学方法中的方法意识尚潜藏、紧裹在其仁学本体之中,那么,墨子已经开始对方法作为独立于本体之外的一种对象加以思考和探索了。这才是墨子'三表法'的理论意义之所在。所谓墨子对孔子的方法论超越,也正是从这一意义上说的。"在比较孔子与墨子思维差异时,他援引胡适的观点:"儒墨两家的根本不同之处,在于两家哲学的方法不同,在于两家的'逻辑'不同。"他举孔墨两家论乐为例来说明:论"乐",大多是定义式、结论式的,很少作具体的推理和论证,对其所用的概念、范畴,也大多不作很具体的外延限定或内涵解释。孔子说"兴于《诗》,立于礼,成于乐",但为什么"乐"能"成"人,就没有说明。但墨子就不一样,他主张"非乐",就要说出一大堆的理由。

  本来,史学尚实,哲学求真,文学主美,但中国文学的审美价值观念受制于政治功利主义,使得尚实求真凌驾审美而成了评判文学的重要依据。从"诗言志"这个中国文学的开山纲领到"文以载道"的散文大法,可以见出哲学对文学浸润的深刻痕迹。中国文学的宗经思想正是文学对哲学依恋的集中显现。中国神话的历史化与寓言化正是这种依恋情结的结果。中国文学过早地结束了童话般的烂漫想象变得成熟老到。从诸子百家的攻评辩难到魏晋名士的清谈玄思,从宋明理学的冷静到桐城义理的枯寂,中国主流文学一直没有放松理性的思索与羁绊。无论是汉代人通经致用的"道",抑或王通王道的"道";无论是韩愈所原的"道",抑或程朱陆王的"道",都可以说是师承有统,转换有绪。

  春秋时期,"诗三百"富于启示意义和生命力的哲理佳句以及作为社交辞令而对《诗》大肆超负荷的牵强使用,加之汉人对《诗经》的误读误解,稀释了诗的情感审美性质,放大了诗歌的哲理工具的性质。从屈原的问天到汉赋的讽劝,无一不是对文学的宣言式改装和箴言式变形。汉末魏晋,剧烈动荡的社会现实使文人由歌唱转为反思,哲理感悟力空前升华。哲学观念和意识开始真正深入到诗人的世界观内核,使其感悟世界与表达个人情志的方式得到了强烈的改造,哲理入诗的自觉对中国诗学的扩展与深化产生了深远的影响,最终导致"理过其辞,淡乎寡味,皆平典似道德论"①。

另一个以理入诗之风盛行的时期集中在宋明。钱钟书说:"宋诗有个缺陷:爱讲道理,发议论。而道理往往粗浅,议论往往陈旧。这种风气,韩愈、白居易以来的唐诗里已有。宋代'理学'或'道学'的兴盛使它普遍流传。"②禅学对诗学的影响极其深远。即使像苏轼这样的大家也屡屡在诗中吟出索然寡味的禅语。面对道学"理语"的泛滥与"江西诗派"对参禅和技巧操作的狭隘追求,捍卫诗歌的审美特性与品位,从强大的理念压迫和烦琐的技巧操纵中解放诗歌,是严羽诗学的历史性使命。其倡导"别材"、"别趣"正是为救"以学为诗"的时弊。认为盛唐典范之作具有"妙处透彻玲珑,不可凑泊,如空中之音,相中之色,水中之月,镜中之象,言有尽意无穷"的"兴趣"和境界才是诗歌应该回归的本位。明末清初特殊的历史变故,产生了启蒙新思和全面整理文化传统的契机。黄宗羲、王夫之更加强调真情与亲历的重要性,渴望培养一种以一时之情畅万古之思、以一己之"我"包纳"天地万物"的胸襟与境界。叶燮明确提出了"绝议论而穷思维",使诗中的"理得"("揆之理而不谬")、"事得"("征之事而不悖")、"情得"("契于情而可通")带上了浓厚的审美色彩,极富审美创造性和超越性,将诗歌引渡到一个更为渺远的境界。③

四、主流文学的政治情绪

在中国文学史上,文学的政治诉求和情感诉求构成文学发展的两极。周作人认为文学变迁是两种潮流,即言志派与载道派。而文学的兴衰,又总是和政治形势的好坏相背。他说:"文学最先是混在宗教之内的,后来因为性质不同分化了出来。分出之后,在文学的领域内马上又有了两种不同的潮流:(甲)诗言志——言志派,(乙)文以载道——载道派;言志之外所以又生出载道派的原因,是因为文学刚从宗教脱出之后,原来的势力尚有一部分保存在文学之内,有些人以为单是言志未免太无聊,于是便主张以文学为工具,再藉这工具将另外的更重要的东西——'道'表现出来。这两种潮流的起伏,便造成了中国的文学史。我们以这样的观点去看中国的新文学运动,自然也比较容易看得清楚。照我看来,中国文学始终是两种互相反对的力量起伏着,过去如此,将来也总如此。"④

文学与政治的黏着源于儒家文化。儒家的核心思想是"经世致用",本质上就

---

① 钟嵘:《诗品序》,郭绍虞《中国历代文论选》(一卷本),上海古籍出版社 1979 年版。
② 钱钟书:《宋诗选注序》,钱钟书《宋诗选注》,人民文学出版社 1992 年版。
③ 参见孟登迎"理趣"说及其诗学意义》,《东方丛刊》,2000 年第 4 辑。
④ 周作人:《中国新文学的源流》,华东师范大学出版社 1995 年版。

是"修身,齐家,治国,平天下"的政治抱负,是一种积极入世的政治热情与政治理想。所以,中国的知识分子具有强烈的家国抱负和政治使命感,表现为对现实的持久关注,作品补缺时弊,抨击时政,广泛反映民生疾苦和民族危机,文学政治化倾向强烈。不可否认,中国文学从开始就被工具化了,尤其是政治化了,这才有后来的御用文人与御用文学。从《诗经》的政治图解到汉大赋的"润色鸿业",从诸子慷慨陈词之纵论天下,到"文章乃经国之大业"的殷殷劝勉,文学的政治化与文人的官僚化是相辅相成的。这就决定了中国主流文学的某种气质与形态。就其精神气质而言,保留了过于浓厚的理智与理性;就其形态特征而言,决定了它难以媚俗。主流文学不会去迎合世俗,反而要逆反世俗,主动肩负起"化成天下"的使命。正是由于上述原因,纯文学的观念在中国直到魏晋才产生。至此,对文学本质的认识方现端倪。

第三章

文人与人文——主流文学的民本意识确立

一、文人与人文

(一)何谓文人——作者身份的确立

所谓文学自觉,首先必须是文人身份的自觉。[①] 王充曾将知识阶层分为四类:儒生、通人、文人、鸿儒。他在《论衡·超奇》中说:"杼其义旨,损益其文句,而以上书奏记,或兴论立说,结连篇章者,文人、鸿儒也。"又说:"唐勒、宋玉,亦楚文人也。"由此可见,这里的文人亦包括辞赋家在内。从其用于形容"文"的语词如"奇伟""奇巧""美丽""华茂""斐然""美润"等来看,文人有着明确的审美方面的要求,这在当时应是一种共识。如傅毅《舞赋》"文人不能怀其藻兮,武毅不能隐其刚"也是将"文人"与"藻"即文采联系在一起的。可以说从西汉的扬雄到东汉的王充,是中国古代文论史上将"作者"引入文论话语系统并渐渐成为核心范畴的两个关键人物。

曹丕《典论·论文》的开篇就聚焦于"文人",并将其视为特殊人群而提出"文人相轻"这一文学命题。这一现象至少显示出如下意义:第一,文人已然具有了强烈的身份自觉意识,其"各以所长,相轻所短"就是基于对自身文人身份的极度看重。第二,一种相对独立的"美文"言说空间已经成熟,即文章的格调高下与气韵美丑已经有了初步的统一价值标准。

[①] "文人"一词古已有之,《尚书·周书·文侯之命》有"追孝于前文人",《诗经·大雅·江汉》有"告于文人"。直到汉代,随着私人著述的日益增多与文章的审美特征日益为人们普遍关注,"文人"这个词才被用来指称那些擅长撰写文章之人。

李春青在《"作者"的生成》一文中对作者的身份进行了系统确认。他认为,在中国前符码时期,诗乐的创作者被赋予如下含义:其一,沟通人神关系的"典乐"者。① 其二,能够将自然情感形诸言辞之人。② 但其文化身份不同于今天的"作者",因为当时的文化观念中压根就没有"作者"这样的文化身份。先秦的知识阶层"士"的使命是为"礼崩乐坏"的乱世提供救世方略和顶层设计,并不以著述为旨归。那些精通礼乐制度的儒家士人,虽有"文学之士"的称谓,但又都是"述而不作"的。汉代经学话语是主流话语,而谈论辞赋乃是一般经学家耻于言及的边缘性话语,汉代扬雄就认为辞赋乃是"壮夫不为"的"小道",其《法言·吾子》云:"诗人之赋丽以则,辞人之赋丽以淫。"这里将赋的作者作"诗人"与"辞人"之分具有重大意义,发出了从作者的立场来认识主流与非主流的重要信号,这毫无疑问标志着作者意识的觉醒。朱东润先生在《中国文学批评史大纲》中对扬雄的历史地位给予了较高的评价,他说:"东汉一代,文学论者,首推桓谭、班固,其后则有王充,谭固皆盛称子云,充之论出于君山,故谓东汉文论,全出于扬雄可也。"③在扬雄之后对于作者话题加以阐扬从而使之在文论话语中最终确立合法性地位的是东汉著名思想家王充。在《论衡·书解篇》中王充专门探讨了"文儒"与"世儒"的区别,认为前者是"著作者",后者是"说经者",即前者独立著述,自出机杼,后者阐述"五经"之义,弘扬圣人之言。按照经学话语的标准,"说经者"是圣人意旨的传承者,对于安邦定国、教化天下有着至关重要的意义;"著作者"则"为华淫之说,于世无补"。王充却不以为然,他指出:"世儒业易为,故世人学之多;非事可析第,故官廷设其位。文儒之业,卓绝不循,人寡其书,业虽不讲,门虽无人,书文奇伟,世人亦传。彼虚说,此实篇。折累二者,孰者为贤?案古俊著作辞说,自用其业,自明于世。世儒当时虽尊,不遭文儒之书,其迹不传。"显然是认为"文儒"更高于"世儒"。

在经学话语居于绝对主导地位的文化语境中,辞赋便成为唯一能够保留、培育

---

① 《尚书·尧典》云:"帝曰:夔!命汝典乐,教胄子。直而温,宽而栗,刚而无虐,简而无傲。诗言志,歌永言,声依永,律和声,八音克谐,无相夺伦,神人以和。"先秦史籍《世本·作篇》则载:"夔作乐。"夔是大舜时掌管音乐的官。在这里,创制诗乐是专职官员的职责,教育子弟是直接的目的,协调人神关系,使之和谐融洽是根本目的。所以像夔这样制作诗乐的人在彼时不是作为个体主体而存在的,因而不是现代语境中的"作者",而是一种职务,是官方意识形态的直接体现者。

② 例如《诗经》中"君子作歌,维以告哀"(《四月》);"夫也不良,歌以讯之"(《墓门》);"作此好诗,以极反侧"(《何人斯》),等等,都是诗的创作者自己讲述作诗的缘由。因为在当时的知识话语中并没有诗人或作者这样的专门化的命名,故诗人自己并没有诗人或作者的身份认同。同理,后人也不将他们视为一种文化身份的诗人或作者。创作不过是"饥者歌其食,劳者歌其事"的"在心为志,发言为诗,情动于中而形于言"的"自然生成论"而已。

③ 朱东润:《中国文学批评史大纲》,上海古籍出版社1983年版,第16页。

独立言说能力的方式。从这个意义上看,汉代的辞赋家借助于为统治者提供赏心悦目的艺术文本而暗中使自己成为实际上的作者,从而不知不觉地培养起一种独立言说的习惯并实际上获得一种传述者之外的言说身份。而到了汉末魏晋之时,个体性言说终于成为主流话语。至此,作为古代知识系统中一个合法性话语的"作者"才真正确立起来了。在这里,曹丕的《典论·论文》具有典范性。鲁迅曾说曹丕的时代是一个"文学自觉的时代"。文人在中国主流文化上并不是时时被认可和接受的,由于他们清高且叛逆,放荡而无行,所以往往被以见识为正宗的大方之家目为离经叛道而备受奚落。《宋史》中刘挚有这样的话:"士当以器识为先,一命为文人,无足观矣。"顾炎武在《宋史》里读到刘挚这番话,感慨万千,"仆一读此言,便绝应酬文字,所以养其器识而不堕于文人也"。于是他一生致力于"为文不为文人,能讲不为讲师"。

(二)何谓人文——普世价值之建立

"人文"一词源于《易传》的一则象辞。诠释《易·贲》的象辞中提到:"小利有攸往,天文也;文明以止,人文也;观乎天文,以察时变,观乎人文,以化成天下。"意谓观察天文日月刚柔交错的现象,就能知道四时寒暑相代谢的规律;根据人的文明礼仪各止其分的要求就能教化天下,使人人具备高尚的道德品质。与"天文"相对的"人文"是以人与人的关系为核心内容的文化建构。我们可以通过对先秦文化典籍中有关"天"与"人"这两个概念的提及次数的检索来进行判断。下面图表数据为尹小林《国学宝典》检索所得[①]:

字\书	周易	尚书	诗经	周礼	礼记	左传	老子	论语	庄子	孟子
天	215	277	170	79	673	361	92	49	679	294
人	211	245	270	1695	1143	2576	101	219	1003	614

通过数字分析,可以清楚地看出"天""人"在先秦文化典籍中出现的概率相当高。而且在《周易》《尚书》等上古文献中,"天"比"人"出现的次数多,说明此时的人对天十分敬畏,这时的人还处在敬天畏神的阶段,正所谓"殷人尊神,率民以问神"。

西周时期,人的地位逐渐上升,在《诗经》《周礼》《礼记》《左传》中,"人"出现的次数明显高于"天"。这说明西周时期,伴随礼乐文化的建设,人文精神得以发扬。

---

① 转引自杜贵晨《传统文化与古典小说》,河北大学出版社2001年版,第39页。

有趣的是,在《周易》《老子》《庄子》这类道家思想显凸的文献中,"天""人"的比例较接近,或略高;而在儒家思想突出的《周礼》《礼记》《左传》《论语》《孟子》中,"人"出现的次数明显高于"天"。在董仲舒宣扬"天人感应"的《春秋繁露》里,"天"出现971次,"人"出现771次。"天""人"出现的频率足以反映作者的思想观念。刘勰对"文""道之文""言之文""文明""人文"也有说明:

> 文之为德也大矣,与天地并生者何哉?夫玄黄色杂,方圆体分,日月叠璧,以垂丽天之象;山川焕绮,以铺理地之形:此盖道之文也。仰观吐曜,俯察含章,高卑定位,故两仪既生矣。惟人参之,性灵所钟,是谓三才。为五行之秀,实天地之心,心生而言立,言立而文明,自然之道也。傍及万品,动植皆文:龙凤以藻绘呈瑞,虎豹以炳蔚凝姿;云霞雕色,有逾画工之妙;草木贲华,无待锦匠之奇。夫岂外饰,盖自然耳。至于林籁结响,调如竽瑟;泉石激韵,和若球锽:故形立则章成矣,声发则文生矣。夫以无识之物,郁然有采,有心之器,其无文欤?人文之元,肇自太极,幽赞神明,《易》象惟先。庖牺画其始,仲尼翼其终。而《干》、《坤》两位,独制《文言》。言之文也,天地之心哉!若乃《河图》孕乎八卦,《洛书》韫乎九畴,玉版金镂之实,丹文绿牒之华,谁其尸之?亦神理而已。①

天有天文,地有地文,动植皆文。作为与天地并生之三才之一的人也就顺理成章地有了人文。天的本质不可见,但通过"玄黄色杂,方圆体分,日月叠璧"之天象,可以识其本。地的本质不可见,但分明可以通过"山川焕绮"来认识理解。"龙凤""虎豹""云霞""草木"等均可以观其理。人也有质与文的关系问题,通过文明礼仪可以反映人的思想品质,故"文明以止,人文也",君臣、父子、兄弟、夫妇、朋友等,能恪守礼仪不逾越,便达到了"人文"境界。

中国古代不仅重视"谋生的教育",更重视"人生的教育"。古代贵族子弟学习的主要内容是"六艺",即:礼、乐、射、御、书、数。"礼""乐"则是整个教育的核心。"六艺"的学习不是为了用作谋生的"一技之长",而是以人本身的完善为旨归。"礼也者,贵者敬焉,老者孝焉,长者弟焉,幼者慈焉,贱者惠焉。"②荀子推崇"礼"为"道德之极""治辨之极""人道之极",因为"礼"的目的是使贵者受敬,老者受孝,长者受悌,幼者得到慈爱,贱者得到恩惠。在贵贱有等的礼制秩序中,含有对敬、孝、悌、慈、惠诸德,以及弱者、弱小势力的保护问题。礼乐文化之"安民""惠民""利民""富

---

① 刘勰:《文心雕龙·原道》,赵仲邑《文心雕龙译注》,漓江出版社1982年版。
② 《荀子·大略》,蒋南华、杨寒清《荀子全译》,贵州人民出版社2009年版。

民""教民"的要求,"修己以安百姓"①。"养民也惠","使民也义"②,"节用而爱人,使民以时"③,"因民之所利而利之"④,反对滥用权力,对百姓"动之不以礼"⑤。这也是礼学秩序原理的题中应有之义。礼乐文化致力于对社会人生的深情关注,致力于对"养生丧死无憾"⑥的王道社会蓝图的描绘,不仅关注生,也关注死。《荀子·礼论》说:"礼者,谨于治生死者也。生,人之始也;死,人之终也。终始俱善,人道毕矣。"《礼记·祭统》亦说:"孝子之事亲也,有三道焉:生则养,没则丧,丧毕则祭。"《礼记·昏义》说:"夫礼始于冠,本于昏,重于丧祭,尊于朝聘,和于乡射,此礼之大体也。"《礼记·祭统》说:"凡治之道,莫急于礼;礼有五经,莫重于祭。"礼乐文化蕴含规范、有序、崇义、扶弱的因素,包含节制、恰当、分寸、适度的原则,富含礼尚往来、尊重他人、敬、让、轻财重礼、不骄不淫、相互沟通与理解的内涵,具有和亲、谐民、仁爱、交融的精神,有极强的利他主义精神元素。这些均指示人们走出狭隘的自我,走向苍生百姓、国家社稷,而具有永恒的普世价值。

人文精神的核心要素是人性问题。⑦ 物质欲望的无节制扩大,使人性沦落,从而导致精神危机与信仰缺失。⑧ 人文精神的价值首先表现在对物质主义的抵御。中国传统的礼乐文化正是针对人性中的弱点与缺陷的重大文化战略。荀子对此有深刻的认识,他说:"礼起之何也?曰:人生而有欲,欲而不得则不能无求,求而无度量分界,则不能不争。争则乱,乱则穷。先王恶其乱也,故制礼义以分也,以养人之欲,给人以求。使与必不穷乎物,物必不屈于欲,两者相持而长,是礼之所起也。"⑨用礼乐文化所弘扬的人文精神来抵御物质主义的侵蚀,消解人性的异化,这或许正是我们祖先深谋远虑的大智慧。孔子说:"入其国,其教可知也。其为人,温柔敦厚,《诗》教也;疏通知远,《书》教也;广博易良,《乐》教也;絜静精微,《易》教也;恭俭

---

① 《论语·宪问》,朱熹《四书集注》,岳麓书社1985年版。
② 《论语·公冶长》,朱熹《四书集注》,岳麓书社1985年版。
③ 《论语·学而》,朱熹《四书集注》,岳麓书社1985年版。
④ 《论语·尧曰》,朱熹《四书集注》,岳麓书社1985年版。
⑤ 《论语·卫灵公》,朱熹《四书集注》,岳麓书社1985年版。
⑥ 《孟子·梁惠王》,王世朝《孟子导读》,广东高等教育出版社2002年版。
⑦ 人性问题自古就是一个争论不休的话题。孟子"道性善,言必称尧舜",而荀子却说:"人之性恶,其善者伪也。"汉代扬雄认为:"举人之善性,养而致之则善长,恶性养而致之则恶长。"董仲舒也说:"人受命于天,有善善恶恶之性,可养而不可改,可豫而不可去,若形体之肥瘦而不可得革也。"
⑧ 对此马克思在《1844年经济学─哲学手稿》中曾批判过金钱对人类灵魂的腐蚀,他说:"(金钱)作为这种颠倒黑白的力量出现的。它把坚贞变成背叛,把爱变成恨,把恨变成爱,把德行变成恶行,把恶行变成德行,把奴隶变成主人,把主人变成奴隶,把愚蠢变成明智,把明智变成愚蠢。"
⑨ 《荀子·礼论》,蒋南华、杨寒清《荀子全译》,贵州人民出版社2009年版。

庄敬，《礼》教也；属辞比事，《春秋》教也。"①孔子的这一思想奠定了中国学术的底蕴，司马迁、班固以后的历代史家对此都予以高度赞许。孟子说："孔子成《春秋》而乱臣贼子惧。"班固说："孔子著《春秋》而乱臣贼子惧，梁竦作《七序》而窃位素餐者惭。"可见，记录过去可以警示未来。在西方也有类似的观点，塔西佗的历史著作被后人称为"惩罚暴君的鞭子"，塔西佗自己也说："我认为，历史之最高的职能就在赏善罚恶，不要让任何一项嘉言懿行湮没不彰，而把千秋万世的唾骂，作为对奸言逆行的一种惩戒。"②

二、礼乐文化与民本思想的萌芽

司马迁在《史记·高祖本纪》中有如下之社会发展观，他说："夏之政，忠，忠之敝，小人以野；故殷人承之以敬，敬之敝，小人以鬼；故周人承之以文。"可见，夏商周三代的主流文化精神分别是"忠""敬""文"。但夏商时期的文化弊端十分明显，即"小人以野"和"小人以鬼"。顾颉刚先生将与殷商"鬼治主义"文化相对的西周文化称为"德治主义"。③ 孔子对周文化十分向往，曾经深情地赞美说："周监于二代，郁郁乎文哉！吾从周。"可见，殷商到西周的这次文化变革意义重大。笔者认为，此次文化变革完成中国文化最为精妙的气质性裂变，具体表现为：一是对变革深刻的反省——周人取胜的经验是什么，或者说殷人失利的教训是什么——这种反省促成了后世中国文化内省型思维模式，这是文化自觉的重要表征。二是对历史经验的重视，这又促进后世尊重历史、敬重历史、敬畏历史的文化心理，对后来的修史文化影响深远。三是民本思想和人文精神的发见。四是礼乐文化制度之缔造。所以王国维认为，"中国政治与文化之变革，莫剧与殷周之际"。

从"殷人尊神，率民以问神"到"天视自我民视，天听自我民听"④，从殷商之前普遍的人殉到春秋时期孔子"始作俑者，其无后乎。为其象人而用之也"⑤的诅咒，正是人类文明化过程中对人的尊重的标志。殷商时期是宗教意识极为浓厚的时代，祭祀鬼神是一种国家制度并指导全民的日常生活。殷商卜辞记录的史实充分证明了殷人无论从事任何事情，如祭祀、征伐、田猎、稼穑等，无不采用占卜的形式以决疑惑。《尚书·洪范篇》作为追述殷商官方政治文化方面的原始资料，向我们

---

① 《礼记·经解》，胡平生、陈美兰《礼记孝经》，中华书局2007年版。
② 郭圣铭：《西方史学史概要》，上海人民出版社1983年版，第48页。
③ 顾颉刚：《盘庚中篇今译》，《古史辨》（第二册），上海古籍出版社1982年版，第44页。
④ 《尚书·泰誓》，王世舜《尚书译注》，四川人民出版社1982年版。
⑤ 《孟子·梁惠王上》，王世朝《孟子导读》，广东高等教育出版社2002年版。

展示了殷人一切都要通过占卜预决吉凶的事实:"汝则有大疑,谋及乃心,谋及卿士,谋及庶人,谋及卜筮。汝则从,龟从,筮从,卿士从,庶民从,是之谓大同。身其康疆,子孙其逢吉。汝则从,龟从,筮从,卿士逆,庶民逆,吉。卿士从,龟从,筮从,汝则逆,庶民逆,吉。庶民从,龟从,筮从,汝则逆,卿士逆,吉。汝则从,龟从,筮逆,卿士逆,庶民逆,作内吉,作外凶。龟筮共逆于人,用静吉,用作凶。"从这段引文中,我们可以看到,在国君、卿士、庶人、卜、筮五方面因素中,起至关重要作用的是卜、筮的意见,具有最终的决定权,而国君、卿士、庶人的意见仅供参考。因此,《礼记·表记》将殷商这种原始神学观念表述为:"殷人尊神,率民以事神,先鬼而后礼,先罚而后赏。"

周文化在汲取前代衰亡的历史经验的基础上,认识到人是国家的根本,即所谓"民为邦本,本固邦宁"①。西周文化的重要标志是力主礼乐文化取代巫术文化。《大戴礼记·礼三本》云:"礼有三本:天地者,性之本也;先祖者,类之本也;君师者,治之本也。无天地焉生?无先祖焉出?无君师焉治?三者偏亡,无安之人。故礼,上事天,下事地,宗事先祖而宠君师,是礼之三本也。"可见,"礼有三本,皆关民生"。礼乐文化的核心就是对人的尊重,由此发展为人本、民本以及基于其上的人文关怀和人文精神,进而演绎出礼节、礼法等社会行为法则和社会法律秩序。②"夫礼者,自卑而尊人,虽负贩者,必有尊也,而况富贵乎!富贵而知好礼,则不骄不淫;贫贱而知好礼,则志不慑。"③《荀子·大略》:"礼也者,贵者敬焉,老者孝焉,长者弟焉,幼者慈焉,贱者惠焉。"真是大爱无疆,对于负贩者、贫贱者的尊重难能可贵。

三、主流话语的民本诉求

中国文化中的民本思想由来已久,早在西周时期,就有"天视自我民视,天听自

---

① 这一思想在当时的典籍中,随处可见。如《尚书》记载:皋陶说,治理国家"在知人,在安民","安民则惠,黎民怀之"。《逸书》记载:"天视自我民视,天听自我民听","民之所欲,天必从之"。《国语》记载:"防民之口,甚于防川,川壅而溃,伤人必多"。《论语·宪问》:"修己以安百姓"。《论语·公冶长》:"养民也惠","使民也义"。《论语·学而》,"节用而爱人,使民以时"。《论语·尧曰》:"因民之所利而利之"。《左传》记载:"国将兴,听于民"。孟轲将这一思想发展到"民为贵,社稷次之,君为轻"的新高度。在《孟子》书中充满了"保民而王"、"仁者无敌"、"得天下有道,得其民斯得天下矣"、"暴其民甚,则身弑国亡"之类论说。

② 《礼记·乐记》:"是故先王之制礼乐,人为之节。衰麻哭泣,所以节丧纪也。钟鼓干戚,所以和安乐也。昏姻冠笄,所以别男女也。射乡食飨,所以正交接也。礼节民心,乐和民声,政以行之,刑以防之。礼、乐、刑、政四达而不悖,则王道备矣。"《礼记·曲礼上》曰:"夫礼者,所以定亲疏、决嫌疑、别同异、明是非也……道德仁义,非礼不成;教训正俗,非礼不备;分争辨讼,非礼不决;君臣、上下、父子、兄弟,非礼不定;宦学事师,非礼不亲;班朝治军,莅官行法,非礼威严不行;祷祠祭祀,供给鬼神,非礼不诚不庄。"

③ 《礼记·曲礼上》,胡平生、陈美兰《礼记孝经》,中华书局2007年版。

我民听"的人的自觉之声。《孔子家语》云："夫君者舟也,庶人者水也,水所以载舟,亦所以覆舟。"孟子说："民为贵,社稷次之,君为轻。"这就是影响深远的儒家的民本思想。

儒家的民本诉求是以其仁学思想为前提的。《中庸》引孔子的话："仁者,人也,亲亲为大。"孟子说："亲亲,仁也。""爱人"作为人的基本品德不是凭空产生的,它是从爱自己亲人出发。所以当孔子的学生樊迟问"仁"时,孔子简明扼要回答说："爱人"。但"仁"不能仅仅逗留在"亲亲"这个狭隘的血缘氏族阶段,必须发扬光大,这就需要"推己及人",做到"老吾老以及人之老,幼吾幼以及人之幼"。这就是儒家的推恩思想。要做到"推己及人"并不容易,得把"己所不欲,勿施于人","己欲立而立人,己欲达而达人"的"忠恕之道"作为为"仁"的准则。如果要把"仁"推广到整个社会,这就是孔子说的："克己复礼为仁,一日克己复礼,天下归仁焉。为仁由己,而由人乎哉?"对"仁"与"礼"的关系,孔子有非常明确的说法："人而不仁如礼何?人而不仁如乐何。""一日克己复礼,天下归仁焉。"如果说,孔子的"仁学"充分地讨论了"仁"与"人"的关系,那么孟子就更进一步注意论述了"仁"与"天"的关系,并将早期的天命思想改造成"天人合一"的伟大工程。

万章曰："尧以天下与舜,有诸?"孟子曰："否。天子不能以天下与人。""然则舜有天下也,孰与之?"曰："天与之。""天与之者,谆谆然命之乎?"曰："否。天不言,以行与事示之而已矣。"曰："以行与事示之者,如之何?"曰："天子能荐人于天,不能使天与之天下;诸侯能荐人于天子,不能使天子与之诸侯;大夫能荐人于诸侯,不能使诸侯与之大夫。昔者尧荐舜于天而天受之,暴之于民而民受之,故曰:天不言,以行与事示之而已矣。"曰："敢问荐之于天而天受之,暴之于民而民受之,如何?"曰："使之主祭而百神享之,是天受之;使之主事而事治,百姓安之,是民受之也。天与之,人与之,故曰:天子不能以天下与人。舜相尧二十有八载,非人之所能为也,天也。尧崩,三年之丧毕,舜避尧之子于南河之南。天下诸侯朝觐者,不之尧之子而之舜;讼狱者,不之尧之子而之舜;讴歌者,不讴歌尧之子而讴歌舜,故曰天也。夫然后之中国,践天子位焉。而居尧之宫,逼尧之子,是篡也,非天与也。《泰誓》曰:'天视自我民视,天听自我民听。'此之谓也。"①

后来的理学家将其肆意发挥。程颐说："安有知人道而不知天道乎?道,一也。岂人道自是一道,天道自是一道?"②既不能把"天""人"分成两截,更不能把"天"

---

① 《孟子·万章上》,王世朝《孟子导读》,广东高等教育出版社2002年版。
② 程颢:《二程遗书》卷十八,上海古籍出版社2000年版。

"人"看成是一种外在的对立关系。朱熹认为仁"在天地则盎然生物之心,在人则温然爱人利物之心,包四德而贯四端者也"①。"人心"和"天心"是贯通的。"天即人,人即天。人之始生,得于天也;既生此人,则天又在人矣。"②如此则为"天地立心"和为"生民立命",不得分割为二。《中庸》说:"诚者,天之道;诚之者,人之道。"儒家认为研究"天"不能不知道"人"道,研究"人"也不能不知道"天"道,这就是儒家的"天人合一"思想。

儒家民本思想的另一方面就是"与民同乐"、"与民偕乐"、"爱民如子"的观点。正所谓:"君之视臣如手足,则臣视君如腹心;君视臣如犬马,则臣视君如国人;君视臣如草芥,则臣视君如寇仇。"③与儒家民本思想相对立的是法家的君本思想。④

四、主流文学的民生关注

《诗经》是我国第一部诗集,反映了我国从西周初年至春秋中叶五百年间复杂的社会面貌。其中表现的"饮者歌其食,劳者歌其事"的写实精神,开后世现实主义诗风的先河。⑤ 一部诗经,就是五百年中国社会生活的精神化石。其"农事诗""征役诗""婚恋诗""怨刺诗""燕飨诗",鲜活地记录了那个远去时代真实的生活细节。由《诗经》发端的这个民族的文学和这个古老民族的伟大哲学一样充满智慧。其对人生的关注与关爱,对自然的钟情与忠诚,对生命的流连与留恋,对爱情的执着与挚诚,无不彰显着生命中每一动情之处。无论是居庙堂之高,抑或处江湖之远,文人对职责的坚持始终如一;无论是司马迁忍辱负重式的生的伟大,还是屈原从容赴死般的死的光荣,文人对神圣与圣洁的守护始终如一。

乐府诗作者"缘事而发",所表现的也多是人们普遍关心的敏感问题,道出了那个时代的苦与乐、爱与恨,以及对于生与死的人生态度。两汉乐府诗的作者来自不同阶层,诗人的笔触深入到社会生活的各个层面。相和歌辞中的《东门行》《妇病行》《孤儿行》表现的是平民百姓的疾苦,是来自社会最底层的呻吟呼号。两汉乐府

---

① 《朱子文集》卷六十七,《朱子文集大全类编》,齐鲁书社1997年版。
② 《朱子语类》卷十七,中华书局1986年版。
③ 《孟子·离娄篇下》,王世朝《孟子导读》,广东高等教育出版社2002年版。
④ 韩非认为"人主虽不肖,臣不敢侵也"。君主至高无上,无论多么不称职,也不应该被废置。汉文帝时的黄生,坚持韩非的观点,反对汤放桀,武王伐纣,认为"汤武非受命,乃杀也",并说皇帝如冠,"冠虽敝,必加于首;履虽新,必贯于足,何者,上下之分也"(《汉书·辕固传》)。唐太宗也告诫"君虽不君,臣不可以不臣"。清代雍正则宣传"天尊地卑,而君臣之分定。为人臣,义当惟知有君"。
⑤ 《诗经》的现实主义特色首先体现在其百科全书的性质。据有关学者统计,其中涉及的草有麦、黍、稷、麻等105种,木有桃、李、柏、桑等75种,兽有马、牛、羊、狐等67种,鸟有雎鸠、黄鸟、喜鹊、鸬鹚等39种,虫鱼有鲨斯、草虫、鳢鲨、鲂鲤等49种。《诗经》的内容的确涵盖生活的方方面面。

诗在表现平民百姓疾苦时，兼顾到表现对象物质生活的饥寒交迫和精神世界的严重创伤。尤其可贵的是，诗的作者对于这些在死亡线上挣扎的平民百姓寄予深切的同情，是以恻隐之心申诉下层贫民的不幸遭遇。汉代从武帝开始，就频繁地发动战争，大量地征调行役戍卒，造成人民的大批死亡，也使很多家庭遭到毁坏。《战城南》的笔触不仅涉及战场上的凄惨荒凉，还延伸到广阔的社会空间，写出战争造成的社会秩序的破坏、农业生产的荒废。《十五从军征》以"十五从军征"与"八十始得归"写出了兵役制度的黑暗，两个数字之间巨大的距离令人心惊，它带来的不仅是个人的悲剧，也造成家庭"松柏冢累累"的惨象。

接下来唐人新乐府运动，更是自觉地实践汉乐府写实传统。所谓"文章合为时而著，歌诗合为事而作"[1]，"为君、为臣、为民、为物、为事而作，不为文而作"[2]，明确提出了新乐府运动的基本宗旨。所谓"救济人病，裨补时阙"，"上以诗补察时政，下以歌泄导人情"[3]，"风雅比兴外，未尝著空文"[4]，强调了诗歌的社会功能和讽谕作用。所谓"惟歌生民病"[5]，"但伤民病痛"[6]，"讽兴当时之事"[7]，反对"嘲风雪、弄花草"[8]，是主张诗歌要有社会内容，要反映民生疾苦和社会现实弊端。所谓"根情、苗言、华声、实义"[9]，"其辞质而径"、"其言直而切"、"其事核而实"、"其体顺而肆"[10]，"非求宫律高，不务文字奇"[11]，则是要求诗歌的形式与内容统一。新乐府运动的诗歌创作，实践了上述理论主张。白居易、元稹、张籍、王建等人的乐府诗及其他的一些作品，反映了中唐时期极为广阔的社会生活，从各个方面揭示了当时存在的社会矛盾，提出了异常尖锐的社会问题。针砭现实、指斥时弊，自然就不能不触犯许多权势者。白居易说自己的诗曾使得"权豪贵近者相目而变色"，"执政柄者扼腕"，"握军要者切齿"，竟至"言未闻而谤已成"[12]，可见其影响之大。

时至宋代，文坛掀起了声势浩大的诗文革新运动。柳开首举"尊韩"旗帜，提出重道致用、崇散尚朴、宣扬教化等，反对浮靡文风。王禹偁也主张宗经复古，倡导写

---

[1] 白居易：《与元九书》，郭绍虞《中国历代文论选》（一卷本），上海古籍出版社1979年版。
[2] 白居易：《新乐府序》，郭绍虞《中国历代文论选》（四卷本），上海古籍出版社1979年版。
[3] 白居易：《与元九书》，郭绍虞《中国历代文论选》（一卷本），上海古籍出版社1979年版。
[4] 白居易：《读张籍古乐府》，郭绍虞《中国历代文论选》（四卷本），上海古籍出版社1979年版。
[5] 白居易：《寄唐生》，郭绍虞《中国历代文论选》（四卷本），上海古籍出版社1979年版。
[6] 白居易：《伤唐衢》其二，郭绍虞《中国历代文论选》（四卷本），上海古籍出版社1979年版。
[7] 元稹：《乐府古题序》，郭绍虞《中国历代文论选》（四卷本），上海古籍出版社1979年版。
[8] 白居易：《与元九书》，郭绍虞《中国历代文论选》（一卷本），上海古籍出版社1979年版。
[9] 白居易：《与元九书》，郭绍虞《中国历代文论选》（一卷本），上海古籍出版社1979年版。
[10] 白居易：《新乐府序》，郭绍虞《中国历代文论选》（四卷本），上海古籍出版社1979年版。
[11] 白居易：《寄唐生》，郭绍虞《中国历代文论选》（四卷本），上海古籍出版社1979年版。
[12] 白居易：《与元九书》，郭绍虞《中国历代文论选》（一卷本），上海古籍出版社1979年版。

作"传道明心"的古文,推崇李白、杜甫、白居易反映现实的诗歌。石介在《怪说》中抨击西昆体"缀风月,弄花草","蠹伤圣人之道"。继之以范仲淹、李觏、尹洙、石延年、苏舜钦、梅尧臣、宋祁、欧阳修、苏氏父子、王安石和曾巩等,推波助澜,认为写作根本目的是"警时鼓众"、"补世救失";主张诗歌要写实,要对现实有所美刺,反对西昆派的浮艳诗风;主张语言要朴素,风格要平淡。稍后于苏、梅的欧阳修,则是整个诗文革新运动的领袖。他有意把诗文革新运动与政治上的改革要求相呼应,使古文、诗歌和文学理论批评为现实斗争服务。文学主张上提倡平实朴素的文风,提倡文章要有用于当世。具体表现在文与道的关系上,他强调道对文的决定作用,认为道应是易被人理解且可以照着去做,并不是高不可攀的,反对那种务高言而鲜事实的文章。北宋诗文革新运动,继唐代古文运动之后,又一次把古代文学特别是散文以及文论的发展推进了一步,对后世影响巨大。此后,以唐宋八大家为代表的古文传统,一直被奉为正宗。

中国文人有着关注现实的优良传统。从屈原忧国而死到柳宗元讽喻"苛政猛于虎",从白居易"文章合为时而著,歌诗合为事而作"到杜甫"穷年忧黎元,叹息肠内热","以天下为己任"是知识分子神圣的天职。正是由于他们的匡扶正义,救时济世,才使人类社会不至于严重偏离正轨。仅以明清至近代的文人为例,从顾炎武、王夫之、黄宗羲、李贽到龚自珍、魏源,再到康有为、梁启超,直到五四新文化运动的陈独秀、胡适、李大钊、鲁迅……所有有良知的知识分子都在思考并实践着"社会正义所在"。

五、主流文人的忧患意识

中华民族是一个有着强烈忧患意识的民族。所谓忧患意识,乃是社会主体的一种清醒的预见意识和防范意识,是基于历史必然性的一种精神内省。简言之就是"居安思危"。《周易》有"安而不忘危,存而不忘亡,治而不忘乱",《左传》有"思则有备,有备无患",孟子有"生于忧患,死于安乐",荀悦有"为世忧乐者,君子之志也,不为世忧乐者,小人之志也。太平之世,事闲而民乐遍焉",这种强烈的社会责任感与使命感一直是后世文人立身为文的道德自律。① 忧患意识不是患得患失的个人忧患,而是一种"先天下之忧而忧,后天下之乐而乐"的奉献型忧患意识。中国主流

---

① 《贞观政要》说:"开拨乱之业其功既难,守已成之基其道不易。故居安思危所以定其业也,有始有卒。"唐朝著名政治家魏徵说:"自古失国之主,皆为居安忘危,处治忘乱,所以不能长久。"并比喻说:"不念居安思危,戒奢以俭,斯亦伐根以求木茂,塞源而欲流长者也。"在《谏太宗十思疏》中他还告诫唐太宗:"念高危则思谦冲而自牧,惧满盈则思江海下百川,乐盘游则思三驱以为度,忧懈怠则思慎始而敬终。"

文学总体表现为以贵族的优雅文化品质对抗平民大众的世俗文化,以精英的忧患意识对抗草根的享乐意识,以积极的奉献型文化精神对抗消极的索取型文化,以天下为己任的大我精神对抗囿于一己之浅薄小我,是忧道不忧贫,谋道不谋食的高贵境界,有着浓厚的理想主义色彩和英雄主义品质。徐复观将忧患意识的产生追溯到殷周时期,认为忧患意识是源自对殷革夏命、周革殷命的深刻反省,是主体意识自觉的雏形。牟宗三先生认为,中国哲学注重道德性是根源于忧患的意识。中国人的忧患意识特别强烈,由这种忧患意识便可以产生道德意识。

儒家思想将人生忧患意识建构在人的血缘情感层面上,凸现忧患意识的历史使命感和生命的严肃性。这种建构对后代的文人有很深刻的影响,在后代文人的作品中也多有体现,从而形成了鲁迅所言的"悲凉之雾,遍被华林"的文学大观。丹麦文学史家勃兰兑斯在其名著《十九世纪文学主潮》一书中认为:"忧患意识普遍地存在于中国艺术之中,决定了中国诗词的独特基调。"从屈原到李、杜,从陆游、范仲淹、辛弃疾到吴伟业和清初三大思想家的诗文,无不渗透着安社稷、济苍生、建功立业、匡时济世、忧国忧民的忧患意识。诗圣杜甫"穷年忧黎元,叹息肠内热","安得广厦千万间,大庇天下寒士俱欢颜",则集中代表知识分子对社会、人民生活疾苦的冷静思考和关怀。范仲淹在《岳阳楼记》中的"先天下之忧而忧,后天下之乐而乐"表达出了诗人对天下贫苦百姓的关怀和以天下为己任的人生精神。"不以物喜,不以己悲",表现出了诗人乐观豁达的精神境界。被梁启超称为"举国方沉酣太平,而彼辈若不胜其忧危,恒相与指天画地,规天下大计"的龚自珍,早在嘉道年间就以敏锐的眼光,洞察到封建社会"日之将夕,悲风骤至""四海变秋气,一室难为春"的衰世到来。① 他以饱含忧患的诗文抨击时政,成为具有历史路标意义的诗人。直到后世的封建社会结束,儒家的这种忧患的意识建构都有所体现。以至于说到当今社会,这种思想还能影响文人知识分子的思想意识。

---

① 嘉庆二十五年(1820年),龚自珍就已指出:"自康乾以来,风气日颓。世有三等:治世、乱世、衰世。三等之世,各观其才可知。而今左无才相,右无才吏,阃无才将,庠序无才士;垄无才民,廛无才工,衢无才商。非民无才,即有才的,也被不才之人督之、缚之,以至于戮之。戮其能忧心,能愤心,能思虑心,能作为心,能有廉耻心,能无渣滓心。起视其世,乱亦竟不远矣。""自京师始,概乎四方,大抵富户变贫户,贫户变饿户","各省大局,岌岌乎皆不可以支月日"(《西域置行省议》)。在道光三年,他深刻认识到严重的民族危机,指出"近惟英夷,实乃巨诈,拒之则叩关,狎之则蠹国"(《阮尚书年谱第一序》)。

第四章

主流文学的主体定位

儒家精心打造的文化人格是"君子",坚信"无恒产而有恒心者,惟士为能",坚守"君子固穷"与"君子忧道不忧贫",坚持"穷则独善其身,达则兼济天下"。而道家弘扬的文化人格是傲视王侯的"真人"。儒道互补的人格文化建构对后世文人产生了持久而深刻的影响。这些为主流文学的主体文化品格与文化使命的担当提供了坚实的人格担保,昭示出文人"不汲汲于富贵,不戚戚于贫贱"的独立主体自觉。

一、诗品出于人品

主流文学的精神品质是由文人的人格品质来担保的,此所谓"非其义也,非其道也,禄之以天下,弗顾也;系马千驷,弗视也。非其义也,非其道也,一介不以与人,一介不以取诸人"①。这一点我们可以从传统文论中论文与论人的关系中清楚见到。

刘熙载《艺概》直言:"诗品出于人品";徐增《而庵诗话》断言:"诗乃人之行略,人高则诗亦高,人俗则诗亦俗。一字不可掩饰,见其诗如见其人。"范开《稼轩词序》明言:"器大者声必闳,志高者意必远。"姚鼐《荷塘诗集序》放言:"惟能知为人之重于为诗者,其诗重矣。"由此可见,对文学的审美要求往往就是对人的政治要求的延伸。在"士志于道"与"文以载道"的双重转化中,实现了人格意志与文学审美追求的统一。这样的认识论也很容易简单粗暴化为"因人废言"和"因言废人",极端的例子如王通对南朝作家及作品的批评。他说:"谢灵运小人哉,其文傲,君子则谨。沈休文小人哉,其文冶,君子则典。鲍照江淹,古之狷者也,其文急以怨。吴筠(当

---

① 《孟子·万章上》,王世朝《孟子导读》,广东高等教育出版社2002年版。

作均)、孔珪,古之狂者也,其文怪以怒。谢庄、王融,古之纤人也,其文碎。徐陵、庾信,古之夸人也,其文诞。或问孝绰兄弟。子曰:'鄙人也,其文淫。'或问湘东王兄弟。子曰:'贪人也,其文繁。'谢朓浅人也,其文捷。江总诡人也,其文虚。皆古之不利人也。予谓颜延之、王俭、任昉,有君子之心焉,其文约以则。"①这种批评的偏狭之处自不待言。相较而言,梁简文帝萧纲在《诫当阳公大心书》中明确表示:"立身先须谨慎,文章且须放荡。"将"为人"与"为文"区别对待,这种撇清二者关系的见识倒是显得有几分豁达。

二、中国文人的精神态势

儒家论人,主于"修身、齐家、治国、平天下"的社会使命,最早把这副沉重的担子交给知识分子的是孔子。他说:"士志于道。"曾参发挥师教曰:"士不可以不弘毅,任重而道远。仁以为己任,不亦重乎?死而后已,不亦远乎?"这与今天西方人常常称知识分子为"社会的良心"十分相近。孟子也说过:"乐以天下,忧以天下。"荀悦在《杂言上》中说:"为世忧乐者,君子之志也,不为世忧乐者,小人之志也。太平之世,事闲而民乐遍焉。"这种强烈的社会责任感与使命感一直是后世文人立身为文的道德自律。许金声在《从"人格三因素"看中国传统文化与人格》一文中指出:"中国传统文化的理想人格设计的缺陷不是不重视自我,而在于它重视的自我是非全面的自我;它不是不提倡自我实现,而在于它所建议的途径不能达到真正的自我实现。简言之,它所设计的理想人格是一种'片面道德的力量型人格'。"②余英时先生说:"中国古代知识分子所恃的'道'是人间的性格,他们所面临的问题是政治社会秩序的重建。"以"士"之薄弱的身躯要胜任重建秩序的大任不是太力不从心了吗?所以"修身"是唯一可行的办法。"为了确切保证士的个体足以挑起重担,走此远路,精神修养于是成为关键性的活动。试想士之所以自任者如此其大,而客观的凭藉又如此薄弱,则他们除了精神修养之外,还有什么可靠的保证足以肯定自己对于'道'的信持?所以从孔子开始,'修身'将成为知识分子的一个必要条件。"③余英时认为,修身并非儒家一家,《墨子》《老子》《管子》等都言修身,此乃古

---

① 王通:《中说》,郭绍虞《中国历代文论选》(四卷本),上海古籍出版社1979年版。
② 许文载《学习与探索》1986年第4期。许氏在该文中指出:"人格三因素论"即"智慧力量""道德力量""意志力量",是达到和保持健康人格必须具备的三种人格力量。他认为中国人格理想中缺少"意志力量"和"智慧力量"。笔者认为,此论失之偏颇,我们从曾参对儒教教义的阐释中可以知道,士不光要肩起"仁以为己任"的重担,而且还要有"任重道远""死而后已"的意志与毅力,即"士不可以不弘毅"。孟子也说过:"无恒产而有恒心者,唯士为能。"所以我认为中国人格理想中,意志力量并不缺少。
③ 余英时:《士与中国文化》,上海人民出版社1987年版,第125页。

代知识分子共有的观念。正是基于这种人格意志的自律,使得中国文人即使身处逆境,也从不自暴自弃,从不甘心沉沦,从不随俗流化。我们从孔子对颜回的赞赏中不难见出其对人格精神守护得多么彻底,他说:"贤哉,回也!一箪食,一瓢饮,在陋巷,人不堪其忧,回也不改其乐。贤哉,回也!"①孔子之所以称颜回为贤,是因为其虽出身贫寒,但不失操守,不改其志。孔子还说过:"道不行,乘桴浮于海。"②"天下有道则见,无道则隐。"③表现出自己的决不流俗。庄子在《刻意》中指出逆俗有两种方式:一种是"刻意尚行,离世异俗,高论怨诽,为亢而已矣。此山谷之士,非世之人,枯槁赴渊者之所好也"。另一种是:"就薮泽,处闲旷,钓鱼闲处,无为而已矣。此江海之士,避世之人,闲暇者之所好也。"前者实乃为反抗世俗而不得其志,不得已而妥协自然,以求不损创自我人格,带有浓郁的悲剧色彩。这大概就是孔子"道不行"之后的无奈选择。而后者之隐归自然乃属天性,是一种逍遥适性,不拘世俗的高韬,显示出一种旷达的优雅。前者颇类于孔子所说的"仁者",后者颇类于其所说的"智者",在《雍也》中他说:"知者乐水,仁者乐山。"知者何以乐水,仁者何以乐山?后世学者对此多有解释。《韩诗外传》对此解释说:"夫水者,缘理而行,不遗小间,似有智者;动而下之,似有礼者;蹈深不疑,似有勇者;障防而清,似知命者;历险致远,卒成不毁,似有德者。天地以成,群物以生,国家以宁,万事以平,品物以正;此智者所以乐于水也。""夫山者,万民之所瞻仰也。草木生焉,万物植焉,飞鸟集焉,走兽休焉,四方益取与焉,出云道风,嵷乎天地之间。天地以成,国家以宁,此仁者所以乐于山也。"我们如果稍作留意,就不难发现道家是多么钟情于水,如:《老子》"上善若水",庄子作《秋水》以喻其道,其笔下的江河湖海的喻体,吕梁道人蹈水的寓言等。

笔者认为,儒家文化对人格精神的雕塑更多地取法于山的品质,所谓"仁者乐山",这种人格精神的自律侧重于道德使命,张扬着一种殉难的精神,可发展为爱国、爱家、尊君、忠君,形成一种凝重、厚直、刚毅、古朴、苍凉的文化景观,其人格塑造极具阳刚之美。我们可以从杜甫、白居易、范仲淹、文天祥等文人身上明显见出这一文化沉淀的影子。

相比之下,道家对人格塑造更多取法于水的品质,所谓"智者乐水"。这种人格精神的自律则偏重于逍遥性,执着于一种精神上的自恋。如果说儒家是在对"流水"的动态关照中悟得时不我待的人生紧迫,从而激发出惜时的抗争意识,则道家是在对"止水"的关照中洞见"水静犹明"的人生大义。庄子在《天道》中有言:"圣人

---

① 《论语·雍也》,朱熹《四书集注》,岳麓书社1985年版。
② 《论语·公冶长》,朱熹《四书集注》,岳麓书社1985年版。
③ 《论语·泰伯》,朱熹《四书集注》,岳麓书社1985年版。

之静也,非曰静也善,故静也。万物无足以铙心者,故静也。水静则明烛须眉,平中准,大匠取法焉。水静犹明,而况精神! 圣人之心静乎! 天地之鉴也;万物之镜也。"正是这种对止水的宁静关照,熄灭了儒家抗争的愤愤不平之气,也胎育了中国文化平和冲淡的艺术心性。缘于此,道家在人生态度的价值取向上,不同于儒家的积极向上,不同于儒家的积极用世,更多的是冷眼旁观。在直面世态的污浊时,道家也不同于儒者的苦苦抗争,而是潇洒地背过身去,悄然抽身而去,以免污染了自己的耳目与心性。

沈金浩在论及江湖与中国雅文化的关系时指出:"'江湖文化'的发达还显示了中国传统文人士大夫的一种群体性格,一旦发现不能和谐,发现了自己所面对的丑恶现象或不利因素,他解决问题的方法是抽身而出,使自己变为不受政治圈约束的游离个体,其目的只是保全自己的肉体和灵魂的安全与洁净。这种保全生命的愿望当然是无可非议的,而保持个人灵魂洁净的努力也是相当可贵的。"[①]

逆反世俗和人格精神的自律是互为表里,儒道文化在价值的定位与取向上虽然大异其趣,但不苟世俗的人格自律是十分一致的。诚如孟子所言:"圣人之行不同也,或远、或近;或去、或不去,归洁其身而已矣。"[②]可见无论身在君王身侧或是远去江湖,都是为了洁其身。正是由于这一深层心理的一致,才使儒道互补成为可能。他们共同守护着中国雅文化的清澈源流,抗拒着俗文化的污染与侵袭。在审美批判时,或取阳刚,或取阴柔,或取优雅,但双方皆反感媚俗。他们十分矜持地保守着贵族优雅典正的仪态而嗤鼻平民意识与大众文化。笔者认为,中国俗文化对贵族文化,或者"精英文化"与"雅文化"的侵蚀当起于南北朝时期,因为此时佛教大盛于邦国,而佛教对俗文化的影响是巨大的。如果说后世的中国文化是儒、释、道三家思想复合影响的结果,则儒道代表了贵族文化的主旋律,佛教常常是俗文化的伴唱。

一个是火,一个是冰;一个入世,一个出世;一个积极,一个消极;一个尚有,一个尚无;一个有为,一个无为;一个尚智,一个尚愚——儒道文化是两重世界,两重天地,真正可谓冰火两重天。孔子、孟子以自己的亲身经历为后代文人所提供的人格范式的核心要义就是绝对的理想主义,在礼崩乐坏的时代以一介书生的羸弱之躯去完成匡时救世的伟大壮举,这种乐观的救世精神在上古的神话中出现过。"夸父逐日""后羿射日""刑天舞干戚""共工怒触不周山"……这些神话奠定了儒家学说积极有为、奋发图强、死而无悔的基调。简言之就是"知其不可为而为之"的绝对的理想主义和绝对的浪漫主义。

[①] 沈金浩:《江湖与中国雅文化》,《中国社会科学》1996 年第 3 期。
[②] 《孟子·万章上》,王世朝《孟子导读》,广东高等教育出版社 2002 年版。

第 五 章

主流文学的文化品格

中国文学的发展历史过程,一直交织着两种思潮,即一方面是文学的不断道统化、政统化、史统化,另一方面是文学的不断世俗化、民间化、虚拟化。双方彼此消长,互为动因。

一、儒家思想的文学干预

我们之所以定性中国古代文论审美趣味有贵族化倾向,是就其斩断与日常人伦生活的关系而言。在文人所构筑的艺术天地里消弭了饮食起居的人生嘈杂与平淡,中断日常意识而超然于现实计较与功利考虑之外。笔者认为,平民文化与贵族文化的主要区别在于贵族文化追求优雅、典正、不失风范与气度,追求诗性与诗意,追求不温不火的含蓄,追求与生活隔岸观火的审视。平民文化则追求一种贴近生活的叙述,执着于生活的本真,追求感官的补偿与满足。如果说平民文化是一种感性文学,贵族文化则是一种智性文学;平民意识是一种享乐意识,贵族意识则是一种忧患意识。受惠于儒家思想的忧患意识,所培植的文学观念则执着于人类社会的命运、家国的责任与使命,富有深厚的人伦关系和崇高的阳刚浩气,主于使命,重视后天。

孔子的"放郑声",可以说是第一次对世俗文化的棒杀,借口就是"郑声淫"。关于"郑声淫",后世注者颇多。《礼记·乐记》说:"郑音好滥淫志,宋音燕女溺志,卫音趋数烦志,齐音敖辟乔志。此四者,皆淫于色而害于德,是以祭祀弗用也。"汉代许慎指出:"郑国有溱、洧之水,男女聚会,讴歌相感。放郑诗二十一篇,说妇人者十九,故郑声淫也。"①宋代朱熹进一步考证出:"郑卫之乐,皆为淫声。然以诗考之,卫诗三十有九,而淫奔之诗才四之一;郑诗二十有一,而淫奔之诗已不翅七之五。卫犹为男悦女之词,而郑皆为女惑男之语。卫人犹多刺讥惩创之意,而郑人几于荡然无复盖羞愧悔悟之萌,是则郑声淫,有甚于卫矣。故夫子论为邦,独以郑声为戒而不及卫,盖举重而言,故自有次第也。"②孔子"放郑声"为的是"恶郑声之乱雅乐也"③,是把它作为"雅"的对立面"俗"来看待的。这一思想又为荀子所吸收,在其《乐论》中指出:"修宪令,审诗商,禁淫声,以时顺修,使夷俗邪音不敢乱雅乐,太师事也。"大有把"俗"文化赶尽杀绝之势。笔者认为,由孔子设立的逆反世俗的文学批评观念,在日后的文学传统中,为荀子得其精髓,所以郭绍虞先生称荀子为"传统文学观的奠基人",他说:"孔子以后,孟荀并称,但是从文学批评来讲,荀子要比孟子为重要。荀子《非十二子》篇之论子思孟子,称为'略法先王而不知其统',的确,就文学批评讲,也是荀子为得其统。所以荀子奠定了后世封建时代的传统的文学观。"④荀子看到艺术矛盾的两面,即"道"和"欲"。为缓解矛盾,他提出著名的"以道制欲"的策略:"乐者,乐也。君子乐得其道,小人乐得其欲。以道制欲,则乐而不乱;以欲忘道,则惑而不乐。"⑤这就影响了汉儒的"发乎情、止乎礼义"和宋儒的"存天理、灭人欲"。终至将文学艺术中娱乐的成分榨尽挤干,在"文以载道"的圣谕之下,完全彻底地完成了反世俗、反庸俗、反平民化的意识形态建设的巨大工程。

二、道家思想的文学浸透

受道家思想滋养的智性文学,其文学观念尚自然、尚含蓄,追求"不着一字,尽得风流"的空灵之美,审美态度是超然的和非功利性的,执着于生命、执着于自我。钱师宾在论中国纯文学独特价值之觉醒时也指出中国纯文学与道家思想的渊源关系:"文苑立传,事始东京,至是乃有所谓文人者出现。有文人,斯有文人之文。文人之文之特征,在其无意于施用。其要者,则仅以个人自我作中心,以日常生活为题材,抒写性灵,歌唱情感,不复以世用撄怀。是惟庄周氏所谓无用之用,荀子讥之,谓知有天而不知有人者,庶几近之。循此乃有所谓纯文学,故纯文学作品之产

---

① 《初学记》卷十五《杂乐》第二于"叙事"下引《五经通义》,中华书局 2004 年版。
② 朱熹:《诗集传·卷四》,中华书局 2011 年版。
③ 孔子:《论语·阳货》,朱熹《四书集注》,岳麓书社 1985 年版。
④ 郭绍虞:《中国文学批评史》,上海古籍出版社 1979 年版,第 18 页。
⑤ 荀子:《荀子·乐论》,蒋南华、杨寒清《荀子全译》,贵州人民出版社 2009 年版。

生,考其渊源,实当导始于道家。"余英时先生在援引此论时评价说"此诚不易论"。①

如果将儒道两家进行一番比较的化,可能看得更清楚。儒家思维原点:由小及大,推己及人,推心置腹,将心比心,以心换心,君子审己而度人。这种由小及大的推理思维方式在儒家文献里很多,比如在《论语》一书中,演绎思维是明显的。在《学而》篇中说:"其为人也孝弟,而好犯上者,鲜矣。不好犯上而好作乱者,未之有也。君子务本,本立而道生。孝弟也者,其为仁之本与?"由"孝悌"二字而推导出治国安邦之国策,实在是一种大玄想、大智慧。《论语·子路》篇中说:"名不正则言不顺,言不顺则事不成,事不成则礼乐不兴,礼乐不兴则刑罚不中,刑罚不中则民无所措手足。故君子名之必可言也,言之必可行也。君子于其言,无所苟而已矣。"这是一段相对完整的连锁逻辑推理。之所以说它相对完整,是因为其中的因果关系省略了论证环节,诸如:为什么名不正就言不顺?为什么言不顺事就不成?——孔子对此没作说明。但这并不妨碍其推理,"正名"的必要性与重要性,经过推理的确昭然若揭。这种连锁逻辑推理在孟子那里有很好的继承。如:

"桀纣之失天下也,失其民也;失其民者,失其心也。得天下有道,得其民,斯得天下矣;得其民有道,得其心,斯得民矣,得其心有道,所欲与之聚之,所恶勿施尔也。"②

"居下位而不获于上,民不可得而治也。获于上有道:不信于友,弗获于上矣。信于友有道,事亲弗悦,弗信于友矣。悦亲有道:反身不诚,不悦于亲矣。诚身有道,不明乎善,不诚其身矣。是故诚者,天之道也。思诚者,人之道也。"③

"君子深造之以道,欲其自得之也。自得之,则居之安,居之安,则资之深;资之深,则取之左右逢其原,故君子欲其自得之也。"④

相反的,道家的思维方式却由大到小,由外及内。以庄子的《秋水》为例说明,庄子在《秋水》中借北海若说服河伯对这种思维有形象的说明:

天下之水,莫大于海,万川归之,不知何时止而不盈;尾闾泄之,不知何时已而不虚;春秋不变,水旱不知。此其过江河之流,不可为量数。而吾未尝以此自多者,自以比形于天地而受气于阴阳。吾在于天地之间,犹小石小木之在大山也。方存乎见少,又奚以自多!计四海之在天地之间也,不似礨空之在大泽乎?计中国之在

---

① 余英时:《士与中国文化》,上海人民出版社 2003 年版,第 343 页。
② 《孟子·离娄章句上》,王世朝《孟子导读》,广东高等教育出版社 2002 年版。
③ 《孟子·离娄章句上》,王世朝《孟子导读》,广东高等教育出版社 2002 年版。
④ 《孟子·离娄章句下》,王世朝《孟子导读》,广东高等教育出版社 2002 年版。

海内,不似稊米之在大仓乎?号物之数谓之万,人处一焉;人卒九州,谷食之所生,舟车之所通,人处一焉;此其比万物也,不似毫末之在马体乎?五帝之所连,三王之所争,仁人之所忧,任仕之所劳,尽此矣!伯夷辞之以为名,仲尼语之以为博,此其自多也,不似尔向之自多于水乎?

庄子是在无限的时空背景下来审视具体事物的。的确,相形于无限,则任何事物都显得微不足道,既然微不足道,也就无所谓什么区别,由此可知,"齐万物"、"等生死"也就不足为奇了。由此可见,儒家十分注重人的分类;而道家不仅不注重这种划分,反而要消弭人与万物之间的界限,大讲齐万物、等生死。孔子不语"怪、力、乱、神",敷衍搪塞说:"不知生,焉知死?"而庄子却大谈特谈生死,放言怪异。了解儒道思维方式上的差异,也就好理解他们的文学批评思想了。正是由于儒道两家思维时空极其宽泛,往往将天地、万物、人生融为一体,受其影响,文学的观念不仅仅指向艺术,更指向人生,人生与艺术并重;也不仅仅指向主体自身的抒情言志,更指向对江山社稷、苍生百姓的深情关怀;不仅仅指向形象和审美,更指向抽象的思辨;不仅仅写实,更侧重于写虚;不仅有现实主义,也有浪漫主义;不仅倡导积极的入世,也倡导消极的避世;不仅仅重形,更倾向于重神。荀子批评庄子"蔽于天而不知人",批评墨子"蔽于用而不知文"。与儒家积极入世的参与精神相比,道家则侧重于冷峻的袖手旁观。孔子的热情投入化成庄子的冷眼旁观,孔子致力于建设,庄子致力于解构;儒家讲"知其不可为而为之","君子不重(持重、慎重、稳重)则不威,学则不固",讲意志、毅力("士不可不弘毅")、恒心("无恒产而有恒心");道家讲顺适,讲随遇而安。儒家的社会批判精神、家国忧患意识和社稷江山的责任感,在道家那里被归隐时潇洒的拂袖而去所搁置。儒道两家对中国文学的影响深刻持久,表现为文学的双重趣味。儒家文学刚健、敦实、凝重,道家文学优柔、睿智、空灵。在主题选择上,儒家文学关注社会苍生、家国大业、社稷江山,逼视社会矛盾、抨击时弊、揭露阴暗,道家文学关注自我,崇尚自由,追求逍遥。在创作题材的选择上,儒家关注郊庙,道家看重江湖;儒家关心社会,道家关注自然;儒家关注此在的真切,道家向往彼在的缥缈。就创作方法来看,儒家逼视现实,写真写实;道家则浪漫、幻设成文。就审美理想来看,儒家追究逼真、还原,而道家则追求自然英旨、妙造自然、尚虚尚朴。儒家尚形似,道家尚神似。就创作心态而言,儒家崇尚心怀天下,而道家则更讲究斋心、坐忘与虚静,安时处顺对作家主体性的影响,"言不尽意"与"书籍糟粕"论,无射之射与不言之教对艺术创作境界的影响,"道"与"器"、"心"与"手"、"体"与"用"、"形"与"神"、"有"与"无"、"形而上"与"形而下",齐万物、等生死,无为思想,反对强求注。

三、凝重与空灵——儒道文化的双重建构

道家思想的极端性发展便是对于文化现象之载体的语言符号体系的解构。我们知道,早在孔子之前,以礼乐为核心的文化符号体系就已存在,只是由于缺少伦理价值观念的支撑,使得这一体系十分松散,很不牢固。而儒家的所谓"建构",就是要以"仁学"的价值观念来支撑"礼乐"的符号体系,以克服"礼崩乐坏"的局面。针对当时文化符号体系混乱的现状,孔子曾发出"觚不觚,觚哉!觚哉!"①的慨叹。在他看来,"觚不觚"这类表层符号的混乱,意味着"君不君""臣不臣"等深层价值观念的动摇。因此,他竭力主张以"正名"的方式来重新整顿价值观念和符号体系,并理顺二者之间的表里关系:"名不正,则言不顺;言不顺,则事不成;事不成,则礼乐不兴;礼乐不兴,则刑罚不中;刑罚不中,则民无所措手足。故君子名之必可言也,言之必可行也。君子于其言,无所苟而已矣。"②事实上,在孔子表述自己观点的过程中,我们也可以发现,他对于语言符号的运用是十分讲究并充满信心的。例如,在谈到仁人的品格时,孔子说:"恭、宽、信、敏、惠。恭则不侮,宽则得众,信则人任焉,敏则有功,惠则足以使人。"③在谈到诗歌的艺术功能时,孔子说:"诗,可以兴,可以观,可以群,可以怨。"④尽管儒家对逻辑学和修辞学并不太感兴趣,但所有这一切,至少能说明孔子等人对语言符号的肯定态度。

然而在以"解构"为能事的道家那里,对待语言符号的态度则刚好相反。老子曰:"道可道,非常道;名可名,非常名。"⑤在他看来,真正本体性的内容,是不可能用语言符号来加以表述的,一旦人们用有限的符号来形容"道"的时候,这个本体的无限意蕴便不可避免地被遮蔽起来,这就是所谓"道隐无名"⑥。在他的影响下,庄子也看到了语言符号的局限性:"道不可闻,闻而非也;道不可见,见而非也;道不可言,言而非也。知形形之不形乎?道不当名。"⑦并进而指出:"世之所贵道者书也,书不过语,语有贵也。语之所贵者意也,意有所随;意之所随者不可以传也,而世因贵言传书。世虽贵之,我犹不足贵也,为其贵非其贵也。故视而可见者,形与色也;听而可闻者,名与声也。悲夫!世人以形色名声为足以得

---

① 《论语·雍也》,朱熹《四书集注》,岳麓书社1985年版。
② 《论语·子路》,朱熹《四书集注》,岳麓书社1985年版。
③ 《论语·阳货》,朱熹《四书集注》,岳麓书社1985年版。
④ 《论语·阳货》,朱熹《四书集注》,岳麓书社1985年版。
⑤ 《老子·一章》,朱谦之《老子校释》,中华书局1984年版。
⑥ 《老子·四十一章》,朱谦之《老子校释》,中华书局1984年版。
⑦ 《庄子·知北游》,陈鼓应《庄子今注今译》,中华书局1983年版。

彼之情。夫形色名声,果不足以得彼之情,则知者不言,言者不知,而世岂识之哉!"① 如此说来,由形色名声所组成的整个语言符号系统,都已在解构之列了。然而庄子解构语言符号系统的目的,并不是要废除这一系统,而只是为了借助语言来达到超越符号的意义。所以他又说:"筌者所以在鱼,得鱼而忘筌;蹄者所以在兔,得兔而忘蹄;言者所以在意,得意而忘言。"② 这种表面符号的解构同深层意蕴的追求是互为表里的,因此,同解构文饰、解构法则一样,老、庄解构符号的努力也并非是全然消极的,事实上,它恰恰在另一个层面上接近了艺术语言的奥秘。

道家对中国美学的历史贡献,恰恰是作为儒家美学的对立面而得以呈现的。如果没有儒家所建构的远离原始形态的礼乐文化,那么道家所追求的那种"同与禽兽居,族与万物并"③的生活状态便毫无审美价值可言了。从艺术门类上讲,如果说儒家美学与乐舞之间有着直接的亲缘关系,那么道家美学则对书画艺术产生了更加深远的影响。④ 事实上,正是在儒、道之间所形成的必要的张力的推动下,中国美学才可能显示出多彩的风格并得以健康地发展。总之,与儒家以"建构"的方式来装点逻辑化、秩序化、符号化的美学世界不同,道家则是以"解构"的方式寻求着一个非逻辑、非秩序、非符号的审美天地。如果说,儒家的努力是一种从无到有、由简而繁的过程,其追求的是"充实之谓美"⑤"不全不粹之不足以为美"⑥的境界;那么道家的努力则是一种删繁就简、去蔽澄明的过程,其追求的是"大音希声,大象无形"⑦"朴素而天下莫能与之争美"⑧的境界。正如徐复观所言:"中国文化中的艺术精神,穷究到底,只有孔子和庄子所显出的两个典型。由孔子所显示出的仁与音乐合一的典型,这是道德与艺术在穷极之地的统一,可以作为万古的标程……由庄子所显出的典型,彻底是纯艺术精神的性格,而主要又

---

① 《庄子·天道》,陈鼓应《庄子今注今译》,中华书局1983年版。
② 《庄子·外物》,陈鼓应《庄子今注今译》,中华书局1983年版。
③ 《庄子·马蹄》,陈鼓应《庄子今注今译》,中华书局1983年版。
④ 盛唐大诗人兼大画家王维主张:"画道之中,水墨最为上;肇自然之性,成造化之功。"(王维《山水诀》)这其中显然包含了老子"道法自然"的思想。晚唐画论家张彦远认为:"草木敷荣,不待丹绿之彩;云雪飘飘,不待铅粉而白。山不待空青而翠,凤不待五色而绘。是故运墨而五色具,谓之得意。"(张彦远《历代名画记·论画体工用拓写》)其中无疑渗透着庄子"得意而忘言"的精神。
⑤ 《孟子·尽心下》,王世朝《孟子导读》,广东高等教育出版社2002年版。
⑥ 《荀子·劝学》,蒋南华、杨寒清《荀子全译》,贵州人民出版社2009年版。
⑦ 《老子·四十一章》,朱谦之《老子校释》,中华书局1984年版。
⑧ 《庄子·天道》,陈鼓应《庄子今注今译》,中华书局1983年版。

是结实在绘画上面。"①问题是儒家美学由于强调"善",容易导致"伦理主义";道家美学追求"真",则又难免滑入"自然主义"。因此,儒家的"建构"和道家的"解构"互为矫正,相得益彰。

  无论是阳刚的儒家诗教,还是优雅的道家文论,就其审美心态而言,是极端的排斥感官的满足,深恶声色犬马,绝弃逐异猎奇,其审美追求是对生命价值的捍卫和人生缺憾的滋养。审美俯视决非一己之好和一时之好,也就是说,以精神贵族自居的儒道文化,是在泛时空的背景下来讨论、审视人的,所关心的不是实体的自我,而是抽象的自我;所凝视的是人生终极的景观,而非特定时空下的人生风景;所倾心的是永恒而不是暂时。他们耐得无奈而耐不住无聊,受得空洞而受不了空虚,忍得孤独而忍不了孤苦。正因如此,在文学的定位选择时,他们选择了诗而没有选择小说,因为诗和小说恰好是文学的两极,前者放大了文学对现象的抽剥功能,其话语表述显明地表现为对外在世界的淡漠,以诗意化的方式实现其对客体的回避,进而模糊和淡化背景,突现主体自身,其再现的功能十分虚弱;而后者则放大了文学对现象的还原功能,其话语表述明显地表现为对外在世界的热衷,以逼真的姿态实现其对客体的迎合,进而模糊和淡化主体自身,在摇曳多姿的现象把玩中实现对主体自身的遗忘,其表现功能显得苍白失血。诗对现象的剥离是将人生芜杂一同过滤,沉淀出致醇的人生体味,在空灵的智性中,逼视心灵一隅,实现情感温湿的生长。而小说则在对现象的还原时,将人生芜杂铺展成散漫无涯的景观,在对现象的留恋中,实现感官全方位的满足。

  就其阅读心境而言,孤独时可读诗,而无聊时可读小说,无论是汉魏乐府、唐诗宋词,其所呈现出的审美风范,绝不是无聊者所能把玩的。而宋元话本、唐朝传奇则可开解无聊,化释空虚。无论如何,诗是精神贵族的宠儿,而小说则是平民的宝贝;诗是纯文学的标志,而小说则一向被视为俗文学的异名。正是在这个意义上,我们说中国小说及小说批评的发育迟缓,可归根于中国儒道正统文学观念中的贵族审美趣味。众所周知,《诗经》时期,作为庙堂文化的《雅》《颂》的"雅"文化和本为"江湖"文化的《国风》的民间"俗"文化是二水分流的。可经孔子删定后,后世经学家将其视为经典,在"无邪"的疏导下,除却了诗之真情野性,山野风流的情韵在"后妃之德"的穿凿中得面纱而失真颜。这样,其对后世的影响也就由二源变为一流。这个巨大的改道工程乃是汉代经学家们亲手修筑的。

  综上所述,我们说儒道文化尽管在观念形态上常取水火犄角之势,但就逆反世

---

① 徐复观:《中国艺术精神》,春风文艺出版社1987年版,第5页。

俗而言,实乃坚守一隅。前者以仁爱之心,赋予了文人们"兼济天下"的使命感,从而在律身处世方面,取崇高阳刚之态;后者以明智之举,赋予文人"独善其身"的适性感,从而在修身缮性方面,取优雅从容之态。这种人格品质律人律己的一致性,使得儒道文化能共同调节与规范着中国文人的心性。我们完全可以说,儒道文化就像长江大河的南北两岸,制约与涵养着中华文化与中国文学源远流长的历史长河。

第六章

主流文学的审美理想

纵观中国文学,概而论之,复古是中国文学的主线,忧患是中国文学的主题,伤感是中国文学的旋律,忧郁是中国文学的底色。其文学形态表现为,枯寂大于丰腴,死亡大于新生,退避大于进取,悲观大于乐观,晚霞多于朝阳,悲伤多于悲壮,怀想多于理想,是典型的"西子捧心"式的病质性亚健康气质。

由离愁别绪与国仇家恨交织构成的伤时、伤春、伤乱、伤感以及忧患、忧伤、忧愁、幽怨,使得中国文学阴郁而不开朗,优柔而不刚强,缠绵而不果断。离愁多于欢聚,眼泪多于欢笑,哭多于笑,苦多于甜,雨季多于晴天,秋的描述多于春的描写,月亮的吟唱多于太阳的歌唱,属于典型的阴郁型文化气质,总的底色呈现为多愁善感。很多描写都是悲怆、悲伤、悲愤、悲情,但缺失悲壮,激情少而怨情多,豪情少而悲情多。

中国文学的天空似梦,怀旧的时候多而崇新的时候少。中国文学受中国文化的影响,呈现为老年型文化症候——回忆、回顾、回首、回想多于希冀和展望,感性多于理智,梦境多于现实。中国文学至宋代,境界变得狭隘与狭窄,激情越来越少,理智越来越多;崇高感丧失,阴柔之美增多。豪情与理想逐渐被现实的圆滑与世故代替,浪漫与飘逸逐渐变得漫不经心。愤世嫉俗的热情冷却成"而今识尽愁滋味,欲说还休。欲说还休,却道天凉好个秋"的看破红尘的超脱和冷静。

一、虚静化——"不着一字"与"尽得风流"

中国文化崇尚"不言之教"①，由此造就了中国主流诗学的独特审美趣味与审美理想。这就是空灵、神韵和妙趣。其美学特征是自然传神，韵味深远，天生化成而无人工造作的痕迹，所崇尚的是"言外之意""韵外之致""味外之旨"的空灵艺术境界。

古代文论家认为空灵的意境应该是玲珑剔透，宛如镜中花，水中月。宗白华认为，空灵是艺术家独辟的有灵气往来其间的有机的审美心理场。这是中国人宇宙意识和生命情调的诗意化。神韵也是中国古代重要的美学范畴，指含蓄蕴藉、冲淡玄远的艺术风格和艺术境界，也即司空图所说的"不着一字，尽得风流"，苏轼所谓的"惟有此亭无一物，坐观万景得天全"的诗性表达。与此相关的还有"韵味"一词，也是中国古代诗论中一个重要的概念。"韵味"之说始见于唐代司空图的诗论中，如《与李生论诗书》《与王驾评诗书》《与极浦谈诗书》《诗赋》等。从司空图的诗论中不难看出，他追求的是一种"韵外之致"和"味外之旨"，要求意境"近而不浮""远而不尽"，即刘勰所说的"情在词外"或钟嵘所说的"文已尽而意有余"的意思。他的观点上承钟嵘的"滋味说"，又对后世的诗论——如严羽的"妙悟说"、王士禛的"神韵说"有重要的影响。诗歌理论家们常用"韵"来表达诗歌的艺术美，这种"韵"往往超出了音乐的范围，来引发读者深远的心灵感受。

空灵、神韵、韵味等都必须通过斋心、坐忘等一系列"去己化"的过程才可以达到。老子讲"涤除玄览"，"致虚极，守静笃"，就是要摒除心中的妄念，达到与"道"合而为一的境界。《庄子·天道》篇中说："圣人之静也，非曰静也善，故静也。万物无足以铙心者，故静也。水静则明烛须眉，平中准，大匠取法焉。水静犹明，而况精神！圣人之心静乎！天地之鉴也，万物之镜也。"庄子还用"梓庆削木为鐻"、"解衣般礴"、"郢人垩墁"等寓言的形式来阐释个中之道。② 作家、艺术家摆脱名缰利锁等各种杂念的影响，以便充分驰骋自己的艺术想象，创设最优美的艺术意象。由于

---

① 老子主张"大音希声，大象无形"，孔子曾说"予欲无言！天何言哉，四时行焉，百物生焉"，庄子也说"天地有大美而不言，四时有明法而不议，万物有成理而不说"，《诗经·大雅·文王》："上天之载，无声无臭。"

② 《庄子·达生》：梓庆削木为鐻，鐻成，见者惊犹鬼神。鲁侯见而问焉，曰："子何术以为焉？"对曰："臣工人，何术之有？虽然，有一焉。臣将为鐻，未尝敢以耗气也，必齐以静心。齐三日，而不敢怀庆赏爵禄；齐五日，不敢怀非誉巧拙；齐七日，辄然忘吾有四枝形体也。当是时也，无公朝，其巧专而外骨消。然后入山林，观天性，形躯至矣，然后成见鐻，然后加手焉；不然则已，则以天合天，器之所以疑神者，其是与！"《庄子·田子方》：宋元君将画图，众史皆至，受揖而立，舐笔和墨，在外者半。有一史后至者，僵僵然不趋，受揖不立，因之舍。公使人视之，则解衣盘礴，裸袖握管。君曰："可矣，是真画者也。"

儒道佛三家都强调虚静,所以中国古代不论是文学创作还是绘画、书法等艺术创作,均把虚静视为创作主体修养的最基本条件。王羲之《题卫夫人〈笔阵图〉后》论及书法创作时说:"欲书者,先干研墨,凝神静思,预想字形大小、偃仰、平直、振动,令筋脉相连,意在笔前,然后作字。"明人吴宽在《书画筌影》中阐释王维之所以能做到"诗中有画,画中有诗",正是因为他"胸次洒脱,中无障碍,如冰壶澄澈,水镜渊渟,洞鉴肌理,细观毫发,故落笔无尘俗之气,孰谓画诗非合辙也"。

庄子最早论及斋心的艺术价值。他说:"汝齐戒,疏瀹而心,澡雪而精神。"①刘勰在《文心雕龙·神思》篇中说:"陶钧文思,贵在虚静,疏瀹五藏,澡雪精神。"将虚静作为审美创造的命题加以明确的阐释,真正将虚静纳入艺术创作或者说是美学的轨道上,并作为美学的命题固定下来。禅宗理论盛行之后,对于审美态度理论进行渗透,使中国古代的虚静学说得到了一个很值得注意的发展。唐代诗人刘禹锡在《秋日过鸿举法师寺院便送归江陵引序》中曾说:"梵言沙门,犹华言去欲也。能离欲,则方寸地虚,虚而万景入。人必有所泄,乃形乎词;词妙而深者,必依于声律。故自近古而降,释子以诗名闻于世者相踵焉。因定而得境,故悠然以清;由慧而遣词,故粹然以丽。信禅林之花萼,而诫河之珠玑耳。"禅定去欲,则内心虚空,此即是虚静境界。于是,文学理论批评中就有了许多以空静论创作的说法。苏轼的《送参寥师》一诗可为代表,诗云:

新诗如玉屑,出语便清警……欲令诗语妙,无厌空且静。阅世走人间,观身卧云岭。咸酸杂众好,中有至味永。诗法不相妨,此语当更请。

"欲令诗语妙,无厌空且静",这并非是指诗的意境,而分明是指诗人的审美创造心态。这里提出的'空静'说一方面继承了'虚静'说的美学步武,另一方面,显然又用佛教禅宗的思想为主要参照系,改造、发展了中国诗学的审美态度理论。宋代著名诗论家严羽论诗以盛唐为法,在《沧浪诗话》中最为推崇的是盛唐诗人那种透彻玲珑、空明圆融的境界。严羽谓:"诗者,吟咏情性也。盛唐诸人惟在兴趣,羚羊挂角,无迹可求。故其妙处透彻玲珑,不可凑泊,如空中之音,相中之色,水中之月,镜中之象,言有尽而意无穷。"②这是严羽诗学审美标准的描述,所呈示的正是诗歌审美境界的"幻象"性质,带着浓厚的禅学意味。

---

① 《庄子·知北游》,陈鼓应《庄子今注今译》,中华书局1983年版。
② 严羽:《沧浪诗话.诗辨》,郭绍虞《中国历代文论选》(一卷本),上海古籍出版社1979年版。

二、寄寓化——"言近"与"旨远"

言意关系是文学核心范畴之一,牵涉许多相关重大命题,研究中国文学批评理论有必要充分予以正视与重视。①

(一)"以辞抒意"与"白其志义"——旨归与手段

后世有关文以载道的观念从根本上来说,可以追溯到早期有关言意关系的表述:无论是"志有之,言以足志,文以足言;不言,谁知其志"②,或者是"以名举实,以辞抒意,以说出故"③,都将言置于手段或工具的层面,而将志、意等置于目的或旨归的层面上了。尤其是荀子,对明道思想阐述得十分清楚。

辩也者,心之象道也。心也者,道之工宰也。道也者,治之经理也。心合于道,说合于心,辞合于说……

君子之言,涉然而精,俛然而类,差差然而齐。彼正其名,当其辞,以务白其志义者也。彼名辞也者,志义之使也,足以相通,则舍之矣;苟之,奸也。故名足以指实,辞足以见极,则舍之矣。④

(二)从庄子"书籍糟粕"到陆机"文不逮意"
——语言的苍白与创作的无奈

"世之所贵道者,书也。书不过语,语有贵也。语之所贵者意也,意有所随。意之所随者,不可以言传也,而世因贵言传书。世虽贵之,我犹不足贵也,为其贵非其贵也。故视而可见者,形与色也;听而可闻者,名与声也。悲夫!世人以形色名声为足以得彼之情。夫形色名声,果不足以得彼之情,则知者不言,言者不知,而世岂识之哉!"⑤

"筌者所以在鱼,得鱼而忘筌;蹄者所以在兔,得兔而忘蹄;言者所以在意,得意

---

① 时下文论的研究者总是津津乐道于索绪尔语言学理论。在索绪尔看来,语言符号是由"能指"和"所指"构成的,这一理论逐渐成为现代文论领域的普遍话题。其实,中国古代理论家不仅对此广泛涉猎,且深有心得。
② 《左传·襄公二十五年》,王守谦等《左传全译》,贵州人民出版社1990年版。
③ 《墨子·小取》,周才珠、齐瑞端《墨子全译》,贵州人民出版社2009年版。
④ 《荀子·正名》,蒋南华、杨寒清《荀子全译》,贵州人民出版社2009年版。
⑤ 《庄子·天道》,陈鼓应《庄子今注今译》,中华书局1983年版。

而忘言。吾安得夫忘言之人而与之言哉!"①

对语言苍白无力的认识,始于老庄但不终于老庄。

(三)"辞以类行"与"期命辨说"——认识论与方法论

围绕着言意关系所产生的另一个问题是,语言怎样才能更好地表意呢?这就从认识论的问题过渡到方法论的问题了。在这一方面,古人所做的努力及其所达到的高度是应该充分肯定的。下列引文就可以说明:

"辟也者,举也物而以明之也。侔也者,比辞而俱形也。援也者,曰:子然,我奚独不可以然也。推也者,以其所不取之,同于其所取者,予之也。是犹谓也者同也,吾岂谓也者异也。"②

"实不喻然后命,命不喻然后期,期不喻然后说,说不喻然后辨。故期命辨说也者,用之大文也,而王业之始也。"③

从这里开始,到"体大虑周"的《文心雕龙》之《章句》《丽辞》《比兴》《夸饰》《事类》《练字》《隐秀》,等而下之,古人从没放弃这种努力。

(四)"目击道存"与"至言去言"——自然的启示

《吕氏春秋·审应览》中《重言》《精谕》《离谓》《淫辞》等通过一系列事例,着力阐发言意关系,其"圣人相谕不待言";"辞者,意之表也。鉴其表而弃其意,悖。故古之人,得其意则舍其言矣。听言者以言观意也。听言而意不可知,其与桥言无择";"故圣人听于无声,视于无形"的观点,正是对庄子思想的继承与发展。这里所谓的"谕不待言"正是对"言不尽意"的补救,也为后来理论上引进"象"的观念提供了认识论的契机。

(五)言尽旨远——柳暗花明

中国人在言意关系上不仅认识到语言之"言不尽意"的尴尬,同时也体会到语言之"言尽旨远"的境界。孟子曰:"言近而指远者,善言也。"④在日后的文学发展中,这便成了文学的审美理想。诸如司马迁之评价屈原:"其文约,其辞微,其志洁,

---

① 《庄子·杂篇·外物》,陈鼓应《庄子今注今译》,中华书局1983年版。
② 《墨子·小取》,周才珠、齐瑞端《墨子全译》,贵州人民出版社2009年版。
③ 《荀子·正名》,蒋南华、杨寒清《荀子全译》,贵州人民出版社2009年版。
④ 《孟子·尽心上》,王世朝《孟子导读》,广东高等教育出版社2002年版。

其行廉,其称文小而其指极大,举类迩而见义远。"这段文字至少包含下列信息:文约义丰,文小指大,辞微志洁。

"《尚书》则览文如诡,而寻理即畅;《春秋》则观辞立晓,而访义方隐。至根柢盘深,枝叶峻茂,辞约而旨丰,事近而喻远。"①

"是以文之英蕤,有秀有隐。隐也者,文外之重旨者也……夫隐之为体,义生文外,秘响旁通,伏采潜发。"②

"言近而旨远,辞浅而义深,虽发已殚,而含意未尽。使夫读者,望表而知里,扪毛而辨骨,睹一事于句中,及三隅于字外。"③

"诗家虽率意,而造语亦难。若意新语工,得前人所未道者,斯为善也。必能状难写之景,如在目前,含不尽之意,见于言外,然后为至矣。"④

从上述引论中可以看出,由言意关系之不等同性派生出的"言尽旨远"无疑是认识论上的一次超越,一方面是对先前创作"微言大义"方法的总结,另一方面又是对以后创作的指导,它将催化诸如"象征""暗示"等创作方法的快速成熟。

怎样实现从"言不尽意"到"言尽旨远"的超越呢?这一超越的确是一种大智慧,是艺术精神的真谛所在。这就是"象"的介入。

(六)象的介入——智慧的生成

夫象者,出意者也;言者,明象者也。尽意莫若象,尽象莫若言。言生于象,故可寻言以观象;象生于意,故可寻象以观意。意以象尽,象以言著。故言者,所以明象,得象而忘言;象者,所以存意,得意而忘象。犹蹄者所以在兔,得兔而忘蹄;筌者所以在鱼,得鱼而忘筌也。然则,言者,象之蹄也;象者,意之筌也。是故存言者,非得象者也;存象者,非得意者也。象生于意,而存象焉,则所存者,乃非其象也。言生于象,而存言焉,则所存者,乃非其言也。然则,忘象者,乃得意者也;忘言者,乃得象者也。得意在忘象,得象在忘言。故立象以尽意,而象可忘也;重画以尽情伪,而画可忘也。⑤

这就再清楚不过地说明了"言""象""意"三者之关系,这里"言""象"是载体,是

---

① 刘勰:《文心雕龙·宗经》,赵仲邑《文心雕龙译注》,漓江出版社1982年版。
② 刘勰:《文心雕龙·隐秀》,赵仲邑《文心雕龙译注》,漓江出版社1982年版。
③ 刘知几:《史通·叙事》,郭绍虞《中国历代文论选》(四卷本),上海古籍出版社1979年版。
④ 欧阳修:《六一诗话》,郭绍虞《中国历代文论选》(四卷本),上海古籍出版社1979年版。
⑤ 王弼:《周易略例·明象》,楼宇烈《王弼集校释》,中华书局1980年版。

媒介,是手段,其旨归在"意"。三者之间的关系不宜理解为递进关系,而应理解为由"言""意"—"象""意"—"言""象""意"三重关系的复合。一方面,这样的表述拓展了表情达意的途径,三者互为补充;另一方面,这样的表述也更符合客观实际。在这三重关系中,第一重由于言意关系直接,其审美效果为简洁、朴素、明了;第三重由于"象"的介入使得作品形象性加强,同时,其审美效果每每表现为含蓄、曲折、曲径通幽。第一次将"意象"连用而成为统一概念的当为刘勰:"然后使元解之宰,寻声律而定墨;独照之匠,窥意象而运斤:此盖驭文之首术,谋篇之大端。"①日后的作家、理论家频繁使用这一概念并将其系统化。②

(七)从"言意关系"到"文质关系"

言意关系的进一步延伸,必然涉及文质关系,如果说前者侧重于哲学意义上的语言功能研究,那么后者则是侧重于美学意义上的语言形态研究。

先质后文:

"故食必常饱,然后求美;衣必常暖,然后求丽;居必常安,然后求乐。为可长,行可久,先质而后文,此圣人之务。"③

"故情者,文之经;辞者,理之纬。经正而后纬成,理定而后辞畅。此立文之本源也。"④

重质轻文:

"礼,为情貌者也。文,为质饰者也。夫君子取情而去貌,好质而恶饰。夫恃貌而论情者,其情恶也;须饰而论质者,其质衰也。何以论之?和氏之璧不饰以五彩,隋侯之珠不饰以银黄,其质至美,物不足以饰之。夫物之待饰而后行者,其质不美也。"⑤

文质相谐:

"质胜文则野,文胜质则史。文质彬彬,然后君子。"⑥

---

① 刘勰:《文心雕龙·神思》,赵仲邑《文心雕龙译注》,漓江出版社1982年版。
② 参见王世朝:《中国古代文学批评理论专题》,甘肃人民出版社2004年版。
③ 刘向:《说苑·反质》,王锳、王天海《说苑全译》,贵州人民出版社1992年版。
④ 刘勰:《文心雕龙·情采》,赵仲邑《文心雕龙译注》,漓江出版社1982年版。
⑤ 《韩非子·解老》,张觉《韩非子全译》,贵州人民出版社1992年版。
⑥ 《论语·雍也》,朱熹《四书集注》,岳麓书社1985年版。

"事胜辞则伉,辞胜事则赋,事辞称则经,足言足容,德之藻矣。"①

在言意关系问题上,儒家比道家乐观。孔子说过"辞达而已矣"②,有人联系孔子的"巧言令色,鲜矣仁"③、"恶利口之覆邦家者"④、"有德者必有言,有言者不必有德"⑤等认为孔子重质轻文。但此处所谓的"轻文",显然不似道家基于言不尽意所持的消极姿态的"轻文",相反,倒似乎是对"文辞"有着一种膨胀了的自信。对此,苏轼的看法意味十足,他说:"孔子曰:'言而不文,行之不远。'又曰:'辞达而已矣。'夫言止于达意,即疑若不文,是大不然。求物之妙,如系风捕影,能使是物了然于心者,盖千万人不一遇也,而况能使了然于口于手者乎?是之谓辞达。辞至于能达,则文不可胜用矣。"⑥他还说:"辞至于能达,足矣,不可以有加矣。"⑦可见辞达之难。联系其"为命,裨谌草创之,世叔讨论之,行人子羽修饰之,东里子产润色之"⑧等来看,孔子的"辞达"绝不是漫不经心的轻蔑之语。

"其会意也尚巧,其遣言也贵妍。暨音声之迭代,若五色之相宣。"⑨

"志足而言文,情信而辞巧,乃含章之玉牒,秉文之金科矣。"⑩

作为"群经之首,大道之源"的《周易》,其独特之处就在于它的"以象出意""以言明象"。"象"是《周易》的主体,也是《周易》的话语方式。《易·系辞上》:"圣人有以见天下之赜,而拟诸其形容,象其物宜,是故谓之象。"王弼《周易略例·明象》:"夫象者,出意者也。言者,明象者也。尽意莫若象,尽象莫若言。"这里的"象",既指前述之象征性思维,亦指下面将要讨论的象喻式言说,后一点对中国诗性文论的言说方式产生了极其深远的影响。⑪

---

① 扬雄:《法言·吾子》,郭绍虞《中国历代文论选》(四卷本),上海古籍出版社 1979 年版。
② 《论语·卫灵公》,朱熹《四书集注》,岳麓书社 1985 年版。
③ 《论语·学而》,朱熹《四书集注》,岳麓书社 1985 年版。
④ 《论语·阳货》,朱熹《四书集注》,岳麓书社 1985 年版。
⑤ 《论语·宪问》,朱熹《四书集注》,岳麓书社 1985 年版。
⑥ 苏轼:《答谢民师推官书》,郭绍虞《中国历代文论选》(四卷本),上海古籍出版社 1979 年版。
⑦ 苏轼:《答王庠书》,郭绍虞《中国历代文论选》(四卷本),上海古籍出版社 1979 年版。
⑧ 《论语·宪问》,朱熹《四书集注》,岳麓书社 1985 年版。
⑨ 陆机:《文赋》,张少康《文赋集释》,人民文学出版社 2002 年版。
⑩ 刘勰:《文心雕龙·征圣》,赵仲邑《文心雕龙译注》,漓江出版社 1982 年版。
⑪ 三国两晋南北朝时期,文学创作中有"意象"和"境界"之说。唐代诗人王昌龄和皎然提出了"取境""缘境"的理论,刘禹锡和司空图又进一步提出了"象外之象""景外之景"的创作见解。明清两代,围绕意与境的关系问题又进行了广泛探讨。清代文学批评家叶燮认为意与境并重,强调"抒写胸臆"与"发挥景物"应该有机结合起来。近代文学家林纾和美学家王国维则强调"意"的重要性。林纾认为"唯能立意,方能创建";王国维认为创辞应服从于创意,力倡"内美",提出了诗词创作《四书集注》中以意胜的"有我之境"和以境胜的"无我之境"两种不同的审美规范。

在此，有必要特别提及陈子昂这位对唐诗发展有重大影响的诗人。当馆阁诗人醉心于应制咏物、寻求诗律的新变时，他自觉构造了一个以"建安风骨"与"正始兴寄"为主要范式的诗歌美学理想。他在《与东方左史虬修竹篇序》里说：

文章道弊五百年矣。汉魏风骨，晋宋莫传，然而文献有可征者。仆尝暇时观齐、梁间诗，彩丽竞繁，而兴寄都绝，每以永叹。思古人，常恐逶迤颓靡，风雅不作，以耿耿也。一昨于解三处，见明公《咏孤桐篇》，骨气端翔，音情顿挫，光英朗练，有金石声。遂用洗心饰视，发挥幽郁。不图正始之音，复睹于兹，可使建安作者，相视而笑。

他的"文章道弊五百年矣"的一声断喝，真可谓振聋发聩，对于唐诗的风格转变具有重要意义。这一点也为后来唐代文学的发展所证实，成为盛唐诗歌行将到来的序曲。他借《感遇》来恢复风雅比兴美刺的兴寄传统，使诗歌创作具有较强的思想性和干预现实的作用。但这种以复古为创新的操作模式，也容易矫枉过正，导致"理过其辞"的另一种局面。这一点，在日后的宋诗中就立竿见影地得到验证。

三、脱俗化——"下里巴人"与"阳春白雪"

中国主流文学的审美价值取向的一个显著特征就是抵御"媚俗"。上古时期，雅与俗首先是地域文化的差异性表现。"雅"本指京畿郊庙的官话系统之声音和语言的特征，处于京畿政治文化中心地带的官话是雅，偏远蛮荒地区的方言是俗。所以，雅俗关系实际上是中原官话与地方俗语的关系。梁启超《释四诗名义》说："风雅之雅，其本字当作夏无疑。《说文》：'夏，中国之人也。'雅音即夏音，犹云中原正声云耳。"

中国文学一开始并不是高雅与高贵的，无论是《诗经》还是《楚辞》，都极具民间俗文化色彩。胡适说："一切新文学的来源都在民间。民间的小儿女，村夫农妇，痴男怨女，歌童舞伎，弹唱的，说书的，都是文学上的新形式与新风格的创造者。这是文学的通例，古今中外都逃不出这条通例。"[1]中国文化首次脱俗从孔子开始，孔子所谓"恶郑声之乱雅乐也"。孔子删诗的过程就是一次对俗文化进行过滤的过程。孔子视雅为正，视俗为奇，表现出贵族士大夫的审美倾向。荀子继承孔子的思想，反对"夷俗邪音"，明确表示："声，则凡非雅声者举废；色，则凡非旧文者举息"[2]，进而提出"制雅颂之声以道之"的"以道制欲"观。

---

[1] 胡适：《白话文学史》，东方出版社1996年版，第12页。
[2] 《荀子·王制》，蒋南华、杨寒清《荀子全译》，贵州人民出版社2009年版。

系统性地将文化神圣化、高雅化的是汉代人。一方面是汉代专业文学创作兴起,汉大赋的作者以及乐府机构的乐师是雅化的推动者。这些专业人员精心结撰,以雅自重,以区别于民间的歌谣。另一方面是理论的强化,可以从《毛诗序》《离骚传叙》等见出这种努力的迹象。

再一次的大规模的雅化是南朝时期。由于音韵理论的发展,"俪采百句之偶,争价一字之奇"的骈体文的流行,以及诗歌的格律化,将一种装饰奢华的审美观念深深刻入人们的心灵。从历时性的角度看,中国士大夫的审美心境与心性已由先秦儒教兼济天下的崇高转而为独善其身的优雅。其审美品性的高蹈使其即使在人生失意时仍能善守其性而不失本真,处身世俗而不失其节,甚至用生命捍卫精神神圣一隅。这种审美心态反映在创作实践中,表现为两种背叛:一是背叛社会走向自然,二是背叛感性走向理性。前者开垦了中国山水田园文化的新园地,将文学的舞台由市井迁至郊野;后者洞开了玄言文学之熹微,将情绪抚平,肇启哲学对文学的蚕食。两种背叛所主使命是一致的,就是逃避世俗,也就是实现陶渊明所言的"心远地自偏"的人生境界,从而将先秦积极济世的政治文学观引渡到独善其身的生命文学状态。笔者认为,这种转变实为对现实纷争的一种极为无奈的排遣。他们通过远离现实来忘却痛苦。也正是这一漫不经心的举动,使魏晋人以从未有过的轻松姿态来审视"美",因为卸去了责任与义务的包袱,所以也就没有了那些烦人的条条框框,因此魏晋名士是在一种无奈的人生境界中,以一种破罐破摔的绝望,完成了对传统的否定,以抛弃传统也被传统抛弃而一无所有的流浪汉的身份无牵无挂地站在自然面前。这样,才真正解读出了山水的神韵和妙趣。道与佛相互调剂,使得批评旨趣、批评心态带有浓厚的出世意味。儒教卓立人格与道家自然人格相互交融,形成文人不俗的精神境界,正气之声与自然之歌互为旋律。《诗品》《诗格》《沧浪诗话》等无不透视出这种批评心态与审美趣味。

由于受汉末才性之争的影响,后世的文学批评每每将论文与品人联系在一起。曹丕的《典论·论文》注意到作家个性与作品的风格及文体的关系,从而架设了中国文学观念由"诗言志"转变为"诗缘情"的桥梁,洞开了文体研究的新视野。继而陆机《文赋》、刘勰《文心雕龙》、钟嵘《诗品》等都没有放过对作家的才性气质及文章风格的论述。无论是以"气"论文,还是以"风骨""风力"论文,都将人的个性、才具、学问、品貌的范畴术语移植于文学,作等一而视。而此时人的价值观念已浸透了浓厚的庄老自然无为的色彩,特别执着于一种不拘形迹、不染世故的真率之美,崇尚超凡脱俗的自然禀性、放歌清风道骨的萧萧正气。

六朝音韵理论及骈体文的彬彬大盛最终促成近体五、七言律诗和绝句的成熟。

这是唐代雅文学成熟的重要标志。相对于诗而言,词显得脂粉气十足,"长于纤艳之间,然多俚俗,故市井之人悦之"①。但经过文人的雅化之后,"眼界始大,感慨遂深,遂变伶工之词为士大夫之词"②。戏剧真正雅化是在明朝,其上层明文规定戏剧要为皇权服务,行使道德教化之职能。于是皇亲国戚、达官名流纷纷附庸风雅,以至身为太祖之子的朱权还著述了戏剧专业性著作《太和正音谱》。小说的雅化应该说起于唐代文人创作的文言传奇小说,如果说六朝小说多为对民间传说加工的话,那么,"至唐人乃好意作奇,假小说以寄笔端"③。加之唐代举子为了向考官"行卷",显示自己的"史才",也有意创作传奇。

文学史的发展规律表明,雅俗是一个动态系统,一个时期的俗文化,可以演变为另一个时期的雅文化。"楚辞"就是一个典型的例子。这个曾经"书楚语,作楚声,纪楚地,名楚物"的纯粹的地方区域性文化经过文人学者的阐幽发微和追捧仿效,脱胎换骨似的堂皇跻身于高雅的艺术殿堂,为历代文人津津乐道。俗文学的雅化过程,也是其主流化的过程。一方面由于文人的加工而"如切如磋,如琢如磨",不断由粗俗变成精致,但另一方面也往往因其原创性不断转化为再生性,使得它因程序化而僵化,直至腐朽。不断地吐故纳新,这才产生"一代有一代之文学"的文学进化演绎态势。④

---

① 黄升:《唐宋诸贤绝妙词选》卷五,民国十一年(1922年)影印版。
② 王国维:《人间词话》,郭绍虞《中国历代文论选》(四卷本),上海古籍出版社1979年版。
③ 胡应麟:《少室山房笔丛》,上海书店出版社2009年版。
④ 参见王世朝:《中国古代主流文学批评审美价值取向》,《皖西学院学报》2014年第3期。

第 七 章

主流文学批评的认识论与方法论

一、认识论——诗无达诂

"诗无达诂"是古代诗论的一种释诗观念,指文学艺术鉴赏中审美的差异性和不确定性。春秋战国时代,赋《诗》断章取义成风,这在古代典籍中不胜枚举,诚所谓"赋诗断章,余取所求焉"[①]。这既是对诗的审美属性的认识,也是对文学鉴赏主体能动性的认识。这在中国古文论中有很丰富的论述。例如宋人刘辰翁在《须溪集》卷六《题刘玉田题杜诗》中说:"观诗各随所得,或与此语本无交涉。"其子刘将孙所作王安石《唐百家诗选序》说"古人赋《诗》,独断章见志。固有本语本意若不及此,而触景动怀,别有激发"。"各随所得","别有激发",正是讲的艺术鉴赏中的复杂性和变异性。同一部作品,鉴赏者可以仁者见仁,智者见智。

中国传统文论的特点可以简括为三点:作为语言方式的文学性和抒情性,作为思维方式的直觉性与整体性,作为生存方式的诗意化与个性化。中国古代文论的言说方式不追求言说的逻辑体系,不注重言说的理性分解。言说主体不是理论家而是创作家,言说文本不是论说体而是诗赋体,言说风格不是逻辑的、思辨的而是美文的、诗意的。"诗性的语言"也就是诗的语言,它包含着诗的形象性和浓缩性,具有诗的生动性和含蓄性。中国古代文论理论形态的人文化和理论范畴的经验归纳性质,体现为言说方式的诗意和审美。而古文论这种诗意的、审美的言说是全方位的。以魏晋南北朝文论为例。魏晋南北朝是中国文论史上最为辉煌的时代,也是言说方式之诗意化最为彻底的时代。此时期最具代表性的文论巨著《文心雕龙》

[①] 《左传·襄公二十八年》,王守谦等《左传全译》,贵州人民出版社1990年版。

和创作论专篇《文赋》，以及批评专论《诗品》，干脆采取了纯粹的文学样式：骈文和赋。当刘勰选择用"骈文"来结撰《文心雕龙》时，他实际上是选择了用"丽辞"来展开他的文论思想。在刘勰看来，骈俪并非人为而是自然，所谓"造化赋形，支体必双；神理为用，事不孤立。夫心生文辞，运裁百虑，高下相须，自然成对"。由此引申开去，又可见"骈偶"并非仅是一种文体，而是与造化同形，与自然同性的道之文，是一种最能体现中国古典文学形式之美的语言形态。它把汉语言"高下相须，自然成对"的形式特征以一种特定的文章体式表现出来，是汉语言之自然本性的诗意化舒张。中国古代文学理论的语言方式是"文学"而非"理论"的。且不说论诗之诗、论文之赋本身就是文学作品，也不说历朝历代的诗话、词话、曲话、小说评点无处不洋溢着诗的智慧与激情，即便是最具理论形态和思辨特色的《文心雕龙》，其言说方式也是诗性的。彦和论"神思"则谓"登山则情满于山，观海则意溢于海"，说"风骨"则曰："若风骨乏采，则鸷集翰林；采乏风骨，则雉窜文囿。"谈"物色"则云："一叶且或迎意，虫声有足引心；况清风与明月同夜，白日与春林共朝哉！"

对于中国文学和文学理论而言，传统文化之根基和素养的一个极为重要的内涵就是它的诗性。且不说道家的自然与超迈、道教的神秘与浪漫、玄学的清虚与冲淡，以及禅宗的般若、顿悟等，其本身就是典型的诗性文化。对于中国文论来说，诗性的生存方式和思维方式是深受诗性文化熏染之人对诗性言说方式的自觉选择。诗意化的生存是个性化的生存，是对个体生存方式的人格承担。《二十四诗品》是中国古代文论的"诗眼"和"画境"，它使得古文论言说方式的诗意性和审美性臻于极致。司空图留给中国文化和文论的，不仅仅是对二十四种诗歌风格的诗性言说，还有二十四首绝妙好诗、二十四幅绝妙好画。甚至可以说，二十四种诗风就是二十四种意境、二十四种人格形象、二十四种个性化的生存。司空图论诗，最讲究"韵外之致""味外之旨"。笔者以为，对于古代文论家来说，诗歌韵味之外的旨趣，就是个体诗意化的生存。与古代西方的文学理论家相比，中国古代文论家既缺少一种对"理论家"身份的自我确认，也缺少一种理论意识的自觉。而正是这些"缺少"成全了中国古代文论的诗性，铸就了古文论的诗性外观。《诗品》则以其"骋情"和"寓目辄书"的语言风格，以其"意象评点"的言说方法，开中国文论中最具诗性特征的文本形式（诗话）之先，以至成为中国诗性文论的典范性文本。六朝以降，中国文论的诗性特征已稳固地形成，这不仅表现在诗话、词话、曲话、小说评点以及论诗成为古文论的主要文本形式，更表现在古文论形成了一整套独具诗性精神的范畴和术语，如神思、情采、体性、风骨、兴寄、气象，以及滋味说、意象说、取境说、妙悟说、性灵说、神韵说等。

二、方法论——一言以蔽之

在对待美的态度上,无论是儒家还是道家,都是甘愿沉默,不愿多说的。老子"道可道,非常道,名可名,非常名"①带有明显的"虚无为本"的色彩。庄子承先师真传,一再强调"夫道,有情有信,无为无形,可传而不可受,可得而不可见"②。"意之所随者,不可以言传也。""知者不言,言者不知。"③语言是无法表达道之要旨的,凡物之本真只可意会,不可言传。在《天道》篇中,通过轮扁与桓公的对话系统地阐述了这一思想,形成其极为颓丧的"书籍糟粕论"。在《知北游》中,他说:"天地有大美而不言,四时有明法而不议,万物有成理而不说。圣人者,原天地之美而达万物之理,是故至人无为,大圣不作,观于天地之谓也。"或许是他们深深体悟到了美的精髓,认为美根本就说不清、道不明,还是不说的好,省得花那徒劳无功的冤枉气力。作为儒家宗师的孔子,虽然对一切充满自信,也滔滔不绝地说过一大本海人诲己的《论语》,但在深致物理,透彻本真的境界层面,他也是主张不言之教的。《阳货》篇中载:"子曰:予欲无言。子贡曰:子如不言,则小子何述焉? 子曰:天何言哉?四时行焉,百物生焉,天何言哉?"大意是:孔子说他自己不想多说话。子贡说:老师如果不说话,我们向你学习什么呢? 孔子回答说:天何尝说过话? 四时在运行,百物在生长,天何尝说过话? 总之,事物精妙之处是语言不能企及的。荀子也说过:"变化代兴,谓之天德。天不言而人推其高焉。地不言而人推其厚焉。四时不言而百姓期焉。夫此有常以至其诚者也,夫此顺命以慎其独者也。"可见,荀子的天人交感论与殷商巫祝通宇宙各个层次的宗教取向有相当一致的地方。汉儒精心构筑了一套远古圣王异貌传承的系列形象。后来,王弼继承庄子的思想,对"言不尽意"加以发挥:"故言者,所以明象,得象而忘言;象者所以存意,得意而忘象。犹蹄者所以在兔,得兔而忘蹄;筌者所以在鱼,得鱼而忘筌也。"陆机《文赋》、刘勰《文心雕龙》、萧子显《南齐书·文学传论》、刘知几《史通·叙事》等都引用庄子"言不尽意"的观点来说明事物精义难以言传,创作规律难以言说,审美感受难以言喻。

这种认识观念反映到文学批评上,必然极大地挫伤批评的信心。因为批评是一种审美判断,并且这种审美判断还必须假借语言来影响他人,既然美只可意会,不能言传,那就只能彼此保持沉默,批评实属多余。后世的批评家深受这种思想的影响,在实际批评操作时,大多是欲说还休式的闪烁其词,只言片语,点到即止,不

---

① 老子:《道德经·一章》,朱谦之《老子校释》,中华书局1984年版。
② 庄子:《大宗师》,陈鼓应《庄子今注今译》,中华书局1983年版。
③ 庄子:《天道》,陈鼓应《庄子今注今译》,中华书局1983年版。

作长篇大论。或许就是因为这两位先哲的轻轻点拨,造成了中国后世文论与严密博大的体系无缘,在日后漫长的文学批评的流变中,始终只能在感性层面上作"抚摩式"的评品,难以介入到知性分析的层面。笔者认为,中国文学批评有风景,但没有形成气候。

孔子,这位民族文化的始祖,赋予我们古老民族太多的人性关怀,亲手造就了一个礼仪之邦,但就文学批评而言,虽然他是第一个批评过文学的人,但也只说了句"诗三百,一言以蔽之,思无邪"[①]。我们无从知道他凭什么如是论断,但笔者认为,正是这"一言以蔽之",奠定了后世批评重总体把握、轻具体分析的批评模式。我们的批评,往往只述言结果,而不述言过程,呈现为总体格局上的"重果非因"色彩。老庄也没给我们留下什么可资效法的批评方法,这位悟彻人生的哲人,因为对文艺的深恶痛绝,没有对艺术说什么好话,只是后人对其哲学作演绎时,才产生了极富东方色彩的"无言之美""不着一字,尽得风流""含不尽之意犹在言外""言有尽而意无穷""妙造自然"等一系列审美境界的理论,为东方艺术戴上了一层极朦胧羞涩的面纱。我们现在所能见到的最具体实在的批评方法是孟子留下的。一是"以意逆志",一是"知人论世",还有"知言养气"。

先说"以意逆志"。后世对此分歧较大,后汉赵歧《孟子注疏》解释为:"以己之意逆诗人之志。"清代吴淇《六朝选诗定论缘起》解释为:"以古人之意,求古人之志,乃就诗论诗。"宋代朱熹认为:"当以己意迎取作者之志,乃可得也。"朱自清《诗言志辩》认为:"以己意己志推作者之志。"这中间涉及的问题就多了,首先是"意"与"志"的所属关系。若依赵歧、朱熹解,则这种批评方法就带有很强的印象批评的况味,有"六经注我"之嫌。若依吴淇解释为准,则这种批评方法实属客观派批评,就事论事,不偏不倚,是纯粹的"我注六经"。其次就是"逆"该如何理解呢?朱熹直译为"迎取",此乃取"逆"之本义。问题是怎么"迎取","读者之意"和"作者之志"怎么沟通呢?不得而知。

再看"知人论世"。朱自清认为:"并不是说诗的方法,而是修身的方法;'颂诗'、'读书'与'知人论世'原来三件事平列都是成人的道理。"[②]假如我们抛开朱先生的解释,只就字面作坐实的理解,这也不过给我们提出了阅读作品、批评作品应联系作者身世的大致原则。诚如后人章学诚在《文史通义》中所言:"不知古人之世,不可妄论古人之文辞也。知其世矣,不知古人之身处,亦不可以遽论其文也。"鲁迅在《"题未定"草》中也说:"不过我总以为倘要论文,最好是顾及全篇,并且顾其

[①] 《论语·为政》,朱熹《四书集注》,岳麓书社1985年版。
[②] 朱自清:《诗言志辩》,湖南人民出版社2010年版。

作者的全人,以及他所处的社会状态,这才较为确凿。要不然,是很容易近乎说梦的。"

最后说"知言养气"。这是谈读者修养的问题。孟子认为,"知言"必待"养气"。只有经过长时间的"集义所生""配义与道"的道德修养之后,方可得"至大至刚"之"浩然之气",也只有具备了"浩然之气",才能辨得语言的好坏优劣,即"诐辞知其所蔽,淫辞知其所陷,邪辞知其所离,遁辞知其所穷"①。这多少显得有些玄奥,事实上连自诩"知言"的孟子本人也并没有做到真正"知言",其断章取义、牵强附会地解释《诗经》是有史可稽的。

这种注重批评者主体修养的意图被刘勰很好地继承了下来,刘氏在《文心雕龙·知音》中有专门论述。对于文学批评,刘勰强调"圆照"。所谓"圆照",就是指对事物要全面而又公正地把握,不可偏废。为此,刘勰提出了两个基本原则和要求:一要"博观",即"凡操千曲而后晓声,观千剑而后识器。故圆照之象,务先博观"。二要"无私于偏重,不偏于憎爱",只有这样才能做到"平理若衡,照辞若镜"。在实际批评操作的实践中,这些理论只不过为我们提供了宽泛的原则,倘若我们要真正动手去从事批评,则每每苦于不知从何下手。笔者认为,我国古代文学批评理论统括的原则多,而具体的方法与模式则显不足。这为后世的批评实践带上了浓厚的主观统括的色彩,囫囵笼统的结论、主观印象式的断语代替了精细的艺术分析。

严复在《论世变之亟》中说:"中国委天数,而西人恃人力。"这当然不是就文学而言,但证之以文学也无不可。事实上,在中国批评观念中,一直是重先天禀赋而轻视后学的。这一观念渗透于整个批评系统的每一个细胞。曹丕论文,主于"虽在父兄不能以移子弟"之先天的才性;刘勰论文,主于"才、气、学、习";王世贞论文主于"才、思、格、调";叶燮论文主于"才、胆、识、力";王夫之论文主于"才、学、思、情",一并轻视以知识、学问等后学来从事创作。颜之推在《颜氏家训·文章》中指出:"学问有利钝,文章有巧拙。钝学累功,不妨精熟;拙文研思,终归蚩鄙。但成学士,自足为人。必乏天才,勿强操笔。吾见世人,至无才思,自谓清华,流布丑拙,亦以众矣。"明确指出了文才是强求不得的。他说:"今世相承,趋末弃本,率多浮艳。辞与理竞,辞胜而理伏;事与才争,事繁而才损……古人之文,宏才逸气,体度风格,去今实远。"可见他是以才性为准来论断是非优劣的。在文学创作的审美旨归上,中国古代文论一向力主自然为本,反对人为的雕饰。力主"独抒性灵""任性而发"(袁宏道语),"固是符真宰,徒劳让化工"(李商隐语),反对"误把抄书当作诗"的"学问

---

① 《孟子·公孙丑上》,王世朝《孟子导读》,广东高等教育出版社2002年版。

诗"(袁枚语),"自然妙者为上,精工者次之","诗有天机,待时而发,触物而成,虽幽寻苦索不易得也"(谢榛语),"妙造自然"(司空图语),"天籁自鸣"(姜夔语),"谣谚皆天籁自鸣,直抒己志,如风行水上,自然成文,言有尽而意无穷"(刘毓崧语)。这种主于天然才情的文学价值观念与中国道家思想是血脉一贯的,反映到文学批评中,必然是推崇自然率真之文,反对人为的藻饰。钟嵘《诗品》卷引汤惠休语曰:"谢(灵运)诗如芙蓉出水,颜(延之)如错彩镂金。"此后,错彩镂金多用作指责诗文的雕琢过甚,损伤真美。中国古代文学批评的诸多范畴也都是暗合于上述审美旨归的,诸如"风骨""兴寄""气韵""韵味",形成后世彬彬之盛,大备于时的以"气"论诗,以"风骨论诗"和以"味"论诗的独特批评模式。

以"味"论诗有刘勰的"馀味说",所谓"辞约而旨丰,事近而喻远,是以往者虽旧,馀味日新";钟嵘的"滋味说",所谓"五言居文辞之要,是众作之有滋味者也";司空图的"韵味说",所谓"味外之旨"、"韵外之致"和"象外之象","辨于味,而后可以言诗也"。

以"气"论诗,深奥不可测,缥缈不可遁,仪态万方,玄象难摹。

以"风骨"论诗,在刘勰《文心雕龙》中有《风骨》篇专门论述。他把汉魏以来品评人物的"风骨"的概念,取其精神,加以改造,移用于文学。他说:"是以怊怅述情,必始乎风;沈吟铺辞,莫先于骨。""辞之待骨,如体之树骸;情之含风,犹形之包气。结言端直,则文骨成焉;意气骏爽,则文风清焉。""练于骨者,析辞必精;深乎风者,述情必显。""若瘠义肥辞,繁杂失统,则无骨之征也;思不环周,索莫乏气,则无风之验也。"要求文学作品"风清骨峻,遍体光华"。

上述诸种独特的批评观念和批评话语,赋予了中国文学批评独特的品质,在思想习惯上,表现为主观直觉式的体味与体悟替代了理性的客观分解与剖析,话语表述上的诗性比喻代替了哲学智性的逻辑演绎。无论是《文赋》《文心雕龙》,抑或《诗品》《二十四诗品》《诗式》《沧浪诗话》等,都是用文学话语来发表见解的,形成了印象批评、感受批评、隐喻批评。这种批评的乐趣不在于分析作品和体味作品本身,而往往在于将这种阅读感受以另一种艺术创造方式表现出来。"谁有本事用一句诗文,甚至用一两个词简约地表达读了一大堆诗文后的感受,而这种表达又为有鉴赏力的人们所认可,那就是评家之极境。"[①]虽然这种批评的表述方式往往十分精美,授人以不尽的联想,但这种以创作的态度来审视创作的批评方式的确有十足的局限:首先,这种批评往往难以为读者所接受,对读者来说,阅读批评往往比阅读原

[①] 潘凯雄等:《文学批评学》,人民文学出版社1991年版,第110页。

作还要深奥,这就必然造成这种批评的难以普及。正如叶维廉所说的那样:"这种批评不是没有缺点,第一,我们要问:是不是每一个读者都有诗的慧眼可以一击而悟? 第二,假如批评家本身不具有诗人的才能,他就无法唤起诗的活动,如此他的批评就容易流于随意印象批评,动辄说此诗'气韵高超',他既没有说明气韵如何高超,而又没有'重造'高超的境界。这个坏的影响在中国相当的严重。"①在此,我们还得指出,这种批评源于诗,也尽于诗,其所提供的批评范式很难驾驭非诗之外的其他文本的批评。其次,这种批评很难深入肌理,剔肉还骨。其批评功能往往只能游刃于感性的界面,其所表达的往往不是作为批评文本的客观情况,更多的是回答批评者直面批评文本时的主体感受。事实上,在这类批评中,我们读到的不是诗人,而是批评家。

中国传统文学批评重视理论建树,很少涉及批评实践,这一点罗根泽先生早有明断。他在比较中西文学批评的特点时指出,西方自罗马的鼎盛时代至18世纪以前,盛行着"判官式的批评",有一班人专门以批评为职业,自己不创作,却根据几条文学公式,挑剔别人的作品,但在中国,则从来不把批评视为一种专门职业。刘勰的《文心雕龙》是体大思精的著作,但其目的不在裁判他人的作品,其他的文学批评书,也大半侧重指导未来文学,不侧重裁判过去文学。"所以中国的文学批评目的在建设文学理论,不在批评文学作品。建设文学理论,不是用为批评的工具(自然也免不了有时涉及批评),而是用为创作的南针。这种南针不止用以渡人,而且用以自励。所以假使说这些人所讲的是批评,则批评不是创作的裁判,而是创作的领导;批评者不是作家的仇人,而是作家的师友。所以中国的批评,大都是作家的反串,并没有多少批评专家。"②

这种将文学批评搁浅在纯粹理论的王国而不深入创作实践的特点,早在钟嵘的《诗品序》中即已洞明。他说:"陆机《文赋》,通而无贬;李充《翰林》,疏而不切;王微《鸿宝》,密而无裁;颜延论文,精而难晓;挚虞《文志》,详而博赡,颇曰知言。观斯数家,皆就谈文体,而不显优劣。至于谢客集诗,逢诗辄取;张骘《文士》,逢文即书。诸英志录,并义在文,曾无品第。"这里流露出钟嵘对当时批评"不显优劣""曾无品第"的不满,也给我们透露了批评界评品创作实绩时的心理障碍。这种心理障碍为颜之推所道破,他在其家训中特别告诫自己的孩子不要轻易评品别人的作品,以免是非。"吾初入邺,遂尝以此忤人,至今为悔;汝曹必无轻议也。"这种心理障碍极深刻地阻隔理论与实践的通道,使得批评始终游离实践,在泛理性的高空作形而上的

---

① 叶维廉:《中国诗学》,三联书店1994年版,第6页。
② 罗根泽:《中国文学批评史》,上海古籍出版社1981年版,第14页。

飞翔。受制于这一批评心态的批评传统,在直面20世纪商业文学思潮时,自然显得窘迫,无法从容地驾驭急功近利的形而下的世俗文学和大众文学,顺利完成理性与实践的接轨。

总之,中国传统文学批评因一味地强调主体修养,忽视了批评方法的建设,淡化了有效批评模式的建构。以主体修养来应付一切,在"诗无达诂""熟读精思""书读百遍,其义自见"的批评教义下,实现了对方法与模式的回避,中和了批评所可引发的矛盾与不快,萎缩了批评的锐气,钝化了批评的锋芒,从而最终将批评引渡到哲学的王国,沉醉于玄览古奥的自恋自娱的境界,丧失了批评的大众化与普及化功能。

中国诗性文化及文论虽无"直觉"一词,但思维方式之中却包含有丰富的直觉思维的内容。《易·系辞上》:

《易》无思也,无为也,寂然不动,感而遂通天下之故。非天下之至神,其孰能与于此?夫《易》,圣人之所以极深而研几也。唯深也,故能通天下之志;唯几也,故能成天下之务;唯神也,故不疾而速,不行而至。

这种无思无为,感而遂通天下之故,就是直觉思维。《易》之经传所言"神"者,既指神秘之境界,亦喻思维之直感。《易·系辞上》:"生生之谓易,成象之谓乾,效法之谓坤,极数知来之谓占,通变之谓事,阴阳不测之谓神。"《易·说卦传》:"神也者,妙万物而为言者也。"中国诗性文论直觉思维的话语表达,既有《老子》之"玄"、"妙",更有《周易》和《庄子》之"神"。《老子》十章讲"专气致柔""涤除玄览",十六章讲"致虚极,守静笃",意谓排除心智和存见的干扰,方能领悟玄之本相。《庄子》讲"离形""去知",讲"心斋""坐忘",讲"无听之以心,而听之以气"。庄子还借自己的寓言反复讲"神乎技"的道理,如《庖丁解牛》的"以神遇而不以目视,官知止而神欲行",《佝偻者承蜩》的"用志不分乃凝于神",《梓庆削木为(镶)》的"斋以静心"、"以天合天"……解牛、承蜩、为(镶),都是一些专业性很强的技能,而制作者(创造主体)能得心应手,惊犹鬼神,其成功之奥妙就在于挣脱了心棘和理障而进入直觉式思维。陆机《文赋》的"应感之会"专论直觉思维,而感兴直觉之时,既须"(伫)中区以玄览",更须"精骛八极,心游万仞";刘勰将"神思"冠于《文心雕龙》创作论之首,"文之思也,其神远矣","陶钧文思,贵在虚静","规矩虚位,刻镂无形"……如果说陆机与刘勰论感应神思是融和了老、庄、易三玄之神妙,而严沧浪之论兴趣入神则是引禅悟入诗坛。严羽以禅喻诗时,必定是注意到禅悟顿渐并包的特征,所以才能够兼顾"别材别趣"与"读书穷理"。而《沧浪诗话》所标举的妙悟之说、入神之论,在思维方式上则是成功地兼容了老、庄、易之神妙与佛禅之般若。严羽在阐说诗歌创作的妙悟思维之时，借用了禅宗"羚羊挂角，无迹可求"的象喻。中国文化及文论的诗性言说中，直觉性思维与象征性思维常常密不可分。

三、实践论——将阅文情先标六观

　　批评方法是批评实现的最终保证，与文学观念、审美观念，以及评价体系密切相关。由于文学观念、审美观念及批评体系的复杂性，必然表现为批评方法的多样性。就文学观念看，如果认为文学是现实的摹仿，则其批评主要着眼于文学与现实的同一性上，具体表现为对文学逼真性的认识与把握；如果认为文学是心灵的表现，则其批评主要着眼于文学与心灵的统一性上，具体表现为对文学情性的认识与把握，前者重形似，后者重神似。倘若融合二者，认为"气之动物，物之感人，故摇荡情性，形诸舞咏"，则必然注重从意境的角度去评判文学，将形似与神似统一起来。就文学的价值观念来看，如果认为"盖文章，经国之大业，不朽之盛事"，则批评肯定在经世致用的层面上运行；如果文学为艺术而艺术，则批评肯定在形式的层面上运行。就文学的审美观念来看，是"阳春白雪"还是"下里巴人"，直接影响着批评的审美判断。就评价体系来看，将文学纳入怎样的一个系统中加以考察，则意味着批评的健全程度，也意味着批评的成熟程度。健全的评价体系是批评成熟的标志。

　　从以上种种角度看，文学批评的方法应该是多样的而不是单一的，是丰富的而不是单调的，是发展变化的而不是故步自封的。郭绍虞将中国文学批评史划分为三个历史时期，即从周秦到南北朝的文学观念演进期、从隋唐到北宋的文学观念复古期、从南宋到清代的文学批评完成期。他认为，第一个时期，批评风气偏于文，重在从形式上去认识文学；第二个时期，批评风气偏于质，重在从内容上去认识文学；只有第三个时期，才以文学批评本身的理论为中心。周秦时期，所谓文学是广义的文学，"文"和"学"不分，兼有"文章"和"博学"两重意义。到两汉，"文"和"学"分开了，"文章"和"文学"也相应区分开来，属于辞章一类的作品被称为"文"或"文章"，含有学术意义的作品被称为"学"或"文学"。到南北朝，对文学的认识更为深入，产生了"经学""史学""玄学""文学"等名称。不仅如此，进而又将"文学"加以细分，产生"文""笔"之分，"文"是美感的文学，"笔"是应用的文学；"文"是感情的文学，"笔"是理智的文学。至隋唐五代，取消了六朝"文""笔"之分，以"笔"为"文"，所以反对徒事骈俪、藻饰、声律的形式之文，重在内容，主张文以载道，将应用性强的理智文章视为"古文"而大加倡导。至北宋，此风更盛，重道轻文，为道而作文，不是以笔为文，简直是以学为文，取消了两汉"文""学"的区别，又把"文章"和"博学"合为一家了。至南宋金元,批评家想建立自己的思想体系,可是新兴的文学尚未引起批评界的注意,而旧有的文学始终不脱古人的窠臼,所以翻不出新的花样。至明代,学风偏于文艺,文艺理论又偏于纯艺术,所以"空疏不学"又成了明代的通病。直到清代,方可谓集其大成,不偏激,兼收并容,反空说,重实验,实事求是,无征不信。郭绍虞先生从宏观的角度对不同历史时期文学批评的视觉转移及重心转移进行了描述,勾勒出了范畴学意义上的批评轨迹,但没有言及批评方法的演进。从"一言以蔽之"到"六观说"——批评从宏观走向微观,从粗疏走向精妙。

中国的文学批评,就方法论而言,重总体品味,轻枝节分析,片言代宏论,只语代体系,比况多于剖析,描绘大于议论。这种感性抚摩式的批评方式,大概肇自孔子。孔子在对一部洋洋大观的《诗经》发表意见时,仅仅一语道破天机——子曰:"《诗》三百,一言以蔽之,曰'思无邪'。"①

这种批评在孔子是习以为常的,比如在《论语·八佾》中,他评《关雎》"乐而不淫,哀而不伤",评《韶》"尽美矣,又尽善也",评《武》"尽美矣,未尽善也"。这种一语中的的批评需要敏锐的鉴赏力和洞察力,在表述上需要极强的提升力与概括力,非等闲之辈所能为。而且这种批评方式深受批评者的口味影响,随意性很大,很难克服诸如"文人相轻"、"贵古贱今"、"向声背实"的弊病。至南北朝,批评界的混乱十分严重。梁元帝萧绎《金楼子·立言》云:

诸子兴于战国,文集盛于两汉,至家家有制,人人有集。其美者足以叙情志,敦风俗;其弊者,只以烦简牍,疲后生。往者既积,来者未已,翘足志学,白首不遍;或者古之所重今反轻,今之所重古所贱。嗟我后生博达之士,有能品藻异同,删整芜秽,使卷无瑕玷,览无遗功,可谓学矣。

可见当时对慧眼的选家与批评家的要求是怎样的迫切了。

批评界的混乱,钟嵘在《诗品序》也谈到:

观王公缙绅之士,每博论之余,何尝不以诗为口实,随其嗜欲,商榷不同,淄渑并泛,朱紫相夺,喧议竞起,准的无依。

对造成批评混乱的原因作出理性分析的,除曹丕外,当推刘勰。刘勰正是沿着曹丕理性反思的路子往下走的,他提出真赏之难的四大原因:"贵古贱今""崇己抑人""信伪迷真""知多偏好"。为克服这些毛病,他提出了著名的"六观说":

是以将阅文情,先标六观:一观位体,二观置辞,三观通变,四观奇正,五观事

---

① 《论语·为政》,朱熹《四书集注》,岳麓书社 1985 年版。

义,六观宫商。斯术既形,则优劣见矣。①

对刘勰在批评方法论上的贡献,郭绍虞先生有如下断言:

刘氏以前的论文主张,既非赏鉴的批评,也不免有局部的片面的弊病。《文心雕龙·序志》篇历举时人论文之作而总括一句,谓"并未能振叶以寻根,观澜而索源",所以他的著作,一方面要"弥纶群言",使局部而散漫者得有纲领,一方面又要"擘肌分理",使漫无标准者得以折中。纲领既明,毛目也显,《文心雕龙》所以成为当时文坛之集大成者以此,所以成为条理绵密的文学批评之伟著者以此。②

郭先生据此论断《文心雕龙》"由赏鉴的批评转而为判断的批评了"。

---

① 刘勰:《文心雕龙·知音》,赵仲邑《文心雕龙译注》,漓江出版社 1982 年版。
② 郭绍虞:《中国文学批评史》,上海古籍出版社 1979 年版,第 59 页。

中编 时序篇

  主流文学不是一成不变的文学,它是一个动态系统。钱穆认为中国传统文化经历了宗教而政治化,政治而人伦化,人伦而艺术化的动态演绎过程。中国主流文学的演进也暗合了这样的文化节拍。按照现代人类学的观点,一个文类的存在取决于此一文类的若干要素。由于这些要素的实际作用有主有次,有的处于核心地位,起支配作用;有的处于边缘地位,起辅助作用,那么某一文体的形态演进,实际上就是由于这些要素彼此之间的角色变化引发的。J.蒂尼亚诺夫在《论文学的进化》中指出:"由于系统不是全部要素的平等的相互作用,而是把一组因素——主导因素——推到前台,因而包含了对另一些因素的变形,这样,文学作品就通过这一主导因素而进入文学并发挥其功能。"形式主义者雅各布森指出:"在一个特定的规范诗歌的综合体中,或特别是在一组适应某特定诗歌类型的规范作品中,那些起初是从属的成分变成了决定的和主要的成分。另一方面,开始占支配地位的成分又变成了次要的和被选择的成分……随着形式主义的进一步发展,一种把诗歌作品当成一个结构体系来看的正确观念形成了。这个结构是一组有一定顺序、分层次的艺术手段。诗歌进化是层次方面的一次变化。艺术手段的这个层次在一种特定的诗歌类型的框架内发生变化;此外,这些变化也影响着诗歌类型的层次,同时也影响着每一单独类型里的艺术手段的分布。起初处于从属和次要地位的类型,现在占据了显著的地位,而那些典范的类型则退往后部。"[①]这样一来,诗歌的

[①] 转引自罗伯特·肖尔斯:《结构主义与文学》,春风文艺出版社1988年版,第133页。

形态演进就可以看成是构成诗的要素之间主导因素的移位。在中国古典诗歌的发展历程中,从四言诗到五言诗是一个突变,从乐府诗到格律诗是一个突变,从诗到词是一个突变。散文亦然,从先秦的政论散文到两汉的史论散文,从品评人物到山水游记,从载道文学到性灵小品,从学术化的严肃缜密到随笔式的轻松俏皮,散文也经历着一次次脱胎换骨的变化。正所谓"文变染乎世情,兴废系乎时序"。

第八章

列国时代的文学基因培育

春秋时代是民族心智被激活并快速走向成熟的时期,也是文化急剧转型的历史时期,对后来的民族心理、民族性格影响深远。继春秋以讫楚、汉,凡两个半世纪,是中国历史极其浑浊的时期,人们概而名之曰"礼崩乐坏"。刘向在《战国策叙录》中对此时代风尚有精准的描述:

仲尼既没之后,田氏取齐,六卿分晋,道德大废,上下失序。至秦孝公,捐礼让而贵战争,弃仁义而用诈谲,苟以取强而已矣。夫篡盗之人,列为侯王;诈谲之国,兴立为强。是以传相放效,后生师之,遂相吞灭,并大兼小,暴师经岁,流血满野,父子不相亲,兄弟不相安,夫妇离散,莫保其命,泯然道德绝矣。晚世益甚,万乘之国七,千乘之国五,敌侔争权,盖为战国。贪饕无耻,竞进无厌;国异政教,各自制断;上无天子,下无方伯;力功争强,胜者为右;兵革不休,诈伪并起。当此之时,虽有道德,不得施谋;有设之强,负阻而恃固;连与交质,重约结誓,以守其国。

特殊的时代必然造就特殊的人物,处身其间的知识分子,经历着思想的洗礼与灵魂的变革。从"士者,事也"的技术之士,到周游列国的游说之士,紧接着又摇身一变而为翻手为云、覆手为雨的谋臣策士,最后定格为皇权专制体制下的宦术之士。大时代的风云变幻,塑造了士阶层的姿态与神态——造就了儒家君子之士,道家隐逸之士,法家谋臣策士,墨家躬耕之士,名家辩驳之士,纵横家是非之士,真是千姿百态!

"士不可不弘毅,任重而道远!"——他们有梦想,有追求,他们肩上有沉甸甸的责任与使命,心中有深沉的忧患与忧虑,足下有漫漫长途,正所谓"路漫漫其修远兮,吾将上下而求索"。他们留给后人充分的精神给养和不尽的文化话题。

一、趋势与趋士——士人的心态与姿态

按照许慎的观点,"士"是个会意字,从一,从十。本义指善于做事情的人,从一开始,到十结束,善始善终。故《说文》释之曰:"士,事也。"①"士"常常与"大夫"合成"大夫士"与"士大夫"。大夫士强调的是等级,士大夫指的是阶层。战国以前,"大夫士"的表述居多,比如《荀子·礼论》:"大夫士有常宗。"《吕氏春秋·上农》:"是故天子亲率诸侯耕帝籍田,大夫士皆有功业。"而"士大夫"却是战国出现的新概念,是知识分子和官僚的混合体。士大夫可以指在位的官僚②,也可以指有一定社会地位的文人③,也可兼指。

关于士,儒家论述最多。子路问孔子:"何如斯可谓士矣?"曾子说:"士不可以不弘毅,任重而道远。仁以为己任,不亦重乎,死而后已,不亦远乎?"孔子曰:"士而怀居,不足以为士矣。"子张说:"士见危致命,见得思义,祭思敬,丧思哀,其可已矣。"这些资料可以为我们勾勒出士的精神轮廓:第一,士以学问和道德兼修为己任;第二,有远大的志向和抱负;第三,以出仕为前途,仕则忠于职守。孟子对士的要求与孔子大致相同。王子垫问孟子曰:"士何事?"孟子曰:"尚志。"又说:"士穷不

---

① "士"含混而复杂,《周书》:"太子晋,胄成人,能治上官,谓之士。"《礼记·曲礼》:"列国之大夫,入天子之国,曰某士。"《白虎通·爵》:"通古今,辩然不,谓之士。"《汉书·食货志》:"学以居位曰士。"《后汉书·仲长统传》:"以才智用者谓之士。"在社会生活习惯中,人们也把士作为一个特定阶层来看待。《荀子·王制》:"农农,士士,工工,商商。"《孟子·离娄下》:"无罪而杀士,则大夫可以去;无罪而戮民,则士可以徙。"另外,在诸子书中,也有士中再分等级的记录。如《墨子·节葬下》载:"上士之操葬也。"所谓"上士",显然是别于下士而讲的。《荀子·正论》中把士分为元士与庶士两等。习惯上,人们还是把士视为高于民的一个等级。

② 《周礼·考工记》云:"坐而论道谓之王公。作而行之谓之士大夫。"《墨子·三辩》批评"士大夫倦于听治",这里泛指一切官吏。《战国策·秦策二》载:"诸士大夫皆贺。"这里的士大夫指楚朝廷之臣与王之左右。《荀子·王霸》云:"农分田而耕,贾分货而贩,百工分事而劝,士大夫分职而听。"这里的士大夫指一切居官在职之人。《君道》又讲:"论德而定次,量能而授官,皆使人载其事而各行其所宜。上贤使之为三公,次贤使之为诸侯,下贤使之为士大夫,是所以显设之也。"士大夫指诸侯以下的官吏,文官称士大夫,武官也称士大夫,《荀子·议兵》载:"将死鼓,御死辔,百吏死职,士大夫死行列。"《吴子·励士》:"于是(魏)武侯设庙廷,为三行,飨士大夫。"至于哪一层官吏称士大夫,无明确规定,从一些材料看,大抵是中上层官僚。《荀子·君子》讲:"圣王在上,分义行乎下,则士大夫无流淫之行,百吏官人无怠慢之事,众庶百姓无奸怪之俗。"这里把士大夫置于百吏官人之上。《君道》把士大夫列于"官师"之前,官师,百吏之长。《强国》篇讲:"大功已立,则君享其成,群臣享其功,士大夫益爵,官人益秩,庶人益禄。"《正论》讲:"爵列尊,贡禄厚,形势胜,上为天子诸侯,下为卿相士大夫。"以上材料都说明士大夫在官僚层次中是比较高的。因士大夫是比较高级的官吏,所以享有不同的田邑。《荀子·荣辱》说:"志行修,临官治,上则能顺上,下则能保其职,是士大夫之所以取田邑也。"《礼论》中记载士大夫占有的田邑多寡不同,"有五乘之地者","有三乘之地者"。有些士大夫似乎还有私兵。《战国策·齐策五》:"甲兵之具,官之所私也,士大夫之所匿也。"

③ 齐孟尝君失势之后,门客纷纷离去,这些门客在《史记·孟尝君列传》中被称为"士",在《战国策·齐策四》记述同一事件时则被称为"士大夫"。《韩非子·诡使》载:"今士大夫不羞污泥丑辱而宦。"意思是士大夫无德行而任官。在这里,士大夫与官宦是两个含义,士大夫指文化人。

失义，达不离道。穷不失义，如士得已焉；达不离道，故民不失望焉。"又说："无恒产而有恒心者，唯士为能。"荀子对士的要求重在遵从礼法，他说："好法而行，士也。"荀子认为士的天职是正身，"彼正身之士，舍贵而为贱，舍富而为贫，舍佚而为劳，颜色黧黑，而不失其所，是以天下之纪不息，文章不废也"！可见，士还要著述文章，传播文明，即便穷困潦倒也在所不辞！其他诸子在论及士的文化身份时，也多把士与道义紧密联系在一起，赋予士人"达不离道，穷不失义"的卓异人格和高尚节操、坚定自信和刚强意志、自我意识和使命担当。

百家之学归根结底是那个时代士阶层的伟大创造，是中国知识阶层指点江山、激扬文字的产物，是一个个有血性的文化人的殉道式的表达与表白，燃烧的是激情，凝结的是智慧。诚如章学诚所说："诸子之奋起，由于道术既裂，而各以聪明才力之所偏，每有得于大道之一端，而遂欲以之易天下。"

战国是一个争战不已的时代。在应付复杂的矛盾斗争中，人的智慧和才干便受到特殊重视。"夫贤人在而天下服，一人用而天下从。"智力的竞争为士的活跃与发展提供了强大推动力和活动场所。景春曾这样评价苏秦、张仪之流的作用："公孙衍、张仪岂不诚大丈夫哉？一怒而诸侯惧，安居而天下熄。"《韩非子·难二》记载赵简子一句话："与吾得革车千乘，不如闻行人烛过之一言也。"烛过是赵简子贴身谋士。在赵简子看来，烛过的一句话比千军万马还有力量。《论衡·效力》篇载："六国之时，贤才之臣，入楚楚重，出齐齐轻，为赵赵完，畔魏魏伤。"说明智慧计谋在竞争中具有决定性的作用。于是尊士、争士、养士遂成为上层人物的一种社会风尚①，并由此推进了诸如《吕氏春秋》《淮南子》等著书立说的风气与时尚。"在中国历史上，没有一个时期的士人比战国时代的士人来得趾高气扬，也没有一个时期士人比战国时代的士人更为养尊处优。"②这一点在《战国策》中有集中体现。请看下列这段有关"士贵"与"王贵"的辩论：

齐宣王见颜斶，曰："斶前！"斶亦曰："王前！"宣王不悦。左右曰："王，人君也。斶，人臣也。王曰：'斶前'，斶亦曰：'王前'，可乎？"斶对曰："夫斶前为慕势，王前为趋士。与使斶为趋势，不如使王趋士。"王忿然作色曰："王者贵乎？士贵乎？"对曰："士

---

① 《史记·孟尝君列传》载："食客数千人，无贵贱一与文等。"有一次，"孟尝君曾待客夜食，有一人蔽火光。客怒，以饭不等，辍食辞去。孟尝君起，自持其饭比之。客惭，自刭。士以此多归孟尝君。孟尝君客无所择，皆善遇之。人人各自以为孟尝君亲己"。《战国策·齐策四》载：孟尝君好士，"饮食、衣服与之共"。由于社会上形成了尊士之风，一些士常常高傲自处，甚至不把君主放在眼里。

② 孙铁刚：《书生议论——士人与士风》，《吾土与吾民》，生活·读书·新知三联书店1992年版，第100页。

贵耳,王者不贵。"王曰:"有说乎?"斶曰:"有。昔者秦攻齐,令曰:'有敢去柳下季垄五十步而樵采者,死不赦。'令曰:'有能得齐王头者,封万户侯,赐金千镒。'由是观之,先王之头,曾不若死士之垄也。"宣王曰:"嗟乎!君子焉可侮哉?寡人自取病耳!愿请受为弟子。且颜先生与寡人游,食必太牢,出必乘车,妻子衣服丽都。"颜斶辞去,曰:"夫玉生于山,制则破焉,非弗宝贵矣,然大璞不完。士生乎鄙野,推选则禄焉,非不得尊遂也,然而形神不全。斶愿得归,晚食以当肉,安步以当车,无罪以当贵,清净贞正以自虞。"则再拜而辞去。君子曰:"斶知足矣,归真反璞,则终身不辱。"①

《战国策》主要反映的是"士"阶层的思想,重点写"士"阶层以奇谋高策成就了自己的功名和事业,突出地强调"士"阶层的历史地位和作用,反映了战国时代"士"阶层崛起的现实,反映了"士"阶层的群体精神面貌。这些谋臣策士,在政治上积极参与,崇尚计谋策略,审时度势,提出自己的政治主张或策略,活跃在战国纷争的政治舞台上。曼海姆说:"知识阶层以往的自负一定程度上可以在这一事实中得到解释,即只要他是唯一有资格的世界解说者,他就会要求和声称在其中占有一个重要的角色,即使在大多数情况下他是服务于其他阶层的。从霸道的教士阶层和其对手——预言家,到人文主义的桂冠诗人,再到启蒙时代的历史空想家和宣布了'世界精神'的浪漫派哲学家,知识阶层的历史中充满了这种自尊自重的例证。"②这正是雅斯贝尔斯"轴心时代"和"哲学的突破"理论的动力来源。雅斯贝尔斯认为:这一切皆由反思产生。这个时代产生了直至今天仍是我们思考范围的基本范畴,创立了人类仍赖以存活的世界宗教之源端。

二、谋臣策士与游说文化——寄生于政治缝隙间的文化幽灵

游士是春秋战国礼崩乐坏的政体裂隙的寄生虫,是列国时代政治解体与文化多元的新生儿。游说之士自由穿梭于诸侯之间,充分把握诸侯之间错综复杂的矛盾和各怀鬼胎的心理,最大限度地利用这些矛盾为自己创造了从容宽舒的生存空间,游刃有余地悠游其间。他们审时度势,机智警觉,是幽灵,更是魔鬼。他们在战国的舞台上尽情上演,是时代大戏的导演,也是历史舞台的演员。他们身上不乏个人英雄主义的气质,有胆有识。挑拨离间,搬弄是非,是他们的绝活。他们有惊人的语言能力,巧舌如簧,出口成章,他们以舌为剑,词锋所指,往往硝烟顿起,烽烟狼

---

① 《战国策·齐策》,王守谦等《战国策全译》,贵州人民出版社1992年版。
② 曼海姆:《知识阶层:它过去和现在的角色》,载《社会学与社会调查》1992年第1期和《国外社会学》1992年第2期。

藉。他们深知语言的价值，一言可以兴邦，一言也可以亡国。在他们看来，语言不再是交流，而是用来征服；语言也不是沟通，而是可以杀戮。语言是装备精良的利器，是起死回生的良药。他们将语言的力量挤尽榨干，将语言的能量尽情释放，简练揣摩，刻苦演练，以备一朝之用。当苏秦十上秦王书而不见用时，《战国策》对其境遇有精妙的刻画：

说秦王书十上而说不行，黑貂之裘弊，黄金百斤尽，资用乏绝，去秦而归。羸滕履蹻，负书担橐，形容枯槁，面目犁黑，状有归色。归至家，妻不下纴，嫂不为炊，父母不与言。苏秦喟叹曰："妻不以为夫，嫂不以我为叔，父母不以我为子，是皆秦之罪也！"乃夜发书，陈箧数十，得《太公阴符》之谋，伏而诵之，简练以为揣、摩。读书欲睡，引锥自刺其股，血流至足。曰："安有说人主不能出其金玉锦绣，取卿相之尊者乎？"期年揣摩成，曰："此真可以说当世之君矣。"于是乃摩燕乌集阙，见说赵王于华屋之下，抵掌而谈，赵王大悦，封为武安君，受相印。革车百乘，绵绣千纯，白璧百双，黄金万镒，以随其后，约从散横，以抑强秦。故苏秦相于赵而关不通。当此之时，天下之大，万民之众，王侯之威，谋臣之权，皆欲决苏秦之策。不费斗粮，未烦一兵，未战一士，未绝一弦，未折一矢，诸侯相亲，贤于兄弟。夫贤人在而天下服，一人用而天下从。故曰："式于政，不式于勇；式于廊庙之内，不式于四境之外。"当秦之隆，黄金万镒为用，转毂连骑，炫熿于道，山东之国从风而服，使赵大重。且夫苏秦特穷巷掘门，桑户棬枢之士耳。伏轼撙衔，横历天下，廷说诸侯之王，杜左右之口，天下莫之能伉。将说楚王，路过洛阳。父母闻之，清宫除道，张乐设饮，郊迎三十里；妻侧目而视，倾耳而听；嫂蛇行匍伏，四拜自跪而谢。苏秦曰："嫂何前倨而后卑也？"嫂曰："以季子之位尊而多金。"苏秦曰："嗟乎！贫穷则父母不子，富贵则亲戚畏惧。人生世上，势位富贵，盖可忽乎哉！"①

这种个人价值取向在李斯那里表白得甚为详细："斯闻得时无怠，今万乘方争时，游者主事。今秦王欲吞天下，称帝而治，此布衣驰骛之时而游说者之秋也。处卑贱之位而计不为者，此禽鹿视肉，人面而能强行者耳。故诟莫大于卑贱，而悲莫甚于穷困。久处卑贱之位，困苦之地，非世而恶利，自托于无为，此非士之情也。故斯将西说秦王矣。"苏秦更以其切身体会证明了这种情形下的个人追求之必要。苏秦始游说秦王，不为见用，以致"负书担案，形容枯槁，面目黧黑，状有归色"。回家之时"妻不下纴，嫂不为炊，父母不与言"，于是发奋读书，陈箧数十，得大公阴符之谋。期年而成，复出山以合纵说赵王，赵王以之为约长。路过洛阳"父母闻之，清宫

---

① 《战国策·秦策一》，王守谦等《战国策全译》，贵州人民出版社1992年版。

除道,张乐设饮,郊迎三十里。妻侧目而视,倾耳而听;嫂蛇行匍伏,四拜自跪而谢"。因此秦叹曰:"嗟乎!贫穷则父母不子,富贵则亲戚畏惧。人生世上,势位富贵,盖可忽乎哉!"

如果说"妻不以为夫,嫂不以我为叔,父母不以我为子,是皆秦之罪也"是典型的混账逻辑的话,那么"安有说人主不能出其金玉锦绣,取卿相之尊者乎"则更是强盗逻辑。但这就是苏秦当时真实的心理。苏秦算得上是个血性汉子,他就不信不能凭三寸之舌赢得个富贵荣华,于是以悬梁刺股式的发愤为自己赢得十足的信心——"此真可以说当世之君矣"。于是走马上任,马到成功。不光报了仇,泄了愤,还赢得了一片喝彩,真是快意恩仇。"天下之大,万民之众,王侯之威,谋臣之权,皆欲决苏秦之策。不费斗粮,未烦一兵,未战一士,未绝一弦,未折一矢,诸侯相亲,贤于兄弟。夫贤人在而天下服,一人用而天下从。"不难看出策士的价值,个人的力量,真是时势造英雄。《战国策》不仅将个人英雄主义膨胀到极致,也将语言的能量释放到极致。士一旦游说成功便可以"缓衣余食",虽不能如"建国之君,泽可以遗世",但至少也可以使"亲戚畏惧"。前提是,游说和从师是士进入仕途的两个主要门径。这些士人必待学而后为,先从师而后出师。故战国兴盛的士,是以私学兴盛为背景的。史书记载,孟子"从者数百人",田骈有"徒百人",宋钘尹文"聚人徒,立师学","率其群徒,辨其谈说"。

他们既是时代的弃婴,也是时代的宠儿,既是幸运儿,也是弄潮儿。他们朝秦暮楚,出尔反尔,翻手为云,覆手为雨,两面三刀,阳奉阴违。他们纵横天下,玩弄诸侯于指掌。诚如《战国策》所言:"战国之时,君德浅薄,为之谋策者,不得不因势而为资,据时而为画。"对搜集整理《战国策》一书有着大贡献的曾巩就把这些谋臣策士的言论斥为"邪说","为世之大患"[1]。南宋叶适认为《战国策》是"儇陋浅妄之夸说",故而"为学者心术之巨蠹"[2]。清代陆陇评价《战国策》:"其文章之奇,足以悦人耳目,而其机变之巧,足以坏人心术。"为此他还专门写了《战国策去毒》。战国时期不仅仅造就了"百家争鸣"的多元文化格局,同时也是中国语言文字发展的通胀时期。这份功劳,相当一部分要归于游说之士。

三、游说造就了语言的华丽——以舌为剑

在司马迁看来,纵横策士能左右时局,翻云覆雨,一怒而诸侯惧,安居而天下

---

[1] 曾巩:《战国策·序》,转引自王守谦等《战国策全译》,贵州人民出版社1992年版。
[2] 叶适:《学习记言》,转引自王守谦等《战国策全译》,贵州人民出版社1992年版。

熄,乃是时代使然。① 大多数士人似乎都有"博学以疑圣,华诬以胁众,弦歌鼓舞,缘饰诗书,以买誉于天下"之嫌。② 而语言是士人征服诸侯的不二利器。曾随鬼谷子学习纵横之术的张仪,更是以"张仪舌"留名青史。《史记·张仪列传》:"张仪已学而游说诸侯。尝从楚相饮,已而楚相亡璧,门下意张仪,曰:'仪贫无行,必此盗相君之璧。'共执张仪,掠笞数百,不服,醳之。其妻曰:'嘻! 子毋读书游说,安得此辱乎?'张仪谓其妻曰:'视吾舌尚在不?'妻笑曰:'舌在也。'仪曰:'足矣。'"张仪的成功,靠他的舌头,在风云诡谲的战国末期,"张仪舌"搅动了整个世界。侍秦,害魏,诓楚,惑齐,欺韩,骗赵,诱燕,破坏合纵,推行连横,从而谋弱山东六国,强秦成其霸业,这些都是张仪舌头的功劳!《战国策》善于运用铺排、夸张、渲染的修辞手法说理论事,善于运用寓言、故事、比喻来增强感染力和说服力。文章纵横驰骋,流畅明快,感情充沛,气势恢宏,体现了纵横家的语言特色。如《苏秦说赵王》(赵策二)、《张仪说秦王》、《司马错论伐蜀》(并秦策一)、《虞卿斥栲缓》(赵策三)等,就历史散文的明白流畅来说,已经达到前所未有的高度。而且策士们估计形势,分析利害,往往细致准确。如苏秦劝薛公留楚太子,分析它有十个可能的结果(齐策三);齐索地于楚,而慎子告襄王三计并用(楚策二)。虽然《战国策》记述事件的后果不尽可靠,但作为纵横家论事的本身来看,则是持之有故、言之成理的。兹援引《战国策·苏秦以连横说秦》一文为例说明:

苏秦始将连横说秦惠王,曰:"大王之国,西有巴、蜀、汉中之利,北有胡貉代马之用,南有巫山、黔中之限,东有肴、函之固。田肥美,民殷富,战车万乘,奋击百万,沃野千里,蓄积饶多,地势形便,此所谓天府,天下之雄国也。以大王之贤,士民之众,车骑之用,兵法之教,可以并诸侯,吞天下,称帝而治。愿大王少留意,臣请奏其效。"秦王曰:"寡人闻之,毛羽不丰满者,不可以高飞;文章不成者,不可以诛罚;道德不厚者,不可以使民;政教不顺者,不可以烦大臣。今先生俨然不远千里而庭教之,愿以异日。"苏秦曰:"臣固疑大王之不能用也。昔者神农伐补遂,黄帝伐涿鹿而擒蚩尤,尧伐驩兜,舜伐三苗,禹伐共工,汤伐有夏,文王伐崇,武王伐纣,齐桓任战而伯天下。由此观之,恶有不战者乎? 古者使车毂击驰,言语相结,天下为一。约从连横,兵革不藏,文士并饬,诸侯乱惑,万端俱起,不可胜理! 科条既备,民多伪态。书策稠浊,百姓不足。上下相愁,民无所聊。明言章理,兵甲愈起。辩言伟服,战攻不息。繁称文辞,天下不治。舌敝耳聋,不见成功。行义约信,天下不亲。于

---

① 《史记·六国年表序》,吴顺东等《史记全译》,贵州人民出版社 1994 年版。
② 刘安:《淮南子·俶真训》,陈广忠《淮南子译注》,吉林文史出版社 1990 年版。

是乃废文任武,厚养死士,缀甲厉兵,效胜于战场。夫徒处而致利,安坐而广地,虽古五帝、三王、五伯,明主贤君,常欲坐而致之,其势不能,故以战续之。宽则两军相攻,迫则杖戟相撞,然后可建大功。是故兵胜于外,义强于内,威立于上,民服于下。今欲并天下,凌万乘,诎敌国,制海内,子元元,臣诸侯,非兵不可。今之嗣主,忽于至道,皆惛于教,乱于治,迷于言,惑于语,沉于辩,溺于辞。以此论之,王固不能行也。"

苏秦两度出山,不遗余力地鼓吹战争,其语言整饬,铺张扬厉,词锋凛冽,气势夺人,散体中裹挟着大量的骈辞俪句,真可谓洋洋洒洒,蔚为大观。《战国策》"繁辞瑰辨,灿然盈目"的语言艺术成就是公认的。在这里,语言不仅是作用于理智、说明事实和道理的工具,也是直接作用于感情以打动人的手段。《战国策》常常运用巧妙生动的譬喻,通过许多有趣的寓言故事,以增强论者的说服力。① 熊宪光在《战国策研究与选择》中说:"《战国策》之文,沉而快,雄而隽;气势充沛,如江河直下;词锋逼人,似高屋建瓴。"刘大杰《中国文学发展史》评价《战国策》:"其文字无不委曲达情,微婉尽意,而又明快流畅,富于波澜。"

四、先秦散文的艺术高度——从小品到政论

《尚书》是我国传世最早的散文文献,有人称其为"殷商政治文件汇编",记载了传说中的唐虞时代一直到春秋前期的一些重要史事。虽然文字质朴无华,但有的篇章也开始使用了形象、比喻等技巧,如被誉为"比喻之权舆"的《盘庚》篇,是殷王盘庚动员迁都于殷时,对臣下讲的一篇很有说服力的演说辞。其中如"若火之燎于原,不可向迩,其犹可扑灭","若网之在纲,有条而不紊"等,作者对人们的日常生活经验作了高度概括,形成了生动的比喻,很有说服力。被汉人称为"五经"之一的《春秋》,其"微言大义"的笔法对后世文章影响深远。真正代表先秦历史散文成就

---

① 据研究统计,《战国策》一书的寓言故事共有 54 则,也有人说是 74 则。大多不是独立成章,只是策士引譬设喻之说理的材料。这些寓言,形象鲜明,浅显易懂,寓意深刻。诸如画蛇添足、狐假虎威、亡羊补牢、南辕北辙以及鹬蚌相争,渔翁得利等,历来家喻户晓。这些寓言对于中国叙事传统的重要性,在于它们开始且认可了虚构的叙事,使叙事不再只是一种"记",而同时是一种"言无言"的"卮言日出",因而由客观的写实转化到透过义理的通达,自由地创构情境,作主观信念情意的充分的抒发。它的说服力也不再来自事件真正发生的历史的权威性,而是建立于一般人日常经验的常情常理。叙事就由重大的历史事件转换为日常的生活琐事,美的兴味亦由崇高文体的庄严闳肆之美走向中间文体的平易自然之美。这不但对后来中国历史的写作,对文学著作与历史著作的交相关涉——如"诗"而要成"史","小说"要沿袭"历史"的"传""记"之名称与写作格式——有相当的影响,甚至影响到整个中国的传统学术的发展——汉学、宋学之争,义理、考据之辩,以至"六经皆史"的主张,等等,都可以说是一种对于历史之权威的过度关切所致。

的是《左传》《国语》和《战国策》。关于《左传》的文学性,清人刘熙载《艺概》中说:"左氏叙事,纷者整之,孤者辅之,板者活之,直者婉之,俗者雅之,枯者腴之。剪裁运化之方,斯为大备。"足见其文学手法的自觉与娴熟。《战国策》乃纵横家之文,较之以说理为主的诸子散文,它长于记事;较之以记事为主的历史散文,它长于记言。刘熙载《艺概》中特别举例说明"《国策》明快无如虞卿之折楼缓,慷慨无如荆卿之辞燕丹"。

春秋时期,礼崩乐坏,"学在官府"的局面被打破了。诸子百家获得了身份与学术的双重自由。他们不仅是思想的高手,也是文章的能手。据《汉书·艺文志》记载,"凡诸子百八十九家,四千三百二十四篇",著作数量之多是空前的。诸子散文中,《老子》《论语》《墨子》是先秦诸子的前期代表作。《老子》《论语》纯为箴言或语录体散文,《墨子》则是语录体中间有质朴的议论文。

读《论语》,我们觉得有十足的阅读空间,那是孔子留给读者的。《论语》中孔子的言论大都是生动精辟的格言式警句,言简意赅地表达了生命感悟与人生哲理。这些语言基本接近当时的口语,富有感染力和说服力。《老子》一书有句无篇的格言警句,更给了读者无尽的阐释空间和再创空间。这些都是后世小品文的典范。

小品文是智慧的产儿,是灵感与灵性的产儿,是忽略了过程而直逼终点的,它将冗沉繁杂的论证过程完全忽略,以期"灵犀一点"的慧心之悟,靠"智慧"缩短了"因"与"果"之间的距离,他们的灵性和悟性足以贯通因果而不假推理。

小品文的作者对读者充满信心,他相信自己的智慧也坚信读者的悟性,所以将沉闷的证明过程割舍掉,这是小品文与议论文的最大不同。在这一点上,《老子》《论语》可以说是上乘的小品文。老子、孔子等大智慧的人,文章是绝佳的小品文,到庄子、孟子及荀子、韩非的手里,文章之雍容华贵,正在于演算与推理,他们将老子、孔子所忽略的过程加以增补,便于悟性差、慧根浅的人阅读。相比之下,其他诸子则显示出明显的对读者智力的怀疑,他们在文章中加进了论证的环节,增强了说服性。他们不厌其烦地推理、引用、打比方,仿佛不这样读者就不能懂。他们对读者不信任,所以他们的文章在精心、精致与精细中不知不觉地有了啰唆。

小品文是智者的灵犀一点,是禅者的空灵偈语,非学者的厚学所能为,更非愚者的鲁莽所能达。就这个意义来说,汉儒及后来的经学家的注疏,充其量只干了一件事,那就是在智者与愚者之间忙乎,将智者的谶语转换为愚者的读本。将经典译成普及本,他们靠的是勤奋,是埋头苦干。这正是智者懒得干,也不屑于干的事。

小品文是催人成熟的一种文体。它寂寞热情,宁静喧闹。它致力于将伟大变得平凡,神圣变得世俗,又在平凡中赋予伟大,世俗中赋予神圣。太过抒情的不是小品文,小品文是智性的。论证周详的不是小品文,它是智者的点拨,不是哲学的雕琢。小品文是智者在寂寞中咀嚼寂寞的产儿,平凡中享受平凡的结晶。写小品文需有哲人的眼光、禅者的心境、诗人的手笔、散文家的闲逸,方可成之醇厚,成之怡然,成之冲淡。读小品文需心有灵犀,需不经意地品味。心痛欲绝时不读小品文,大喜过望时不读小品文,人多热闹时不读小品文,忙里偷闲时不读小品文,雄心勃发时不读小品文,意志衰竭时不读小品文。小品文是小吃,不是南北大菜;小品文是清茶,不是加糖的咖啡;小品文是黄酒而非老白干,是腐乳而不是新出锅的一碗热豆浆。写小品文如此,读小品文亦如此。

但到了战国中期,文章的规模与体制突然膨胀变大了,虽然从章法上看,仍显得有些拖沓,有时不免芜蔓,但说理的技术有了提升,包括说话的技巧,比喻的娴熟运用,寓言的广泛使用,加之斐然文采,都使得这一时期的散文在可读性上大大高出其前。《庄子》《孟子》,情形为之一变。《孟子》和《庄子》可说是先秦诸子的中期代表。《孟子》虽还属语录体,但篇幅增大,已形成对话式的论辩文。而《庄子》已向专题论辩文过渡。《孟子》一书所形成的"雄辩恣肆"和《庄子》一书"汪洋恣肆"的文章风格十分突出。《荀子》和《韩非子》在先秦散文中已发展到议论文的最高阶段。篇幅宏大,说理透辟,文采缤纷。特别值得一提的是《韩非子》中保存了大量的寓言故事。但庄子与孟子,留给读者的可塑空间也就远远小于其前的老子和孔子。他们自信但不信人,所以每每不惜代价要把话讲尽,把理说透。特别是孟子,他的言论大多是讲给诸侯王们听的。他是真的没把这些人当回事,从心眼里就瞧不上这些人,所以每每是一通劈头盖脸的教训——或类比,或比喻,或运用寓言故事,总之,他觉得非这样对方难以明白。这是在智力上藐视对方。接下来的《荀子》《韩非子》则更没给读者留有什么阅读阐释的余地。文章章法日渐成熟,克服了其前的芜蔓,章法严谨,题旨明晰,论证有理有据,说理滴水不漏。

如果说一部《论语》主要记录了孔子与弟子之间亲切友好的对话,那么《孟子》则主要记载了孟子与王者之间的交往与交流。孟子深知,王者的认可才是最终也是最有效的认可。所以,他不厌其烦地在王者的耳边布道。如果说孔子是儒家圣火的点燃者,那么孟子无疑是圣火的传递者,并亲手把儒家的圣火供奉在历代政治的圣坛。与其说是儒家造就了孟子,使之成为圣人,毋宁说是孟子成全了儒家,使之独尊天下。如果没有孟子这个好二传手,很难设想,在百家的相互攻讦中,儒家能最终赢得天下。大理学家程颐对孟子的评价是中肯的,他说孟子"学已到至处",

其"有功于圣门,不可胜言"。① 对于儒家,孟子的信心基于他的远见,他的"逃墨必归于杨,逃杨必归于儒"的大预言,被后来的历史不折不扣地证实。

  《孟子》七篇,比较系统地记载了孟子的政治主张和人生哲学。鲁迅先生在《汉文学史纲》中,曾对《孟子》散文评论说:"生当周季,渐有繁辞,而叙述则时特精妙。"这"精妙"之处主要在于《孟子》文章的论辩。孟子有"好辩"之称。《孟子》中那些以折服对方为目的、鲜明阐释自身观点的论辩文字,不仅隐约可见持守己见的倔强的老人形象,且又可以从其文字中体察出"其锋不可犯"的饱满激情。文字中蕴含着威慑的气势和难于争辩的说服力量;语言运用极其简洁明快,运用自如,调动各种语言修辞手段,为其论辩说理服务。揣摸与控制对方心理,层层进逼,深入浅出地说理,使论辩文字极具说服力。善于运用先纵后擒的手法,不仅有正面论述,也有带讽刺色彩的驳斥。还有"反问"手法的运用,使文章更具锋芒和说服力。多用比喻和寓言故事说理,在先秦散文中独具特色。《孟子》中寓言故事的运用,或虚构,或借用故事均十分贴近生活。在散文发展史上,《庄子》开启了中国古代散文艺术的浪漫主义先河。《庄子》一书展示给读者"汪洋恣肆"的想象力,擅长以"寓言体"的文学形式既表现出深远悠渺的意境,又具深刻的思想内涵和幽默讽刺的笔调。正如刘熙载在《艺概》中所说:《庄子》寓言"寓真于论,寓实于玄,于此见寓言之妙"。《庄子》寓言不仅进入了一种超然的文学境界,通过虚构、夸张、幻想等艺术手段,创造一系列形象,蕴含其主要思想,而且不少寓言大都有辛辣的讽刺意味,在谐谑幽默之间,寄托一种强大的批判力量。到了战国晚期,以荀子和韩非子为代表的散文创作,不仅规模宏大,而且属于典型的学术性专题论文——围绕某一哲学或者社会问题进行深入阐释,剖析肌理,虽然说理详彻,体制浩大,气势宏伟,但富态中不无臃肿,华贵中不无低俗,严整中不无迂阔。

---

① 朱熹:《孟子序说》,朱熹《四书集注》,岳麓书社1985年版。

第 九 章

巨人的文学定性与定位

孟子说:"自有生民以来,未有孔子也。"朱熹说:"天不生仲尼,万古长如夜。"康有为说:"中国一切文明,皆与孔教相系相因。"梁启超说:"苟无孔子,则中国非复两千年来之中国。"柳诒徵说:"孔子者中国文化之中心也,无孔子则无中国文化。自孔子以前数千年之文化赖孔子而传,自孔子以后数千年之文化赖孔子而开。"在中华文明的历史进程中,孔子是一座丰碑,更是一座大山。讨论中国文学,也不能绕开孔子。

一、世俗文学的抵制——郑声淫,去郑声

在中国主流文学观念中,艺术作为娱乐消遣的大众消费意识一直很淡漠,阻抗艺术的娱乐性则是众口一词的共同呼声。所以节制艺术的娱乐性而放大其教化作用就成了儒家首先要解决的一件大事。为此他们厘定了一个大原则,即"发乎情,止乎礼义"。孔子曾说过"恶郑声之乱雅乐也"、"郑声淫,去郑声"。南宋朱熹更是将其中的情诗斥为"淫诗"或"淫奔之诗",将其中的女子斥为"淫女"或"淫妇",他说:"此诗淫奔者自叙之词。"使人对郑诗有了成见。以致"郑卫之音"就成了"亡国之音"的代名词。[①]

客观地说,孔子的学说不排斥人性而又不放纵人性,"发乎情,止乎礼义",这个原则凝聚了他在调和人的个性需要与其社会性需要之间的矛盾冲突的全部智慧。但在实际操作时,这个原则的分寸把握就难了,这就产生了后世或紧或松的不同局

---

① 据考证,《诗·郑风·溱洧》反映了当时郑国的一种风俗,即三月上巳日,男男女女于水畔涤垢祈福,祛除不祥。《周礼》记载:"仲春之月,令会男女。于是时也,奔者不禁。"

面,时而偏执于前,时而偏颇于后,走样的时候多,和谐的时候少。

在对待艺术的态度上,荀子的性恶论未尝不较孟子的性善论来得合乎逻辑。如果人性本善,则何需礼、义、仁、智、信束缚呢?无论如何是讲不通的。荀子认为人性本恶,这种本乎天性的邪恶只有经过后天的改造,才能变成一个好人,实在是自然不过的事情。艺术本乎人心,有放纵人性中的卑劣之因素,如果放任自流,其结果将是"惑而不乐",必须加以节制。这是顺理成章、合情合理的事。荀子指出:"乐者,乐也。君子乐得其道,小人乐得其欲。以道制欲,则乐而不乱;以欲忘道,则惑而不乐。"①这就为情感的艺术戴上了理性的镣铐。作为"道"的具体表现的礼也就此产生:"礼起之何也?曰:人生而有欲,欲而不得则不能无求,求而无度量分界,则不能不争。争则乱,乱则穷。先王恶其乱也,故制礼义以分也,以养人之欲,给人以求。使与必不穷乎物,物必不屈于欲,两者相持而长,是礼之所起也。"②真是一物降一物,相生相克,且这一套礼仪也及顾及人的心理需要,颇富人情味,入情入理,可谓中肯。由此而提出的"音乐——人心——治道"的模式是极富理想色彩的,几近完美。可是他后来又把"礼"和"道""圣""经"扯到一块,提出"明道——征圣——宗经"的模式,就把原本宽松的理想化的东西政治化、教条化了,显出十足的迂腐与僵化,所包裹的功用思想也就此显得赤裸裸了。

台湾学者李敖在《寻乐哲学》一文中就曾针对中国文化"反享乐"的倾向提出批判,他说:

> 中国传统文化看轻娱乐,是一件很不幸的演变。中国的正统思想家们,他们的普遍特点是鼓吹严肃哲学,他们铸造的标准人像是正襟危坐、肃穆森严的君子,非礼勿视、非礼勿听,没有轻松也没有娱乐。他们的习惯是把一切都纳入"道德"的规范,常常用道德标准量来量去,甚至量到跟"道德"并不相干的事物上。例如吃一块切不正的肉,有何道德问题?可是古人却坚持"割不正,不食"!又如吃的东西的好与坏,又有何道德问题?可是古人却责备吃好东西的人,认为只有吃着"恶食",才能"志于道"!中国古人只会悲哀于颜回的早死,可是却赞美置他于死地的"一箪食、一瓢饮"生活。试问颜回的死,营养不足有着多大关系!古人明知"食"是性,可是却整天鼓吹钳制它,反对顺应它,真不知道这是所为何来?对要命的"食"的一关都如此,其他娱乐等等,在正统古人看来,当然更是小道——小人之道,非君子之道。古人君子之道的标准,最后已不近人情到朱夫子所揭橥的"莫如半日静坐,半

---

① 《荀子·乐论》,蒋南华、杨寒清《荀子全译》,贵州人民出版社2009年版。
② 《荀子·礼论》,蒋南华、杨寒清《荀子全译》,贵州人民出版社2009年版。

日读书"的枯燥境界,试问做人做到这种木头书呆,有何道理?有何"道德"?又有何趣味?

由南北朝至隋,轻艳文风一直居盛不衰。隋代曾有意纠正文风以求史笔,但文帝晚年唯尚刑名,倦用儒术,故不了了之。炀帝时文风复归淫靡。直至唐初,依旧是文风轻艳淫靡,风月不减。即使是秉笔实录的史学著述,也都尽情展示文采,卖弄风骚。闻一多先生指出:"当时修史的人们谁不是借作史书的机会来叫卖他们的文藻——尤其是《晋书》的作者!"①魏徵在总结历史上亡国经验时论断:"古人有言,亡国之主多有才艺。考之梁、陈及隋,信非虚论。然则不崇教义之本,偏尚淫丽之文,徒长浇伪之风,无救亡乱之祸矣。"②将"淫丽之文"和"浇伪之风"视为导致亡国的根本原因,见解虽值得商榷,但其中透视出的信息深值玩味。

基于主流文学意识及正统文体观念,一些新兴的文学艺术形式被视为卑下的小道小技,不仅不能获得官方认可,每每还有杀身之祸。兹举一隅:据顾起元《客座赘语》记载,永乐元年(1403年)七月,刑科给事中曹润等上奏,社会上有亵渎帝王的杂剧流行,奏云:"乞敕下法司,今后人民,倡优装扮杂剧,除依律神仙道扮,义夫节妇,孝子顺孙,劝人为善及欢乐太平者不禁外,但有亵渎帝王圣贤之词曲,驾头,杂剧,非律所该载者,敢有收藏,传诵,印卖,一时拿送法司究治。"于是下令五日内统统烧毁,并扬言:"敢有收藏者,全家杀了!"难怪王国维在《宋元戏曲史》中会感慨:"元人生气,至是顿尽!"人生识字忧患始,自孔子"郑声淫,去郑声",到明清文字狱之大兴,主流对非主流的暴力从未停止!

二、虚拟文学的抵御——子不语怪力乱神

鲁迅说孔子"以修身齐家治国平天下等实用为教,不欲言鬼神"原因很简单,主要是孔子对形而上的问题避而不谈。一是不语怪力乱神,一是不谈死了以后的事,再就是不谈玄而又玄的"性"与"天道"。③李泽厚在《论语今读》中解释曰:怪异、鬼神,难以明白,无可谈也,故不谈。暴力、战乱非正常好事,不足谈也,也不谈。其中前者几乎确定了儒学基本面目,不谈论、不信任各种神秘奇迹、超越魔力等非理性的东西。如此一来,深受孔子及其儒学影响的中国文人,崇实有余而尚虚不足,在

---

① 闻一多:《类书与诗》,《唐诗杂论》,上海古籍出版社1956年版,第4页。
② 《陈书》卷六《后主纪》,中华书局1972年版,第119—120页。
③ 《论语·述而》:"子不语怪力乱神。"《论语·先进》:"季路问事鬼神。子曰:'未能事人,焉能事鬼?''敢问死。'曰:'未知生,焉知死?'"《论语·公冶长》:子贡曰:"夫子之文章,可得而闻也;夫子之言性与天道,不可得而闻也。"《论语·雍也》:"务民之义,敬鬼神而远之,可谓知矣。"

主流文学观念中,很难容忍虚构和虚拟、幻化与冥想。崇真务实是基本的文学审美态度与评价立场,这在对屈原、司马迁等人的批评上有清晰的体现。

在中国,文史哲一体的局面历时漫长,这种格局无疑限制了文学的自由生长。虽然给予文学的营养是丰富的,但是,文学如果不割断其对史学的依恋,终将难以自立门户。历史崇尚"实录",文学追求"审美",但在中国,由于历史意识过于强烈,严重影响着文学的审美评判,制约着自觉意义上的文学观念的形成与发展。不妨以对屈原的评价为例来作说明。虽然自汉代的贾谊开始,对屈原的评价一向很高,但大多是出于对其人格魅力及蕴涵于作品中的批判意识的欣赏,而对其作品的浪漫因素总的来说是否定的。扬雄在《法言》中曾说:

或问:屈原、相如之赋孰愈?曰:原也过以浮,如也过以虚。过浮者蹈云天,过华(疑虚字)者华无根。然原上援稽古,下引鸟兽,其意着,子云、长卿亮不可及也。①

从"原也过以浮"的批评,联系到他对包括屈原楚辞在内的一切辞赋的看法,就可了解他是以儒家诗教为准则,对屈原楚辞持否定态度的。他说:"诗人之赋丽以则,辞人之赋丽以淫。"②《汉书·扬雄传》也载,扬雄认为:"太史公记六国,历楚汉,讫麟止,不与圣人同,是非颇谬于经。"类似的批评也出现在司马迁身上,东汉初,班彪评论《史记》:"至于采经摭传,分散百家之事,甚多疏略,不知其本务,欲以多闻广载为功,论议浅而不笃。其论术学则先黄老而后之经,序游侠则退处士而进奸雄,述货殖则崇势利而羞贱贫,此其大敝伤道,所以遇极刑之咎也。"③班固也批评司马迁:"其是非颇谬于圣人。"④在东汉博士中也有非议司马迁者,《后汉书·范升传》载:"时难者以太史公多引《左氏》,升又上太史公违戾《五经》,谬孔子言,及《左氏春秋》不可录三十一事。"更有甚者,王允竟直指《史记》为谤书,《后汉书·蔡邕传》记载:"王允曰:昔武帝不杀司马迁,使作谤书,流于后世。"荀悦著《汉纪》,则多从《汉书》中取材,很少用《史记》。东汉人排列名次,多是《汉书》在前,《史记》在后。如:汉执金吾丞武荣碑刻上记:"阙帻传讲《孝经》《论语》《汉书》《史记》。"常璩在《后贤志》中说:"以班固、史迁不足方也。"《晋书·传论》中有:"丘明既没,班、马迭兴。"把司马迁的名字排到班固的前面,大概最早的要推刘勰《文心雕龙》了。而真正推崇《史记》,认为《史记》的思想性、艺术性及史料价值都高于《汉书》,那是唐代以后的事。一部"体大虑周"的《文心雕龙》,力主"真""正""实",力戒"奇""华""虚"。

---

① 《文选·谢灵运传论》,郭绍虞《中国历代文论选》(四卷本),上海古籍出版社1979年版。
② 《法言·吾子》,郭绍虞《中国历代文论选》(四卷本),上海古籍出版社1979年版。
③ 《汉书·班彪传》,刘华清等《汉书全译》,贵州人民出版社1995年版。
④ 《汉书·司马迁传赞》,刘华清等《汉书全译》,贵州人民出版社1995年版。

"至于托云龙,说迂怪,丰隆求宓妃,鸩鸟媒娀女,诡异之辞也。康回倾地,夷羿弊日,木夫九首,土伯三目,谲怪之谈也。依彭咸之遗则,从子胥以自适,狷狭之志也。士女杂坐,乱而不分,指以为乐;娱酒不废,沉湎日夜,举以为欢,荒淫之意也。摘此四事,异乎经典者也。"①

"酌奇而不失其真,玩华而不坠其实。"②

"旧练之才,执正而驭奇;新学之锐,则逐奇而失正。"③

"若乃汤之问棘,云蚊睫有雷霆之声;惠施对梁王,云蜗角有伏尸之战。《列子》有移山、跨海之谈,《淮南》有倾天、折地之说,此踳驳之类也。是以世疾诸混同虚诞。"④

这些想象力丰富的寓言故事对后世文化影响很大,但刘勰名之曰"踳驳",岂不是"各执一隅之解"吗?王充的一部《论衡》对司马迁的"实录"推崇不已,基于此,在"三增"、"六虚"中,对古代典籍中的大量极富文学意义的描写予以否定。这种拘于"实录"而不容夸张、想象、虚构,正是史学对文学的束缚。

事实上,从"子不语怪、力、乱、神"开始,儒家正统思想始终注目于现实的层面,其求"真"务"实"的作风,使得人们对"街谈巷语,道听途说"的小说难以正眼相待。

对于这样的文化偏见,不妨援引一段史实来加以说明,《明英宗实录》里清楚记载了这样的历史——正统七年二月辛未,国子监祭酒李时勉言:"近有俗儒假托怪异之事,饰以无根之言,如《剪灯新话》之类。不惟市井轻浮之徒争相诵习,至于经生儒士,多舍正学不讲,日夜记忆,以资谈论;若不严禁,恐邪说异端,日新月盛,惑乱人心。乞敕礼部行文内外衙门,及调提为校佥事御史,并按察司官,巡历去处,凡遇此等书籍,即令焚毁,有印卖及藏习者,问罪如律,庶俾人知正道,不为邪妄所惑。从之。"

"假托怪异之事,饰以无根之言"原本就是传奇文学的艺术特点,但却成了罪证。这也是主流意志对非主流文化的专制暴力。

三、文学创造的消解——述而不作,信而好古

对于孔子"述而不作,信而好古",皇侃在《论语集解义疏》中说:"述者,传于旧章也;作者,新制作礼乐也";朱熹在《论语集注》中说:"述,传旧而已。作,则创始

---

① 刘勰:《文心雕龙·辨骚》,赵仲邑《文心雕龙译注》,漓江出版社1982年版。
② 刘勰:《文心雕龙·辨骚》,赵仲邑《文心雕龙译注》,漓江出版社1982年版。
③ 刘勰:《文心雕龙·定势》,赵仲邑《文心雕龙译注》,漓江出版社1982年版。
④ 刘勰:《文心雕龙·诸子》,赵仲邑《文心雕龙译注》,漓江出版社1982年版。

也。故作非圣人不能,而述则贤者可及……孔子删《诗》《书》,定礼乐,赞《周易》,修《春秋》,皆传先王之旧,而未尝有所作也"。至现代杨伯峻《论语译注》将"述而不作"译作"阐述而不创作"。孔子"述而不作,信而好古"的执拗与倔强为保守与食古不化平添了某种执着的理由。班固《汉书·儒林传》中说:"周道既衰,坏于幽厉,礼乐征伐自诸侯出,陵夷二百余年而孔子兴……究观古今之篇籍……于是叙《书》则断《尧典》,称《乐》则法《韶舞》,论《诗》则首《周南》……皆因近圣之事,以立先王之教,故曰:'述而不作,信而好古。'"在这里,班固把"述而不作"理解为只是叙述而不进行自己的创作。这种理解,从班固开始,延续至今。但也有人持有异议,比如墨子就反对"述而不作",认为"述而不作,非君子之道"①。

就文体而言,构成经学的著述可分为"经"和"传"两类。"经"指原创性的经典,而"传"则指诠释经文的著述。中国文化传统中所谓经学,就是由一代代学人对为数极少的几本经不断加以传注、诠释而形成的。②"述而不作"是中国经典诠释的基本格局与传统,对日后中国经典诠释产生了重要影响。究其原因,是中国征古与怀旧的文化心态的反映。孔子对三代特别是周代文化保持了自觉的温情和敬意。他高度赞赏在借鉴夏、商两代的基础上建立的周朝的礼乐制度,主张通过在"因"即沿袭基础上的"损益"来确立当时代的礼仪制度。也正是因为立足于这样的心态,孔子在对古圣先贤的文献进行理解和诠释活动时,自觉地采取了"述而不作,信而好古"的态度。朱希祖在《研究孔子之文艺思想及其影响》一文中将"世界智识的进步"分为神、人、我三个阶段,以此来研究孔子的文艺思想。他认为孔子的文艺思想的好处就是"脱出'神'的阶段,进入到'人'的一阶",使"吾国不致如欧洲受神教的累",这是"孔子文艺思想浸灌的大功";其坏处,则在"述而不作,信而好古"八字,国人受此八字之缚而不能进步。"大家有极好的榜样和方法,总不肯拿来研究研究,推陈出新,精益求精。"③

---

① 《墨子·耕柱》:公孟子曰:"君子不作,术而已。"子墨子曰:"不然,人之其不君子者,古之善者不述,今也善者不作。其次不君子者,古之善者不遂,已有善则作之,欲善之自己出也。今述而不作,是无所异于不好遂而作者矣。吾以为古之善者则述之,今之善者则作之,欲善之益多也。"

② 事实上,在经学发展过程中,有些"传"也被后世称为"经"。如《春秋》是经,而解释《春秋》的"春秋三传"(《春秋左传》《春秋公羊传》《春秋穀梁传》)则是传。但至唐代,"三传"已被视为经。正如清代章学诚所说:"今之所谓经,其强半皆古人之所谓传也。"不仅如此,在数量上经本身少之又少,即使到有宋一代,才合称"十三经"。而传则成千上万,可谓汗牛充栋。

③ 《北京大学月刊》第1卷第2号(1919年2月),转引自黄霖主编,黄念然著《20世纪中国古代文学研究史(文论卷)》,东方出版中心2006年版,第18页。

四、文学审美的挤压——迩之事父,远之事君

周公制礼作乐,造成了孔子所敬仰的"郁郁乎文哉"的礼乐文明,可以说礼乐的起源与中国文明的演进是同步的。因为礼乐文化从一开始就肩负着两大使命:一是以"人道"对抗"神道",二是以"民意"对抗"天意"。这一伟大变革直接促成对民情民意的尊重,而了解民情就成了王者的首要职责。这就是"观诗知政"与"献诗讽谏"的技术策略的文化背景。具体的操作方法就是——采诗与献诗。由采诗官深入民间采集民间音乐,演奏给王公大臣听,从中体味民情民意,进而可了解政治得失,观兴亡之征兆与迹象。① 这种对音乐功能的认识,成了儒家艺术功能论的思想基础,也是儒家礼乐文化功能主义的理论源泉。

孔子很重视《诗》的学习,《论语》中谈到《诗》近 20 处。孔子对《诗》的总体评价是:"《诗》三百,一言以蔽之,曰'思无邪'。"② 又说:"兴于《诗》,立于礼,成于乐。"③ 这都是就《诗》的道德教育作用而言的。

子曰:小子何莫学夫诗?诗可以兴,可以观,可以群,可以怨。迩之事父,远之事君,多识于鸟兽草木之名。④

"事君""事父"的要求及关于诗、乐的"兴、观、群、怨"等社会功能的概括,成为一个理论原则,是孔子对诗学的重大贡献。"诗可以怨"开启了以文学作品干预现实、批评社会的传统。司马迁的"发愤著书"、刘勰的"蚌病成珠",韩愈的"不平则鸣",欧阳修的"穷而后工",李贽、金圣叹的"水浒评点"都是对"诗可以怨"的发展。

罗根泽先生在诠释《诗》之所以成为儒家经典的时候,道出了其中奥秘,他说:

两汉是封建功用主义的黄金时代,没有奇迹而只是优美的纯文学书,似不能逃出被淘汰的厄运,然而诗经却很荣耀的享受那时的朝野上下的供奉,这不能不归功于儒家的送给了它一件功用主义的外套,做了他的护身符。这件外套,不但不是一

---

① 《孔丛子·巡狩篇》:"古者天子命史采歌谣,以观民风。"刘歆《与扬雄书》:"诏问三代,周、秦轩车使者,遒人使者,以岁八月巡路,求代语、童谣、歌戏。"班固《汉书·艺文志》:"故古有采诗之官,王者所以观风俗,知得失,自考正也。"《汉书·食货志》:"孟春之月,群居者将散,行人震木铎于路以采诗,献之太师,比其音律,以闻于天子。故曰:王者不窥牖户而知天下。"何休《春秋公羊传解诂》:"男女有所怨恨,相从而歌。饥者歌其食,劳者歌其事。男年六十,女年五十无子者,官衣食之,使之民间求诗。乡移于邑,邑移于国,国以闻于天子。"
② 《论语·为政》,朱熹《四书集注》,岳麓书社 1985 年版。
③ 《论语·泰伯》,朱熹《四书集注》,岳麓书社 1985 年版。
④ 《论语·阳货》,朱熹《四书集注》,岳麓书社 1985 年版。

人所作,亦且不成于一个时代;我们于此喊句顾颉刚先生治古史的口号吧,是"层累而上的"。自从有人受着功用主义的驱使,将各不相谋的三百首诗凑在一起,这功用主义的外套便有了图样;从此你添一针,他缀一线,由是诗的地位逐渐崇高了,诗的真义逐渐汩没了。①

是的,在绝对的专制社会,帝王的认可是真正的切实有效的认可。孟子说:"王者之迹熄而《诗》亡,《诗》亡而后《春秋》作。"②从史诗到史书,反映出时代的又一大转折。《诗》是宗周礼乐文化的代表,而《春秋》则是礼乐崩坏时代的史书。③

儒家这种功用主义思想最早胎育于早期社会对美的观念。《国语·楚语上》中记载,楚国的政治家伍举在回答灵王问他新造章华之台美不美的问题时说:"夫美也者,上下、内外、大小、远近皆无害焉,故曰美。若于目观则美,缩于财用则匮,是聚民利以自封而瘠民也,胡美之为?……其有美名也,唯其施令德于远近,而大小安之也。若敛民利以成其私欲,使民蒿焉忘其安乐,而有远心,其为恶也甚矣,安用目观?"不难看出,伍举给美下的定义深烙着"美善合一"的功利性色彩。这种"美善合一"论对后世文学批评的影响巨大,在儒教成为国教之后,这种功用主义文艺观也就基本上成为中国两千年封建社会最具有说服力的文学批评思想。回溯历史,首先把"美善合一"的功利主义思想理论化、系统化、政教化,并自觉运用于批评文艺的是荀子,后经扬雄、刘勰等人,"明道""征圣""宗经"的文艺批评思想逐步臻于完善。我们可以毫不夸张地说,一部中国文学批评史总体上是一部处理艺术与政治伦理的关系史。这种功利主义的文学观念,一旦被僵化和扭曲,其负面效应是巨大的。

首先,容易把文学变为政治的附庸,不宜于文学自身的独立。文学批评容易走向非学术的政治批评,从而导致文学批评在非本质的层面上游离,很难冷静下来作自身的、内在的本质建设。

其次,功用主义文学观念的强化也势必造成批评审美趣味的狭隘和单调。应该看到,功用主义的道统文学观具有极强的排他性,在价值取向上也显得十分单一。我们从孔子"《诵诗三百》,授之以政,不达;使于四方,不能专对。虽多,亦奚以为"④的态度中不难揣摩出,读诗就是为了在实际生活、工作中用得上,不然,就毫无用处,完全排斥艺术的娱乐、审美功能。这种急功近利的观念显然不是对待艺术

---

① 罗根泽:《中国文学批评史》第一册,上海古籍出版社 1984 年版,第 71 页。
② 《孟子·离娄下》,王世朝《孟子导读》,广东高等教育出版社 2002 年版。
③ 参见王世朝:《中国古代文学批评理论的功用主义思想》,《青海社会科学》,2005 年第 3 期。
④ 《论语·子路》,朱熹《四书集注》,岳麓书社 1985 年版。

所应持的中肯态度。再如韩愈曾写过《毛颖传》《杂说》《石鼎联句诗序》等一类近似传奇小说的作品,表现为重视从民间文学和对新兴的文学体裁与表现方法中汲取滋养的积极态度,但却遭到裴度的批评,称之为"不以文立制,而以文为戏"。这就极大地限制了题材、艺术形式、表现手法的多样性、活泼性。在"文章经国之大业,不朽之盛世"的重负之下,创作与批评的丰腴性被挤榨殆尽,只剩下庄严肃穆的道德意识,无法轻松,更不能放纵。

再次,这种功用主义的文学批评观念,在深层的文化心理上,胎育了文学价值取向上的退避心态,即征古文化心态。韩愈在《答李翊书》中为我们敞开了一代宗师的征古心理,他在叙说自己文学创作的经历时说:"始者非三代两汉之书不敢观,非圣人之志不敢存。""行之乎仁义之途,游之乎诗书之源,无迷其途,无绝其源,终吾身而已矣。"这种征古文化心态促成了一代代声势浩大的复古浪潮,形成了中国独具特色、横贯古今的以复古为革新的文学发展模式。我们从"韩柳古文运动"(唐宋)、"新乐府运动"(唐)、"诗文革新运动"(北宋)、明前后七子的"文必秦汉、诗必盛唐"的复古主张、"宋诗运动"(清末)等文学运动中,总可以深切感受到这种征古文化心态的根深蒂固。

最后,我们来看一些功用主义文学观念对文学批评自身的束缚。笔者认为,如果与中国文学的实际相比,中国文学批评根深蒂固的道统思想和急功近利的功用思想决定了在诸多的批评领域里无法客观公正地深入研讨,特别是对文学形成的研究尤显冷落。中国的诗学批评理论较发达,但相形之下,散文理论、小说理论、戏剧理论等则难以望其项背。我国的散文十分发达,但我们如果要系统化地整理出一部散文批评史,则多少显得有些为难。小说、戏剧,可以说是世界上最大最普遍的文学体裁,但中国文学批评对此一向较为冷漠,例如,赵则诚等主编的《中国古代文学理论辞典》中关于小说、戏剧的词条几近于无[①];最具权威的郭绍虞先生的90万字的《中国文学批评史》竟一字不提小说和戏剧批评[②]。功用主义的批评观念,由于囿于"明道"的神圣性,所以往往不容于趣味性、娱乐性和浪漫性,因而也就无视大众消费的消遣心理,在崇高的使命感中忘却了艺术的休闲功能。

---

① 参见赵则诚、张连弟、毕万忱主编《中国古代文学理论辞典》,吉林文史出版社1985年版。
② 参见张建:《关于几本文学批评史的意见》,文载《中国文哲研究通讯》第一卷第4期,台湾,1991年。

第 十 章

汉帝国的文学造型

汉代无疑是汉文化的定型期。这个中国历史上最长的统一王朝,历时 400 余年。这是一个自信心十足的时代——汉赋作家以"苞括宇宙,总览人物"的气魄描绘汉赋的鸿篇巨制,历史学家以"究天人之际,通古今之变"的自信绘制着历史的画卷,政治家以"犯我中华者,虽远必诛"①的豪情宣告着大国军威。从许慎《说文解字》到扬雄《方言》,从张衡的候风地动仪到蔡伦的蔡侯纸,从华佗的麻沸散到马钧的指南车,汉人将汉人的执着与睿智尽情演绎。

汉代有过两大系统性的文化策略——

第一次是汉初以黄老之学为正宗的消极文化策略。实行这样的战略,与其说是智慧,毋宁说是无奈,是不得已而为之。首先,汉人亲历了秦帝国的覆灭,汲取了极端功利主义的历史教训,转而采用黄老的无为而治。其次,汉初干戈未解,百废待兴,不得不休养生息。②再次,"公卿皆武力功臣",不容书生。③文景之时,虽置五经博士,如《诗》有辕固生、韩婴,《书》有张生、欧阳,《春秋》有胡毋生、董仲舒,《孟

---

① 《资治通鉴》卷第二十九《汉纪二十一》记载延寿、陈汤上疏曰:"臣闻天下之大义当混为一,昔有唐、虞,今有强汉。匈奴呼韩邪单于已称北籓,唯郅支单于叛逆,未伏其辜,大夏之西,以为强汉不能臣也。郅支单于惨毒行于民,大恶通于天。臣延寿、臣汤,将义兵,行天诛,赖陛下神灵,阴阳并应,天气精明,陷阵克敌,斩郅支首及名王以下,宜县头槀街蛮夷邸间,以示万里,明犯强汉者,虽远必诛!"

② 《汉书·食货志》:"汉初,接秦之敝,诸侯并起,民失作业而大饥馑。凡米石五千,人相食,死者过半。高祖乃令民得卖子,就食蜀、汉。天下既定,民亡盖藏,自天子不能具醇驷,而将相或乘牛车。"《后汉书·食货志》:"至武帝之初七十年间,国家亡事,非遇水旱,则民人给家足,都鄙廪庾尽满,而府库余财。京师之钱累百巨万,贯朽而不可校。太仓之粟陈陈相因,充溢露积于外,腐败不可食。众庶街巷有马。阡陌之间成群,乘牸牝者而不得会聚。守闾阎者食粱肉,为吏者长子孙,居官者以为姓号。"

③ 《史记·郦生陆贾列传》:"陆生时时前说称《诗》《书》。高帝骂之曰:'乃公居马上而得之,安事《诗》《书》!'陆生曰:'居马上得之,宁可以马上治之乎?且汤武逆取而以顺守之,文武并用,长久之术也。'"

子》《尔雅》《孝经》亦有博士。但"文帝好刑名","景帝不任儒","故诸博士具官待问,未有进者"。① 再加之"窦太后又好黄老",诸博士不仅难以儒业得幸,而且还有触忌犯讳之虞。②

第二次是武帝年间董仲舒的"罢黜百家,独尊儒术"的积极策略。这是中国历史上意识形态的一次大手术,主刀的是董仲舒,他以切割肿瘤的方式将百家思想悉数割去。他以《公羊春秋》为骨干,融合阴阳家、黄老之学以及法家思想,建立了一整套适合大一统帝国政治需要的文化新体系。③ 汉武帝采纳了这一建议,于是儒学便成为官学,由学术思想转变为政治意识。自此,"经学被推向了东方中国古代文化之官方学术宗教的神圣地位,从此经学摆脱了它的原始性,成为一门在意识和理论上自觉的东方古典阐释学,同时,儒学也以经学的形式存在,并向这个此在世界释放着无尽的话语权力。这一时期的诗学批评无疑也受控于经学的话语权力之下而把自己的批评与阐释指向作品的文本"④。

如此一来,传统的礼乐文化在汉代大一统的政治背景之下得以新生。气势恢宏的政论、铺张扬厉的大赋、囊括古今的史传、皓首穷经的考证、乐府机构的成立等一系列文化信号,均在指示着汉帝国整合意志的决心,他们正在通力打造一个文化的帝国。不只是武力,而是综合实力,一种无坚不摧的文化实力。

一、"唯美"与"尚用"——汉人的纠结与纠缠

处于西汉前期的刘安、贾谊,深受黄老思想的影响,对屈原及其作品持褒扬态度。尤其是刘安,他以援儒入道的方式对屈原及《离骚》进行了高度评价。其内容主要有三点:第一,强调《离骚》通过回顾历史"以刺世事",继承了《诗经》的传统。所谓"《国风》好色而不淫,《小雅》怨诽而不乱。若离骚者可谓兼之"。第二,对屈原的人格魅力给予充分的肯定,盛赞其"蝉蜕浊秽之中,浮游尘埃之外,皭然泥而不滓。推此志也,虽与日月争光可也"。第三,对屈原作品的艺术成就给予了很高的

---

① 司马迁:《史记·儒林列传》,吴顺东等《史记全译》,贵州人民出版社1995年版。
② 窦太后曾问《诗》博士辕固生《老子》之书,辕固生说《老子》是浅俗的"家人之言",窦太后愤而骂五经为"司空城旦书",也就是刑徒之书。始皇焚书,令有藏诗书百家语者,黥为城旦。并令固生徒斗野猪,幸而景帝给他一柄利剑,才免于横死。众博士看在眼里,惧在心上,哪里有暇弘扬儒业,经世先王! 有的竟纷纷找借口辞掉博士之职,逃之夭夭。如辕固外调清河太守,韩婴出任常山太傅,胡毋生干脆以年老为由,告老归家,居教乡里。
③ 其核心包括"春秋大统一""罢黜百家,独尊儒术""君权神授""天人感应"等。
④ 杨乃乔:《悖立与整合——东方儒道诗学与西方诗学的本体论、语言论比较》,文化艺术出版社1998年版,第26页。

评价,称其作品"其文约,其辞微,其称文小而其志极大,举类迩而见义远"①。而扬雄与班固却从捍卫汉儒的坚定立场出发,对屈原及其作品进行了激烈的批评。扬雄对屈原的遭遇非常同情,"悲其文,读之未尝不流涕也"②。对屈原高洁的品德也持肯定态度,说他"如玉如莹,爰变丹青"③。但他从"发乎情,止乎礼义"的原则出发,对屈原的以死抗争,"跨越臣道"的言行表示强烈的不满,认为他的作品"过以浮","蹈云天",文辞极其华丽,不像儒家经典那样质朴,上天入地的夸张描写以及大量的神话传说内容不符合孔子"不语怪力乱神"的精神,从而否定了屈原作品中的浪漫主义美学特征。班固对屈原的批评是在扬雄批评基础上的发展。他认为屈原作品不是像孔子评《关雎》那样,"哀周道而不伤","怨悱而不乱",而恰恰超越了"不伤""不乱"的界限。屈原本人"露才扬己,竞乎危国群小间,以离谗贼。然责数怀王,怨恶椒兰,愁神苦思,强非其人,忿怼不容,沈江而死,亦贬洁狂狷景行之士"④。他对屈原作品的艺术表现特征也持批评态度,说《离骚》"多称昆仑冥婚、宓妃虚无之语,皆非法度之政,经义所载"。实际上就是批评《离骚》中神话传说等浪漫主义内容,既不见经传又不见法度。

另一方面,这种冲突又表现于扬雄、班固对赋的评价中。扬雄早年喜欢赋,也写了许多有影响的赋。但他喜欢赋不是因为赋有"爱美"的一面,而是有讽谏作用,即有"尚用"的一面。他在自己创作的辞赋序中,都说明这些作品是有具体的讽劝目的。⑤ 但是,后来他发现辞赋"欲讽反劝",于是"辍而不作"。⑥

同样是从"尚用"的角度出发,班固着重强调汉赋在反映封建帝国大一统的繁荣昌盛以及维护与巩固封建统治秩序方面所起的作用,认为它"兴废继绝,润色鸿业",同时又具有"抒下情而通讽谕"及"宣上德而尽忠孝"的讽谏作用和教化作用。抨击汉赋的淫靡华丽,认为"枚乘、司马相如,下及扬子云,竞为侈丽闳衍之词,没其风谕之义"。⑦ 但是,他认为与汉赋的积极意义与讽谏作用相比,这是次要的方面,

---

① 刘安:《离骚传序》,文见班固《离骚序》,郭绍虞:《中国历代文论选》(四卷本),上海古籍出版社1979年版。
② 班固:《汉书·扬雄传》,刘华清等《汉书全译》,贵州人民出版社1995年版。
③ 扬雄:《法言·吾子》,郭绍虞《中国历代文论选》(四卷本),上海古籍出版社1979年版。
④ 班固:《离骚序》,郭绍虞《中国历代文论选》(四卷本),上海古籍出版社1979年版。
⑤ 扬雄:《羽猎赋序》:"以为昔在二帝三王,宫馆台榭,沼池苑囿,林麓薮泽,财足以奉郊庙、御宾客、充庖厨而已,不夺百姓膏腴谷土桑柘之地。……因以校猎,赋以讽之。"《长杨赋序》:"是时农民不得收敛。雄从至射熊馆,还上《长杨赋》,聊因笔墨之成文章,故藉翰林以为主人,子墨为客卿以讽。"
⑥ 《法言·吾子》:"或曰:赋可以讽乎?曰:讽则已;不已,吾恐不免于劝也。或问:吾子少而好赋?曰:然。童子雕虫篆刻。俄而曰:壮夫不为也。"
⑦ 班固:《汉书·艺文志·诗赋略论》,刘华清等《汉书全译》,贵州人民出版社1995年版。

所以他不同意扬雄晚年的批评,在《汉书·司马相如传赞》中,他说:"相如虽多虚词滥说,然要其归,引之于节俭,此亦诗之讽谏何异?扬雄以为靡丽之赋,劝百而讽一,犹骋郑卫之声,曲终奏雅,不亦戏乎?"

针对汉赋与诗骚精神的内在关联以及由此引发的批评歧见,罗根泽先生指出:《楚辞》的作者意欲以美好的形式表达内心的情愤,《诗经》的作者对形式不太讲究,而重视质实的"言志""美刺"……赋则秉承了这两种不同的遗志,造成"爱美"与"尚用"的内在矛盾。加上汉代所演唱的本来就是一幕"南北合"的滑稽剧,而滑稽剧的演唱就是在调解南北不合,因此,批评辞赋者,有的站在北方"尚用"的立场,有的站在南方"爱美"的立场。①

从以上比较我们可以看到,扬雄与班固对赋的评价虽不同,但他们的出发点却惊人地相似——都强调赋的"用"而否定"美",只不过两人的角度不同而已。这种"爱美"与"尚用"的纠结与纠缠,也集中体现在被罗根泽先生称为"敢于反抗时代的健者"的王充身上。王充继承了前人特别是扬雄、桓谭等人"尚用"的文学主张,提出了"为世用者,百篇无害,不为用者,一章无补"②。但他所说的"用"不同于儒家之所谓"用",而是要"铨轻重之言,立真伪之平"③,"极笔墨之力,定善恶之实"④。与此同时,他又十分不舍外在之美,认为"贤圣定义于笔,笔集成文,文具情显"⑤。认为作品必须华实相符,辞情并茂。关于这一点,罗根泽先生曾有着精辟的论述,他说:

我们的批评家王充,是时代的反抗者,他受了经学家尚用的激动,使他反而尚"文",但他所尚之文,不以辞赋家的唯美之"文";他接受了辞赋家尚文的激动,使他反而尚"用",但他所尚之"用",也不似经学家的迂阔之"用"。⑥

王充如风箱里的老鼠,左右突围。当然,作为经学时代的思想家,他的反抗精神再如何强烈,其思想也不可能与当时的主流思想完全相左,王充在批评儒家经学思想的同时,又提倡对封建统治者的歌颂。在批判"虚妄"主张"实诚"时,又否定神话传说和寓言的价值。在这一点上,他与扬、班何其相似!但毕竟,在融合"爱美"与"尚实",亦即形式与内容的矛盾中,他起的作用是举足轻重的。有学者评价他"不唯是思想界的重镇,亦是文学批评界的重镇"——王充是当之无愧的。

---

① 罗根泽:《中国文学批评史》,上海古籍出版社1984年版,第96页。
② 王充:《论衡·自纪篇》,袁华忠、方家常《论衡全译》,贵州人民出版社1993年版。
③ 王充:《论衡·对作篇》,袁华忠、方家常《论衡全译》,贵州人民出版社1993年版。
④ 王充:《论衡·佚文篇》,袁华忠、方家常《论衡全译》,贵州人民出版社1993年版。
⑤ 王充:《论衡·佚文篇》,袁华忠、方家常《论衡全译》,贵州人民出版社1993年版。
⑥ 罗根泽:《中国文学批评史》卷一,上海古籍出版社1984年版,第109页。

表面看来,"爱美"与"尚用"只是两种不同的价值观的争论。实际上,在更深层次上,这是汉儒经学思想与黄老思想的冲突在文学理论中的体现。一般而言,这一思想在文艺上主要体现为重视艺术特质,强调形式对表现内容的重要性,偏于"爱美"。而与之相对的汉代经学思想则从"明道""征圣""宗经"的角度出发,更重视在合乎"发乎情,止乎礼义"的原则下内容的表达,偏于"尚用"。

二、"子学"与"经学"——文人的奴化与蜕变

汉代为什么会出现皓首穷经,一经注至万言的局面?经对汉人来说意味着什么?问题恐怕与整饬思想、统一意志的政治策略有关。一个在战乱中崛起的帝国,一个用武力兼并不同区域文化的王朝,他要完成秦帝国没有完成的使命——统一思想。尽管秦帝国在这方面也做了大量的工作,诸如书同文,车同辙,统一文字,统一度量衡等,但这一切都只是战术层面的,没能从战略的高度整饬思想。其"焚书坑儒",手法简单粗暴,结果是"坑灰未冷山东乱"①。新兴的汉帝国意识到,在意识形态领域进行彻底的革命性的改造与整合刻不容缓,驳杂的思想亦如庄稼地里的杂草会妨碍禾苗的生长,必除之后快。为此,汉人开始了极具韬略的伟大文化改造工程。

儒学的经学化过程事实上就是皇权意识的强化过程。先秦儒学的人性化、人情化是浓厚的,经学化的过程就是对人性、人情的剥离。《史记·儒林列传》说:"汉兴,然后诸儒始得兴其经艺,讲习大射乡饮之礼。"部分儒家典籍开始被立于学官,为儒学官学化和儒术的独尊奠定了基础,也为儒家经学登上历史舞台铺平了道路。② 儒家经学的独尊地位一旦确立,它就与汉代的现实政治发生千丝万缕的关联,其影响渗透到了社会生活的方方面面。其根本作用在于:以六经来统一和固化全社会的思想,用思想统一来维护政治的稳定与统一。

儒学经学化首先是儒家典籍的经典化与神圣化。③ 而这种经典化与神圣性,

---

① 唐·章碣《焚书坑》:"竹帛烟消帝业虚,关河空锁祖龙居。坑灰未冷山东乱,刘项原来不读书。"
② 元光元年(公元前134年)武帝采纳董仲舒的建议"罢黜百家,独尊儒术"。建元五年(公元前136年)"置五经博士",儒学开始被逐渐定于一尊,成为占统治地位的思想学说。
③ 儒之形象的发展经历了从注重神性身份的"巫祝"角色,向传承道艺的教化角色的演变过程,由注重哲学身份的"道统"向注重官僚身份的"治统"转化;由注重伦理倾向的"教化之儒"向注重"王者之儒"的御用身份的转化。可以简括为"巫祝型"的"巫祝之儒","道德型"的"教化之儒","王道型"的"御用之儒"。孟子哲学过于理想化的缺陷,最终引起了荀子的注意并开始有所更正。《荀子》一书谈论"天人关系"的文字比较多,其中"制天命而用之"的命题最引人注目;孔孟之儒家理论多关注人与人之间相处的原则,很少涉及人与物之间的关系。"交化代兴,谓之天德。天不言而人推高焉,地不言而人推厚焉,四时不言而百姓期焉。夫其有常以至其诚者也,夫此顺命以慎其独者也。"可见,荀子的天人交感论与殷商巫祝通宇宙各个层次的宗教取向有相当一致的地方。汉儒精心构筑了一套远古圣王异貌传承的系列形象。

也逐渐成为儒家学者的共同信仰。汉代儒学经学化过程中还有个儒学制度化问题。尤其是武帝时代,董仲舒在其"天人三策"中强调了思想文化的统一对于国家民族意识形态的必要,建构起"阴阳配性情,五行配五常,以天人相应为理论,凸显君主权威,并建立相应制度与法律"。这样的一种新儒学,从而"真正为儒家学说重建或奠定庞大的理论框架,并使之转化为民族国家意识形态"。[1] "推明孔氏,抑黜百家。立学校之官,州郡举茂才举孝廉,皆自仲舒发之",从理论上为儒学的制度化提供了实施策略,"令后学者有所统壹,为群儒首"[2]。至公孙弘建议武帝为博士置弟子员,开经艺之试,进一步对经学的发展提供了制度保障。于是,"自此以来,公卿大夫士吏彬彬多文学之士"[3]。官吏的儒生化,对汉代社会的政治文化乃至普通百姓的日常生活产生了很大影响:"一方面,使得中国的政治意识形态和政治运作方式兼容了礼乐与法律、情感与理智;一方面使得中国的知识阶层被纳入了王朝统治范围之内,改变了中国整个知识阶层的命运。"[4]

经学从此开始兴盛,正如班固在《汉书儒林传》里所说:"自武帝立《五经》博士,设科射策,劝以官禄,迄于元始,百有余年,传业者寖盛,枝叶蕃滋,一经说至百余万言,大师众至千余人,盖禄利之路使然也。"[5] "学术既然定于一尊,经学虽成了利禄的捷径,学术的正宗与政权的正统互相利用,搅在一起了。"[6] 如此一来,儒家知识分子凭借其经典的神圣化,进一步介入帝国体制文化建设,并使之在社会各阶层中具有普遍性的文化效力时,经典的文化权威地位已经牢不可破。"经学成了绝对的显学,而对绝对权威的经典的解释之学,也由此构成了中国知识精英思想中知识的来源与真理的凭据:在经典及其注释中人们可以获得所有的知识,在经典及其注释中真理则拥有了所有的合理性。"[7]

扬雄认为经典的确立是时势使然,是挽狂澜于既倒,拯时运于已颓。他说:"孔子所以定五经者何?以为孔子居周之末世,王道陵迟,礼乐废坏,强陵弱,众暴寡,天子不敢诛,方伯不敢伐,闵道德之不行,故周流应聘,冀行其圣德。自卫反鲁,自知不用,故追定五经以行其道。"[8] 将儒家功用与功利文艺思想昭告天下。徐敬修

---

[1] 葛兆光:《中国思想史》第一卷,复旦大学出版社1998年版,第386、373页。
[2] 班固:《汉书·董仲舒传》,刘华清等《汉书全译》,贵州人民出版社1995年版。
[3] 班固:《汉书·儒林传》,刘华清等《汉书全译》,贵州人民出版社1995年版。
[4] 葛兆光:《中国思想史》第一卷,复旦大学出版社1998年版,第378页。
[5] 班固:《汉书·儒林传》,刘华清等《汉书全译》,贵州人民出版社1995年版。
[6] 侯外庐、赵纪彬、杜国庠、邱汉生:《中国思想通史》第二卷,人民出版社1957年版,第313页。
[7] 葛兆光:《中国思想史》第一卷,复旦大学出版社1998年版,第414页。
[8] 扬雄:《法言·问神》,郭绍虞《中国历代文论选》(四卷本),上海古籍出版社1979年版。

《经学常识·经学之意义》:"自西汉宗经,治法炳然,上符三代,研经之士,风飙云起,于是有'经学'之名。所谓'经学'者,经世之学也。研究之者,则进足以治理国政,退足以修己独善。考究其政治典章,则又有资于读史;而治文学者,则可以审文体之变迁;治地理者,则可以识方舆之沿革。盖'经'为中国文学之祖,古来政治之源,其所该甚广,学者所不可不知也。"①

由子学向经学的转化,表明文化由多元转向一元。冯友兰先生在《中国哲学史》一书中曾将中国古代思想史的发展过程划分为两个阶段,即"子学时代"与"经学时代"。在他看来,先秦诸子百家争鸣的时代是所谓"子学时代",这是个思想自由解放的时代。而到了汉代罢黜百家独尊儒术之后,思想界便日渐形成了定于一尊的正统思想观念和依经立论的思想方法。他认为两千多年中,不仅儒家,其他如道家、佛家等哲学流派,也同样是依经立论。② 有学者将传统儒学的历史进程细化为:"子学"(先秦时期)——"经学"(两汉时期)——"道学"(宋元明清时期);还可以依据雅斯贝尔斯的理论将其划分为:"人文化型构"阶段("语言事件"的表述带有强烈的轴心期特征)——"政治神话形塑"阶段(其"语言事件"的表述主体是官学意识形态化的)——"地域化空间流布"阶段("语言事件"的表述是世俗化的,即基本吻合于韦伯所说的"祛除巫魅"的过程)。③ 皮锡瑞认为:"经学自汉元、成至后汉,为极盛时代。其所以极盛者,汉初不任儒者,武帝始以公孙弘为丞相,封侯,天下学士靡然向风。"④自此,儒家的文艺思想在汉代居于主导地位。

兴起于列国时代的诸子之学,其见解的深刻、表达的新锐、文风的犀利,有着凛冽不可侵犯的尊严,是文人个性化的典型标志。但这一个性随着列国多元化的政治格局的消失而消失,在大一统的汉代,政治的一元化导致思想的统一与枯萎,高压的政治态势将文人独立的自由精神压制殆尽。贾谊、晁错、司马迁、桓谭的悲剧,表明独立文人生存境遇已经时过境迁。东方朔与司马相如的华丽表演,表明文人御用时代的大幕开启。文人逐渐矮化为侏儒,精神萎靡,显示出一副面目可憎的谄媚相。这种大一统的政治造就了"御用文人"这一滑稽的社会角色。汉代御用文人的状况带有历史范式意义,对理解其他历史时期的相关事实具有启示价值。

---

① 转引自杨乃乔:《悖立与整合——东方儒道诗学与西方诗学的本体论、语言论比较》,文化艺术出版社 1998 年版,第 75 页。
② 参见冯友兰:《中国哲学史》,华东师范大学出版社 2011 年版。
③ 参见杨念群:《儒学地域化的近代形态——三大知识群体互动的比较研究》,三联书店 1997 年版,第 18 页。
④ 皮锡瑞:《经学历史·经学极盛时代》,中华书局 1959 年版,第 101 页。

三、"经书"与"谶纬"——汉人的务实与崇虚

所谓"经",乃"恒久之至道,不刊之鸿教也"①,是儒家思想的集中体现。汉武帝立五经博士,儒教国家化由此开端。"五经"即《周易》《尚书》《诗经》《礼记》《春秋》,其文化功能各自不同。温柔宽厚,《诗》教也;疏通知远,《书》教也;广博易良,《乐》教也;洁静精微,《易》教也;恭俭庄敬,《礼》教也;属词比事,《春秋》教也。东汉在五经的基础上加上《论语》《孝经》,共七经。

宗经思想由荀子发端,经扬雄光大,至刘勰集其大成。荀子说:"学恶乎始?恶乎终?曰:其数则始乎诵《经》,终乎读《礼》。""《礼》之敬文也,《乐》之中和也,《诗》《书》之博也,《春秋》之微也,在天地之间者毕矣。"②"天下之道管是矣,先王之道一是矣,故《诗》《书》《礼》《乐》之归是矣。"③扬雄也主张"宗经",认为"书不经,非书也;言不经,非言也;言书不经,多赘矣。"④郭绍虞先生认为,传统的文学观,其根基确定于荀子。笔者认为,由荀子发端的"明道"——"征圣"——"宗经"的文学批评模式经扬雄发扬光大,扬雄的文学批评思想在批评史上实居津要。⑤ 在他看来,儒家五经具有永恒的典范性。他说——

或问:"五经有辩乎?"曰:"惟五经为辩:说天者莫辩乎《易》,说事者莫辩乎《书》,说体者莫辩乎《礼》,说志者莫辩乎《诗》,说理者莫辩乎《春秋》。舍斯,辩亦小矣。"⑥

首先,"圣人以人占天",能彰明宇宙的真理即"道",故发而为言,可为"群心之用"。如果舍弃五经而好诸子之书,是不可能"济乎道",也不能认识"道"的。其次,"惟五经为辩",即只有五经能表达与辨析纯粹的真理。圣人之文,无不可验证于事实,并且"得言之解,得书之体",真正地将"言"与"心"统一起来。如果为文不能达其心,为言不可验乎实,是不可能成为君子,更遑论其他了。再次,"事辞称则经",圣人之文是"文"与"质"的完美统一。他说,辞赋家之文"丽以淫",外在的修饰掩蔽

---

① 刘勰:《文心雕龙·宗经》,赵仲邑《文心雕龙译注》,漓江出版社1982年版。
② 《荀子·劝学》,蒋南华、杨寒清《荀子全译》,贵州人民出版社2009年版。
③ 《荀子·儒效》,蒋南华、杨寒清《荀子全译》,贵州人民出版社2009年版。
④ 扬雄:《法言·问神》,郭绍虞《中国历代文论选》(四卷本),上海古籍出版社1979年版。
⑤ 扬雄是汉赋"四大家"之一,又是西汉末年的一代大儒,身兼文学家、思想家两种身份。王充说他有"鸿茂参圣之才";韩愈赞他是"大纯而小疵"的"圣人之徒";司马光更推尊他为孔子之后,超荀越孟的一代"大儒"。朱东润先生《中国文学批评史大纲》说:"东汉一代,文学论者,首推桓谭、班固,其后则有王充。谭固皆盛称子云,充之论出于君山,故谓东汉文论,全出于扬雄可也。"
⑥ 扬雄:《法言·寡见》,郭绍虞《中国历代文论选》(四卷本),上海古籍出版社1979年版。

其内在的事理,所以壮夫不为,孔门不用。举凡一切学说和言辞,必以彰明正道为宗旨;唯圣人能明此道,因而明道要在征圣;圣人之心见诸五经,于是征圣又必在宗经。无论是明道还是征圣,最后都要落实在宗经上,所以五经就成为文学著述之最高原则的体现。

《文心雕龙·宗经》篇:"励德树声,莫不师圣;而建言修辞,鲜克宗经。"刘勰所说的圣人,指儒家所尊崇的周公、孔子。经,指儒家的经典著作,尤其是经过孔子编定的《易》《书》《诗》《礼》《春秋》等五经。刘勰在《文心雕龙·原道》里说:"道沿圣以垂文,圣因文而明道。"所以为文要本乎道,师乎圣,就必须宗乎经。《征圣》篇说"窥圣必宗于经"。《宗经》篇认为儒家的经典著作是"恒久之至道,不刊之鸿教","义既极乎性情,辞亦匠于文理",就是说,不论思想内容还是语言技巧,经典都达到了高不可攀的程度。所以文章写作必须"宗经","正本归末",否则就"流弊不还"了。刘勰认为:"故文能宗经,体有六义:一则情深而不诡,二则风清而不杂,三则事信而不诞,四则义直而不回,五则体约而不芜,六则文丽而不淫。"文能宗经则可以使文章内容和形式达到完美的结合。刘勰认为论、说、辞、序等体裁,都是从《周易》开始;诏、策、章、奏等体裁,都发源于《尚书》;赋、颂、歌、赞等体裁,都是以《诗经》为本源;铭、诔、箴、祝等体裁,都从《礼经》开端;纪、传、盟、檄等体裁,都以《春秋》为根本。在创作上,任凭诸子百家怎样驰骋活跃,归根到底是超不出经书的范围的。这样刘勰把《六经》的地位推高到无以复加的地位。《文心雕龙·宗经》论述"体"与"经"的关系:

故论、说、辞、序,则《易》统其首;诏、策、章、奏,则《书》发其源;赋、颂、歌、赞,则《诗》立其本;铭、诔、箴、祝,则《礼》总其端;纪、传、盟、檄,则《春秋》为根。

此外,如"体"与"性"、"体"与"气"、"体"与"格"、"体"与"势"等,也同样显示出古代文体学的"体"决不仅是孤立的范畴,而是与古代其他相关的范畴紧密联系在一起的。道、圣、经三个方面,都是来阐释文学创作本质与起源以及如何发展这一问题的,他们三者是相互联系的,即"道沿圣垂文,圣因文明道"。至此,刘勰已经将"原道、征圣、宗经"思想理顺。宗经思想影响深远,余波不息。唐人柳宗元在《答韦中立论师道书》中说:

始吾幼且少,为文章以辞为工。及长,乃知文者以明道,是固不苟为炳炳烺烺,务采色、夸声音而以为能也。凡吾所陈,皆自谓近道,而不知道之果近乎、远乎?吾子好道而可吾文,或者其于道不远矣。故吾每为文章,未尝敢以轻心掉之,惧其剽而不留也;未尝敢以怠心易之,惧其弛而不严也;未尝敢以昏气出之,惧其昧没而杂也;未尝敢以矜气作之,惧其偃蹇而骄也。抑之欲其奥,扬之欲其明,疏之欲其通,廉之欲其节,激而发之欲其清,固而存之欲其重,此吾所以羽翼夫道也。本之《书》以求其质,本之《诗》以求其恒,本之《礼》以求其宜,本之《春秋》以求其断,本之《易》以求其动,此吾所以取道之原也。参之谷梁氏以厉其气,参之《孟》《荀》以畅其支,参之《庄》《老》以肆其端,参之《国语》以博其趣,参之《离骚》以致其幽,参之太史公以著其洁,此吾所以旁推交通而以为之文也。

明代公安派的袁宗道在《刻文章辨体序》中也说:

吾置庖羲以前弗论,论章章较著者,则莫如《诗》《书》。乃骚、赋、乐府、古歌行、近体之类,则源于《诗》;诏、檄、笺、疏、状、志之类,则源于《书》。源于《诗》者,不得类《书》;源于《书》者,不得类《诗》。此犹庙之异寝,寝之异堂,其体相离,尚易辨也。至于骚、赋不得类乐府,歌行不得类近体,诏不得类檄,笺不得类疏,状不得类志,此犹桷之异棂,梲之异节也。其体相离亦相近,不可不辨也。至若诸体之中,尊卑殊分,禧裎殊情,朝野殊态,遐迩殊用,疏数烦简异宜,此犹棂桷节梲之因时修短狭广也。其体最相近,最易失真,不可不辨也。

直到晚清王棻还一再强调:

文章之道,莫备于六经。六经者,文章之源也。文章之体三:散文也,骈文也,有韵文也。散文本于《书》《春秋》,骈文本于《周礼》《国语》,有韵文本于《诗》,而《易》兼之。文章之用三:明道也,经世也,纪事也。明道之文本于《易》,经世之文本于三《礼》,纪事之文本于《春秋》,而《诗》《书》兼之。故《易》《书》《诗》者,又六经之源也。①

"文出五经"说在深层的文化心理上,又胎育了文学价值取向上的退避心态,即征古文化心态。韩愈在《答李翊书》中为我们敞开了一代宗师的征古心理。他在叙说自己文学创作的经历时说:"始者非三代两汉之书不敢观,非圣人之志不敢存。""行之乎仁义之途,游之乎诗书之源,无迷其途,无绝其源,终吾身而已矣。"这种征古文化心态促成了一代代声势浩大的复古浪潮,形成了中国独具特色、横贯古今的以复古为革新的文学发展模式。我们从"韩柳古文运动"(唐宋),"新乐府运动"(唐),"诗文革新运动"(北宋),明前后七子的"文必秦汉、诗必盛唐"的复古主张,"宋诗运动"(清末)等文学思潮与文学运动中,不难感受到这种征古文化心态的根深蒂固。事实上,中国每一次文学变革都是以复古为标识,高举复古的大纛,进行

---

① 转引自傅道彬:《诗可以观——礼乐文化与周代诗学精神》,中华书局2010年版,第4页。

文学的蜕变与更新。这种奇怪的现象,既耐人玩味,也值得深思!

需要补充的是,两汉不仅有经书,还有附会经书的纬书。与"七经"相对应,东汉时流传有"七纬",即《易纬》《书纬》《诗纬》《礼纬》《乐纬》《孝经纬》和《春秋纬》。它既是俗文化,又是雅文化,是汉人运用"天人合一"理论,将自然与社会牵强比附而成的一类书。无论是王莽改制,抑或是光武中兴,无不利用谶纬之说完成宗教性的精致包装。光武帝宣布图谶于天下,把图谶国教化。[①] 汉章帝时的《白虎通义》,更是谶纬国教化的法典。"自中兴以来,儒者争学图谶,兼复附以妖言。"[②] 如此一来,虚拟、虚构、虚妄的风气可想而知,而文风又首当其冲,诚如刘勰所言:"事丰奇伟,辞富膏腴,无益经典,而有助文章,是以后辞人,采摭英华。"[③] 经书与纬书的并行不悖,是两汉的一大文化景观。从汉武大帝的长生梦到光武帝的谶纬谎言,从董仲舒的天人感应到汉大赋的乌托邦理想,可以说,汉代也是一个患了重度癔症的时代,一个由虚荣演变成虚伪,并在子虚乌有的幻觉和自欺欺人的谶纬谎言中沉湎的时代。谶纬作为汉代文化中的一种神学启示,对中国古代社会政治、经济、哲学、文学、道德、伦理、科学、艺术、宗教、神话产生了深刻的影响。纬书兴于西汉末而大盛于东汉,后经南朝刘宋时起被禁止,隋朝炀帝即位,搜天下书籍与谶纬相涉者皆焚之,其书遂散亡。

四、发愤著书——司马迁的历史发现

上古历史书写的方式,一是以时间为经线,展示岁月流淌沉淀出的历史往事,《春秋》是也;一是以空间为纬线,展示不同区域空间的文化风情与斑驳的色彩,《国语》《战国策》是也。司马迁的伟大,正在于他对历史书写方式的超越。他慧眼独具,看到历史不是时间与空间的呈现姿态,而是人的尽情表演。因此《史记》不是陈列历史,也不是陈述历史,而是上演历史,是以复活人物来复活历史。字里行间分明不是历史的已然,而是心灵的自然。说到文学的起源问题,无论如何也不能忽视,更不能无视司马迁的见解。这个在中国文学史上产生深刻影响的观点,不知怎么被遗忘得如此干净,以至各种文学概论的教科书在涉及文学起源与文学生成理论时,总是不厌其烦地引用西方人的观点,而很少提及司马迁的"发愤著书"。事实上,较之于西方传统的诸多观点,司马迁的看法更具说服力。在《太史公自序》中,司马迁借上大夫壶遂之问孔子为何而作《春秋》,对历史典籍之创作动机进行探讨,

---

① 范晔:《后汉书·光武帝纪》,雷国珍等《后汉书全译》,贵州人民出版社1995年版。
② 范晔:《后汉书·张衡传》,雷国珍等《后汉书全译》,贵州人民出版社1995年版。
③ 刘勰:《文心雕龙·正纬》,赵仲邑《文心雕龙译注》,漓江出版社1982年版。

在对大量元典的一一检索之后,透过现象,归纳出理性的结论。

夫《诗》《书》隐约者,欲遂其志之思也。昔西伯拘羑里,演《周易》;孔子厄陈、蔡,作《春秋》;屈原放逐,著《离骚》;左丘失明,厥有《国语》;孙子膑脚,而论兵法;不韦迁蜀,世传《吕览》;韩非囚秦,《说难》《孤愤》;《诗》三百篇,大抵贤圣发愤之所为作也。此人皆意有所郁结,不得通其道也,故述往事,思来者。

司马迁的这一思想,从文学批评史的角度来看,既是继承,也是创新。之所以说是继承,是因为在上古的文献中已有相关的记载,如《周易·系辞》:"《易》之兴也,其于中古乎?作《易》者,其有忧患乎?"《诗经》:"君子作歌,维以告哀。"《论语》中的"诗可以怨"的思想以及《楚辞》"发愤抒情"等。司马迁的"发愤著书说"正是在上述理论基础上的扩展。对此,陆海明先生有这样的论断:

《系辞》告诉读者:作《易经》者,充满忧患意识;作《系辞》者,亦是忧患深广!中国古代文论中"忧患著书"、"忧愤著书"说的实践原点,乃在《易经》;其理论主张的揭櫫,乃在《易传》;司马迁继承且丰富了此说之内涵。《易经》的定稿者,无疑是个伟大的作手。《易经》的思维系统,就是这位作手的匠心织造的产物。强烈的忧患意识,是他编纂这部奥义书的原动力。①

之所以说是创新,是因为司马迁将其证之于历史,进而规律化,理性化。张少康先生说:"司马迁强调《离骚》'盖自怨生'和'发愤著书',一方面继承和发展孔子诗'可以怨'的思想,另一方面也符合道家对黑暗现实极其愤激的特点,表现了儒道结合的倾向,这与他'论大道则先黄老而后六经'的思想是一致的。他提倡'怨'和'发愤'著作又不受儒家那种不能过分的'中和'思想之局限,表现了极大的批判精神与战斗精神,强调作家在逆境中也应当奋起,而不应消沉,是中国古代具有民主精神的进步文学传统的突出表现。"②

司马迁的文学发生论影响深远。"文起八代之衰"的韩愈,把不平则鸣归结为一种政治文化现象,具有很强烈的批判精神。韩愈在《送孟东野序》中将这一思想进一步发挥。其云:"凡物不得其平则鸣。""人之于言也亦然,有不得已者而后言,其歌也有思,其哭也有怀。凡出乎口而为声者,其皆有弗平者乎!"善歌者假歌以鸣,善乐者假乐以鸣,善文辞者假文辞以鸣。他列举一系列鸣不平的历史和现状,有孔子、孟子、屈原、司马迁善鸣,唐代陈子昂、元结、李白、杜甫、李观善鸣,同时代

---

① 陆海明:《中国文学批评方法探源》,中国社会科学出版社 1994 年版,第 41 页。
② 张少康、刘三富:《中国文学理论批评发展史》(上),北京大学出版社 1995 年版,第 113—114 页。

的孟郊、李翱、张籍亦善鸣。在《进学解》中更是满腹牢骚以资泄愤。文章尽情抒发了自己长期不受重用的怨愤,却在抒发愤慨中杂以嘲讽,嬉笑怒骂。①宋代的欧阳修在《梅圣俞诗集序》中又进一步将其升华为"穷而后工"之说。其云:"盖世所传诗者,多出于古穷人之辞也。凡士之蕴其所有,而不得施于世者,多喜自放于山巅水涯,外见虫鱼草木风云鸟兽之状类,往往探其奇怪;内有忧思感愤之郁积,其兴于怨刺,以道羁臣寡妇之所叹,而写人情之难言;盖愈穷则愈工。然则非诗之能穷人,殆穷者而后工也。"此外,宋代的陆游在《澹斋举士诗序》中也持此说,他说:"盖人之情,悲愤积于中而无言,始发为诗。不然,无诗矣。""士气抑而不伸,大抵窃寓于诗,亦多不免。"

"发愤著书说"的社会价值,正在于其赋予了文学强烈的社会责任感和使命感,积极地干预现实,抒怀咏志,反对无病呻吟、阿谀奉承、矫揉造作、空洞无物,给传统的载道文学思想注入了新的活力。这一思想在明清又有新发展,主要表现在李贽、金圣叹、陈忱等人对《水浒》《金瓶梅》等书的评点上。《水浒》一书,为作者发愤之作,这不仅体现在作者身世上,而且在书名来源及作品方面也有所体现。明代叛逆文学家李贽鲜明地标举"发愤著书"说,提出"不愤则不作"论。到了清代,社会的进一步发展,加之受前代思想的影响,金圣叹、陈忱等人继承并发展了这一思想,将其用来评点《史记》《庄子》《离骚》《杜诗》《水浒》《西厢记》等书,并称之为"六才子书"。司马迁的"发愤著书"理论思想在唐宋及明清的发展,与《水浒》的成书和它所产生的影响是分不开的。清代文学家张潮在《幽梦影》中论道:"《水浒传》是一部怒书,《西游记》是一部悟书,《金瓶梅》是一部哀书"。"怒"为"愤怒"之意,他把《水浒传》看成一部作者的发愤之作。明代李贽在《忠义水浒传叙》中说:"太史公曰:'《说难》《孤愤》,贤圣发愤之作也。'由此观之,古之贤圣,不愤则不作也,不愤而作,譬如不寒而颤,不病而呻吟也,虽作何观乎?《水浒传》者,发愤之作也。"由此可知,李贽也认为《水浒传》是作者的发愤之作。

"发愤著书"也为现代心理学理论所证实,奥地利心理学家弗洛伊德的精神分析学说从另一个侧面揭示了艺术创造的深层动因。弗洛伊德认为,人类文明的发展,人类文化的创造,乃是人抑制自己原始的欲望,将其受阻而不能直接发泄出来的能量,移置到有益于社会的活动中和文化创造活动中的结果。虽然这里所说的"能量",主要指的是性本能,在许多人看来,有失偏狭。但这无损于其方法论上的贡献。只要对其"性本能"稍作修正,赋予一定的社会内涵,则为多数人所能接受。

---

① 参见傅璇琮、蒋寅:《中国古代文学通论》,辽宁人民出版社2005年版。

而这正是中国传统"发愤著书"的精粹所在。日本厨川白村博士的名作《苦闷的象征》一书,就其核心来看——"生命力受了压抑而生的苦闷懊恼乃是文艺的根底"——并没有什么超出于"发愤著书"的新见。① 我们每每将这些海外的东西视为至尊,而将祖宗的智慧点化忘得一干二净。② 马迁的"发愤著书"说与王充的文学救世论,前者侧重于个人主体经验的表现,具有强烈的主观色彩;后者侧重于使命与义务,是历史使命的个人担当。从文学发生机制来看,前者注重创作的内在自发性,后者注重创作的外在强迫性,由此而形成了不同的文学解释。王充的文学救世思想发展到曹丕的"文章乃经国之大业,不朽之盛事",已把文学的作用膨胀到了极致。

五、从《诗》到《诗经》——汉人对《诗》的包装

汉人对文学批评的一大贡献就是赋予批评者绝对的阅读自由和阐释自由,从而给读者以巨大的阅读空间和想象空间。董仲舒《春秋繁露·精华》说:"所闻《诗》无达诂,《易》无达占,《春秋》无达辞。"刘向《说苑·奉使》云:"传曰:《诗》无通诂,《易》无通占,《春秋》无通义。"可见,"《诗》无达诂"的见解古已有之。但经过董仲舒、刘向这样的大家一首肯,就成了不刊之论,进而成了经学家们极力想象、肆意发挥的金科玉律。如果说《诗》原本是"乐"的载体,那么经过汉代经学家的解读之后,《诗》便成了"礼"的载体。经学家不遗余力地要在《诗》的字里行间寻找到可资示范的道德模式。

《诗经》原本是一个民族早期生活的生动实录。"诗三百,最可道者,莫过《国风》。尤以恋爱婚姻为题材之民歌,其篇甚多。"周礼记载:"仲春之月,令会男女,于是时也,奔者不禁。"这是先民们原始、朴素的淳风,而非"尚未教化"。《郑风·溱

---

① 卢那察尔斯基的《艺术史中社会学因素和病理学因素》:"怎样才能把文学史上实际遇到的病理学影响及其所带来的畸形怪胎,同任何作品的社会学动因和制约性结合起来;怎样能够断定某一部作品完全是社会环境的产物,甚至置精神病专家从该文学现象中看到的确定无疑的临床特征于不顾。另一种态度可能就是鸵鸟政策,用这种态度是无法创造出真正包容一切的理论的。这个困难我看是可以克服的:把病理学完全溶化于社会学因素之中就能解决这一困难。"他一再强调:"我们不能忽视病理学,不过,正如我说的,应该把它溶化在社会因素中。"(见卢那察尔斯基《艺术及其最新形式》,郭家申译,百花文艺出版社 2000 年版,第 341—351 页)福柯《疯癫与文明》:"在蛮荒状态下不可能发现疯癫。疯癫只能存在于社会之中,它不会存在于分离出它的感受形式之外,既排斥它又俘获它的反感形式之外。因此,我们可以说,从中世纪到文艺复兴,疯癫是作为一种美学现象或日常现象出现在社会领域中。"

② 无论是刘勰的"蚌病成珠""发愤托志",抑或是白居易的"文士奇数""诗人命薄";无论是王安石的"诗人多穷愁",抑或是苏轼的"秀句出寒饿,身穷诗乃亨";无论是陆游的"悲愤积于中而始发为诗",抑或是李贽的"不愤不作";无论是金圣叹的"怨毒著书",抑或是蒲松龄的"孤愤之作";无论是吴趼人的"愤世嫉俗"之说,抑或是刘鹗的"哭泣"之论,"发愤著书"一直是中国古代文学发生论最具魅力的表征。

洧》诗歌展示的是青年男女自由恋爱的情境,他们互赠信物私订终身。《陈风·东门之池》写男子对姑娘一见钟情,借歌声来诉说相思。《郑风·萚兮》描写了男女互唱情歌的情景。《召南·摽有梅》写出了姑娘借梅子陨落,青春即逝来表达对爱情的迫切渴望。《郑风·东门之墠》表现了少女对邻家青年的暗恋思慕。《郑风·野有蔓草》写小伙子良辰美景,邂逅丽人的幸福体验。《邶风·静女》是以男子的口吻讲述一次约会的情感历程。《郑风·子衿》描写一个伫立城楼盼望情郎的少女缠绵的心情。《秦风·蒹葭》凄清哀婉,缠绵幽怨。《郑风·风雨》描写女子在岁月的风风雨雨里与情郎相见的各种复杂情感。《陈风·泽陂》写女子无限的伤怀。这样丰富活泼的内容,经过汉人的解读与诠释,变得兴味索然。

　　我们可以举一个例子来说明。《周南·芣苢》本来是描写采集芣苢的生活场面,但经过汉代经学家的诠释,变得怪味十足。薛君《韩诗章句》却说芣苢是"臭恶之菜",此诗是女诗人伤其夫有恶疾,"发愤而作,以事兴。芣苢虽臭恶乎,我犹采采不已者,以兴君子虽有恶疾,我犹守而不离去也"[①]。鲁诗对此诗的本事讲得更具体:"蔡人之妻者,宋人之女也。既嫁于蔡而夫有恶疾,其母将改嫁之,女曰:'夫之不幸,乃妾之不幸也,奈何去之?适人之道,一与之醮,终身不改。不幸遇恶疾,不改其意。且夫采采芣苢之草,虽其臭恶,犹始将于采之,终于怀襭之,浸以益亲,况于夫妇之道乎?彼无大故,又不遣妾,何以得去!'终不听其母,乃作《芣苢》之诗。"

　　基于社会功用的诗歌价值评价体系,由于过分地强调诗对社会人生的干预,必然忽视了诗的艺术审美特性。这种与生俱来的弱点不久就暴露了出来,集中体现在对《诗经》的大肆误解误读上。这恐怕基于两方面的事实,一是客观上各种场合对《诗》的断章取义的运用[②],二是观念上赋予诗的社会文化要义,两者合力打造了汉代的诗学思想,这一思想基本成了中国诗歌的主导思想。从《诗》到《诗经》的地

[①] 《文选》刘孝标《辨命论》李善注引。转引自尚学锋等《中国古典文学接受史》,山东教育出版社2000年版。

[②] 这在先秦时期十分普遍,比如说《论语》中子贡与子夏与孔子之间有关《诗》的问答以及孔子有关"郑声淫"的评价意见,已经开启了诗的政治伦理解读,到战国时期,孟子对《诗》的政治教化意义的强化式赋予,更是奠定了汉人对《诗》的经学化基础,《孟子》一书,直接引用《诗》以说理凡28次,其中引用《大雅》就达21次。可以说,汉代诗学的经学化正是赖孟子而开。对此,顾颉刚先生曾经指出,经世致用的诗学观之于《诗经》,是幸运也是厄运。它使得《诗》因此得以流传至今,但也正是由于这一点,《诗》的文艺审美特质被王道理论和政教思想的"藤蔓"所层层掩盖,难现真容。清代学者陈澧《东塾读书记》里也对孟子在《诗》的经学化过程中的地位有所提示,他说:"政治之说,皆出于《诗》、《书》,是乃孟子之学也。"这一论断明确界定了孟子在儒家诗学的政教阐释中上承孔子、下启汉儒之开源发流、正蒙揭橥的诗学地位。

位升迁正是这种观念的强化。① 罗根泽在《中国文学批评史》中说:"两汉是封建功用主义的黄金时代,没有奇迹而只是优美的纯文学书,似不能逃出被淘汰的厄运,然而《诗经》却很荣耀地享受那时的朝野上下的供奉,这不能不归功于儒家的送给了它一件功用主义的外套,做了他的护身符。这件外套,不但不是一人所作,亦且不成于一个时代。"②这个牵强而迂腐的传统被现代西方汉学家们称为"讽喻的"传统(并不合理),并普遍地予以苛评。詹姆斯·莱格在其出版于1871年的《诗经》的第一个英译本中,舍弃了原诗的序说,他认为"如果遵信序说,将使许多诗篇降为荒唐的谜语"。马塞尔·格兰纳特宣称将摈除"所有那些象征式的或暗示诗人微言大义的解释"。他写道:"这种助长象征主义的偏见,学者感到他们束缚于此,就像被伦理学的专业框框所限,导致他们有时不得不作出显然是谬误的结论。"亚瑟·韦利在其1937年完成的《诗经》译本的附录中指出,"讽喻的解释"曾被用于三分之一的诗篇中,这里主要是那些涉及求爱和婚姻的篇章,因为否则就不可能从中抽绎出儒家及其追随者认为它们包含的道德准则。虽然他同意格兰纳特的看法,即认为这种阅读方式歪曲了诗的"本质",但也指出以这种方式对待《诗经》文句或文化并非绝无仅有,指出汉语一词多义性和社会活动的多重内容滋长了这种方式,并且它还导致以后的文学甚至日常言论中有不计其数的暗示和引喻。也许迄今对这一倾向最激烈的批评者要算王靖献了,他在1974年的研究中将《诗经》定为"口头词组诗"。他一开始就把矛头对着传统中国批评界的"以意逆志"之法,指出只关注作品的讽喻程度"显然是对这部古典诗集的曲解,是对《诗经》的发生特征和诗的原始定义的双重曲解"。王氏辩驳道,最早的关于诗的描述(见《尚书》)只将它与歌联系起来,而"绝不与伦理学相关涉"。讽喻派评注家无视歌谣固有的审美功能和文学内涵,却反而把它们看作是"某种深奥而隐秘的东西,在词句后面隐藏着许多教诲、批评或赞颂"。③

---

① 汉代传授《诗经》有齐、鲁、韩、毛四家,齐、鲁、韩三家属今文经学,毛诗晚出,属于古文经学。虽然四家诗的旨趣各有不同,但都把政治伦理观念植进《诗经》。现举《关雎》为例说明:薛君《韩诗章句》解释《关雎》:"诗人言雎鸠贞洁慎匹,以声相求,隐蔽于无人之处。故人君退朝入于私宫,后妃御见有度,应门击柝,鼓人上堂,退反晏处,体安志明。今时大人内倾于色,贤人见其萌,故咏关雎,说淑女、正容仪,以刺时。"又《汉书·匡衡传》载齐诗派的匡衡向汉成帝上疏时解释《关雎》:"孔子论《诗》以《关雎》为始,言太上者民之父母,后夫人之行不侔乎天地,则无以奉神灵之统而理万物之宜。故《诗》曰'窈窕淑女,君子好逑。'言能致其贞淑,不贰其操,情欲之感无介乎容仪,宴私之意不形乎动静,夫然后可以配至尊而为宗庙主。此纲纪之首,王教之端也,自上世已来,三代兴废,未有不以此者也。愿陛下详览得失盛衰之效以定大基,采有德,戒声色,近严敬,远技能。"

② 罗根泽:《中国文学批评史》卷一,上海古籍出版社1984年版,第71页。

③ [美]余宝琳:《讽喻与〈诗经〉》,转引自莫砺锋编:《女神之探寻》,上海古籍出版社1994年版。

六、推此志也,虽与日月争光可也——汉人对屈原的包装

汉人的一大兴趣点就是在看似毫无瓜葛的事物之间寻找对应关系,并试图在万事万物之间建立一种关系法则。这既是认识论,也是方法论。比如在《淮南子·览冥训》中就有如下说法:

> 夫物类之相应,玄妙深微,知不能论,辩不能解。故东风至而酒湛溢,蚕咡丝而商弦绝,或感之也。画随灰而月运阙,鲸鱼死而彗星出,或动之也。故圣人在位,怀道而不言,泽及万民。群臣乖心,则背谪见于天。神气相应,征也。故山云草莽,水云鱼鳞,旱云烟火,涔云波水,各象其形类,所以感之。

董仲舒《春秋繁露·人副天数第五十六》说:

> 唯人独能偶天地。人有三百六十节,偶天之数也;形体骨肉,偶地之厚也。上有耳目聪明,日月之象也;体有空窍理脉,川谷之象也;心有哀乐喜怒,神气之类也……是故人之身,首坌而员,象天容也;发,象星辰也;耳目戾戾,象日月也;鼻口呼吸,象风气也;胸中达知,象神明也;腹饱实虚,象百物也。百物者最近也,故要(腰)以下,地也。天地之象,以要为带。颈以上者,精神尊严,明天类之状也。颈而下者,丰厚卑辱,土地之比也。

如此一来,万事万物皆有感应,人当然也不例外,天人之间冥冥之中彼此感应。这的确是一种幼稚的浪漫,需要惊人的想象力。汉代的学者们正是以这样的思维致力于文学与政治伦理之间的感应学阐释。这样的例子俯拾皆是。比如王逸《楚辞章句》对《离骚》物象的阐释:

> 《离骚》之文,依《诗》取兴,引类譬喻。故善鸟香草,以配忠贞;恶禽臭物,以比谗佞;灵修美人,以媲于君;宓妃佚女,以譬贤臣;虬龙鸾凤,以托君子;飘风云霓,以为小人。

《楚辞章句》之《九章·涉江》章句训释:

> 日以喻君,山以喻臣,霰雪以兴残贼,云以象佞人。"山峻高以蔽日"者,谓臣掩君明也。"下幽晦以多雨"者,君下专擅施恩惠也。"霰雪纷其无垠"者,残贼之政害仁贤也。"云霏霏而承宇"者,佞人并进满朝廷也。

在此,将自然现象与社会政治牵强比附,并认为这是对《诗经》兴的手法的继承发扬。汉武帝曾命刘安作《离骚传》,刘安对屈原的评价很高,他说:"《国风》好色而

不淫。《小雅》怨诽而不乱,若《离骚》者,可谓兼之。蝉蜕浊秽之中,浮游尘埃之外,皭然泥而不滓。推此志,虽与日月争光可也。"[1]至司马迁,其对屈原的评价虽然取义于刘安,但细致得多。在《史记·屈原列传》中有如下表述:

> 屈平之作离骚,盖自怨生也。国风好色而不淫,小雅怨诽而不乱。若离骚者,可谓兼之矣。上称帝喾,下道齐桓,中述汤武,以刺世事。明道德之广崇,治乱之条贯,靡不毕见。其文约,其辞微,其志絜,其行廉,其称文小而其指极大,举类迩而见义远。其志絜,故其称物芳。其行廉,故死而不容自疏。濯淖污泥之中,蝉蜕于浊秽,以浮游尘埃之外,不获世之滋垢,皭然泥而不滓者也。推此志也,虽与日月争光可也。

这里值得玩味的是"其称文小而其指极大,举类迩而见义远。其志絜,故其称物芳。其行廉,故死而不容自疏"。这就为后来的穿凿附会提供了诱因。

在比较汉人对《诗》与《楚辞》的解说方式时,有人认为,汉人对于《楚辞》的"讽谏""比兴"说与《诗经》的"美刺""比兴"说有一个明显不同:后者很大程度上是解《诗》者人为的建构,是阐释者将《诗》寓言化的阐释策略,与《诗》的本来面目离多合少;前者虽借用了汉儒《诗》学人为建构的一套概念术语,但却非常贴切地道出了《楚辞》文本艺术特色的一个侧面。从这个意义上来说,《楚辞》应该是演绎寓言诗学更恰当的文本。其中缘由大概与《诗》及《楚辞》作者身份的差异有关。《诗》中的"风"诗多为民间歌谣,多率性即兴之作,其中景物与人情之间未必有义理可循,其创作意图多与"美刺"无干;但是《楚辞》已属个人写作,屈原的艺术修养、文化身份与政治境遇都决定了他的创作是一种高度自觉的修辞行为。而且,《楚辞》与"寓言十九"的《庄子》为同一地域文化,长于寓言说理正是这一文化系统的思维模式的特征。另外,汉儒寓言诗学的意义旨归是"礼",《辨骚》中的寓言诗学的意义既指向君臣之义,又指向个体人格,而且这种人格不是一个空洞的文化符号,而是具有丰富的内在规定性:高洁、傲世、执着、抗争、深情、特立独行与忠心耿耿、忧国忧君与逆世远遁……正是对个体性的推崇,使得《辨骚》篇突破了寓言诗学的范式,而转向对《楚辞》文本感性意义的关注。汉代人以人品定文品,以儒家诗教原则和儒家经典为标准对屈原作品进行评价,反映出汉代以政教为中心的道德主义和实用主义的文学批评思想。

七、受命于诗人,拓宇于楚辞——汉大赋

汉人是自信、自豪、自负的。汉人、汉语、汉文化——这一切都与大汉帝国密不

---

[1] 班固:《离骚序》,郭绍虞:《中国历代文论选》(四卷本),上海古籍出版社1979年版。

可分。确切地说,汉朝完成了华夏民族文化的轮廓造型。从汉长城断垣残壁所勾勒出的疆域轮廓,可以见出汉帝国的王气与霸气,远在长安都城里的帝王将思想的触丝延展到遥远的边陲;从扬雄历时二十七载,追随税管和邮差深入蛮夷采集各地方言野语,完成皇皇巨著《方言》,可以见出一个家徒四壁的读书人的梦想;从许慎《说文解字》可以见出汉人解码汉字,试图窥见"天雨粟,鬼夜哭"的鬼斧神工的汉字的底蕴;从《史记》《汉书》的恢宏巨制可以见出汉人对历史的厚爱与敬重,以及司马迁的隐忍与执着;从《苏武牧羊》《胡笳十八拍》可以见出汉人对这方土地的眷恋怀想;从张骞出使西域,可以见出汉人的开阔的眼界与胸襟;从陈汤"明犯强汉者,虽远必诛"可以见出汉人的自信与豪气;从蔡侯纸与候风地动仪可以见出汉人的创造与发明。

汉大赋,这一独特的文体文种,是汉人书写的满眼瑰丽的一纸辉煌,是大帝国的凯歌高唱,是盛世华章,将汉语以及汉文字的美演绎到了极致,是汉语言的奢侈享受,是汉文的饕餮盛宴。它的面子是汉语言文字的字字珠玑,里子是汉人的自豪与自信。没有大汉帝国赋予的豪气,没有这个王朝赋予的底气,很难作出如此的华章,如此的美文!

汉帝国的气度与风采似乎只有"大赋"才能与之匹配。只有这种文体才能将这个伟大的时代精神和盘托出。由于天下一统,内部安定,大权在握,踌躇满志的帝王,开始有余裕享受形式主义的谀颂。正如萧何为高祖建未央宫,以为"夫天子以四海为家,非壮丽无以重威,无令后世有以加也"。汉赋始于对宫苑都城的描绘与刻画,一方面表现出百科全书式的总览大观,"因物造端,敷弘体理,欲人不能加也"。一方面则深具形式主义的色彩:"引而申之,故文必极美;触类而长之,故辞必尽丽。然则美丽之文,赋之作也",都是出于对帝王的权威尊贵的肯定。但是影响所及,却促成了赋体尤其是大赋重视"鸟兽草木多闻之观"的写物传统,以及一篇之中要囊括四海、包举宇内的寻求掌握全面,表现整体的思维形态。两汉 400 年间,赋是最流行的文体。一般文人多致力于这种文体的写作,因而盛极一时,后世往往把它看成是汉代文学的代表。按《隋书》"楚辞类序"云:

《楚辞》者,屈原之所作也……其后贾谊、东方朔、刘向、扬雄,嘉其文采,拟之而作。盖以原楚人也,谓之"楚辞"。然其气质高丽,雅致清远,后之文人,咸不能逮。[①]

可见,楚辞的文采之美深深吸引后人纷纷仿效。赋,早在战国时代后期便已经

---

① 参见魏徵等:《隋书》,中华书局 1973 年版,第 1055—1056 页。

产生了。① 最早写作赋体并以赋名篇的可能是荀子。由于受到战国后期纵横家的散文和新兴文体楚辞的巨大影响，逐渐形成"不歌而诵"的一种新型文体。有人概括其特点："似歌而不媚，拒诽而隐讽。含怨而词不怒，文奇而意不悚。求音韵之华美，谋和谐而中庸。"这种新型文体适应汉帝国的大国气象，有极强的"润色鸿业"的效果，可以美化新政，极尽粉饰铺排之能事。作品规模宏大，气势恢宏，充满自信。这是汉人精神的最好体现。所以产生了一大批辞赋大家。汉初的赋家，继承楚辞的余绪，这时流行的主要是所谓"骚体赋"，其后则逐渐演变为有独立特征的所谓散体大赋，这是汉赋的主体，也是汉赋最兴盛的阶段。东汉中叶以后，散体大赋逐渐衰微，抒情、言志的小赋开始兴起。

标志着汉赋正式形成的第一个作家和作品，是枚乘和他的《七发》。刘勰称："枚乘摘艳，首制《七发》，腴辞云构，夸丽风骇。"②作品通过主客的问答，批判了统治阶级腐化享乐生活。赋中用了七大段文字，铺陈了音乐的美妙、饮食的甘美、车马的名贵、漫游的欢乐、田猎的盛况和江涛的壮观。它通篇是散文，偶然杂有楚辞式的诗句，且用设问的形式构成章句，结构宏阔，辞藻富丽。西汉武帝初年至东汉中叶，共约200多年时间，从武帝至宣帝的90年间，是汉赋发展的鼎盛期。据《汉书·艺文志》著录汉赋900余篇，大部分是这一时期的作品。从流传下来的作品看，内容大部分是描写汉帝国威震四邦的国势、新兴都邑的繁荣、水陆产品的丰饶、宫室苑囿的富丽以及皇室贵族田猎、歌舞时的壮丽场面，等等。自汉武帝刘彻到宣帝刘询的时代，即所谓西汉中叶，这是汉帝国经济大发展和国势最强盛的时期。这在一般封建文人眼里，无疑是一个值得颂扬的"盛世"。又加上武帝好大喜功，雅好文艺，招纳了许多文学侍从之臣在自己身边，提倡辞赋，诱以利禄，因而大量歌功颂德的作品，就在所谓"兴废继绝，润色鸿业"的借口下产生了。班固在《两都赋序》中说："至于武、宣之世，乃崇礼官，考文章，内设金马石渠之署，外兴乐府协律之事，以兴废继绝，润色鸿业……故言语侍从之臣，若司马相如、虞丘寿王、东方朔、枚皋、王褒、刘向之属，朝夕论思，日月献纳。而公卿大臣，御史大夫倪宽、太常孔臧、太中大夫董仲舒、宗正刘德、太子太傅萧望之等，时时间作。或以抒下情而通讽谕，或以宣上德而尽忠孝，雍容揄扬，着于后嗣，抑亦雅颂之亚也。故孝成之世，论而录之，盖

---

① 关于汉赋渊源，主要有以下列观点：一说汉赋源于《诗经》或楚辞。班固《两都赋序》云："或曰：'赋者，古诗之流也。'"其《离骚序》又说："其文弘博丽雅，为辞赋宗。"也有人认为赋源出于纵横家之言。刘师培《论文杂记》亦云："欲考诗赋之流别者，盍溯源于纵横家哉！"今人朱光潜先生认为赋源于隐语，其《诗论·诗与隐》说："隐语为描写诗的雏形，描写以赋规模为最大，赋即源于隐。"冯沅君先生首倡赋出于俳词说，提出"汉赋乃是优语的支流"。

② 《文心雕龙·杂文》，赵仲邑《文心雕龙译注》，漓江出版社1982年版。

奏御者千有余篇。"这一时期的赋作基本上同《诗经》的雅颂一样,是一种宫廷文学,是为封建统治阶级"润色鸿业"服务的。

八、感于哀乐,缘事而发——汉乐府

汉乐府是指汉时乐府官署所采制的诗歌。汉乐府掌管的诗歌一部分是祭祀祖先神明使用的效庙歌辞,其性质与《诗经》中的"颂"相同;另一部分则是采集民间流传的俗乐,世称乐府民歌①,是汉乐府的精华,而叙事性是其最基本的艺术特色,这是由它的"缘事而发"的内容所决定的。据《汉书·艺文志》载:"有代,赵之讴,秦,楚之风,皆感于哀乐,缘事而发,亦可以观风俗,知薄厚云。"《陌上桑》和《孔雀东南飞》都是汉乐府民歌,后者是我国古代最长的叙事诗,与《木兰诗》合称"乐府双璧"。其叙事与抒情结合并口语化,具有强烈的感染力。故应麟说:"汉乐府歌谣,采摭间净,非由润色;然而质而不俚,浅而能深,近而能远,天下至文,靡以过之!"②

汉乐府民歌没有固定的章法、句法,长短随意,整散不拘。在中国文学史上,汉乐府民歌是五言诗体发展的一个重要阶段,特别是五言体的成熟,无疑标志着中国文学的新高度。在此以前,还没有完整的五言诗,而汉乐府却创造了像《陌上桑》这样完美的长篇五言。有些作品具有不同程度的浪漫主义色彩,运用了浪漫主义的表现手法。③ 乐府诗在它的原生时期,依存于一个融歌、曲、舞及戏剧等多种艺术样式为一体的艺术背景。严格地说,汉乐府诗不是纯粹意义上的诗,它不是读者的案头读物,满足读者的阅读趣味,而是面向观众和听者,满足他们的观赏性趣味。

可以说,汉乐府经典地位的最初奠定,是由于它在音乐上的经典性。建安诗人继承汉代文人创作乐府诗传统,其乐府诗仍与音乐关系密切,可以称之为拟调乐府,这与晋宋诗人的拟乐府不一样。从乐府古辞到文人拟乐府,是从一个创作系统转到另一个创作系统,乐府诗也就逐渐由以说唱故事为主转向抒写情志为主。④

---

① 现存的两汉乐府民歌共三四十首,大多收在宋人郭茂倩所编《乐府诗集》中。《乐府诗集》将乐府分为十二类,但主要是以下四类:郊庙歌辞,主要是贵族文人为祭祀而作的乐歌;鼓吹曲辞,又称短箫铙歌,是汉初从北方民族传入的北狄乐,当时主要用作军乐;相和歌辞,音乐多为各地俗乐,歌辞也多"街陌谣讴",所谓"相和",是一种演唱方式,含有"丝竹更相和"与"人声相和"两种;杂曲歌辞,乐调多已失传,不知所起,因无可归类,就自成一类。

② 胡应麟:《诗薮》卷一,上海古籍出版社 1979 年版。

③ 在汉乐府民歌中,作者不仅让死人现身说法,如《战城南》;而且也使乌鸦的魂魄向人们申诉,如《乌生》;甚至使腐臭了的鱼会哭泣、会写信,如《枯鱼过河泣》。所有这些丰富奇特的幻想,更显示了作品浪漫主义的特色。陈本礼《汉诗统笺》评《铙歌十八曲》说:"其造语之精,用意之奇,有出于三百、楚骚之外者。奇则异想天开,巧则神工鬼斧。"

④ 参见钱志熙:《乐府古辞的经典价值》,《文学评论》1998 年 2 期。

九、文温以丽,意悲而远——古诗十九首

汉末,一个死亡恐惧的年代,活着成了奢侈的向往。这样的时代氤氲造就了一组温丽凄美的诗歌,千百年来,音绕不绝,这便是《古诗十九首》。《古诗十九首》,组诗名,最早见于《文选》,列在"杂诗"类之首。《古诗十九首》在中国诗歌史上是继《诗经》《楚辞》之后一组最重要的作品,是五言古诗中最早最成熟的代表性作品。它在谋篇、遣词、表情、达意等各方面,都对我国旧诗产生了极深远的影响。正因如此,备受历代方家重视,陆机始拟之,刘勰、钟嵘复倡之,以为"实为五言之冠冕"。其身兼"风余"与"诗母"双重特征,是中国诗歌从上古向中古转换的极具典型价值的标本。

《古诗十九首》是乐府古诗文人化的显著标志,深刻地再现了文人在汉末社会思想大转变时期,追求的幻灭与沉沦,心灵的觉醒与痛苦,以及对个体生存价值的关注,极具主题学意义。《古诗十九首》取材面极为宽展,涉及逐臣役卒、思妇劳人、渔樵稼穑、征夫弃妇,基本的情感内容是夫妇朋友间的离愁别绪、士人的彷徨失意和人生的无常之感。其抒情方式殊多变化,或直抒胸臆,扼腕抚膺,或假物托境、比物连类。时质言之,时寓言之,时一唱而三叹之。清人陈祚明《采菽堂古诗选》对此有一段非常准确的评价:"《十九首》所以为千古至文者,以能言人同有之情也。人情莫不思得志,而得志者有几?虽处富贵,慊慊犹有不足,况贫贱乎?志不可得而年命如流,谁不感慨?人情于所爱,莫不欲终身相守,然谁不有别离?以我之怀思,猜彼之见弃,亦其常也。失终身相守者,不知有愁,亦复不知其乐,乍一别离,则此愁难已。逐臣弃妻与朋友阔绝,皆同此旨。故《十九首》虽此二意,而低回反人人读之皆若伤我心者,此诗所以为性情之物。而同有之情,人人各具,则人人本自有诗也。但人人有情而不能言,即能言而言不能尽,故特推《十九首》以为至极。"

在中国诗歌发展史上,历朝历代对《古诗十九首》的地位都给予了高度评价。钟嵘《诗品》:"文温以丽,意悲而远,惊心动魄,可谓几乎一字千金……人代冥灭,而清音独远,悲夫!"刘勰《文心雕龙·明诗》:"观其结体散文,直而不野,婉转附物,怊怅切情,实五言之冠冕也。"明王世贞称"(十九首)谈理不如《三百篇》,而微词婉旨,碎足并驾,是千古五言之祖"。陆时庸则云"(十九首)谓之风余,谓之诗母"。胡应麟《诗薮》:"兴象玲珑,意致深婉,真可以泣鬼神,动天地。"

第十一章

魏晋风度——叛逆与超越

就整个中国文学史来看,魏至南北朝文学有着极重要的地位。这是一个文学新变、开拓与反叛的时代,新的文学思想、文学观念、文学题材与体裁、文学风格与表现方式竞相开放。这近 400 年间,涌现了一幕幕生动的、活泼的文学景观,可以说,没有这一时期文学上的孕育、酝酿,就没有后来文学史上更为恢宏、壮丽的繁荣景象。随着汉代大一统的政治局面的瓦解,儒家积极入世的理想精神也渐渐冷却。佛教的传入与道家的滋长,渐次取代儒家而成为社会的主流思潮。清谈与玄学,使得士大夫的精神留恋于形而上的高蹈与玄奥,儒家礼乐文化的现实关注逐渐边缘化。[1] 诚如鲁迅先生所言:"思想通脱之后,废除固执,遂能充分容纳异端和外来思想,故孔教以外的思想源源引入。归纳起来,汉末、魏初的文章,可说是:清峻、通脱、华丽、壮大。"[2] 透过上述大文化背景来审视嵇康的音乐美学思想,就不难理解嵇康存在的意义与价值。他的《声无哀乐论》堪称一篇奇文,是对整个传统礼乐文化体制的宣战。这需要勇气、胆识和犀利的艺术判断力。《声无哀乐论》提出的问题的意义,并非仅限于音乐美学本身,对其他门类美学都有启迪。宗白华先生说:"汉末魏晋六朝是中国政治上最混乱、社会上最痛苦的时代,然而却是精神上极自由、极解放,最富于智慧、最浓于热情的一个时代。"[3] 其中一个重要的标志是,这一

---

[1] 儒家的礼乐文化思想一步一步被边缘化的轨迹是清楚的。在汉代司马迁《史记》的八书中,《礼书》排在第一,《乐书》排在第二,接下来才是《平准书》《河渠书》等。可见司马迁把礼、乐看作是引导一个国家的人民最重要的制度。到了《汉书》里面就不同了,把《律历志》放在最前面,而《礼志》《乐志》放到后面去了。再到《晋书》,《天文志》下来是《地理志》,《地理志》下来是《律历志》,《礼志》被排到第四了。有学者据此认为,儒家文化逐渐被边缘化。

[2] 鲁迅:《魏晋风度及文章与药及酒之关系》,《鲁迅全集》第 3 卷,人民文学出版社 1981 年版。

[3] 宗白华:《美学散步》,上海人民出版社 1981 年版,第 208 页。

时期的文人多才多艺,善属文,能书画,晓音律,将诸种巧艺集于一身。恩格斯在谈论欧洲文艺复兴时曾说,伟大的时代会出现一批全能的人物。魏晋就是这样一个伟大的时代,嵇康就是这样一位包容时代文化的全面的尖端人物。《晋书》中说他"博览无不该通"。嵇康"言论放荡,非毁典谟"①,"轻贱唐虞而笑大禹","非汤武而薄周孔"。② 他对其前的传统文化的叛逆与超越,是勇气,更是智慧。挑战经典所表现出的是勇气与胆气,为朋友仗义所显出的是豪气与义气,将哲学思辨精神植入音乐所流露出的是悟性与才气。他第一次将音乐从儒家的工具论还原为音乐的本体论,赋予传统音乐思想感性层面的教化和伦理以更深远的意蕴,将"无"的空灵与通透注入音乐的灵魂,将一种自由的、无功利的精神带进音乐审美。在音乐的体用关系上,儒家看重的是音乐的用,嵇康看重的是音乐的体。嵇康所论虽是就音乐而言,但已不是一般意义上的音乐理论,而是魏晋玄学艺术审美思想的全新境界,最为明确系统地从理论上论证了魏晋玄学的美学理想。他的睿智使得他能够透视儒教礼乐文化严谨之下的破绽,他的智慧使得他能够以一介羸弱之躯去松动一个王朝意识大厦的根基。③

从本体论来说,玄学与佛学都主张空无。玄与佛都把视点放在了"无"的界面上,淡化了人对现实的关注程度,最大限度地除去人们心中的欲望,这将大大缓释人在现实中的紧张关系。对于士林阶层来说,则意味着可以卸却家国压在身上的沉甸甸的责任,背转身去走向山林田园,以一种从未有过的轻松心态来审美。当士人远离政治中心,情愿或不情愿地被政治边缘化时,庄子的姿态更容易引起他们精神上的共鸣。庄子的齐物观念、超然物外的思想、逍遥濠水之上的生活态度等,为士人的边缘状态提供了肯定性解释的基础。故玄学与佛学相互附和,共同推动着人们从形而下的现实世界走向形而上的虚无世界,从"横议"走向"清谈",从"功用"走向"审美"。没有了"是非之心",没有了"矜尚之心",没有了"欲望之心",才能进入审美的佳境。玄佛合流的大文化背景,为嵇康之流调理出十分淡薄的心境与心态。没有了建功立业的政治野心,没有了家国社稷的责任负担,没有了争名夺利的热情,甚至于连基本的亲情友情也都靠不住,只有一个没有欲望、没有热情,甚至没有灵魂的"自我"是真实的,这是清醒着的疼痛,疼痛着的清醒。所以,养生也就自

---

① 房玄龄:《晋书·嵇康传》,中华书局 1974 年版。
② 嵇康:《与山巨源绝交书》,朱东润《中国历代文学作品选》(上编第二册),上海古籍出版社 1979 年版。
③ 参见王世朝:《主流诗学视域下的安徽文艺思想家》,安徽人民出版社 2011 年版。

然地成了唯一可做,唯一能做的事情了。①

一、新美学与新美文

李泽厚认为中国哲学所追求的人生最高境界,是审美的而非宗教的这一论断揭示了中国文化哲人们没有将哲学精神引渡到形而上的虚无界面,而是致力于还原现象世界的感性层面。他们无意于将人托付给异己的力量,请求其代为看管,而是一心一意地希望自己作为自己的监护人,行使独立意志。从本质上讲,这就是自由精神。于是他们毅然决然地选择了审美而不是宗教。从这个意义上来认识魏晋文学,可以清楚地看到,魏晋时期的文人及其创设的魏晋风流与魏晋风度,使得中国主流艺术精神与神性的精神归属擦肩而过,尽管一度也有宗教化的企图,但稍纵即逝,并最终将文学的境界定格为自由与自然——是清新的山水田园,而不是森严的庙宇道观!文化也不再只是朝廷进行伦理教化的工具,而日渐成为上层社会士大夫精神生活的重要部分。

这种新美学观念的文学地位,可以从以下几方面来认识。首先,它使文学挣脱了政教观念的束缚,文学的独立价值与审美个性获得肯定,并试图探索文学与非文学的区别。文学自觉是魏晋新美学的集中体现。② 其次,山水题材、田园题材、游仙题材乃至宫廷题材、边塞题材出现,文学的题材丰富了。特别是志人、志怪类笔记小说的出现,标志着小说有了突飞猛进的发展。再次,骈文创作兴盛,成为南北朝时期最具有代表性的文体,正如刘勰所言:"俪采百句之偶,争价一句之奇。"王国维将"六朝之骈语"作为一代文学的代表。这一时期永明体作家在声律方面的探索,也对骈文的形成起了推波助澜的作用。下文可提供关于骈文之直观审美印象。

暮春三月,江南草长,杂花生树,群莺乱飞。见故国之旗鼓,感平生于畴昔,抚

---

① 这种心态在嵇康的《养生论》里有清晰的描述:"清虚静泰,少私寡欲。知名位之伤德,故忽而不营,非欲而强禁也。哀厚味之害性,故弃而弗顾,非贪而后抑也。外物以累心不存,神气以醇白独着,旷然无忧患,寂然无思虑,又守之以一,养之以和,而理日济,同乎大顺。然后蒸以灵芝,润以醴泉,晞以朝阳,绥以五弦,无为自得,体妙心玄。忘欢而后乐足,遗生而后身存。"这里提出的养生的中心是:一要清心寡欲,二要不为名位利禄去伤德——自然生命之特性,三是不要贪美味佳馔,四是不为外物所累。由此而回到"自我"的心灵世界,达到生存的"旷然无忧患,寂然无思虑"的"至乐"境界。在他的《琴赋》中,深刻而又细致地描绘了在听琴时的心灵的解放。最后他感叹地说:"于时也,金石寝声,筦竹屏气……感天地以致和,况歧行之众类,嘉斯器之懿茂,咏兹文以自慰,永服御而不厌,信古今之所贵。乱曰:音声琴德,不可测兮!体清心远,邈难极兮!良质美手,遇今世兮!纷纷翕响,冠以艺兮!识音者希,孰能珍兮!能尽雅琴,惟至人兮!在音乐美的绝对的自律性的存在中,他感受到了心灵和天地的合一。"

② 刘勰在《文心雕龙·总术篇》中曾称:"今之常言,有文有笔,以为无韵者笔也,有韵者文也。"梁元帝萧绎又提出:"至如文者,惟须绮縠纷披,宫徵靡曼,唇吻遒会,情美摇荡。"

弦登陴,岂不沧浪! 所以廉公之思赵将,吴子之泣西河,人之情也,将军独无情哉! 想早励良规,自求多福。①

　　山川之美,古来共谈。高峰入云,清流见底。两岸石壁五色交辉。青林翠竹,四时俱备。晓雾将歇,猿鸟乱鸣;夕阳欲颓,沈鳞竞跃,实是欲界之仙都。自康乐以来,未复有能与其奇者。②

　　风烟俱净,天山共色,从流飘荡,任意东西。自富阳至桐庐,一百许里,奇山异水,天下独绝。水皆缥碧,千丈见底;游鱼细石,直视无碍。急湍甚箭,猛浪若奔。夹嶂高山,皆生寒树,负势竞上,互相轩邈,争高直指,千百成群。泉水激石,泠泠作响;好鸟相鸣,嘤嘤成韵。蝉则千转不穷,猿则百叫无绝。鸢飞唳天者望峰息心,经纶世务者窥谷忘反。横柯上蔽,在昼犹昏;疏条交映,有时见日。③

　　这种骈俪化的语言体式几乎渗透进了其他所有文体的血液里,成了最经典的汉语表达模式。受其影响,辞赋在句式上逐渐骈化,形成了一种新的赋体——骈赋。散文也受到骈文的影响,其中比较突出的有郦道元的《水经注》与杨衒之的《洛阳伽蓝记》。

二、改造文章的祖师

　　1927 年 9 月,鲁迅先生在广州夏期学术演讲会上发表了题为《魏晋风度与药及酒之关系》的演讲。在这次演讲中,鲁迅说:"我们讲到曹操,很容易就联想起《三国演义》,更而想起戏台上那一位花面的奸臣,但这不是观察曹操的真正方法。历史上的曹操与戏曲小说里的曹操是不相同的。应该还曹操以本来的历史面目。曹操是一个很有本事的人,至少是一个英雄。我虽不是曹操一党,但无论如何,总是非常佩服他。"这是鲁迅对曹操的一个总体评价。另外在《汉文学史纲要》中鲁迅又说:"在曹操本身,也是一个改造文章的祖师,可惜他的文章传的很少。他胆子很大,文章从通脱得力不少,做文章时又没有顾忌,想写的便写出来。"④在这里,鲁迅高度肯定了曹操的创作实践,这"改造"二字,昭示了曹操在文学上追求新变的精神,"祖师"二字则突出了曹操开启一代文学新风的历史作用。在外事武功的战乱年代,曹操竟能笔耕不辍,横槊赋诗,挥就佳篇无数,确实配得上文章祖师的名号。鲁迅先生主要是说曹操的文章能突破原有体制和内容的束缚,能超越前人的窠臼,

---

① 丘迟:《与陈伯之书》,朱东润《中国历代文学作品选》(上编第二册),上海古籍出版社 1979 年版。
② 陶弘景:《答谢中书书》,朱东润《中国历代文学作品选》(上编第二册),上海古籍出版社 1979 年版。
③ 吴均:《与宋元思书》,朱东润《中国历代文学作品选》(上编第二册),上海古籍出版社 1979 年版。
④ 鲁迅:《汉文学史纲要》,上海古籍出版社 2005 年版,第 58 页。

清峻通脱是他创作的一大特点。曹操被鲁迅誉为"改造文章的师祖"多半是因为其散文写得清峻通脱。曹操"清峻""通脱"的散文风格,开创了建安散文的新风貌,对魏晋散文的发展有重要的影响。我国文学史上以"梗概而多气"为标志的有名的"建安风骨",便是曹操"尚通脱"的产物。在两汉的文学里,就文人的创作而言,主要的抒情功能的承担者是"赋",而抒情文体的范围扩大到散文和诗,是从建安开始的。如果把这一点考虑在内的话,那么鲁迅说的改造"文章",也不能说单纯就是"文"而不涉及"诗"了。

曹操不仅是改造文章的祖师,也是变革诗风的巨擘。曹操现存20多首诗歌,全部是乐府诗,但他在继承汉乐府"感于哀乐,缘事而发"[①]的同时,又有自己的特色与突破。沈德潜曾说:"借古乐府写时事,始于曹公。"[②]的确,虽然是乐府旧题,但曹操却在内容上给予创新,以旧题来写新意,使得他的乐府诗深刻地反映了当时的社会现实,沈德潜曾评其诗"汉末实录",可见他的诗在文学,甚至历史发展中的重要作用。曹操的四言在内容、句法、词汇等方面都有创新,标志着四言诗的复兴,对后世四言诗的创作有直接的影响。曹操大胆使用当代语汇,创作出了令人耳目一新的四言诗。"以平易的当代口语组织四言诗的语汇,突破了汉代四言体普遍不敢改变《诗经》体语汇的局面。"[③]诵读起来与《诗经》的四言体诗迥然不同,朗朗上口,平易流畅。如脍炙人口的《短歌行》:"对酒当歌,人生几何。譬如朝露,去日苦多。慨当以慷,忧思难忘。何以解忧,唯有杜康。青青子衿,悠悠我心……周公吐哺,天下归心。"又如《观沧海》:"东临碣石,以观沧海。水何澹澹,山岛竦峙。树木丛生,百草丰茂。秋风萧瑟,洪波涌起……幸甚至哉,歌以咏志。"这些都是一般的优美词语,但曹操却善于提炼组合这些双音节词汇,使二二节奏得到强化,易于上口,表现出了诗歌的意境美。《诗经》多叙事,而曹操四言诗则善于抒情。如曹操《步出夏门行》是一组诗:第一章《观沧海》写登临碣石,眺望大海所生发的联想,气势宏大,意境深远,表现出诗人豪迈的情怀;第二章《冬十月》和第三章《河朔寒》,则描写风土人情,表达了诗人对一些社会现象所引起的忧心;第四章《龟虽寿》,表达了诗人老当益壮的积极进取的心态和精神。其《短歌行》则表达了诗人宏大的政治抱负和渴望天下归心的强烈愿望。曹操四言诗所展现的气势宏大、吞吐日月、慷慨悲凉、豪迈情怀等,与他作为一代枭雄的身份是分不开的。曹操四言诗对《诗经》的创新与突破,给四言诗注入了活力,使四言诗继《诗经》之后再一次大放异彩。清人

---

① 班固:《汉书·艺文志》,刘华清等《汉书全译》,贵州人民出版社1995年版。
② 沈德潜:《古诗源》,华夏出版社2006年版,第119页。
③ 葛晓音:《四言体的形成及其与辞赋的关系》,中国社会科学2002年版,第6页。

沈德潜评:"曹公四言,于《三百篇》外,自开奇响。"①

另外,曹操还创作了极具代表性的五言诗。如《薤露行》《苦寒行》《蒿里行》等,他的《蒿里行》,才能算是真正意义上的五言诗:"关东有义士,兴兵讨群凶。初期会盟津,乃心在咸阳……白骨露于野,千里无鸡鸣。生民百遗一,念之断人肠。"②此诗真实地反映了军阀混战造成百姓大量死亡和生产力极大的破坏,社会一片凄惨的历史事实,揭露了军阀混战的罪恶。曹操客观描写历史,同时也抒发了诗人的悲哀之情。此诗虚字明显减少,有诗的韵味,并且有些句子还成了名句,为人们所吟诵。他的《苦寒行》:"北上太行山,艰哉何巍巍!羊肠坂诘屈,车轮为之摧……悠悠令我哀。"③曹操诗歌的一个显著特色就是由客观记录历史、客观叙事转向主体抒情,并且出现了意象式的描写,对仗、比喻、拟人等多种表现手法的运用,使得其五言诗散发出诗的魅力,虚字已不再作为衬字出现,精心提炼出每句的5个字使它们各司其职,共同发挥应有的作用。可见,此时曹操的五言诗已渐趋成熟,显示了四言诗向五言诗的过渡。自曹操创作五言诗之后,建安及以后诗人多数都进行了或多或少的模仿。④ 文人们除模仿之外,还大力创作五言诗。在这点上则首推曹植,他现存的90余首诗歌中有60多首五言诗,可见五言诗在建安时期的繁盛程度。诗歌由四言而变为五言,虽然只多了一个字,但却使诗歌有回转周旋的余地,无论在叙事抒情,还是语言的运用、音律的调和上,都有很大的优越性,是中国诗歌史上的一大进步。对此,《诗品序》说:"夫四言文约意广,取效风骚,便可多得。每苦文繁而意少,故世罕习焉。五言居文辞之要,是众作之有滋味者也,故云会于流俗。岂不以指事造形,穷情写物,最为详切者耶!"⑤可见,钟嵘从正面肯定了五言诗的艺术表现力高于四言诗。

再者,从文人诗歌的历史去看,两汉文人极少创作乐府歌辞。可以说文人诗与

---

① 沈德潜:《古诗源》,华夏出版社2006年版,第118页。
② 安徽亳县《曹操集》译注小组:《曹操集译注》,北京中华书局1979年版,第13页。
③ 安徽亳县《曹操集》译注小组:《曹操集译注》,北京中华书局1979年版,第24页。
④ 如曹操《蒿里行》中的"白骨露于野,千里无鸡鸣"。王粲《七哀诗》则写道:"出门无所见,白骨蔽平原。"曹诗《苦寒行》中:"水深桥梁绝,中路正徘徊。""徘徊"一词就受到多人喜爱。如王粲"徘徊不能去,伫立望尔形"(《杂诗》),刘祯"凤凰集南岳,徘徊孤竹根"(《赠从弟三首》),徐干"问子游何乡?戢翼正徘徊"(《待五官中郎将建章台集诗一首》),曹植"车轮为徘徊,四马踌躇鸣"(《圣皇篇》),阮籍"徘徊将可见,忧思独伤心"(《咏怀》)。在句型上,有曹操的"行行日已远,人马同时饥"(《苦寒行》),曹植的"行行将复行,去去适西秦"(《门有万里客》),曹丕的"行行游且猎,且猎路南隅"(《诗》),曹植《圣皇篇》的"行行将日暮,何时还阙庭。曹操诗歌以悲壮为美,在其影响下,建安诗歌一片悲声。曹丕:"悲弦激新声,长笛吐清气。"(《善哉行》)"草虫鸣何悲,孤雁独南翔。郁郁多悲思,绵绵思故乡。"(《杂诗》)王粲:"蟋蟀夹岸鸣,孤鸟翩翩飞。征夫心多怀,凄凄令吾悲。"(《从军诗五首》其三)
⑤ 王运熙、顾易生:《中国文学批评史新编》,复旦大学出版社2001年版,第152页。

乐府诗泾渭分明。而从曹操开始,乐府歌词有了它们真正的主人。他一改文人故步自封、不写乐府的弊病,全力创作乐府歌辞。他大力创作乐府诗,在他的引领和影响下,文人们学习民歌,创造乐府诗的风气一时风靡起来,从此一条文人乐府诗的康庄大道被开辟出来。如曹丕、曹植、阮瑀、陈琳、王粲等人都开始了文人乐府诗的创作。这也就是吉川幸次郎所说的:"乐府由市民的诗歌形式被采纳为知识分子的诗歌形式,已经是重要的革新。"①由此可见,曹操起到了指引诗歌创作方向和创作道路的重大作用,文人乐府诗从此蓬勃发展起来,并对建安文学的勃然兴起起到巨大的推动作用。

  关于曹操诗歌的影响,日本作家吉川幸次郎在他的作品中曾写到:"曹操给文学史带来的最大变化之一,我以为,是他把过去作为民歌存在的、因此习惯上是由无名作者写作的歌谣曲的歌词,改变为由他自己来写作。"②例如《薤露》《蒿里》等,原本是东齐的挽歌、丧歌③,而曹操以此为题来创作诗歌,反映东汉末年军阀混战、百姓凄苦的社会现实,抒发自己的哀痛之情。曹操诗的意境是宏大悲凉的,他将王者之气、霸者之魂,注入汉乐府,改变了汉乐府的气质。《步出夏门行·观沧海》是公认的我国现存的第一首完整的山水诗。此诗以雄健的笔力,生动饱满地描绘了大海吞吐日月、含孕群星之气魄,表现了诗人博大的胸怀。诗人在处理生命主体与自然客体的关系时,保持着主体的高度独立性。这种强烈的主体意识与其强势的性格,与王者的霸气是分不开的。正因为这样,他的诗歌才更具个性,更具一种崇高的美。前文已经说到他开创了文人乐府诗,引领文人乐府诗的创作方向,并且以其魅力影响着建安文坛。唐代著名诗人陈子昂极力提倡汉魏"风骨",主张继承建安诗歌的现实内容和雄健风格,用以抵制和扫荡齐梁以来的浮靡习气,以复古来革新,端正唐诗发展方向。"诗圣"杜甫的诗歌感情基调是悲慨的,主要风格是沉郁顿挫。之所以称其诗为诗史,则是因为其诗也是缘事而发,跟乐府传统和曹操现实主义精神都是有关联的。杜甫的诗有浓烈的抒怀、沉郁的情感,这与曹操的诗歌有很多共性。④

三、缔造集团的领袖

  曹操于建安九年(204年)攻克邺城,自此邺城成为其运筹帷幄、指天画地的大

---

  ① [日]吉川幸次郎:《中国诗史》,章培恒等译,上海:复旦大学出版社2001年版,第113页。
  ② [日]吉川幸次郎:《中国诗史》,章培恒等译,上海:复旦大学出版社2001年版,第112页。
  ③ 崔豹《古今注》说:"《薤露》、《蒿里》,并丧歌也。本出田横门人。横自杀,门人伤之,为作悲歌,言人命庵忽,如薤上之露易晞灭也,亦谓人死魂魄归于蒿里。"
  ④ 参见王世朝:《主流诗学视域下的安徽文艺思想家》,安徽人民出版社2011年版。

本营。最早投奔曹操的是著名文人孔融,他性情最傲,且年龄长曹操两岁,恃才傲物,官居北海相。他曾在《六言诗》中写到:"瞻望关东可哀,梦想曹公归来。"最后一个归于曹操的重要文人王粲也曾赞扬曹操使海内归心,并且喜欢模仿曹操的一些诗作,可见他们对曹操的景仰。正是因为曹操的巨大感召力才吸引了大批文士齐集于邺城,邺下文士集团从此形成,在文学史上被称为建安文学。① 刘大杰所著《中国文学发展史》曾引用《文心雕龙·时序》篇里语句:"魏武以相王之尊,雅爱诗章,文帝以副军之重,妙善辞赋,陈思以公子之豪,下笔琳琅。并体貌英逸,故俊才云蒸。仲宣委质于汉南,孔璋归命于河朔,伟长从宦于青土,公干循质于海隅,德琏综其斐然之思,元瑜(阮瑀)展其翩翩之乐。文蔚,休伯之俦,于叔,德祖之侣,傲雅觞豆之前,雍容袵席之上。洒笔以成酣歌,和墨以藉谈笑。"又引《诗品》:"降及建安,曹公父子笃好斯文,平原兄弟(曹植封平原侯)郁为文栋。刘桢、王粲为其羽翼。次有攀龙附凤,自致于属车者,盖将百计。彬彬大盛,大备于时矣。"② 由此可见建安文坛枝繁叶茂之景况。假如没有曹操,我们很难想象有没有邺下文人集团,有没有建安文学。但是历史是没有假如的,历史证明,有了曹操才有了邺下文人集团,继而才有了建安文坛的枝繁叶茂。此后,文学集团的活动越来越多,难以尽数。举其要而言之,魏末有以阮籍、嵇康为首的"竹林七贤";西晋时有围绕权臣贾谧的包括陆机、左思等在内的"二十四友";东晋前期,在会稽一带有以王羲之、谢安为中心的文学交游;宋代临川王刘义庆门下招纳了鲍照等众多文士;齐竟陵王萧子良周围有著名的"竟陵八友";梁代昭明太子萧统、简文帝萧纲各自组成了具有相当规模的文学集团。这些文学集团的活动,对当时文学的发展演变起到了积极的作用。在集团性的文学活动中,通过相互影响、相互切磋研讨,容易出现一些新的文学现象。整个魏晋南北朝文学的重大演革,几乎都与文学集团的活动有关。不同的文学集团之间,又往往追求不同的文学风格,标榜不同的文学观念,这就容易造成文学风格的多样化,刺激文学理论的发展。

四、诗的改造

魏晋人以大胆解构的精神和彻底疯癫的姿态,从容潇洒地告别郊庙走向山水。

---

① 曹植《与杨德祖书》:"昔仲宣(王粲)独步于汉南,孔璋(陈琳)鹰扬于河朔,伟长(徐干)擅名于青土,公干(刘桢)振藻于海隅,德琏(应玚)发迹于大魏,足下(杨修)高视于上京。当此之时,人人自谓握灵蛇之珠,家家自谓抱荆山之玉。吾王于是设天网以该之,顿八纮以掩之。今悉集兹国矣。"由此可见,当时优秀的人才都陆续归附曹操。

② 刘大杰:《中国文学发展史》,复旦大学出版社 2005 年版,第 166 页。

他们卸去了旧时代文人肩头沉重的社稷职守与江山责任,以及对苍生百姓的深情关切,以坚决不合作的姿态向帝王的权势挥手道别。他们将离别的背影幻化为一幅不失凄迷的风景留给后世。无论是嵇康的镇定打铁与从容赴死,抑或是刘伶的"死便埋我"。他们在醉生梦死之间,向专制社会果断说"不"!这中间,谢灵运与陶渊明是佼佼者。谢灵运是开启一代新诗风的首创者,从重性情的古朴之风向重声色的唯美之风嬗变的第一人,以大量山水诗打破了东晋玄言诗的统治,扩大了诗歌题材的领域,丰富了诗歌创作的技巧,对后代诗人有很大的影响。陶诗以其冲淡清远之笔,写田园生活、墟里风光,为诗歌开辟一全新境界。山水田园诗是佳山胜水的自然美在艺术上的再现,具有强烈的艺术感染力,给人以美的享受。六朝文学是中国文学发展史的重要转变期,有人将其定性为"诗运转关"①,也有人说是"古之终而律之始"②。中古文学的发展变化可以从如下几个方面来认识:一是文学创作风气鼎盛,二是审美风尚的转变,三是山水题材的发见,四是组诗的出现。

汉代以前,专职诗人除屈原外,几乎没有。魏晋以后,作诗才成为文人阶层的普遍之事。换言之,诗歌在汉以前只不过是文人文学中的"边缘",至魏晋后作诗才成为一种风气、一种时尚。由之导向的"诗性"情怀在上流社会弥漫开来,从魏晋起,作诗成为文人必具的才能。自此,诗赋散文成了中国古代文人文学中最为突出的"主流文学"。我们可以从钟嵘《诗品》的描述中感受到当时写诗的盛况:

故词人作者,罔不爱好。今之士俗,斯风炽矣。才能胜衣,甫就小学,必甘心而驰骛焉。于是庸音杂体,人各为容。至使膏腴子弟,耻文不逮,终朝点缀,分夜呻吟。独观谓为警策,众睹终沦平钝。次有轻薄之徒,笑曹、刘为古拙,谓鲍照羲皇上人,谢朓今古独步。而师鲍照,终不及"日中市朝满";学谢朓,劣得"黄鸟度青枝",徒自弃于高明,无涉于文流矣。

与上述"事实"相应的现象是,文人作诗,使"诗文化"的社会性质为之一变,文人成为新的"诗文化"的承载主体,在文人的"文学史"书写中,此前作为"主流文学"的民间歌诗渐渐消沉,"边缘化"和"失落"现象日益严重,尽管历代文人从未断绝向民间歌辞汲取营养,但在文人的"书写文学史"中,却日益成为"文献背后的事实"。沈约《宋书·谢灵运传论》指出:"有晋中兴,玄风独振。为学穷于柱下,博物止于七篇;驰骋文辞,义殚于此……莫不寄辞上德,托意玄珠。"刘勰"诗必柱下之旨归,赋

---

① 沈德潜《说诗晬语》:"诗至于宋,性情渐隐,声色大开,诗运一转关也。"
② 明人陆时雍《诗镜总论》说:"诗至于宋,古之终而律之始也。体制一变,便觉声色俱开。谢康乐鬼斧默运,其梓庆之鐻乎。"

乃漆园之义疏"[①]。钟嵘《诗品序》说:"永嘉时,贵黄老,稍尚虚谈,于时篇什,理过其辞,淡乎寡味。爰及江表,微波尚传,孙绰、许询、桓、庾诸公诗,皆平典似道德论,建安风力尽矣。"东晋玄言诗本身的艺术价值并不高,但它对后世的影响却相当深远,如谢灵运的山水诗、白居易诸人的说理诗、宋明理学家之诗,都或多或少受其熏染。格律诗是中国的独创,其对形式的推崇显示出较为极端的唯美主义文化心理。它植根于对汉字与汉字文化的特殊性的深刻认识,并将这一认识不遗余力地付诸创作实践。醉心于汉语的美感应该说起于汉代,是汉代的辞赋家们在"润色鸿业"时由于装饰的需要不断榨取与提纯语言的美,这种趣味改变了先秦时的语言功用主义思想。在日后相当长的时间里,这种唯美倾向左右着文坛,终于在南朝时期登峰造极,"俪采百字之偶,争价一字之奇"是这种唯美思想的具体表现。就此迎来格律诗的呱呱落地。

"诗运转关"主要表现在诗歌的题材和形式都起了变化。魏晋六朝,既是一个干戈纷扰、政治紊乱的时代,又是经学衰落、玄学盛行、思想开放、人性觉醒的时代,王朝朝夕更迭和权力杀夺,使得许多具有觉醒意识的诗人产生了"膏火自煎熬,多财为患害,布衣可终身,宠禄焉足赖"的心理负担。他们为了全身远祸,不得不身藏山林,匿迹田园,逸隐之风大炽。这样特殊的社会条件和风气,将诗人带到一个新的天地,看到了远离喧闹的都市和政治风波的自然山水之美,并有了"非必丝与竹,山水有清音"的审美新发现,于是,他们苦闷的精神和悲愤的感情,便在这足以娱情解忧的青山绿水间觅得了可以寄托和安放的处所。山水诗又经过了五言诗的曲折经历,到了晋宋时代,终以陶渊明、谢灵运这两位大诗人的出现而在诗国确立了自己的地位。

在形式上,谢灵运、颜延之等刘宋诗人开始刻意讲究声律和雕琢辞藻,即沈德潜所谓的"声色大开"。钟嵘《诗品》在评论刘宋诗人时,则常用"巧似"二字,如评谢灵运诗"故尚巧似,而逸荡过之",评颜延之诗"尚巧似,体裁绮密,情喻渊深",评鲍照诗"然贵尚巧似,不避危仄,颇伤清雅之调"。而巧似,大概就是以巧妙的文笔把形象描写得活灵活现的意思。刘勰《文心雕龙·明诗篇》说:"宋初文咏,体有因革,庄老告退,而山水方滋;俪采百字之偶,争价一字之奇,情必极貌以写物,辞必穷力以追新:此近世之所竞也。"精辟地说明了讲究辞藻美是刘宋诗歌的特色。在题材上,刘宋诗歌开始从"玄言诗"过渡到"山水诗"。刘勰最早道出了个中玄机:"宋初文咏,体有因革,庄老告退,山水方滋。"刘宋诗歌形式的此一特点对后来的诗歌影

[①]《文心雕龙·明诗篇》,赵仲邑《文心雕龙译注》,漓江出版社1982年版。

响既深且巨,齐梁年间出现的永明体就是其直接影响下的产物。永明体固然和沈约提出的"四声八病"声律学理论分不开,但其在中国诗歌发展史上的最重要意义却是真正完成了刘宋诗人所未竟的"解放"事业。曹道衡等在《南北朝文学史》中指出:

  总的来说,晋、宋之交,诗歌从玄学的牢笼中挣脱出来,重新回复了文学的本来面目。这种"解放"带有不彻底性。谢灵运开创了山水诗派,他的作品仍然是文学和玄言、佛理的有机结合;颜延之的应制诗,更像"三颂"或者有韵的典诰。到了永明时期才真正完成了这一"解放",诗歌中极少再见到玄理和儒学的说教,即使是歌功颂德的应制、应教文字,也力求写得形象。

  这是中国诗歌唯美的时代,但同时也是中国诗歌最具革命性的时代。无论形式还是内容,这一时期的诗人以一种病态的姿势挑战传统,创造了前所未有的诗歌局面。虽然其诗歌的历史高度和深度或许不敌此前此后,但其为诗歌所铺展的宽广时空则是前所未有的。咏怀诗、咏史诗、玄言诗、山水田园诗、隐逸诗、游仙诗、宫体诗等新鲜玩意,无不昭示着这是一个与艺术有着特殊关系的时代。这个时代所蕴涵的伟大的艺术创造精神是其他很多历史时期不具有的,为迎接一个伟大的诗歌时代扫清了所有的障碍,创造了一切条件。或许只有在这样的时代,才能创造出《文心雕龙》《诗品》等不朽的理论巨著。

  到五言诗阶段,组诗的出现应该说是中国诗歌结构形态的又一变化。每一组诗通常有一个共同的主题,每一首诗反映一个侧面,合则为一组,分则为单篇。其意义在于将诗的抒情言志的功能作了最大限度的开掘。难怪钟嵘会盛赞五言诗为"五言居文辞之要,是众作之有滋味者也,故云会于流俗,指事造形,穷情写物,最为详切者耶"[①]。在诗的容量和书写的自由度上,组诗的出现都为诗歌带来新的气象。组诗是集约性的,它可以将粗放与精致、宏观与微观、开放与收束统一起来,将诗与散文的笔法统一起来。系列组诗的出现大概是魏晋时期,如曹操《步出夏门行》四章,王粲《七哀诗》,曹丕《杂诗》二首,曹植《杂诗》六首,阮籍《咏怀诗》八十二首,张华《情诗》五首,潘岳《悼亡诗》三首,陆机《赴洛道中作》,左思《咏史》八首、《招隐诗》二首,张协《杂诗》十首,郭璞《游仙诗》十四首,陶渊明《归田园居》五首、《饮酒》二十首,颜延之《五君咏》,鲍照《拟古》八首、《拟行路难》十八首,庾信《拟咏怀》二十七首等。台湾学者柯庆明先生说:

[①] 钟嵘:《诗品序》,郭绍虞《中国历代文论选》,上海古籍出版社1979年版。

由汉代的以自然为引生情意的象征;而至魏晋宴游诗的自然成为对仗锻字的文字美的材料;而至晋宋山水、田园诗的发现自然即是一种充满真意的美的形式;而至唐代在自然之中寻求一种开阔雄浑,深具宇宙韵律的美;而至宋代的对于自然的自由诠释,开发自然的疏离、怪诞、想象等等的美感:中国的诗歌其实对自然之美有一种持续的专注,并且也做过各式各样的表现。[1]

这可以视作是对中古诗歌风格走向的一种廓示。

---

[1] 柯庆明:《中国文学的美感》,河北教育出版社 2001 年版,第 25 页。

第十二章

文学自觉——理性大厦落成

　　汉魏之际是中国文化史上的重要转型时期。由西汉建立的"独尊儒术"的文化政策,受到汉末政治腐败和体系化的外来文化佛教的东渐这两大冲击,趋于式微。社会动乱引发人生无常的感喟。鲁迅曾说:"因当天下大乱之际,亲戚朋友死于乱者特多,于是为文就不免带着悲凉、激昂和慷慨了。"[①]王瑶沿着鲁迅的思路研究这一时期文人心态,发现"我们念魏晋人的诗,感到最普遍,最深刻,能激励人底同情,便是那在诗中充满了时光飘忽和人生短促的思想与情感:阮籍是这样,陶渊明也是这样,每个大家,无不如此"[②]。他认为,在《诗三百》里找不到这种情绪,楚辞里也并没有生命绝对消灭的悲哀,儒家"未知生,焉知死",回避了这个问题。"生死问题本来是人生中很大的事情,感觉到这个问题的严重和亲切,自然是表示人有了自觉,表示文化的提高,是值得重视的。"所以魏晋被称为"为文自觉的时代"。文学的自觉主要表现在文学批评的快速发展,这一时期,具有独特的、富有民族特色的文学理论批评,经过萌芽、开创、发展,逐渐趋于成熟,并达到了很高的成就。

　　概而言之,中国上古文论思想与音乐关系甚密[③],中古文论思想则与绘画及书

[①] 鲁迅:《魏晋风度及药与酒之关系》,《鲁迅全集》第3卷,人民文学出版社1981年版。
[②] 王瑶:《中古时期文人生活·文人与药》,《中古文学史论》,商务印书馆,2011年版。
[③] 从《左传》吴公子季札在鲁国观乐的"观止"之说到《乐记》"声成文,谓之音"之论,从孔子《论语》"尽善尽美"论到荀子《乐论》的"以道制欲"观,基于礼乐文化的主流文学观念多取法音乐理论。

法理论牵扯甚深①,而近古文论思想与园林建筑理论关联甚密。文学理论之重心转移至谋篇布局,章法构造,则以桐城派文论和李渔的戏剧理论为代表。

一、从经学转向玄学的纲领性文献——曹丕与《典论·论文》

《典论·论文》在文学批评史上占有重要地位。在此之前,专篇文学论文如《诗大序》、班固《离骚序》和《两都赋序》、王逸《楚辞章句序》等,或就一部书、一篇文章立论,或就一种文体立论,而《典论·论文》则论及许多作家和多种文体,并论述了文章的作用和地位以及文学批评应有的态度等。它是建安时期写作风气蓬勃发展的产物,是文学发展进入"自觉时代"的理论反响。张少康先生说:"曹丕的《典论·论文》乃是由经学时代转向玄学时代,在文艺思想发展和文学理论批评方面,具有重大转折意义的一篇纲领性文献。它宣告了以儒家思想为指导的经学时代文学理论批评的暂时告终,与以玄学思想为主导的新的文学理论批评时期的开始。文学理论批评开始由侧重于研究文学的外部规律,而转向侧重于研究文学的内部规律。老庄的文艺思想和美学观经过玄学的改造与发展在魏晋南北朝这四百年的文学创作与文学理论批评中占有十分突出的地位,甚至超过了儒家。"②枕戈在其《风雅与风骨》中说:"这位文士政治家,不仅创作了大量不错的诗歌篇章,中国第一篇成熟的七言诗《燕歌行》在他手里完成;而且他还积极钻研文艺理论,制定审美法则,以理论来指导创作实践,他恐怕是中国历史上第一个也是唯一一个在文艺理论上有重大建树的王者。他的《典论·论文》,作为中国第一篇完整的文艺著作,魏晋南北朝美学的发端,不啻是开辟了一个新的时代。"

首先,《典论·论文》对当时文坛作家一一加以评论。东汉以来,人物评论之风盛行,作家评论自然而然地成为人物评论中的一项内容。曹丕坚信"文以气为主",因此在评论作者时,以简括精当的语言廓示其独特的精神风貌,正所谓"徐干时有齐气","孔融体气高妙"。而作品的"气"乃是作者的气质、个性的集中反映。在我

---

① 佛学的光大与玄学的发展对东晋南北朝的美学产生了深远影响,无论是姚最的"心师造化"或是张璪的"外师造化,中得心源";无论是宗炳的"卧以游之",还是顾恺之的"传神"之说,绘画艺术精神深刻影响了中古文人的创作和文论思想,特别是寺院宗教宣传画的广泛普及,催生了大量的新美学术语,比如"风神""神韵""风韵""逸韵""远韵""意境""境界""形似""神似""取象""形象"和"风骨"等。这些新概念是当时文学创作繁荣、佛教造像艺术盛行,思想界关于形、神关系和言、意关系的热烈争论以及评品人物的社会风尚等诸多元素的复合性影响的产物。这些出现在画论、书论中的见解,一经出现便极具生命力。应运而生的一系列理论著作,如曹丕的《典论论文》、陆机的《文赋》、刘勰的《文心雕龙》、钟嵘的《诗品》、谢赫的《古画品录》等,通过对创作、欣赏、技巧、技法等艺术现象的经验性解释和总结,对后世的文学创作和文学理论产生了长远的影响。

② 张少康、刘三富:《中国文学理论批评发展史》(上),北京大学出版社1995年版,第173页。

国文学批评史上源远流长的文气说,就是由曹丕的作家论发其端绪的。而曹丕之论,其实又是先秦汉代关于气的哲学思想以及人物评论中引入气的概念的自然延伸。

其次,《典论·论文》对各种文体应有的特点进行了概括,提出"四科八体"之说。虽然在曹丕以前,人们对部分文体的特点已有认识和概括,但《典论·论文》无疑是第一次综合性的表述,并肇启后世对文体的自觉认知。曹丕认为除了通才之外,一般作者的才能不可能娴熟驾驭各种文体,因为每一种文体都有其不同的特点和要求。

再次,《典论·论文》论及文学批评的误区和误解。曹丕直言不讳地指出,由于作者各有专长,故而在实际批评时,不可避免地出现各以所长轻人之短。这是文学的不幸,更是人性的悲哀。又指出常人总是"贵远贱近,向声背实"。这些的确都是文学批评中常见的现象。如此深刻地对文人解析与解剖,对文学透视与透析,正是文学自觉的最显著征兆。

最后,《典论·论文》论及文章的价值和作用,称之为"经国之大业,不朽之盛事"。评价如此之高,的确是前所未有。这里所谓的"文章",既包括实用性的、学术性的作品,也涵盖富于审美性质的诗歌辞赋。曹丕对此类作品的写作投入了很大热情,同时也非常重视此类作品的写作。这是文学批评中的新现象,反映了儒家传统束缚的某种松弛,是文学自觉性的表现。他在《与王朗书》中说:"生有七尺之形,死唯一棺之土,唯立德扬名,可以不朽,其次莫如著篇籍……故论撰所著《典论》、诗、赋,盖百余篇。"这体现了他希望凭借文章以不朽的强烈愿望,而"篇籍"是包括诗赋在内的。数百年后,唐初孔颖达在解释立言不朽时说:"老、庄、荀、孟、管、晏、杨、墨、孙、吴之徒制作子书,屈原、宋玉、贾逵、扬雄、马迁、班固以后,撰集史传及制作文章,使后世学习,皆是立言者也。"[1]可见他将诗赋美文也包括在内。其实,侧重于抒情的文学,从根本上来说,很难与"经国之大业"这一神圣使命等量齐观,但曹丕这样说,就把文学提高到与传统经典相等的地位,这对文学的兴盛,自然是有意义的。玄珠《古典文谭》说:"而《典论·论文》,是将文学的不朽的价值落实到个体的人格与生命的,他所推崇的文体中还包括汉儒轻视的辞赋和诗歌,只不过他并未对这一观点加以详细的展开论述。"[2]

---

[1] 孔颖达:《春秋左传注疏》襄公二十四年《正义》,中华书局2009年版。
[2] 参见王世朝:《主流诗学视域下的安徽文艺思想家》,安徽人民出版社2011年版,第70页。

二、课虚无以责有，叩寂寞而求音——陆机与《文赋》

陆机《文赋》是中国最早的成系统的文学创作论。作为一位天才作家，陆机对艺术思维的特点深有体味，并从自身体验出发，对微妙复杂的艺术思维活动进行细致的形象描述与深入解析。他将文学创作系统高度提纯为"物"—"意"—"文"的双重转化过程。其中，由"物"—"意"是第一重转化，所遵循的是艺术反映论原则；由"意"—"文"是第二重转化，所遵循的是艺术表现论原则。

《文赋》将创作冲动的发生归结为两方面：一是作者受大千世界四时变化的感染而触动感慨，一是因前人作品的牵发而激发创作热情。进而《文赋》以形象化的语言描述创作构思的精妙过程，从中可窥见作家思维活动的一些特点：首先是"收视反听"，"罄澄心以凝思"的精神高度集中。这是思考与想象的前提。其次是"观古今于须臾，抚四海于一瞬"的自由想象与联想。唯其如此，方可以"笼天地于形内，挫万物于笔端"。再次是作家艺术构思时两个重要因素——形象和情感——"物昭晰而互进"与"情瞳昽而弥鲜"。进而还触及创作乐趣与困惑——"思涉乐其必笑，方言哀而已叹"。最后是语言的精致表达——"思风发于胸臆，言泉流于唇齿"。创作应秉承"谢朝华于已披，启夕秀于未振"的严肃态度，首次明确提出对于文辞声音之美的要求，"暨音声之迭代，若五色之相宣"。他要求声音有变化，不单调，在不同声音的相互映衬中产生美感，这一基本原则与百余年后沈约等人提出的声律理论遥相呼应。

值得一提的是，《文赋》还深入触及了作家创作时自我娱乐的心灵一隅——"伊兹事之可乐"——这样的认识显然不同于强调文章政教作用的观点。[①] 后来唐代韩愈、柳宗元等古文运动的倡导者，也是一方面要求以古文"明道"，另一方面也很重视以诗文"自嬉"[②]。他们认为古文除了明道之外，也是"息焉游焉而有所纵"[③] 的一个园地。陆机既说文章之用，"济文武于将坠，宣风声于不泯"，又说"课虚无以责有，叩寂寞而求音。函绵邈于尺素，吐滂沛乎寸心"之其事"可乐"，充分肯定创作的

[①] 关于创作的自娱性，代有论述。汉代班固《答宾戏》曾说"密尔自娱于斯文"，表示自己不慕荣利，甘于静退，以文章著述自娱。晋陶渊明《饮酒诗序》云："顾影独尽，忽焉复醉。既醉之后，辄题数句自娱……聊命故人书之，以为欢笑尔。"《五柳先生传》亦云："常著文章自娱，颇示己志。"江淹被黜，遂放浪于山水，寄情于道书，同时也"颇著文章自娱"。他们都将著作诗文看作个人的事情，正如钟嵘《诗品序》论诗歌作用时所说："使穷贱易安，幽居靡闷，莫尚于诗矣。"不仅穷贱幽居者如此，即贵如曹丕，其《与吴质书》亦云："顷何以自娱？颇复有所述造否？"显然是把写作视为"自娱"的重要手段之一。

[②] 韩愈：《送穷文》，阎琦校注《韩昌黎文集注释》，三秦出版社 2004 年版。

[③] 柳宗元：《读韩愈所著〈毛颖传〉后题》，《柳宗元集》，中华书局 2001 年版。

快感,态度甚为通达。

其外,《文赋》还涉及不少重要问题。例如从作者的主观爱好和文章的不同体裁两方面,叙述了作品体貌、风格的多样性。其中"诗缘情而绮靡"一语,尤为著名。陆机认为诗是情感的产物,这与传统诗论"在心为志,发言为诗,情动于中而形于言"[①]是一致的,但他不提"止乎礼乐"一类要求,而是强调"绮靡"即诗的美感特征,这便是文学自觉的表现。《文赋》还以不小的篇幅谈论文章利弊,并指出具体的解决办法。从这些地方,可以看出陆机对文章的审美要求。《文赋》对于后世的影响极大,比如《文心雕龙》的《神思》篇,就深受其影响。

三、体大虑周——刘勰与《文心雕龙》

鲁迅先生在《论诗题记》一文中曾说:"篇章既富,评骘遂生。东则有刘彦和之《文心》,西则有亚里士多德之《诗学》,解析神质,包举洪纤,开源发流,为世楷模。"鲁迅先生把《文心雕龙》和《诗学》相比,由此可见,《文心雕龙》在中国古代文学理论批评史上的地位非常显著。

中国传统的文学批评,由于囿于体悟式的感性批评,势必导致批评"准的无依",所以至南北朝,批评界的混乱十分严重。梁元帝萧绎《金楼子·立言》云:

诸子兴于战国,文集盛于西汉,至家家有制,人人有集。其美者足以叙情志,敦风俗;其弊者,只以烦简牍,疲后生。往者既积,来者未已,翘足志学,白首不遍;或者古之所重今反轻,今之所重古之所贱。嗟我后生博达之士,有能品藻异同,删整芜秽,使卷无瑕玷,览无遗功,可谓学矣。

可见当时对慧眼的选家与批评家的要求是怎样的迫切了。对于批评界的混乱,钟嵘在《诗品序》也谈到:

观王公缙绅之士,每博论之余,何尝不以诗为口实,随其嗜欲,商榷不同,淄渑并泛,朱紫相夺,喧议竞起,准的无依。

对造成批评混乱的原因作出理性分析的,除曹丕外,当推刘勰,而刘勰正是沿着曹丕理性反思的路子往下走的。他提出真赏之难的四大原因:"贵古贱今""崇己抑人""信伪迷真""知多偏好"。为克服这些毛病,建立健全审美标准或批评标准,

---

[①] 《毛诗序》,郭绍虞《中国历代文论选》,上海古籍出版社1979年版。

刘勰在《宗经》和《知音》篇分别提出了著名的"六义说"及"六观说"①。问题是,对"六义"和"六观"到底什么是审美标准或批评标准,过去曾有些不同的看法,学术界引起过一些争议。郭绍虞和罗根泽等人认为"六观"是批评标准,赵盛德等人沿用此说。而陆侃如、牟世金等人则提出异议,认为"六义"既是刘勰对创作的要求,也是论文的六个批评标准,"六观"则是需要考察的六个方面。后来牟世金又在《刘勰论文学欣赏》一文中说:"六观,不过是从六个方面来进行观察的方法,而不是六条衡量优劣的标准。"针对刘勰在批评方法论上的贡献,郭绍虞先生有如下断言:

> 刘氏以前的论文主张,即非赏鉴的批评,也不免有局部的片面的弊病。《文心雕龙·序志》篇历举时人论文之作而总括一句,谓"并未能振叶以寻根,观澜而索源",所以他的著作,一方面要"弥纶群言",使局部面散漫者得有纲领,一方面又要"擘肌分理",使漫无标准者得以折中。纲领既明,毛目也显,《文心雕龙》所以成为当时文坛之集大成者以此,所以成为条理绵密的文学批评之伟著者以此。②

《文心雕龙》体大虑周,对先秦至南朝前期尤其是魏晋以来有关文学、文章的论述作了全面的总结,是我国文学批评史上最重要的理论著作。《原道》《征圣》《宗经》《正纬》《辨骚》五篇,总论"文之枢纽",坚持以经典和《楚辞》为正宗,以雅正为本色。自《明诗》至《书记》凡二十篇,通论历代文体源流并艺术要旨。自《神思》至《总术》共十九篇,着力解决创作过程中作家的思维活动、个性与风格、内容与辞采等关系问题,兼顾声律、章句、对偶、比兴、夸张、运用典故等艺术手法与技巧。自《时序》至《程器》五篇可视为鉴赏论,纵论批评,探赜赏鉴。最后一篇《序志》乃作者自序。

对美的本质,作为一种美学思想是必须首先加以界定的。他将美划分为三种范畴,即自然美、人文美、艺术美。对自然美,他认为这是先于人类,不依赖于人类而存在的,它不是精神的产物,而是自由自在的。《文心雕龙·原道》:

"文之为德也大矣,与天地并生者何哉!夫玄黄色杂,方圆体分,日月叠璧,以垂丽天之象;山川焕绮,以铺理地之形;此盖道之文也。""傍及万品,动植皆文:龙凤

---

① 《宗经》"六义"是:"一则情深而不诡,二则风清而不杂,三则事信而不诞,四则义直而不回,五则体约而不芜,六则文丽而不淫。"这里的"情""事""义"主要是从思想内容方面提出的标准,即感情深厚而不做作,事实具体而不虚妄,观点正确而不诡诈。"体""文"主要是从艺术形式方面提出的标准,即文字简练而不繁冗,语言华美而不靡丽。"风"则主要是指作品在社会中能产生积极的教化作用而不致造成思想混乱。《知音》"六观"是:"一观位体,二观置辞,三观通变,四观奇正,五观事义,六观宫商。""位体"是谋篇立体,"置辞"是遣词造句,"通变"是继承与创新,"奇正"是新奇与雅正,"事义"是选材与用典,"宫商"是平仄与韵律。这里包括了文学作品的诸多方面,既有题材、主题问题,又有语言、风格问题,乃至创造方法问题等。

② 郭绍虞:《中国文学批评史》,上海古籍出版社1979年版,第59页。

以藻绘呈瑞,虎豹以炳蔚凝姿;云霞雕色,有逾画工之妙;草木贲华,无待锦匠之奇,夫岂外饰,盖自然耳。""仰观吐曜,俯察含章,高卑定位,故两仪生矣。惟人参之,性灵所钟,是谓三才。为五行之秀,实天地之心。心生而言立,言立而文明,自然之道也。""夫以无识之物,郁然有彩,有心之器,其无文欤?""人文之元,肇自太极。"

不难看出,"文之为德"之"文"指自然美,"人文之元"之"文"指人文美,而"立文之道"之"文"则指艺术美。而且艺术之美既包括文学之美的"辞章",也包括美术之美的"黼黻"和音乐之美的"韶夏"。①

刘勰美感论的基本观点主要集中在《知音》《神思》《物色》《总术》《养气》数篇。刘勰认为,创作是心物交融与物我交汇的产物,作家主体对客观世界产生美感而后才能萌发创作冲动,而文学家之所以能对客观世界产生美感,首先要借助于感觉器官,即"物沿耳目","目既往还"。②刘勰认为,无论对自然美、人文美还是艺术美的鉴赏,美感产生的生理基础是感觉器官,即"目""视之","听之",舍此,一切无从谈起。同时,刘勰还认为,感觉器官的审美感知还需要上升而为审美的心灵观照,即"心敏""味之""佩之",进而"神与物游","心亦摇焉","心亦吐纳",通过咀嚼和把玩,心领神会后才能真正触及美的意境和真谛。

审美认识过程是复杂而微妙的,刘勰对此也有形象的描述。③刘勰认为,创作过程中美感表现为"物—情—辞"这样一个复杂的心理过程。而鉴赏过程中,审美主体首先接触到的是文辞,由文辞而在自己的心灵中唤起作家所体验过的情感,由此而认识世界。鉴赏中美感表现为"辞—情—物"这样一个相反的心理过程。在美感的心理过程中离不开移情和联想。所谓移情,就是审美主体把情感外射到与"我"相对立的"物"上去,使审美主体的情感也为外物所具有,即达到物我同一的境界。④刘勰还注意到了美感的差异性。《文心雕龙·知音》:"夫篇章杂沓,质文交

---

① 《文心雕龙·情采》:"若乃综述性灵,敷写气象,镂心鸟迹之中,织辞鱼网之上,其为彪炳,缛采名矣。故立文之道,其理有三:一曰形文,五色是也;二曰声文,五音是也;三曰情文,五性是也。五色杂而成黼黻,五音比而成韶夏,五情发而为辞章,神理之数也。"

② 《文心雕龙·神思》:"故思理为妙,神与物游。神居胸臆,而志气统其关键;物沿耳目,而辞令管其枢机。""春秋代序,阴阳惨舒,物色之动,心亦摇焉。""山沓水匝,树杂云合。目既往还,心亦吐纳。"《文心雕龙·知音》:"故心之照理,譬目之照形;目则形无不分,心敏则理无不达。"《文心雕龙·总术》:"视之则锦绘,听之则丝簧,味之则甘腴,佩之则芬芳。"

③ 《文心雕龙·物色》:"情以物迁,辞以情发。"《文心雕龙·知音》:"夫缀文者情动而辞发,观文者披文以入情,沿波讨源,虽幽必显。世远莫见其面,觇文辄见其心。""夫唯深识鉴奥,必欢然内怿,譬春台之熙众人,乐饵之止过客。盖闻兰为国香,服媚弥芬;书亦国华,玩泽方美。"

④ 刘勰广泛而深入地探讨了移情问题。《文心雕龙·物色》:"春日迟迟,秋风飒飒。情往似赠,兴来如答。"《文心雕龙·神思》:"登山则情满于山,观海则意溢于海。"《文心雕龙·物色》:"诗人感物,联类不穷,流连万象之际,沉吟视听之区。"

加,知多偏好,人莫圆该。慷慨者逆声而击节,酝藉者见密而高蹈,浮慧者观绮而跃心,爱奇者闻诡而惊听。"刘勰认为,由于美感的差异性,不仅创作会有不同的风格,鉴赏也会有偏爱和异趣。

刘勰的美学思想在我国 6 世纪空前地达到了时代的高度,可谓独步当时,对其后美学思想也产生了重大影响。刘勰美学思想的哲学基础是对儒、道、释的博采众长,兼收并蓄,其美学思想自然也受到儒、道、释的深刻影响。关于刘勰美学思想方法论的渊源,刘永济就曾指出:"其思想方法,得力佛典为多。"而后,杨明照也认为:"他那严密细致的思想方法,无疑是受了佛经著作的影响。"王元化和马宏山等人则进一步指出他是受了佛家因明学和"中道"论认识论的影响。

四、思深意远——钟嵘与《诗品》

五言诗产生于西汉,南北朝时已蔚为大观,众多的作品和成熟的文体为理论研究准备好了充分的条件。梁朝初期,钟嵘从西汉至梁的众多五言诗人中选出一百二十二位加以品评,撰成《诗品》,这是我国历史上第一部诗歌评论专著。钟嵘将这一百二十多位诗人分成上、中、下三品,以显示其成就高下;又溯其源流,将比较重要的诗人分成出于《国风》、出于《小雅》和出于《楚辞》三个系统,以显示其风格的异同和源流,并以简短的评语标明其创作特色。此外还就诗歌的产生、功能和审美标准等问题加以论述,鲜明地体现了钟嵘的诗歌美学思想。促成钟嵘完成《诗品》的一个主导诱因,是当时全社会没有一个系统的评价标准和人们"随其嗜欲""准的无依"的不良评品风气。建立一个评价标准是时代的呼唤,钟嵘自觉担负起时代赋予的历史使命,他为诗歌的健康发展确立新的审美标准——"干之以风力,润之以丹彩"。"风力"是指表现得明朗、生动,富于感染力,"丹彩"是指诗歌语言的美丽。钟嵘认为好诗必须以风力为基础,再加以文辞润饰,那样的诗最合乎理想。此时人们对于诗歌朴素之美的认识是很不够的。①

钟嵘充分肯定诗歌的情感因素,认为强烈动人的情感表达本身就是一种美。断言诗歌既是抒情言志的最佳方式——"非陈诗何以展其义? 非长歌何以骋其情?"也是抚慰感情的最好良药——"使穷贱易安,幽居靡闷"。至于情感的发生,钟嵘认为:一是自然景物,二是社会生活。在社会生活之中,他又特别强调悲剧性的

---

① 重视藻采是南朝人比较普遍的审美观点,这与后世追求"自然平淡"不同。这就势必影响到具体作家作品的判断,比如曹操、陶渊明的诗,后世评价很高,但钟嵘只把他们分别列于下品和中品。

因素,强调那些使人哀伤、怨愤的遭逢。①《诗品》在具体评论诗人时也常常称其作品"多凄怆","多感恨",是"怨者之流"等。这与后人常说的诗歌"恒发于羁旅草野""穷苦之言易好""诗穷而后工"等是一致的,反映了一种以悲为美的普遍心理。

《诗品序》提出"滋味""自然英旨"和"直寻"等重要审美观念。钟嵘继《文赋》及《文心雕龙》之后更明确地提出了诗的"滋味"问题。在《诗品序》中,他认为只有有滋味的诗,才能"使味之者无极,闻之者动心"。诗味说不仅为后来许多人接受和发挥,如司空图、苏轼以至王士禛等,而且"文已尽而意有余"更成为以后对诗、文创作的共同要求。钟嵘特别强调诗歌创作的"真美",要求诗歌创作要有真挚强烈的感情,而非虚假的无病呻吟。钟嵘认为,诗歌本来是作家在外物感召下真情实感的表现,而"膏腴子弟,耻文不逮,终朝点缀,分夜呻吟"。无病呻吟的结果,其一种表现就是竞尚用典,也即"拘挛补衲,蠹文已甚",使得"吟咏情性"的诗歌竟然"殆同书钞",严重阻碍了诗歌创作的健康发展。"贵公子孙"或"膏腴子弟"无病呻吟的第二种表现,是刻意讲究声病,"务为精密,襞积细微,专相陵架,故使文多拘忌,伤其真美"。这是缺乏"天才"的典型病候。钟嵘力主真情实感是诗歌的第一要素,主张"风力"与"丹彩"相结合,要求做到"直寻"和"自然",对于当时的文风无疑是一种矫正与反拨。

他还从作家和作品的风格特点着眼,重视历代诗人之间的继承和发展关系,及不同艺术流派之间的区分,并提出了比较系统的看法,为风格流变的研究开创了一个新途径。

尤为难得的是,钟嵘充分肯定了五言诗前所未有的历史地位,认为传统的四言诗已经式微,且四言诗"文繁而意少,故世罕习焉"。而五言诗方兴未艾,"居文词之要,是众作之有滋味者也",且在"指事造形,穷情写物"方面"最为详切"。②

五、事出于沉思,义归乎翰藻——萧统与《文选》

萧统编纂的《文选》选录了自先秦至南朝梁许多作家的作品,分为赋、诗、骚、七、诏、册、令、教、文、表、上书、启、弹事、笺、奏记、书、檄、对问、设论、辞、序、颂、赞、

---

① "诗言志"本是我国文学理论的传统观点,但传统诗论更侧重抒情的美刺讽喻和温柔敦厚,钟嵘则更倾向于情感的审美愉悦,这是魏晋以来文学自觉的又一反映。

② 由于《诗经》主要是四言体且被奉为经典,因此,在诗歌的形式问题上,理论界表现出了强烈的保守性——重四言而轻五言。例如挚虞的《文章流别论》就认为"古诗率以四言为体","雅音之韵,四言为正;其余虽备曲折之体,而非音之正也"。刘勰的《文心雕龙·明诗》篇主要是论述五言诗的,却也说"四言正体"、"五言流调",不承认五言的诗歌形式在诗坛的应有地位。

符命、史论、史述、赞、论、连珠、箴、铭、诔、哀、碑文、墓志、行状、吊文、祭文,共 38 类。从这个选文目录和分类来看,有点不伦不类,其中相当一部分文体乃是应用性极强的应用文体,包括皇家典诰和机关政府公文,如令、诰、文、诏、表、笺、书、奏记、碑文等,将其与赋、诗、骚等文学等量齐观,反映了当时文学观念的历史局限。

但萧统标举的选录标准是"以文为本"①,并将经、史、子排除于《文选》之外。而对于史传也只选取富有文采的论赞,要求"事出于沉思,义归乎翰藻"②。这又反映出他极力想将文学与其他学术著作区别开来的企图和努力。无论如何,这是历史性的进步,是文学自觉的显著表征。③ 所以在文选中,辞藻华丽、声律和谐的楚辞、汉赋和六朝骈文就占了相当大的比重,诗歌方面也多选了格律比较严谨的颜延之、谢灵运等人的作品,而陶潜等平易自然的诗篇则入选较少。

萧统的选文标准,既是他个人的审美眼光,也是一个时代的文学观念。比如萧子显的《南齐书·文学传》就认为文学是作者"事出神思"、"图写情兴"之"情性之风标,神明之律吕",高度标举情兴、神思等情感因素与艺术想象,放大文学的创造性与语言的感染力。这些见解,更加切合文学创作的规律和特点。对文学特点的进一步认识,也反映在当时的所谓"文体之辩",或关于"文学""文章"以及"文""笔"等概念的辨析和使用上。比如刘勰认为:"观其时文,雅好慷慨;良由世积离乱,风衰俗怨,并志深而笔长,故梗概而多气也。"④

作为一部文学选本,《昭明文选》无疑是成功的,以至于到唐朝时与五经媲美,盛极一时。北宋时,民间有"《文选》烂,秀才半"的谚语,足见其流布之广。延至元、明、清,有关《文选》的研究也经久不衰。

---

① 萧统:《文选序》,郭绍虞:《中国历代文论选》(四卷本),上海古籍出版社 1979 年版。
② 阮元《与友人论文书》说:"《选序》之法,于经、史、子三家不加甄录,为其以'立意'、'记事'为本,非'沉思'、'翰藻'之比也。"
③ 这样的企图也普遍反映在当时的史学著作中。如沈约的《宋书·谢灵运传论》就指出谢灵运的创作是"兴会标举",是"情兴所会"的产物,并指出文学创作不同于经史之作,其特点是"直举胸情,非傍诗史……高言妙句,音韵天成",这些见解,对于文学性质的认识无疑是积极的,也是深入肯綮的。
④ 刘勰:《文心雕龙·时序》,赵仲邑《文心雕龙译注》,漓江出版社 1982 年版。

第十三章

文学代嬗——主流文学的时光成像

一、演变——文学观念的循环化

与西方基督之进化论文化相比,循环与轮回是中国人根深蒂固的历史观念,正所谓"三十年河东,三十年河西"。针对中西文化观念上的差异,严复曾经明确指出:"尝谓中西事理,其最不同而断乎不可合者,莫大于中之人好古而忽今,西之人力今以胜古;中之人以一治一乱、一盛一衰为天行人事之自然,西之人以日进无疆,既盛不可复衰,既治不可复乱,为学术政化之极则。"[①]中国封建社会相对漫长,就其政治格局而言,表现为一分一合、一治一乱的周期性循环。所以,"无论传统的易学哲学还是诸子学,事实上都没有现代意义上的历史进化论"[②]。基于根深蒂固的历史循环观,中国学者在接触西方进化论思想时,本能地质疑。他们认为,进化论所内蕴着的"物竞天择,适者生存""优胜劣汰"的价值观念,把人类行为引向力性的竞争秩序中,其结果却是文明的危机。正是在这个意义上,章太炎说:"进化之实不可非,而进化之用无所取。"[③]

中国文化的第一高峰期出现在春秋战国时期,这也是中国文化的奠定期,而这个时期正是由治而乱的时期,即由周王礼乐文化一统天下走向礼崩乐坏的诸侯割

---

① 严复:《论世变之亟》,《严复集》第一册,中华书局1986年版,第1页。
② 高瑞泉:《中国现代精神传统》,东方出版中心1999年版,第43页。
③ 章太炎:《俱分进化论》,《章太炎全集》第四卷,第387页。其实,西方学者对此也有清醒的认识,比如马克斯·韦伯在《民族国家与经济政策》中也指出:"物竞天择的结果并不一定像我们之中乐观者所想的那样,总是使高等的或者更有经济头脑的民族胜出。这一点我们刚刚才看到。人类历史上劣等民族胜利的例子实在不少。"

据鼎立。孔、孟、老、庄等中国文化的奠基者生逢其时,对业已逝去的西周文化充满眷念之情,明显带着怀旧的情绪,这就奠定了后世文化复古怀旧的基调。所以,征古心态就成了中国文化的基本心态。① 而战国晚期的荀子、韩非之流,适逢历史由乱而治、由分而合,思想中明显带有乐观的因素,他对人的力量的肯定与对人的价值的肯定,本身就是这种时代乐观精神的体现。孟子"性善论"与荀子"性恶论"的差异,正是人在"由治而乱"与"由乱而治"不同历史处境的心理反映。我们可以这样断言:由治而乱,人们的心理趋向怀旧,其文化带有明显的回忆色彩,带有保守、悲观、复古等典型症候;而由乱到治,人们的心理趋向崇新,其文化带有明显的瞻望色彩,表现为开放、乐观、开拓的气质。一道一儒,一治一乱,交替发展,是造成中国以复古为创新的文化走向的根本原因。

从宏观的角度看,自南北朝而下的漫长历史中,中国古代文学批评理论直观地呈现出复古与创新交替运行的态势,但就其实质而言,复古不意味倒退,而是为了创新——在复古的旗帜下,实现审美观念的更新。每一次文学观念的嬗变,每一个文学思潮的滋生,几乎都是在复古的前提下实现。这实在是深值玩味的怪事。唐代的古文运动也好,宋代的诗文革新也好,清代的宋诗运动、桐城派古文也好,其间大大小小的其他思潮、流派,几乎每一家在其开张之际,首先都要物色历史上某个时期或某个人物的创作来作为自己创作的标识。②

郭绍虞先生在《中国文学批评史》总论中说:"我以为文学观念假使不经过唐代文人宋代儒家的复古主张,则文学批评的进行,正是一帆风顺尽有发展的机会。不过历史上的事实总是进化的,无论复古潮流怎样震荡一时,无论如何眷怀往古,取则前修,以成为逆流的进行,也未尝不是进化历程中应有的步骤。"③

在诗歌传承上,自宋代开始,以后的诗一直是在模仿和创新中摇摆不定,蹒跚前行。明代诗风先有以内阁宰辅"三杨"为代表的"台阁体",雍容之作,愈久愈蔽,

---

① 中国文化是一个多元化的文化体系,儒、释、道互补,法、墨、农、杂、名、纵横、阴阳并存。但就本土文化而言,儒、道乃是这多元文化的核心与轴心。如果把中国文化比作一条源远流长的大河,儒、道无疑是大河的两岸,虽然彼此对立,但又共同规范与涵养着河水,使其不至泛滥与干涸。由于这种文化的多元性,决定其文化走向不能像一元文化那样呈直线型发展,而是一种交叉型的交替运动。

② 古文运动——以儒学为旗帜,以复古为号召,以秦汉散文为标识;新乐府运动——以乐府诗为创作的圭臬;西昆体——推崇李商隐;诗文革新运动——标举"吾之道,孔子、孟轲、扬雄、韩愈之道,吾之文,孔子、孟轲、扬雄、韩愈之文也";江西诗派——祖师黄庭坚,倡导"夺胎换骨"、"点铁成金";永嘉四灵——反对江西派,但推崇贾岛、姚合等人的五言律诗;茶陵派——宗唐法杜;前七子、后七子——倡导"文必秦、汉,诗必盛唐";唐宋派——推崇唐宋散文,主张由宋而窥西汉、先秦;宋诗运动——把前后七子倡导的"诗必盛唐"改为师法黄庭坚;桐城派——尚道统,倡义法。

③ 郭绍虞:《中国文学批评史》,百花文艺出版社1999年版,第12页。

陈陈相因。作为矫正,就有李梦阳为代表的"前七子",提倡"文必秦、汉,诗必盛唐"。后又出现了以李攀龙、王世贞为代表的"后七子",主张"大历以后书勿读"。有人复古就有人反对复古。例如,针对明代前七子和后七子的拟古风气,公安派就以"独抒性灵,不拘格套"予以反对。袁宏道说:"盖诗文至近代而卑极矣。文则必欲准于秦、汉,诗则必欲准于盛唐,剽袭模拟,影响步趋,见人有一语不相肖者,则共指以为野狐外道。曾不知文准秦、汉矣,秦、汉人何尝字字学《六经》欤?诗准盛唐矣,盛唐人何尝字字学汉、魏欤?秦、汉而学《六经》,岂复有秦、汉之文,盛唐而学汉、魏,岂复有盛唐之诗?唯夫代有升降,而法不相沿,各极其变,各穷其趣,所以可贵,原不可以优劣论也。"[1]话虽这样说,但复古如影随形,拂之不去。

虽然每一个文学流派的形成,每一个文艺思潮的产生,自有其特定的社会历史原因,但是,像中国文学运动在如此漫长的历史中呈现出如此规律性的特征,如果仅从特定的历史背景来认识看来是不够的,必须从大文化的视野来审视。所谓大文化,就是不拘泥于一朝一代,是一种较宽泛时空下的主体文化,通常指一个民族的核心文化,它是一个民族文化的原始动因,维持着一个民族文化的根本风貌与基本精神。它是在不同文化的交流与冲突中,维持其自身价值而不至于被其他文化所吞噬的根基文化。从共时性的角度看,它有极鲜明的特色,有极强的自卫能力以确保其在文化的交流与冲突中不被别的文化所同化;从历时性的角度看,它有极强的生命力及再生能力,使得其在历史发展中,能世代传承,不至于被历史淘汰与湮灭。在这个文化层面上审视中国文学观念的复古与创新的内在机制,或许更容易理解一些。[2]

二、蜕变——文学体式的断层化

"一代有一代之文学"的文体代嬗现象在世界任何民族的文学史上都是少见的,也没有哪个民族的文学像中国文学这样层次分明,呈现出典型的季节性特征。只有高度集权化的政治体制才会造就如此整齐划一的美感层次。"皇帝轮流做",伴随朝代更替的不仅仅是权力移交,也意味着审美趣味的移交和文化选择的移交。就中国文学而言,文体的选择与风格的转换深烙着时代印记。"一代有一代之文学"的历史论断,揭示了中国文学的动态性、变异性、阶段性和层次性。兹将相关代表性的论断罗列如下——

---

[1] 袁宏道:《叙小修诗》,徐中玉主编《古文鉴赏大辞典》,浙江教育出版社1995年版。
[2] 参见王世朝:《中国古代文学批评理论专题》,甘肃人民出版社2004年版。

第十三章 ◆ 文学代嬗——主流文学的时光成像

三百篇亡而后有骚赋;骚赋难入乐而后有古乐府。古乐府不入俗而以唐绝句为乐府,绝句少宛转而后有词,词不快北耳而后有北曲,北曲不谐南耳而后有南曲。①

凡一代有一代之文学,楚之骚,汉之赋,六代之骈文,唐之诗,宋之词,元之曲,皆所谓一代之文学,而后世莫能继焉者也。②

四言敝而有《楚辞》,《楚辞》敝而有五言,五言敝而有七言,古诗敝而有律绝,律绝敝而有词。盖文体通行既久,染指遂多,自成习套。豪杰之士,亦难于其中自出新意,故遁而作他体,以自解脱,一切文体所以始盛终衰者,皆由于此。故谓文学后不如前,余未敢信。但就一体论,则此说固无以易也。③

《三百篇》之不能不降为《楚辞》,《楚辞》之不能不降为汉魏,汉魏之不能不降为六朝,六朝之不能不降为唐也,势也。用一代之体,则必似一代之文,而后为合格。诗文之所以代变,有不得不变者。一代之文,沿袭已久,不容人人皆道此语,今且千数百年矣,而犹取古人之陈言,一一而摹仿之,以是为之可乎?故不似则失其所以为诗,似则失其所以为我。李杜之诗所以独高唐人者,以其未尝不似未尝似也,知此者,可与言诗也已矣。④

余尝欲自楚骚以下,至明八股,撰为一集。汉则专取其赋,魏晋六朝至隋则专录其五言诗,唐则专录其律诗,宋专录其词,元专录其曲,明专录其八股,一代还其一代之所胜。⑤

针对上述诸家观点,我们必须认真思考如下问题——

首先,每个时代的代表性文体是否有统一的认定标准?上述各家所标举的各时代代表性的文体并不相同。比如汉代,有人认为是汉乐府,有人认为是汉大赋;魏晋南北朝,有的取五言诗,有的取骈体文⑥;宋代,有人标举宋词,也有人推崇宋文。⑦

其次,什么原因造就中国文学断层想象?文学发展有其自身的规律,但也不能

---

① 王世贞:《艺苑卮言·附录》,丁福保《历代诗话续编》,中华书局1983年版。
② 王国维:《宋元戏曲史·自序》,上海古籍出版社1998年版。
③ 王国维:《人间词话》,上海古籍出版社2011年版。
④ 顾炎武:《日知录卷二十一》,陈垣《日知录校注》,安徽大学出版社2007年版。
⑤ 焦循:《易余钥录》,《焦循诗文集》,广陵书社2009年版。
⑥ 焦循持论是唐代以后的传统观念,而王国维或许秉承阮元等推崇骈体文的余绪。但新文化运动以后,文学史家对魏晋六朝诗的评价又盖过骈文。
⑦ 针对一般人将宋词作为宋代文学的代表,王国维曾深感疑惑,他说:"余谓律诗与词,固莫盛于唐宋,然此二者果为二代文学中最佳之作否,尚属疑问。"王国维的困惑不是空穴来风,比如李渔《闲情偶寄》就有:"历朝文字之盛,其名有所归,汉史、唐诗、宋文、元曲,此世人口头语也。"就将唐诗与宋文对举。

忽略外部因素。比如唐诗的兴盛除诗歌本身的发展,不能忽视当时科举制度的刺激与推动。再比如说元曲的兴盛,除了戏剧自身的发展,还与元朝统治者的政策与生活方式息息相关。

再次,某一新文体的兴盛也就意味着旧文体的衰落,文体兴衰的主客观因素究竟有哪些?按照现代人类学的观点,一个文类必定包含一组要素,正是这些要素决定了此一文类的特征。某一文体的形态演进,实际上就是由于这些要素彼此之间的角色变化引发的。形式主义者雅各布布森认为:"在一个特定的规范诗歌的综合体中,或特别是在一组适应某特定诗歌类型的规范作品中,那些起初是从属的成分变成了决定的和主要的成分。另一方面,开始占支配地位的成分又变成了次要的和被选择的成分。"[1]文学要素的主次变化是引发文体变迁的重要原因。

不管怎么说,"文变染乎世情,兴废系于时序",中国文学所呈现出的典型时代症候是突出的。王国维提出"一代有一代之文学"有其特定的学术背景,他在《宋元戏曲考序》中感慨"独元人之曲,为时既近,托体稍卑,故两朝史志与《四库》集部均不著于录;后世儒硕皆鄙弃不复道……遂使一代文献,郁堙沉晦者且数百年,愚甚惑焉。"故其将元曲与唐诗、宋词等并列,实有为曲争地位的直接动机,而未遑从其他方面作过细的阐释,但他对元曲"究其渊源,明其变化之迹,以为非求诸唐宋辽金之文学,弗能得也"。同前,已涉及前后代文学和各种文体间相互渗透影响的问题。可见研究中国古代文学,在对擅一代之胜的文体进行深入探究的同时,对与之相伴生的其他文体,决不可以轻视。各体间互相渗透诱发,是文体发展的动力之一。[2]

三、通变——文学话语的通俗化

(一)主流话语的时间策略——"师其意不师其辞"与"语陈意新"

在创作的继承与创新问题上,古代文论的探讨是深入的,也是辩证的。但具体到某一时代或某个人,偏废也在所难免。仅就言意关系而言,韩愈就坚决主张"师其意,不师其辞",他说:"或问为文宜何师?必谨对曰:宜师古圣贤人。曰:古圣贤人所为书具存,辞皆不同,宜何师?必谨对曰:师其意,不师其辞。"[3]韩愈的这一提法大概师承陆机《文赋》"谢朝华于已披,启夕秀于未振",对后世影响极大。如明代

---

[1] 转引自罗伯特·肖尔斯:《结构主义与文学》,春风文艺出版社1988年版,第133页。
[2] 参见余恕诚:《"一代有一代之文学"与文体间的交流互动》,《光明日报》理论版,2005年05月27日。
[3] 韩愈:《答刘正夫书》,郭绍虞:《中国历代文论选》(四卷本),上海古籍出版社1979年版。

的王鏊就认为:"为文必师古,使人读之不知所师,善师古者也。韩师孟,今读韩文,不见其为孟也。欧学韩,不觉其为韩也。若拘拘规效,如邯郸之学步,里人之效颦,则陋矣。所谓'师其意,不师其词',此最为文之妙诀。"①宋濂:"所谓古者何? 古之书也,古之道也,古之心也。道存诸心,心之言形诸书,日诵之,日履之,与之俱化,无问古今也。若曰专溺辞章之间,上法周、虞,下蹴唐、宋,美则美矣,岂师古者乎?"②资之于此,在语言上力主"务去陈言"。受韩愈的影响,唐人"好奇尚辞"几成时尚,竟至发展到"字字求异"于古人的地步。

韩退之曰:"惟陈言之务去。"假令述笑哂之状,曰"莞尔",则《论语》言之矣;曰"哑哑",则《易》言之矣;曰"粲然",则《谷梁子》言之矣;曰"攸尔",则班固言之矣;曰"辗然",则左思言之矣。吾复言之,与前文何以异也? 此造之大归也。③

李翱的确是做过了头④,难怪金人王若虚会批评说:"予谓文贵不袭陈言,亦其大体耳。何至字字求异如翱之说,且天下安得许新语耶? 甚矣,唐人之好奇而尚辞也。"⑤但此风并未就此打住,后来的古文家又推波助澜,使得所去的"陈言"越来越多。桐城派古文大师之一刘大櫆认为古文用经史诸子之文,"只用一字,或用两字而止","大约文字是日新之物,若陈陈相因,安得不目为臭腐? 原本古人意义,到行文时却须重加铸造,一样言语,不可便直用古人,此谓去陈言"⑥。另一大师方苞认为"古文中忌语录语,魏晋六朝人藻丽俳语,汉赋中板重字法,诗歌中隽语,南北史佻巧语"⑦。而后李绂又由此发展为"古文词禁八条",即"儒先语录""佛老唾余""训诂讲章""时文评语""四六骈语""颂扬套语""传奇小说""市井鄙言"。吴德旋又有所谓古文用语五忌:"忌小说""忌语录""忌诗话""忌时文""忌尺牍","此五者不去,非古文也"。⑧

与"师其意,不师其辞"相反,也有人主张"语陈意新"。清人薛雪《一瓢诗话》云:"用前人字句,不可并意用之。语陈而意新,语同而意异,则前人之字句,即吾之字句也。若蹈前人之意,虽字句稍异,仍是前人之作,嚼饭喂人,有何趣味?"清人沈

---

① 王鏊:《文章》,吴建华点校《王鏊集》,上海古籍出版社 2013 年版。
② 宋濂:《师古斋箴并序》,《宋学士全集》十五,台湾商务印书馆 1986 年版。
③ 李翱:《答朱载言书》,郝润华点校《李翱集》,甘肃人民出版社 1992 年版。
④ "惟陈言之务去"本自韩愈《答李翊书》,樊汝霖说:"李翊或作李翱。"吴汝纶说:"当依别本作答李翱,篇中所论,翱殆不足与闻。"笔者采信此说。
⑤ 王若虚:《文辨》,胡传志、李定干《滹南遗老集校注》,辽海出版社 2006 年版。
⑥ 刘大櫆:《论文偶记》,《刘大櫆集》,上海古籍出版社 2008 年版。
⑦ 沈廷芳:《隐拙斋集》,齐鲁书社 2001 年版。
⑧ 转引自徐立、陈新:《古人谈文章写作》,广东人民出版社 1985 年版,第 266 页。

德潜《说诗晬语》云:"盖诗当求新于理,不当求新于径。譬之日月,终古常见,而光景常新,未尝有两日月也。"

(二)主流话语的空间策略——"郊庙"与"江湖"

从文学源头来看,《诗经》也好,《论语》也好,皆来自民间与口头,但后世文人并未循规蹈矩地走民间与口头的路,而是有意无意地背叛民间与口头,致力于"韵味""神韵""意境"等自创的艺术情境中品味艺术。文人创作从汉赋开始,一步步走向奢侈靡艳,尤其是在魏晋南北朝时期,曹丕之"诗赋欲丽",陆机之"诗缘情而绮靡;赋体物而浏亮",到葛洪,大力提倡繁富奥博之文,讲究华艳雕饰,他说"古者事事醇素,今则莫不雕饰"[①],认为文学的发展是从质朴到华丽逐渐演进的,因此讲究艳丽、雕饰是一种进步的表现。如此一来,终于发展到"俪采百字之偶,争价一句之奇,情必极貌以写物,辞必穷力而追新"[②]。当时的文坛"讲辞藻,讲事类,讲对偶,讲声病……可以说是最重形式、最不自然的时代"[③]。

而江湖文学的高度发展大约从宋朝开始,首先是宋词,将市井文化融入雅文化,将妩媚融入庄严;其次是民间文艺的繁荣,民间作家辈出,从民间产生白话小说和杂剧。[④] 明朝文学在复古思想破灭后,文人学士转向民间,对俗文学深情一瞥。值得一提的是,曾大力提倡拟古,从而沦为"古人影子"的明人李梦阳,晚年大力倡导"真诗乃在民间"。他指出:"夫诗者,天地自然之音也。今途咢而巷讴,劳呻而康吟,一唱而群和者,其真也,斯之谓风也。孔子曰:'礼失而求之野。'今真诗乃在民间。而文人学子,顾往往为韵言,谓之诗。夫孟子谓'《诗》亡然后《春秋》作'者,雅也。而风者亦遂弃而不采,不列之乐官,悲夫!李子曰:嗟!异哉!有是乎?予尝聆民间音矣,其曲胡,其思淫,其声哀,其调靡靡,是金、元之乐也,奚其真?王子曰:真者,音之发而情之原也。古者国异风,即其俗成声。今之俗既历胡,乃其曲乌得而不胡也?故真者,音之发而情之原也,非雅俗之辩也。"[⑤]

李梦阳的看法有其深刻的社会原因,一方面是正统的文人文学已失去了原有的生命力,另一方面是民间文学进入了空前的繁荣兴盛时期,其真挚的内容与清新的形式,引起世人的瞩目。李梦阳早年为了矫正时文的浮泛,曾大力提倡拟古,直

---

① 葛洪:《抱朴子·钧世》,庞月光《抱朴子外篇全译》,贵州人民出版社1997年版。
② 《文心雕龙·明诗》,赵仲邑《文心雕龙译注》,漓江出版社1982年版。
③ 罗根泽:《中国文学批评史》,上海古籍出版社1984年版。
④ 孟元老:《东京梦华录》,邓之诚《东京梦华录注》,中华书局1982年版。
⑤ 李梦阳:《诗集自序》,郭绍虞《中国历代文论选》(四卷本),上海古籍出版社1979年版。

到晚年,才发现文学的希望并不在已死的古人,而在现实社会的下层百姓之中。至此,他对自己以往的拟古之作进行了否定:"予之诗,非真也,王子所谓文人学子之韵言也,出之情寡而工之词多者也。"李梦阳晚年对民间真诗的推重,直接影响了李贽、公安三袁和冯梦龙等人。袁宏道谓明代民歌为可传之作,袁中道谓真诗果在民间,卓人月谓民歌为明代一绝,可与唐诗、宋词、元曲并美。冯梦龙的《序山歌》云:

> 书契以来,代有歌谣,太史所陈,并称风雅,尚矣。自楚骚唐律,争妍竞畅,而民间性情之响,遂不得列于诗坛,于是别之曰"山歌",言田夫野竖矢口寄兴之所为,荐绅学士家不道也。唯诗坛不列,荐绅学士不道,而歌之权愈轻,歌者之心亦愈浅。今所盛行者,皆私情谱耳。虽然,桑间、濮上,国风刺之,尼父录焉,以是为情真而不可废也。山歌虽俚甚矣,独非郑、卫之道欤?且今虽季世,而但有假诗文,无假山歌,则以山歌不与诗文争名,故不屑假。

冯氏所云,的确指明了"郊庙"与"江湖"两种文学二水分流的现象。自骚、诗以来,诗文为文人学士所掌握,民间文学由于出语俚俗"遂不得列于诗坛"。

(三)主流话语的审美策略——"绚烂"与"平淡"

由于宋初诗坛存在诸多弊端,宋代诗歌的变革势在必行,于是"梅圣俞、苏子美起而矫之",为宋诗的发展开辟了另一条道路。梅尧臣是北宋初杰出的诗人,他的现实主义风格及平淡诗风,为宋诗开辟了一条崭新的道路,并对宋代及其以后的诗坛产生了深远的影响,龚啸评梅诗"去浮靡之习,超然于昆体极弊之际;存古淡之道,卓然于诸大家未起之先"。梅尧臣对宋诗的贡献——"开宋诗一代之面目"。

作为诗文革新运动的重要人物之一,梅尧臣对宋诗的影响是巨大的,主要体现在诗歌内容和艺术风格两方面。在诗歌内容上,梅尧臣强调《诗经》以来文学干预社会、针砭现实的传统,反对诗歌中的娱乐、游戏倾向,现实主义传统源远流长,《诗经》以及屈原、杜甫、白居易等人的作品,都是现实精神的体现。但是在宋代以前,用作品来反映现实、关怀民生的只是少数作家,到了宋代则演变成一种普遍的现象,这与宋代特殊的社会、政治、文化思潮以及士人地位的提高有着密切的联系。梅尧臣、苏舜钦、欧阳修、黄庭坚、陆游、辛弃疾、范成大、刘克庄、文天祥等人的作品,都十分重视指陈时弊、关心民瘼。梅尧臣在《答韩三子华、韩五持国、韩六玉汝见赠述诗》《答裴送序意》等作品中提出了自己的主张,他认为应该学习《诗经》"因事有所激,因物兴以通"的美刺传统,要求诗歌反映现实生活,发挥社会作用。在创作中,梅尧臣更是重视实践他的这一理论,他的作品,或关怀民生或抨击当权腐败,或揭露社会黑暗或指陈时弊,体现了一个知识分子处于内忧外患时强烈的责任感和浓重的忧患意识。

梅尧臣既重视诗教传统,又追求艺术创新。一方面在精神底蕴上继承了《诗经》雅颂传统和杜甫、白居易批判现实的美刺精神,另一方面在艺术手法上又每每"意新语工,得前人未道"。为了实践其艺术的创新,诗人选择了对韩愈奇险艺术技巧和阮籍《咏怀》诗舒展自由的艺术形式的学习,从而形成了该类诗歌古硬劲拔并时出精警怪巧的艺术风格。叶燮《原诗》云:"宋之苏、梅、欧、苏、王、黄皆愈为之发其端。"钱钟书也以为梅尧臣"古诗从韩愈、孟郊还有卢仝那里学了些手法。"梅尧臣对韩愈奇险诗法的学习确实表现出明显的自觉性。他指陈时政、抒怀寄慨的作品随处可见韩愈诗风的影响。另外,梅尧臣师法陶渊明田园诗,写了大量追求田园闲适生活与田园之乐的诗篇,多处化用陶渊明的诗句和意境。这些诗心境闲适、意趣淡远,语言平淡古朴,确实深得陶诗平淡之意蕴。《田家》《山村行》《泊下黄溪》《早春田行》等都写得平淡深远。梅尧臣更多的诗是描写山姿水态的,受王维、韦应物的影响更明显。钱钟书认为梅尧臣"五言律诗受了王维、孟浩然的启发"①。这确实道出了王维对梅尧臣山水诗之影响。王维对梅尧臣的影响主要表现在取景的角度和方法上。王维作诗往往将诗与画的精神融会贯通,即以画意作诗,用诗意绘画,使得其山水诗具有突出的空间感和立体感,在诗的意境中渗透着浓郁的画意。梅尧臣在观照山水时也总是力图寻找最佳角度和诗意化的视点,营构深远和谐的画面,从而突现山姿水态的意趣。

梅尧臣在《林和靖诗集序》中评价林逋的诗"平淡邃美,咏之令人忘百事也"。对于平淡,梅尧臣在诗中提出了自己的看法:"作诗无古今,惟有平淡难。"可见平淡是梅尧臣极力追求的诗歌的最高境界。正是在这一理论主张的指导下,他写出了大量风格平淡的现实主义诗作。梅诗的平淡对后来的诗坛影响颇大,很多人对他的平淡给予了高度的评价。黄庭坚说他"用字稳实,句法刻厉而有和气"②,胡应麟认为他"平和简远,淡而不枯,丽而有则"③,刘熙载评价他"幽淡极矣,然幽中有隽,淡中有旨"④。可见梅尧臣所追求的平淡,并不是索然寡味,而是一种苦心营造出来的古淡深远。他倡导平淡的诗风并在实践中具体体现平淡之美,将宋诗的审美意识导向了另一个方向。梅尧臣的主张及创作,纠正了五代以来的诗风,为宋诗开

---

① 钱钟书:《宋诗选注》人民文学出版社 1989 年版,第 14 页。
② 黄庭坚:《跋雷太简梅圣俞诗》,郑永晓《黄庭坚全集辑校编年》,江西人民出版社 2011 年版。
③ 胡应麟:《诗薮》,上海古籍出版社 1979 年版。
④ 刘熙载:《艺概》,上海古籍出版社 1978 年版。

启了一条崭新的道路。从梅尧臣起,宋诗走向了不同于唐诗而又富有自己特色的一条道路。在这一点上,梅尧臣不愧为宋诗的"开山祖师"(刘克庄语)。他首创的"宛陵体"对后世影响巨大。陆游在《读宛陵先生诗》中说:"李杜不复作,梅公真壮哉,岂惟凡骨换,要是顶门开。锻炼无遗力,渊源有自来。平生解牛手,余刃独恢恢。"给予梅尧臣很高的评价,将他看作是李杜之后的第一位诗人。元代的"宣城诗派"也推梅尧臣为鼻祖。诸多的评价可以看出梅尧臣在诗坛上的地位之高及影响之大。

梁启超曾把宋元明三代总括为一个文化单位加以审视,他认为这六百年是"道学"发生成长以至衰落的整个时期。在考察"道学"产生与兴盛的原因时,他认为有两方面的因素。他说:"(一)因为再前一个时代便是六朝隋唐,物质上文化发达得很灿烂。建筑文学美术音乐等等都呈现历史以来最活泼的状况。后来这种文明烂熟的结果,养成社会种种惰气。自唐天宝间两京陷落,过去的物质文明已交末运,跟着晚唐藩镇和五代一百多年的纷乱,人心越发厌倦,所以入到宋朝,便喜欢回到内生活的追求,向严肃朴素一路走去。(二)隋唐以来,印度佛教各派教理,尽量输入,思想界已经掺入许多新成分,但始终儒自儒佛自佛,采一种不相闻问的态度。到了中晚唐,两派接触的程度日渐加增。一方面有韩愈一流人据儒排佛,一方面有梁肃李翱一流人援佛入儒。到了两宋,当然会产出儒佛结婚的新学派。加以那时候的佛家,各派都衰,禅宗独盛。禅宗是打破佛家许多形式和理论,专用内观工夫越发与当时新建设之道学相接近,所以道学,和禅宗,可以说是宋元明思想全部的代表。"①陈寅恪说:"华夏民族之文化,历数千年之演进,造极于两宋之世。"②两位大哲对文化的俯瞰可以拨开雾障,为我们洞开清晰宏阔的认知视野,为我们提供认识学理之路径。的确,宋代是中国文化的分水岭,从文学史的角度来看,宋以前的文学以追求绚烂的精英文学为主流,自宋而后,世俗文学日渐发达,平民意识逐渐增强。作为正统文体而备受推崇的"诗"与"散文"逐渐让位于"戏曲"与"小说"。文学的教化功能正逐渐被娱乐功能所替代。宋代正处于中国文化发展轨迹之抛物线的顶端,也是中国文化发展的拐点。在这样的大文化背景之下来审视梅尧臣,更能见出其独特的历史地位与文化价值。梅尧臣对"平淡"的追求,不只是一个诗人的个体风格选择,更是一个大时代的审美取向与文化价值选择。或许是他的天赋与敏感,让他最先感受到这个时代的特殊性,自觉承担起扭转这个伟大时代审美风气

---

① 梁启超:《中国近三百年学术史》,中国书店 1985 年版,第 2 页。
② 陈寅恪:《邓广铭宋史职官志考证序》,《金明馆丛稿二编》,上海古籍出版社 1980 年版,第 245 页。

的责任。难怪刘克庄称他为宋诗的"开山祖师"①。梅尧臣所致力的"平淡"诗歌风格,正是宋代诗人所追求的一种至境,后人称梅诗"平淡",实是一种极高的评价。可见"唯造平淡难"中的平淡并不是平平淡淡的平淡,而是中国诗词艺术中一种至高无上的自然淡和的审美境界。宋诗的任何创新都是以唐诗为参照对象的。宋人惨淡经营的目的,便是在唐诗美学境界之外另辟新境。宋代许多诗人的风格特征,相对于唐诗而言,都是生新的。比如梅尧臣的平淡,王安石的精致,苏轼的畅达,黄庭坚的瘦硬,陈师道的朴拙,杨万里的活泼,都可视为对唐诗风格的陌生化的结果。

有宋一代,总体文学审美追求就是平淡为美。比如,苏轼和黄庭坚一向被看作宋诗特征的典型代表,苏轼论诗最重陶渊明,黄庭坚则更推崇晚年的杜甫。苏轼崇陶,着眼于陶诗"质而实绮,癯而实腴"②;黄庭坚尊杜,着眼于晚期杜诗的"平淡而山高水深"③。可见苏、黄的诗学理想是殊途同归的。他们追求的"平淡",实指一种超越了雕润绚烂的老成风格,一种炉火纯青的美学境界。唐诗的美学风范,是以丰华情韵为特征,而宋诗以平淡为美学追求,显然是对唐诗的深刻变革。这也是宋代诗人求新求变的终极目标。欧阳修曾评其诗"覃思精微,以深远闲淡为意"④,高度概括了梅诗的主体风格特征。"作诗无古今,唯造平淡难"是梅尧臣的一句名言,把平淡一派的诗词品格提高到一个难以企及的高度。在梅尧臣的诗作中,曾六次提到"平淡":"因吟适情性,稍欲到平淡。"⑤"作诗无古今,唯造平淡难。"⑥在这里,梅尧臣显然把"平淡"当作了一种艺术追求,"远寄平淡辞,曷报琼与环"⑦。"中作渊明诗,平淡可拟伦。"⑧"方闻理平淡,昏晓在渊明。"⑨"重以平淡若古乐,听之疏越如朱弦。"⑩这里的"平淡",都是誉人之作,从中也可看出梅尧臣对"平淡"的推崇。欧阳修评价梅尧臣说"其初喜为清丽,闲肆平淡"⑪,可见梅尧臣早期诗歌就致力于平淡风格了。梅尧臣提出的"平淡",是以现实主义为基础的,他所追求的"平淡"是以李杜韩为榜样的,而且具有"美刺"的作用。另外,还要求承袭《风》《雅》美刺传

---

① 刘克庄:《后村诗话》,中华书局1983年版。
② 苏辙:《子瞻和陶渊明诗集引》,陈宏天、高秀芳点校《苏辙集》,中华书局2004年版。
③ 黄庭坚:《与王观复书》之二,郭绍虞《中国历代文论选》(四卷本),上海古籍出版社1979年版。
④ 欧阳修:《六一诗话》,郭绍虞《中国历代文论选》(四卷本),上海古籍出版社1979年版。
⑤ 梅尧臣:《依韵和晏相公》,朱东润《梅尧臣诗编年校注》,上海古籍出版社1980年版。
⑥ 梅尧臣:《读邵不疑学士诗卷》,朱东润《梅尧臣诗编年校注》,上海古籍出版社1980年版。
⑦ 梅尧臣:《和江邻几见寄》,朱东润《梅尧臣诗编年校注》,上海古籍出版社1980年版。
⑧ 梅尧臣:《寄宋次道中道》,朱东润《梅尧臣诗编年校注》,上海古籍出版社1980年版。
⑨ 梅尧臣:《答中道小疾见寄》,朱东润《梅尧臣诗编年校注》,上海古籍出版社1980年版。
⑩ 梅尧臣:《和绮翁游齐山寺次其韵》,朱东润《梅尧臣诗编年校注》,上海古籍出版社1980年版。
⑪ 欧阳修:《梅圣俞墓志铭并序》、《欧阳修全集》卷33,中国书店1986年版,第235页。

统:"我于诗言岂徒尔,因事激风成小篇。辞虽浅陋颇刻苦,未到二雅未忍捐。"①反对西昆流弊:"迩来道颇丧,有作皆言空。烟云写形象,葩卉咏青红。人事极谀谄,引古称辨雄。经营唯切偶,荣利因被蒙。遂使世上人,只曰一艺充。"②客观上把宋诗重新引入现实主义轨道。龚啸说他:"去浮靡之习,超然于昆体极弊之际;存古淡之道,卓然于诸大家未起之先。"基于此,可以把梅尧臣的"平淡"阐述为:用自然、平易、朴素的语言,表达一种深刻的现实况味,表现难于用文辞描绘的景态,一种涵蕴深远、意味无穷的诗意情境,使读者获得一种言外之意,是一种极高的艺术境界。据欧阳修《六一诗话》载:"圣俞尝语余曰:'诗家虽率意,而造语亦难。若意新语工,得前人所未道者,斯为善也。必能状难写之景,如在目前,含不尽之意,见于言外。'"陈师道《后山诗话》载:"闽士有好诗者,不用陈语常谈。写投梅圣俞,答书曰:'子诗诚工,但未能以故为新,以俗为雅尔。'"从这两段材料,我们可以看出,梅尧臣所谓"平淡",并不是陶渊明那种"超然物外"的平淡,而是要求"意新语工","以故为新,以俗为雅"。分析"平淡"的含义,可以看出,梅尧臣与宋人对"平淡"的看法是一致的。苏轼《评韩柳诗》说:"所贵乎枯澹者,谓其外枯而中膏,似澹而实美,渊明、子厚之流是也。若中边皆枯澹,亦何足道?"他认为,"外枯"是表面的特点,看上去如人之干瘪、憔悴状,无美可言,而实则"中膏",内里是丰满的,藏"内秀"于中,实可称美。这里的"枯澹",即尧臣所称"平淡",这一点,可以从苏轼的另两段话看出来。苏轼在《书黄子思诗集后》中说:"独韦应物、柳宗元发纤秾于简古,寄至味于澹泊,非馀子所及也。"晚年回顾自己的创作时说:"作诗到平淡处,要似非力所能……大凡为文,当使气象峥嵘,五色绚烂,渐老渐熟,乃造平淡。"③葛立方《韵语阳秋》云:"大抵欲造平淡,当自组丽中来,落其华芬,然后可造平淡之境,如此则陶、谢不足进矣。今之人多作拙易语,而自以为平淡,识者未尝不绝倒也。梅圣俞《和晏相诗》云:'因(原文为'今',从梅集改)适情性,稍欲到平淡。苦词未圆熟,刺口剧菱芡。'言到平淡处甚难也。"由此可以看出,宋人眼中的"平淡",实际是"寄味于澹泊",在外枯的形式掩盖下,实有"中膏"之美。

自严羽《沧浪诗话》"梅尧臣学唐人平淡处",胡仔《苕溪渔隐丛话》"圣俞诗工于平淡,自成一家",陈振孙《直斋书录解题》"圣俞为诗,古淡深远"之后,大多数论者接受了梅诗"平淡"论,以"平淡"来总括梅诗风格。但至近现代,不少研究者对此质

---

① 梅尧臣:《答裴送序意》,朱东润《梅尧臣诗编年校注》,上海古籍出版社1980年版。
② 梅尧臣:《答韩三子华韩五持国韩六玉汝见赠述诗》,朱东润《梅尧臣诗编年校注》,上海古籍出版社1980年版。
③ 周紫竹:《竹坡诗语》,上海古籍出版社2001年版,第32页。

疑，纷纷撰文进行探讨。朱东润先生是对"梅诗平淡"持否定意见最为鲜明的学者。朱先生认为："尧臣是一位激昂慷慨的战士，把他作品的特征，归结为平淡，是和他的身份不相称的。"①朱先生还认为："当时所谓'平淡'者，指的是陶潜那些山林隐逸、超然物外的作品，至少尧臣是这样认识的。"②对梅诗主"平淡"的另一种否定意见是主张梅诗"奇险"，认为"梅诗师韩，突出表现在其诗立意奇险，尤以反映重大政治生活事件为最。"③这种观点从梅尧臣的政治诗出发而得出，其偏颇之处不言而喻。

事实上，"绚烂"与"平淡"作为语言的两种风格，一直贯穿于创作实践及理论探讨之中。钟嵘《诗品》曾引了南朝诗人汤惠休对颜延之与谢灵运诗歌特色的评价说："谢诗如芙蓉出水，颜如错彩镂金。"《南史·颜延之》也有类似的记载："延之尝问鲍照，己与谢灵运优劣。照曰：'谢五言如初发芙蓉，自然可爱，君诗如铺锦列绣，亦雕缋满眼。'延年终身病之。"就其实质而言，前者崇尚自然，后者崇尚人工。究其思想来源，大概与儒道两家的思想影响有关。相较而言，儒家重视后天，提倡入世，倡导人为，推崇雕饰；而道家则重视先天，提倡出世，反对人为，主张天然，所以历来受儒家影响较深的文艺家，大都偏重于雕饰之美。如汉代儒学昌明，汉赋的创作就较为典型地反映了这种雕饰之美，讲究铺张扬厉，辞藻华丽。而到了魏晋南北朝时期，伴随儒家一统天下的瓦解，道家思想的复苏，崇尚自然的呼声日渐高涨。"师法自然""妙造自然""心师造化"成了这一时期最高的艺术原则。刘勰《文心雕龙·原道》说："云霞雕色，有逾画工之妙；草木贲华，无待锦匠之奇。夫岂外饰，盖自然耳。"钟嵘提倡"自然英旨"，力反"文多拘忌，伤其真美"。进而论之，重视自然之美，自然也就倾向于重视神似，而倾向于人工之美，自然也就不能不重视形似。从艺术表现的虚实关系来看，崇尚自然之美，相对重视写虚，而崇尚人工之美，则相对重视写实。从言意关系来看，前者是和言不尽意的思想密切相关，后者则与言能尽意的思想紧密相连。

这种自然论思想进一步发展为"平淡"论，在唐代皎然的诗论中已有体现，其"诗有六迷"中说："以缓慢而为淡泞。"其"诗有六至"中说："至丽而自然，至苦而无迹，至近而意远。"其"取境"中说："取境之时，须至难至险，始见奇句。成篇之后，观其气貌，有似等闲，不思而得，此高手也。"都是谈艺术的平澹境界。真正集中讨论并极力追求"平澹"境界的当梅尧臣。在《林和靖先生诗集序》中说："其顺物玩情为

---

① 朱东润：《梅尧臣诗编年校注》，上海古籍出版社1980年版。
② 朱东润：《梅尧臣诗编年校注》，上海古籍出版社1980年版。
③ 欧阳修：《梅圣俞墓志铭并序》《欧阳修全集》卷33，中国书店1986年版，第235页。

之诗,则平澹邃美,读之令人忘百事也。"在《读邵不疑学士诗卷杜挺之忽来因出示之且伏高致辄书一时之语以奉呈》一诗中说:"作诗无古今,唯造平澹难。"在《依韵和晏相公》中说:"因吟适情性,稍欲到平澹。"在《和绮翁游齐山寺次其韵》中说:"重以平澹若古乐,听之疏越如朱弦。"受其影响,苏轼等皆倡导"平淡",苏轼在《评韩柳诗》中说:"柳子厚诗,在陶渊明下,韦苏州上;退之豪放奇险则过之,而温丽清深不及也。所贵乎枯澹者,谓其外枯而中膏,似澹而实美,渊明、子厚之流是也。若中边皆枯澹,亦何足道。佛云:'如人食蜜,中边皆甜。'人食五味,知其甘苦者皆是,能分别其中边者,百无一二也。"必须清楚的是,平澹不是浅显、近俗的艺术描写所能达到的,"平澹"作为一种极高的艺术审美境界,必须精心锤炼,方能澄澹精致,枯而中膏,似淡实美。作为一种审美境界,虽然与"绚烂""奇崛""绮丽"等相对,但决不与平庸、浅近、枯澹等同。必须将其与绚烂辩证来看,否则,极易偏激。明谢榛《四溟诗话》中说:"作诗虽贵古淡,而富丽不可无。譬如松篁之于桃李,布帛之于锦绣也。"清周亮工《尺牍新钞》二集载徐芳《与高自山》云:"大抵诗之道,以气格为上,而结构亦不可遂轻;以性情为先,而声响亦不可遂废。词莫陋于缛赘,而径率之句亦不可谓之自然;境莫妙于目前,而凡俚之言又不可名为真至。韵而不靡,朴而不粗,淡而不枯,工而不诡,使事而不流于杂,谈理而不堕于迂,模古而不伤于痕,踏空而不病于凿,情文兼至,格调双谐,虽有作者,不能易此也。"可见,一方面,不同的艺术风格,既是生活丰富多彩的表现,也是创作个性的表征,不能崇尚平澹就诋毁绚烂;另一方面,不能为平澹而平澹,要知道,不经过绚丽往往难以达到平澹。正如宋吴可《藏海诗话》所言:"凡文章先华丽而后平淡,如四时之序,方春则华丽,夏则茂实,秋冬则收敛,若外枯中膏者是也,盖华丽茂实已在其中矣。"要做到由绚烂而至于平淡,关键在于:一要刻苦研习前人的作品,二要得法,三是不拘泥于古人。清方东树《昭昧詹言》:"诗有用力不用力之分。然学诗必先用力,久之不见用力之痕,所谓绚烂之极,归于平淡。此非易到,不可先从事于此,恐入于浅俗流易也。故谓学者宜先学鲍、谢,不可便先学陶公。七律宜先从王、李、义山、山谷入门,字字着力。但又恐费力有痕迹,入于挦扯钉饾,成西昆派,故当以杜公从肺腑中流出,自然浑成者为则。要之此二派前人已分立门户,须善体之。七古宜从韩公入。"清刘熙载《艺概·书概》:"学书者始由不工求工,继由工求不工。不工者,工之极也。《庄子·山木篇》曰:'既雕既琢,复归于朴。'善夫!"

"绚烂"与"平澹"作为两种不同的审美理想,可以追溯到早期文化,在孔子的思想中,既有"巧言令色,鲜矣仁",又有"言之无文,行而不远"。前者以否定的形式,开启了后来崇真、务实、尚朴、俭约的文风,为文学贴近平民,走向自然、平易、率真做好了铺垫;后者也以否定的形式,开启了后来唯美、重形、尚奢、繁缛的风气,为文学贴近贵族,走向精致、巧妍、雕饰打好了通道。两者正所谓"夸目者尚奢,愜心者贵当",而其"辞达而已"之说,恰好调和了二者。①

(四)主流话语的文化策略——"雅"与"俗"

"雅"与"俗"相对,是古典美学的一对范畴。雅指作品风格的雅正、正统、雅致、含蓄;俗则相反,指作品格调的粗俗、浅显、直露、低俗。宋人以韵论诗,有"不俗之谓韵"(范温《潜溪诗眼·论韵》),明解缙《春雨杂述》:"学诗先除五俗,后极三来。五俗:一曰俗体,二曰俗意,三月俗句,四曰俗字,五曰俗韵。"清汪之元《天下有山堂画艺》:"墨竹之法,只有两途,不入雅,便入俗。雅者有书卷气,纵不得法,不失于雅,所谓文人之笔也。俗者有市井气,如山人墨客,僧道行家之习气耳。即使百法俱备,终令俗病莫瘳。古人云:'唯俗不可医。'信矣。"清姚鼐《与陈硕士书》:"大抵作诗、古文,皆急须先辨雅俗。俗气不除尽,则无由入门,况求妙绝之境乎?"或许我们可以这样去理解,雅俗的分野原本就存在于最初的文化创设中。如孔子曾说:"恶紫之夺朱也,恶郑声之乱雅乐也,恶利口之覆邦家也。"②这里的"雅"即正,"雅乐"指正统的音乐。"郑声"指产于郑国地区的民间新乐,与"雅乐"相对,即为俗乐。孔子坚决主张"放郑声,远佞人。郑声淫,佞人殆",这种复古保守的思想对后世影响极大。

在漫长的历史发展中,雅俗的观念也在逐渐发生变化,其中的因素很多,最值得注意的,一是佛教的传入对中国雅文化的影响,二是市民文艺的发展对雅文化的冲击,三是地方曲艺对雅文化的浸润,四是文学体式重心的转移对俗文化的兼容性增强。这一切都使雅俗观念的对抗性日渐淡化。"化俗为雅""借俗写雅""以俗为雅""融俗入雅"等逐渐为人们所接受。理论方面,首先在语体上为雅俗开释僵局的大概是王充,他认为写文章跟说话一样,"口则务在明言,笔则务在露文","笔著者欲其易晓而难为,不贵难知而易造;口论务解分而可听,不务深迂而难睹"。为此,他的文章每每"直露其文,集以俗言"。③后来唐史学家刘知几针对当时作者"皆怯书今语,勇效昔言"的不良风气,提倡言必近真,用时言今语,勿依仿旧辞。对口语、俗语、谚语、俚语、刍词鄙句的表现力给予了充分的肯定。④到宋代,苏东坡认为:

---

① 参见王世朝:《主流诗学视域下的安徽文艺思想家》,安徽人民出版社 2011 年版。
② 《论语·阳货》,朱熹《四书集注》,岳麓书社 1985 年版。
③ 王充:《论衡·自纪篇》,袁华忠、方家常《论衡全译》,贵州人民出版社 1993 年版。
④ 刘知几:《史通·言语》,郭绍虞《中国历代文论选》(四卷本),上海古籍出版社 1979 年版。

"街谈市语皆可入诗,但要人熔化耳。"①他在《题柳子厚诗》中说:"诗须要有为而作。用事当以故为新,以俗为雅。好奇务新,乃诗之病,柳子厚晚年诗极似陶渊明,知诗病者也。"黄庭坚《再次韵杨明叔并序》中说:"盖以俗为雅,以故为新。百战百胜,如孙吴之兵;棘端可以破镞,如甘蝇飞卫之射。此诗人之奇也。"陈师道《后山诗话》中说:"闽士有好诗者,不用陈语常谈。写投梅圣俞,答书曰:'子诗诚工,但未能以故为新,以俗为雅尔。'"至明代嘉靖、隆庆时期,诗文及戏剧领域出现的"本色论",对"雅""俗"的调和更是达到了一种理论的高度,成为衡量文学语言的一种尺度。唐顺之在《与洪方洲书》中说:"近来觉得诗文一事,只是直写胸臆,如谚语所谓开口见喉咙者,使后人读之,如真见其面目,瑜瑕俱不容掩,所谓本色,此为上乘文字。"他举陶渊明和沈约为例加以说明:"即如以诗为谕,陶彭泽未尝较声律,雕句文,但信手写来,便是宇宙间第一等好诗。何则? 其本色高也。自有诗以来,其较声律,雕句文,用心最苦而立说最严者,无如沈约,苦却一生精力,使人读其诗,只见其捆缚龌龊,满卷累牍,不曾道出一两句好话。何则? 其本色卑也,本色卑,文不能工也,而况非其本色者哉?"②何良俊《曲论》:"盖《西厢》全带脂粉,《琵琶》专弄学问,其本色语少。盖填词须用本色语,方是作家。"明王骥德《曲论·杂论》:"白乐天作诗,必令老妪听之,问曰:'解否?'曰'解',则录之;'不解',则易。作剧戏,亦须令老妪解得,方入众耳,此即本色之说也。"到清代,文论家依然推崇本色语,黄图珌主张戏剧贵乎口头言语,化俗为雅,他在《看山阁集闲笔》中说:"元人白描,纯是口头言语,化俗为雅。亦不宜过于高远,恐失词旨;又不可过于鄙陋,恐类乎俚之下谈也。其所贵乎清真,有元人白描本色之妙也。"清代的黄遵宪主张"我手写我口",提倡以通俗语言入诗,特别是用方言俗谚入诗,可以说是以俗为雅的极致。诗歌创作方面的尝试首推白居易;词曲创作方面的尝试则要数柳永和苏轼;而戏剧创作方面,吴江派与临川派之争,虽然焦点在重音律还是重意趣上,但所折射出的审美趣味与"雅""俗"有着十分密切的关系。

四、嬗变——文学题旨的伦理化

文学的伦理化可以上溯至孔子删诗,由于孔子的染指,原本只是抒情的文字变得教化味道十足。以"微言大义"之说,把《诗经》的地位抬至至高无上的地位,这实源于西周的文化设计。诗在周公设礼之初,已有特别意义。《周礼》曰:"教六诗,曰

---

① 周紫芝:《竹坡诗话》,郭绍虞《中国历代文论选》(四卷本),上海古籍出版社1979年版。
② 唐顺之:《答茅鹿门知县二》,徐中玉主编《古文鉴赏大辞典》,浙江教育出版社1995年版。

风,曰赋,曰比,曰兴,曰雅,曰颂。以六德为之本,以六律为之音。"①但是到了东周,"礼崩乐坏",颂诗成为政治、外交或礼仪上的重要活动的表达方式之一。我们不妨随手举几个例子:

《左传·文公三年》:"公如晋,及晋侯盟。晋侯飨公,赋'菁菁者莪',庄叔以公降拜曰:'小国受命于大国,敢不慎仪?君贶之以大礼,何乐如之,抑小国之乐,大国之惠也。'晋侯降辞,登成拜,公赋嘉乐。"②

《左传·隐公元年》:公入而赋:"大隧之中,其乐也融融。"姜出而赋:"大隧之外,其乐也泄泄也。"遂为母子如初。君子曰:颍考叔,纯孝也。爱其母,施及庄公。诗曰:"孝子不匮,永锡尔类。"其是之谓乎?③

《左传·宣公二年》:"人谁无过?过而能改,善莫大焉。诗曰:'靡不有初?鲜克有终。'夫如是,则能补过者鲜矣。君能有终,则社稷之固也,岂惟群臣赖之。又曰:'衮职有阙,惟仲山甫补之。'能补过也。君能补过,衮不废矣。"④

《晏子春秋》:"今日愿与诸大夫为乐饮,请勿为礼。"晏子蹴然改容曰:"君之言过矣,群臣因欲君之无礼也,力多足以胜其长,勇多足以弑君,而礼不使也。禽兽以力为政,强者犯弱,故日易主。今君去礼,则是禽兽也。群臣以力为政,强者犯弱而日易主,君将安立矣!凡人之所以贵于禽兽者,以有礼故也。故《诗》云:'人而无礼,胡不遄死!'礼不可无也。"⑤

在政治外交场合引诗,要求引用得体,也就是"类",所谓"歌诗必类,齐高厚之诗不类"⑥,"不类"被认为是有失礼仪的行为。事实上,只引用其中的一两句,这就难免"赋诗断章,余取所求焉"⑦。

由于孔子倡导"兴于诗,立于礼,成于乐"⑧,加之他也不否认诗有其他功能。⑨所以《诗》被定为"六经"之一。汉代文化政策是"独尊儒术",董仲舒的《春秋繁露》首开先河,于是汉儒纷纷强调"微言大义"和"纬候足征",出现了诚如皮锡瑞在《经

---

① 《周礼·春官宗伯下·大师》,《周礼注疏》,上海古籍出版社2010年版。
② "菁菁者莪"出自《诗经·小雅》,陈子展《诗经直解》,复旦大学出版社1983年版。
③ "孝子不匮,永锡尔类"出自《诗经·大雅》,陈子展《诗经直解》,复旦大学出版社1983年版。
④ 引诗分别出自《诗经·大雅·荡》和《诗经·大雅·烝民》,陈子展《诗经直解》,复旦大学出版社1983年版。
⑤ 所引诗句出自《诗经·鄘风·相鼠》,陈子展《诗经直解》,复旦大学出版社1983年版。
⑥ 《左传·襄公十五年》,王守谦等《左传全译》,贵州人民出版社1990年版。
⑦ 《左传·襄公二十八年》,王守谦等《左传全译》,贵州人民出版社1990年版。
⑧ 《论语·泰伯》,朱熹《四书集注》,岳麓书社1985年版。
⑨ 《论语·阳货》:"子曰:小子何莫夫学诗。诗可以兴,可以观,可以群,可以怨,迩之事父,远之事君,多识于鸟兽草木之名。"

学历史》中所说的"以《禹贡》治河,以《洪范》察变,以《春秋》决狱,以《三百五篇》当谏书"的现象,每每由政治意义索解《诗经》。班固《汉书·艺文志》也说:"古者诸侯卿大夫交接邻国,以微言相感,当揖让之时,必称诗以谕其志,盖以别贤、不肖而观盛衰焉。故孔子曰'不学《诗》,无以言'也。"

  汉代武帝年间,随着经济发展,皇权与相权、中央与地方的矛盾日益尖锐,建立一套为中央集权服务的新的文化体系势在必行。于是董仲舒以《公羊春秋》为骨干,融合阴阳家、黄老之学以及法家思想,建立了一整套适合大一统帝国政治需要的文化新体系。董仲舒又对先秦儒家伦理思想进行了理论概括和神学化改造,形成了一套"三纲""五常"核心理论。① 如此一来,传统的礼乐文化在汉代大一统的政治背景之下得以新生。基于礼乐文化的功用主义思想,汉人对包括音乐在内的一切文艺均持所谓的讽喻批评。将"风"解释为:"风者,风也,教也。风以动之,教以化之。""上以风化下,下以风刺上,主文而谲谏,言之者无罪,闻之者足以戒。"郑玄的解释是:"论功颂德,所以将顺其美,刺过讥失,所以匡救其恶。各于其党,则为法者彰显,为戒者著明。"② 从此,"美""刺"作为诗歌的两项最主要的政治功能的思想正式奠定,并被视为千古不易的诗学法则。这种极端的功用主义文观,深刻影响了艺术的审美本质,特别是汉人对《诗经》的政治曲解。以《乐记》为标志的汉代音乐美学思想主导了整个封建社会音乐文化的发展,对整个中华民族音乐美学思想体系的形成和发展产生了深远的影响。《乐记》中有这样的论述:"乐者,天地之和也。礼者,天地之序也。和,故百物皆化;序,故群物皆别。"由此可以看出我们的祖先在音乐中追求的是天地万物的和谐,在礼仪中追求的是天地万物的秩序。和谐和秩序同样是密不可分的,是天地万物的根本性质。音乐的社会功用既然是"统同",那么音乐的基本特性就是达到和谐。"乐文同,则上下和矣。""和"作为音乐社会功能的核心,被提到了一个很高的境界。以"礼乐教化"为主导,汉代将儒家功用主义文艺思想进一步发展。汉代是中国封建社会兴旺发展的时代,也是中国古代历史上音乐文化高

---

① 《韩非子·显学》:"自孔子之死也,有子张之儒,有子思之儒,有颜氏之儒,有孟氏之儒,有漆雕氏之儒,有仲良氏之儒,有孙氏之儒,有乐正氏之儒。"这些派别中以孟子和荀子为代表的两个派别最有影响力。荀子借用《论语》中"小人儒"的概念,对其他流派进行批判,《荀子·非十二子篇》曰:"弟佗其冠,神其辞,禹行而舜趋,是子张氏之贱儒也。正其衣冠,齐其颜色,然而终日不言,是子夏氏之贱儒也。偷儒惮事,无廉耻而耆饮食,必曰君子固不用力,是子游氏之贱儒也。"对于"君子儒""小人儒",钱穆先生在他的《论语新解》中说:或疑子夏规模狭隘,然其设教西河,而西河之人拟之于孔子。其从学之徒如田子方、段干木、李克,进退自有见识。汉儒传经皆溯源于子夏。亦可谓不辱师门矣。孔子之诫子夏,盖逆知其所长,而预防其所短。推孔子之所谓小人儒者,不出两义:一则溺情典籍,而心忘世道;一则专务章句训诂,而忽于义理。子夏之学,或谨密有余,而宏大不足,然终可免于小人之讥矣。

② 郑玄:《诗谱序》,郭绍虞《中国历代文论选》(四卷本),上海古籍出版社 1979 年版。

度普及和繁荣发展的时期之一。它铸就了上下几千年独具神韵、奇特隽秀的中华民族音乐之魂,奠定了博大精深、源远流长的汉民族传统音乐美学思想。①

五、突变——文学境界的宗教化

汉以前的中国本土文化以儒道为主流。佛教的传入改变了这种二水中分的局面,构成了儒释道三家鼎立的文化态势。汉魏之际是中国文化史上的重要转型时期。社会动乱引起人生无常的感喟,鲁迅曾说:"因当天下大乱之际,亲戚朋友死于乱者特多,于是为文就不免带着悲凉、激昂和慷慨了。"②魏晋诗中充满了时光飘忽和人生短促的情绪,而这样的情绪在《诗三百》或《楚辞》里是没有的。魏晋被称为"为文自觉的时代",这种自觉,不仅仅停留在对生命短暂与无常的喟叹,更表现在对生命超越与超脱的追求。此时佛学与玄学合流,成为后来禅宗思想的营养液和培养基。③

佛祖释迦牟尼问弟子:"一滴水怎样才能不干?"弟子无解。佛祖说:"把他放进大海!"徐渭剧作《玉禅师翠乡一梦》里月明和尚有段颇有意味的话:"俺法门像什么?像荷叶上露水珠儿,又要沾着,又要不沾着;又像荷叶下淤泥藕节,又不要龌龊,又要些龌龊。"是的,晶莹剔透固然重要,但污泥也很重要,没有污泥是长不出荷花的。所以周敦颐《爱莲说》中说:"出淤泥而不染,濯清涟而不妖。"这是后来的理学路径,也是此后许多诗人的意境追求。佛说:坐亦禅,行亦禅,一花一世界,一叶一如来。佛又曰:不可说,不可说,一说即是错。这种偈语式的表达方式,将空灵与虚无、超然与脱俗、幽深与玄冥的是是非非注入灵魂,将哲学与宗教的边际调和成迷茫的一派混沌,从而实现超越世俗功利而直达审美!无论是陶渊明"此中有真意,欲辩已忘言",抑或是朱熹"问渠哪得清如许,为有源头活水来";无论是韦应物"水性自云静,石中本无声",抑或是苏轼"不识庐山真面目,只缘身在此山中";无论是李翱"我来问道无余说,云在青天水在瓶",抑或是布袋和尚"心底清净方为道,退步原来是向前",类似这样充满禅意与禅味的诗歌境界是禅文化对诗歌的渗透与浸润。④

---

① 参见王世朝:《中国古代主流文学批评理论的功用主义思想》,《青海社会科学》,2005年第3期。
② 鲁迅:《魏晋风度及药与酒之关系》,《鲁迅全集》第3卷,人民文学出版社1981年版。
③ 禅是印度佛教中国化的产物。菩提达摩将佛法传与弟子慧可,僧璨又从慧可那里继承衣钵,直至弘忍在黄梅传"东山法门",中国禅宗才正式形成,并有以慧能为代表的南宗禅和以神秀为中心的北宗禅两大宗派。安史之乱以后,南宗禅居正统地位,发展成世称"一花开五叶"的禅门五宗。毫无疑问,临济宗、云门宗就是其中的不可或缺的两大宗派,而其他的三个宗派就是沩宗、法眼宗、曹洞宗。宋代后期,临济宗成为禅的主流,并且分化为黄龙派和杨岐派。
④ 上述引文分别出自陶渊明《饮酒》之五、朱熹《观书有感》、韦应物《听嘉陵江水声寄深上人》、苏轼《题西林壁》、李翱《赠药山高僧惟俨二首》、布袋和尚《插秧》。

有人把儒家比作茶,把道家比作酒,把法家比作药。以此类推,佛教更像一炷香,在袅袅香气中幻化出氤氲的气氛,将尘世的喧嚣与烦恼稀释冲淡。而禅的"拈花妙谛""活参""妙悟"等与道家思想是心境相通的。在《顿悟入道要门论》中,记录了大珠慧海禅师说法情形,一问一答中,无不透露着玄冥高妙的境界,兹节录片段,以供参考:

问:对一切色像时,即名为见;不对色像时,亦名见否?

答:见。

问:对物时从有见?不对物时,云何有见?

答:今言见者,不论对物与不对物。何以故;为见性常故,有物之时即见,无物之时亦见也;故知物自有去来,见性无来去也,诸根亦尔。

问:正见物时,见中有物否?

答:见中不立物。

问:正见无物时,见中有无物否?

答:见中不立无物。

问:有声时即有闻,无声时还得闻否?

答:亦闻。

问:有声时从有闻,无声时云何得闻?

答:今言闻者,不论有声无声,何以故?为闻性常故;有声时即闻,无声时亦闻。

问:如是闻者是谁?

答:是自性闻,亦名知者闻。

这种超尘脱俗的佛道思想很容易被文人所接受,并促成其艺术涅槃。[①]《六祖坛经》云:"'众生无边誓愿度',不是慧能度。善知识!心中众生,各于自身自性自度。"这种排斥一切外在权威的高度自尊自信自立精神,是禅宗的精义所在。禅宗

[①] 以苏轼为例,受乌台诗案的影响,苏轼一直生活在不断的贬谪之中,九死一生。"平生寓物不留物,在家学得忘家禅。"(苏轼《寄吴德仁兼简陈季常》)禅宗"烦恼即是菩提"使一生都在不断流放的苏轼得到了精神上的慰藉。"欲令诗语妙,无厌空且静。静故了群动,空故纳万境。"(苏轼《送参寥师》)"报道先生春睡美,道人轻打五更钟。"(苏轼《纵笔》)在黄州,苏轼写道:"回头自笑风波地,闭眼聊观梦幻身。"(苏轼《次韵王迁老退居见寄》)在儋州,他写道:"回视人间世,了无一事真。"(苏轼《用前韵再和孙志举》)在《饮酒》诗里,他借题发挥:"我观人间世,无如醉中真。虚空为锁骸,况乃百忧身。"在诗人的冷眼谛视和自我观照中,尘世的一切奔波争斗都如梦幻之虚空,可以真切地感受到苏轼阅尽沧桑的那一份超脱与冷静。他在《和子由渑池怀旧》中写道:"人生到处知何似?应似飞鸿踏雪泥:泥上偶然留指爪,鸿飞那复计东西!老僧已死成新塔,坏壁无由见旧题。"苏轼诗词中所蕴涵的哲理,大多表现为一种随缘自适的佛道思想,他取禅宗的空观之说,又取道家"任自然"的虚静之旨。

不但不主张依靠外力解脱成佛，而且将一切现成的规矩法度都看成对自我心性的束缚与障碍。

首先，禅宗认为自性"无生无灭，无去无来"，"犹如虚空"，是无限广大无规定限制的精神实体，而一切外在的陈规戒律只是僵死的教条，它只能束缚限制内心，妨害众生对自我心性的体认。①

其次，如前所述，众生的根基是各不相同的，因此修行不能强依一定的规范和程序。禅人每有焚经骂佛之举，这既是出于对自我心性的尊重，也是出于对陈规成法的反抗。禅宗的悟道，就是破执，即既要破除"我执"，也要破除"法执"，后者往往比前者更难做到。② 禅宗把从前人经典中讨生活叫做"食人涎唾"。他们为了倡扬独立自主的精神，甚至不惜焚烧经典。受禅宗"自家面目"的心性理论与"自力自度"的修行原则的影响，中国文学理论实现了较为大胆的突破与超越。这样的突破与超越可谓成效卓显，成就斐然。③ 所以，慧眼独具的范文澜有"梁是文学上新旧交替的重要关头"，"梁朝已有新体文学的萌芽"的看法。范文澜先生在论述禅宗的基本精神时指出："南宗确实看穿了天竺传来的一套骗局，要创造中国式的佛教，即排斥天竺统治阶级理想化的腐朽生活（寄生虫生活），改变为中国统治阶级喜爱的腐朽生活（还是寄生虫生活），这些腐朽的生活集中表现是佛。天竺的佛被赋予天上天下唯我独尊的至高权力，反映天竺统治阶级的无限贪欲。南宗创造的佛，性质不异于庄周书中所称的真人至人那种人物，反映一部分统治阶级（士大夫）在唐后期衰乱之世避灾祸享厚福的自私思想。"④这种享受充分表现在对自由自在的人生境界的追求上。范文澜先生进而论述道："义玄主张逢佛杀佛，逢祖杀祖，无非是想杀出一个自由自在的我来。"他援引高僧怀海诗为例加以说明。

---

① 据《古尊宿语录》记载，有座主问："如何是四种无相境？"慧照禅师云："你一念心疑，被地来碍；你一念心爱，被水来溺；你一念心嗔，被火来烧；你一念心喜，被风来飘。若能如是辨得，不被境转。"问："何是法？"慧照禅师说："法者是心法"，"你欲得佛，莫随万物，心生种种法生，心灭种种法灭，一心不生万法无咎"。"莫向文字中求心，不如一念缘起无生，超出三乘权学菩萨。"在《黄檗断际禅师宛陵录》中，黄檗希运说："法即非法，非法即法，无法无非法，故是心心法。"

② 据《水月斋指月录》卷九记载："（智常禅师）入园取菜次，乃画圆相围却一株，语众曰：辄不得动着这个。众不敢动。少顷，师复来，见菜犹在，便以棒趁众僧曰：'这一队汉，无一个有智慧地。'"为什么遵照师父命令，不取圆圈内的菜，反倒要挨打挨骂呢？原因就是这群笨和尚没有一个敢于突破藩篱，只能拘守师父成命，所以才被智常斥为"无一个有智慧地"。如前所述，禅宗因为强调"自力自度""自性自悟"，所以特别反对这种人为的"法执"束缚。还是这个智常，他在上堂时开导弟子说："从上古德，不是无知解，他高尚之士，不同常流。今时不能自成自立，虚度时光。诸子莫错用心，无人替汝，亦无语用心处。莫就他觅，从前只是依他解，发言皆滞，光不透脱，只为目前有物。"因此若能突破目前之物，那就灵光透脱，处处圆融无碍了。

③ 比如说刘勰《文心雕龙》、萧统《昭明文选》、钟嵘《诗品》、刘义庆《世说新语》等均出现在这个短暂的"齐梁"小朝代。

④ 范文澜：《中国通史》第四册，人民出版社1978年版，第219页。

"放出沩山水牯牛,无人坚执鼻绳头。绿杨芳草春风岸,高卧横眠得自由。"

"幸为福田衣下僧。乾坤赢得一闲人。有缘即住无缘去,一任清风送白云。"

这种自由自在的闲适人生,的确令人向往不已。① 在达摩师祖后,经慧能、法融、道信、弘忍、神秀、慧能等禅家大师的发展,禅逐渐摆脱了"言""象"的束缚向象外更为宽广的空间发展。影响所及,中国诗歌至盛唐开始便有意无意地逃避有形的"言""象"的束缚,寻找"象外之象""景外之景""韵外之致"。如王维诗歌《终南别业》诗句:"行到水穷处,坐看云起时。"禅家眼里,舒卷自如、随意飘荡、无所阻滞且淡泊无拘、安详自足是云的象外之韵。这一表现方式有着"言有尽而意无穷"的效果,开拓了无限的想象空间。

这样的渗透与浸润同样弥漫在文学批评理论上。我们可以从刘勰的《文心雕龙》、司空图的《二十四诗品》、严羽的《沧浪诗话》中见出这种影响的迹象,主要表现在话语表述的变异、批评旨趣的变异、价值判断的变异,禅宗的出世思想、空无观念对儒家积极的入世思想和有为观念的冲淡。自唐以下的许多著名文学家、文学批评家,如王维、孟浩然、欧阳詹、杨亿、蔡襄、张元幹、黄公度、刘克庄、严羽等,无不从佛学思想中汲取精华而创作诗文,而严羽则以禅理喻诗,创新地提出"妙悟"之说。② 再比如受黄庭坚、陈师道的影响,吕本中在《夏均父文集序》中说:

学诗当识活法。所谓活法者,规矩具备,而能出于规矩之外;变化不测,而亦不背于规矩也。是道也,盖有定法而无定法,无定法而有定法。知是者则可以与语活法矣。谢玄晖有言'好诗(疑脱'流'字)转圆美如弹丸'。此真活法也。近世惟豫章黄公,首变前作之弊,而后学者知所趣向,毕精尽知,左规右矩,庶几至于变化不测。然余区区浅末之论,皆汉魏有意于文者之法,而非无意于文者之法也。③

吕氏"活法"是吸收了黄庭坚和苏轼两位诗坛大家的诗论,又进行了阐发的结果。作诗虽贵"活法",但如何掌握"活法"呢?吕本中拈出"悟入"二字。"悟入"一语本源自禅宗。由于宋代士大夫谈禅之风兴盛,禅学术语成为不少人的口头语,"悟""参"等字经常出现在宋代诗论中。苏轼有"暂借好诗消永夜,每逢佳处辄参禅"之语,吴可《学诗诗》强调:"学诗浑似学参禅,竹榻蒲团不计年,直待自家都了

---

① 参见范文澜:《中国通史》第四册,人民出版社 1978 年版,第 220 页。

② 佛学中国化之后成了禅,中国化的禅又反过来影响中国文化,就在这螺旋式的交互关系中,禅和中国文化都在发展,其中就不免包括了诗歌的表现方式。上古中国诗歌表现方式具有重"实"、偏"形"、尚"情"的特点,在禅的影响下,逐渐向"虚"散化,向"神"凝聚,向"理"升华。这样的变化是在继承中国传统文化的基础上的突破,是中国文化兼容并蓄的一个方面的体现。

③ 郭绍虞:《中国历代文论选》(第二册),上海古籍出版社 1979 年版,第 367 页。

得。等闲拈出便超然",黄庭坚是禅宗居士,他的《奉答谢公定与荣子邕论狄元规孙少述诗长韵》中说"无人知句法,秋月自澄江",任渊注云"言有所悟入",韩驹《赠赵伯鱼》诗也说"学诗当如学参禅,未悟且遍参诸方,一朝悟罢正法眼,信手拈出皆成章"。他们所"悟"的对象、内容不尽相同。大体来说,苏、吴悟的偏于诗境之美的实相,是说诗歌妙境与禅境相仿,都有含蓄不尽之余味。黄、韩之悟目的在领会句法之妙。吕本中所说"悟入",兼取苏、黄两家之意,既有诗境之悟,又有律法之悟。

吕本中的诗论对严羽影响极大,吕氏倡"悟入",强调"以《三百篇》《楚辞》及汉、魏间人诗"为"悟"的对象,严羽也说"先须熟读《楚辞》,朝夕讽咏以为之本;及读《古诗十九首》,乐府四篇,李陵、苏武、汉魏五言,皆须熟读。即以李杜二集枕藉观之,如今之人治经,然后博取盛唐名家,酝酿胸中,久之自然悟入"。二人都强调作诗要"悟",要求熟读古人作品,取法也比较宽,主张学习唐虞、汉魏以来的全部精华而不局限于一人一家。在诗史上,吕本中的诗论见解超过了他的诗歌创作成就。他的"活法"和"悟入"说造就了清新流丽的诗风,是对踏入歧途的江西诗风的纠正,为当时的诗坛注入了一股新鲜的空气,就这一点说,功莫大焉。

在对生命本原性的认识上,中国佛学与文学都相信人性本净本真。只因为外物的牵累迷幻便失去自我纯真的本性,一切矫情饰性的伪装与扭曲都从此而来,人却不自知,他们在这种世俗尘劳妄念的蒙蔽中早已迷失了真正的自我。为了返回原本清净的佛性,佛学主张"明心见性",亦即去除种种贪执伪饰,显现出自家的"本来面目"。而真正的文学创作也应当摆脱一切羁绊束缚,去除种种虚假伪装,从而表现出最真实纯洁的"赤子之心",在自己所创造的作品中观照自我清净无染的本原天性。李贽的"童心说"脱胎于佛性论的痕迹是很明显的,其文学主张深得禅宗要旨。首先李贽讲"童心"即是人生最初的"一念本心",这种"本心",不曾受到外界的污染,正如禅宗所说,是"人性本净"的。其次,李贽认为,随着年龄的增长,人也越来越世故,童心为虚伪所蔽,也就渐渐消失殆尽。这与禅宗的"世人性净,犹如青天……于外着境,妄念浮云盖覆,自性不能明"[1]的理论又是十分相合的。再次,李贽认为,童心受到障碍,思想遭到约束,就势必影响言语的率真表达,以致处处矫揉造作,而"天下之至文"又"未有不出于童心"。[2]

诗歌表达由情向理升华的变化是伴随着禅的发展而逐渐变化的,直至宋代这一特征才尤为明显。这一时期,一方面,诗歌将"情景交融""融情于景"等表现手法

---

[1] 《坛经》第二十,郭朋《坛经对勘》,齐鲁书社1981年版。
[2] 参见胡遂:《突破与超越——试论禅宗思想对中国诗学的影响》,文载《西北师大学报》2000年第1期。

中的情淡化、散化,将理融入其中,形成"融理于情""情理交融"的表现方式。另一方面,诗歌语言内容及意象趋于日常生活化,在平淡无奇中寄寓人生百味,体味宇宙生命妙理真谛。

六、裂变——文学旨归的哲理化

隋、唐和两宋,中国文化进入复古期,复兴儒学为一般学者之使命。宋明理学是对隋唐以来逐渐走向没落的儒学的一种强有力的复兴。这个复兴儒学的运动,由隋唐之际的王通发其先声,由唐代中期以后的韩愈、李翱、柳宗元诸人继其后续,而至两宋时期蔚为大观,形成一场声势浩大、波澜壮阔而又影响久远的儒学运动。由于宋明时期中国哲学的主要代表形态是理学,人们习惯上多以"宋明理学"的概念来称呼这一时期的哲学。[1] 陈寅恪说:"华夏民族之文化,历数千年之演进,造极于赵宋之世。"[2] 宋代的书院特别发达。宋人对学术普遍十分推崇,宋代的士大夫普遍讲求经术、经济和文章。在思想上,宋代君臣认为唐五代覆亡的主要原因是儒家思想的颓丧。程颐云:

唐有天下,如贞观、开元间,虽号治平,然亦有夷狄之风。三纲不正,无父子、君臣、夫妇,其原始于太宗也,故其后世子弟,皆不可使。玄宗才使肃宗,便篡。肃宗才使永王璘,便反。君不君,臣不臣,故藩镇不宾,权臣跋扈,陵夷有五代之乱。[3]

所以,宋代君臣均推崇儒家学术,各级学校教育和科举皆以儒家经典为主。宋代的官僚们也十分注重研习经典。比如,晏殊评价范仲淹:"为学精勤,属文典雅,略分吏局,亦著清声。"[4]《宋史·范仲淹传》也说他:"泛通六经,长于《易》,学者多从质问。"像王安石、欧阳修、苏轼等,均集政治家、文学家于一身。他们精通经史,学问富赡。

朱熹于经学、史学、文学、佛学、道教以及自然科学均有所涉,一生著述宏富,他继承"二程",又独立发挥,形成了自己的体系,后人称为程朱理学。朱熹既是宋代理学的集大成者,同时又是在经、史、文学、教育等方面都取得巨大成绩的学者。他

---

[1] 唐代韩愈著《原道》,把儒学提到"道"的高度,给儒学蒙上了一层哲理的色彩。宋代文人又把儒学和佛道结合起来,将儒学哲理化而形成理学。尽管程朱理学和陆王心学分歧较大且相互攻讦,但它们的核心思想都是论证封建制度的合理性和永恒性,把君权和封建统治秩序天理化。程朱理学在南宋中后期,取得了统治阶级官方哲学的地位,渗透到人们生活的各个方面,支配宋、元、明、清四个朝代达六七百年之久。
[2] 陈寅恪:《邓广铭宋史职官志考证序》,载《金明馆丛稿二编》,上海古籍出版社1980年版,第245页。
[3] 《河南程氏遗书》卷一八,程颢、程颐《二程集》,中华书局2004年版。
[4] 楼钥:《范文正公年谱》,见《范文正公集》附录,齐鲁书社1997年版。

工诗词,好文章,讲学之余,吟咏不辍,现留存诗词作品一千三百多首,散文《文集》一百二十一卷,另有三部著名的文学著作,《诗集传》《楚辞集注》《韩文考异》,临终之前三日还在抱病修改其《楚辞辨证》。钱穆在其《朱子新学案》中称:"明人胡应麟《少室山房诗薮》称,南宋古体当推朱元晦,今体无出陈去非。沈栾城句:花月平章二百载,诗名终是首文公。此皆就诗论诗之语。朱子傥不入道学儒林,亦当在文苑传中占一席地,大贤能事,固是无所不用其极也。"另外,洪亮吉在《北江诗话》中亦称:"南宋之文,朱仲晦大家也。南宋之诗,陆务观大家也。"可见其文学地位。不仅如此,他还在教学过程中展开了大量的文学批评,内容涉及鉴赏、评论、创作、审美理想等诸多方面,合而言之,体系俨然,成为宋代理学家文论的集大成者。

邓子琴《中国风俗史》也以宋为"士气中心时代"的发端。他认为:"中国宋代以后,社会、国家所以赖以维持不坠者,厥为一般士人之气节、做人之风格。"从大文化史角度看,此说有道理。因为自唐代"安史之乱"后,先有藩镇割据,后有五代十国,中央政权名存实亡,国势遂一蹶不振。于是有韩愈倡导儒学,自"古文运动"而上溯儒学道统,开"宋明理学"之先河;又有"二程"、朱熹以书院讲学,补济科举教育之偏颇,使中国文化得以体系性的延续和复振。而白居易出入佛道儒,通达性理的生活方式与态度,对宋代及后世文人影响也极为深远。作为中国思想文化主流思潮的佛道儒"三教"也由北朝开始的"论衡"制度,经过较量融通,而在宋代实现了"圆融"。所以唐人尽可以潇洒,而宋人想潇洒也却潇洒不起来,只有以"达观"的面貌退而求其次。他们之所以好"讲",正是为了实现这种文化磨合和复兴所必经的思辨。宋儒以"理学"著称于史①,能够以讲究"辞章义理"的"宋学",与讲究名物训诂的"汉学"抗衡。在相对宽松的文化政策的鼓励下,北宋士大夫们掀起了一场声势浩大的儒学复兴运动。他们推崇《春秋》中的"尊王攘夷"之旨,批评唐代政治,指出其根本弊病是不重儒家的纲常伦理并最终导致唐末分裂局面。他们认为,要巩固中央集权,必须以唐为鉴,复兴儒学。汉儒治经重名物训诂,至宋儒则以阐释义理、兼谈性命为主,因有此称。北宋初胡瑗、孙复、石介,称为"理学三先生"。然理学实

---

① 理学有广义狭义之分。广义理学就是指宋明以来形成的占主导地位的儒家哲学思想体系,包括:一、在宋代占统治地位的以洛学为主干的道学,至南宋朱熹达顶峰的以"理"为最高范畴的思想体系,后来习惯用"理学"指称其思想体系。二、在宋代产生而在明代中后期占主导地位的以"心"为最高范畴的思想体系,以陆九渊、王守仁为代表的"心学"。狭义理学则专指程朱学派。代表人物:北宋:周敦颐、张载、程颢、程颐、邵雍,即北宋五子;南宋:朱熹、陆九渊;明代:王阳明。就主导思潮而言,理学代表人物可概括为"程朱陆王"。与朱熹对立的为陆九渊的主观唯心主义,提出"宇宙便是吾心"的命题。明代,王守仁进一步发展陆九渊的学说,认为"心外无物""心外无理",断言心之"灵明"为宇宙万物的根源。为学主"明体心""致良知"。此外,北宋张载提出的气一元论,与"二程"截然不同。明代王廷相以及清初的王夫之、颜元等,对程朱、陆王皆持反对态度。至戴震著《孟子字义疏证》,得出"理存于欲",指出"后儒以理杀人",则更给予理学以有力的批判。

际创始人为周敦颐、邵雍、张载、二程兄弟,至南宋朱熹而集大成,建立了一个比较完整的客观唯心主义体系。宋明理学是当时中国有抱负有思想的学术群体对现实社会问题以及外来佛教和本土道教文化挑战的一种积极回应,他们在消化吸收佛道二教思想的基础上,对佛道二教展开了一种与孟子"辟杨墨"类似的所谓"辟佛老"的文化攻势,力求解决汉末以来中国社会极为严重的信仰危机和道德危机。宋明理学反映了中国古代社会后期有思想有见识的中国人在思考和解决现实社会问题与文化问题中所生出来的哲学智慧,它深深影响了中国古代社会后半期的社会发展和文明走势,现代的中国人仍然不得不面对由它所造成的社会及文化后果。然而也正是这个智慧成果,其在成功地回应佛老而使儒学重新走上正统地位的同时,也同时改换了先秦儒学的积极精神,把民族精神在一定程度上引向萎靡和颓废。

程朱理学在明中后期遭到猛烈批判,以复古派为代表的古文家,大多贬抑程朱理学。李梦阳在《论学》中明确提出:"宋儒兴而古之文废矣",不满宋儒的重道轻文。何景明《与李空同论诗书》中说:"夫文靡于隋,韩力振之,然古文之法亡于韩。"①所以他们要越过唐宋,直接取法秦汉,表现出弃理学而宗《史》《汉》的旨趣。由宗经转为宗史,由道统而史统,表明前后七子对儒家功用主义的道统文艺思想的反拨。道统的形而上的抽象枯寂转为史统的形而下的形象丰腴。由议论转而为叙述,追求行文的质感。他们学习《左传》《史记》。康海说:"在史馆凡三年,凡诸著作,必宗经而子史,以宋人言为俚,以唐为巧,以秦汉为伯仲。"②以至当时的人将康海比作司马迁。③李攀龙更是认为:"秦汉以后无文。"一心"与左氏、马迁千载而比肩。"④

闻一多在《文学的历史动向》中说:

我们只觉得明清两代关于诗的那许多运动和争论,都是无味的挣扎。每一度挣扎的失败,无非重新证实一遍那挣扎的徒劳无益而已。本来从西周唱到北宋,足足二千年的工夫也够长的了,可能的调子都已唱完了。到此,中国文学史可能不必再写,假如不是两种外来的文艺形式——小说与戏剧,早在旁边静候着,准备届时上前来"接力"。是的,中国文学史的路线南宋起便转向了,从此以后是小说戏剧的时代。⑤

---

① 郭绍虞:《中国历代文论选》(一卷本),上海古籍出版社2001年版,第238页。
② 李贽:《续藏书》卷二六《修撰康公》,中华书局1974年版。
③ 见《四库全书总目》卷一七一《队山集》提要,永瑢等撰《四库全书总目》,中华书局2013年版。
④ 李攀龙:《送王元美序》,《沧溟先生集》上海古籍出版社2014年版。
⑤ 闻一多:《闻一多全集》(第一册),三联书店1982年版,第201页。

七、剧变——文学诠释的西方化

西学东渐是指西方学术思想向中国传播的历史过程,其虽然亦可以泛指自上古以来一直到当代的各种西方事物传入中国,但通常而言是指在明末清初以及晚清民初两个时期之中,欧洲及美国等地学术思想的传入。中国历史上有两次大的域外文化输入,一次是起于汉末、兴盛于南北朝时期的佛教的输入,一次是清朝中晚期的西学的流布。这两次文化输入均对中国本土文化产生了深刻的影响。

叶维廉在《中国文学批评方法略论》一文中对中西方文学批评的方法进行了比较,认为中国文学批评往往是"点到即止",是一种"言简而意繁"的方法,批评的全部,"只点出诗中一特色,使人感悟,至于作者利用什么的安排使这种特色'有效地'使我们感受到,文学造诣如何,静态动态的问题,对比的问题,一概未论及;它只如火光一闪,使你瞥见'境界'之门,你还需要跨过门槛去领会"。这种要求读者"参与创造"的批评方式,其优点在于不肢解艺术的鲜活,保留艺术的原生状态,原汁原味。但缺点也显而易见,正如叶氏指出的:第一,是不是每一个读者都有诗的慧眼可以一击而悟?第二,假如批评家本身不具有诗人的才能,他就无法唤起诗的活动。可见这种批评对批评者及读者的要求都太高,且极容易产生任意的、不负责任的印象批评。至此,叶先生说了一段可资玩味的话:"由是我们可以了解为什么胡先生在'德'得天独厚生的旗帜下可以这么凶,不把这些'顺口开河'的批评一扫而清誓不为有适之。于是前推后拥,泰西批评中的'始、叙、证、辨、结'全线登陆,这因为是'矫枉',所以大得人心,而把是否'过正'的问题完全抛诸九霄之外。"

就意识形态而言,在西学东渐整个大文化背景下,文学批评领域是被西学占领得较为彻底的领域,几乎难以再品味出两千多年传统文学批评的况味。牟世金先生在《古代文化研究现状之我见》一文中谈到古代文学批评的古为今用问题时,不无感慨地说:"古为今用的问题,虽已经强调了几十年,也进行了多年的努力,但若问实效,至今即使不是一句空话,也是其效甚微的。早在五十年代,有人听说某大学的'文艺学引论'讲'文学理论的历史发展'时'闭口不谈'中国古代的文学理论,而感受到'令人奇怪'。二十多年后的今天这种'令人奇怪'的事不仅仍然存在,而且是相当普遍的。今天的文学概论,最多是引几句'刘勰云云'以证它论,文学理论的历史发展,仍是讲中国文学批评史的任务。这种泾渭之分,自然是分工不同造成的,却能说明很多问题,最重要的一点,就是古今有别。既然有此鸿沟为界,就只能各讲一套,互不相干,'古'又怎能用于'今'呢?"牟先生十年前的这个总结性评断日后非但没有改观,反而越发显突了。笔者以为,就文学批评而言,新时期以来,崇洋更甚,鉴古几无。在古今之间横插进来的西方批评模式这把利刃的的确确割断了中国文学批评古今之血脉。

问题是,西方文学批评观念的这种越俎代庖、反客为主是否带来了中国文学的繁荣?这几年的思想解放,的确给我们带来了许多新鲜有益的文化给养,系统论、控制论、信息论、突变论、耗散结构论、协同论等方法的引入,精神分析、分析心理、结构主义等批评模式的移入曾一度给我们的批评注入了活力,但这种急于事功的做法,走马灯似的方法与概念的替换,本身就说明了批评心态的急躁与浮躁,这种断绝五谷而全赖滋补品的做法无疑不利于健康,很多批评方法热闹几天就阒无声息,证明我们根本没有吸收。这几年的许多批评文章只不过是找几个中国创作的例实,用新方法加以阐释,其目的不是要说明作品,而只是通过作品来证明这种方法是否好用,这就像手术刀原本是为了割除病灶的,但现在,切割只是为了证明手术刀的锐钝。对作品的阐释,在许多批评者那里只是方法的小试牛刀,在不自觉中滑向了工具的崇拜。批评成了文本与方法间的牵强附会的比附与比照,批评浓缩为一个讽刺的比喻。结果批评不是走向简单,而是走向繁复,成了卖弄学识的有效广告,最终把批评玩弄成奇妙的术语演绎游戏。事实上,历史上每一个伟大的批评家留给我们的永远是清晰与明了,简洁与生动。但正如我们游览名胜不宜将名胜误认为家一样,我们似也不应把花花绿绿的西方各国的文学批评观念视为我们自己的批评之根,这使我想起李长之先生在论及五四新文化运动时的一段话:"五四是一个移植的文化运动,扬西抑东……移植的文化,像插在花瓶里的花一样,是折来的,而不是根深蒂固地自本土的丰富的营养的。"

现在我们可以得出结论:中国文学批评因自身缺陷,使得西学东渐成为可能,也成为一种时尚。我们应该从西学东渐的文化现象去认识我们文化自身的薄弱;另一方面,从西学东渐造成的危机四伏的现实境况来看,割裂历史是行不通的。摆在我们面前的问题是,如何在纵深的历史和宽广的现实这一极暧昧的地带找准批评恰当的位置。理论上解决这个问题似乎并不棘手,口号早已提出,这就是"古为今用,洋为中用",要求我们援古不斥今,引外不排内,化合中外,疏通古今,但事实上这种理想状态太难达到。当我们站在祖先和洋人面前时,我们每每不能从容举止,神情十分尴尬,不知跟谁更亲近。靠近前者有复古之嫌,靠近后者有崇洋之虞。我们很难把执拗的祖先的手和古怪的洋人的手捏到一块,以化合彼此的陌生。但无论如何,我们必须去做这个工作。

1902年李伯元在《编印〈绣像小说〉缘起》一文中称"欧美化民,多由小说"。梁启超在《论小说与群治之关系》也坚信"今日欲改良群治,必自小说界革命始,欲新民,必自新小说始"。并阐释小说具有"支配人道"的"熏""浸""刺""提"等巨大的艺术感染力量。这是"小说界革命"的开始。同时,翻译小说的大量引入带来了新的创作观念、题材、手法与技巧。使得小说逐渐登堂入室,成为市民文化消费的最主要文体。①

20世纪初,深受叔本华及康德思想影响的王国维撰写了《红楼梦评论》。郭沫若曾说:王国维是新史学的开山,而以西方学术思想来系统解释中国古典的《红楼梦评论》也是开山第一篇。俞平伯在《索隐与自传说闲评》中说:"及清末民初,王蔡胡三君,俱以师儒身份大谈其《红楼梦》,一向视同小道或可观之小说遂登大雅之堂矣。"王国维研究中国古典戏曲史,达到了前人未有的高度,郭沫若曾指出:"王国维的《宋元戏曲史》(《宋元戏曲考》)和鲁迅的《中国小说史略》,毫无疑问,是中国文艺史研究上的双璧。不仅是拓荒的工作,前无古人,而且是权威性的成就,一直领导着后学。"王国维把他深厚的学术根底及中国文学的修养,同西方先进的戏剧文学理论、科学缜密的研究方法相结合,勾勒出宋元戏曲发展史的轮廓,为戏曲史研究积累了系统的资料,把戏曲艺术提高到历史科学的范畴,在文学史上为元杂剧和南戏争得了应有的地位。

"摩罗诗派"是19世纪初期盛行于西欧和东欧,以拜伦和雪莱为代表的资产阶级上升时期的积极或革命的浪漫主义流派。鲁迅对其评价甚高,他说:"新声之别,不可究详;至力足以振人,且语之较有深趣者,实莫如摩罗诗派……凡立意在反抗,旨归在动作,而为世所不甚愉悦者悉入之,为传其言行思维,流别影响,始宗主裴伦,终以摩迦(匈牙利)文士。"鲁迅《摩罗诗力说》②是中国思想启蒙时期的重要巨作,也是我国第一部倡导浪漫主义的纲领性文献。鲁迅在此文中主要介绍、评论了拜伦、雪莱、普希金、莱蒙托夫、密茨凯维支、斯洛伐斯基、克拉辛斯基和裴多菲八位浪漫派诗人,其中包括"摩罗诗人""复仇诗人""爱国诗人""异族压迫之下的时代的诗人"等这些"无不刚健不挠,抱诚守真,不取媚于群,以随顺旧俗"的杰出诗人。

陈独秀以进化论为指导来梳理欧洲文学思想史,将欧洲文学发展历程划分为

---

① 在正统文化观念中,小说是卑下文体,被视为海淫海盗的书。所以清代实行禁毁小说政策,清初尤甚,以致出版商在刊印小说时还必须郑重声明:"从未敢以淫亵之书印行牟利"。这从一个侧面可以见出,小说在当时所受的主流文化歧视与抑制。小说革命的首要任务就是颠覆传统小说观念,为小说正名。

② 《摩罗诗力说》是鲁迅1907年所作,1908年2月和3月以令飞的笔名发表于《河南》杂志第二期和第三期上,后由作者收入1926年出版的杂文集《坟》中。

古典主义、浪漫主义、写实主义和自然主义四个阶段，并以此为参照来审视中国文学。① 陈独秀认为，当时的中国文艺"犹在古典主义理想主义时代，今后当趋向写实主义"。他的观点深得胡适的赞同。所以陈独秀创办《新青年》，旨在倡导写实主义。后来因为发表了谢无量的古典诗作，并加编者按，称誉其诗为"希世之音"，并说："子云相如而后，仅见斯篇；虽工部亦只有此工力，无此佳丽……吾国人伟大精神，犹谓丧失也欤？于此征之。"这下被胡适抓住了把柄，胡适在致陈独秀的信上说："细检某君此诗，至少凡用古典套语一百事……适所以不能已于言者，正以足下论文学已知古典主义之当废，而独啧啧称誉此古典主义之诗。窃谓足下难免自相矛盾之消矣。"② 就是在这封信中，胡适提出文学革命须从八事入手的初步设想。针对胡适文学革命的八项主张，陈独秀对五、八二项提出了自己的建议并诚意邀约。陈独秀说："承示文学革命八事，除五、八二项，其余六事，仆无不合十赞叹，以为今日中国文界之雷音。倘能详其理由，指陈得失，衍为一文，以告当世，其业尤盛。"③ 在另一封信中，陈独秀措辞恳切，话语谆谆，他说："文学改革，为吾国目前切要之事。此非戏言，更非空言，如何如何？《青年》文艺栏意在改革文艺，而实无办法。吾国无写实诗文以为模范，译西文又未能直接唤起国人写实主义之观念，此事务求足下赐以所作写实文字，切实作一改良文学论文，寄登《青年》，均所至盼。仆拟作《国文教授私议》一文，登之下期《青年》，然所论者应用文字，非言文学之文也。鄙意文学之文必与应用之文区而为二，应用之文但求朴实说理纪事，其道甚简。而文学之文，尚须有斟酌处，尊兄谓何？美洲出版书报，乞足下选择若干种，详其作者、购处及价目登之《青年》，介绍于学生、社会，此为输入文明之要策。"④ 这就是胡适著名的《文学改良刍议》一文的写作动因。在胡适《文学改良刍议》发表一个月后，陈独秀发表了著名的《文学革命论》，公开宣布："余甘冒全国学究之敌，高扬'文学革命军'大旗，以为吾友之声援。旗上大书特书吾革命军三大主义；曰，推倒雕琢的阿谀的贵族文学，建设平易的抒情的国民文学；曰，推倒陈腐的铺张的古典文学，建设新鲜的立诚的写实文学；曰，推倒迂晦的艰涩的山林文学，建设明了的通俗的社会文学。"⑤ 较之胡适只注重文学形式上的改良，陈独秀则更加重视文学内容的

---

① 1917年，陈独秀发表《现代欧洲文艺史谭》（原载1917年11月《青年》第一卷第三号），文中采用法国乔治·贝利西埃以进化论观念写作的《当代文学运动》一书的观点，认为欧洲文学发展经历了古典主义、浪漫主义、写实主义和自然主义四个阶段。他认为这是所有文学发展的必然规律并以此来预言中国文学的未来。
② 胡适：《胡适来往书信选》，中华书局1979年版。
③ 陈独秀：《答胡适之》，原载1916年10月《新青年》第二卷第二号。
④ 《陈独秀致胡适信》，参见《胡适来往书信选》，中华书局1979年版。
⑤ 陈独秀：《文学革命论》，《新青年》第2卷6号，1917年2月1日。

革命,他是从完成一场彻底的民主革命出发,为了进行政治思想革命而提出"文学革命"的。他说,"中国政治界虽经三次革命,而黑幕未尝稍减",其原因除革命本身的不彻底外,"其大部分,则为盘踞吾人精神界根深蒂固之伦理道德文学艺术诸端,莫不黑幕层张,垢污深积,并此虎头蛇尾之革命而未有焉"①。为此,他秉明:"有大顾迂儒之毁誉,明目张胆以与十八妖魔宣战者乎?予愿拖四十二生的大炮,为之前驱。"②在胡适发表《文学改良刍议》之后,陈独秀马上在《新青年》撰文,大加赏识。

余恒谓中国近代文学史,施、曹价值,远在归、姚之上。闻者咸大惊疑。今得胡君之论,窃喜所见不孤。白话文学,将为中国文学之正宗。余亦笃信而渴望之。吾生倘亲见其成,则大幸也。元代文学美术,本蔚然可观。余所最服膺者,为东篱。词隽意远,又复雄富。余尝称为"中国之沙克士比亚"。质之胡君,及读者诸君以为然否。③

从这封信中我们可以提取如下信息:首先,白话文学将取代文言文学而为中国文学之正宗。其次,他认为元代是中国文学的巅峰时期,代表中国文学的最高成就,进而将马致远比作莎士比亚。再次,他认为施耐庵、曹雪芹的价值远在归有光、姚鼐之上。从他对马致远的评价中,也可以隐约感受到他"词隽意远,又复雄富"的审美趣味。再联系他致胡适的另一封信的内容来看就更清楚他的文学史观了。针对钱玄同所谓的《聊斋志异》全篇不通,陈独秀认为失之偏激,但他认为蒲松龄"实无文章之才,有意使典为文,若丑妇人搽胭抹粉,又若今之村学究满嘴新名词,实在令人肉麻。吾国札记小说,以愚所见,最喜《今古奇观》。文笔视《聊斋》自然得多,取材见识亦略高"。针对胡适和钱玄同盛赞《水浒》《红楼梦》而不提及《金瓶梅》,陈独秀似有不解。他说:"《红楼梦》全脱胎于《金瓶梅》,而文章清健自然,远不及也。乃以其描写淫态而弃之耶,则《水浒》、《红楼》,又焉能免。即名曲《西厢记》、《牡丹亭》,以吾辈迂腐之眼观之,亦非青年良好读物。此乃吾国文学缺点之一。"④

《文学革命论》的发表,吹响了向封建文学进攻的号角,由此揭开了声势浩大的文学革命运动。延续数千年的古典文学终于落下帷幕,中国文学迎来了开天辟地的新局面。毛泽东在《反对党八股》一文中,曾高度评价文学革命,指出:"如果五四时期不反对老八股和老教条主义,中国人民的思想就不能从老八股和老教条主义的束缚下面获得解放,中国就不会有自由独立的希望。"胡适后来回忆说,文学革命

---

① 陈独秀:《文学革命论》,《新青年》第2卷6号,1917年2月1日。
② 陈独秀:《文学革命论》,《新青年》第2卷6号,1917年2月1日。
③ 原载于1917年1月《新青年》第二卷第五号。
④ 陈独秀:《答胡适之》,原载于1917年6月《新青年》3卷4号。

的进行,是陈独秀"正式举起了文学革命的旗子",自己的"态度太和平了",若照自己的态度去做,"文学革命至少还须经过十年的讨论与尝试"。又说:"当日若没有陈独秀'必不容反对者有讨论之余地'的精神,文学革命的运动,决不能引起那样大的注意。"①鲁迅后来也说,他早年白话文小说的创作是《新青年》编辑者鼓励和支持的结果,"我必得纪念陈独秀先生,他是催促我做小说最有力的一个"②。鲁迅还说自己当时的创作是"尊命文学","我所尊奉的,是那时革命的前驱者的命令"③。毫无疑问,鲁迅所说的"革命先驱者",陈独秀是其中最主要的一位。从高举民主与科学两面大旗,向封建专制和封建礼教猛烈进攻,到发动以"革新政治,改造社会"为主要目的的文学革命,最终使陈独秀成为中国进步思想界的精神领袖。

陈独秀是中国现代杂文的拓荒者。他在1918年4月15日《新青年》上开设的"随感录"专栏,是中国现代文学史上第一个纯粹的杂文专栏。这种杂文,就是后来由鲁迅先生继承发扬了的"匕首""投枪"式的作文的雏形。1918年9月19日,陈独秀写信给周作人,向其征求杂文,信中说:"'随感录'本是一个很有生气的东西,现在为我一个人独占了,不好不好,我希望你和豫才、玄同二位有工夫写点来。"可见,在他之前没有人写作杂文。在他的号召下,鲁迅、周作人、刘半农、钱玄同等纷纷创作杂文。鲁迅对陈独秀的杂文十分欣赏,他在1921年8月25日致周作人的信中说:"新九四二已出,今附上,无甚可观,唯独秀随感究竟爽快耳。""随感录"栏目深受读者欢迎,于是很快就风行起来,《每周评论》《新社会》《民国日报·觉悟》等许多刊物都设立类似的专栏,杂文创作十分火爆。陈独秀又先后在《前锋》(1923年创刊)、《向导》周报(1924年创刊)、《布尔什维克》(1927年创刊)等开设"寸铁"栏目,发表比"随感录"更短小精悍的杂文。其中篇幅最长的约300字,最短的不过一两句,鞭辟入里,发人深省。陈独秀创作杂文近700篇,难怪鲁迅把他列为中国现代文学史上最优秀的杂文家之一了。

针对中国传统文艺思想中的"文以载道",陈独秀并不全盘予以否定,只是在对"道"的内涵阐释上,主张取广义宽泛之"道",反对将"道"局限为儒家圣贤之道。他说:"古人所倡文以载道之'道',实谓天经地义神圣不可非议之孔道。故文章家必依附《六经》以自矜重,此'道'字之狭义的解释,其流弊去八股家之所谓代圣贤立言也不远矣。"进而他又对"言之有物"进行一番阐释,他说:"'言之有物'一语,其流弊虽视'文以载道'为轻,然不善解之,学者亦易于执指遗月,失文学之本义也。何谓

---

① 胡适:《五十年来的中国文学》,《胡适文存二集》(二),北京大学出版社1998年版,第196—198页。
② 鲁迅:《我怎么做起小说来》,《鲁迅全集》,第4卷,第393页。
③ 鲁迅:《自选集自序》,《鲁迅全集》第4卷,第348页。

文学之本义耶？窃以为文以代语而已。达意状物，为其本义。文学之文，特其描写美妙动人者耳。其本义原非为载道有物而设，更无所谓限制作用，及正当的条件也。状物达意之外，倘加以他种作用，附以别项条件，则文学之为物，其自身独立存在之价值，不已破坏无余乎？故不独代圣贤立言为八股文之陋习，即载道与否，有物与否，亦非文学根本作用存在与否之理由。"①为了进一步说明问题，他援引近代欧洲文艺思想的发展历史以资说明。他简要勾勒出欧洲近代文学流变的历史轨迹，认为，近代欧洲文艺思想之变迁，由古典主义变而为理想主义，再由理想主义变而为写实主义，更进而为自然主义。他对由佐拉等发起的自然主义十分推崇，说："故左氏之所造作，欲发挥宇宙人生之真精神真现象，于世间猥亵之心意，不德之行为，诚实胪列，举凡古来之传说，当世之讥评，一切无所顾忌，诚世界文豪中之大胆有为之士也。"②他将佐拉称为自然主义之拿破仑。他之所以如此深情地盛赞自然主义，原因很简单，就是不满于我国古典派"文以载道"的文学思想以及复古派"文出五经"之保守观念。旨在引导作家关注现实，将笔触延伸到社会人生层面，不要无病呻吟、装腔作势。所以他对中国古典文学中凡是关注社会现实的作品每每评价甚高，比如对《金瓶梅》《今古奇观》等十分钟情。

"欧洲自然派文学家，其目光惟在实写自然现象，绝无美丑、善恶、邪正、惩劝之念存于胸中，彼所描写之自然现象，即道即物，去自然现象外，无道无物，此其所以异于超自然现象之理想派也。理想派重在理想，载道有物，非其所轻。惟意在自出机杼，不落古人窠臼，此其所以异于抄袭陈言之古典派也。仆之私意，固赞同自然主义者。惟衡以今日中国文学状况，陈义不欲过高，应首以摘击古典主义为急务。理想派文学，此时尚未可厚非。但理想之内容，不可不急求革新耳。若仍以之载古人之道，言陈腐之物，后之作者，岂非重出之衍文乎？鄙意今日之通俗文学，亦不必急切限以今语。惟今后语求近于文，文求近于语，使日赴'文言一致'之途，较为妥适易行。"③

作为新文化运动主将的胡适认为："中国文学最缺乏的是悲剧的观念。无论是小说，是戏剧，总是一个美满的团圆。"写书人"闭着眼睛不肯看天下的悲剧惨剧……只图说一个纸上的大快人心。这便是说谎的文学"。它至多不过使人觉得"满意"，"决不能叫人有深沉的感动，决不能引人到彻底的觉悟，决不能使人起根本上

---

① 陈独秀：《答曾毅·文学革命》，原载于《新青年》3卷2号。
② 陈独秀：《现代欧洲文艺史谭》，原载于1917年11月《青年》第一卷第三号。
③ 陈独秀：《答曾毅·文学革命》，原载于《新青年》3卷2号。

的思量反省"①。鲁迅先生在《论睁了眼看》一文中写道:"中国的文人,对于人生,——至少是对于社会现象,向来就多没有正视的勇气。"一到"快要显露缺陷"之际,他们"便闭上了眼睛……便看见一切圆满"。中国小说、戏剧的结尾,"或续或改",不是"借尸还魂,即冥中另配",就是令"生旦当场团圆",才肯放手。此乃"自欺欺人的瘾太大","由此也生出瞒和骗的文艺来"。鲁迅说,这种瞒和骗,恰恰"证明着国民性的怯弱,懒惰,而又巧滑"②。两位文化巨人的观点如此相似,绝不是纯粹的巧合,而是基于他们对中国文学"圆满之趣"和虚伪性的深刻认识。

中国文学向来缺乏深刻的悲剧意识,中国文人也向来少有正视现实、敢说真话的勇气,这是一个不争的事实。胡适认为,西方自古希腊以来的悲剧观念,能生发出"各种思力深沉,意味深长,感人最烈,发人猛省的文学",这种悲剧观念"乃是医治我们中国那种说谎作伪,思想浅薄的文学的绝妙圣药"。③ 关于历史小说,胡适的观点是,历史小说既不能违背基本的历史事实,又应注意叙事的生动性和吸引力,"用全副气力描写人物",写出他们的"神情风度"、"真人之兴"。他说:"凡做'历史小说',不可全用历史上的事实,却又不可违背历史上的事实。全用历史的事实",便"没有真正'小说'的价值……若违背了历史的事实……却又不成'历史的'小说了"。最好是"似历史又非历史"。④

与陈独秀一样,胡适也极力盛赞西方文学,他曾明确说过:"从文学方法一方面看去,中国的文学实在不够给我们作模范。"而"西洋的文学方法,比我们的文学,实在完备得多,高明得多"。从柏拉图、培根等人的散文到古希腊、莎士比亚的戏剧,还有现代的社会问题剧戏、象征戏、心理戏、讽刺戏等,他列举了很多实例来证明"西洋文学真有许多可给我们作模范的好处"。他还呼吁,"不可不赶紧翻译西洋的文学名著,做我们的模范"。⑤ 要"虚心研究,取人之长,补我之短",采用西洋的"新观念,新方法,新形式",如此才能使中国文学"有改良进步的希望"。⑥ 由于胡适对中国的文言作品和近代文学基本上是持批判、否定态度,对西方文学却常有溢美之词,这就招致了一些国粹派的抨击,直到上世纪五、六十年代的"批胡"运动中,仍有不少人批其"崇洋媚外"。其实他对中国文学并未作全盘否定。他也曾要求人们"多读模范的白话文学。例如,《水浒传》《西游记》《儒林外史》《红楼梦》,宋儒语录;

---

① 胡适:《文学进化观念与戏剧改良》,《胡适论文学》,安徽教育出版社 2006 年版,第 36—37 页。
② 鲁迅:《学术文化随笔》,钱理群、叶彤编,中国青年出版社 1996 年版,第 213—218 页。
③ 胡适:《文学进化观念与戏剧改良》,《胡适论文学》,安徽教育出版社 2006 年版,第 38 页。
④ 胡适:《文学进化观念与戏剧改良》,《胡适论文学》,安徽教育出版社 2006 年版,第 90 页。
⑤ 胡适:《建设的文学革命论》,《胡适论文学》,安徽教育出版社 2006 年版,第 26—27 页。
⑥ 胡适:《文学进化观念与戏剧改良》,《胡适论文学》,安徽教育出版社 2006 年版,第 36 页。

元人戏曲,明清传奇的说白;唐、宋的白话诗词,也该选读"①。并说,今日独有"白话小说","足与世界'第一流'文学比较而无愧色"。② 胡适在他的学术研究生涯中,以极大的热情和心力对中国古典名著(如:《水浒传》《红楼梦》《西游记》《三国演义》等)作了深入细致的研究和严谨的考证,还做了一部《国语文学史》,对汉魏六朝以降的民间文学、白话文学予以系统的梳理和充分肯定。

---

① 胡适:《建设的文学革命论》,《胡适论文学》,安徽教育出版社2006年版,第20—21页。
② 胡适:《文学改良刍议》,《胡适论文学》,安徽教育出版社2006年版,第4页。

下编 体式篇

  章太炎在《国故论衡·文学总略》中说过:"文学者,以有文字著于竹帛,故谓之文,论其法式谓文学。"因此,所谓文学的主流,也就是法式的主流,所谓主流文学,也即以主流法式呈现的文学。在中国文学观念中,诗与散文即是主流法式,相对而言,小说与戏剧,则往往被目为非主流。中国人对法式十分在意,在中国人的观念里,法式,绝不只是微不足道的形式。这一点,我们可以从对"春秋笔法"、"微言大义"等极度推崇中感受得到。扬雄在《法言·问神》中写道:"书不经,非书也。言不经,非言也。言、书不经,多多赘矣!"这不仅仅是说内容要合乎经典,也指形式上要合乎法式。诚如沈德潜所言:"诗之为道,不外孔子教小子、教伯鱼数言,而其立言一归于温柔敦厚,无古今一也。"[①]温柔敦厚就是话语言说法式。在《毛诗序》里,汉人在诠释"风"时提出:"上以风化下,下以风刺上,主文而谲谏,言之者无罪,闻之者足以戒,故曰风。""主文而谲谏"就是批评的法式。对此我们在导论里已有论述。

[①] 沈德潜:《清诗别裁集》,中华书局1975年版,第3页。

第十四章

形态学范畴上诗的演进

按照现代人类学的观点,一个文类必定包含一组要素,正是这些要素决定了此一文类的特征。由于这些要素的实际作用有主有次,有的处于核心地位,起支配作用;有的处于边缘地位,起辅助作用。那么某一文体的形态演进,实际上就是由于这些要素彼此之间的角色变化引发的。J.蒂尼亚诺夫在《论文学的进化》中指出:"由于系统不是全部要素的平等的相互作用,而是把一组因素——主导因素(dominant,亦可译为支配性因素)——推到前台,因而包含了对另一些因素的变形,这样,文学作品就通过这一主导因素而进入文学并发挥其功能。"形式主义者雅各布森指出:"在一个特定的规范诗歌的综合体中,或特别是在一组适应某特定诗歌类型的规范作品中,那些起初是从属的成分变成了决定的和主要的成分。另一方面,开始占支配地位的成分又变成了次要的和被选择的成分。——随着形式主义的进一步发展,一种把诗歌作品当成一个结构体系来看的正确观念形成了。这个结构是一组有一定顺序、分层次的艺术手段。诗歌进化是层次方面的一次变化。艺术手段的这个层次在一种特定的诗歌类型的框架内发生变化;此外,这些变化也影响着诗歌类型的层次,同时也影响着每一单独类型里的艺术手段的分布。起初处于从属和次要地位的类型,现在占据了显著的地位,而那些典范的类型则退往后部。"[①]这样一来,诗歌的形态演进就可以看成是构成诗的要素之间主导因素的移位。在中国古典诗歌的发展历程中,从四言诗到五言诗是一个突变,从乐府诗到格律诗是一个突变,从诗到词是一个突变。

中国古代诗歌演进如果从形态学的范畴来看,主要经历了从二言、四言到五

---

① 转引自罗伯特·肖尔斯:《结构主义与文学》,春风文艺出版社1988年版,第133页。

言、七言的句法演进,从自由舒展向循规蹈矩的章法演进,从简朴晓畅向典雅委婉的风格演进。

一、中国诗歌的句法演进

贝森特认为:"一首诗中的时代特征不应去诗人那儿去找,而应去诗的语言中去寻找。我相信,真正的诗歌史是语言的变化史,诗歌正是从这种不断变化的语言中产生的。"沃思勒也说过:"一个时期的文学史通过对当时语言背景所做的分析至少可以像通过政治的、社会的和宗教的倾向或者国土环境、气候状况所做的分析一样获得同样多的结论。"[①]

陶东风在比较中国的四言诗、五言诗和七言诗的形式特点时指出:从音韵与节奏上看,四言的特点是"二二"节奏形式,即中间停顿,既不能读成"一三"节奏形式,也不能读成"三一"节奏形式;从语义模式上看,四言诗常常两句合成一个完整的语义单位。五言诗的情况就不同了,无论是节奏形式还是语义形式都复杂化了。节奏形式从"二二"节奏变为"二一二"或"二二一"。更重要的是,这两种节奏形式都可以归入"二三"节奏,也就是说,"二三"节奏形式在五言诗中有典型性,而"三二"节奏几乎没有。这是一个根本性的变化,因为从"二二"节奏向"二三"节奏的变化,其核心就是改变了诗句结尾两个音节作为朗读基本单位的固定模式,三个音节的结合成了一种新的朗读单位。同样,从语义和语法模式上看,五言诗的每一单句基本上均可以作为一个独立的表意系统来看,而且句法结构也相对复杂,可以负载许多修饰成分。七言诗的节奏模式实际上只是在五言诗"二三"模式的基础上加上两个字而成为"二二三",其中虽然可再分为"二二二一"和"二二一二"两种,但都可以归入"二二三"。可见七言诗在节奏模式上并没有打破五言诗的节奏模式。从平仄的角度来看,七言诗的四种模式也是完全由五言诗的四种模式演化而来。因此,从语音模式来看,七言诗也没有打破五言诗的支配性规范。从语义模式来看,七言诗也是单句独立表意,只是修饰性进一步加强了。可以认定,七言诗是五言诗的自然延伸,并没有打破五言诗的支配性规范,是一种比较平衡的过渡。而词就不同了,它把四言、五言、七言的句式错落有致地排列在一起,而且间或使用三言与六言等句式,从语义和语法模式的角度看,句子长短错落,摇曳多姿,叙述、描写与心理刻画更加深细。所以有人说诗境开阔而词境细深。

诗歌无疑是人类最早的文学体式之一,早期诗歌由于年代久远,保留下来的很

---

① 转引自陶东风:《文体演变及其文化意味》,云南人民出版社1994年版,第6页。

少。从某些文化典籍中保留下来的早期诗歌形态来看，主要有二言和二三言杂糅的形式，如汉人赵晔《吴越春秋》记载的《弹歌》和《周易》中保留的古代歌谣。

从西周初年到春秋中叶（公元前11世纪至公元前6世纪），诗歌的形式发展至以四言为主，这可以从最集中保留了这一时期诗歌的《诗经》（确切的应称作《诗》，"经"是汉人加给的）中见出。四言诗较二言诗的进步，首先在于其句式的加长使得大量双音词、联绵词可以入诗。特别是大量的重言词、双声叠韵词的使用，使得诗歌在摹声绘态、穷情写物上游刃有余。这无疑增强了诗的表现功能。如果说二言诗的艺术功能主要还在于叙述简单的事件过程的话，那么四言诗则可以从容进行细节描写，具备了渲染、刻画、铺排的艺术表现能力。所以说，四言诗较二言诗来说，具有了浓厚的装饰意味，这无疑大大加强了诗的审美效果。其次，与二言诗相比，四言诗的句法形式富于变化，更为多样，除一般的陈述性语气语调外，可以设问，可以反诘，可以呼告，可以构成对比对偶等。再次，以《诗经》为代表的四言诗的章法形式也迥异于二言诗，这就是重章叠句的广泛使用，这种一唱三叹的艺术形式，大大强化了诗歌的抒情色彩。

另外，《诗经》除四言外还杂有五言、六言、七言等句型，这又在客观上为后来的五言诗、七言诗的兴起作了铺垫。由于《诗经》首先是作为口头文学的形式存在的，其朗朗上口的性质使其具有天然的韵律，对后来的格律诗有着深厚的影响。对此，顾炎武在《日知录·古诗用韵之法》中有如下之论断：

> 古诗用韵之法，大约有三。首句次句连用韵，隔第三句而于第四句用韵者，《关雎》之首章是也；凡汉以下诗及唐人律诗之首句用韵者源于此。一起即隔句用韵者，《卷耳》之首章是也；凡汉以下诗及唐人律诗之首句不用韵者源于此。自首至末句句用韵者，若《考槃》《清人》《还》《著》《十亩之间》《月出》《素冠》诸篇……凡汉以下诗若魏文帝《燕歌行》之类源于此。自是而变，则转韵矣。转韵之始，亦有连用隔用之别，而错综变化，不可以一体拘。

《诗经》除上述的句法与章法等外在形态外，隐含其中的赋、比、兴又是作为重要艺术表现手段存在的内在形态。这种艺术手段不仅决定了诗的内在结构和外在形态，也决定了诗的抒情言志风格，具有浓郁的本土文化特色。

就中国诗歌句法演进来看，《楚辞》或许是个例外。它的冗长句式和雍容体式似乎不是对《诗经》自然而然的发展与超越。《诗经》的短小体制无法突变成如此丰腴的大格局。林庚先生认为，《楚辞》的体裁是战国时期的诗歌的新形式，就诗歌的发展脉络及源流关系来看，《楚辞》不植根于《诗经》，所以也不能说是对《诗经》的发展。他认为《楚辞》脱胎于先秦诸子散文。在《九歌不源于二南》一文中,林庚先生从"诗句"和"音乐"等方面加以考证,结论是:"《九歌》形式真正的来源,自然还是从先秦散文到《离骚》这一条路线。"在《从楚辞的断句说到涉江》中,他说:"《离骚》里一种不平的情调,正好与平静的《诗经》时代作一对照,那也正是散文时代的惊异精神,正因为如此,《楚辞》所以继思想界的爆发,而成为文艺上一只异果;那永恒的追求,那人生的启示,都是《诗经》时代所不会有的。"[①]

乐府诗对中国古代诗歌样式的嬗变起到了积极的推动作用,所以有"乐府创诸体"之说。汉魏乐府诗打破了《诗经》基本是四言诗的格局,创造了杂言体诗歌,在句式上往往是三言、四言、五言、七言间出,但基本以五言为主,七言体式也开始出现。南北朝乐府以五言四句的短章为主,也有一些四言、七言和杂言体;特别是五言四句体乐府,对后来的律诗绝句有直接的影响。可以说,唐代的律绝体、歌行体以及新体长短句词,无不从乐府诗演变而来。

两汉乐府诗最初是配乐演唱的,它之所以在诗体形式上不同于《诗经》的四言句,既是诗歌本身发展的必然结果,也有乐曲的因素发挥作用,是乐与诗的统一体。杨生枝在《乐府诗史》中对"诗"与"乐"的动态关系有如下描述:

对乐来说,它是朝着与诗逐渐脱离的自由方向发展,即:乐曲和一种既定歌诗的自然结合(两汉)——形成一种固定模式(魏晋)——由近似宣叙式变为单纯旋律式(南北朝)——乐曲脱离歌诗内容而自由运动(隋唐)。所以,乐、诗结合形式,由因诗以配乐或因乐以制诗,发展到唐,便成为选诗以配乐。对诗来说,是朝着现实主义方向发展,即:"缘事而发"(汉乐府民歌)——借古题写时事或写个人(魏晋文人乐府)——"勇于揭露生活真实"(南北朝民歌)——"歌诗合为事而作"(唐新乐府)。所以,唐代新题乐府的思想广度和复杂情境就不是音乐的抒情方式所能表达的,其社会性和叙事性愈大,离乐的距离就愈远。但是作为真正入乐演唱的歌诗,它既没沿着乐的方向发展,也没朝着诗的方向发展,而是在诗和乐的合力中不断发展,这就形成唐代律、绝体歌诗。

汉代乐府诗歌的曲调来源是多方面的,除了中土各地的乐曲外,还有来自少数民族的歌曲,鼓吹曲辞收录的铙歌18首就是配合北狄西域之乐演唱的。鼓吹曲本是军中用乐,来自北方少数民族。它的曲调和中土音乐有很大差异,因此,配合鼓吹曲演唱的歌诗也就和中原常见的体式明显不同。现存铙歌18首各篇均是杂言,和其他乐府诗迥然有别,是诗歌形式发生的重大变化。

---

① 林庚:《诗人屈原及其作品研究》,上海古籍出版社1981年版,第135页。

魏晋人意识到对偶句型的表现力并将其理论化。他们分如下步骤完成其理论化：首先是历史的层面，他们在上古的散文以及汉代的辞赋家们的创作中发现了此类句式的广泛运用。其次是哲理的层面，他们认识到"造化赋形，支体必双；神理为用，事不孤立。夫心生文辞，运裁百虑，高下相须，自然成对"。再次是技术的层面，他们提出："故丽辞之体，凡有四对：言对为易，事对为难；反对为优，正对为劣。言对者，双比空辞者也；事对者，并举人验者也；反对者，理殊趣合者也；正对者，事异义同者也。"最后是审美的层面，他们提出："言对为美，贵在精巧；事对所先，务在允当……必使理圆事密，联璧其章，叠用奇偶，节以杂佩。"①在创作实践中，他们用对仗与辞藻的文字本身的美感来塑造自然。往往他们使用的不仅是对句，在句内同时还要再用句内对，如"朱华"对"绿池"，"白日"对"青春"；并且强调各种颜色的感觉，然后由静态的景象强调它们的动态的感觉，不论是朱华的"冒"，风的"摇"、波的"动"，还是雷的"激"、电的"舒"；但是又由于对句锻字的凝练形式，又使它们显得稳重而沉静，如："时雨静飞尘"由于均衡的句内对，亦无形中使得充满了动态的"雨"与"尘"失去了直接的动感而成为静止画面的一部分，因而创造出一种文字性的绘画之美。他们在这方面的努力是不遗余力的，所谓"俪采百句之偶，争价一字之奇"，这种对文辞的美的观念深刻地影响到唐诗的发展，催生催熟了格律诗。

格律诗作为一代之文学，其霸主的地位为新兴的词体所替代，这可以追溯到唐末五代时期。作为长短句的"词"的参差句式极富弹性与韧性，这种形式特别适合表现心底无端的惆怅、寂寞的情怀、落寞的心境，饱含柔媚，姿态绰约。这种美的韵味是格律诗整齐严谨的句型不能提供的，正所谓"诗庄词媚"，"诗之境阔，词之言长"。

二、中国诗歌的章法演进

可以这样来看待中国诗歌章法形态的发展演进——从目前保存最早的诗歌来看，其章法结构是孤章独篇式的。这种结构方式应该说是最基本的文学存在形态。此时的篇与章是不分的。诗的体式较小，无论是每首诗的句数还是每句诗的字数，都很简短。当然，诗的表现功能也就较弱。这种短句、孤章、独篇的诗歌是诗歌发展的雏形阶段，发展到以《诗经》为代表的四言诗阶段，不仅是诗句的加长，更表现为篇章的分离。当然，篇章的分离必须有句数来保证，但又绝对不是简单的句子数

---

① 刘勰：《文心雕龙·丽辞》，赵仲邑《文心雕龙译注》，漓江出版社1982年版。

量问题。一首诗由若干章来构成的重章叠句式大大加强了诗的表现力,尤其是抒情能力。我们知道,《诗经》的作品来源于一个大跨度的时空,非一时一地。但其呈现出的重章叠句的显著形态可能与当时的音乐有关。《论语》中记载的一则孔子关于音乐的观点或许能给我们一些启发。

子语鲁大师乐,曰:"乐其可知也:始作,翕如也;从之,纯如也,皦如也,绎如也,以成。"①

从"始作""从之""以成"来看,这段话涉及音乐的章法结构问题。这样的认识也一定会反映到诗歌的创作中。诗歌发展到五言诗阶段,组诗的出现应该说是中国诗歌结构形态的又一变化。每一组诗通常有一个共同的主题,每一首诗反映一个侧面,合则为一组,分则为单篇。其意义在于将诗的抒情言志的功能作了最大限度的开掘。难怪钟嵘会盛赞五言诗为"五言居文辞之要,是众作之有滋味者也,故云会于流俗,指事造形,穷情写物,最为详切者耶"②。在诗的容量和书写的自由度上,组诗的出现都为诗歌带来新的气象。组诗是集约性的,它可以将粗放与精致、宏观与微观、开放与收束统一起来,将诗与散文的笔法统一起来。

系列组诗的出现大概是魏晋时期,如曹操《步出夏门行》四章,王粲《七哀诗》,曹丕《杂诗》二首,曹植《杂诗》六首,阮籍《咏怀诗》八十二首,张华《情诗》五首,潘岳《悼亡诗》三首,陆机《赴洛道中作》,左思《咏史》八首、《招隐诗》二首,张协《杂诗》十首,郭璞《游仙诗》十四首,陶渊明《归田园居》五首、《饮酒》二十首,颜延之《五君咏》,鲍照《拟古》八首、《拟行路难》十八首,庾信《拟咏怀》二十七首等。

中国诗歌从屈原的《离骚》开始,就不乏恢宏的体制。屈原的贡献在于将赋的精神带进诗歌,这就使得中国诗歌不仅有精致玲珑的短章,也有规模较大的长篇;不仅有"翡翠兰苕",也有"鲸鱼碧海"。

相对于诗歌其他诸体之小巧玲珑,歌行体应该说是体格雍容的。七言歌行创作的目的是拟歌词,其体式是由适于演唱的歌词所规定的。而七言古诗,则是一种主要提供案头阅读的诗体。吴讷《文章辨体序说》论云:"(唐代)有歌行、有古诗。歌行则放情长言,古诗则循守法度,故其句语格调亦不能同也。"徐师曾《文体明辨序说》复加阐发,说:"乐府歌行,贵抑扬顿挫,古诗则优柔和平,循守法度,其体自不同也。"吴氏、徐氏因此在各自的著作中,于"七言古诗"之外另立"歌行"、"近体歌行"之目,以显示二者之间的区别。清代吴乔《围炉诗话》尝云:"七言创于汉代,魏

---

① 《论语·八佾》,朱熹《四书集注》,岳麓书社 1985 年版。
② 钟嵘《诗品序》,郭绍虞《中国历代文论选》,上海古籍出版社 1979 年版。

文帝有《燕歌行》，古诗有《东飞伯劳》，至梁末而大盛，亦有五七言杂用者，唐人歌行之祖也。"从文学风貌论，七古的典型风格是端正浑厚、庄重典雅，歌行的典型风格则是宛转流动、纵横多姿。《文章辨体序说》认为"七言古诗贵乎句语浑雄，格调苍古"，又说"放情长言曰歌"、"体如行书曰行"，二者风调互异。《诗薮》论七古亦云："古诗窘于格调，近体束于声律，惟歌行大小短长，错综阖辟，素无定体，故极能发人才思。李、杜之才，不尽于古诗而尽于歌行。"七言歌行上承乐府诗即事抒情的传统，旁取格律诗玲珑精致的风姿，意脉流荡，波澜开合，曼词丽调，风情万种。所以七言歌行应是乐府与格律诗相结合的产物。

七言歌行，虽然初期部分作品在体式格调上颇与七古相似，然而在其演化过程中律化的现象却愈来愈严重。据王力《汉语诗律学》的统计，白居易《琵琶行》88句中律句与似律句共计53句，而《长恨歌》120句中律句与似律句占到百句之多。这种律化趋势的形成并非偶然，它是歌行体诗要求适宜歌唱而着意追求声韵和谐的结果。

《昭昧詹言》说"七言古之妙，朴、拙、琐、曲、硬、淡，缺一不可。总归于一字曰老"，又说"凡歌行，要曼不要警"。"曼"即情辞摇曳、流动不居，"警"即义理端庄、文辞老练。这些评论，都揭示了七言古诗与歌行在美感风格方面的不同。尽管在具体的诗歌创作中，以七古的笔法写歌行、以歌行的笔法写七古一度成为时尚，然而在总体上仍不难看出二者之间的差异。举例来说，杜甫《寄韩谏议注》、卢仝《月蚀诗》、韩愈《谒衡岳庙遂宿岳寺题门楼》、李商隐《韩碑》等，只能是七言古诗；而王维《桃源行》、李白《梦游天姥吟留别》、白居易《长恨歌》、韦庄《秦妇吟》只能是七言歌行。二者之间的区别是明晰的。

与这种无论句子的长短或者篇幅的大小都十分自由的章法表现相对应的应该是格律诗，在句法、章法与音韵上都有严格的限制。格律诗是中国的独创，其对形式的推崇显示出较为极端的唯美主义文化心理。这样的文化心理植根于对汉字及汉字文化的特殊性的深刻认识，并将这一认识不遗余力地付之于创作实践。醉心于汉语的美感应该说起于汉代，是汉代的辞赋家们在"润色鸿业"时由于装饰的需要不断榨取与提纯语言的美，这种趣味改变了先秦时语言功用主义思想。在日后相当长的时间里，这种唯美倾向左右着文坛。终于在南朝时期登峰造极，"俪采百字之偶，争价一字之奇"是这种唯美思想的具体表现，就此迎来格律诗的呱呱落地。明人陆时雍《诗镜总论》说："诗至于宋，古之终而律之始也。体制一变，便觉声色俱开。谢康乐鬼斧默运，其梓庆之鐻乎。"

诗歌至唐而鼎盛，至宋盛极而衰，于是一种新兴的文体应运而生，这便是宋词。关于"词",一说是由于唐人乐府七言绝句之衍变为长短句;一说是指诗降为词,词是诗之余绪。如南宋初年胡寅《酒边词序》所说:"词曲者,古乐府之末造也。"这多少反映出了诗与词之间的渊源关系。唐宋之词,系配合新兴乐曲而唱的歌词,可说是前代乐府民歌的变种。当时新兴乐曲主要系民间乐曲和边疆少数民族及域外传入的曲调,其章节抑扬顿挫、变化多端,与以"中和"为主的传统音乐大异其趣;歌词的句式也随之长短、错落、奇偶相间,比起大体整齐的传统古近体诗歌来大有发展,具有特殊表现力。曲子词、近体乐府、诗余、长短句之名由此而得。

在中国古代,诗受到特殊重视。《诗·大序》云:"正得失,动天地,感鬼神,莫近乎诗。"诗的社会作用与价值被如此尊崇,诗坛上出现了大量反映现实的不朽之作。到了宋代,在诗中说理、博学的成分越积越重,文学之士不能自已的一片深情、万种闲愁便习惯倾吐于"诗余""小道"。正式宣布词的独立地位的是李清照的《词论》,她提出词"别是一家"。

词体也有其局限性。一般说来,词的篇幅不长。《词谱》所载,最短的单调《竹枝》为14字,最长的《莺啼序》为240字,不比诗歌行数可以无限增多。王国维所谓词"不能尽言诗之所能言",并云:"诗之境阔,词之言长。"言下之意,词的境界比诗狭窄。词的篇幅短小,是对词境及其表现能力的一种严酷限制。然而,有限制必有反限制。孕蓄无限于有限,以有限体现无限,这是宋代词人创造的艺术辩证法。故北宋中期苏轼等"以诗为词","以诗为词"的过程,实际上就是词的雅化过程,虽然赋予词体以诗歌的多种职能,也丰富了词的表现能力与范围,但在客观上也加速了词的衰亡,于是,一种新的艺术形式——曲产生了。

元曲的兴起与发展,有着复杂的原因。首先,元朝疆域辽阔,城市经济繁荣,宏大的剧场、活跃的书会和日夜不绝的观众,为元曲的兴起奠定了基础;其次,元代各民族文化相互交流和融化,促进元曲的形成;再次,元曲是诗歌本身的内在规律及文学传统继承、发展的必然结果。

至于曲词之发达,追根溯源,大约是始于乐府。我国的韵文始于"风""雅""颂"。《扶犁》《击壤》后有三百篇,盛饰情感,必合于乐,所以古诗即乐歌,咸能咏叹。到了战国,新声竞起,乐歌乐器不尽相合,于是诗有入乐不入乐之分。至汉有乐府,郊祭之时以乐和唱,是乐府之初名,以后其用渐泛。晋以后,渐有五七言体,不尽可歌。西汉时代,有鼓吹相和清商杂调,六代沿之。至唐代诗又大盛,以绝句为曲,如"清平"、"凉州"等,但犹不尽其变。李白、白居易之辈,又创了长短句如"忆秦娥"、"菩萨蛮"、"忆王孙"之类,开了词的先声。李调元《曲话》说:"古乐府只是曲中泛声,后人怕失泛声,逐一添个实字,遂成长短句。"王世贞说:"曲者词之变,自金元入中国,所用胡乐,嘈杂凄紧,词不能按,乃为新声以媚之,胡语时时采入。沈约四声,遂阙其一。东南又变新体,号为南曲。大概北主劲雄,南主柔远。"[①]梁廷枏《曲话》说:"乐府兴而古乐废,唐绝兴而乐府废,宋人歌词兴而唐绝废,元人曲调兴而宋词又废。词诗空具声音,元曲则描写实事。作曲之始,不过只被之管弦,后且饰之优孟。元人院本,传者寥寥,其实杂剧为多。"由此可见,元曲是从乐府—诗—词一脉相承。

三、中国诗歌的风格演进

中国诗歌的艺术风格是多姿多彩的,有时代的风尚,也有诗人个性的因素。大体而论,一如刘勰所说的"时运交移,质文代变",二如陆时雍所说的:"人情好尚,世有转移"。汉诗的素朴、晋诗的玄理、南朝诗的华丽,都代表了一个时代的风尚。而建安三曹七子诗的悲凉慷慨,南朝齐代竟陵八友诗的声韵之美,初唐上官体的绮错婉媚,中唐大历诗人群体的"淡",元白诗人群体的"俗",韩孟诗人群体的"奇";北宋初年白体诗人学白居易,晚唐体诗人学贾岛、姚合,西昆体诗人学李商隐;明代前七子的"诗必盛唐",等等,又与诗人的个性及审美追求息息相关。

什克洛夫斯基指出:"新的艺术形式的产生是由把向来不入流的形式升为正宗来实现的"[②],托马舍夫斯基认为:文学类型演变的途径之一是"高雅的类别经常为通俗的类别所代替"[③]。按照这种观点,宏观地看待中国文学体式由"诗"而"词"而"曲"的变化过程,正是由"雅"而"俗"的过程。吉川幸次郎在《中国诗史》中说:"不仅是诗,连散文也一直是用具有特殊规格的文体写成的。看起来,这个国家的文字记载从其产生的最初起,本就已与口头语言的形态有所不同,不久就进到了积极地拒绝口头的语汇与语法以保持书面语的纯粹的境地。"这种积极地拒绝口头的语汇与语法以保持书面语的纯粹的做法,实际上就是文学的雅化过程,但雅化的结果常常是将一种艺术束之高阁,进而枯竭其生命,于是不得不求助于民间通俗艺术,然后再加以雅化,依此类推。

一部蕴涵了从西周初年至春秋中叶五百年漫长岁月的沧桑情感的《诗经》,一部包容了从黄河流域到江汉流域及汝水一带广大地域的不同风土民情的《诗经》,在相当长的历史时期内几乎成为士大夫日常生活中的圭臬。在士大夫们酬唱赠答及外交

---

① 王世贞:《艺苑卮言》,郭绍虞《中国历代文论选》(一卷本),上海古籍出版社2001年版,第247页。
② 茨维坦·托多罗夫编,蔡鸿滨译:《俄苏形式主义文论选》,中国社会科学出版社1989年版,第271页。
③ 转引自陶东风:《文体演变及其文化意味》,云南人民出版社1994年版,第18页。

使节的外交辞令中,《诗经》的句子俯拾即是,"赋诗言志"成了我们整个民族表达感情的基本方式。我们早已习惯将"子曰"与"诗云"并称,成为我们指示人生的金科玉律和判断是非的价值标准。虽然《诗经》中也有"皆为淫声"的"郑卫之音",被后世的理学家称为"男悦女之词"和"女惑男之语"①,但孔子以"思无邪"一言蔽之,使之庄严神圣。其对美好的颂扬,对黑暗的反抗所形成的关注人生、体味人生的写实主义精神是不朽的。它渗透在一代代中国诗人的血液里,不放过生活的每一个细节,不错过人生的每一次感动。他们用诗记录了这个民族最真实的历史。

其后的三百年,中国诗坛寂寞无声,来自南国的屈原的歌唱打破了这长久的寂静,开启了中国诗歌浪漫的乐章。宋人黄伯思在《校定楚辞序》中说:"屈、宋诸骚皆书楚语,作楚声,纪楚地,名楚物,故可谓之'楚辞'。若'些''只''羌''谇''蹇''纷''侘傺'者,楚语也。悲壮顿挫,或韵或否者,楚声也。沅、湘、江、澧、修门、夏首者,楚地也。兰、茝、荃药、蕙若、苹蘅者,楚物也"。虽然说这种新的诗歌形式植根于一方水土,带着浓厚的乡土气息走进华丽的诗歌殿堂,但她一点也不土气,全然没有下里巴人的扭捏,相反,倒是自信得有点过头,舒展得太过自由。《九歌》《九章》似乎要唤醒所有的鬼神,实现人神共舞人鬼不分;《天问》的刨根问底,似乎要将世界的颜面全部撕掉,非得见出森森白骨不可,其通天入地的思维想象力,贯通古今的思辨穿透力,灿若珠玑的语言表现力、激情如火的情绪感染力,都不是《诗经》所具备的。《诗经》太贴近日常生活了,相比之下,《楚辞》则显得太超越生活了。《诗经》入世太深,《楚辞》出世太远。单从这两部伟大的诗歌著作来看,中国人的确是从现实走向浪漫,中国文学从现实走向浪漫。

接下来是汉乐府诗,最为显著的特点是"直抒胸臆,缘事而发"。或描写战争,或表现饥寒,或直写家庭男女问题的悲剧,或歌咏孤儿病妇的悲哀,或抨击黑暗,揭露矛盾。总之,敢于直面惨淡的人生,正视淋漓的鲜血,是中国现实主义文学精神的又一次高扬。

东晋玄言诗的特点,沈约《宋书·谢灵运传论》指出:"有晋中兴,玄风独振。为学穷于柱下(老子),博物止于七篇(庄子);驰骋文辞,义殚于此……莫不寄辞上德(老子),托意玄珠(庄子)。"刘勰"诗必柱下之旨归,赋乃漆园(庄子)之义疏"②。钟嵘《诗品序》说:"永嘉时,贵黄老,稍尚虚谈,于时篇什,理过其辞,淡乎寡味。爰及江表,微波尚传,孙绰、许询、桓、庾诸公诗,皆平典似道德论,建安风力尽矣。"东晋玄言诗本身的艺术价值并不高,但它对后世的影响却相当深远,如谢灵运的山水

---

① 朱熹:《四书集注》,岳麓书社1985年版。
② 刘勰:《文心雕龙·明诗篇》,赵仲邑《文心雕龙译注》,漓江出版社1982年版。

诗、白居易诸人的说理诗、宋明理学家之诗,都或多或少受其熏染。

沈德潜《说诗晬语》中有这样的论断:"诗至于宋,性情渐隐,声色大开,诗运一转关也。""诗运转关"主要表现在诗歌的形式和题材都起了变化。在形式上,谢灵运、颜延之等刘宋诗人开始刻意讲究声律和雕琢辞藻,即沈德潜所谓的"声色大开"。钟嵘《诗品》在评论刘宋诗人时,则常用"巧似"二字,如评谢灵运诗"故尚巧似,而逸荡过之",评颜延之诗"尚巧似。体裁绮密,情喻渊深",评鲍照诗"然贵尚巧似,不避危仄,颇伤清雅之调"。而巧似,大概就是以巧妙的文笔把形象描写得活灵活现的意思。刘勰《文心雕龙·明诗篇》说:"宋初文咏,体有因革,庄老告退,而山水方滋;俪采百字之偶,争价一字之奇,情必极貌以写物,辞必穷力以追新:此近世之所竞也",精辟地说明了讲究辞藻美是刘宋诗歌的特色。在题材上,刘宋诗歌开始从"玄言诗"过渡到"山水诗"。刘勰最早道出了个中玄机:"宋初文咏,体有因革,庄老告退,山水方滋。"[1]刘宋诗歌形式的此一特点对后来的诗歌影响既深且巨,齐梁年间出现的永明体就是其直接影响的产物。永明体固然和沈约提出的"四声八病"声律学理论分不开,但其在中国诗歌发展史上的最重要意义却是真正完成了刘宋诗人所未竟的"解放"事业。曹道衡等在《南北朝文学史》中指出:

总的来说,晋、宋之交,诗歌从玄学的牢笼中挣脱出来,重新回复了文学的本来面目。这种"解放"带有不彻底性。谢灵运开创了山水诗派,他的作品仍然是文学和玄言、佛理的有机结合;颜延之的应制诗,更像"三颂"或者有韵的典诰。到了永明时期才真正完成了这一"解放",诗歌中极少再见到玄理和儒学的说教,即使是歌功颂德的应制、应教文字,也力求写得形象。

这是中国诗歌唯美的时代,但同时也是中国诗歌最具革命性的时代。无论形式还是内容,这一时期的诗人以一种病态的姿态挑战传统,创造了前所未有的诗歌局面。虽然其诗歌的历史高度和深度或许不敌此前此后,但其为诗歌所铺展的宽广时空则是前所未有的。咏怀诗、咏史诗、玄言诗、山水田园诗、隐逸诗、游仙诗、宫体诗等大量新鲜玩意,无不昭示着这是一个于艺术有着特殊关系的时代,所蕴涵的伟大的艺术创造精神是其他很多历史时期不具有的,为迎接一个伟大的诗歌时代扫清了所有的障碍,创造了一切条件。或许只有在这样的时代,才能创造出《文心雕龙》《诗品》等不朽的理论巨著。台湾学者柯庆明先生说:

---

[1] 刘勰:《文心雕龙·明诗篇》,赵仲邑《文心雕龙译注》,漓江出版社1982年版。

由汉代的以自然为引生情意的象征;而至魏晋宴游诗的自然成为对仗锻字的文字美的材料;而至晋宋山水、田园诗的发现自然即是一种充满真意的美的形式;而至唐代在自然之中寻求一种开阔雄浑,深具宇宙韵律的美;而至宋代的对于自然的自由诠释,开发自然的疏离、怪诞、想象等等的美感:中国的诗歌其实对自然之美有一种持续的专注,并且也做过各式各样的表现。①

这可以看成是对中古诗歌风格走向的宏观勾勒。

唐朝无疑是中国诗歌最伟大的时代。没有辜负中古诗人的努力与期望,数千诗人的数万诗歌证明了这是诗的天堂。无论是写实主义还是浪漫主义,无论唯美还是尚用,无论是自由的古风还是严格的律诗,无论山水还是田园,无论是繁华都市还是塞外边关,无论人间还是仙境,无论游子还是思妇……唐人思想感情的叶茎覆盖所有。对此,日本学者吉川幸次郎在《中国诗史》中写道:

假如诗的任务是去接触散文所无从追踪的无限制、不确定的事物,那么,最好地完成这任务的也是唐诗。可以看到:以前的诗即使对素材摹写、追随还是忠实的,对歌唱怀疑是热心的,如此等等,但却经常是说明性的,不是启示。与此相对,唐人的诗最得意的是对无限制、不确定的东西之启示。自然界已不止是感觉的对象,而成为心情的象征,这种情况也是至唐诗才确定下来的。唐代从六朝门阀的势力下挣脱出来,又向绚丽多姿的西域文化开放,多了豪迈的浪漫气质和异域边陲的别样风情,高涨的自信淹没了颓废华靡。无论是"黄沙百战穿金甲,不破楼兰终不还"的雄浑豪迈,抑或是"白日依山尽,黄河入海流"的气势磅礴;无论是"大漠孤烟直,长河落日圆"的苍凉辽阔,抑或是"醉卧沙场君莫笑,古来征战几人回"的潇洒从容,都给人一种气贯长虹的冲击力。长江、黄河、高山、大漠,唐诗就是想贯通宇宙生命之气。所幸,在这样的时代背景下,诗对唐人的慰藉作用并没有被掩盖掉。唐诗中有很多的诗感慨万物的永恒和人生的渺小,包含着诗人对人性的理解,对人类生存状态的叩问。

唐人的审美标准可以从皎然的零星表述中见出,他在《诗式·文章宗旨》中有明确的见解:"其格高,其气正,其体贞,其貌古,其词深,其才婉,其德宏,其调逸,其声谐。"又云:"《古诗》以讽兴为宗,直而不俗,丽而不朽,格高而调温,语近而意远,情浮于语,偶象则发,不以力制,故皆合于语而生自然。"

袁行霈、罗宗强先生主编的《中国文学史》(第二卷)中就有这样的论断:"初

---

① 柯庆明:《中国文学的美感》,河北教育出版社2001年版,第25页。

唐以来讲究声律辞藻的近体与抒写慷慨情怀的古体汇而为一，诗人作诗笔参造化，韵律与抒情相辅相成，气协律而出，情因韵而显，如殷璠所说的'神来、气来、情来'，达到声律风骨兼备的完美境界。这成为盛唐诗风形成的标志。"①《河岳英灵集叙》对于初盛唐诗歌发展的轨迹有一段经典的概括：贞观末，标格渐高；景云中，颇通远调；开元十五年后，声律风骨始备矣。王运熙先生解释说："这里说明了盛唐诗歌的成就是声律与风骨二者兼备……崇尚风骨，力追汉魏或建安，这只是盛唐诗歌的一个方面的特征。另一方面，这时代的诗人们对齐梁以来新体诗重视声律的风尚，不但不加摒弃，而是继承了它，创造了许多形式严密同时富有内容的优秀作品。"②葛晓音先生也认为："从开元诗的创作实践来看，'声律风骨兼备'的实际内涵，所谓声律完备，首先指律诗的普及。"③李珍华、傅璇琮先生认为："综观殷璠对常健、刘虚、綦毋潜的评论，似乎他所讲的'神'指的是一种脱俗的、超然的艺术境界。"④王运熙、杨明根据殷璠有关陶翰诗歌的评语对其诗学理论的深层结构作出了深入而精到的剖析："殷璠评陶翰诗'既多兴象，复备风骨'两句，明显地说明他是自觉地把风骨、兴象二者作为一双标尺来衡量盛唐诗歌的；同时也说明他认为二者并不常常能在同一个诗人作品中兼备。比较起来，殷璠在风骨、兴象二者之间更加重视风骨。"⑤对于殷璠诗学理论特点，目前学术界一般概括为"一方面是对风雅比兴和汉魏风骨的发展，另一方面还吸收了齐梁以来的艺术经验"⑥。

柯庆明指出："唐诗即使不是完全的'主情'，至少仍然遵循'缘情'的原则，表现的仍以个人的'中心不决，众不我知'，己身'当时之愤气'的'兴发意生'，因此不免要'露才扬己'。所以不但继承了'绮靡'的原则，更发展为'意须出万人之境，望古人于格下，攒天海于方寸'的'用心'。一方面追求高远'雄浑'之意境，一方面重视苦思独创，以求超越前人，'用意于古人之上，则天地之境，洞焉可观。'"⑦

宋诗的光彩一直被"诗余"的宋词所遮盖。人们总觉得宋人"以理入诗"坏了诗的情趣。所以至宋而后，中国正统诗歌一路攀升的局面就此结束。"自《西昆集》

---

① 袁行霈、罗宗强主编：《中国文学史》（第二卷），高等教育出版社1999年版，第235页。
② 王运熙：《释河岳英灵集论盛唐诗歌》，《汉魏六朝唐代文学论丛》（增补本），复旦大学出版社2002年版，第96—98页。
③ 葛晓音：《论开元诗坛》，《诗国高潮与盛唐文化》，北京大学出版社1998年版，第332页。
④ 李珍华、傅璇琮：《盛唐诗风与殷璠诗论》，《河岳英灵集研究》第48页。
⑤ 王运熙、杨明：《隋唐五代文学批评史》，上海古籍出版社1994年版，第244页。
⑥ 袁行霈、孟二冬、丁放：《中国诗学通论》，安徽教育出版社1994年版，第370页。
⑦ 柯庆明：《中国文学的美感》，湖北教育出版社2001年版，第204页。

出,时人争效之,诗体一变"①,这便是宋初诗坛的局面。宋初的诗坛刻意模仿唐人,对唐诗的学习主要有白体、晚唐体和西昆体。三体各自为政:王禹偁是白体诗人的盟主;西昆体以杨亿、刘筠为代表;晚唐体的代表性人物是林逋。元代的方回在《送罗寿可诗序》中详细而完整地论述了宋初三体的情况:"宋划五代旧习,诗有白体、昆体、晚唐体。白体如李文正、徐常侍昆仲、王元之、王汉谋。昆体则杨、刘《西昆集》传世,二宋、张乖崖、钱僖公、丁崖州皆是。晚唐体则九僧最逼真,寇莱公、鲁三友、林和靖、魏仲先父子、潘逍遥、赵清献之徒。凡数十家,深涵茂有,气极势胜。"

《西昆酬唱集》行世后,西昆体风行一时,成为当时诗坛上独领风骚的诗歌流派。欧阳修说:"盖自杨、刘唱和,《西昆集》行,后进学者争效之,风雅一变,谓之昆体。由是唐贤诸诗集几废而不行。"②杨亿在《西昆酬唱集序》中说他们写诗的目的是"历览遗编,研味前作,挹其芳润,发于希慕。更迭唱和,互相切劘"。这种观点指导下写出的诗,形式上的主要特征是:喜用典故、情思宛转、辞藻精丽、韵律和谐。题材狭窄,主要集中在借男女之情讽喻君臣遇合的宫怨诗、旨在借古讽今的咏史诗、托物咏怀的咏物诗三类。③ 西昆体衰竭的真正原因是其自身的两个致命弱点:一是诗歌题材范围狭窄,缺乏时代气息;二是诗歌艺术立足于模仿,缺乏自立精神。

诗歌发展到宋代,境界变得狭窄,与唐诗的大气相比,显得十分小气。诗人的眼光逗留于"墙角数枝梅,凌寒独自开"的犄角旮旯,瞩目于"满园春色关不住,一枝红杏出墙来"的深院紧闭,以及"驿外断桥边,寂寞开无主"的偏远一角。在时空关系上,已经没有了"前不见古人,后不见来者"的大境界、大时空,也没有了"无为在歧路,儿女共沾巾"的潇洒豪迈。不见了李白的豪放与杜甫的深沉,有的只是"泉眼无声惜细流,树阴照水爱晴柔。小荷才露尖尖角,早有蜻蜓立上头"的小见识。通诗好似一个盆景、一帧小画,写出了一种小巧玲珑、富有盎然生意的胜境:新荷初出水面,绿嫩的叶子似睡眼未开,一只小小蜻蜓已飞停在上头。或者"应怜屐齿印苍苔,小扣柴扉久不开。春色满园关不住,一枝红杏出墙来"的小场景:造访不遇,败兴沮丧,但见红杏一枝,眼前一亮,心境大好。或者"半亩方塘一鉴开,天光云影共徘徊。问渠那得清如许,为有源头活水来":半亩大小的方形池塘里的水光明澄澈像一面打开的镜子,蓝天和白云的影子倒映在池面上,仿佛悠闲自在地来回走动,

---

① 欧阳修:《六一诗话》,何文焕《历代诗话》,中华书局1981年版。
② 欧阳修:《六一诗话》,何文焕《历代诗话》,中华书局1981年版。
③ 曾枣庄:《唐宋文学研究——曾枣庄文存之二》,巴蜀书社1999年版,第352—382页。

它怎么会这样清澈？因为发源处不断有活水流下来。宋人的眼界从唐人的江湖转向了庭院深深，从唐人的粗放变为细腻柔软，从唐人眼中的世界转向心中的世界，从眼观转为默念。宋人不着意于唐人的猎奇，也无视唐人的好奇求新，他们变得世故，似乎也更通透，更沉湎于日常生活本身。不大喜欢好高骛远，不大喜欢山高水长，特别留恋日常人生的一花一木，一草一物。含蕴其中，细心品味。[1] 宋人的生活情趣更精致细腻，他们在日常生活的细节上下功夫，小有感悟即兴奋不已。他们喜欢平平淡淡，不像唐人的张扬。台湾学者柯庆明曾举程颢《秋日偶成》一诗来明示宋诗这一新美学理念。

　　　　闲来无事不从容，睡觉东窗日已红；
　　　　万物静观皆自得，四时佳兴与人同。
　　　　道通天地有形外，思入风云变态中；
　　　　富贵不淫贫贱乐，男儿到此是豪雄。

　　日子闲散的时候，没有一样事情不自如从容，往往一觉醒来，东边的窗子早已被日头照得一片通红，写闲散日子的从容、逍遥、快乐，无挂无愁，每天都睡到日头高高。宋代或许是另一个对于"形而上者之谓道"具有高度自觉与热情的时代，而这种自觉一方面自"万物静观皆自得，四时佳兴与人同"的体验中觉察"道通为一"，甚至"浑然与天地万物同体"，另一方面则转化为"闲来无事不从容"的心性的操持与"富贵不淫贫贱乐"的道德的践行，甚至以此为"男儿到此是豪雄"的判断。在这种时代文化的影响之下，并非"佳兴"，不是"自得"，未能"从容"，甚至未臻"富贵不淫贫贱乐"的情感反应与表现都成了负面的现象。[2]

　　胡晓明先生说：唐诗中常常提到大江大河、高山平原，因为唐诗主要是中国北方文化发展到极盛时期的诗，所以要写就写高山大河，而宋词多半是小桥流水。中国文学写高山大河写得最好的作品无逾于唐诗。比如"两岸青山相对出，孤帆一片日边来"，"白日依山尽，黄河入海流"，"大漠孤烟直、长河落日圆"，"黄河之水天上来，奔流到海不复回"，"孤帆远影碧空尽，唯见长江天际流"，"无边落木萧萧下，不尽长江滚滚来"，"青山一道同云雨，明月何曾是两乡"，都力量充沛，生命强健得很。长江、黄河、高山、大川、太阳、月亮，唐诗就是想来一个惊天

---

[1] 佛说："一花一世界，一叶一菩提，一木一浮生，一草一天堂，一砂一极乐，一方一净土，一笑一尘缘，一念一清静。"既是认识论，也是方法论，与儒学格物致知的认识论相吻合，构成宋代文人解读世界的方式方法。受到这样的思想影响，宋代文人习惯于在现实世界一花一木的微观物象中体味天地幽深玄冥的境界，禅与诗有机结合。缘之于此，宋诗境界较之唐诗变得狭窄，缺少了宏大辽远的气象。

[2] 柯庆明：《中国文学的美感》，湖北教育出版社2001年版，第202页。

动地,就是想贯通宇宙生命之气。"城阙辅三秦,风烟望五津",这个风烟,大气得不得了。"蜀道之难难于上青天","天姥连天向天横",都是直上直下,将人的生命与宇宙生命相贯通。"海日生残夜,江春入旧年",正是代表唐人的审美意识。天地之大美、自然之伟观,黎明、春天、新年,一齐来到人间,使人间成为美好的存在。生字、人字,热情奔放,生命化的大自然。天行健、刚健、积极有为,迎向清新与博大。有些看起来很平常、很安静的诗,也有一种有天有地、贯通宇宙的元气之美。比如"行到水穷处,坐看云起时",贯通了人与自然生生不息的气脉。诗人的生命节奏,感通着宇宙的生命节奏。唐诗是早晨,是少年,不是下午茶。下午茶的精神是反省的、回味的、沉思的、分析式的,要不停想问题的,而早晨是不提问题的,不分析的,不反省的。早晨是登山则情满于山,观海则意溢于海,是清新的样子,是神采飞扬。

  历史上,将唐宋诗歌进行比较的屡见不鲜。杨慎《升庵诗话》:"唐人诗主情,去三百篇近;宋人诗主理,去三百篇却远矣。"刘大勤《师友诗传续录》记载王士禛的话说:"唐诗主情,故多蕴藉;宋诗主气,故多径露,词其所以不及,非关厚薄。"其中最有代表性的当属严羽的观点,他评价盛唐诗:"惟在兴趣,羚羊挂角,无迹可求。故其妙处,透彻玲珑,不可凑泊。如空中之音,相中之色,水中之月,镜中之象,言有尽而意无穷。"评价之高,可谓造极。在褒扬唐人诗歌后,严羽批评宋诗说:"近代诸公作奇特解会,遂以文字为诗,以议论为诗,以才学为诗。以是为诗,夫岂不工,终非古人之诗也。盖于一唱三叹之音,有所歉焉。且其作多务使事,不问兴致;用字必有来历,押韵必有出处。读之终篇,不知者到何在,其末流甚者,叫噪怒张,殊乖忠厚之风,殆以骂詈为诗。诗而至此,可谓一厄也,可谓不幸也。"[①]严羽对"近代诸公"的批评,实则是对宋诗的批评,这是符合实际情况的,这种倾向从宋初就已开始。"以文字为诗""以议论为诗""以才学为诗",缺乏唐诗那种"妙悟"的"兴趣",即丰富隽永的审美趣味,是宋诗的主流倾向。宋诗与唐诗的最大不同,是宋诗对哲思慧见的深度痴迷。他们唯理是尚,反将原本属于诗歌的抒情职能拱手让给了新兴的词,"词"反倒成为宋人"抒情的最佳工具"。宋诗笔走险峻,另辟蹊径,走向标榜学识与理性的死胡同。

  由于宋初诗坛存在诸多弊端,宋代诗歌的变革势在必行,于是"梅圣俞、苏子美起而矫之",为宋诗的发展开辟了另一条道路。他倡导平淡的诗风并在实践中具体体现平淡之美,将宋诗的审美意识导向了另一个方向。有宋一代,总体文学

[①] 严羽:《沧浪诗话·诗辨》,郭绍虞《中国历代文论选》,上海古籍出版2001年版。

审美追求的就是平淡为美。他们追求的"平淡",实指一种超越了雕润绚烂的老成风格,一种炉火纯青的美学境界。唐诗的美学风范,是以丰华情韵为特征,而宋诗以平淡为美学追求,显然是对唐诗的深刻变革。这也是宋代诗人求新求变的终极目标。

从中唐刘禹锡"以曲拍为句"的《忆江南》为标志的词体的成熟,到宋末时作为"一代之胜"的词的风光让位与元曲,其间近五个世纪的历史发展中,词的肌体风貌历经数变。孙康宜先生指出:"诗力词风起先都和大众生活息息相关,最后才改而走向个人世界,变成个人情感的抒发工具。作为填词的主要目的一旦不再是为了迎合管弦丝竹的演奏,诗人词客当然会慢慢转向纯属个人的世界去。词风演进的方向,和律诗传统的走向颇为类似。不论词或律诗,一过了其文体演进史的拓荒阶段,随即会出现许多甚具影响力的诗人词客。他们的达意方式都直接有力,或者——用我的说法来讲——他们的修辞策略都属'直言无隐'的一派。但后起之秀营构意象的目的,主要却在建立自己'晦涩'的象征世界。如果我们把初唐和晚唐诗人的诗风做一比较,或把北宋和南宋词客词风稍事排比,便会发现我上面所言不虚:这些演进都有足以相提并论的脉络可寻。"[①]

唐宋词的产生与唐宋独特的文化历史背景密不可分。词和曲都是先有了调子,再按它的节拍,配上歌词来唱的。它是和音乐曲调紧密结合的特种诗歌形式,都是沿着由乐定词的道路向前发展的。唐诗人元稹在他写的《乐府古题序》中,把乐府的发展分作两条道路。他说:"《诗》讫于周,《离骚》讫于楚。是后诗之流为二十四名:赋、颂、铭、赞、文、诔、箴、诗、行、咏、吟、题、怨、叹、章、篇、操、引、谣、讴、歌、曲、词、调,皆诗人六义之余,而作者之旨。由操而下八名,皆起于郊、祭、军、宾、吉、凶、苦、乐之际。在音声者,因声以度词,审调以节唱,句度长短之数,声韵平上之差,莫不由之准度。而又别其在琴、瑟者为操、引,采民氓者为讴、谣,备曲度者总得谓之歌、曲、词、调。斯皆由乐以定词,非选调以配乐也。由诗而下九名,皆属事而作,虽题号不同,而悉谓之为诗可也。后之审乐者,度为歌曲;盖选词以配乐,非由乐以定词也。"[②]宋翔凤《乐府馀论》讲过:"宋、元之间,词与曲一也,以文写之则为词,以声度之则为曲。"词和曲都是"依声"而作。问题是依什么样的"声"? 这是问

---

① 孙康宜:《词与文类研究》,李奭学译,北京大学出版社 2004 年版,第 157 页。
② 元稹:《元氏长庆集》卷二十三,《元氏长庆集》,吉林出版集团有限责任公司 2005 年版。

题的关键。较为普遍的看法是:词所依之"声",多为唐开元以后的"胡夷里巷之曲"。①

吴熊和先生在《唐宋词通论·重印后记》中说:"许多事实表明,词在唐宋两代并非仅仅为文学现象而存在。词的产生不但需要燕乐风行这种具有时代特征的音乐环境,它同时还涉及当时的社会风习,人们的社交方式,以歌舞侑酒的歌妓制度,以及文人同乐工歌妓交往中的特殊心态等一系列问题。词的社交功能与娱乐功能,在相当长的时间内,是同它的抒情功能相伴而行的。不妨说,词是在综合上述复杂因素在内的历史背景下产生的一种文学——文化现象。"沈松勤认为,将唐宋词视为一种"文学——文化现象",作为社会文化活动的一种产物,较之囿于词体艺术本身的观照,无疑更有助于我们全面而客观地获得词之为词的历史意义和历史的真实性。他指出:"事实充分表明,由与雅乐相对立的燕乐的盛行、歌妓的歌舞侑酒、文人与歌妓的交往、日常的生活积习等多种因素综合而成的社会文化形态,是唐宋词赖以形成和繁荣的温床,由这一文化形态孕育而成的形而下的实用功能,则又是唐宋词体的生命力得以生生不息的源泉;至南宋后期,又由于超越了这一温床,失去了这一源泉,词体逐渐走向典雅的象牙之塔而趋于衰落,其'一代之胜'的地位拱让给了元曲。"②

元时宋词渐渐凋零,伶人多向民间小调寻求突破,小令即是其中之一。"令"大概源于酒令习俗。唐宋时,宴席上有歌伎唱曲劝酒的风气,尤其是在官场,十分流

---

① 这里的"胡夷里巷之曲",即学者们广泛使用的"隋唐燕乐"。自宋以来,关于词体起源的探讨一直备受关注。清人把词所配合的音乐称为"唐宋人燕乐"则是以唐来确定词体起源的时间,他们为建立"隋唐燕乐"说提供了宝贵的思想遗产(凌廷堪:《燕乐考原·序》,《丛书集成初编》本,第1页)。明确提出这一学说的当为王国维先生,他说:"惟(周)词中所注宫调,不出'教坊十八调'之外,则其音非大晟乐府之新声,而为隋、唐以来之燕乐,固可知也。"王国维根据周词的宫调"不出教坊十八调之外",指出"其音"为隋、唐以来之燕乐,这说明王国维是以宫调作为隋唐燕乐的基本内涵。(王国维《清真先生遗事·尚论三》,见《王国维遗书》第11册,上海古籍出版社1983年版,第23页。)在《宋元戏曲史》中他说:"宋教坊之十八调,亦唐二十八调之遗物。"(王国维:《宋元戏曲史》,岳麓书社1998年版,第111页。)夏敬观指出:"隋以来的音乐与汉魏乐全不同,燕乐的本质即二十八调。"并断言:"二十八调之外,无所谓词"(夏敬观《词调溯源》,商务印书馆1932年版,第2页。)龙榆生也说:"于是新旧稍稍融洽,以构成唐以来燕乐系统……然隋以来,俗乐,实只二十八调。"(龙沐勋《词体之演进》,载《词学研究论文集(1911—1949年)》,上海古籍出版社1988年版,第28页。)王光祈认为,隋唐燕乐与过去音乐的根本不同是建立了二十八调的宫调系统。(王光祈:《中国音乐史》第四章"调之进化"第四节"燕乐二十八调",音乐出版社1957年版。)可见学术界在使用"隋唐燕乐"这个概念时,指的都是二十八调音乐系统。可见,词的特殊性质在于它所配合的音乐与前代不同,词是配合二十八调音乐的歌词。李昌集先生在《华乐、胡乐与:词体发生再论》一文中提出词起源于"唐代中华民间歌曲音乐"的新说,否定燕乐生词的传统学说,此可备一家之说。(参见岳珍《关于"词起源于隋唐燕乐"的再思考——与李昌集先生商榷》,《文学遗产》2004年第5期。)

② 沈松勤:《唐宋词社会文化学研究》,浙江大学出版社2000年版,第7页。

行。词曲称"令",乃源于唐人宴席之酒令。据宋人蔡居厚《诗话》记载:"唐人饮酒,必为令以佐欢",宋人刘颁《中山诗话》也提及:"唐人饮酒,以令为罚"。其时宴饮常于席上设"席纠"或"觥使",以掌酒令,由歌舞伎任其事,称酒妓或酒令妓女。她们以其擅长的歌舞用于行令,于是,"歌"与"令"两者合一,出现了由酒令演变而来的"歌令"这一名称。后来,"令"就逐渐成为篇幅短小的歌辞一体之名称,成为唐宋词之"诸体"中的一员。北宋刘攽《中山诗话》记载:

唐人饮酒,以令为罚,韩吏部诗云:"令征前事为。"白傅诗云:"醉翻栏衫抛小令。"今人以丝管歌讴为令者,即白傅所谓。大都欲以酒劝,故始言送,而继承者辞之,摇首接舞之属,皆却之也,至八遍而穷,斯可受矣。其举故事物色,则韩诗所谓耳。近岁有以进士为举首者,其党人意侮之,会其人出令,以字偏傍为率,曰:"金银钗钏铺。"次一人曰:"丝绵紬绢网。"至其党人,曰:"鬼魅魍魉魁。"俗有谜语曰:"急打急圆,慢打慢圆,分为四段,送在窑前。"初以陶瓦乃为令耳。

又据唐范摅《云溪友议》卷下"温裴黜"条载:

裴郎中诚,晋国公次弟子也。足情调,善谈谐。举子温歧(岐)为友,好作歌曲。迄今饮席,多是其词焉。裴君既入台,而为三院所谴曰:能为淫艳之歌,有异清洁之士也⋯⋯二人又为新添声《杨柳枝》词,饮筵竞唱其词而打令也⋯⋯宴席中有周德华。德华者,乃刘采春女也。虽《罗顷》之歌不及其母,而《杨柳枝》词,采春难及⋯⋯温裴所称歌曲,请德华一陈音韵,以为浮艳之美,德华终不取焉。二君深有愧色。

所谓"饮席""饮筵",指的就是市井中的酒肆茶坊、歌楼妓馆这类宴饮娱乐、消闲调笑的场所。所谓"打令",就是行令饮酒,指的是酒筵上所运用的一种旨在催酒劝酒的娱乐游戏的技艺形式。词这种新型的音乐文学形式在其发生发展的初期阶段,便与酒筵结下了不解之缘。词的创作大多是文人墨客在"樽前""酒边"依调填写的,它的传播也主要是交由乐工歌妓于"花间""月下"配乐演唱。至此,中国传统诗歌经宋词而至元曲,彻底完成了精神蜕变的全过程,这个过程既是文学自身的发展,更是文学的文化选择。下至明清,中国诗歌只能在反反复复的复古中徘徊,真可谓四面楚歌。一次次的复古,无疑是一次次痛苦的挣扎,直至近现代的新文化运动,在"文学改良""文学革命"的呼声中,中国传统诗歌寿终正寝。需要特别加以说明的是,唐宋时期,尤其是宋,应该是中国古代文学的历史分野。自宋而后,中国文学的核心精神发生了深刻的变异。概而言之,从贵族精英文学向平民大众文学倾斜;从抒情的文学向写实的文学倾斜;从雅文学向俗文学倾斜;从文学的济世功能向文学的愉悦功能倾斜;由"诗"而"词"的文体演变过程,标志着中国文学由"庄"而"媚"的审美趣味的转移。这一变化的成因不能简单地从文体内部的自然演进上来看,应当从更为宽泛的文化背景上求证。[①]

[①] 参见王世朝:《中国诗歌》,同济大学出版社2007年版。

第十五章

文化学意义上诗的流变

中国,一个真正意义上的诗歌王国,诗的精神与气质已深刻地渗透到这个民族的每一个细胞。所以林语堂说,中国诗之透入人生较西洋为深,中国文人,人人都是诗人,中国的诗已经代替了宗教的任务,中国人在诗里头获得了一般民族在宗教中才能获得的灵感与活跃的情愫。除个别场合外,宗教在中国人的内心世界的真正意义不过是装饰点缀物。而诗已深深渗透于一般社会而给予他们一种慈悲的意识。中国思想的枢要,似也在鼓励诗的写作,这种思想认定诗是文艺中至高无上的冠冕。可以说,诗是中国文化的浓缩。中国文化的重要信息寄存在诗歌里,中国诗歌保留了中国文化最重要的品质。解读中国诗歌,不能脱离中国文化,解读中国文化,不能无视中国诗歌。对此,陈平原先生说,中国是一个诗的国度,"从西周到宋,我们这大半部文学史,实质上只是一部诗史"[①]。即使唐传奇、宋话本、元杂剧以至明清小说兴起之后,也没有真正改变诗歌两千年的正宗地位。而在这"诗的国度"的诗的历史上,绝大部分名篇都是抒情诗,叙事诗的比例和成就相形之下实在太小。这种异常强大的"诗骚"传统不能不影响其他文学形式的发展。任何一种文学形式,只要想挤入文学结构的中心,就不能不借鉴"诗骚"的抒情特征,否则难以得到读者的承认和赞赏。文人创作不用说了,即使民间艺人的说书也不例外。初期话本小说中的韵文跟民间说唱有关。[②] 罗烨在《醉翁谈录》之甲集卷一《舌耕叙引》中就提到:"论才词有欧、苏、黄、陈佳句,说古诗是李、杜、韩、柳篇章",说书人夸耀其"吐谈万卷曲和诗",不单是显示博学,更重要的是借此赢得听众的赏识并提高说话的身价。另一方面,在一个以诗文取士的国度里,小说家没有不能诗善赋的。以

---

① 闻一多:《文学的历史动向》,《闻一多全集》(第二册),三联书店1982年版,第201页。
② 参见郑振铎:《中国古典文学中的小说传统》,《郑振铎古典文学论文集》,上海古籍出版社1984年版。

此才情转而为小说时,有意无意之间总会显露其"诗才"。宋人洪迈《容斋随笔》卷十五云:"大率唐人多工诗,虽小说戏剧,鬼物假托,莫不宛转有思致,不必颉门名家而后可称也"。其实何止唐人,后世文人着小说无不力求如此,只不过有的弄巧成拙,变成令人讨厌的卖弄诗才罢了。①

中国诗歌具有无孔不入的寄生性,它广泛地寄生在散文、小说、戏剧、评弹、曲艺、诗话、词话、绘画、书法等诸多文艺形态中。这种寄生性也造就了它的适应性、普及性,成就了它的生命力,使得它能以最阔绰的姿态在中国漫长的文学史上风光于每一历史时期,占尽风情,出尽风头。这种现象在其他民族文学中十分少见,是一种十分独特的文化现象。

笔者认为,中国诗歌的寄生方式有两种:一是血缘式的,一是姻缘式的。所谓血缘式,是指在汉文化传统中,当诗的主体地位确立后,中国人习惯于把其他艺术形式视为诗的变种,是诗的衍生。比如关于赋,班固就认定其是由诗派生的,所谓"古诗之流也"。刘勰《文心雕龙·诠赋》也说:"赋自《诗》出,分歧异派。"关于词,一向就有"诗余"之名,一说是由于唐人乐府七言绝句之衍变为长短句;一说是指诗降为词,词是诗之余绪,这里反映出对词的轻视。

诗不仅仅是一种艺术形态,也是一种文化载体,一首诗也许就是一个时代的活化石。对此汉人早有认识,《毛诗序》云:"治世之音安以乐,其政和;乱世之音怨以怒,其政乖;亡国之音哀以思,其民困。"刘勰《文心雕龙·时序》也提出:"歌谣文理,与世推移,风动于上,而波震于下。""文变染乎世情,兴废系乎时序。"正是在这个意义上,本章试图将诗歌这一特殊的文化载体置于文化的层面来加以考察。中国古代诗歌流变如果从文化学的范畴来看,主要经历了从民间向文人化的转变,从区域型文化向广普型文化的转变;从贵族文化向平民文化的转变,从直抒胸臆向委婉含蓄的转变。

一、中国诗歌的思想情感历程

《诗经》对日常生活的关注、热衷与眷念,带来的是写实主义精神的凸显;而《楚辞》与汉大赋又极尽写意,恣意浪漫,挥霍想象。至魏晋南北朝时期,由谢灵运、陶渊明等开创的山水田园诗又带有鲜明的叛逆的气息。他们反抗汉大赋的虚幻,转而为务实;他们不同于《诗经》的执着世情,转而为对美与自然的深情留恋。唐人鄙薄前朝,取法汉之大气豪迈,扬弃其华而不实的装饰之美,努力将现实精神与理想

---

① 参见陈平原:《中国小说叙事模式的转变》,北京大学出版社2003年版。

主义相嫁接,培植出盛唐精神与盛唐气象,深沉而不失奢华,现实而有理想,风流而不淫靡。宋人一改唐人的粗放豪迈而为精致细腻,他们醉心于日常生活的细嚼慢咽式的品味。如果说唐人是在丛山大漠、长河湖泊中开垦自己的诗歌园地,那么,宋人则是在深深庭院里培植自己的诗歌盆景。与唐诗的荡气回肠相比,宋诗充其量只是微雕艺术。明人则在宋人基础之上,微闭双目,他们遗忘了鲜活的世界,只在故纸堆里寻寻觅觅,性灵也好,肌理也罢,书写的只是自己心灵深处隐秘的丝丝缕缕的感触与感悟。

《诗经》中基于对人与人的同情共感的信赖,因而总是出以一往情深的诉说;而《楚辞》,尤其在屈原的深具自传性的作品中,将激切的热情与复杂的说理相糅合,凝结成一种深具思想性的热情。《诗经》的情感或许因其出以精诚而有其情感体验的深刻性与普遍性,但《楚辞》却开始拥有它所未曾出现的思想观照本身的深度与广度。因为《楚辞》所表达的是一个具有高度文化修养的敏锐心灵对于时代社会之病征的痛切反省。它透过一种高卓的文化理想,一种广博的历史知识,以一种忧心如焚的激切之情来关怀国家社会,来抨击时代的堕落、人们的谬误。它的美是一种对于高远理想的执着追寻之美。如果说《诗经》反映的大体上只是常人之情的话,《楚辞》中反映的却是屈原的志士哲人的忧、国士忧世之情,因此它的美也同时是伟大人格的自我流露之美。"写实"与"传奇"自《诗经》与《楚辞》之后,遂成为中国文学两种基本典型之美。

中国诗歌后来的品质,从根本上来说,植根于《诗经》《楚辞》所开创的风骚精神。前者铺展了诗的广度,后者洞掘了诗的深度;前者放大了诗的感性,后者深化了诗的理性;前者实现了对生活原生状态的还原与复制,后者实现了对人生本真的探索与抽剥;前者生动,后者深刻;前者有着丰富性,后者有深刻性;前者有喜剧色彩,后者有悲剧色彩;前者强化写实,后者侧重写意。在对诗人的人格打造上,前者引渡诗人走向江湖,后者引渡诗人走向庙堂;前者给了诗人平民化基因,后者给了诗人贵族的血统。这种文化品质调和出的中国诗人和中国诗歌高雅不失情趣,冲淡不失理趣,能庄能媚,能俗能雅。

台湾学者柯庆明先生对中古诗人的感情历程有下述之判断:与上古的诗人不同,中古的诗人将情感更多地投入到生命的消极一面,将死亡的影子时时揉进诗中,却使得中国文学从此带上了淡淡的哀愁"欢乐极兮哀情多,少壮几时兮奈老何",表现出来的是一种生之渴望与生之执着。于是诚如江淹的两大名作《恨赋》与《别赋》所显示的,死之恨与生之别,就成为中国文学两大最动人最强烈的情绪了。汉代的五言诗娓娓抒发的正是最浓郁的这种死恨与生别的情怀。但这种情怀不是激越的,而是温厚平和的,深切感动而不失内心的宁静,强烈渴望而不失精神的淡泊,似乎正是这些诗歌始终成为中国文化的中庸精神之最佳典范的原因。所以,它们在情感的抒发中,虽然所抒发的都是最为惯常的人生感慨与离合悲欢,但却荡漾着一种特具伦理意味的操持之美。情感表现的合于伦理性,似乎正是汉诗独具的美。汉诗是中国诗歌中最具叙事模拟精神的,尤其是乐府诗。乐府诗由于出自民间,并且在形式上没有固定的格式,因此最接近也最能反映说话的口吻。即使是抒情诗亦大多是戏剧情境中的"独白";而戏剧情境中"对话"的模拟,自然就是叙事诗的手法与雏形。从汉魏到唐宋的诗歌,虽然每个阶段皆有其独特的关怀重点,但基本上可以说是一个对于自然与人物之美的逐渐发现与认知的过程。从建安诗的实录、游仙,正始诗的咏怀、儒道释意识的强化到西晋以后诗走向绮靡、走向玄理、走向山水、走向宫体等,都有诗风承传、文化感化的深刻印痕。诗风并不等同于世风,但诗风体现出来的世风特征意味着世风对诗人的感化深刻地感化了诗风,造就了诗歌的精神。游仙诗之所以盛行于魏晋,实为时代文化使然,在玄学与佛学潮流的共同涤荡下,诗人将深沉的人生感慨寓于"游仙"之中,从而开辟了一条超然高蹈的心灵依归之路。接着经过"招隐""游仙"等中间的题材,晋宋之际的诗人终于发展出山水诗与田园诗。人类生活与自然存在的交相融渗、互补共振,终于形成了中国诗歌"神韵"的理论。到了宋诗,自然的美不再以主体不介入的方式独立呈现,它透过一个特殊的主体的诠释而显现。[①]

在中古诗人中,下列诗人我们应该注意:曹植、阮籍和谢灵运。如明代王世懋曾说:"古诗,两汉以来,曹子建出而始为宏肆,多生情态,此一变也。自此作者多入史语,然不能入经语。谢灵运出而《易》辞、《庄》语,无所不为用矣,剪裁之妙,千古为宗,又一变也。中间何、庾加工,沈、宋增丽,而变态示极。"可见,就诗歌的情感变化来看,曹植是一个转折点,谢灵运又是一个转折点。对此吉川幸次郎在《中国诗史》中有更为详尽的说明,他说:"曹植等所开启的是这样的一条道路:把表白个人性质的热情——特别是以友情为素材的个人热情的表白——作为诗的使命(这个国家以后的诗歌把友情看得比异性的爱还重,即以此为开端)。同时,热情的昂扬增加了从汉代所点燃起来的怀疑、对人的渺小的敏感。怀疑不久就发展为绝望。同世纪的阮籍以诗来表现其绝望的哲学,美文大家陆机则用修辞使绝望深化。个人与社会的矛盾,由此而来的个人的孤独被说成人生的必然,人寿有限被作为人类受限制的确证而反复强调。这全都是对人的渺小的敏感。这种倾向弥漫于以后分

---

① 参见柯庆明:《中国文学的美感》,河北教育出版社2001年版。

裂的六朝时代,也即弥漫于直到六世纪末的四百年间。其中段的时期——五世纪时,谢灵运细腻地歌唱自然,成为以后诗歌之以自然作为有力的素材的开端。"进而他又说:晋、宋时期,如陆机、谢灵运等,思想是作为美文的保证而存在;而到了齐、梁时期,文学成了失去思想和个性的美辞丽句的耽溺,成了绝望心理的逃避场所。阮籍《咏怀诗》视野的广度以及与此相为表里的孤独感,相对于从前的诗歌具有划时代的意义。

　　唐代诗歌就其所表达的情感与情绪来讲,应该是对诗骚传统的回归,也是对"兴寄都绝"的齐、梁诗歌的扬弃。其主导精神是对人生意义的重新认定,对家国社稷的使命与责任的再思考。吉川幸次郎说,清算对于人的渺小的过度敏感的大诗人,首先是李白、杜甫,其次是韩愈、白居易。他们首先确认的是:文学并非语言的游戏。他们在适度地继承过去世代所积累下来的对于人的渺小的敏感、怀疑的同时,对人的可能性具有较大的自觉。李白所思想的是个人生活的自在,杜甫所思想的则是理想社会的可能。这些都是可能的哲学,而不是绝望的哲学。李白是绝句的完成者,杜甫是律诗的完成者。

　　唐诗与宋诗的区别之一是诗的境界不同,比如写景诗,唐诗的境界比较开阔,而宋诗的境界比较狭窄,唐诗的境界是宏观的,宋诗的境界是微观的。唐诗的境界倾向于对纯粹自然的关照,而宋诗则较为关注人为的庄园、亭台、楼榭。唐代的诗人比较喜欢自然的大山大水,而宋代的诗人更留念都市与庄园。唐诗粗犷,宋诗精致。

二、徜徉在山水之间的中国诗歌

　　孔子云:"危邦不入,乱邦不居。天下有道则见,无道则隐。"可见,隐逸在孔子眼中是对"道"的维护和捍卫。隐逸是对道的维护,是对无道的非暴力不合作,隐逸之士因而超越了个人利害得失,以孱弱之躯维护了道统,同时也为后世作出了表率。与儒家不同,道家的隐逸流露出的是对世俗的不屑。对于中国文人来说,"仕"是出路,"隐"是退路,二者此消彼长。

　　"滚滚长江东逝水,浪花淘尽英雄。是非成败转头空。青山依旧在,几度夕阳红。白发渔樵江渚上,惯看秋月春风。一壶浊酒喜相逢。古今多少事,都付笑谈中。"杨慎这首著名的《临江仙》里,渔父的形象被赋予一种文化内涵——纵情山水、超世旷达的隐逸思想和人格的渔父意象,寄托着中国文人对这种与世无争的超然生活的向往。渔父的这种象征传统可以追溯到两千多年前的《楚辞·渔父》篇。①屈原是中国文人悲剧的象征,他第一个深切感受到昏君忠臣的矛盾冲突所带来的心理痛苦,也第一个成功地将这种心理痛苦引向"忠奸之争"的模式而没有危及君臣关系。所以屈原敢问天问地问神问历史而没有问君,问君会导致怀疑和否定整个文化体系。隐逸者的象征——渔父,正好垂钓于中国主流文化儒、释、道三者的汇合点上,儒家的自然是象征的自然,它使人安贫乐道;道家的自然是天然的自然,它使人心斋坐忘,闲适旷达;释家的自然是禅意的自然,它使人看破红尘,化悲为乐。自然山水成为文人悲剧意识首要的消解因素。山水诗是特定历史环境的产物,从晋宋时代陶潜、谢灵运起才形成诗歌的一种特定类型。谢灵运纵情山水,陶渊明躬耕田园,山水田园风光在他们笔下成为讴歌的主体,具有独立的美学价值。山水诗人大半同时也是山水画家。徐复观认为,中国人对自然美的发现、认识和鉴赏要比西方人早,魏晋时代就开始对自然山水在艺术方面产生自觉,所以中国的风景画较西方早出现一千三四百年之久。之所以这样,与中国隐逸文人对山水审美文化的发掘和推动是分不开的。当隐逸文人的精力转移到对自然与自我的观照之时,他们便发掘和体悟到了自然山水之美、人的精神气度之美以及诗画艺术之美。文人与自然的交流对话,不仅实现了自然美向艺术美的过渡,而且在艺术美的享受之中,成就了他们独立的隐逸人格精神,在艺术美的创造之中,中国文人实现了迥异于"治国平天下"的另一种人生价值。

  有人将中西方田园诗加以比较,结论是:西方的田园诗多写牧民生活,中国侧重于农民生活。读中国的田园诗,农民生活环境和体力劳动的刻画几乎随处可见,这是同类的西方诗中所鲜见的。汉文学中对牧区的描写基调是阴郁悲苦的,而西方的田园牧歌通常是以欣乐愉快的鲜明色彩出现。在主题思想上,西方的田园诗,爱情主题往往占上风,国家大事、民族盛衰则很少体现。而中国的田园诗每每涉及政治,虽然也屡屡歌颂大自然风光,但最重要的主题,常常是诗人政治上不能施展抱负的积郁。山川的秀美也只是诗人归隐后的精神安慰,是一种副产品。爱情主题在中国田园诗中是极少见的。再就是宗教观念不同,西方诗人由于受天主教、基督教根深蒂固的影响,在置身大自然中时,会情不自禁地觉察到冥冥之中有一种神秘力量支配万物,这就是"上帝",诗中时常流露出对上帝顶礼膜拜的虔诚。中国的田园诗,宗教气氛并不浓厚,但参佛与求仙的思想则时有反映。而参佛求仙又都是出于政治抱负不得施展,退而追求精神超脱。比如在李白和王维的诗中,佛和仙只

---

① 诗人屈原流放江边。渔父飘然而至,劝他说:"圣人不为外物所羁绊,而能与世共进。既然举世混浊,众人皆醉,何不追随圣人,放弃执着,随波逐流呢?"

是诗人的一种幻想境界,与西方一味诚心实意地歌颂上帝,以上帝为"佳山水"的缔造者的信念是有本质不同的。另外,中西方诗人在自然山水田园中每每有所感悟,但西方诗人极容易由自然之美升华出一种宗教情怀。而中国诗人在直面山水田园时,则每每以自然之美来相形宦海的无聊乏味,油然而生一种逃遁之情。[1]

北方文化侧重于创造,重在文化建设,重在"尚用",作者往往以批判的态度来看待人生,比如先秦诸子散文、历史散文等。司马迁的发愤著书说,王充的文学救世论崇尚平实、朴素、典正、简约,积极入世,使命感强烈,责任感强烈,对社稷苍生、家国使命、历史义务等较为关注。作者常常以当事人的姿态出现,比如汉乐府。南方文化侧重于消费,比如山水文学、田园文学、游仙诗、宫体诗、玄言诗等,作者常常以旁观者的姿态出现,以闲适的姿态来对待自然或人文之美,以一种欣赏的态度来看待身外之物,崇尚华丽、感伤、绮丽、繁复,消极避世,作者有明显的自恋性。《诗经》《楚辞》分别代表了上述两种文学审美观念和审美倾向。汉以前的中国文化主要以北方文化为正统,魏晋南北朝主要以南方文化为主体。隋唐李谔、王勃、陈子昂等的观念正说明中国文化对北方文化的复归。

中国诗人对山水田园的钟情在任何民族之上,这种情怀一方面来自于这个民族"天人合一"的文化观念,一方面也是一个农业国家对土地的依恋。这就使得中国的山水田园诗人不仅仅视山水田园为一种美的存在,更重要的是,他们极容易把它视作自我生命的对象化。在这一方面,《易》的"天人合一"思想与道家的齐物思想,无疑将这种观念深入到了诗人主体的灵魂底层。谢灵运、陶渊明、王维、刘长卿、韦应物等无疑是这一领域的高手。古代中国人对于山有着近乎宗教一般的崇拜与敬畏,自夏商时代始,历代帝王都有登山封禅和祭祀山帝的传统。山居文化是中国古代文化的一部分,从陶渊明的"采菊东篱下,悠然见南山"诗句中可窥见一斑;王维《山居秋暝》对山中美景一咏三叹,唯美之至;黄公望晚年隐居富春山,一幅《富春山居图》被后人誉为画中之兰亭。白居易筑草堂于北香炉峰,其《庐山草堂记》开头便是:"匡庐奇秀,甲天下山",为庐山奠定了很高的声望。在中国古代相地学中,山同样占据重要的地位,东晋郭景纯所著《葬书》中有"占山之法,以势为难,而形次之。势如万马,其葬王者。势如巨浪,重岭叠嶂,千乘之葬",可见山在地学中的重要地位。中国古代的文人墨客、雅士鸿儒寄情于山水,以达到物我两忘的超然境界。南北朝时的郦道元、宋代的沈括、明朝的徐霞客遍游名山大川留下《水经注》《梦溪笔谈》《徐霞客游记》这些文笔优美的地理学著作。李白、杜甫、谢灵运一

---

[1] 参见茅于美:《中西诗歌比较研究》,中国人民大学出版社1987年版。

生纵情于名山大川,获得了取之不尽、用之不竭的灵感源泉。但是山水诗之所以能够在中国文学史上形成一大"宗派",则不得不归功于身处晋末宋初的诗人谢灵运。

在中国,早在公元5世纪的晋宋时代,就产生了大量较成熟的山水诗,而自然美作为一个独立的审美范畴,已经成为诗歌最重要的主题之一。钱钟书先生曾经指出,山水之美作为审美对象,始于汉末,成为自觉的审美对象,则在晋宋。"人于山水,如'好美色',山水于人。如'惊知己',这种境界,晋宋以前文字中所未有也。"大自然在诗歌作品中已经不再仅仅是作为陪衬的生活环境,而是变成了具有独立审美价值的欣赏对象,因而在美学发展的历史上具有重大意义。谢灵运打破了东晋以来玄言诗的统治地位,完成了玄言诗向山水诗的转变,山水诗成为中国诗歌史上一种新的诗体,从而为我国古代诗歌的发展开辟出一片新的天地。但是谢灵运的山水诗注重的是对山水的直观描摹,直到后来谢朓用永明体写山水,在山水中写出来细腻的情感,才使山水诗具备了诗歌的朦胧意境。继谢灵运之后,谢朓的诗做到了情与景的和谐,审美主体和客体之间,是一种和谐的关系,甚至主客体开始有了某种交流,这不能不说是山水诗的一个重要发展。到了唐代,山水诗表现的境界极大地开阔了。盛唐诗中的山水景物,已不再仅仅是南朝诗人笔下的那种锦山秀水、模山范水,而是有了巍峨的昆仑、奔腾的长江、咆哮的黄河、浩瀚的洞庭、高峻的泰山……这种诗歌的阔大境界和诗人的宽广胸怀,都是南朝山水诗所无法比拟的。

讲到山水诗则不能不提隐逸诗。自古隐者就是体现士阶层一种价值倾向的不容忽视的群体,它既是道家"高尚其事,不事王侯"的冷峻人生观的产物,也是儒家"天下无道则隐"的狷介人格的结果。因此,隐者常常作为道德力量的承担者,在不平静的价值混战时代,通过与世俗的对立,达到自我人格的完善,甚至大众灵魂的拯救。所以,隐者和隐者生活很早就成了文学中的重要主题。

山水诗与隐逸诗,虽然两者之间有区别,但在精神气息上有着难以分割的联系。中国的山水田园诗人大多有隐逸的经历或者归隐的意愿。蒋星煜《中国隐士与中国文化》中提到,早期隐逸诗以抒情感时为主,魏晋之际则从抒情走向写景,以山林田园描写为甚。魏晋之后的很长一段时间里,文人借隐逸之名为自己求取功名,隐居山林成为社会风气,隐逸诗的主体也被山水田园描写所占据。所谓隐逸诗,指的是以描写隐逸生活为主要内容,以表达诗人逃离现实、回归自然之精神旨向的诗歌。在隐逸诗中,山水只是一种精神载体,用来表达诗人高蹈遗世的精神指向。从某种角度说,山水田园只是作为隐逸诗人的精神故乡而出现在诗中,并不是隐逸诗所要表现的主要对象,这也是隐逸诗与山水田园诗的区别。

从内容上说,无论是何种类型的隐逸诗,无一例外地大量涉及山水田园的描写,人们的山水意识更加自觉。但是在其中,山水田园已经不再仅仅是大自然的产物,自然景物描写已超出物类相感的范围而透露出清朗远逸的精神气象,具有某种象征意味。这些自然景物已隐隐地传达诗人的某种心声,开始与现实社会拉开距离甚至形成对立。这无疑开拓了当时乃至后世山水田园诗歌的意境描写,自然山水日益成为审美观照的对象。随着隐居风气的流行,自然山水越来越走近人们的现实生活,或者就是人们赖以生存的所在,现实的山水就是人们理想中的乐园。招隐诗中所表现的隐士栖遁之山水的歌咏与山水描写地位的凸显,对刘宋谢灵运的山水诗都不无借鉴与启示。

三、徘徊于哲学与历史之间的中国诗歌

英国诗人柯勒律治说:"一个人如果同时不是一个深沉的哲学家,他绝不会是伟大的诗人。"①法国作家斯达尔夫人说:"哲学在将思想进一步加以概括的同时,使诗的形象更为崇高伟大。"②

在中国,由于文史哲一体的局面历时漫长,这无疑限制了文学的自由生长。虽然史学给予文学的营养是丰富的,但是,文学如果不割断其对史学的依恋,终将难以自立门户。历史崇尚"实录",文学追求"审美",但在中国,由于历史意识过于强烈,严重影响着文学的审美评判,制约着自觉意义上的文学观念的形成与发展。一部"体大虑周"的《文心雕龙》,力主"真""正""实",力戒"奇""华""虚":

若乃汤之问棘,云蚊睫有雷霆之声;惠施对梁王,云蜗角有伏尸之战。《列子》有移山、跨海之谈,《淮南》有倾天、折地之说,此踳驳之类也。是以世疾诸混同虚诞。③

这些想象力丰富的寓言故事对后世文化影响很大,但刘勰名之曰"踳驳",岂不是"各执一隅之解"吗?王充的一部《论衡》对司马迁的"实录"推崇不已,基于此,在"三增""六虚"中,对古代典籍中大量极富文学意义的描写予以否定。这种拘于"实录"而不容夸张、想象、虚构,正是史学对文学的束缚。

与历史一样,哲学对文学的自觉也存在相当的制约。罗根泽先生在说明孔子文学观念的局限时指出:孔子是博学的哲学家,不唯不是文学批评家,也不是文学作家。这些哲学家的文论,诚如萧统所言"以力意为宗,不以能文为本"(《文选序》)。

---

① 伍蠡甫主编:《西方文论选》下卷,上海译文出版社1979年版,第35页。
② 斯达尔夫人:《论文学》,人民文学出版社1986年版,第300页。
③ 刘勰:《文心雕龙·诸子》,赵仲邑《文心雕龙译注》,漓江出版社1982年版。

第十五章 ◆ 文化学意义上诗的流变

本来,史学尚实,哲学求真,文学主美,但在中国,对文学的审美价值迟迟认识不足,文学的审美特性总是被其功利性所掩盖。尚实求真替代审美而成了评判文学最重要的依据。正是由于上述原因,纯文学的观念在中国直到魏晋才产生。至此,对文学本质的认识方现端倪。兹引余英时先生的述评以资说明:

近人论中古文学虽有知魏晋之际为文学观念转变与文学价值独立之关键者,亦有称魏晋之文学批评为"自觉时期"者,但于其所以然之故,殊未能为之抉发。最近钱师宾四论中国纯文学独特价值之觉醒,亦谓其在建安时代,而以曹丕"典论"为之始,此诚不易论。而尤当注意者则为其对建安文学之觉醒所提出之解说,其言曰:"文苑立传,事始东京,至是乃有所谓文人者出现。有文人,斯有文人之文。文人之文之特征,在其无意于施用。其至者,则仅以个人自我作中心,以日常生活为题材,书写性灵,歌唱情感,不复以世用撄怀。是惟庄周氏所谓无用之用,荀子讥之,谓知有天而不知有人者,庶几近之。循此乃有所谓纯文学,故纯文学作品之产生,论其渊源,实当导始于道家。"据此,则文学之自觉乃本之于东汉以来士大夫内心之自觉,而复与老庄思想至有渊源。[①]

中国诗人在做两件事,一是享受生活,一是思考生活。前者使得他们特别关注生活细节,他们对于生活可谓是细嚼慢咽的,是悉心品味的,从不放过生命的每一动情处。这种精神构成了中国诗歌的主体色调,是中国诗人关注现实、关爱现世的情感体征。咏物诗、写景诗、山水诗、田园诗等,非常富有质感。与此相应,后者是对生活进行反刍的理性化的诗歌,这类诗歌所关注的是泛时空的虚拟的、假定性的问题。这又可以分为两种:

一种是对已知的、既成事实的历史进行重温,在回顾与回忆的过程中不断地渗透情感,对历史进行充满智性的修复,诗人们通常认定已成的历史是一种或然的存在,或者说压根就是偶然的存在。于是很自然地大胆假设,努力求证历史的本然。咏史诗就是这样。中国诗歌中,咏史诗与咏怀诗的出现相对来说较晚一些,以"咏史"为诗题,始于东汉的班固。班固的《咏史》诗,直书史实,被钟嵘评为"质木无文"。曹魏时,王粲、阮瑀有《咏史诗》,曹植有《三良诗》,与左思同时的张协也有《咏史》诗。左思的咏史诗,既受前人的影响,又有一定创新,开创了咏史诗借咏史以咏怀的新路,成为后世诗人效法的范例,这是他对中国诗歌史的独特贡献,清人陈祚明在《采菽堂古诗选》中评价其为:"创成一体,垂式千秋。"

另一种就是对未知的、非现象界的冥想与玄思,参悟玄机、洞破义理,正所谓

[①] 余英时:《士与中国文化》,上海人民出版社 1987 年版,第 342 页。

"学诗浑似学参禅"。这类诗以玄言诗为代表。东晋玄言诗的特点,钟嵘《诗品序》说:"永嘉时,贵黄老,稍尚虚谈,于时篇什,理过其辞,淡乎寡味。爰及江表,微波尚传,孙绰、许询、桓、庾诸公,皆平典似道德论,建安风力尽矣。"沈约《宋书·谢灵运传论》指出:"有晋中兴,玄风独振。为学穷于柱下(老子),博物止于七篇(庄子);驰骋文辞,义殚乎此……莫不寄言上德,托义玄珠。"这里所说的玄言诗的特征也就是刘勰所概括的"诗必柱下之旨归,赋乃漆园之义疏"。

可以说,在天人合一为主导的文化背景和"诗言志"的诗学开山纲领的前提之下,以追求"意象"为高韬的中国诗歌,其哲理化的特点十分明显。这种特点不仅体现于魏晋的玄言诗、宋代的以理入诗等特定历史时期的诗歌创作,也深刻而持久地存在于任一历史时期的广泛的诗歌现象之中。从现存玄言诗来看的确淡乎寡味,缺乏形象。东晋玄言诗本身的艺术价值并不高,但它对后世的影响却相当深远,如谢灵运的山水诗、白居易诸人的说理诗、宋明理学家之诗,都或多或少受其熏染。玄言诗在东晋百年间占据主导地位,毕竟是中国文学史上不可忽视的一环。玄言诗为诗歌说理所积累的正反面经验值得注意。

四、流连在儒释道之间的中国诗歌

魏晋文人放浪形骸的生活方式和谈尚玄远的清谈风气的形成,既和当时道家崇尚自然的思想影响有关,也和当时战乱频仍特别是门阀氏族之间倾轧争夺的形势有关。知识分子一旦卷入门阀氏族斗争的旋涡,就很难自拔。魏晋以迄南北朝,因卷入这种政治风波而招致杀身之祸的大名士就有:何晏、嵇康、张华、潘岳、陆机、陆云、郭璞、谢灵运、鲍照等。所以,当时的知识分子有一种逃避现实的心态,远离政治,避实就虚,探究玄理,乃至隐逸高蹈,就是其表现。这种情况不但赋予魏晋文化以特有的色彩,而且给整个六朝的精神生活打上了深深的印记。魏晋清谈风气之盛、之烈,后人很难想象。清谈又称"微言""清言""清议""清辩"等。这种清谈经常通宵进行,所谓"微言达旦";有人耽溺清辩,到了忘食的地步,所谓"左右进食,冷而复暖者数四";更有甚者,有的名士为了在清谈中应对制胜,竟至彻夜苦思而累病甚至累死的。这种清谈并不是漫无目标,而是围绕着当时的文人比较感兴趣的问题进行。比如"才性之辩",就是当时的一个热点问题。又比如,由于道家思想流行,对老庄之学感兴趣的人渐增。此外,同样被视为阐发玄学精微的"易"学,也受到人们的重视,于是探讨"老、庄、易"(并称"三玄"),也成了清谈的重要内容。不少名士,精通"三玄",不仅在清谈中才思敏捷,侃侃而谈,而且著述有成,成了一代玄学家,如曹魏时的何晏、王弼、嵇康、阮籍,魏晋之际的向秀,西晋时期的郭象、裴頠等。魏晋风尚对这一时期乃至稍后的南北朝文化影响很深。例如在当时特殊环境下生成的"隐逸文化",就是一例。"隐逸文化"的表现是多方面的,最直接的表现就是这一批名士遁迹山林,当起隐士,这本身就是一种特殊的文化现象。尽管儒家创始人孔子说过"邦有道则仕,邦无道则隐",孟子也说过"穷则独善其身,达则兼济天下",文人得意时仕,失意时隐,自古而然。但六朝隐士之多,恐为历代之冠。"隐逸文化"的另一个表现,就是出现了对隐居生活由衷赞美和吟咏的"隐逸诗"。

山水诗和"隐逸诗"可说是孪生姐妹。要隐逸,就必然会拥抱山川、赞美山川,形成寄情于景、借景抒情的山水诗。和前朝山水诗不同的是,六朝的山水诗,更多一分超然物外的意境和逍遥自适的心情,诗风更加轻灵飘逸,文笔更加婉约隽永。

游仙是汉魏六朝诗坛的一个重要主题,它曾风靡一时,广为流布。仅据现存资料统计,就曾有过60余名作者,260多篇作品,可以想见其当年的盛况。创作的兴盛带动了理论的发展。六朝时,对游仙诗的研究也随之起步。钟嵘《诗品》把游仙诗分为"列仙之趣"和"坎壈咏怀"两大类,并将前者作为正体。萧统《文选》特立"游仙"一目,标志着游仙作为一种诗型已正式为批评界所确认。

第十六章

诗是中国人的宗教

  诗歌无疑是中国主流文学最经典的文学体式。诗,在中国古代文学中占有至高无上的地位,诗歌贯穿了整个中国古代文学史。孔子说:"兴于诗,立于礼,成于乐。"将诗视为人生的基点与起点。在《论语》中,孔子不止一次地谈到了学诗的作用,其中有一次他对儿子孔鲤说:"不学诗,无以言。"足见其对诗情有独钟。林语堂先生认为中国人在诗里头寻获了一种近乎于宗教的灵感与活跃的情愫,它替中国文化保持了圣洁的理想。他甚至发出这样的疑问——中国人倘没有他们的诗,还能生存迄于今日否? 所以他的结论是:"诗在中国代替了宗教的任务"。在中国古人看来,如果一个文人不会做诗,那么他根本就算不上一个文人。中国古代文人几乎在所有场合都作诗,宴席间作诗,送别时作诗,相思时作诗,相逢时作诗,游览名山时作诗,咏怀古迹时作诗,得意时作诗,失意时作诗,贺喜时作诗,吊唁时作诗,甚至在牢狱中、刑场上也忘不了作诗。① 正如闻一多所说:"凡生活中用到文字的地方,他们一律用诗的形式来写,达到任何事物无不可以入诗的程度。"② 一个诗歌高度发达的国度,无论其是悲是喜,必定充满韵味,也终将深值回味。以"风骚"发其端的中国文学,种下的就是诗歌的种子,结出的当然就是诗的果子。我们也完全可以说中国诗人就是虔诚的诗歌教徒。

---

  ① 参见林语堂:《有不为斋随笔·诗》,刘志学主编《林语堂散文》(三),河北人民出版社 1994 年版。
  ② 辛文房《唐才子传》还通过许多生动事例,展示了唐代朝野上下对诗歌的重视程度。如《韩翃传》中记德宗指明将知制诰授予"春城无处不飞花"的韩翃;《王湾传》中,宰相张说将王湾的佳句"海日生残夜,江春入旧年"亲笔题写在政事堂上;《刘希夷传》中,刘希夷的舅舅宋之问竟因刘没有将自己写的佳句告诉他而派人用土囊将刘希夷压死在旅馆中;《李涉传》讲李涉遇盗,盗不取其财而索其诗,并对李涉"牛酒相遗,再拜送之"。《东方虬传》中,武后游洛南龙门,诏从臣赋诗,虬诗先成,后赐锦袍。之问俄顷献,后览之嗟赏,更夺袍以赐。

唐朝是中国诗歌发展的黄金时代。明代诗论家胡应麟曾在《诗薮》中赞叹道："甚矣，诗之盛于唐也！其体则三、四、五言，六、七杂言，乐府、歌行，近体、绝句，靡弗备矣。其格，则高卑、远近、浓淡、浅深、巨细、精粗、巧拙、强弱，靡弗具矣。其调，则飘逸、浑雄、沉深、博大、绮弱、幽闲、新奇、猥琐，靡弗诣矣。其人，则帝王、将相、朝士、布衣、童子、妇人、缁流、羽客，靡弗预矣。"宗白华《艺境》云："愈进化愈高级的艺术，凭借物质材料愈减少。到了诗歌造其极。诗歌是艺术之王。"唐代是我国古典诗歌发展的全盛时期，也是诗歌大普及的时代。只要有人的地方就有诗歌的风韵与诗人的风流。诗人们一路走，一路写，到处题诗，随意刻画，将心灵的感悟凝固成优美的诗句，保留在繁华的都市与寂静的山水，为中国赢得"东方诗国"的美称。① 的确，这个时代为我们展现了气象万千、各体皆备的"盛唐气象"。

唐诗在深度、高度、广度和厚度上都堪称人类文化奇迹。

唐诗的深度是以诗人对现实人生的深切关注来实现，而这种关切又是以诗人强烈的同情心和社会责任感来保证的。无论是韩愈的"障百川而东之，回狂澜于既往"，抑或是柳宗元的革故鼎新，九死不悔；无论是杜甫"致君尧舜上，再使风俗淳"，抑或是白居易"惟歌生民病，愿得天子知"，诗人的社会使命与道德良知，深刻影响了后世中国文学。基于这样的历史担当，才有了"风雅比兴外，未尝著空文"②的自觉实践。反对"嘲风雪、弄花草"③，坚信"文章合为时而著，歌诗合为事而作"④，明确提出了新乐府运动的基本宗旨："救济人病，裨补时阙"，"上以补察时政，下以泄导人情"⑤。白居易说，他的诗曾使得"权豪贵近者相目而变色"，"执政柄者扼腕"，"握军要者切齿"，竟至"言未闻而谤已成"。⑥

不仅如此，随着帝国开拓疆土的马蹄声声，诗人将深邃的目光投射向遥远的边塞，为诗歌带来别样的清新与冷峻。严羽《沧浪诗话·诗评》中说："唐人好诗，多是征戍、迁谪、行旅、离别之作，往往能感动激发人意。"林庚先生也在《略谈唐诗高潮中的一些标志》一文中指出，边塞诗的具体内容"往往是传统的游子主题的扩展，政

---

① 据统计，唐朝共有诗人三千六百多人，全部诗作五万五千余首，其数量之多、范围之广前所未有，后世历朝历代都无法企及。"宁为百夫长，胜作一书生""大笑向文士，一经何足穷"的事功精神；"济苍生、安黎元""致君尧舜上，再使风俗淳"的崇高理想；"登高丘，望远海""黄河落天走东海，万里泻入胸怀间"的开阔胸襟；"三杯吐然诺，五岳倒为轻""一生大笑能几回，斗酒相逢须醉倒"的豪迈激情，作为时代精神风貌的主调，无不在字里行间得到淋漓尽致的体现。
② 白居易：《读张籍古乐府》，郭绍虞《中国历代文论选》（四卷本），上海古籍出版社1979年版。
③ 白居易：《与元九书》，郭绍虞《中国历代文论选》（四卷本），上海古籍出版社1979年版。
④ 白居易：《与元九书》，郭绍虞《中国历代文论选》（四卷本），上海古籍出版社1979年版。
⑤ 白居易：《与元九书》，郭绍虞《中国历代文论选》（四卷本），上海古籍出版社1979年版。
⑥ 白居易：《与元九书》，郭绍虞《中国历代文论选》（四卷本），上海古籍出版社1979年版。

治视野的扩展,山水风光的扩展"。可见,边塞生活渗透在盛唐多种题材、多种主题的作品中,因而更能体现盛唐诗歌普遍具有的"盛唐气象"。无论是"功名只向马上取,真是英雄一丈夫"[①]的豪情,抑或是"大漠孤烟直,长河落日圆"[②]的壮美,都昭示出一个极端自信王朝的蓬勃气象与恢宏气度。

唐诗自始至终都在高位运行。唐诗一开始就气势非凡,出现了初唐四杰,出现了张若虚《春江花月夜》孤篇压倒全唐。盛唐、中唐更是气势恢宏,横无际涯。李白、杜甫、王维、白居易,大家辈出。唐人对于诗可谓善始善终。直到晚唐,虽然帝国的气数已尽,但诗人的诗歌热情依然高涨,缱绻缠绵得令人心生怜悯。"夕阳无限好,只是近黄昏",算是诗人为帝国所作的挽歌。

胡晓明提出晚唐诗人有一种诗歌写作的崇拜。的确,唐人对诗歌的虔诚、迷恋与执着,几乎到了病态的地步。王建说:"惟有好诗名字出,倍教少年损心神。"白居易说:"天意君须会,人间要好诗。"为了写出好诗,可以"十年磨一剑";为了一首好诗,可以"呕心沥血",甚至到了玩命的地步。[③] 唐诗背后有一个秘密,有一种很深的精神气质,就是尽气尽才的精神,就是不负此生、不虚此生的时代集体意识。如果有谁敢说自己的生命是不负此生、不虚此生,用中国文化的说法,我们就可以说他是得了唐诗的真精神。林庚先生的《唐诗综论·盛唐气象》对盛唐气象进行较为明晰的把握。他指出盛唐气象不同于建安风骨,是因为"它还有丰实的肌肉,而丰实的肌肉也就更为有力地说明了这个'骨'。"盛唐气象不可捉摸,是因为"它丰富到只能用一片气象来说明","它乃是建安风骨更丰富的展开"。而汉魏"气象混沌"是"不假悟也"。

唐诗的高度,可以李白、杜甫为标识。李白是天生的诗人,他为诗歌而生,也为诗歌而死,周身每个细胞都是诗歌的元素,血液里流动的是诗歌的旋律。杜甫评价李白"白也诗无敌,飘然思不群"[④],"落笔惊风雨,诗成泣鬼神"[⑤]。现代诗人余光中在《寻李白》中这样写道:"酒入豪肠,七分酿成了月光,余下的三分啸成剑气,绣口

---

① 岑参:《送李副使赴碛西官军》,《岑参集》,山西古籍出版社2008年版。
② 王维:《使至塞上》,赵殿成《王右丞集笺注》,上海古籍出版社2007年版。
③ 冯贽《云仙杂记》:"贾岛常以岁除,取一年所得诗,祭以酒脯曰:劳吾精神,以是补之。"元代辛文房《唐才子传》也记载:唐代诗人贾岛"每至除夕,必取一岁所作置几上,焚香再拜,酹酒祝曰:'此吾终年苦心也。'痛饮长谣而罢"。欧阳修《新唐书》记载李贺:每旦日出,骑弱马,从小奚奴,背古锦囊,遇所得,书投囊中。未始先立题然后为诗,如他人牵合程课者。及暮归,足成之。非大醉、吊丧日率如此。过亦不甚省。母使婢女探囊中,见所书多,即怒曰:"是儿要呕心乃已耳!"韦绚《刘宾客嘉话录》:"刘希夷诗曰:'年年岁岁花相似,岁岁年年人不同。'其舅宋之问苦爱此句,知其未示人,恳乞,许而不与,之问怒,以土袋压杀之"。
④ 杜甫:《春日忆李白》,《杜工部集》,上海古籍出版社2003年版。
⑤ 杜甫:《寄李太白二十韵》,《杜工部集》,上海古籍出版社2003年版。

一吐,就半个盛唐。"李白一生,集书生、侠客、神仙、道士、公子、顽童、流浪汉、酒徒、诗人于一身,超量付出了才与气,集中代表了盛唐诗歌昂扬奋发的典型音调。"安能摧眉折腰事权贵,使我不得开心颜!"他以布衣之身藐视权贵,以大胆热烈的反抗推进盛唐文化中的英雄主义。杜甫的诗歌体现了古代优秀知识分子的良心。他一生心血都用在写诗上,其诗具有坚实的内容、纯真的热情、深沉的激愤、凝重的格调,形成"沉郁顿挫"的独特诗歌风格。杜甫不但代表着中国诗艺的最高准则,也是儒家人格范式的楷模。他以对庙堂、民生的深情关注而被推崇为诗圣。① 元稹说:"诗人以来,未有如子美者。"其古体诗和近体诗,都臻于妙境和化境。杜甫是新乐府诗体的开路人。他的乐府诗,促成了中唐时期新乐府运动的发展,标志着我国诗歌的艺术高度,是唐诗思想艺术的集大成者。至于李白杜甫的文学地位,学界一直争论不休。

李白生前即受追捧,他狂放不羁的人格魅力折服了众多诗迷,因为喜欢他这个人而喜欢他的诗。比如说,殷璠在《河岳英灵集》中就这样评价李白:"其为文章,率皆纵逸。至如《蜀道难》等篇,可谓奇之又奇。然自骚人以还,鲜有此体调也。"相比之下,杜甫生前则较为寂寥,"百年歌自苦,未见有知音"②。贞元以后,人们开始以李杜并称。韩愈认为唐诗成就最高者当为李杜。"李杜文章在,光焰万丈长。"③"昔年因读李白杜甫诗,常恨二人不相从"④,"少陵无人谪仙死,才薄将奈石鼓何"⑤? 但韩愈似乎更偏爱杜甫,他说:"独有工部称全美,当日诗人无拟论。"⑥真正赋予杜诗至高无上地位的当首推元稹,其《杜工部墓系铭序》可以说是尊杜宣言。

唐兴,官学大振,历世之文,能者互出。而又沈、宋之流,研练精切,稳顺声势,谓之为律诗。由是而后,文变之体极焉。然而莫不好古者遗近,务华者去实。效齐、梁则不逮于魏、晋,工乐府则力屈于五言,律切则骨格不存,闲暇则纤秾莫备。至于子美,盖所谓上薄风、骚,下该沈、宋,古傍苏、李,气夺曹、刘,掩颜、谢之孤高,

---

① 1922年,梁启超发表了《情圣杜甫》,把"诗圣"杜甫改称为"情圣"。在梁启超看来:"工部写情,能将许多性质不同的情绪,归拢在一篇中,而得调和之美。""工部写情,往往愈挼愈紧,愈转愈深,他的情感,像一堆乱石,突兀在胸中,断断续续地吐出,从无条理中见条理。""工部写情,有时又淋漓尽致一口气说出,如八股家评语所谓'大开大合'。这种类不以曲折见长,然亦能极其美。"他的情感的内容,是极丰富的,极真实的,极深刻的。他表情的方法又极熟练,能鞭辟到最深处,能将他完全反映不走样子,能像电气一般一振一荡的打到别人的心弦上。中国文学界写情圣手,没有人比得上他。"
② 杜甫:《南征》,《杜工部集》,上海古籍出版社2003年版。
③ 韩愈:《调张籍》,顾嗣立《昌黎先生诗集注》,北京图书馆出版社2003年版。
④ 韩愈:《醉留东野》,顾嗣立《昌黎先生诗集注》,北京图书馆出版社2003年版。
⑤ 韩愈:《石鼓歌》,顾嗣立《昌黎先生诗集注》,北京图书馆出版社2003年版。
⑥ 韩愈:《题杜工部坟》,顾嗣立《昌黎先生诗集注》,北京图书馆出版社2003年版。

杂徐、庾之流丽,尽得古今之体势,而兼昔人之所独专矣。使仲尼考锻其旨要,尚不知贵,其多乎哉!苟以为能所不能,无可无不可,则诗人以来未有如子美者。

时山东人李白,亦以奇文取称,时人谓之李、杜。予观其壮浪纵恣,摆去拘束,摹写物象,及乐府歌诗,诚亦差肩于子美矣。至若铺陈终始,排比声韵,大或千言,次犹数百,词气豪迈而风调清深,属对律切而脱弃凡近,则李尚不能历其藩翰,况堂奥乎!

元稹的观点和白居易相同。白居易在《与元九书》中将李杜进行比较,强调杜甫的风雅比兴之作要多于李白,在格律诗的创作方面"尽工尽善"。杜优李劣的观点,在中晚唐时,几成定论。人们对杜甫的推崇无以复加。如五代时冯贽《云仙杂记》记载:"张籍取杜甫诗一帙,焚取灰烬,副以膏蜜,频饮之曰:'令吾肝肠从此改易!'"可见中唐以后人们对杜甫的敬仰心态。至宋代以后,杜甫的地位日见崇高,不可动摇。①

唐诗在高度、深度、广度和厚度上都登峰造极,成就了中国诗的王国!

一、诗是唐人的生存方式

林语堂说过:"每个大学生都有打网球或踢足球的平凡技术,是比大学产生几个可以参加全国比赛的体育选手或足球选手更为重要的;同样的,每个儿童或成人都能够自创一些东西为消遣,是比一个国家产生一个罗丹更加重要的。"唐代的伟大,不仅在于诞生了一流的大诗人,更在于造就了整个民族的诗歌情结。据宋代惠洪《冷斋夜话》卷一记载:"白乐天每作诗,问曰解否?妪曰解,则录之;不解,则易之。"这则材料至少可以说明诗在唐代是何等普及,就连目不识丁的村妇老妪都能对诗评头论足,这是诗歌的福气。在唐人看来,没有什么事能像诗歌那样可以不朽,"屈平词赋悬日月,楚王台榭空山丘"。文学的价值无以复加。由于科举,诗成为唐人的一种生存竞争方式。正所谓"千首诗轻万户侯"②,唐代科举特重诗赋,当时不但以诗取士,而且以诗品题。如白居易求顾况事,以诗干谒;如李白所谓"生不愿封万户侯,但愿一识韩荆州"。为了博取诗名,唐人费尽周折,用尽心机,典型的例子就是所谓的温卷之风。宋代赵彦卫《云麓漫钞》卷八云:"唐世举人,以姓名达诸主司,然后投献所业,踰数日又投,谓之温卷,如《幽怪录》《传奇》等皆是。盖此等文备众体,可见史才、诗笔、议论。至进士则多以诗为贽,今有唐诗数百种行于世

---

① 参见尚学锋、过常宝、郭英德:《中国古典文学接受史》,山东教育出版社2000年版。
② 杜牧:《登九峰楼寄张祜》,《唐诗鉴赏辞典》,上海辞书出版社1983年版。

是已。"

比如张籍与朱庆馀之间的一段诗歌佳话,就很能反映出诗歌与唐人生存关系的一个侧面。朱庆馀《近试上张水部》一诗投赠的对象是水部郎中张籍,而张籍又以擅长文学且乐于提拔新人著称,与韩愈齐名。朱庆馀平日向他行卷,已经得到他的赏识,临到要考试了,还怕自己的作品不一定符合主考的要求,因此以新妇自比,以新郎比张籍,以公婆比主考官,写下了这首诗,征求张籍的意见:

洞房昨夜停红烛,待晓堂前拜舅姑。妆罢低声问夫婿,画眉深浅入时无?

诗中朱庆馀把自己比作一个精心打扮、准备去拜见公婆的新嫁娘,把张籍比作新郎官,把主考官比作公婆。通诗表面上是写洞房闺阁情趣,实际上是科考前的投石问路之举。而张籍《酬朱庆馀》一诗把朱庆馀比作一个刚刚经过修饰打扮,从清澈明净、风景优美的鉴湖中走出来的采菱女,把朱庆馀的文章比作一曲价值万金的采菱歌。

越女新妆出镜心,自知明艳更沉吟。齐纨未足人间贵,一曲菱歌敌万金。

两首诗,一个巧问,一个妙答,一个机智,一个风趣,真可谓妙趣横生!从中既可以见出唐人对科举的重视,更可以看到考场之外的世风民情。

其实,自科举取士而后,文学不再仅仅是书斋里的事情,也不再只是艺术审美的闲情逸致,文学不亚于丈八长矛,可以实现男人的雄心甚至野心。帝王的提倡、科举制度以及诗歌自身的发展,是唐诗得以繁荣的重要原因。唐代科举尤重诗赋。《新唐书·选举志》说:"众科之目,进士尤为贵,其得人亦为最盛焉。方其取以辞章,类若浮文而少实,及其临事设施,奋其事业,隐然为国家名臣者,不可胜数。遂使时局笃意,以谓莫此之尚。"自从实行科举制度后,社会话语权迅速被文人集团垄断。文人集团继历史上的宦官、外戚、宗教、军阀后成为新的特权势力集团,而科举制度又使得文人在社会上的话语权达到失控的地步。范文澜先生在《中国通史》中谈及这个问题时说:"南朝士族生活优裕,偷安成习,以能作五言诗为表示自己是士流的手段,如果不会作诗,就无法参与社会活动。将诗提到这样高的地位,实是南朝士族衰朽堕落、精神萎靡的表现。这种陋习到唐朝愈益盛行,这是因为南朝士人作诗,固然由于'世俗以此相高,朝廷据以取士,禄利之路既开,爱尚之情愈笃',不过还未曾明文规定诗为禄利之路。唐朝以进士科取士,作诗成为取禄利的正路,后来甚至非科第出身的人,不得为宰相。唐朝文人几乎无一不是诗人,只有好不好的区别,不存在能不能的问题。"①比如宋代,对科举录取的进士,还有皇帝赐诗、赐袍笏、赐宴、赐骝从游街等来加以奖励,造成"每殿廷胪传第一,则公卿以下无不耸观"。尹洙曾说:"状元登第,虽将兵数十万,恢复幽蓟,逐强藩于穷漠,凯歌劳还,献捷太庙,其荣不可及也。"②这般好处,这样的待遇,怎能不驱使文人一心好学,孜孜于功名呢?

二、诗是唐人的生活方式

唐人对于诗,真可谓随心所欲,恣肆拿捏。诗歌是利器,更是玩具,是丈八长矛,也是暴雨梨花针,是魔方,也是万花筒。什么人都能诗,什么事都能诗,什么时候都能诗。唐人之于诗歌,得心应手,无所不能。白居易就将自己的三千首诗分门别类,分别是讽喻诗、闲适诗、感伤诗、杂律诗,足见其对于诗歌驾轻就熟、游刃有余的从容与自信。在唐代,文人能诗,武将能诗;僧尼能诗,仕宦能诗;囚徒能诗,役吏能诗;征夫能诗,戍卒能诗;帝王能诗,皂隶能诗;豪杰能诗,草民能诗;节妇能诗,娼妓能诗;宫女能诗,庶女能诗;商贩能诗,谪宦能诗;耕夫能诗,渔樵能诗;老妪能诗,童叟能诗;牧童能诗,钓叟能诗;匪也能诗,盗也能诗;庙堂有诗,江湖有诗;京畿有诗,边陲有诗;长亭有诗,驿道有诗;市井有诗,荒村有诗;古寺有诗,古庵有诗;朱门有诗,柴扉有诗;客栈有诗,野渡有诗;远山有诗,津口有诗;田园有诗,闹市有诗。豪情可诗,悲情可诗;相聚可诗,离别可诗;生可以诗,死可以诗;得意可诗,失意可诗;洞房可诗,登科可诗;春风得意可诗,穷困潦倒可诗;一见钟情可诗,青梅竹马可诗;战争可诗,和平可诗;盛世可诗,乱世亦可诗。

现在所知的2000多位唐代诗人中,其社会身份上至帝王将相、公卿士大夫,下至和尚、工匠、舟子、樵夫、婢妾,更多的是出身寒素的下层文士。元稹、白居易的诗不但传诵于"牛童、马走之口",写在"观寺、邮候墙壁之上",而且进入了今人所谓的"文化商品市场","街卖于市井"之中,供歌伎演唱,村童竞习。白居易在其给元稹的信中描述过这一情形:

日者闻亲友间说,礼、吏部举选人,多以仆私试赋判为准的。其余诗句,亦往往在人口中。仆恧然自愧,不之信也。及再来长安,又闻有军使高霞寓者,欲聘倡妓,妓大夸曰:"我诵得白学士《长恨歌》,岂同他哉?"由是增价。又足下书云:到通州日,见江馆柱间有题仆诗者。何人哉?又昨过汉南日,适遇主人集众娱乐,他宾诸

---

① 范文澜:《中国通史》第四册,人民出版社1978年版,第270页。
② 田况:《儒林公议》,转引自游国恩《中国文学史(三)》,人民文学出版社1982年版,第24页。

妓见仆来,指而相顾曰:此是《秦中吟》《长恨歌》主耳。自长安抵江西三四千里,凡乡校、佛寺、逆旅、行舟之中,往往有题仆诗者;士庶、僧徒、孀妇、处女之口,每有咏仆诗者。此诚雕篆之戏,不足为多,然今时俗所重,正在此耳。虽前贤如渊、云者,前辈如李、杜者,亦未能忘情于其间。①

诗人生活在唐代,应该是一种幸运。诗歌之与唐人,如胶似漆,风流所及,空气中弥漫着诗歌的旋律,唇齿间流淌着诗歌的音符。唐代有一个适合诗歌创作的大气候和诗歌传播的大环境。《集异记》里有这样一则故事,说王昌龄、高适、王之涣齐名,偶聚旗亭,"忽有梨园伶官数十人登楼会宴。三诗人因避席隈映,拥炉火以观焉"。渐而约定歌何人词最多,即分甲乙。昌龄高适诗先后被歌,之涣不服,又约"诸伶中最佳之人唱之……如非我诗,吾即终身不敢与二子争衡矣"。结果歌伎所歌,正为"黄河远上白云间"。唐诗有"我见青山多妩媚,料青山见我亦如是"的情怀,有"行至水穷处,坐看云起时"的淡远,有"停车坐爱枫林晚,霜叶红于二月花"的兴致,也有"仰天大笑出门去,我辈岂是蓬蒿人"的豪情,还有"相见时难别亦难,东风无力百花残"的哀婉和"酒债寻常行处有,人生七十古来稀"的洒脱。

中国文化崇尚天人合一。在中国人的心中,山水风月与人类休戚相关。中国文化离不开自然,唐诗也离不开自然。唐诗中的山、水、风、月等意象众多,构成了唐诗写景叙事的重要艺术元素。在蘅塘退士《唐诗三百首》中,"山"字出现176次,"水"字出现86次,"风"字出现119次,"月"字出现130次,除直接写山水风月之景的词,还有引申出来的词。如:西山、北山、大川等可以统一看为"山",青溪、大江、黄河、湖等可以认为是"水",秋风、夜风、烈风可以统一看作"风",夜月、秋月、寒月等可以等同于"月"。由此我们不难得出,在整个唐朝诗歌作品中,山、水、风、月等意象是其重要的写作素材和艺术元素。由此可见,唐代诗人有着挥之不去的山、水、风、月情结。唐诗中的山水风月情结可以理解为"深藏在唐人心中的长久的关于山水风月的感情在唐诗中的表露"②。寻着唐人的诗句一路踩过去,我们便会置身于自然之中——

    独游千里外,高卧七盘西。晓月临窗近,天河入户低。
    芳春平仲绿,清夜子规啼。浮客空留听,褒城闻曙鸡。③

---

① 白居易:《与元九书》,郭绍虞《中国历代文论选》,上海古籍出版社1979年版。
② 据郑小九《中国月亮文化》统计,《全唐诗》50836首诗中,"月"字出现11055次,占1/5;其中李白1166首诗中,"月"字出现523次,占1/2。
③ 沈佺期:《夜宿七盘岭》,《唐诗鉴赏辞典》,上海辞书出版社1983年版。

晓月临窗、天河入户、曙鸡唱晓、子规夜啼,这是怎样沸腾心血的睡夜呢?这样的夜是无眠的,一丝一毫的睡意对此都是污染和亵渎。

  故人具鸡黍,邀我至田家。绿树村边合,青山郭外斜。
  开轩面场圃,把酒话桑麻。待到重阳日,还来就菊花。①

亲情、友情、美酒、美味、美景、希冀,所有幸福的元素统统聚集到一起,这是怎样的一种人生境界呢?全诗用语平实,诗意醇厚。"绿树村边合,青山郭外斜",天设地造,何等的大气。青山在城郭外徐徐伸展,自然仿佛敞开大门,绿树和青山扑面而来。"开轩面场圃,把酒话桑麻",体现出诗人欢畅的心情,面对宽展的场圃和远处的青山,敞开心扉,亲切交谈,令人心旷神怡。风景美,人情更美。难怪沈德潜会说:"语淡而味终不薄。"这恐怕是迄今世界上最盛大的人生盛宴。把一只鸡放到如此开阔宏大的自然山水之间享用,真的是太奢侈了。只有大唐帝国的诗人才配得上这等奢侈,更何况还有老朋友和众乡亲,把酒话桑麻,一点也不孤独,况且还有重阳再聚的幸福期盼与期待,把快乐的时光延长至无限,重阳之后还有春节,春节之后还有元宵,就这样日复一日,年复一年。能把诗做到这分上的人,注定是最会享受人生也最会生活的人。

诗是酒,是茶,也是药!诗歌不仅可以求取功名,更可以抚慰创伤、安顿灵魂。诗歌不只是科举的敲门砖,更是人生的信念与信仰。

表达母爱用诗——"慈母手中线,游子身上衣。临行密密缝,意恐迟迟归。谁言寸草心,报得三春晖!"②

表达爱情用诗——"在天愿作比翼鸟,在地愿为连理枝。天长地久有时尽,此恨绵绵无绝期。"③"曾经沧海难为水,除却巫山不是云。"④"春蚕到死丝方尽,蜡炬成灰泪始干。"⑤"东边日出西边雨,道是无晴却有晴。"⑥

抒发离愁别恨用诗——"海内存知己,天涯若比邻。无为在歧路,儿女共沾巾。"⑦"劝君更尽一杯酒,西出阳关无故人。"⑧"莫愁前路无知己,天下谁人不

---

① 孟浩然:《过故人庄》,《唐诗鉴赏辞典》,上海辞书出版社1983年版。
② 孟郊:《游子吟》,《唐诗鉴赏辞典》,上海辞书出版社1983年版。
③ 白居易:《长恨歌》,《唐诗鉴赏辞典》,上海辞书出版社1983年版。
④ 元稹:《离思》,《唐诗鉴赏辞典》,上海辞书出版社1983年版。
⑤ 李商隐:《无题》,《唐诗鉴赏辞典》,上海辞书出版社1983年版。
⑥ 刘禹锡:《竹枝词》,《唐诗鉴赏辞典》,上海辞书出版社1983年版。
⑦ 王勃:《送杜少府之任蜀川》,《唐诗鉴赏辞典》,上海辞书出版社1983年版。
⑧ 王维:《送元二使安西》,《唐诗鉴赏辞典》,上海辞书出版社1983年版。

识君?"①

体味人生,抒发感悟用诗——"沉舟侧畔千帆过,病树前头万木春。"②"欲穷千里目,更上一层楼。"③

反刍历史,沉淀睿智用诗——"东风不与周郎便,铜雀春深锁二乔。"④"旧时王谢堂前燕,飞入寻常百姓家。"⑤

至于人生箴言,简直俯拾皆是——"射人先射马,擒贼先擒王。"⑥"会当凌绝顶,一览众山小。"⑦"蚍蜉撼大树,可笑不自量。"⑧

宦海浮沉,或贬谪,或调任,聚散之时,理应有诗。如果此时没有诗歌助兴,在唐人看来,实在是人生憾事。⑨ 类似风习深入民俗,比如婚礼中,新郎迎亲时,新娘先要以扇遮面,待到新郎作"却扇诗"后,新娘才能撤扇,此礼谓之"却扇"。可见,没有诗才,想一睹新娘芳容都难。⑩ 此外还有敦促新娘打扮离家的"催妆诗"。贾岛《友人婚杨氏催妆》曰:"不知今夕是何夕,催促阳台近镜台。谁道芙蓉水中种?青铜镜里一枝开。"唐人集中还有大量的"应制诗",诗歌甚至成了公务员处理公务的公文尺牍了。

总之,对于唐人来讲,没有什么不可以用诗歌来处理的,唐代,诗无处不在,无时不有。⑪

三、诗是唐人的思维方式

诗是中国人的思维方式。对于唐人来说,没有什么不能用诗歌来表达。所见、所思、所感,无不可以诗的形式言说。唐人几乎人人以诗人自居,满腹才情,他们以诗人的眼光打量世界,以诗的语言表现世界,以诗性思维判断世界。唐人生来就有

---

① 高适:《别董大》,《唐诗鉴赏辞典》,上海辞书出版社 1983 年版。
② 刘禹锡:《酬乐天扬州席上见赠》,《唐诗鉴赏辞典》,上海辞书出版社 1983 年版。
③ 王之涣:《登鹳雀楼》,《唐诗鉴赏辞典》,上海辞书出版社 1983 年版。
④ 杜牧:《赤壁》,《唐诗鉴赏辞典》,上海辞书出版社 1983 年版。
⑤ 刘禹锡:《乌衣巷》,《唐诗鉴赏辞典》,上海辞书出版社 1983 年版。
⑥ 杜甫:《前出塞九首》,《唐诗鉴赏辞典》,上海辞书出版社 1983 年版。
⑦ 杜甫:《望岳》,《唐诗鉴赏辞典》,上海辞书出版社 1983 年版。
⑧ 韩愈:《调张籍》,《唐诗鉴赏辞典》,上海辞书出版社 1983 年版。
⑨ 据《全唐诗》记载,玄宗时诗人郎士元"与钱起名名,自丞相以下出使州牧,二君无诗祖饯。时论鄙之,故语曰'前有沈(佺期)、宋(之问),后有钱、郎'"。
⑩ 从《唐会要》记载颜真卿的《请停障车、下婿、却扇诗等》奏章,可知那时此类风俗之盛行。敦煌卷子中还保留着却扇诗句:"青春新夜正芳新,鸿叶开时一朵花。分因宝树从人看,何劳玉扇更来遮。"李商隐也有《代董秀才却扇》诗:"莫将画扇出帷来,遮掩春山滞上才。若到团圆是明月,此中须放桂花开。"
⑪ 参见胡小伟:《文化:中国诗歌史的大视野——〈中华五千年诗歌一万首〉序言》。

"诗性智慧","是地地道道的诗人"。他们仰望天文,俯察地理,所感所思,所察所悟,无不托之以诗。白居易说:"天意君须会,人间要好诗。"意思是说好诗是天意之所在,好时代就应该有好诗。唐人用诗歌感受生活、体验生活、解读生活、表现生活。他们出口成诗,信笔成诗,触目成诗,就连小女孩,也能从容赋诗。鱼幼薇(玄机)初次遇见大诗人温庭筠时,才十三岁,温庭筠以"江边柳"为题想考考这位聪明过人的机灵小丫头,没想到鱼幼薇出口成章:"根老藏鱼窟,枝底系客舟。"对仗工整且紧扣题旨,言辞之间隐约泄露出这位小女子与青楼之间的神秘关联。另一个才女李治,五六岁大的时候,在自家的庭院内面对芜蔓的蔷薇,即景生情,有感而发:"经时未架却,心绪乱纵横",父亲听了,甚觉不妙,伤心恼火,说:"此必为失行妇也!"薛涛小时候,一天,父亲对着梧桐树咏诗:"庭除一古桐,耸干入云中。"小薛涛随口承接道:"枝迎南北鸟,叶送往来风。"父亲隐隐有不祥之感。诗歌在唐代,就是这样无处不在。唐人用诗直觉——"浮云游子意,落日故人情",唐人用诗感悟——"夕阳无限好,只是近黄昏",唐人用诗推理——"东风不与周郎便,铜雀春深锁二乔",唐人用诗幻设——"但使龙城飞将在,不教胡马度阴山",唐人用诗禅省——"六根清净方为道,退步原来是向前"。

为什么唐诗的内容如此丰赡广博,花鸟虫鱼、日月星辰、荒凉边塞、繁华街市皆能涵盖其中?为什么唐诗的格调如此包罗万象,高卑远近、浓淡深浅、飘逸浑雄、博大绮丽皆能融为一体?为什么唐诗的作者如此形形色色,帝王将相、达官贵族、渔夫樵夫、童叟老妪皆能赋诗言志?这三个问题可以简化为——为何什么都可以入诗,为何什么格调都可以成诗,为何什么人都可以写诗?归根结底就是唐人的诗性思维。诗性思维以传统诗学本体论中言志与缘情为发展基础,发展出中国特有的诗学精神。中国是一个最富诗学精神和诗学传统的国度,自孔子提出"不学诗无以言"的训诫以来,以感性生命形态为基础风貌的诗性思维就日益展现出来。"诗者,志之所之也,在心为志,发言为诗。"①到六朝,文学成为自觉,人们充分认识到,"使穷贱易安,幽居靡闷,莫尚于诗矣",故"词人作者,罔不爱好。今之士俗,斯风炽矣。才能胜衣,甫就小学,必甘心而驰骛焉。于是庸音杂体,人各为容。至使膏腴子弟,耻文不逮,终朝点缀,分夜呻吟"。这样的风气,势必导致诗歌的广普化与大众化,信口成咏,触目入诗。"至乎吟咏情性,亦何贵于用事?'思君如流水',既是即目;'高台多悲风',亦惟所见"②。承其余绪,加之科举刺激,唐朝对诗歌的热情有增无减。

---

① 《毛诗序》,郭绍虞:《中国历代文论选》,上海古籍出版社1979年版。
② 钟嵘:《诗品序》,郭绍虞《中国历代文论选》,上海古籍出版社1979年版。

想象力和创造力是诗性思维的源头。诗人运用想象力将主观情感过渡到客观事物上,使客观事物成为主观情感的载体,从而创造出一个心物合融的主体境界。唐人由于爱诗,所以也注重对诗性思维的培养,具体表现为,打破理性限制,加强想象力和创造力,寻求物我合一的诗境。如杜甫名句"感时花溅泪,恨别鸟惊心",便是作者在国恨家仇中,将感时、恨别等主观情意转移到客观的花、鸟身上,认为鸟和花像人一样因战争而心惊、流泪。唐代诗人贾岛是"苦吟派",他非常注重诗境的开发,甚至要"两句三年得,一吟双泪流"。其实改一两字,不只是为了文字顺畅,更多还关系到诗境的和谐。这种高度负责的态度体现诗人对诗性思维认识的"锻炼",一切为了更准确表达内心的那个诗境,以达到心物合融。

诗性思维也是一种创新求异思维,它不拘于常规思维习惯,力求新鲜灵活,使作品跳出窠臼,写"人人笔下无",因而使作品"陌生化"①。诗性思维就需要这种陌生化来恢复对生活的感觉,这与日常生活的思维方式有很大区别。唐诗由于语法的超脱和词性的自由,形式上高度浓缩又新颖奇巧,内容上却是蕴含丰富,境界空灵。如全由名词组成的"鸡声茅店月,人迹板桥霜"②。诗性思维在于感发意志、陶冶性情,使诗人抒发真实的生命感受,使作品有血有肉,有真情实感,防止作品情感的空泛苍白,因而使作品能触动人心,具有更强的感染力。正如维柯在《新科学》中所写的:"原始先民们,都是天生的诗人,他们以强盛的感觉知能和想象力,化身为智慧的创造者。而现代社会也许更为文明,但是诗性的力量却凋萎了。人们只发展而乏于创造,文化于是不再充满能动的活力。"唐人的创新与突破还表现在古体诗与近体诗并驾齐驱,大大丰富了诗歌体裁并进而扩大了诗歌题材。唐诗的题材十分广阔,包括送别诗、咏物诗、咏史诗、边塞诗、山水田园诗、闺怨诗等近十种。无论是饮食起居的日常生活,抑或是国恨家仇的战争灾难;无论是生命的感叹,抑或是生离死别的遭际,都能被唐人写入诗中。严羽《沧浪诗话·诗辨》云:"诗者,吟咏情性也。盛唐诸人,惟在兴趣。"盛唐诗人的创作旨趣确实只在于"兴趣"。严羽主张以盛唐人的情性为情性,以盛唐人的审美趣味为趣味,他说:"观太白诗者,要识真太白处。太白天才豪逸,语多猝然而成者。"他认为李白是"天才豪逸"的诗人,其诗风以豪逸而著称,其诗作是唯兴趣率性而作,不守常规,如果过于雕琢,是不能"识真太白"的。

---

① "陌生化"由俄国形式主义评论家提出,是西方"陌生化"诗学的成熟标志。什克洛夫斯基提出:"艺术的目的是要人感觉到事物,而不是仅仅知道事物。艺术的技巧就是使对象陌生。"其著名表述是:"艺术永远是独立于生活的,它的颜色永远不反映飘扬在城堡上空的旗帜的颜色。"

② 温庭筠:《商山早行》,《唐诗鉴赏辞典》,上海辞书出版社1983年版。

诗性思维的突出特点是中国古代审美体验论中的整体直观性。与西方思维重逻辑性、思辨性不同,中国诗性思维特别强调透过对审美客体的整体直观把握,在内心世界浮想运思,通过寓意于物象的"神游""心虑""澄怀"等体验方式获得对世界本原的洞见和内心世界的愉悦。这种神游是以打破主客二元对立的屏障,使主体的情、意、趣与客体的景、象、物有机融合,从而使得主体的游物与游心得到高度统一。刘勰在《文心雕龙·物色》中说:"是以诗人感物,联类不穷;流连万象之际,沉吟视听之区。写气图貌,既随物以宛转,属采附声,亦与心而徘徊。""随物以宛转""与心而徘徊"是诗中自有人心,是主客体物我交融的一种特殊的审美活动。

　　总之,唐诗成为唐人的思维和灵魂的外化。唐诗作为中国古典诗歌的代表,既是诗性智慧最直观的物化形态,也是中国传统文化最重要的载体。

第十七章

化成天下莫尚乎文

一、诗亡而春秋作——文体功能及其文化机制

考察中国古代社会文化转型,有如下之情形——或从一种文化形态转向另一种文化形态的文化变异期,或从一元文化向多元文化转化的文化分蘖期,或者从多元文化向一元文化转化的文化收束期。春秋至战国是文化分蘖期,西周的礼乐文化裂变为百家争鸣的多元文化。战国至汉代,由"百家争鸣"一变而为"独尊儒术",则属于典型的文化收束和文化整饬;而汉末佛教思想的输入,深刻改变了中国本土文化的精神气质,属于典型的文化变异。不同历史时期的主流文体选择,与主流文化的气质变化之间有着深刻的精神关联。我们可以结合"诗亡而春秋作"这一历史命题来考察诗与散文的不同文化担当。诗与散文承载着不同的文化使命,正是由于不同历史时期不同的文化使命,决定了诗与散文在不同历史时期所扮演的不同的历史角色,可以说是历史选择文体。如果说诗歌是病人,是呻吟,散文则是医生,是救治。散文肩负的是社会价值体系和人生价值体系的破坏与建设,所以,当社会处于一个变革时期,旧的价值体系需要破坏,新的价值体系需要建设,这个时候就意味着散文高峰的到来。诗歌具有煽动性,可以鼓动人们的激情,是一种文化青春期的表征;散文代表的是理智,是一种文化成熟期的表征。戏剧与小说是一种文化走向衰老的表征,所以特别适合中老年人的胃口。这种迹象在中国文化里特别明显。在文化的演进过程中,一种文化主体以什么样的姿态来对待另一种文化,是开放地接纳还是保守地加以拒绝,不同文化间的冲突与融合是以怎样的方式展开?这些都会在它的文化表现形态上有所反映。文体的选择也是如此。散文的高峰往往是在诗歌的高峰之后。诸子散文与历史散文的高峰正是在《诗》的暗哑时期。从

中国文学史上看,每一个散文的繁荣时期,基本上都是在意识形态的变革时期,而诗歌常常是其前兆。

　　中国古代散文创作犹如掘井,有深度而无广度;可以提供学理及心性的滋养,其主题的严肃性、学术性、历史性、政治性,决定其题材的狭隘性。其语言的唯美色彩,即骈偶、声律、辞藻、用典等决定了其贵族审美意识,奠定这一意识的文化传统,恐怕要追溯到诸子散文与历史散文。如果我们能从不同文体的文化功能上来考证文体的文化选择和文化的文体选择,有可能对文学史的历史轨迹作出更为明晰的判断。林语堂先生站在东西方文化背景来审视中国散文,对中国散文予以较为苛刻的批判。他认为,中国文学有一种含有教训意味的文学与一种优美悦人的文学的区别,前者为真理之运转传达工具,所谓"文以载道"之文,后者为情愫之发表,所谓"抒情文学"。二者之区别,至为明显:前者为客观的、说明的,后者为主观的、抒情的。中国人推崇前者,认为其价值较后者为高大。因为它改进人民的思想,并提高社会道德之水准。从这一个观点出发,他们遂轻视小说、戏剧这一类文学,称之为"雕虫小技",不足以登大雅之堂。唯一例外为诗,诗虽同样为抒情文学,他们对之非但不予轻视,且珍爱之盛,过于欧美。事实上,中国文人全都暗里欢喜读读小说和戏剧,而官吏阶级虽在其冠冕堂皇的论文里说仁道义,可是在其私人说话里往往可以发现他们很熟悉《金瓶梅》或《品花宝鉴》中人物,二者都是淫猥的两性小说。其理由易见。那些说教的文学大体上均属品质低劣的次等作品,充满了宣扬道德的陈腐之说和质直的理论。思想的范围又为畏惧异端邪说的心理所限。故中国文学之可读者,只是那些含有西洋意识之文学,包括小说、戏剧和诗,这就是幻想的意象的文学而不是思考的文学。[①] 可见林语堂对中国散文十分不满,原因很简单,就是中国散文太严肃,太正统,太正儿八经,难免迂腐。他说:"中国的古典文学中,优美之散文很少,这一个批评或许显见得不甚公平而需要相当之说明。不差,确有许多声调铮锵的文章,作风高尚而具美艺的价值,也有不少散文诗式的散文,由他们的用字的声调看来,显然是可歌唱的。实实在在,正常的诵读文章的方法,不论在学校或在家庭,确是在歌唱它们。这种诵读文章的方法,在英文中找不到一个适当的字眼来形容它。这里所谓唱,乃系逐行高声朗读,用一种有规律、夸张的发声,不是依照每个字的特殊发音,却是依照通篇融和的调子所估量的音节徐疾度,有些相像于基督教会主教之宣读训词,不过远较为拉长而已。此种散文诗式的散文风格至五、六世纪的骈俪文而大坏,此骈俪文的格调,直接自赋衍化而来,大体用于朝廷

---

① 参见林语堂:《文学之特性》,林语堂《吾国吾民》,江苏文艺出版社 2010 年版。

的颂赞,其不自然仿佛宫体诗,拙劣无殊俄罗斯舞曲。骈俪文以四字句六字句骈偶而交织,故称为四六文,亦称骈体。此种骈体文的写作,只有用矫揉造作的字句,完全与当时现实的生活相脱离。无论是骈俪文、散文诗式的散文、赋,都不是优良的散文。它们的被称为优良,只有当用不正确的文学标准评判的时候。"[1]他认为,中国散文之所以不好,不值得一读,除了思想上的教化外,作为表达手段的"文言文"恐怕是一个重要的原因。他认为:"文言文乃完全不适用于细论与传记","文言文所注重的简洁精炼的风格"以及含蓄的手法,根本上"掩盖作者的真情而剥夺文章的性灵"。为此,除了极少数的散文外[2],他几乎对中国散文全盘否定。他说:"当你翻开任何文人的文集,使你起一种迷失于杂乱短文的荒漠茫然不知所措的感觉,它包括论述、记事、传记、序跋、碑铭和一些最驳杂的简短笔记,有历史的,有文学的,也有神怪的。而这些文集,充满了中国图书馆与书坊的桁架,真是汗牛充栋。这些文集的显著特性为每个集子都包含十分之五的诗,是以每个文人都兼为诗人。所宜知者,有几位作家另有长篇专著,故所谓文集,自始即具有什锦的性能。从另一方面考虑,此等短论,记事,包含着许多作家的文学精粹,它们被当作中国文学的代表作品。中国学童学习文言作文时,需选读许多此等论说记事,作为文学范本。作更进一步的考虑,这些文集是代表文学倾向极盛的民族之各代学者的巨量文字作品的主要部分,则使人觉得灰心而失望。吾们或许用了太现代化的定则去批判它们,这定则根本与它们是陌生的。它们也存含有人类的素质,欢乐与悲愁,在此等作品的背景中,也常有人物,他的个人生活与社会环境为吾人所欲知者。但既生存于现代,吾人不得不用现代之定则以批判之。当吾人读归有光之先慈行状盖为当时第一流作家的作品,作者又为当时文学运动的领袖,吾人不由想起这是一生勤勉学问的最高产物,而吾人但发现它不过是纯粹工匠式的模古语言,表被于这样的内容之上,其内容则为特性的缺乏事实的空虚,与情感之浅薄。吾人之感失望,谁曰

---

[1] 林语堂:《有不为斋随笔·散文》,刘志学主编《林语堂散文(三)》,河北人民出版社 1994 年版。
[2] 他认为:"《左传》为纪元前三世纪的作品,仍为记述战争文字的权威。司马迁为中国散文之第一大师,他的著作与他当时的白话保持着密切接近的关系,甚至胆敢编入被后世讥为粗俗的字句,然他的笔墨仍能保留雄视千古的豪伟气魄,实非后代任何古典派文言文作者能企及。王充写的散文也很好,因为他能够想到什么写什么,而且反对装饰过甚的文体。可是从此以后,好散文几成绝响。""中国古典文学中也有好的散文,但是你得用新的估量标准去搜寻它。或为思想与情感的自由活跃,或为体裁、风格之自由豪放,你要寻这样的作品,得求之于一般略为非正统派的作者,带一些左道旁门的色彩的。他们既富有充实的才力,势不能不有轻视体裁散羁的天然倾向。这样的作者,随意举几个为例,即苏东坡、袁中郎、袁枚、李笠翁、龚自珍,他们都是智识的革命者,而他们的作品,往往受当时朝廷的苛评,或被禁止,或受贬斥。他们有具个性的作风和思想,为正统派学者视为过激思想而危及道德的。"

不宜。"①

　　建立核心价值观念需要对生命及生活悉心体悟,建设核心价值体系需要借助逻辑的力量。前者需要哲人的智慧,后者需要文人的才华。诸子可以说是集两者于一身。而散文无疑是文化建立与建设的最佳文体选择。黑格尔认为:"中国人没有民族史诗,因为他们的观照方式基本上是散文性的。从有史以来最早的时期就已形成一种以散文形式安排得井井有条的历史实际情况,他们的宗教观点也不适宜于艺术表现,这对史诗发展也是一个大障碍。"②"诗亡而春秋作"标志着中国文化由巫官文化到史官文化的转变。巫术文化时期,对话的双方是人与神,虔诚与敬畏之心是巫术文化的品质;史官文化时期,对话双方是今人与后人,所谓"藏于名山,留之后世",追求不朽是其重要品质。在求神问卜的时代,说话的是巫觋,听话的是神明,作为文学的诗三百,其中的一部分也不是写给人看的。故而汉儒诠释《诗》之"颂"说:"以其成功告于神明者也。"楚辞也然。屈原的《天问》显然就是与天的一次对话。这个时期的文人是由神职人员担当的,文学的性质是宗教化的,文学的陈述形式具有神秘神圣、庄重敬畏、诡秘深奥等特征。

　　先秦诸子散文,虽则有"九流十家",甚至百家争鸣之别,但诸子百家所具有共同的文化基因也是不容置疑,其所谓"道"的核心内涵与价值取向有其共通性。"道"是具有普世意义的诸子哲学的最高理念。正如金岳霖先生所言:"每一文化区有它底中坚思想,每一中坚思想有它底最崇高的概念,最基本的原动力。""中国思想中最崇高的概念似乎是道。"③事实上,诸子百家是有一个共同的母体的,即章学诚所谓官师政教合一的古代王官之学——礼乐。其中以天道和人道关系作为其哲学核心的道家和儒家,在后世的文化发展中自然成为中国文化思想的主流,并且都以道的承担者自居。他们所共同具有的价值理想是"天人合一",包含着中国人的宇宙本体意识和所有的生命智慧,它因此也成为中国人所追求的最高的人生境界。作为"道"的基本精神,成为中国文化发展过程中最精微的内在动力,不仅指导着民族文化的发展方向,也在深层次上规范着文化的基本精神和内在秩序。

二、诸子散文——见解新锐——伴随诸侯寿终而永寝

　　《尚书》中说:"左手记言,右手记事。"可见最早的历史是"言"与"事"分开的。

---

① 林语堂:《有不为斋随笔·散文》,刘志学主编《林语堂散文(三)》,河北人民出版社1994年版,第185页。
② 黑格尔:《美学》第三卷下册,商务印书馆1981年版,第170页。
③ 金岳霖:《论道》,商务印书馆1994年版,第16页。

对"言"的独立记录,强化了中国文化对语言的敬畏,所以就有了儒家的"慎言"之说,进而产生了以立言为核心的文体意识,这就有了《论语》《新语》《说苑》《世说新语》等丰富的著述。诸子散文正是诸子放眼天下的实录。诸子是在列国的政治夹缝中生存的。换句话说,是列国的政治缝隙为诸子提供了相对自由的生存空间,所以诸子的言论天然地带着政治立场。诸子散文从老子、孔子的语录体的有句无篇的小品文到庄子、孟子充满个性、血性的政论化演说,最后发展至荀子、韩非子的学术化论文。

由于历史的原因,中国语言系统十分复杂,就口语而言,有众多的方言,比如孟子就骂楚地的语言为"南蛮鴂舌"。即使书面语,在先秦时期也不相同,直到秦始皇统一文字。但中国历史上口语与书面语是两套系统,说与写是两回事,由此导致口传文学与文本文学两个系统,也就有了"阳春白雪"与"下里巴人"两个审美标准。早期,书面文字系统为官方与贵族所独专,由于教育的缺失,普通平民无法掌握文字。但历史主要用文字来保留记忆,所以以文字为载体的文学自然就成了主流文学。口头的文学只能随风而逝,所以我们看到的文学只是官方史官保留的文学,以文字物化的先民的情绪与思想。幸运的是像《诗经》《楚辞》这样的原本民间化的东西,经文人的记录与加工而得以保存,成了文学史上的珍品,坐享主流文学的至尊供奉。学者们指出,两汉以前,语与文基本上是分离的,是两个不同的表情达意的系统。这就导致以文字为载体的"文言"文学与以语言为载体的"语言"文学二水中分的特殊文化现象,产生了中国独有的文言文学系统。①

考察先秦散文的发展历程,其语言表达与章法演进明显带有阶段性特征,西周、春秋、战国每一个历史时期有每一个历史时期独特的语体色彩。从历史散文的角度来看,首先是《尚书》所代表的最早散文形态,《尚书》是中国古代散文已经形成的标志。刘勰《文心雕龙》在论述"诏策""檄移""章表""奏启""议对""书记"等文体时,也都溯源到《尚书》。据《左传》等书记载,在《尚书》之前,有《三坟》《五典》《八索》《九丘》,但这些书都没有传下来,《汉书·艺文志》已不见著录。《尚书》的语言一向被后人认为佶屈聱牙,古奥难读。但部分篇章有一定的文采,带有某些情态。如《盘庚》三篇,是盘庚动员臣民迁殷的训词,其中就有"若火之燎于原,不可向迩"之类的比喻,来说明煽动群众的"浮言"危害之大;用"若乘舟,汝弗济,臭厥载"比喻

---

① 吕叔湘《文言与白话》:"一部分文言根本不是'语',自古以来没有和它相应的口语。"饶宗颐《符号·初文与字母——汉字树》:"古代汉民族圈内,文字的社会功能,不是口头语言而是书面语言,在这种情形之下文字与语言是游离的。"转引自刘晓明:《"语""文"的离合与中国文学思维特征的演进》,《中国社会科学》2002年第1期。

群臣坐观国家的衰败,都比较形象。春秋时期,以《春秋》为代表的是散文,语言仍简朴粗放,章法也幼稚单调,通常都是有句无篇。但这种情形很快有所改变,到春秋后期,人们对语言美感的追求就十分自觉,比如孔子说过:"为命,裨谌草创之,世叔讨论之,行人子羽修饰之,东里子产润色之。"①《吕氏春秋》完成后,"布咸阳市门,悬千金其上,延诸侯游士宾客有能增损一字者予千金"②。由此而来的是《左传》《战国策》《国语》等在文采章法上均大大超越了此前的历史文献。

从诸子散文来看也如此,处于春秋时期的《老子》《论语》等仍只是箴言或语录,谈不上什么章法,虽然不失精致的警句,但零星松散,没有标题,也没有什么论证过程,说明这时候的人们还缺乏驾驭篇章结构的能力。《老子》是带着诗意的微笑在表达着精微玄妙的内心世界,而情景意兴中又蕴藏着机锋理趣,这就是老子的智慧。《老子》既非《论语》那样的语录,也非一般意义上的"文章",而是一些言简意赅的哲理格言,结构不见严密,语言也无所修饰,风格自然朴拙,却包含着玄奥而深刻的道理,常常揭示出"物极必反""相反相成""柔弱胜刚强"等惊世骇俗的道理,反映出中国先秦时代哲学思想的透彻性。《论语》是中国思想史上具有最广泛读者群的"第一书",在世界范围内的可理解性和可接受性也明显为高,这首先是因为其内容之日常经验性与人类一般生活经验可直接相通,所以,其风格特征不以"思辨"取胜,而以"气韵"见长,表现出从容不迫、温文尔雅的叙述风格,"坐而论道"的神态气韵,以及于淡泊中透露出"气韵生动"的精神境界。③《论语》的内容是日常经验性的,但孔子的表达深沉而庄重,几近神圣,全仰赖了就近取譬,因凡而圣。

一般看来,儒家入世,道家出世。但二者又并非尖锐对立,从发展的趋势看,两者相生相克又相辅相成,显示着一种力量的均衡,这是中国哲学的价值理想。有学者甚至把二者分为"忧"与"乐"两种不同特质的文化。④ 就儒道而言,儒家思想流传下来的是忧患精神,而道家思想流传下来的是怡乐精神,这两种精神的理想结合,便构成了中国人的理想人格,所谓"穷则独善其身,达则兼济天下"。对此,庞朴先生在《忧乐圆融:中国的人文精神》一文中指出:"所谓'忧',展现为如临如履、奋发图强、致君尧舜、取义成仁等等之类的积极用世态度;而所谓'乐',则包含有啜菽饮水、白首松云、虚与委蛇、遂性率真等等之类的逍遥自得情怀。"显然,前者主要是

---

① 《论语·宪问》,朱熹《四书集注》,岳麓书社1985年版。
② 《史记·吕不韦列传》,吴顺东等《史记全译》,贵州人民出版社1995年版。
③ 参见陈平原:《从言辞到文章 从直书到叙事·秦汉散文论稿之一》,《文学遗产》1996年第4期。
④ "忧"说主要由徐复观先生在其《中国人性论史》中提出,认为中国文化的深层特质在于"忧患意识"。后来,牟宗三先生在《中国哲学的特质》讲演中对此曾予阐解;"乐"说主要由李泽厚先生在一次题为《中国的智慧》讲演中提出,认为中国文化是"乐感文化",并在后来的《华夏美学》中进一步发挥了这一观点。

指儒家强调的人的道德价值、责任感和担当意识,也就是济世救民的现实情怀;后者主要是指道家强调的人的超越、逍遥、放达、解脱,实际上是追求精神上的一种自由、无穷、无限的境界。但"中国哲学的任务,就是把这些反命题统一成一个合命题。这并不是说,这些反命题都被取消了。它们还在那里,但是已经被统一起来,成为一个合命题的整体。如何统一起来?这是中国哲学所求解决的问题。求解决这个问题,是中国哲学的精神"①。自西汉以来,儒、道两家思想轮番地、也是谐和地在中国文化及其文学中起着主导作用。

从文体史的角度来看,《墨子》的过渡作用不容忽视,尤其是在文章技巧上、手法上的变化运用。譬如比喻、夸饰、排比等,已具备承前启后的历史转捩性的功能特点。墨子主张"博辨于物",其文章逻辑性很强。而他那种"日夜不休,以自苦为极"的救世情怀,使其感情强烈,语言急迫,气势逼人。尤其是《兼爱》《非攻》中那由小及大、层层深入的推类逻辑方法对孟子、荀子、韩非的影响很大。

到战国中期,这一局面有所改进,出现了《孟子》《庄子》这样的著作,这时候的文章面貌已经有了很大的改观。直观来看,篇幅加长了,文章的容量增大了。《孟子》是记载孟轲言论的。孟子其人思想自由,其建立在"性善论"基础之上的人格论,追求"万物皆备于我"的主体圆满,崇尚德气充塞于天地之间,使顶天立地、至大至刚的主体精神得到显发,从而生化流行、天人冥合;孟子为人狂狷,自傲自负,锋芒毕露,好辩且善辩,动辄与人言辞交锋,必欲争胜;孟子行文感情坦露,嬉笑怒骂,气势磅礴,咄咄逼人,而道理却全在逻辑中,步步设彀,引人入胜,形成其刚柔相济而析义极精的论辩艺术。孟轲长于辩论,因此书中语言明快,富于鼓动性。但细加分析,仍可以见出章法上的不严谨,有枝蔓芜杂之感。在论证这个环节上,孟子主要运用类比比喻论证的手法,庄子则主要使用寓言故事来解释深奥的哲理。谁都知道,孟子好辩!他放言无惮,文章气势很足,极具鼓动力量,而且很有文采。怪不得刘勰说他和荀子的文章"理懿辞雅"。"理懿"是从"宗经"的角度而言,"辞雅"则是从文辞的角度来说的。

庄子其人极富诗人气质,他激情澎湃,神思飞扬,最能表现中国文人所追求的浪漫的个性文化。《庄子》一书"汪洋辟阖,仪态万方"。作者善用民间寓言,长于譬喻,使文章富于文学趣味。他对主流社会深恶痛绝,终其一生都将自己政治边缘化。庄子在无限宽展的时空背景之下审视人类,也是在审问人类与审判人类,坚信人类不过是万物当中的一物而个人不过是一个偶然暂时的存在,如白驹过隙,无所

---

① 冯友兰:《中国哲学简史》,新世界出版社 2004 年版,第 87 页。

谓喜，也无所谓忧。庄子觉得人生在世界上很荒唐，存在没什么道理，因此不要太当真。他的大量寓言都隐约指向这种心境。庄子是一个内心非常认真的人，而正是这个认真决定了他在没法与现实和解时感到非常痛苦，同时也决定了他最后一定要找寻一种理想。这个理想就是他从老子那里继承的对"道"的理解，也就是对自然法则的理解。在庄子看来，人的最高道德就是超越外境的诱惑，遵从天道，顺乎自然，从而达到"天人合一"的境界。人生的最高境界是逍遥自得，是精神的绝对自由，这在《庄子》的开篇之作《逍遥游》中得以充分展现。如何才能达到这种境界呢？庄子的方法就是"齐物"。所谓齐物，就是消除万物之间的差别，齐物我、齐是非、齐大小、齐生死、齐贵贱，从而达到"天地与我并生，而万物与我为一"①的精神境界。而要达到这种境界，还必须遵循"不以心损道，不以人助天"的修养原则，通过"坐忘"，暂时与俗情世界绝缘，忘却知识、智力、礼乐、仁义，甚至自己的形躯，即"无己"、"丧我"，"独与天地精神相往来"，然后进入所谓无古今、无生死、无烦恼的宁静意境。

由此可见，儒道两家一个关心人间，一个更关注宇宙，但最终都聚焦在有限的个人与无限的宇宙之间的关系上。所谓"天地与我并生，而万物与我为一"②。儒家的人生智慧是德性的智慧，他们强调通过修身来尽心知性进而知天；而道家的人生智慧是智性的智慧，推崇摆脱物欲，超越自我，最终实现自在与自为。两者皆是中国人的大智慧。

到战国晚期，以《荀子》《韩非子》为代表的散文已能驾驭论说文的章法并熟练运用各种技巧，通篇文章主旨明确，结构严谨，体制宏大，具备专题论文的体制特征。荀子是先秦儒学的终结者，他与孟子反其道而行，主张"性恶"论，看似针锋相对，实际上却也是从尊重人性出发的。荀子认为"欲"乃人性之恶端。如果我们说本能和欲望就是恶，未免武断，但本能和欲望的无节制扩张是人类的恶源，这是历史证明了的。而荀子人性本恶的主张正是基于人的自然欲望的无限扩张趋势。所以他说："人生而有欲，欲而不得，则不能无求，求而无度量分界，则不能不争。争则乱，乱则穷。"③若听任人类好利善争的自然本性无度发展，则天下就会大乱，陷入窘困之中。如何才能矫正天性，引导本恶之人"向善"呢？荀子开出的药方是："人之性，恶；其善者，伪也。"④伪，就是人为。孟子认为人的道德具有先验性，但荀子

---

① 《庄子·齐物论》，陈鼓应《庄子今注今译》，中华书局1983年版。
② 《庄子·齐物论》，陈鼓应《庄子今注今译》，中华书局1983年版。
③ 《荀子·礼论》，蒋南华、杨寒清《荀子全译》，贵州人民出版社2009年版。
④ 《荀子·性恶》，蒋南华、杨寒清《荀子全译》，贵州人民出版社2009年版。

认为,道德规范不是天赋的、固有的、与生俱来的,而是后天人为的、文明积淀的结果。在他看来,"性者,本始材朴也;伪者,文理隆盛也。无性则伪之无所加,无伪则性不能自美"①。也就是说,人性本恶,必须经过后天之人为努力化其性,使趋于善,具体的方略就是"制礼义以分之,以养人之欲,给人之求,使欲必不穷于物,物必不屈于欲,两者相持而长"②;用"礼"来限制人的自然欲望的扩张,使之符合规范的社会秩序,从而使人不因己之欲而陷入争乱中,惟有如此,国家也才有治的可能。"故圣人化性而起伪,伪起而生礼义,礼义生而制法度,然则礼义法度者,是圣人之所生也。"③"性伪合,然后圣人之名一,天下之功于是就也。"所以说:"礼义者,治之始也。"④综上所述,我们发现荀子以"礼治"为核心的人道观,其实乃是根源于其天人关系之见解的。与孔孟不同,荀子在中国哲学史上第一次比较系统地阐述了天道与人道的关系问题,提出了"天道"有常、"人道"有本的哲学理念,明白地指出了天人相分。他认为,人虽来自于天地,但"天"与"人"各有其道,各司其职:"天能生物,不能辨物,地能载人,不能治人。""不为而成,不求而得,夫是之谓天职。如是者,虽深,其人不加虑焉;虽大,不加能焉;虽精,不加察焉,夫是之谓不与天争职。天有其时,地有其财,人有其治,夫是之谓能参。舍其所以参,而愿其所参,则惑矣。"⑤可见荀子所主张的天人关系,乃是强调"天人之分"。"天道"与"人道"自有其客观的规律性,但并非截然无关:"天行有常,不为尧存,不为桀亡,应之以治则吉,应之以乱则凶。"在荀子看来,天巍巍然按自己的常规法则运行,根本不因人的任何意愿而有所改变。人只有顺应它的法则,才能从中受益,如果违反了它的法则,必然要受到惩罚。说明要施行人道,首先要遵循天道。荀子的文章驳杂不纯,他吸收了道法墨名诸家之长,使他的文章为前期诸家所不及。他的文章长于议论、说理严密、善用譬喻、层次分明、文辞优美。他的文句夸饰、铺排,句式齐整张扬,极具词采和气势!

《韩非子》结构严谨,锋芒锐利,说理深刻。其书表体之用于上书,论说体之用于说理等,是对已有文体形式及其功用的沿袭,具有"以用别体""以体论文"的文体学意义;而"难"体、"说"体、解释体等特殊文体的出现,则是韩非根据实际需要而创造出的新的文章形式。《解老》《喻老》借《老子》来申述己意,在解经的形式下,"解"

---

① 《荀子·礼论》,蒋南华、杨寒清《荀子全译》,贵州人民出版社2009年版。
② 《荀子·礼论》,蒋南华、杨寒清《荀子全译》,贵州人民出版社2009年版。
③ 《荀子·性恶》,蒋南华、杨寒清《荀子全译》,贵州人民出版社2009年版。
④ 《荀子·性恶》,蒋南华、杨寒清《荀子全译》,贵州人民出版社2009年版。
⑤ 《荀子·天论》,蒋南华、杨寒清《荀子全译》,贵州人民出版社2009年版。

文从依附于经文的形式下独立出来，成为一种特殊的文体。其中《喻老》创造性地以寓言故事来阐发《老子》的哲理，更是韩非个人的发明。尽管我们还不能说韩非已有了明确的文体创新意识，但不可否认的是，这些文章形式一经产生便定型化，从而开启了新的体裁。韩非笔下的寓言，既包括《说林》《储说》等寓言专集，也包括《喻老》等其他篇章中的寓言，其总数至少在300则以上，这也标志着中国寓言的独立。

三、史传散文——内容坚实——伴随经验失效而淡出

龚自珍说过："欲要亡其国，必先灭其史。"一个没有历史记忆的民族是没有生命力的民族。因此，历史不只是回顾往事，更应该面向未来。人类记录历史并不仅仅是为了历史本身。比如说中国的六经，原本是先秦的各种社会生活史料，《诗》是周代民歌以及贵族的乐章，《书》是虞夏商周四代的官方文告，《礼》是贵族礼仪的汇编，《乐》是配合礼仪的乐章，《易》是卜筮用书，《春秋》是鲁国的编年史。但是，这些素材经过孔子的选择、整理和加工，其人文内涵得以提升和凸现，已不再是史料的简单汇集，如《书》的德治思想、《春秋》的人本思想、《易》的变易思想、《礼》和《乐》的教化思想等，被人们看作是"恒久之至道，不刊之鸿教也"[1]，因而被称为"经"。孔子用六经所体现的人文思想教育学生，并将它作为君子修身和国家治乱的标准。孔子说："入其国，其教可知也。其为人也，温柔敦厚，《诗》教也；疏通知远，《书》教也；广博易良，《乐》教也；絜静精微，《易》教也；恭俭庄敬，《礼》教也；属辞比事，《春秋》教也。"[2]孔子的这一思想奠定了中国学术的底蕴，司马迁、班固以下的历代史家对此都予以高度赞许。由于"六经皆史"之说的盛行，学术界每每将经学等同于史学。这种说法有其合理的一面，但也在一定程度上抹杀了经本身的特点。如《春秋》记载史事，并不像西方史著那样，注重时间、地点、人物、结果等要素。这些要素，早在甲骨卜辞中就已基本具备了。《春秋》记事，强调通过对人物的不同称呼等形式，来表示史家的褒贬，强调历史事件的警示作用，贯穿着防微杜渐的意识。孟子说："孔子作《春秋》而乱臣贼子惧。"班固说："孔子著《春秋》而乱臣贼子惧，梁竦作《七序》而窃位素餐者惭。"可见，记录过去可以警示未来。[3]

---

[1] 《文心雕龙·宗经》，赵仲邑《文心雕龙译注》，漓江出版社1982年版。
[2] 《礼记·经解》，胡平生、陈美兰译注《礼记孝经》，中华书局2007年版。
[3] 在西方也有类似的观点，塔西佗的历史著作被后人称为"惩罚暴君的鞭子"，塔西佗自己也说："我认为，历史之最高的职能就在赏善罚恶，不要让任何一项嘉言懿行湮没不彰，而把千秋万世的唾骂，悬为对奸言逆行的一种惩戒。"

第十七章 ◆ 化成天下莫尚乎文

中华民族是一个喜欢回忆历史、慎终追远的民族,一个善于在冬日的阳光下或者漫长寒夜的火炉前聚集一起,讲述前朝的旧事,暖融融地回想往事,反刍与回味那些在悠悠岁月里风干的陈年旧事的民族。满怀对祖先的追思和敬仰,缅怀那些久逝的人事,历史便在这种时光中诞生。中国人历史意识浓厚,其思维方式是典型的经验型而不是先验型。据考古发现和文献记载,夏代前夕已经有了史官。当时史官分左史、右史等。一般认为,左史记言,右史记事,各有所司。这种传统延至后代。比如《尚书》记言,《春秋》记事,此时的历史记载,文字古朴简洁。至春秋末战国之世,即便是战火四起,杀戮泛滥,在刀光剑影中,人们仍然没有忘记给子孙们留下记忆。修史之风盛行炽烈,史籍大兴,出现了"百国春秋"的局面。此时的创作,既记言又记事,言事相融,篇幅加长,内容详赡,记事曲折,写人生动,富于文采。代表作是《左传》和《国语》。战国中后期,以《战国策》为代表,它采取国别体,吸取《左传》《国语》的创作技巧并加以发展,使历史散文发展到新的高峰。由于当时文史哲界限不清,人们的思维还带有文明史初期具象思维的诸多特点,因而其历史散文带有极强的文学特色,大都注意将神话、传说渗入史籍,使历史事件故事化;注重描写与人物特征刻画,使历史人物形象化;对事件进行褒贬评价,使记言叙事声情并茂。后来各朝各代,无不把记载历史视为天大的事情。司马迁《史记》、班固《汉书》、范晔《后汉书》、陈寿《三国志》、刘知己《史通》、司马光《资治通鉴》等皇皇巨著,成就了一个历史浩瀚的泱泱大国。人们将记忆铸在钟鼎上,刻在竹简上,或藏之名山,或深埋九泉。一个对历史重视的民族,一定是厚爱子孙的民族。一个乐于把自己所作所为告知后世的祖先,一定是自信的祖先。历史是耐读的,常读常新。

历史研究者常常基于这样一个观念,那就是每一个事件都有因果,都是必然。似乎都是上帝深思熟虑的安排,每一个历史事件都有脚本,都有导演,都有演员精确无误的表演。每一个历史学家都以捍卫真相的姿态来窥视历史,坚定地相信自己是历史真实的守护神。但历史更多的是由诸多偶然因素构成的。胡适说:"历史是任人打扮的小姑娘。"英国历史学家爱德华·霍列特·卡列在《历史是什么》一书中说:"历史是历史学家的经验。历史不是别人而是历史学家'制造出来'的;写历史是制造历史的唯一办法。"[①]为了使一段段尘封的历史在支离破碎的典籍里复活,人类付出了极大的努力。每个朝代都要求修订史书。每一次修订,都是一次历史的重塑。历史更应该是一出闹剧。不管导演如何精心,演员们还是各有各的个性。经验告诉我们,人类的记忆实在是不值得称道,常常是今天就搞不清昨天都干了什么。一个人

---

① 爱德华·霍列特·卡列:《历史是什么》,商务印书馆 1981 年版,第 19 页。

对于自己短暂的一生尚且难以认识清楚,何况是世事纷纭的历史呢?如果历史真的能够复活,那么今天的历史书和各种研究文献就会变成像小品一样的幽默。

中国的学术传统历来文史不分家,但事实上历史与文学在本质上是两个根本不同的范畴,一个以求真为立命之本,一个以求美为生存之道,其价值指向完全不同,但二者却在中国的历史文本中和平共处,这是中国历史叙事的独特之处。中国早期的叙事是以历史典籍为其本体的,因而历史属性是其核心价值。最早的历史典籍《尚书》和《春秋》,专门记载王朝、诸侯的诰命和大事记,一为记言,一为记事,以言事分记为特征。《左传》作者摒弃了言、事分记的"古法",使记言与记事并行不悖,在博考旧史、广采佚闻的同时,又合理剪裁,完善繁简,展现了春秋波澜壮阔的历史画卷。而其"言事相兼"的手法,既是史家对以往历史叙事的延续,又是著史方法论上的一次重要突破。正如梁启超在《中国历史研究法》中所言,《左传》叙事,"第一,不以一国为中心点,而将当时数个主要的文化圈,平均叙述。第二,其叙述不局于政治,当涉及全社会之各方面。对于一事典章与大事,固多详叙;而所谓琐语之一类,亦采集不遗。故能写出当时社会之活态,予吾侪以颇明了之印象。第三,其叙事有系统,有别裁,确成为一种组织体的著述,对于重大问题,时复溯源竟委,前后照应,能使读者相悦以解"。新的历史视野赋予《左传》作者以新的学术视点和叙事手段,他在撰书过程中已经具有了从某种历史联系的角度来统筹规划、取舍剪裁的意识,显示了史家在审视与把握历史上的一次重大进步,同时也表明了历史叙事在方法论上的一次飞跃。

众所周知,司马迁写《史记》往往笔端含情,在历数历史人物的命运遭际时,常常感同身受,写到痛心处,不免悲愤哀怨,也因此在叙事文学领域被奉为抒情典范。《史记》不是陈列历史,也不是陈述历史,而是上演历史,是以复活人物来复活历史,其文学特质也就不言而喻了。温彻斯特就文学与历史二者的转换原理做了如此评论:"史之成为文学者,正是其激动感情之力为耳。而《左传》《史记》之为文学,乃古今所公认,其故是《左传》《史记》叙述结构,多诉诸感情耳。本来,文学表达与历史记载,亦有其区别,前者目的在于求美,辞章愈优美,旋律愈起伏愈佳;后者目的在于求真,故事愈近事实,愈近真理愈好。简言之,前者为抒情动感,后者为传知表信。就其语言而论,前者为负荷情意的江流,后者为装载概念的舟车。然二者并非绝对冲突,譬如《左传》、《史记》即将二者兼容并蓄。"①的确如此,《左传》不仅"求真",也具有突出的审美价值,其生动曲折的故事情节和个性鲜明的人物形象,以及富有激情并颇具文采

---

① 游信利:《史记方法论·绪论》,台北文史哲出版社1988年版,第1页。

的叙述语言,是它最具文学性的地方。在《春秋》中寥寥几个字的事件,在《左传》作者的笔下,常常演绎成一段内容充实、结构完整、情节跌宕的历史故事。刘知几《史通·模拟》篇里说:"左氏之书,叙事之最。"刘熙载也说:"左氏叙事,纷者整之,孤者辅之,板者活之,直者婉之,枯者腴之,剪裁运化之方,斯为大备。"①可以说,《左传》的出现,标志着中国史学叙事和文学叙事的发展进入了一个新的时期。

与《左传》几乎同时的《国语》是各国史料的汇编,虽以记言为主,但往往也是"言事相兼"。《国语》有少数篇章,相对《左传》更富有戏剧性和幽默感,甚至颇有小说笔法,如《晋语》记姜氏与子犯谋醉重耳一段,其情节之曲折生动、人物描写之精彩传神、生活气息之浓厚,是在《左传》之上的。

《战国策》作为继《国语》之后的又一部国别体史书,是三部史书中最富于文学性的。虽然《战国策》依然是研究春秋战国时代的重要史料,但它已非一般意义上的史书,它的文学价值甚至超过了史学价值。先秦历史文本作为中国叙事文学的原点是非常值得关注的。中国文学传统一向以诗与史为正统,类似于词为诗余,曲为词余一样,也倾向于把小说视为史余,因此学术界对小说叙事艺术的研究较少关注,更遑论历史叙事的研究。②

中国的历史文本一向以"实录"为最高价值理想,但又有多少历史是真正意义上的原生态历史呢?对此美国学者浦安迪在《中国叙事学》中指出:"中国正史叙事者似乎总是有一幅'全知全能者'的姿态;然而这种全知全能却只是局限在冠冕堂皇的庙堂里。它的触角甚至伸不进皇家的后院,当然更难看见'处江湖之远'的草民百姓的众生相,一种纯客观的叙事幻觉由此产生,并且成为一个经久不坏的模式,从史官实录到虚构文体,横贯中国叙事的各种文体。"

虽然浦安迪所指是中国正史的叙事,但这也同样适用于正史前的历史叙事。在《左传》中,你会看到叙述者的触角无所不在,"时而在鲁国观察一段内乱,时而到郑国窥视其宫闱秘事,时而又在中央王朝记录已衰落不堪的周王室如何与离心离德的诸侯小心翼翼地打交道。显然,在史料来源和涵盖面及史料的真实性、权威性方面,这位史官身份的叙述者拥有着比书中任何人物、比当时或后代的任何读者都要雄厚得多的叙事资本,他的叙述也便成为那个时代一份真实可信的历史文本"③。

有研究者认为,《左传》深层的叙述结构是以伦理道德为支点的,它常把道德意义作为事件发展的逻辑根据。如《春秋》记载了鲁隐公元年发生的一件事:"郑伯克

---

① 刘熙载:《艺概》,上海古籍出版社 1978 年版。
② 参见李措吉:《中国散文》,同济大学出版社 2007 年版。
③ 丁琴海:《左传叙事视角研究》,《山东社会科学》2002 第 3 期。

段于鄢"。《左传》对这个标题式的记录加以扩充,不仅详细叙述了郑庄公和兄弟共叔段之间矛盾的发生、发展和结果,而且对事件发生发展的内在根据作出了自己的解释。这就是郑庄公回答祭仲的担心时所说的那句话:"多行不义,必自毙,子姑待之。"这句话实际上既从郑庄公的角度解释了共叔公必然失败的道德原因,也暗示了庄公自己居心叵测的一面。后来整个事件的发展就是按照这种解释进行的:一方面是骄横的共叔段步步扩张,叛逆之心逐渐显露;另一方面是郑庄公步步为营,小心戒备并积蓄着自己的力量。随着事件的发展,两方面的力量就这样相反地消长着,直到最后共叔段的反叛和郑庄公的致命一击,便成为整个事件最后水到渠成的结果。战后,庄公将母亲软禁在城颍,并发誓再不相见,后来又后悔了。怎么办呢?一面是孝道,一面是君无戏言,庄公很是纠结。有个叫颍考叔的地方官吏,别出心裁,设计了一出不无闹剧之嫌的母子会。正如后人所言:"黄泉誓母绝彝伦,大隧犹疑隔世人。考叔不行怀肉计,庄公安肯认天亲。"对此《左传》的作者援引《诗》予以高度评价——"颍考叔,纯孝也,爱其母,施及庄公。《诗》曰:'孝子不匮,永锡尔类。'其是之谓乎?"①这种以道德意义作为事件发展或战争成败的逻辑根据而展开的叙述,是《左传》普遍的内在结构。最明显的,是对于各国间频繁的战争,作者总是要首先辨明双方在道义上的是非曲直,然后以此为逻辑起点安排叙事的结构,并将最后的胜负结果与道义直接联系起来,企图说明正义之师必胜的道理。由此可见,《左传》的时代"古礼犹存",这不仅给它的文风带来了一种含蓄委婉的特征,而且带给它的叙事以独特的评判视角。②但这样的道德神话史观最终被礼崩乐坏的现实所击碎,绝对的道德至上与道德完胜的历史神话最终随着贵族精神的没落而成为子虚乌有,随着宋襄公绝对的君子之风成为"蠢猪式的仁义"(毛泽东语)而贻笑大方。这样的历史叙述也寿终正寝。③

四、两汉散文——气势恢宏——伴随帝国瓦解而荒废

公元前221年,秦朝统一中国,建立起历史上第一个强大的、中央集权的封建

---

① 高小康:《论中国古代叙事文学的深层结构》,中山大学学报2005第2期。
② 对《左传》是自成体系的历史著作还是解释《春秋》之作颇有争议。从《左传》整个的谋篇布局和格局体例看,它打乱了整个的时间顺序,特别重视一种因果关系的传达,似乎不是按照史书的写法来写的。也许从"释经之传"的角度着眼,这种特点才能得到一个合理的解释。
③ 《十三经注疏》本《左传》:冬十一月己巳朔,宋公及楚人战于泓。宋人既成列,楚人未既济。司马曰:"彼众我寡,及其未既济也,请击之。"公曰:"不可。"既济而未成列,又以告。公曰:"未可。"既济而后击之,宋师败绩。公伤股,门官歼焉。国人皆咎公。公曰:"君子不重伤,不禽二毛。古之为军也,不以阻隘也。寡人虽亡国之余,不鼓不成列。"

专制王朝。秦代整个思想文化呈现出荒芜的状态。刘勰说:"秦世不文。"①鲁迅说:"秦之文章,李斯一人而已。"②李斯《谏逐客书》语言极富文采,排比铺陈,辞藻华赡,从中可以窥见前代纵横家的文风。刘勰曰:"李斯之止逐客,并顺情入机,动言中务,虽批逆鳞,而功成计合,此上书之善说也。"③文章运用正反对比的论证方法,是非清晰,结构严谨,构思精密,讲究排偶,注重铺陈,追求藻饰,但又注意章法的组织、句型的变换,用词的丰富、准确与贴切,整篇文章有战国之文雄辩的力量、充畅的气势、爱铺排的习尚,但也不那么横放和恣肆,表现了一种追求整饬美、文采美的倾向,也显示出力图把事理的深刻认识和丰富的论证材料都纳入到完美的结构形式中的努力,体现了在结构组织能力、章法技巧的运用、语言文字的驾驭方面更成熟老到的功力,展示了更高的艺术水平。

面对新的时代、新的意识形态,散文的发展更需要探寻新的途径。汉代前期的散文带有明显的政治干预愿望与企图。针对刘邦重武力,轻诗书,陆贾著《新语》,提醒君王守天下不同于打天下,守天下应该重视儒学,"行仁义,法先圣"。贾谊著《过秦论》《治安策》,警示君王避免重蹈秦国灭亡的覆辙。晁错著《言兵事疏》《守边劝农疏》《论贵粟疏》《贤良文学对策》等,提醒君王注重农耕,注重民生。散文开始主要体现统治者的意图,散文成为王纲的灵魂。④

汉代,儒术已成为进入仕途的捷径。先秦列国时代的政治缝隙随着汉帝国的一统天下而消弭,穿梭往来于诸侯国之间的士大夫们没有了朝秦暮楚的机遇和机会。学术思想上那种在诸侯王面前指手画脚、畅所欲言、无所顾忌的局面一去不返,转而为皇权专制下的谨小慎微、趋炎附势、歌功颂德,甚至是唯唯诺诺。⑤ 亦如

---

① 刘勰:《文心雕龙·诠赋》,赵仲邑《文心雕龙译注》,漓江出版社1982年版。
② 鲁迅:《汉文学史纲要》,人民文学出版社1973年版,第31页。
③ 刘勰:《文心雕龙·论说》,赵仲邑《文心雕龙译注》,漓江出版社1982年版。
④ 在《王纲解纽——论中国散文作为一种权力话语》一文中,刘朝谦指出:"一国之最高政治权力,不仅仅是君主对臣民人身的支配权、对财富的分配和占有权、对国土的拥有权等政权实体,对应于国家的王权、治权、管辖权等,王权有一种文本符号的存在形式。"
⑤ 以先秦稷下学宫为例,这个战国时期的学术中心,在齐桓公田午初创时,"设大夫之号,招致贤人尊宠之"(徐干《中论·亡国》)。到齐威王时,"聚天下贤士于稷下,尊宠之,若邹衍、田骈、淳于髡之属甚众,号曰列大夫,皆世所称,咸作书刺世"(应劭《风俗通义·穷通》)。齐宣王更是为稷下学者提供优厚的物质与政治待遇,"开第康庄之衢",修起"高门大屋",政治上,授之"上大夫"之号,享受大夫的政治地位和政治待遇。勉其著书立说,展开学术争鸣,鼓励他们参政、议政,吸纳他们有关治国的建议和看法,因此,吸引了众多的天下贤士汇集于稷下。对此,《史记·田敬仲完世家》说:"宣王喜文学游说之士,自如邹衍、淳于髡、田骈、接子、慎到、环渊之徒七十六人,皆从列第为上大夫,不治而议论,是以稷下学士复盛,且数百千人。"可见当时的学术地位与学术自由。这样宽松的学术环境是列国多元政治格局造就的,失去这个条件,一切无从谈起。汉代贾谊、晁错的悲剧便是信号。

季节转变一般,文风也随之一变。

"西汉鸿文"为历代古文家所敬仰,是散文史上又一个有重大影响的散文创作高潮。作家们面对大一统的时代,他们的任务就是帮助统治者选择和确定有利于巩固新制度的治世原则,构筑适应新制度的上层建筑,解决现实社会中所存在的种种问题,因此文章创作呈现出强烈的务实性。汉初陆贾、贾山等人的政论、奏疏又是西汉政论文的先声。陆贾的《新语》是现在保存下来的最早的西汉政论作品。贾山上给文帝的奏疏《至言》,借秦为喻,言治乱之道,初现西汉政论文章之务实本色。在政论文的写作方面足以代表汉初最高成就的是贾谊,他不仅是政论家,也是出色的辞赋家,所著《过秦论》是后代专题政论的开山之作。全文分上、中、下三篇。总结了秦代政权迅速灭亡的教训——"仁义不施,而攻守之势异也"。从其气势、铺排可见其中既体现了对前秦诸子善于从实践经验中概括出理性原则的传统的继承和发扬,又体现了战国文风诸如《孟子》《战国策》的影响。这种文风对以后的司马迁、韩愈、苏洵等都有直接的影响。《治安策》是西汉政论文中的鸿篇巨制,针对西汉初年的政治形势,作者深表忧惧,直率陈词:"臣窃惟事势,可为痛哭者一,可为流涕者二,可为长太息者六。"不无预见性地警告说,眼下的局势"抱火厝之积薪之下而寝其上,火未及燃,因谓之安,方今之势,何以异此"[①]!全文感情沉郁,思虑深切,说理透辟,逻辑严密,气势恢宏,体现出强烈的主体参与意识,对后代散文影响很大。与《过秦论》相比较,它更多的是针对现实政事,剖析具体性的问题。同时因为就事立论,所以一件事情一个中心,条理清晰。此特色是贾谊首创,而后成为汉文的基本特色。《论积贮疏》论重粮贮粮的重要性,它的实用性远远超过了它的文学艺术性,以其思想的深刻、议论的剀透为人们所重视。

随着汉赋的兴起,论说散文逐渐出现了铺陈排比的特色,再加上写作散文的大都是辞赋家,所以出现了很多以辞赋之笔写就的散文。《文心雕龙·时序》中概括这个时期的文学成就说:"逮孝武崇儒,润色鸿业,礼乐争辉,辞藻竞骛。"如枚乘的《谏吴王书》,司马相如的《谕巴蜀檄》《难蜀父老》《上书谏猎》,吾(虞)丘寿王的《议禁民不得挟弓弩对》,主父偃的《上书谏伐匈奴》等。随着汉帝国的日渐强盛,学术文化也随之复兴,汉武帝"建藏书之策,置写书之官,下及诸子传说,借充秘府",于是"天下遗文古事,靡不毕集太史公",因此产生了庞大的作家群和数量众多的作品。据《汉书·儒林传》:"天下学士,蔚然向风。""公卿大夫士吏,彬彬多文学之士。"蔚然成一代文风。

[①] 据《汉书》本传记载:"是时匈奴强,侵边。天下初定,制度疏阔。诸侯僭拟,地过古制。淮南、济北王皆为逆诛。谊说上书陈政事,多所欲匡建。"

第十七章 ◆ 化成天下莫尚乎文

淮南王纠集门下学者编辑了《淮南子》，诚如高诱所言："其旨近《老子》，淡泊无畏，蹈虚守静，其文也，富物事之类，无所不载。"可以说是一部杂家著作。为了追求"博"与"要"、"事"与"道"的统一，他们尽量把博杂的内容纳入一个完整的体系之中，体现了探寻自然社会发展总体性原则和规律的努力，在文章组织构造上也比《吕氏春秋》体系更为严整。在论证中把哲理和实证性的事实结合起来的论说方式，牢笼天地，包举宇宙的论说领域，是论说散文发展的新趋向。《淮南子》上承战国诸子传统和《吕氏春秋》体制，文中引用了大量的历史故事和神话传说，虚构了一些寓言，语言形式上注重文采，追求俳俪。这种语言形式体现了当时散文辞赋化的趋势，也是后世追求形式美，散文走向骈俪化的开端。

"三年不窥园"的董仲舒，是汉武帝"罢黜百家，表章六经"过程中的重要人物。他以儒家思想为基础，兼采阴阳、道、法诸家写出了《春秋繁露》，其《贤良对策》代表西汉后期政论文的新发展。董仲舒不再着眼于具体的历史和现实问题进行论证，而是从道的原则和《春秋》之义出发来阐述问题，认为"道者，所由适于治之路也，仁义礼乐皆其具也"，针对武帝提出的十多条问题，他都一一归结到形而上的理论原则上，难免迂阔而不及实用，其"本经立义""具以春秋对"的论证方式，对其后政论文体的演变也产生了不良的影响。从事论说文写作的还有刘向、刘歆父子，扬雄、贡禹、鲍宣、谷永、王嘉、赵充国、贾捐之等，其中不乏优秀之作，都有一定的影响。刘向《谏营昌陵疏》曾被人称赞为"西京第一书疏"。奏疏针对当时汉成帝修建昌陵，"天下虚耗，百姓疲劳"的状况，奉劝汉成帝效法先圣前贤"去坟薄葬，以俭安神"。对此后代评价甚高，誉之为："其言必旁喻远引，不为简捷直致，所以乎化人主，使侵注滋润入其言而不觉也。可谓善于立言，善于告君矣。"

司马谈以道家为基础，全面总结先秦诸子，写出了高屋建瓴的《论六家要旨》。司马迁"史家之绝唱，无韵之离骚"的《史记》，囊括了汉代文化之大成。章培恒、骆玉明在其主编的《中国文学史》中指出，代表西汉前期散文主流的，是一批为中央政权服务的政治家写作的具有强烈时代特征的政论散文。无论所论急切还是委婉，所重的是王道或者霸道，还是王道与霸道的结合，都以国家利益和皇权为中心，形成的文章即政论文体现了作家不同的思想倾向，也注定了散文的历史之源即王纲的文本形式。

与先秦文学相比，汉代散文出现了深刻的历史性变异，即"政论散文、史传散文的文学质素衰颓，而经学质素勃发，作家创作的取向同作为社会主流意识形态的经学愈来愈达成深刻的一致；而汉初作家对极致状态的审美追求，则日益被根植于经学修养的学问道德之气超越"①。从审美的角度说,汉代散文以史传的成就最高,其次就是政论文,这得自于不同于先秦的时代背景和思想文化。战国是百家争鸣的时代,各家有各家的价值准则;而汉代定儒术为独尊,从而决定了以后两千年的古代散文中"文以载道"、"文以明道"的基本准则。作家纷纷以天下为己任,以天子为主要的建言对象,考虑的是全局性问题,而不是地区性问题,以较战国诸子更广阔的视野来审视现实,由此形成了包举宇内、囊古括今、以大为美、铺张恢宏的文学风格。

从汉武帝后期,汉家由极盛而转衰,再加上谶纬迷信的猖獗,激情满怀的文人颇受挫折,心情转向黯淡迷茫,至宦官外戚交替专权,文人无所出路而唯有失意悲歌,清谈人物。党锢之祸,军阀混战,使文人"修身齐家治国平天下"的人生理想屡屡破灭,"思建事功而不得遂",壮志难酬的哀痛和生不逢时的悲叹溢于文外。"盛世的失落,失落后的悲伤,是汉代文人心灵世界带有主导性的方面。"②东汉论说文总体上呈现出低落与新变的特点,风格上继承了从晁错开始的朴素文风,不再追求语言的铺张华美,而致力于思想性和现实性。同时文章的题材有了进一步的扩充,语言上尚正求工的风气渐渐形成,骈偶化倾向日渐严重。

柳宗元曾指出:"殷周之前,其文简而野,魏、晋以降,则荡而靡;得其中者汉氏,汉氏之东则既衰矣。"西汉政权覆亡后,刘秀建立东汉王朝,儒学今文经学被神化、谶纬化。东汉前期,社会经济得到了迅速恢复与发展,整个国家处于强大、蓬勃发展的时期,士人多思想积极进取,重节气,讲操守,充满了时代自豪感和自信心。这个时期的散文家有写下了与《史记》相提并论的伟大散文著作《汉书》的班固,有出身贫寒、反抗压迫、反对思想界的荒诞迷信并著有《论衡》的王充,有批判宗教化、图谶化、庸俗化的经学学风,批判不合理的政治现实并著有充满学术理性精神的文章《新论》的桓谭③,另外还有冯衍、马援等。他们文章中的伦理道德,引经据典已经盖过了个体的声音,司马迁笔下的民主性批判性更是微乎其微。至东汉后期,统治集团内部宦官和外戚之争日益激化,边境的民族矛盾、内部的阶级矛盾,加之军阀割据混战,错综复杂,千头万绪。伴随汉帝国大一统的式微,独尊天下的儒家思想也开始崩溃,各种学说应时而生,其中道家超脱隐逸的思想更是流行。饮酒放荡、

---

① 常森:《二十世纪先秦散文研究反思》,北京大学出版社 2002 年版,第 261 页。
② 詹福瑞:《盛世悲音——汉代文人的生命感叹》,河北大学出版社 2001 年版,第 8 页。
③ 桓谭著《新论》29 篇,自谓"述古兴今,亦欲兴治也"(《后汉书·桓谭传》)。从今存佚文看,《新论》内容十分广泛,既总结历史教训,且评论时政,又述切身经历,观点多出己见。写法上叙议相间,似随笔、札记,行文不拘束,不讲雕饰,别成一种自然、从容、质朴的风格。桓谭性喜批判俗儒,言无避讳,尤其是反对谶纬,其批判精神对东汉王充有直接影响。

及时行乐几成时尚。"清议"的出现和"党锢之祸"的发生对东汉后期文人的思想变化起了非常重要的作用。散文创作上一些接近下层的文人写了一些政论专著,如王符的《潜夫论》、崔寔的《政论》、仲长统的《昌言》等,比较系统地暴露了当时社会各方面的严重问题,但并没有在文中提出解决的方法,文章也真实地反映了当时文人士大夫们的思想面貌。此外还有孔融、陈琳、曹操等一些官场风云人物所写的散文,风格上具有独特的生气。在政治、经济、文化各方面发生剧烈变化的时代,意味着新思想、新风气即将取代旧传统、旧教条,意味着政治动乱而思想活跃、文学创作更加自觉的时代即将到来。《法言》的作者扬雄本是辞赋大家,但到晚年自悔作赋是"童子雕虫篆刻",无补于规谏,将创作转向了学术著作,除了《法言》外,还有《太玄》《方言》《训纂》《州箴》等。王符、崔寔、仲长统作为东汉优秀的散文家,有着"汉末三子"之称。在宦官与外戚交替专权,党祸频仍,社会危机日益深重的环境下,他们创作了一批清议文章,在文中密切关注社会政治,指切时弊,猛烈地抨击谶纬迷信,为集权专制压抑下的文人倾吐了盛世不遇的悲痛与失落。生活于汉和帝、安帝时期的王符出身寒微,性格耿介,因不得仕进,愤而隐居著书,因其不愿彰显名声,命名其书为《潜夫论》——是体现东汉议论文章主导倾向最具代表性的著作。全书以时俗流弊的批判为主,内容上务求切实,形式上务求规整,行文上声色不壮,波澜不大,而表达明晰、条畅、细密。广泛涉及了当时的政治、经济、用人、边务、世俗、教化、修养诸方面,同时也饱含着作者的激愤与不满之情。散文发展从西汉以来的质朴雄厚逐渐转向魏晋以来的清丽典雅,东汉末年的最后一位文章大家蔡邕是这个转折时期的代表人物。蔡邕多以其书法而扬名,又因精通音律,长于骈赋,既是六朝骈文的先导,留下了不少"缀丽辞以成章"的赋作;又是碑体文的高产者,除了溢美之词,也发表政治议论,影响不小。刘衍《中国古代散文史》中指出:"东汉后期的散文作家也有一个群体,如崔骃、李固、陈蕃、赵壹、弥衡、郑玄等。除个别作品之外,大多内容卑弱,非上乘之作,可谓强弩之末,难以与前代作家作品相比肩。"[①]

五、六朝骈文——语言精致——伴随士族没落而衰败

汉以前的文学是质胜于文的,汉以后的文学是文胜于质的。中国文学的唯美主义肇启于汉代,而汉大赋首开先河,至南朝登峰造极。中国历史上的魏晋时期是一个充满着睿智和哲思的时代,宗白华称之为"精神史上极自由、极解放,最富于智

[①] 参见李措吉:《中国散文》,同济大学出版社2007年版。

慧、最浓于热情的一个时代"①。实际上,整个六朝特别是西晋以降,随着文笔的区分、声律说的发明以及骈赋的流行,追求语言的声态色泽之美成为一种时代潮流。魏晋论文的骈俪化倾向十分明显,而且"自西汉末叶以来,已经有以骈体为论说之趋势"②,以骈文而论,它发端于先秦,形成于魏晋,至南北朝大盛,此后一直延续不衰。③ 作为一种唯美文学,骈文十分重视对偶、声律、用典和辞采,重视美感。它的出现,突破了早期散文过于古朴简单的格局而向形式美方向发展,并且日益精致,日益华美,从散文的艺术特质说,这无疑是一种进步。但是发展到后来,弊端也随之而生。一意追求华丽辞藻,内容难免空虚浮泛。风气所及,甚至于内容艰深的学术著作也均用骈文。代表性的如陆机的《文赋》、刘勰的《文心雕龙》等。加之一些帝王也乐此不疲,推波助澜,最终形成蔚为大观的一代文种。④

六朝骈文是主流文学雅化过程的典型标志,其形成原因十分复杂。概而论之,清谈、玄学及精神叛逆等合力作用,可视为主导因素。对此,方孝岳指出:"本来在那个时候(魏晋六朝)清谈的风气之下,大家说话,无不讲究极端的漂亮,以口舌取人。"⑤确实,清谈虽以辩论玄理为主,但要折服对方,也需要用妙言丽句为自己的观点生色增辉。像支遁、谢安之所以能成为清谈的领袖人物,除了与他们深研玄理相关,其清谈语言的"才藻新奇,花烂映发"、"叙致精丽"和"才峰秀逸"⑥也是一个不容忽略的因素。裴遐与郭象谈论,而使一座尽服,其"音词清畅,泠然若琴瑟"⑦的动人语言,当然是发挥了不小的作用。特别是清谈发展到后来,追求清谈语言的声态色泽之美,更成为一种行内时尚,谈者妙语连珠,听者意醉神迷,有时甚至连所辨析之名理也未遑顾及。

针对六朝骈文的讨伐,代出不穷。无论是刘勰"俪采百句之偶,争价一句之奇,情必极貌以写物,辞必穷力而追新"⑧的指责,抑或是李谔"江左齐、梁,其弊弥甚,贵贱贤愚,唯务吟咏。遂复遗理存异,寻虚逐微,竞一韵之奇,争一字之巧。连篇累

---

① 宗白华:《论〈世说新语〉和晋人的美》,《美学与意境》,人民出版社 1987 年版,第 183 页。
② 瞿兑之:《中国骈文概论》,《中国文学八论》第三种,北京中国书店 1985 年版,第 15 页。
③ 例如唐代前期的章、奏、表、启、书、说多用骈体写成,从贞观初至开元末的 110 余年间,策文全是骈体,无一例外,足见这种文体影响之深。
④ 如《南齐书·王俭传》云:"宋武帝文章,天下悉以文采相尚。"此类例证颇多,详参刘师培《中国中古文学史》第五课《宋齐梁陈文学概略》甲《宋代文学》。刘师培据此在案语中说:"宋代文学之盛,实由在上者之提倡。"
⑤ 方孝岳:《中国散文概论》,刘麟生《中国文学八论》,北京市中国书店 1985 年版,第 32 页。
⑥ 刘义庆:《世说新语·文学》,沈海波译注《世说新语》,中华书局 2009 年版。
⑦ 赵翼:《廿二史札记》卷八,曹光甫校《二十史札记》,凤凰出版传媒集团凤凰出版社 2008 年版。
⑧ 刘勰:《文心雕龙·明诗》,赵仲邑《文心雕龙译注》,漓江出版社 1982 年版。

牍,不出月露之形,积案盈箱,唯是风云之状"①的谩骂;无论是王勃"争构纤微,竞为雕刻""骨气都尽,刚健不闻""思革其弊,用光志业"②的感叹,抑或是陈子昂"文章道弊,五百年矣。汉魏风骨,晋宋莫传,然而文献有可征者。仆尝暇时观齐梁间诗,彩丽竞繁,而兴寄都绝"的感慨,矛头所指,皆不满骈文之华而不实。而唐宋以后的古文家在昭示古文门径的时候,也往往侈言跨越六朝,直接秦汉。宋代苏轼便极力推崇韩愈"文起八代之衰,而道济天下之溺",又说"自东汉以来,道丧文弊"。③但细加考察,大多表里不一。一方面是破口大骂,一方面又身体力行。其实,八代的文何尝衰?八代的道何尝溺?正如姚鼐门人吴启昌在刊刻《古文辞类纂》的序中所说:"夫文辞之纂,始自昭明,而《文苑英华》等集次之。其中率皆六代、隋唐骈丽绮靡之作。"这里所谓的绮靡之作,主要指的就是骈体文。这也从一个侧面反映出历代选文家对此的偏爱与执著。虽然吴启昌有"知文章者,盖摈弃焉"的审美新解,但这样一棍打死的否定又难免有自我标榜之嫌。通观宋元明清的古文创作与古文理论,我们确实应该意识到:如何合理地评价魏晋论体文的创作成就,如何确立魏晋论体文在中国散文史上的地位,如何从清谈与论体文的关系中探寻其独特的文化品格和学术内涵,这些问题是值得散文学界来共同思索的。④

六、古文运动——思想整饬——伴随民族征服而终结

范文澜先生认为,唐时"北方文风与南方文风在文苑中展开争夺战,北方文风逐渐取得优势。唐文学的精华,就是北方文风占优势的那一部分文学"⑤。在唐代,散文的发展变化与诗歌的发展变化并不同步。当诗歌已经高度繁荣的时候,散文的文体文风改革才开始。文体文风的改革,自内容言,是明道载道,把散文引向政教之用,和当时的政治形势有密切的关系;自形式言,是由骈体而散体,是散文自身发展的一种要求。这是一次有目的、有理论主张、有广泛参与度并且影响深远的文学革新运动,后人习惯上称之为"古文运动"。西魏的苏绰和隋代的李谔,都提出过文体复古的主张,但都未尝产生实际的影响。⑥ 自唐初以来,不断有人对骈体文风提出批评,如杨炯指斥龙朔文风是"争构纤微,竞为雕刻""骨气都尽,刚健不

---

① 魏徵:《隋书·李谔传》,中华书局 2008 年版。
② 杨炯:《王勃集序》,郭绍虞《中国历代文论选》(四卷本),上海古籍出版社 1979 年版。
③ 苏轼:《韩文公庙碑》,徐中玉主编《古文鉴赏大辞典》,浙江教育出版社 1995 年版。
④ 为骈体文辩护,可以以刘师培为代表,他有感于桐城派古文远离正宗,偏于左道,力倡骈体为正宗。
⑤ 范文澜:《中国通史》第四册,人民出版社 1978 年第二版,第 268 页。
⑥ 北魏苏绰撰写《大诰》,以之作为文章程序;隋文帝时,李谔上书请求规范文体,主张依据儒家经典为文。

闻"①;陈子昂也明确指出应继承"汉魏风骨",反对"采丽竞繁,而兴寄都绝"②。天宝中期以后,元结、李华、萧颖士和继之而起的独孤及、梁肃、柳冕、权德舆等人,围绕文体文风的改革进行了反复的理论探讨,相继以复古宗经相号召,以古文创作为旨归,倡导文体改革,反对浮靡文风,影响深远。③ 但文体革新思潮的真正出现,则是在安史之乱以后。士人怀着强烈的忧患意识,欲思变革,以期王朝中兴。④ 陆质、王叔文、吕温、韩愈、柳宗元、刘禹锡、李绛、裴度等振臂呐喊,遥相呼应,表现出改革现实的强烈愿望。韩愈以孔孟之道的继承者和捍卫者自居,主张重新建立儒家的道统,他声言:"使其道由愈而粗传,虽灭死而万万无恨。"⑤当然,韩愈弘扬儒家道统的基本着眼点在于"适于时,救其弊"⑥。在韩愈看来,当时最大的现实危难乃是藩镇割据和佛老蕃滋,前者导致中央皇权的极大削弱,后者蛊惑人心,以紫乱朱。为此韩愈撰写了以《原道》为代表的大量政治论文,力主君臣之义,谨守华夷之防,对藩镇尤其是佛老进行了不遗余力的抨击。韩愈、柳宗元倡导文以明道,经世致用。围绕这一主旨,他们提出了一系列明确且具现实针对性的古文理论。

概而论之,古文运动有如下主要内容:其一,力主"文以明道",将"道"置于诗文的核心地位。其二,在坚守"文以明道"的同时,也充分重视"文"的作用。⑦ 其三,重视话语创新,标举"自树立,不因循"。⑧ 其四,重视作家的道德修养和文章的情

---

① 杨炯:《王勃集序》,郭绍虞:《中国历代文论选》(四卷本),上海古籍出版社1979年版。
② 陈子昂:《与东方左史虬修竹篇序》,郭绍虞:《中国历代文论选》(四卷本),上海古籍出版社1979年版。
③ 也许是受到这些理论家们改革文体文风主张的影响,宝应二年(763年),杨绾和贾至都提出了废诗赋、去帖经而重义旨的科举改革意见;建中元年(780年),令狐峘知贡举,制策和对策开始用散体。自此以后,历年策问,皆散多而骈少。这说明文体的改革已为朝野所普遍接受。
④ 目睹混乱的政局,文人学士无不忧心忡忡,改革时弊的呼声日渐高涨。元稹:"心体悸震,若不可活,思欲发之久矣。"(《叙诗寄乐天书》)韩愈:"报国心皎洁,念时涕汍澜。"(《龊龊》)孟郊:"壮士心是剑,暮思除国仇。"(《百忧》)
⑤ 韩愈:《与孟尚书》,《韩愈文集汇校笺注》,中华书局2010年版。
⑥ 韩愈:《进士策问》其二,《韩愈文集汇校笺注》,中华书局2010年版。
⑦ 韩愈多次提到:"愈之志在古道,又甚好其言辞。"(《答陈生书》)"沉潜乎训义,反复乎句读,砻磨乎事业,而奋发乎文章。"(《上兵部李侍郎书》)柳宗元也说:"言而不文则泥,然则文者固不可少耶!"(《答吴武陵论非国语书》)这种重道亦重文的态度,已与他们之前的古文家有了明显的区别。
⑧ 韩愈认为:学习古文辞应"师其意不师其辞","若皆与世浮沉,不自树立,虽不为当时所怪,亦必无后世之传也"。(《答刘正夫书》)在文章体式上,他主张写"古文",但在具体写法上,却坚决反对模仿因袭,指出:"惟古于词必己出,降而不能乃剽贼。"(《南阳樊绍述墓志铭》)在《答李翊书》中,韩愈概括了他追求创新的三个阶段:开始学习古人时,虽欲力去"陈言",却感到颇为不易;接下来渐有心得,对古书有所去取,"当其取于心而注于手也,汩汩然来矣";如此坚持下去,对古人之言"迎而距之,平心而察之",最后达到随心所欲、"浩乎其沛然"的自由境界。可以认为,倡导复古而能变古,反对因袭而志在创新,乃是韩愈古文理论超越前人的一大关键。

感力量,认为这是为文的根基。①

以韩愈、柳宗元为代表的古文运动的另一重要贡献,是将儒家纲常伦理日常化、世俗化了。只要我们细读韩愈《原道》,字里行间所透露出的生活况味与生命气息,足以说明其审美趣味下移。

是故君者,出令者也;臣者,行君之令而致之民者也;民者,出粟米麻丝,作器皿,通货财,以事其上者也。君不出令,则失其所以为君;臣不行君之令而致之民,则失其所以为臣;民不出粟米麻丝,作器皿,通货财,以事其上,则诛。今其法曰,必弃而君臣,去而父子,禁而相生养之道,以求其所谓清净寂灭者。呜呼!其亦幸而出于三代之后,不见黜于禹、汤、文、武、周公、孔子也;其亦不幸而不出于三代之前,不见正于禹、汤、文、武、周公、孔子也。

夫所谓先王之教者,何也?博爱之谓仁,行而宜之之谓义,由是而之焉之谓道,足乎己无待于外之谓德。其文:《诗》《书》《易》《春秋》;其法:礼、乐、刑、政;其民:士、农、工、贾;其位:君臣、父子、师友、宾主、昆弟、夫妇;其服:麻、丝;其居:宫、室;其食:粟米、果蔬、鱼肉。其为道易明,而其为教易行也。是故以之为己,则顺而祥,以之为人,则爱而公,以之为心,则和而平;以之为天下国家,无所处而不当。是故生则得其情,死则尽其常;郊焉而天神假,庙焉而人鬼飨。曰:"斯道也,何道也?"曰:"斯吾所谓道也,非向所谓老与佛之道也。"尧以是传之舜,舜以是传之禹,禹以是传之汤,汤以是传之文、武、周公,文、武、周公传之孔子,孔子传之孟轲,轲之死,不得其传焉。荀与扬也,择焉而不精,语焉而不详。由周公而上,上而为君,故其事行;由周公而下,下而为臣,故其说长。然则如之何而可也?曰:"不塞不流,不止不行。人其人,火其书,庐其居。明先王之道以道之,鳏寡孤独废疾者,有养也,其亦庶乎其可也。"②

从上述文字中可以看出,韩愈以"相生养之道"来解释儒家伦理哲学,将儒家哲学思想与人间烟火结合起来。这种将抽象的哲学之道、玄学之道、思辨之道、逻辑之道伦理化、世俗化、直观化、形态化,对中国散文审美风尚的影响是深远的,一改散文之严肃呆板,使散文小品化、随笔化,将理趣与意趣和情趣相结合,为后世山水散文、性灵散文开辟了道路。诚如柯庆明先生所言,韩愈所注意的不仅是心性与伦

---

① 韩愈认为:"夫所谓文者,必有诸其中,是故君子慎其实。"(《答尉迟生书》)"养其根而俟其实,加其膏而希其光;根之茂者其实遂,膏之沃者其光晔。仁义之人,其言蔼如也。"(《答李翊书》)韩愈还发展了孟子的"养气说"并断言"气盛则言之长短与声之高下者皆宜"(《答李翊书》)。

② 韩愈:《原道》节录,《韩愈文集汇校笺注》,中华书局 2010 年版。

常的问题,更要广泛地涉及一切百姓日用的生活问题。这种将百姓日用的生活的"相生养之道"与仁义君臣的道德伦常问题系连在一起,而欲以"文"贯"道"的结果,就产生了唐代古文的基本的美学风格:以百姓日用的经验来阐发人伦心性的旨趣。韩柳心目中的"道",皆不仅限于柳冕所谓"盖言教化发乎性情、系乎国风者谓之道",而能遍及一切生活日用的"物",以及"相生养之道"、"生人之理"。所以"文以贯道"或"文以明道"的结果,就走向一种即物穷理、寓言写物的修辞策略,因而导致一种新起的美学风格的确立,使古文运动终于达到了文学上的成功。这种以叙事写物为贯道明道的美学风格,其实乃更是深一层的抒情言志的表现。①

综上所述,中唐古文家自觉的现实关注,把散文当作抒写人生理想、缘情抒愤的文学,业已超越了经世致用的传统思路。他们给传统儒学注入新鲜血液,并赋予了新的使命,使其由"王谢堂前"飞入"寻常百姓家"。针对韩、柳"古文运动"对于中国主流文学的观念的影响,钱穆先生在《杂论唐代古文运动》中指出:"二公者,实乃站于纯文学之立场,求取融化后起诗赋纯文学之情趣风神以纳于短篇散文之中,而使短篇散文亦得侵入纯文学之阃域,而确占一席之地"。所谓纯文学,是相对杂文学而言的。所谓的纯文学,指非功利、重抒情的美文;而将美文与非美文混为一谈的,则通常称为杂文学。② 因为在唐人那里,诗、文的界限并不混淆,有时,一些人则用"诗笔"来区分诗、文两种体类,如"杜诗韩笔""孟诗韩笔"之类。这里的"诗",纯指诗歌,"笔"则与"文章"同义,包括诗以外的各种文体。从杂文学始,到"文""笔"之分的讨论,最后以"文章"合一终,散文的发展似乎在绕了一个大圆圈后又回到了它的原点。这一现象,就文学自身的演进来说,无疑是一种倒退;但就杂文学观念在特定的时期重建的意义而言,则是一种进步。因为这一观念蕴含着以复古为新变的充实内容,给予当时和此后的散文发展以深远影响。

就消极面来讲,韩愈之"非三代两汉之书不敢观,非圣人之志不敢存"③的古文

---

① 参见柯庆明:《从韩柳文论唐代古文运动的美学意义》,《中国文学的美感》,河北教育出版社 2001 年版,第 312 页。

② 我国早期文学与非文学是不分的。魏晋之后,文学逐渐独立成科,但美文与非美文还没有分开。齐梁之际,文、笔之争,则有将美文与非美文区别开来的意向。萧统《文选》"事出于沉思,义归乎翰藻"的选文标准,无疑代表一种新的文学观念。唐代这一观念仍有相当影响,如初唐人编写的《梁书》《陈书》《周书》《北齐书》等,在提到"文""笔"时都分得很清楚。盛唐以后,这种区分又渐趋淡化和模糊。特别是陈子昂"文章道弊五百年"的振臂一呼,用"文章"涵盖一切文体便成了古文家的习惯。在李阳冰、贾至、任华、独孤及、梁肃、柳冕等人笔下,"文章"一词频频出现,从而泯灭了魏、晋以来日趋扩大化了的不同文体间的差别。表面看来,以"文章"取代"文笔",只是一个简单的词语变化,但在这一现象的底层,却反映了唐人文学观念的重大变革,亦即杂文学观念的复归。

③ 韩愈:《答李翊书》,郭绍虞:《中国历代文论选》,上海古籍出版社 1979 年版。

指导思想的确具有保守性，从某种意义上说，古文运动是中国散文的一次瘦身运动，将中国散文引渡到狭窄的道统上来。对此，章学诚有慧眼独具的见解：

> 左丘明古文之祖也，司马因之而极其变，班、陈以降，真古文辞之大宗。至六朝，古文中断。韩子文起八代之衰，而古文失传亦始韩子。盖韩子之学宗经而不宗史，经之流变必入于史，又韩子之所未喻也。近世文宗八家，以为正轨，而八家莫不步趋韩子。虽欧阳手修《唐书》与《五代史》，其实不脱学究《春秋》与《文选》史论习气，而于《春秋》、马、班诸家相传所谓比事属辞宗旨，则概未有闻也。八家且然，况他人远不八家若乎！①

七、明清小品——灵性养护——伴随文学消费而搁浅

郭绍虞在《中国文学批评史》中称："明代的文学与文学批评，有复古与启新二种潮流。"刘衍《中国古代散文史》称明代为"古代散文的探索与理论建构"时期。以"公安派""竟陵派"为代表的小品文无疑是"启新"与"探索"的标志，在"独抒性灵，不拘格套"的理论旗帜下，其清新自由的精神风貌给人以耳目一新之感，在当时文坛产生了深远影响。郭预衡在《中国散文发展简史》中称："从历史发展的角度考察，从明初的'馆阁之文'，经前期的'台阁体'，再经前后七子的拟古复古，到公安、竟陵之不拘格套，并非'诗歌'之'衰'，而是别开生面，这些变化，大抵都与时代的升降盛衰相关。"晚明小品文的兴起以及它在万历至崇祯年间形成极盛的局面，与当时的社会思潮、世人心态以及文学现象有着密切的联系。陆阳心学在批判程朱理学的同时，以"良知"取代了"天理"，带来了思想的解放和主体的独立。大批文人对于空洞虚伪的假道学进行了不遗余力的抨击，并对自我内心真实的情感进行审视和呵护。杰出代表如李贽，他敢于对千百年来顶礼膜拜的封建纲常伦理、仁义道德、孔孟圣教加以攻击，在《答耿中丞》中说："夫天下之人不得所也久矣，所以不得所者，贪暴者扰之，而'仁者'害之也。"

晚明文人敢于冲破礼教的束缚，崇尚个性的解放，重视世俗享受与自我情感的抒发，在生活上放浪形骸，侍酒饮宴，纵欲沉沦，追求奢华的物质享乐与感官快感，且多数文人醉心于禅、道。② 他们不但热衷于佛道的信仰，而且常与禅师道人交

---

① 章学诚：《与汪龙庄书》，《章氏遗书》卷九。转引自陈文新《中国文学流派意识的发生和发展——中国古代文学流派研究导论》，武汉大学出版社 2003 年版，第 63 页。

② 根据何宗美考证，公安派结社的类型之一为"法友"，既包括袁宏道、陶望龄、陶奭龄、虞淳熙、虞淳贞、王赞化等"禅友"，又包括与僧人交往密切的"三袁"兄弟等，并由此结成了诸如蒲桃社、香光射、青莲社等社团。（何宗美：《公安派结社考论》，重庆出版社 2005 年版，第 17—26 页。）

往,参禅问道,在禅道宗教心性学说的影响下,许多文人在诗作中也大谈"性灵"之论,并且形成了弃仕归隐、寄情山水,在山泽林野中游山玩水、吟风咏月的审美情趣。他们清心寡欲,不问世事,甚至终日游荡于青楼瓦肆,纵情声色,以寻求精神的解脱与抚慰。晚明文人追求独特个性的兴趣远远大于对于有规范性的完美人格的兴趣,他们更为欣赏的恰是有特点的狂狷癖病的文人才子人格而不是完美的圣人人格。在他们看来,有弱点有缺陷的个性才是真正的优点。明人张大复在《梅花草堂笔谈卷三》"病"条有如下文字:

> 木之有瘿,石之有鸲鹆眼,皆病也。然是二物者,卒以此见贵于世。非世人之贵病也。病则奇,奇则至,至则传。天随生有言:"木病而后怪,不怪不能传其形;文病而后奇,不奇不能骇于俗。"吾每与圆熟之人处,则胶舌不能言;与鹜时者处,则唾;与迂癖者,则忘;至于歌谑巧捷之长,无所不处,亦无所不忘。盖小病则小佳,大病则大佳,而世乃以不如己为予病,果予病乎?亦非吾病,怜彼病也。天下之病者少,而不病者多,多者不能与为友,将从其少者观之。

张大复这种观念非常有代表性,晚明人喜欢不同常态的"病""癖""痴""狂",认为有"病",才有个性,有情趣,有锋芒。张岱也说:"人无癖不可与交,以其无深情也;人无疵不可与交,以其无真气也。"①文人之"病"则成为一种不同世俗的情致。② "颠狂"不但是晚明文人喜欢的人品,而且是一种推崇的理想。③ 如徐渭、李贽、何心隐、袁宏道、钟惺等,他们以近似病态的怪诞举止和自虐行径,表达了对社会压抑的反抗和对自由任性的渴望。④

---

① 张岱:《五异人传》,张岱《琅嬛文集》,浙江古籍出版社2013年版。
② 程羽文在《清闲供》中详细论及文人的六种"病"。一曰癖。典衣沽酒,破产营书。吟发生歧,呕心出血。神仙烟火,不斤斤鹤子梅妻,泉石膏肓,亦颇颇钌君石丈。病可原也。二曰狂。道旁荷锤,市上悬壶。鸟帽泥涂,黄金粪壤。笔落而风雨惊,啸长而天地窄。病可原也。三曰懒。蓬头对客,跣足为宾。坐四座而无言,睡三竿而未起。行或曳杖,居必闭门。病可原也。四曰痴。春去诗惜,秋来赋悲。闻解佩而踟蹰,听堕钗而惝恍。粉残脂剩,尽招青冢之魂;色艳香娇,愿结蓝桥之眷。病可原也。五曰拙。学拙妩娇,才工软款。志惟古对,意不俗谐。饥煮字而难糜,田耕砚而无稼。萤身脱骸,醯气犹酸。病可原也。六曰傲。高悬孺子半榻,独卧元龙一楼。鬓虽垂青,眼多泛白。偏持腰骨相抗,不为面皮作缘。病可原也。(《香艳丛书》三集卷二)
③ 袁宏道曾赠给张幼于一首诗,诗中有"誉起为颠狂"之语,大概张幼于对"颠狂"二字的评价不满,袁宏道给他写了一封信,信中说:"夫'颠狂'二字,岂可轻易奉承人者。"他引经据典来说明颠与狂的价值:"狂为仲丘所思,狂无论矣。若颠在古人中,亦不易得,而求之释,有普化焉。求之儒,有米颠焉。"他借孔子大旗来为"颠狂"辩解,并说:"不肖恨幼于不颠狂耳,若实颠狂,将北面而事之,岂直与幼于为友哉?"(《袁宏道集笺校》卷十一《张幼于》)
④ 例如徐渭曾"自持斧击破其头,血流被面,头骨皆折,揉之有声;或槌其(阴)囊;或以利锥锥其两耳,深入寸余"。李贽在皇城监狱里,吩咐狱卒为他剃发之后,取剃刀自割喉咙,流血倒地。狱卒问他:"痛否?"李贽以指蘸血在地上写道:"不痛。"

晚明,清供、清玩、清赏这类生活情趣成为一种普遍的社会风气。晚明小品一个比较集中的主题便是表现文人闲适的生活理想——在平静幽深的环境中,追求一种富有艺术意味的恬淡、冲远、澹泊、自然的生活情趣。就像沈仕《林下盟》中所说的,当时文人的日常生活是:"读义理书,学法帖子,澄心静坐,益友清谈,小酌半醺,浇花种竹,听琴玩鹤,焚香煎茶,登城观山,寓意弈棋。"明人程羽文的《清闲供》细腻地描述了文人日常生活,集中反映了这一时期文人的生活理想和人生态度:

门内有径,径欲曲。径转有屏,屏欲小。屏进有阶,阶欲平。阶畔有花,花欲鲜。花外有墙,墙欲低。墙内有松,松欲古。松底有石,石欲怪。石面有亭,亭欲朴。亭后有竹,竹欲疏。竹尽有室,室欲幽。室傍有路,路欲分。路合有桥,桥欲危。桥边有树,树欲高。树阴有草,草欲青。草上有渠,渠欲细。渠引有泉,泉欲瀑。泉去有山,山欲深。山下有屋,屋欲方。屋角有圃,圃欲宽。圃中有鹤,鹤欲舞。鹤报有客,客欲不俗。客至有酒,酒欲不却。酒行有醉,醉欲不归。

对此,罗筠筠在《灵与趣的意境——晚明小品文美学研究》中对晚明小品文所产生的社会背景有如下之描述:

明代(尤其是晚明)的社会生活极其丰富多彩,大多数生活在城市的人,无论是官吏士人,还是平民百姓,他们既是这种生活的创造者,也是其享受者。因而尽管官吏士人在地位上优越于普通的市民百姓,但是从作为城市的一分子这个角度说,他们也是城市市民大军中的一员。五彩缤纷的城市生活对他们一样魅力无穷。而这支由各色人物组成的城市市民大军,过着与以往"日出而作,日落而息"的农业生活完全不同的热闹喧嚣的城市生活。伴着清晨早市的各种叫卖声醒来,又在灯红酒绿、丝竹管弦的夜生活中结束一天的生活。酒楼茶肆、勾栏瓦舍、花街柳巷、坊院池苑,处处有他们的身影,他们交易买卖、饮酒品茶、听曲观舞、赏景游玩、狎妓嫖娼、斗鸡赌博。对他们来说,这种城市生活繁杂中蕴含着滋味,忙乱中体现着情趣,追求中包孕着满足,失望中燃起新的希望,笑声中饱含着酸甜苦辣,不知不觉中送走岁月匆匆。虽然他们只是普通百姓,但城市却因他们的存在而日益繁荣。诸色杂卖、百戏伎艺、三教九流、阡陌实景,构成了城市生活的风景画,那热闹的场面、喧嚣的人群、婉转的音乐、飞舞的彩幡、斑斓的服饰、诱人的美食、紧张的关扑、优游的戏耍,一切都既不同于平淡、单调、纯朴、机械的农民生活,也不同于刻板、冷清、奢侈、放纵的皇亲贵族生活,也与以往风雅、尚超、闲散、清淡的文人士大夫生活迥然相异。因而,它所表现出来的是另一种前所未有的审美文化风尚,其最突出的特点是崇尚心气、追求享乐的生活态度,它既存在于市民阶层中,也逐渐为士大夫阶层所接受。从而整个社会的风习与时尚,都发生了巨大的转变,而这种奢靡享乐之风又反过来对社会生活发生影响,从而愈演愈烈。①

晚明小品文的兴起既是晚明个性解放的思潮在文学领域中的反映,又是对当时拟古、沉寂文坛进行批判的表现。如从明初"馆阁之文"到"台阁体",从"前七子"到"后七子",从"唐宋派"到"公安派""竟陵派",这些流派的出现与演变,每一派都是后者对前者流弊的批判与修正,无外乎是为了散文的创作更加趋于完善,更符合散文的审美特性与艺术素质。

李贽"童心说"为晚明小品文的兴盛提供了直接的思想来源。对文学产生巨大影响力的是他的"童心说"②。他的理论不仅是对当时拟古不化的文坛的批判,而且更重要的是提出了文学发展的正确方向,对当时文学繁荣产生了深远的影响,最直接地体现在公安派的文学理论及创作上。袁宏道在《叙小修诗》中评价其弟袁中道的作品时说:"大都独抒性灵,不拘格套。非从自我胸臆流出,不肯下笔。"公安派的散文创作亦能反映出他们"独抒性灵,不拘格套"的文化品格,其作品大多清新、流利、自然、灵巧,不同于传统散文严肃、庄重的创作风格,能抒己之情,在对事物景观的描绘中给人以新鲜的美感。

尽管如此,我们在高度评价公安派的文学理论成就与散文创作水平的同时,也不能忽视其自身存在的一些弊端。正如王运熙、顾易生主编的《中国文学批评史》所称:"然而公安派的性灵情感之说也有着严重的消极因素,正如他们自我批评,虽然师承李贽的思想解放,却在生活的严肃性,学习的钻研精神,斗争的坚决态度方面等均不能也不愿效法李贽的。因之,他们不满现实,又在某种程度上与世沉浮,或消极逃避,他们放浪不羁,蔑视礼教,追求个性自由,却放弃对社会的责任感,沾染着市民阶层的庸俗情趣,或追求士大夫阶级的闲情逸趣。"因此他们的作品"语言清新有余,内容深厚不足"③,而且"对现实重大社会政治问题,对人民苦难的反映和关心还是比较薄弱的,他们主要的兴趣在于山水田园,他们反复吟咏个人的闲适或不幸,他们往往将'独抒性灵'局限在狭小的个人情感的领域,他们自己不能,也没有能力引导追随者去歌吟人民的大不幸,去描绘时代的大冲突。'独抒灵性,不

---

① 罗筱筱:《灵与趣的意境——晚明小品文美学研究》,社会科学文献出版社 2001 年版,第 129—130 页。
② 夫童心者,真心也,若以童心为不可也。是以真心为不可也。夫童心者,绝假纯真,最初一念之本心也。若失却童心,便失却真心;失却真心,便失却真人。人而非真,全不复有初矣。天下之至文,未有不出于童心焉者也。苟童心常存,则道理不行,闻见不立,无时不文,无人不文,无一样创制体格文字而非文者。诗何必古《选》,文何必先秦。(李贽《焚书》卷三《童心说》)
③ 刘大杰:《中国文学发展史》,上海古籍出版社 1982 年版,第 935 页。

拘格套'这个纲领,突出了文学的情感和个性化的本质特征,的确功德无量,但它未能解决文学与社会、文学与时代这样带根本性的问题"[1]。

针对公安派的这些流弊,后期的竟陵派将"信古与信心"合而为一,追求"灵"与"厚"的统一,主张文学不仅要独抒性灵,而且也要继承传统。钟惺在《诗归序》中明确表示:"选古人诗,而命曰《诗归》。非谓古人之诗,以吾所选为归,庶几见吾所选者,以古人为归也。引古人之精神,以接后人之心目,使其心目有所止焉,如是而已矣。"强调抒发性灵与学习古人相统一:"凡以诗文者,内自信于心,而上求信于古人,在我而已。"这种既有创新,又有继承的文学创作观比起前后七子和公安派显然是一种很大的进步。这样既克服了前后七子创作中生搬硬套、刻意模拟的不良风气,又纠正了公安派一味任情率性、无节制地宣泄主观情感的流弊。正如郭绍虞先生所评:

> 竟陵正因要学古而不欲堕于肤熟,所以以性灵救之;竟陵又正因主性灵而不欲陷于俚僻,所以又欲以学古矫之。他们正因这样双管齐下,二者兼顾,所以要以学古之中,得古人之精神,这即是所谓求古人之真诗。求古人之真诗,则自然不会袭其面貌,而同时也不回陷于晚近。学古则与古人精神相冥合,而自有性情;抒情则与一己之精神映发,而自中法度。论诗到此,岂复更有剩义![2]

晚明小品是晚明文人心态真实而形象的写照,它们清高、淡远、萧散、倜傥,然而也反映出晚明某些文人的浮躁、不安、狂放、压抑、困惑、焦灼和痛苦,同时不免夹杂着悲凉绝望的末世气息。

有明一代,文学流派你方唱罢我登场,此起彼伏。不管他们如何折腾,终究难以挽狂澜于既倒,终究难免无可奈何花落去。正像闻一多在《文学的历史动向》中所说:

> 我们只觉得明清两代关于诗的那许多运动和争论,都是无味的挣扎。每一度挣扎的失败,无非重新证实一遍那挣扎的徒劳无益而已。本来从西周唱到北宋,足足二千年的工夫也够长的了,可能的调子都已唱完了。到此,中国文学史可能不必再写,假如不是两种外来的文艺形式——小说与戏剧,早在旁边静候着,准备届时上前来"接力"。是的,中国文学史的路线南宋起便转向了,从此以后是小说戏剧的时代。

---

[1] 钟林斌:《公安派研究》,辽宁大学出版社 2001 年版,第 71 页。
[2] 郭绍虞:《中国文学批评史》下卷,百花文艺出版社 2001 年版,第 250 页。

八、桐城散文——血统纯正——伴随西学东渐而风化

"天下文章其在桐城乎!"这是清朝乾隆年间世人对桐城文章的赞誉。桐城派是清代文坛上最大的散文流派,其持续时间之长,作家人数之多,流布区域之广,影响浸透之深,实为中国文学史上所罕见。桐城文派源远流长,可以上溯到明末清初。桐城人方以智、钱澄之、戴名世,在古文理论和创作实践上,初步体现桐城文派的某些特征,可以认作桐城文派的前驱。戴名世提出了"精""气""神"三主张,认为文章不仅要有变化,还应有"独知"。后人多推他为桐城派开山祖之一。方苞、刘大櫆、姚鼐同为古文"桐城派"代表。曾国藩《欧阳生文集序》:"乾隆之末,桐城姚姬传先生鼐,善为古文辞,摹效其乡先辈方望溪侍郎之所为,而受法于刘君大櫆,及其世父编修君范。三子既通儒硕望,姚先生治其术益精。历城周永年书昌为之语曰:'天下之文章,其在桐城乎?'由是学者多归向桐城,号桐城派,犹前世所称江西诗派者也。"这一段话点出桐城派由安徽桐城人方苞始创,并由其同乡刘大櫆接续方氏文论。方苞、刘大櫆、姚鼐并称"桐城三祖"。他们在文学方面最主要的贡献是提出古文"义法",坚持"文""道"统一,艺术形式上追求古人"神气""音节""字句"。方苞继承明代散文家归有光的"唐宋派"古文传统,提倡"义法"。认为"义"与"法"之间乃一经一纬,相辅相成。方苞还提倡文章语言必须"雅洁",淘汰杂质,创造清真雅正、谨严朴质的文体。他认为学习古文应以《左传》《史记》为范本,而要学到《左传》《史记》的精髓,又必须从唐宋散文八大家入手。刘大櫆补充发展了方苞的"义法"论,他在肯定文章思想居于首要地位的同时,认为文章的艺术性有相对的独立意义,指出文字"无一定之律,而有一定之妙",因此必须重视艺术的体现。刘大櫆提出了"神气""音节""字句"为文章要素。他认为"积字成句,积句成章,积章成篇,合而读之,音节见矣;歌而咏之,神气出矣",进而提出文章的"神气"虽然难以看见,但能"于音节见之",而"音节无可准,以字句准之"。这无疑是将诗歌韵律学说中的理论运用到了散文领域。这就是后来桐城古文家学文与作文的秘诀,后代传桐城文法者无不以此为不二法门。

康、雍、乾三朝,文字狱连绵不绝,仅见于文字记载的就达一百零八起。乾嘉汉学的出现,除了是对程朱理学的反驳,也与文字狱不无关联。因为文字狱的威压,学人承袭了清初学者顾炎武等人的治学方法,经世致用的精神却抛置一旁,不问国计民生,只埋头于古文献里专注于文字训诂、古籍的校勘、辨伪、辑佚以及名物的考证等工作。乾嘉汉学风行一时,其影响也及于文学。姚鼐将方苞"古文义法说"发展为"义理""考据""辞章"三者的统一,这显然是受风头渐盛的汉学的影响。郭绍

虞在《中国文学批评史》中对桐城派的形成作了一精当的概括,其言道:"大抵望溪处于康熙'宋学'方盛之际,而倡导古文,故与宋学沟通,而欲文与道之合一,后来姚鼐处于乾嘉'汉学'方盛之际,而倡导古文,故复与汉学沟通,而欲考据与辞章之合一。他们能迎合当时统治阶级的意图而为古文,又能配合当时知识分子所倡导的学风以为其古文,桐城文之所由成派,而桐城文派之所由风靡一时,当即以此。"

乾嘉时期,理学家、汉学家与古文家多元并存,学术趣味各异,理学家以义理为中心,汉学家以考据为中心,古文家以辞章为中心。由此导致中国散文对哲理思辨的情有独钟,对形而上的深思默想远胜于对形而下的深情关注。有感于此,有识见的人开始对此质疑与反驳,试图为散文植进新的基因,以图去腐生新,起死回生,还散文全新的面目。但他们深知从根本上动摇散文的传统观念很难,必须以嵌入式的方式微妙地将新思维移植到旧传统中,以期求得润物无声的变革。他们没有直接否定宗经的理路,而是非常有策略地对"经"进行手术,以此实现散文内核的全面升级。这次深刻的散文精神的改造,是由明清两代的大学者协力完成的,王阳明、王士贞、李贽、章学诚等均参与其中。这就是"六经皆史"观的提出——力求用"史"的丰润来补充"理"的贫血。诚如章学诚在《文史通义》中所言:"古人不著书,古人未尝离事而言理,六经皆先王之政典也。""夫子之述《六经》,皆取先王典章,未尝离事而著理。"

陈文新在谈及这个问题时指出:"古文本有议论和叙事二体,但古文家对叙事几乎不约而同地采取了半回避的态度。何以回避呢?大约是因为修史向来被认为非文人之能事,同时,小传统中的叙事文学如传奇小说的发皇又使叙事之作易与小说结下因缘,所以,正宗古文家往往偏重义理而较为忽略'事',韩愈视古文为载道之文,姚鼐在古文三要素中给了'义理'一席之地而未给'事'安排位置,都足以见出这一症候。与这种轻'事'而重'理'的倾向形成对照,章学诚倡论'六经皆史',重'事'而轻'理',认定史家之文才是古文正宗。"[①]进而他援引章学诚《上朱大司马论文》以资说明:

古文必推叙事,叙事实出史学。其源本于《春秋》"比事属辞",《左》、《史》、班、陈,家学渊源,甚于汉廷经师之授受⋯⋯而昌黎之于史学,实无所解,即其叙事之文,亦出辞章之善,而非有"比事属辞"、"心知其意"之遗法也。其列叙古人,若屈、孟、马、扬之流,直以太史百三十篇与相如、扬雄辞赋同观,以至规矩方圆如孟坚,卓

[①] 陈文新:《中国文学流派意识的发生和发展——中国古代文学流派研究导论》,武汉大学出版社2003年版,第62页。

识别裁如承祚,而不屑一顾盼焉,安可以言史学哉……然则推《春秋》"比事属辞"之教,虽谓古文由昌黎而衰,未为不可。①

桐城派继姚鼐之后,由其四大弟子管同、梅曾亮、方东树、姚莹维持局面。后桐城余脉于二十世纪的二、三十年代方止。如果从桐城派的先驱戴名世生活的康熙时期算起,桐城派足足绵延了两百余年,几与清朝相始终。在桐城派的发展过程中,也有支流产生。在道光中叶,曾国藩吸收桐城派文论并加以引申发挥,构建起自己较完整的古文体系。其所领导的古文流派也以曾国藩的籍贯而名之曰湘乡派。其派中成员均为曾氏幕僚,如张裕钊、吴汝纶、黎庶昌、薛福成等人。与桐城派渊源甚深的散文流派还有活跃于清代中叶的阳湖派。阳湖派的开创者恽敬和张惠言,都为阳湖人,他们的后学也多为他们的同乡,因此他们领导的这一流派被称为阳湖派。阳湖派所讲的"意法",实际上大多承继自桐城派的"义法"理论。张惠言曾引刘大櫆弟子钱伯坰的话来表达他对"意法"理论的理解,钱伯坰以书法为例说明古文的行文之道,他言道:"意在笔先,非作意而临笔也。""意者,非法也,而未始离乎法,其养之也有源,其出之也有物,故法有尽而意无穷。"由此可见,其"意法"之"意"与方苞所讲的"义法"之"义"基本一致,都是以"言有物"来释"义"或"意"。②

20世纪前期,对桐城派的评价总体趋于否定。一方面来自新文化运动主将们的讨伐,诸如李大钊、陈独秀、胡适、钱玄同等人以《新青年》为阵地,纷纷著文,批判"桐城谬种,选学妖孽"。另一方面是来自《文选》派的攻讦,如刘师培、李详等认为桐城派疏于考古,故枵腹之徒多托于桐城派以使其空疏,致使文章失去真源等。新中国成立后,对桐城派也是否定大于肯定,极端的例子如刘季高在《评〈桐城派在社会主义社会有无作用〉》中持论:"桐城派所起的作用,是妨碍了中国古典散文的发展,和清王朝妨害了中国封建社会的正常发展一样,除此之外,桐城派再没有其他重要的作用了。"③敏泽更将桐城派视为"最反动的文艺流派""清王朝的官方御用文学""和封建统治者一个鼻孔出气,以维护封建反动统治为己任"等。20世纪80年代后,由于思想解放,对桐城派的评价逐渐趋于平和客观。④ 有人指出桐城派很好地总结继承了中国文论的艺术表现方法,但最终趋于僵化。该派历时久,从者

---

① 《章氏遗书·补遗》,转引自陈文新:《中国文学流派意识的发生和发展——中国古代文学流派研究导论》,武汉大学出版社2003年版,第62页。
② 参见王世朝主编:《主流诗学视域下的安徽文艺思想家》,安徽人民出版社2011年版。
③ 刘季高:《评〈桐城派在社会主义社会有无作用〉》,《安徽大学学报》1961年第1期。
④ 参见敏泽:《中国文学理论批评史》,人民文学出版社1981年版,第940页。

众，无伟才雄者，是文学隶属政治的历史范例。① 有人认为桐城派以孔孟之道为依归，是一个从属于封建意识形态的文学流派，其理论有可鉴之处，对中国文学发展有一定的影响。② 有人认为，桐城派文论是散文家基于自身创作经验进而提升为理论建树，不是空泛之谈；历经数百人与数百年的磨炼，是集体智慧的结晶，且代代相传，不断光大，其对理论事业的热爱、忠贞和探索精神在中国文学批评史上实为罕见；该派理论由疏而密，由稚嫩而成熟，逐渐形成一个美学思想丰富、理论见解精到的相当完整的散文理论体系，对中国散文理论建设有杰出贡献。③

20世纪初，中国历史的崭新时代，一个除旧布新的时代，一个革了旧文学命的时代。正是这场深刻的思想启蒙运动，为中国后来的现代化提供了最直接有效的精神资源。胡适作为新文化运动的倡导者之一，在1916年4月提出："文学革命，至元代而登峰造极。其时，词也，曲也，剧本也，小说也，皆第一流之文学，而皆以俚语为之。其时吾国真可谓有一种'活文学'出世。"④同年8月在给陈独秀的信中说："今日欲言文学革命，须从八事入手。"⑤1917年陈独秀发表《文学革命论》，提出文学革命"三大主义"。⑥ 他们的这一主张立即得到钱玄同、刘半农、鲁迅、周作人等人的响应，一场反对文言文，提倡白话文，反对旧文学，提倡新文学的"文学革命"运动迅速席卷了当时的中国文坛。针对这场革命的意义，黄念然评价道："可以说'文学革命'是20世纪初中国文艺活动中最具活力和影响力的话语形式之一，这一话语是新旧文学观念、研究方法及学术理念之间的分水岭，'五四'文学界对这一话语的集体性阐扬促成了'中国文学的现代化'，使中国古典文学的传统发生了历史性的断裂，也使中国人对文学性质、特征、内容、形式、范畴等的认识发生了深刻的变革，用'哥白尼式的革命'来形容它对现代中国文学的作用也不为过。"⑦1919年，五四运动爆发，加剧了西学东渐的速度，对文学也有了全新的理解。按照胡适对文学

---

① 参见张光亚：《桐城派的主要特点及其历史借鉴》，安徽社科院编《桐城派研究论文选》，黄山书社1986年版。
② 参见时萌：《中国近代文学论稿》之《论桐城派》，上海古籍出版社1986年版。
③ 参见项纯文：《桐城派评价臆说》，安徽社科院等编《桐城派研究论文选》，黄山书社1986年版。
④ 胡适：《吾国历史上的文学革命》，沈寂编《胡适学术文集·新文学运动》，中华书局1993年版，第28页。
⑤ 胡适：《寄陈独秀》，沈寂编《胡适学术文集·新文学运动》，中华书局1993年版，第15—17页。其所说八事为："一曰，不用典。二曰，不用陈套语。三曰，不讲对仗。(文当废骈，诗当废律)四曰，不避俗字俚语。(不嫌以白话作诗词)五曰，须讲求文法之结构。此形式上之革命也。六曰，不作无病之呻吟。七曰，不摹仿古人，语语须有个我在。八曰，须言之有物。此皆精神上之革命也。"
⑥ 陈独秀：《文学革命论》，1917年2月1日《新青年》第2卷第6号。其所云"三大主义"是："曰推倒雕琢的阿谀的贵族文学，建设平易的抒情的国民文学。曰推倒陈腐的铺张的古典文学，建设新鲜的立诚的写实文学。曰推倒迂晦的艰涩的山林文学，建设明了的通俗的社会文学。"
⑦ 黄念然：《20世纪中国古代文学研究史(文论卷)》，东方出版中心2006年版，第17页。

的理解,"一千多年中国文学史是古文文学的末路史,是白话文学发达史"[①]。早在1920年,胡适就指出:"文学有三个条件:第一要明白清楚,第二要有力能动人,第三要美。"[②]值得一提的是胡适从进化论的文学史观出发,提出了见解独到的词史观,他认为词的发展经历了三个阶段,即"本身""替身"和"鬼"三个阶段。而清代词学的复兴只不过是词"鬼"的历史搬演,其虚假繁荣的鬼排场后却是毫无生气。他还将词分为"歌者的词""诗人的词""词匠的词",并对缺少活的文学精神和艺术真美而充斥着"烂书袋""烂调子"的技术主义与工艺主义的"词匠的词"进行了猛烈的批判。对此黄念然先生评价说:"胡适在词学研究方面,主要是从旧文化批判与新文化建设的宏阔文化眼光出发,通过对文学进化论思想的阐释来实现词学研究从传统向现代的转型。其文化哲学的眼光与批评方法不仅把词学研究推进到了一个科学学术的新阶段,更为后继者在文学学术观念的更新、现代词学研究意识的培养上奠定了基础。20世纪前半叶出现的300多种各类文学史著作,不少著作在安排词史、词学史的时候都明显地接受了胡适的进化论文学观,而在具体的词学研究中,这种影响也清晰可见。"[③]

[①] 胡适:《白话文学史》,东方出版社1996年版,第3页。注:针对胡适以白话与文言区分"活文学"与"死文学"的文学史观,鲁迅先生说:"但白话的生长,总当以《新青年》主张以后为大关键,若夫以前文豪之偶用白话入诗文者,看起来总觉得和运用'僻典'有同等之精神也。"(鲁迅《致胡适》,《鲁迅全集》第11卷,人民文学出版社1981年版,第412—413页。)不难看出鲁迅对胡适以文本符号是否白话作为判断历史上文学"死"、"活"的标准是不大同意的。

[②] 胡适:《什么是文学——答钱玄同》,沈寂编《胡适术文集·新文学运动》,中华书局1993版,第87页。

[③] 黄念然:《20世纪中国古代文学研究史(文论卷)》,东方出版中心2006年版,第139页。

主要参考文献

[1]罗根泽.中国文学批评史(一、二、三)[M].上海:上海古籍出版社,1984.
[2]王运熙、顾易生.中国文学批评史新编[M].上海:复旦大学出版社,2001.
[3]郭绍虞.中国历代文论选[M].上海:上海古籍出版社,1979.
[4]牟世金.文心雕龙研究[M].北京:人民文学出版社,1995.
[5]朱东润.中国文学批评史大纲[M].上海:上海古籍出版社,1957.
[6]郭绍虞.中国文学批评史[M].上海:上海古籍出版社,1979.
[7]张少康,刘三富.中国文学理论批评发展史[M].北京:北京大学出版社,1995.
[8]李泽厚,刘纲纪.中国美学史[M].合肥:安徽文艺出版社,1999.
[9]叶维廉.中国诗学[M].北京:生活·读书·新知三联书店,1992.
[10]陆侃如,冯沅君.中国诗史[M].北京:人民文学出版社,1983.
[11]张伯伟.禅与诗学[M].杭州:浙江人民出版社,1992.
[12]陈良运.中国诗学体系论[M].北京:中国社会科学出版社,1992.
[13]吴建民.中国古代诗学原理[M].北京:人民文学出版社,2004.
[14]朱光潜.诗论[M].北京:生活·读书·新知三联书店,1998.
[15]莫林虎.中国诗歌源流史[M].北京:中国社会科学出版社,2001.
[16]王瑶.中国诗歌发展讲话[M].北京:中国青年出版社,1982.
[17]程毅中.中国诗体流变[M].北京:中华书局,1992.
[18]童庆炳,等.中国古代诗学心理透视[M].天津:百花文艺出版社,1993.
[19]胡晓明.中国诗学之精神[M].南昌:江西人民出版社,2001.
[20]李凯.儒家元典与中国诗学[M].北京:中国社会科学出版社,2002.
[21]苏桂宁.宗法伦理精神与中国诗学[M].上海:上海三联书店,2002.

[22]谭帆.传统文艺思想的现代阐释[M].上海:上海社会科学院出版社,1995.

[23]绪斌杰.中国文体概论[M].北京:北京大学出版社,1990.

[24]沈松勤.唐宋词社会文化学研究[M].杭州:浙江大学出版社,2004.

[25]陆海明.中国文学批评方法探源[M].北京:中国社会科学出版社,1994.

[26]黄念然.20世纪中国古代文学研究史——文论卷[M].北京:东方出版中心,2006.

[27]顾祖钊.中西文艺理论融合的尝试[M].北京:人民文学出版社,2005.

[28]吴万钟.从诗到经——论毛诗解诗的渊源及其特色[M].北京:中华书局,2001.

[29]朱自清.朱自清说诗[M].上海:上海古籍出版社,1998.

[30]敏泽.中国文学理论批评史[M].北京:人民文学出版社,1981.

[31]陶东风.文体演变及其文化意味[M].昆明:云南人民出版社,1994.

[32]柯庆明.中国文学的美感[M].石家庄:河北教育出版社,2001.

[33]吉川幸次郎.中国诗史[M].章培恒,等译.上海:复旦大学出版社,2001.

[34]郭预衡.中国散文史[M].上海:上海古籍出版社,1999.

[35]谭家健.中国古代散文史稿[M].重庆:重庆出版社,2006.

[36]张梦新.中国散文发展史[M].杭州:杭州大学出版社,1996.

[37]刘振东,等.中国古代散文发展史[M].郑州:中州古籍出版社,1991.

[38]陈柱.中国散文史[M].北京:商务印书馆,1998.

[39]郑振铎.中国俗文学史[M].北京:东方出版社,1996.

[40]柳诒徵.中国文化史[M].上海:东方出版中心,1988.

[41]钱穆.中国文化史导论[M].北京:商务印书馆,1994.

[42]阴法鲁,许树安.中国古代文化史[M].北京:北京大学出版社,1989.

[43]司马云杰.文化悖论[M].济南:山东人民出版社,1990.

[44]杨义.杨义文存·中国叙事学[M].北京:人民出版社,1997.

[45]浦安迪.中国叙事学[M].北京:北京大学出版社,1995.

[46]张寅德.叙述学研究[M].北京:中国社会科学出版社,1989.

[47]游信利.史记方法论[M].台北:台北文史哲出版社,1988.

[48]伽达默尔.真理与方法[M].上海:上海译文出版社,1992.

[49]马丁.当代叙事学[M].北京:北京大学出版社,2005.

[50]章培恒,骆玉明.中国文学史[M].上海:复旦大学出版社,1996.

[51]袁行霈.中国文学史[M].北京:高等教育出版社,1999.

[52]冯契.中国古代哲学的逻辑发展[M].上海:华东师范大学出版社,1997.

[53]李泽厚.中国古代思想史论[M].天津:天津社会科学院出版社,2003.

[54]余英时.士与中国文化[M].上海:上海人民出版社,2003.

[55]杨树增.盛世悲音——汉代文人的生命感叹[M].保定:河北大学出版社,2001.

[56]詹福瑞,等.士族的挽歌——南北朝文人的悲欢离合[M].保定:河北大学出版社,2002.

[57]徐公持.魏晋文学史[M].北京:人民文学出版社,1999.

[58]曹道衡.南北朝文学史[M].北京:人民文学出版社,1998.

[59]刘师培.中国中古文学史[M].北京:人民文学出版社,1984.

[60]王瑶.中古文学史论[M].北京:北京大学出版社,1986.

[61]刘麟生.中国骈文史[M].上海:上海书店,1984.

[62]钱基博.骈文通义[M].北京:中华书局,1918.

[63]奚彤云.中国古代骈文批评史稿[M].上海:华东师范大学出版社,2006.

[64]王运熙.中古文论要义十讲[M].上海:上海古籍出版社,1981.

[65]钟涛.六朝骈文形式及其文化意蕴[M].北京:东方出版社,1997.

[66]翟满桂.一代宗师柳宗元[M].桂林:广西师范大学出版社,2003.

[67]葛晓音.汉唐文学的嬗变[M].北京:北京大学出版社,1990.

[68]吴小林.唐宋八大家[M].合肥:黄山书社,1984.

[69]陈望道.小品文与漫画[M].上海:上海书店出版社,1981.

[70]吴庚舜,董乃斌.唐代文学史[M].北京:人民文学出版社,1995.

[71]史小军.复古与新变——明代文人心态史[M].石家庄:河北教育出版社,2001.

[72]罗筠筠.灵与趣的意境——晚明小品文美学研究[M].北京:社会科学文献出版社,2001.

[73]陈平原.从文人之文到学者之文[M].北京:生活·读书·新知三联书店,2004.

[74]漆绪邦,王凯符.桐城派文选[M].合肥:安徽人民出版,1984.

[75]吴孟复.桐城文派述论[M].合肥:安徽教育出版社,2001.

[76]姚际恒.诗经通论[M].北京:中华书局,1958.

[77]赵敏俐,等.中国古代诗歌研究——从〈诗经〉到元曲的艺术生产史[M].北京:北京大学出版社,2005.

[78]林庚.诗人屈原及其作品研究[M].上海:上海古籍出版社,1981.

[79]游国恩.楚辞论文集[M].上海:古典文学出版社,1957.

[80]蔡靖泉.楚文化流变史[M].武汉:湖北人民出版社,2001.

[81]王枚.六朝山水诗史[M].天津:天津人民出版社,1996.

[82]余恕诚.唐诗风貌[M].合肥:安徽大学出版社,2000.

[83]陈铭.唐诗美学论稿[M].郑州:中州古籍出版社,1987.

[84]陈炎,李红春.儒释道背景下的唐代诗歌[M].北京:昆仑出版社,2003.

[85]赵荣蔚.晚唐士风与诗风[M].上海:上海古籍出版社,2004.

[86]吴怀东.唐诗流派通论[M].北京:新华出版社,2004.

[87]孙琴安.唐诗与政治[M].上海:上海人民出版社,2003.

[88]罗宗强.隋唐五代文学思想史[M].北京:中华书局,2003.

[89]闻一多.唐诗杂论[M].北京:生活·读书·新知三联书店,1981.

[90]诸葛志.中国原创性美学[M].上海:上海古籍出版社,2000.

[91]林庚.唐诗综论[M].北京:人民文学出版社,1987.

[92]张明非.唐诗宋词专题[M].北京:高等教育出版社,2003.

[93]赖力行.中国古代文论史[M].长沙:岳麓书社,2001.

[94]尚学锋,过常宝,郭英德.中国古典文学接受史[M].济南:山东教育出版社,2000.

[95]罗立刚.史统道统文统——论唐宋时期文学观念的转变[M].上海:中国出版集团东方出版中心,2005.

[96]陈文新.中国文学流派意识的发生和发展——中国古代文学流派研究导论[M].武汉:武汉大学出版社,2003.

[97]王齐洲.中国文学观念论稿[M].武汉:湖北教育出版社,2004.

[98]韦政通.先秦七大哲学家[M].南京:江苏教育出版社,2006.

[99]陈钟凡.中国文学批评史[M].南京:江苏文艺出版社,2008.

[100]傅璇琮.中国文学批评史研究[M].福州:福建人民出版社,2006.

[101]黄保真,成复旺,蔡钟翔.中国文学理论史[M].北京:中国人民大学出版社,2009.

[102]陈水云,陈文新.中国文学批评史学术档案/中国学术档案大系[M].武汉:武汉大学出版社,2012.

[103]龚鹏程.中国诗歌史论[M].北京:北京大学出版社,2008.

[104]郭英德.中国古代文体学论稿[M].北京:北京大学出版社,2006.

[105]庄桂成.中国文学批评现代转型发生论(1897—1917年间的中国文学批评生态研究)[M].北京:中国社会科学出版社,2007.

[106]彭玉平.中国古代文体学研究丛书诗文评的体性[M].北京:北京大学出版社,2012.

[107]伍世昭.中国20世纪文学理论批评价值取向研究[M].北京:人民文学出版社,2009.

[108]杨四平.中国新诗理论批评史论[M].合肥:安徽教育出版社,2008.

后　记

　　1985年大学毕业，和一帮同学怀着激情与梦想，志愿支边到中国的西部工作。有的去西藏，有的去新疆，大部分去了青海。在当时，这一举动多少还有点"壮士一去"的感觉，其间还颇费了一些周折，那一年我22岁。2007年我调到合肥学院，算是回到了家乡，这一年我44岁，算来在高原整整工作了22年。也许是巧合，也许就是命运，因为这次举家迁徙的确缘于太偶然的因素，实话说，在此之前，我就不知道有合肥学院这所大学。离开青海时，在青海师范大学学术报告厅，我做了题为"风雨高原二十年"的报告，许多学生泪流满面，泣不成声，那场面至今印象清晰，这是我内心深处最后的高原记忆。离开高原的那天，许多朋友和同事，以及一大批学生到西宁火车站为我们全家送行，又是一次生离死别的人生体验，那场面让我联想起杜甫《兵车行》"牵衣顿足拦道哭"的诗句，在火车缓缓启动的一刹那，我告诉读小学4年级的女儿，记住这一刻，这是爸爸作为一名普通教师在高原22年收获的最大幸福！

　　回想起来，那真是教书的幸福时代。

　　回到家乡，很长一段时间都不适应，高原那种爽朗朗、脆生生的格调，在内地闷湿的环境很难再现，为排解苦闷，开解心情，便着手写作眼前的这本书。这本书的动议较早，可追溯到2001年，又一个新千禧年的开始，那时我还在青海师范大学，给古代文学专业的研究生讲授中国古代文论，讲课的过程自然有一些零星的感悟，这在2004年出版的《中国古代文学批评理论专题》一书中有些体现，但不尽如己意。2007年，我主编出版了"中国古代文学专题研究丛书"（五卷本），在这套书的编写过程中，对"中国主流文学"与"非主流文学"的感性认识日渐明晰。2007年的暑期，在痛苦和烦闷中开始了整部书的框架设计，算来已经历时十个春秋，我也从不惑之年迈进知天命的人生季节，此间总有这样那样的事情不时干扰，很难有从容的心境、平静的心态和宽舒的心情，写写停停继之以停停写写，磕磕绊绊的心情，自然不能奢望行云流水般的文字，疙疙瘩瘩在所难免，祈念读者海涵。

顺便说一句，当我们使用"主流文学"这个概念时，就意味着有一个"非主流文学"的存在，两者之间亦如政党之执政与在野。作为本书的姊妹篇——《中国古代非主流文学思想论》也基本完稿，两书相互印证，互为唇齿。

需要特别感谢的是本书的编辑陈娟女士，她一丝不苟的敬业精神让我感动，深厚的专业素养令我钦佩，她审稿时发现的问题以及所提的宝贵意见让这本书避免了许多瑕疵。在书稿付梓之际，我谨献上我的谢忱和祝福。

最后，衷心感谢合肥学院在本书的出版上给予的经费支持！